Tip des Monats

In der selben Reihe erschienen
außerdem als Heyne-Taschenbücher

Alistair MacLean · Band 23/1
Johannes Mario Simmel · Band 23/2
Sandra Paretti · Band 23/3
Willi Heinrich · Band 23/4
Desmond Bagley · Band 23/5
Viktoria Holt · Band 23/6
Michael Burk · Band 23/7
Marie Louise Fischer · Band 23/8
Will Berthold · Band 23/9
Robert Ludlum · Band 23/11
Susan Howatch · Band 23/12
Hans Hellmut Kirst · Band 23/13
Colin Forbes · Band 23/14

3 Romane in einem Band

Mickey Spillane

Ich, der Richter
Rhapsodie in Blei
Menschenjagd in Manhattan

WILHELM HEYNE VERLAG
MÜNCHEN

HEYNE TIP DES MONATS
Nr. 23/10

Titel der amerikanischen Originalausgabe
I, THE JURY
Deutsche Übersetzung von Daisy Remus
Mit einem Nachwort von Jörg Fauser

Titel der amerikanischen Originalausgabe
KISS ME, DEADLY
Deutsche Übersetzung von Werner Gronwald

Titel der amerikanischen Originalausgabe
ONE LONELY NIGHT
Deutsche Übersetzung von Werner Gronwald

Copyright © 1947 by E. P. Dutton & Co., Inc.
Copyright © der deutschen Übersetzung by
Wilhelm Heyne Verlag GmbH & Co. KG, München

Copyright © 1952 by E. P. Dutton & Co., Inc.
Copyright © der deutschen Übersetzung by
Wilhelm Heyne Verlag GmbH & Co. KG, München

Copyright © 1951 by E. P. Dutton & Co. Inc.
Copyright © der deutschen Übersetzung by
Wilhelm Heyne Verlag GmbH & Co. KG, München
Printed in Germany 1987
Umschlagfoto: BAVARIA / J. Clarke, Gauting
Umschlaggestaltung: Atelier Ingrid Schütz, München
Gesamtherstellung: Ebner Ulm

ISBN 3-453-54253-3

Inhalt

Ich, der Richter

Seite 7

Rhapsodie in Blei

Seite 201

Menschenjagd in Manhattan

Seite 341

Ich, der Richter

1

Ich schüttelte die Regentropfen von meinem Hut und ging ins Zimmer. Niemand sagte etwas. Sie traten höflich zurück, und ich spürte, wie ihre Blicke auf mir lagen. Pat Chambers stand neben der Tür zum Schlafzimmer und versuchte, Myrna zu beruhigen. Der Körper des Mädchens wurde von trockenem Schluchzen geschüttelt. Ich ging hinüber zu ihr und nahm sie in die Arme.

»Beruhige dich, Kleines«, sagte ich. »Komm hier rüber und leg dich hin.« Ich führte sie zu einer Couch an der gegenüberliegenden Wand und zwang sie sanft, sich hinzusetzen. Sie war in ziemlich schlechter Verfassung.

Einer der uniformierten Beamten legte ihr ein Kissen zurecht, und sie streckte sich darauf aus.

Pat winkte mich zu sich herüber und deutete dann zum Schlafzimmer. »Dort drin, Mike«, sagte er.

Dort drin. Die Worte trafen mich wie ein Keulenschlag. Dort drin lag mein bester Freund tot auf dem Boden. Die Leiche. Jetzt war es die Leiche.

Gestern noch war es Jack Williams gewesen, der Mann, der im Krieg zwei Jahre lang mit mir zusammen in den stinkenden Schlammlöchern des Dschungels gelegen hatte. Jack, der gesagt hatte, für einen Freund würde er sogar den rechten Arm geben – und der es dann auch getan hatte, als er einen von den elenden Japsen davon abhielt, mich aufzuschlitzen. Das Bajonett traf ihn in den Bizeps, und man mußte ihm den Arm abnehmen.

Pat sagte kein Wort. Er ließ mich die Leiche aufdecken und das kalte Gesicht berühren. Zum erstenmal in meinem Leben war mir wirklich zum Heulen zumute. »Wo hat es ihn erwischt, Pat?«

»Am Bauch. Sieh's dir lieber nicht an. Der Mörder hat das 9-mm-Projektil oben abgefeilt.«

Ich zog das Laken trotzdem weg, und ein Fluch erstickte in meiner Kehle. Jack hatte Shorts an, und seine Hand war wie im Todeskampf noch immer in den Bauch gekrallt. Die Kugel war glatt in den Körper gedrungen, aber wo sie ihn wieder verlassen hatte, klaffte ein faustgroßes Loch.

Ich deckte ihn ganz vorsichtig wieder zu und stand auf. Es war klar, wie sich alles abgespielt haben mußte. Von dem Tisch neben dem Bett aus führte eine Blutspur bis zu der Stelle, wo Jacks Armprothese lag. Der Bettvorleger unter ihm sah faltig und verrutscht aus. Er hatte offensichtlich versucht, sich auf einem Arm weiterzuschleppen, war aber nicht weit genug gekommen.

Seine Polizeipistole hing noch im Halfter über der Stuhllehne. Die hatte er erreichen wollen. Nicht einmal mit einer Kugel im Leib hatte er aufgegeben.

Ich zeigte auf den Schaukelstuhl, der sich unter dem Gewicht der 38er Pistole neigte.

»Hast du den Stuhl verschoben, Pat?«

»Nein, warum?«

»Er gehört hier nicht hin. Siehst du das nicht?«

Pat schaute verdutzt. »Worauf willst du hinaus?«

»Der Stuhl hat da drüben neben dem Bett gestanden. Ich bin oft genug hier gewesen, um das zu wissen. Nachdem der Mörder auf Jack geschossen hat, muß er versucht haben, sich zu dem Stuhl zu schleppen. Aber der Mörder ist nicht gleich gegangen, nachdem er geschossen hat. Er hat hier gestanden und zugesehen, wie Jack in Todesqualen vorwärtsgekrochen ist. Er wollte sich die Pistole greifen, ist aber nicht so weit gekommen. Er hätte es aber schaffen können, es sei denn, der Mörder hätte sie weggenommen. Dieser schießwütige Mistkerl muß sich von der Tür aus lachend angesehen haben, wie Jack nach seinem letzten Strohhalm griff. Er hat den Stuhl zentimeterweise immer ein Stück weitergezogen, bis Jack es schließlich aufgab. Einen Menschen zum Spaß noch zu quälen, nachdem er schon so viel durchgemacht hat. Das ist kein gewöhnlicher Mord, Pat. Das ist das Kaltblütigste und Heimtückischste, was mir je untergekommen ist. Ich werde mir denjenigen schnappen, der das auf dem Gewissen hat.«

»Du willst dich da einschalten, Mike?«

»Das habe ich schon. Was hast du denn erwartet?«

»Da wirst du aber vorsichtig sein müssen.«

»Mmh. Vor allen Dingen schnell, Pat. Von jetzt an ist es ein Wettrennen zwischen uns. Ich will den Killer für mich. Wir werden wie immer zusammenarbeiten, aber wenn es soweit ist, werde ich den Finger am Abzug haben.«

»Nein, Mike, so geht das nicht. Und das weißt du auch.«

»Schon gut, Pat«, sagte ich, »du mußt deine Arbeit tun – aber das muß ich auch. Jack war der beste Freund, den ich je hatte. Wir haben zusammen gelebt und zusammen gekämpft. Und ich werde verdammt noch mal dafür sorgen, daß diesem Killer mit Erfolg der Prozeß gemacht wird. Menschenskinder, du weißt doch, wie es ist. Die besorgen sich den besten Anwalt, drehen den Spieß um und sind schließlich die großen Helden! Tote können nicht reden. Sie können nicht mehr erzählen, was wirklich passiert ist. Wie könnte Jack einem Geschworenengericht klarmachen, wie es ist, wenn einen ein Dumdum-Geschoß zerfetzt. Keiner auf der Geschworenenbank hätte einen Schimmer davon, wie es ist, wenn man stirbt und einem dabei der eigene Mörder ins Gesicht lacht. Ein Einarmiger. Verdammt, was heißt das schon? Schön, er hatte ein Verwundetenabzeichen. Aber hat wohl einer von denen schon mal versucht, sich auf einem Arm den Boden entlangzuschleppen, um eine Pistole zu erreichen, auch wenn ihr Inneres schon voll Blut ist, nur weil sie vor Wut alles tun würden, um den Mörder zu erwischen? Nein, verdammt noch mal. Ein Geschworenengericht ist gefühllos und unparteiisch, so wie man es von ihm erwartet, und irgendein schmieriger Anwalt drückt dann auf die Tränendrüse und erzählt ihnen, sein Klient wäre in dem Augenblick nicht zurechnungsfähig gewesen oder hätte in Notwehr gehandelt. Großartig. Gesetz ist schön und gut. Aber diesmal werde ich weder gefühllos noch unparteiisch sein. Ich werde mich an alles erinnern.«

Ich packte ihn an seinem Mantelkragen. »Und dann noch etwas, Pat. Ich möchte, daß du jedes Wort mitkriegst. Erzähl es jedem, den du kennst. Und wenn du es weitererzählst, tu es gründlich, denn es ist mir ernst damit. Es gibt ein paar tausend Ganoven, die mich hassen wie die Pest, das weißt du. Sie hassen mich, weil sie wissen, daß sie den kürzeren ziehen, wenn sie sich mit mir anlegen. Es wäre weder das erste- noch das letztemal.«

In mir hatte sich soviel Haß aufgestaut, daß ich fast platzte, aber dann wandte ich mich um und sah hinunter auf das, was einmal Jack gewesen war. In dem Augenblick war mir zum Beten zumute, aber ich war einfach zu wütend dazu.

»Jack, du bist tot, du kannst mich nicht mehr hören. Oder vielleicht doch. Ich hoffe es. Du sollst hören, was ich jetzt sage. Du kennst mich schon lange, Jack. Mein Wort gilt, solange ich lebe. Ich werde mir das Schwein schnappen, das dich umgebracht hat. Er wird auf den elektrischen Stuhl kommen oder er wird hängen. Ganz egal, wer es ist, Jack – ich werde ihn erwischen. Denk daran, ganz egal, wer es ist – ich verspreche es.«

Als ich wieder aufsah, starrte Pat mich ganz komisch an. »Mike, laß die Finger von der Sache. Dreh um Gottes willen jetzt nicht durch. Ich kenne dich. Du würdest jeden abknallen, der auch nur das geringste mit der Sache zu tun hat, und dich in etwas hineinreiten, aus dem du nie mehr herauskommen würdest.«

»Es ist schon vorbei, Pat, ich bin drüber weg. Reg dich ab. Jetzt interessiert mich nur noch eines – der Mörder. Du bist Polizist, Pat. Du hast deine Vorschriften, an die du dich halten mußt. Du hast jemanden über dir. Ich nicht. Mir kann keiner was anhängen. Niemand kann mich rausschmeißen. Schön, es wird sicher kein sonderlich großes Aufsehen erregen, wenn ich mal abgeknallt werde, aber immerhin habe ich noch meine Lizenz als Privatdetektiv und darf eine Kanone tragen, und deshalb haben sie Angst vor mir. Wenn ich jemanden hasse, Pat, dann tue ich es gründlich. Wenn ich mir denjenigen kralle, der hinter dieser Sache steckt, wird er bereuen, sich je darauf eingelassen zu haben. Irgendwann in nächster Zeit werde ich den Mörder vor mir haben. Ich werde mir das Gesicht dieses Killers ansehen.

Du mußt dich an umständliche Vorschriften halten, weil du Captain der Mordkommission bist. Vielleicht wird der Mörder dennoch auf dem elektrischen Stuhl enden. Dir wäre das Befriedigung genug, aber mir nicht. Das wäre zu leicht. Diesen Mörder muß ich fassen.«

Damit war alles gesagt. An Pats Gesichtsausdruck konnte ich ablesen, daß er nicht versuchen würde, mich von meinem

Vorhaben abzubringen. Er konnte lediglich versuchen, mir zuvorzukommen. Wir verließen den Raum zusammen. Inzwischen waren die Leute des Leichenbeschauers gekommen, um den Toten abzutransportieren.

Den Anblick wollte ich Myrna ersparen. Ich setzte mich neben sie auf das Sofa und ließ sie sich an meiner Schulter ausweinen. So mußte sie nicht mitansehen, wie ihr Verlobter in einem Drahtkorb weggeschafft wurde. Sie war ein nettes Mädchen. Vor vier Jahren, als Jack noch bei der Polizei war, hatte er sie in letzter Minute davon abhalten können, sich von der Brooklyn-Brücke zu stürzen. Damals war sie körperlich und seelisch ein Wrack. Rauschgift hatte ihre Nerven zerfressen. Aber er hatte sie bei sich aufgenommen und ihr so lange eine Behandlung bezahlt, bis sie wieder gesund war. Zwischen den beiden war in dieser Zeit eine wunderbare Liebe aufgeblüht. Wenn der Krieg nicht dazwischengekommen wäre, wären die zwei längst verheiratet gewesen.

Auch als Jack mit nur einem Arm aus dem Krieg zurückgekehrt war, hatte sich zwischen ihnen nichts geändert. Er war zwar kein Polizist mehr, aber sein Herz gehörte nach wie vor dem Polizeidienst. Myrna liebte ihn noch genauso wie vorher. Jack wollte, daß sie ihren Job aufgab, aber Myrna überredete ihn dazu, sie weiterarbeiten zu lassen, bis er wieder ins Zivilleben zurückgefunden hatte. Für einen Mann mit nur einem Arm war es ziemlich schwer, Arbeit zu finden, aber er hatte viele Freunde.

Es dauerte nicht lange, und er arbeitete in der Ermittlungsabteilung einer Versicherungsgesellschaft. Es mußte Detektivarbeit sein; für Jack kam nichts anderes in Frage.

Danach waren sie glücklich miteinander. Sie wollten heiraten. Und jetzt das.

Pat tippte mir auf die Schulter. »Unten wartet ein Wagen, der sie nach Hause bringen kann.«

Ich stand auf und nahm sie bei der Hand. »Komm, Kleines. Hier kannst du nichts mehr tun. Gehen wir.«

Sie sagte kein Wort, sondern erhob sich schweigend und ließ sich von einem Beamten zur Tür hinausführen. Ich wandte mich um zu Pat.

»Womit fangen wir an?« fragte ich.

»Ich werde dir sagen, was ich bis jetzt weiß. Mal sehen, was dir dazu noch einfällt. Du und Jack, ihr wart ja dick befreundet. Vielleicht weißt du noch etwas, das mehr Licht in die Sache bringt.«

Ich hatte da meine Zweifel. Jack war ein so aufrichtiger Bursche gewesen, daß er sich nie Feinde gemacht hatte. Nicht einmal, als er noch bei der Polizei war. Seit er nach dem Krieg bei der Versicherung angefangen hatte, bestand seine Arbeit überwiegend aus Routineermittlungen. Aber vielleicht konnte man in der Richtung einen Anhaltspunkt finden.

»Jack hat gestern eine Party gegeben«, fuhr Pat fort. »War aber nichts Größeres.«

»Ich weiß«, unterbrach ich ihn. »Er hat angerufen und mich eingeladen, aber ich war ziemlich geschafft. Ich habe mich früh aufs Ohr gelegt. Es waren nur ein paar alte Freunde aus der Zeit vor dem Krieg.«

»Ja. Myrna hat uns die Namen gegeben. Die Jungs überprüfen sie gerade.«

»Wer hat die Leiche gefunden?« fragte ich.

»Myrna. Sie und Jack wollten heute aufs Land fahren, um sich für ihr Wochenendhaus ein Grundstück auszusuchen. Sie ist hier so gegen acht Uhr morgens angekommen oder kurz danach. Als Jack nicht aufmachte, wurde sie unruhig. Er hatte in letzter Zeit einige Schwierigkeiten mit seinem Arm gehabt, und sie dachte, daß das vielleicht der Grund dafür war. Deshalb rief sie den Hausmeister. Der kannte sie und machte ihr die Tür auf. Als sie dann schrie, ist er zurückgelaufen und hat uns verständigt. Ich konnte gerade noch die Geschichte von der Party aus ihr herauskriegen, dann ist sie zusammengebrochen. Und dann habe ich dich angerufen.«

»Um welche Zeit ist er erschossen worden?«

»Der Leichenbeschauer meint, etwa fünf Stunden vor meinem Eintreffen. Das bedeutet, etwa um drei Uhr fünfzehn.«

»Hat jemand einen Schuß gehört?«

»Nein. Wahrscheinlich war es eine Waffe mit Schalldämpfer.«

»Eine 9 mm macht auch mit Schalldämpfer noch ganz schönen Lärm.«

»Ich weiß, aber in einer Wohnung am anderen Ende des

Korridors wurde eine Party gefeiert. Die war zwar nicht so laut, daß irgend jemand sich beschwert hätte, aber immerhin laut genug, um jeden Lärm von hier zu übertönen.«

»Was ist mit den Leuten, die hier waren?«

Pat griff in seine Tasche und fischte einen Notizblock heraus. Er riß ein Blatt ab und reichte es mir.

»Hier ist eine Aufstellung der Namen, die Myrna mir genannt hat. Sie kam gestern abend als erste an, so gegen halb neun. Sie hat dann Gastgeberin gespielt und die anderen Gäste empfangen. Der letzte kam gegen elf. Sie haben ein paar Gläser getrunken und ein wenig getanzt; so gegen ein Uhr sind dann alle zusammen gegangen.«

Ich sah mir die Namen an. Ein paar davon kannte ich, während mir die anderen aus Jacks Erzählungen bekannt waren.

»Wohin sind sie nach der Party gegangen, Pat?«

»Sie sind in zwei Wagen weggefahren. Das Auto, in dem Myrna mitfuhr, gehört Hal Kines. Sie sind auf direktem Weg nach Westchester gefahren und haben Myrna unterwegs abgesetzt. Von den anderen habe ich noch nichts gehört.«

Wir schwiegen beide einen Moment lang, dann fragte Pat: »Siehst du irgendein Motiv, Mike?«

Ich schüttelte den Kopf. »Noch nicht. Aber ich werde es finden. Man hat ihn nicht ohne Grund umgebracht. Was immer auch das Motiv war, es muß etwas Großes dahinterstecken, darauf möchte ich wetten. Hier ist eine Menge faul. Hast du schon etwas herausgefunden?«

»Nur das, was ich dir schon gesagt habe. Ich hatte gehofft, du könntest mir ein paar Antworten liefern.«

Ich grinste ihn an, aber mir war nicht nach Scherzen zumute. »Noch nicht. Noch nicht. Aber ich werde sie bekommen. Und ich werde sie an dich weitergeben, aber erst, wenn ich mit meiner Arbeit schon einen Schritt weiter bin.«

»Die Polizei ist gar nicht so dumm, wie du vielleicht denkst. Wir können uns die Antworten auf unsere Fragen auch selbst beschaffen.«

»Aber nicht so gut wie ich. Deswegen hast du mich auch so schnell angerufen. Du kannst zwar eins und eins genauso schnell zusammenzählen wie ich, aber dir fehlen die nötigen

15

Mittel und Wege, die Dreckarbeit zu tun. Das ist meine Chance. Du wirst mir die ganze Zeit knapp auf den Fersen sein, aber wenn wir am Ziel sind, werde ich zur Seite gedrängt, und du legst die Handschellen an. Das heißt, wenn du mich zur Seite drängen kannst – was ich bezweifeln möchte.«

»Okay, Mike, wie du willst. Ich will dich ja bei den Ermittlungen dabeihaben. Aber ich will auch den Mörder erwischen. Vergiß das bitte nicht. Ich werde versuchen, ihn vor dir zu kriegen. Uns stehen alle erdenklichen Methoden der Wissenschaft zur Verfügung, und wir haben eine Menge Leute, die uns die Laufarbeit abnehmen. Und ein bißchen Grips haben wir schließlich auch«, erinnerte er mich.

»Keine Sorge, ich unterschätze die Polizei nicht. Aber ich mache meine Laufarbeit selber, und es gibt eine Menge Leute, die mir sagen werden, was ich wissen will, weil sie wissen, was ihnen blüht, wenn sie es nicht tun. Mein Mitarbeiterstab ist amtlich, aber dabei sehr praktisch.«

Damit war die Unterhaltung zu Ende. Wir gingen hinaus auf den Flur, und Pat postierte einen Beamten vor der Tür, damit alles unberührt blieb. Wir fuhren mit dem Lift vier Stockwerke hinunter in die Halle, und dort wartete ich, während Pat ein paar Reportern einen kurzen Bericht gab.

Mein Auto war hinter dem Polizeiwagen am Straßenrand geparkt. Ich verabschiedete mich von Pat, stieg in meine Klapperkiste und machte mich auf den Weg zum Hackard-Gebäude, wo ich ein 2-Zimmer-Apartment als Büro gemietet hatte.

2

Als ich am Büro ankam, war die Tür verschlossen. Ich trat ein paarmal mit dem Fuß dagegen, und schließlich ließ Velda den Riegel wieder zurückschnappen. Als sie sah, wer es war, sagte sie: »Ach, du bist es.«

»Was heißt hier ›Ach, du bist es‹? Du wirst dich doch wohl noch an mich erinnern. Ich bin Mike Hammer, dein Chef.«

»Puh. Du bist so lange nicht mehr hiergewesen, daß ich

dich kaum noch von irgendwelchen Schuldeneintreibern unterscheiden kann.«

Ich schloß die Tür und folgte ihr in mein Allerheiligstes. Bildschöne Beine hatte sie, dieses Mädchen, und sie zeigte sie auch gern. Als Sekretärin stellte sie eigentlich eine viel zu große Ablenkung dar. Ihr schwarzes Haar war im Pagenstil geschnitten, und sie trug hautenge Kleider, die mich bei ihrem Anblick immer an die kurvenreiche Strecke des Pennsylvania Highway denken ließen. Aber glauben Sie jetzt bloß nicht, sie sei leicht zu haben. Ich habe schon miterlebt, wie sie irgendwelchen Knaben eine knüppelharte Abfuhr erteilt hat. Wenn es brenzlig wird, kann sie jemandem mit ihrem Schuh eins überziehen, bevor der auch nur ›piep‹ sagen kann.

Und das ist nicht alles. Sie hat auch eine Lizenz als Privatdetektivin, und wenn sie gelegentlich mit mir unterwegs war, um in einem Fall zu ermitteln, trug sie eine flache 32er bei sich – und war durchaus bereit, sie auch zu benutzen. In den drei Jahren, die sie für mich arbeitete, habe ich nie versucht, mich an sie heranzumachen.

Nicht, daß ich kein Interesse gehabt hätte – es war mir einfach zu riskant.

Velda nahm ihren Notizblock und setzte sich. Ich ließ mich in den alten Drehstuhl sinken und schwenkte zum Fenster herum. Velda warf mir einen dicken Packen Papier auf den Schreibtisch.

»Hier sind alle Informationen, die ich über die Partygäste von gestern abend bekommen konnte.«

Ich sah sie durchdringend an.

»Wie hast du von Jacks Tod erfahren? Pat hat mich doch zu Hause angerufen.«

Velda verzog ihr hübsches Gesicht zu einem spitzbübischen Grinsen. »Du vergißt, daß ich einen guten Draht zu einigen Reportern habe. Tom Dugan vom ›Chronicle‹ hat sich daran erinnert, daß du und Jack gute Freunde wart. Er ist eigentlich hier vorbeigekommen, um von mir etwas zu erfahren, aber zum Schluß war er derjenige, der die ganzen Informationen lieferte – und ich mußte dafür nicht einmal mit ihm flirten.« Das schob sie nachträglich ein. »Die meisten Gäste der Party waren in deiner Kartei. Nichts Aufregendes.

Ich habe dann noch ein paar Einzelheiten von Tom erfahren, der mit einigen von ihnen näher zu tun hatte. Überwiegend Charakterstudien und Gesellschaftsberichte. Offensichtlich handelte es sich um Leute, die Jack früher mal kennengelernt hatte und die ihm sympathisch waren. Ein paar von ihnen hast du sogar selbst erwähnt.«

Ich schnürte den Packen auf und warf einen Blick auf einen Stapel Fotos. »Wer ist das?«

Velda blickte mir über die Schulter und erklärte: »Der auf dem obersten Bild ist Hal Kines, Medizinstudent an einer Universität im Norden. Er ist so um die dreiundzwanzig, groß und anscheinend ein sportlicher Typ. Wenigstens nach seinem Bürstenhaarschnitt zu schließen.« Sie blätterte um. »Die zwei sind die Bellemy-Zwillinge, Alter neunundzwanzig, unverheiratet. Auf der Suche nach Ehemännern. Sie verprassen das Vermögen, das ihnen ihr Vater hinterlassen hat. Fünfzig Prozent Anteile an einer Textilfabrik im Süden.«

»Ja«, unterbrach ich sie, »die kenne ich. Sehen ganz gut aus, aber besonders helle sind sie nicht. Ich hab' sie mal bei Jack getroffen und dann später noch auf einer Dinnerparty.«

Sie deutete auf das nächste Foto. Es war ein Zeitungsbild von einem Mann mittleren Alters mit Boxernase. George Kalecki. Ich kannte ihn gut. In den zwanziger Jahren hatte er auf dem Schwarzmarkt mit Alkohol gute Geschäfte gemacht. Nach der Wirtschaftskrise blieb ihm die erkleckliche Summe von einer Million Dollar; er zahlte davon seine Einkommensteuer und wurde ein Mann der Gesellschaft. Eine Menge Leute hatte er damit täuschen können – mich nicht. Er hatte seine Finger noch immer in allen möglichen Geschichten, nur um nicht aus der Übung zu kommen. Aber man konnte ihm nie etwas nachweisen. Er hielt sich einen ganzen Stab von Anwälten, die sehr wirksam dafür sorgten, daß seine Weste blütenweiß blieb. »Was ist mit ihm?« fragte ich Velda.

»Über den weißt du mehr als ich. Hal Kines wohnt bei ihm. Sie leben etwa eine Meile von Myrna entfernt in Westchester.« Ich nickte. Ich erinnerte mich daran, daß Jack von ihm gesprochen hatte. Er hatte George durch Hal kennengelernt. George war derjenige, der ihm das Studium finanzierte. Warum, wußte ich nicht genau.

Das nächste Bild zeigte Myrna, und dem Foto war ihr Lebenslauf beigefügt, wie Jack ihn mir geschildert hatte – einschließlich der Krankengeschichte des Sanatoriums, in dem sie ›auf Turkey gegangen war‹, wie man in der Drogenszene den Radikalentzug nennt. Das heißt, sie müssen von einem Tag auf den anderen völlig ohne das Zeug auskommen. Das endet entweder mit Tod oder Heilung. Myrna hatte es geschafft. Aber sie nahm Jack das Versprechen ab, sie nie danach auszufragen, wo sie ihren Stoff herhatte. So, wie er in das Mädchen verschossen war, hätte er alles für sie getan, und deshalb war für ihn die Sache damit erledigt.

Ich blätterte in der Krankengeschichte. Name: Myrna Devlin. Selbstmordversuch unter Heroineinwirkung. Auf der Notstation eingeliefert von Detektiv Jack Williams. Aufnahme am 15. 3. 40. Behandlung abgeschlossen am 21. 9. 40. Informationen über Rauschgiftquelle der Patientin nicht zu erhalten. Entlassen in die Obhut von Detektiv Jack Williams am 30. 9. 40. Dem folgte eine Seite mit medizinischen Einzelheiten, die ich überblätterte.

»Hier ist jemand, der dir gefallen wird, mein Lieber«, meinte Velda grinsend. Sie zog ein Ganzkörperfoto von einer tollen Blondine hervor. Mir blieb fast die Spucke weg, als ich es sah. Das Bild war an einem Strand gemacht worden, und sie stand groß und in lässiger Haltung in einem weißen Badeanzug da. Lange, feste Beine. Ein wenig schwerer vielleicht, als die Filmfritzen für angebracht halten, aber so gebaut, daß einem fast die Augen herausfielen. Unter dem Badeanzug konnte ich ihre Bauchmuskeln hervortreten sehen. Für eine Frau hatte sie unglaublich breite Schultern und dazwischen pralle Brüste, die sich offenbar gegen jede Beengung durch die Hülle des Badeanzugs wehrten. Ihr Haar sah auf dem Bild fast weiß aus, aber ich konnte sehen, daß die Farbe natürlich war. Wunderschönes blondes Haar. Aber was mich wirklich faszinierte, war ihr Gesicht. Velda sah meiner Meinung nach schon sehr gut aus, aber dieses Mädchen war noch hübscher. Ich hätte fast einen Pfiff ausgestoßen.

»Wer ist das?«

»Vielleicht sollte ich dir das lieber nicht sagen. Der lüsterne Blick in deinen Augen könnte dich da in Schwierigkeiten bringen. Aber bitte. Ihr Name ist Charlotte Manning. Sie ist Psychiaterin und hat an der Park Avenue eine sehr erfolgreiche Praxis. Soviel ich weiß, hat sie einen ausgesprochen vornehmen Patientenkreis.«

Ich warf einen Blick auf die Telefonnummer; es hatte den Anschein, als hätte ich hier einen angenehmen Teil des Geschäfts vor mir. Velda band ich das allerdings nicht auf die Nase. Vielleicht bin ich ja nur eingebildet, aber ich hatte eigentlich immer den Eindruck, daß sie ein Auge auf mich geworfen hat. Natürlich hat sie das nie offen gesagt, aber jedesmal, wenn ich morgens zu spät und mit Lippenstift am Hemdkragen auftauchte, konnte ich mindestens eine Woche lang kein Wort aus ihr herauskriegen.

Ich packte den Stapel Blätter wieder auf den Schreibtisch und schwenkte den Stuhl herum. Velda beugte sich nach vorn, bereit, sich Notizen zu machen. »Möchtest du noch irgend etwas ergänzen, Mike?«

»Ich glaube nicht. Jedenfalls nicht jetzt. Da ist noch zuviel zu überlegen. Es scheint einfach nichts zusammenzupassen.«

»Was ist mit dem Motiv? Hatte Jack vielleicht Feinde, die ihn jetzt erwischt haben?«

»Nein, nicht daß ich wüßte. Er war immer fair. Er hat jedem eine Chance gegeben, wenn er es verdiente. Allerdings war er auch nie in große Sachen verwickelt.«

»Besaß er irgend etwas Wertvolles?«

»Absolut nichts. Die Wohnung war auch völlig unberührt. Er hatte ein paar hundert Dollar in seiner Brieftasche, die auf der Kommode lag. Den Mord muß ein Sadist begangen haben. Jack hat versucht, noch an seine Pistole zu kommen, aber der Mörder hat den Stuhl, auf dem sie lag, stückchenweise immer weiter weggezogen, so daß Jack mit einer Kugel im Leib weiterkriechen und dabei mit der Hand seine Eingeweide festhalten mußte, damit sie ihm nicht herausfielen.«

»Mike, bitte.«

Ich sagte nichts mehr. Ich saß einfach da und starrte finster die Wand an. Wie unglaublich dumm manche Menschen sein konnten. Eine Gerichtsverhandlung für einen Killer? Damit er die Gesetzeslücken findet, durch die er entschlüpfen kann? Aber am Ende siegt die Gerechtigkeit. Gelegentlich sorgen Knaben wie ich dafür.

Velda kam mit der Abendzeitung. Der Mord füllte die gesamte Titelseite; darunter konnte man in vier Spalten die bisher bekannten Einzelheiten nachlesen. Velda sah mir beim Lesen über die Schulter, und ich hörte sie nach Luft schnappen.

»Da haben sie es dir aber gegeben. Hier.« Sie zeigte auf den letzten Absatz. Da war von meiner Rolle in dem Fall die Rede; Velda meinte mein Versprechen an Jack, das dort wortwörtlich abgedruckt war. Mein Gelöbnis. Mein Versprechen an einen toten Freund, daß ich seinen Tod rächen würde. Ich zerknüllte die Zeitung und warf sie wütend gegen die Wand.

»Dieses Schwein! Ich werde ihm seinen dreckigen Hals dafür umdrehen, daß er das gedruckt hat. Mir ist es ernst mit dem, was ich Jack versprochen habe. Mir ist ein Versprechen heilig, und die machen einen Witz draus. Das war Pats Werk. Und ich dachte immer, er wäre mein Freund. Gib mir das Telefon.«

Velda packte mich am Arm. »Immer mit der Ruhe. Selbst wenn er es war. Er ist schließlich Polizist. Vielleicht hat er darin eine Möglichkeit gesehen, den Mörder für dich zu ködern. Wenn der Kerl weiß, daß du ihn fertigmachen willst, wird er nicht einfach dasitzen und abwarten, sondern Jagd auf dich machen. Und dann hast du ihn.«

»Danke, Mädchen«, sagte ich, »aber das siehst du in deiner unschuldigen Art verkehrt. Ich glaube, mit deiner ersten Vermutung könntest du richtig liegen, aber in der zweiten steckt der Wurm. Pat will nicht, daß ich den Mörder kriege, weil er genau weiß, daß damit der Fall erledigt wäre. Wenn er mir den Killer zuspielen will, dann kannst du das Korsett deiner Großmutter darauf wetten, daß er mir einen Bewacher an die Fersen heftet, der dann eingreift, bevor die Knallerei losgeht.«

»Da bin ich mir nicht so sicher, Mike. Pat weiß, daß du es merken würdest, wenn dir jemand folgt. Ich glaube kaum, daß er das tun würde.«

»Ach nein? Er ist alles andere als dumm. Ich wette ein Butterbrot gegen einen Trauschein, daß er unten an jedem

Ausgang einen seiner Bullen stehen hat, der sich mir an die Fersen heftet. Sicher, ich werde ihn abschütteln, aber damit hört es nicht auf. Wenn ich den abgehängt habe, werden sie einen Spezialisten hinter mir herschicken.« Veldas Augen leuchteten wie glühende Kohlenstückchen. »Meinst du das ernst? Die Wette, meine ich?«

»Todernst. Willst du mit mir runtergehen und nachsehen?« Sie grinste und schnappte sich ihren Mantel. Ich setzte meinen abgewetzten Filzdeckel auf, und wir verließen das Büro. Vorher warf ich allerdings noch einen Blick auf Charlotte Mannings Büroadresse.

Pete, der Liftboy, entblößte sein Gebiß zu einem Grinsen, als wir einstiegen. »'n Abend, Mr. Hammer«, sagte er. Ich stieß ihn sacht in die Rippen und fragte: »Na, was gibt's Neues?«

»Nicht viel, nur zum Hinsetzen komm' ich nicht mehr bei der Arbeit.« Ich konnte mir ein Lächeln nicht verkneifen. Velda hatte die Wette verloren. Der kurze, belanglose Wortwechsel zwischen Pete und mir war in Wirklichkeit eine Art Code, den wir uns vor Jahren schon ausgedacht hatten. Seine Antwort bedeutete, daß ich beim Verlassen des Gebäudes Gesellschaft bekommen würde. Das System kostete mich jede Woche einen Fünfer, aber es war sein Geld wert. Pete riecht einen Polizisten noch schneller als ich. Kein Wunder – er war Taschendieb, bis ihm ein paar Jahre Knast den Beruf verleideten.

Zur Abwechslung entschloß ich mich, den Vorderausgang zu benutzen. Ich sah mich nach meinem Schatten um, aber es war weit und breit niemand zu sehen. Einen Moment lang stieg mir das Herz in die Kehle. Ich befürchtete, Pete hätte sich diesmal getäuscht. Velda sah niemanden, und das Lächeln, das auf ihrem Gesicht lag, als wir die leere Halle durchquerten, war sehenswert. Sie hakte sich bei mir unter, offenbar bereit, mich zum nächstbesten Standesamt zu schleifen.

Aber als ich durch die Drehtür ging, verschwand ihr Lächeln so schnell, wie sich eines auf meinem Gesicht ausbreitete. Unsere Beschattung ging vor uns. Velda gab ein Wort von sich, das gutgerzogene Mädchen für gewöhnlich nicht in ihrem Vokabular haben. Man sieht es höchstens dort, wo irgendwelche üble Gestalten es in eine Wand geritzt haben.

Dieser Aufpasser war gar nicht dumm. Wir hatten nicht einmal sehen können, wo er hergekommen war. Er ging um einiges schneller als wir und schwang dabei eine Zeitung zwischen Hand und Bein hin und her. Wahrscheinlich hatte er uns durch das Fenster hinter der Palme beobachtet und war dann, als er gesehen hatte, welchen Ausgang wir nehmen wollten, um die Ecke gegangen und hatte uns überholt. Wären wir auf der anderen Seite herausgekommen, hätte dort sicher auch jemand auf uns gewartet.

Dieser hier hatte nur leider vergessen, seine Pistole aus der Hüfttasche zu nehmen und in den Achselhalfter zu stecken. Eine Pistole kann einen Anzug ausbeulen wie ein Kürbis, wenn man einen Blick dafür hat.

Als ich an der Garage ankam, war keine Spur von ihm zu entdecken. Aber es gab eine Menge Türeingänge, in denen er sich verstecken konnte. Ich verschwendete keine Zeit damit, mir die Augen nach ihm zu verrenken, sondern fuhr den Wagen rückwärts raus, und Velda zwängte sich neben mich ins Auto.

»Wohin jetzt?« fragte sie.

»Zum Automaten – da kannst du mir dann ein Butterbrot kaufen.«

3

Nach dem Essen setzte ich Velda bei ihrem Friseur ab und machte mich auf den Weg nach Westchester. Eigentlich hatte ich den Besuch bei George Kalecki erst für den folgenden Tag eingeplant, aber ein kurzer Abstecher in Charlottes Büro warf meine Pläne über den Haufen. Charlotte war nach Hause gefahren, und das Mädchen von der Anmeldung hatte strikte Anweisung, ihre Adresse nicht weiterzugeben. Ich sagte ihr, daß ich später noch einmal vorbeischauen würde, und hinterließ eine Mitteilung, daß ich sie so bald wie möglich sprechen wollte.

Diese Frau ging mir einfach nicht aus dem Kopf. Diese Beine.

Zwanzig Minuten später drückte ich die Klingel an einem Haus, das bestimmt so seine Viertelmillion Dollar gekostet hatte. Ein sehr förmlich aussehender Butler entriegelte die Tür und ließ mich ein. »Mr. Kalecki«, sagte ich.

»Wen darf ich melden, Sir?«

»Mike Hammer. Ich bin Privatdetektiv.« Ich zeigte ihm meine Blechmarke, aber das ließ ihn kalt.

»Ich fürchte, Mr. Kalecki ist im Augenblick indisponiert, Sir«, ließ er mich wissen. Ich merkte sofort, daß ich abgewimmelt werden sollte, aber ich ließ mich davon nicht stören.

»Na, dann richten Sie ihm mal aus, er möchte sich schleunigst disponieren und machen, daß er hier runterkommt, bevor ich ihn mir holen gehe. Und ich beliebe nicht zu scherzen.«

Der Butler musterte mich sorgfältig von oben bis unten und kam dann offensichtlich zu dem Schluß, daß es mir ernst war. Er nickte und nahm mir meinen Hut ab. »Hier entlang, bitte, Mr. Hammer.«

Er führte mich in eine riesige Bibliothek, wo ich mich in einen Armsessel fallen ließ und auf George Kalecki wartete.

Es dauerte nicht lange, bis er auftauchte. Die Tür flog auf, und herein kam ein grauhaariger Mann, der etwas kräftiger gebaut war, als das Foto es gezeigt hatte. Er kam gleich zur Sache.

»Warum sind Sie hereingekommen, obwohl Ihnen mein Diener mitgeteilt hat, daß ich nicht gestört werden will?«

Ich steckte mir eine Zigarette an und blies ihm den Rauch ins Gesicht. »Die Platte brauchen Sie für mich nicht abzuspielen, Freundchen. Sie wissen genau, warum ich hier bin.«

»Natürlich. Schließlich lese ich ja Zeitung. Aber ich fürchte, ich kann Ihnen da nicht weiterhelfen. Ich war zu Hause im Bett, als der Mord passierte. Und das kann ich auch beweisen.«

»Ist Hal Kines mit Ihnen zusammen nach Hause gekommen?«

»Ja.«

»Hat Ihr Diener Ihnen aufgemacht?«

»Nein, ich habe mit meinem eigenen Schlüssel aufge-schlossen.«

»Hat Sie außer Hal Kines noch jemand hereinkommen sehen?«

»Ich glaube nicht, aber sein Wort sollte Ihnen genügen.«

Ich lachte ihm spöttisch ins Gesicht.

»Nicht, wenn Sie beide mordverdächtig sind.«

Kalecki wurde bleich, als ich das sagte. Sein Mund zuckte leicht, und er sah aus, als würde er mich am liebsten umbrin-gen. »Wie können Sie es wagen, so etwas zu behaupten?« zischte er. »Die Polizei hat keinen Versuch unternommen, mich mit dem Mord in Verbindung zu bringen. Jack Williams starb erst Stunden später, nachdem ich das Haus verlassen hatte.«

Ich machte einen Schritt nach vorn und grapschte mir eine Handvoll seines Hemdes. »Jetzt hör mir mal zu, du mieser kleiner Gangster«, schnappte ich. »Wir beide sprechen eine Sprache. Ich schere mich nicht um die Bullen. Wenn dich einer des Mordes verdächtigt, dann bin ich das. Vielleicht weisen nur ein paar Dinge auf dich als Täter, und schon bin ich hinter dir her. Bis ich diesen Fall abschließe, werde ich vielleicht noch auf eine ganze Menge solcher mieser Gesellen treffen wie dich, aber du kannst darauf wetten, daß einer davon der Gesuchte ist. Was die übrigen anbelangt – die haben eben Pech gehabt und sich ihre Westen eine Idee zu schmutzig gemacht.«

Seit zwanzig Jahren hatte es niemand mehr gewagt, so mit ihm zu sprechen. Er rang nach Worten, aber sie wollten ihm nicht von den Lippen.

Sein Anblick ekelte mich an, und ich schob ihn von mir weg, wobei ich mich durch einen Satz zur Seite gerade noch davor bewahren konnte, den Schädel eingeschlagen zu be-kommen. Eine Keramikvase zerschellte auf meiner Schulter in hundert Stücke.

Ich duckte mich und schnellte gleichzeitig herum. Eine Faust sauste auf meinen Kopf zu, und ich wehrte sie mit meiner Linken ab. Dann zögerte ich keinen Augenblick. Ich landete einen Schlag unter seiner Kinnspitze. Hal Kines ging zu Boden und blieb reglos liegen.

»Da haben wir ja einen ganz Schlauen. Ein Anfänger, der mir von hinten eins überziehen will. Irgendwie hast du den nicht richtig im Training, George. Es hat Zeiten gegeben, da hast du selbst zugeschlagen; jetzt hältst du dir einen kleinen Studenten als Schläger. Und der versucht ausgerechnet in einem Haus voller Spiegel, sich von hinten an mich ranzuschleichen.« Er sagte nichts. Er suchte sich einen Stuhl und ließ sich darauf nieder, wobei sich seine Augen zu haßerfüllten Schlitzen verengten. Wenn er in dem Augenblick eine Kanone gehabt hätte, hätte er mir bestimmt eine Kugel verpaßt. Aber dann hätte es auch ihn getroffen. Ich habe eine Menge Übung darin, die 45er aus dem Achselgurt zu ziehen.

Kines begann sich wieder zu rühren. Ich stieß ihn mit meiner Fußspitze so lange zwischen die Rippen, bis er sich aufsetzte.

Er sah noch immer ziemlich grün aus, aber es ging ihm schon wieder gut genug, um mich wütend anzugiften.

»Du Schweinehund«, sagte er. »Du kannst auch nur mit faulen Tricks kämpfen.«

Ich packte ihn unter den Armen und zerrte ihn auf die Beine. Seine Augen weiteten sich. Vielleicht hatte er bis dahin geglaubt, irgendeinen Schwächling vor sich zu haben.

»Hör zu, Pickelgesicht. Eigentlich sollte ich dich quer durchs Zimmer werfen, aber ich habe Wichtigeres zu tun. Spiel nicht den starken Mann, bevor du erwachsen bist. Du bist ziemlich groß, aber ich bin drei Nummern größer, eine ganze Ecke zäher und werde dich aus dem Anzug schlagen, wenn du noch mal irgendwelche Mätzchen machst. Jetzt setz dich da drüben hin.«

Kines ließ sich auf das Sofa fallen und blieb dort. George mußte unterdessen wieder zu Kräften gekommen sein, denn er quäkte: »Einen Augenblick mal, Mr. Hammer. Jetzt langt es. Ich habe einflußreiche Freunde im Rathaus...«

»Weiß ich«, unterbrach ich ihn. »Du wirst mich wegen tätlicher Beleidigung festnehmen und mir meine Lizenz abknöpfen lassen. Du solltest dir vorher nur gut überlegen, was passiert, wenn wir uns das nächste Mal begegnen. Jetzt halt deine große Klappe und gib mir ein paar Antworten. Erstens, wann hast du die Party verlassen?«

»So gegen ein Uhr oder kurz danach«, antwortete George mürrisch. Das stimmte mit Myrnas Version überein.

»Wohin bist du nach der Party gegangen?«

»Wir sind unten in Hals Wagen gestiegen und auf direktem Weg nach Hause gefahren.«

»Wer ist wir?«

»Hal, Myrna und ich. Wir haben sie an ihrer Wohnung abgesetzt und sind hierhergekommen, nachdem wir den Wagen in die Garage gebracht hatten. Frag doch Hal, der wird es dir bestätigen.«

Hal sah mich an. Offensichtlich hatte er Angst. Anscheinend war es das erstemal, daß er so tief in etwas drinsteckte. Keiner hat gern mit einem Mord zu tun.

Ich setzte meine Befragung fort. »Und dann?«

»Herrgott noch mal, wir haben einen Cocktail getrunken und sind ins Bett gegangen. Was hast du denn gedacht, was wir noch gemacht haben?« sagte Hal.

»Ich weiß nicht. Vielleicht schlaft ihr ja zusammen.« Hal baute sich vor mir auf, sein Gesicht vor Wut puterrot. Ich drückte ihm meine Hand ins Gesicht und schubste ihn zurück auf das Sofa. »Vielleicht schlaft ihr ja auch nicht zusammen«, fuhr ich fort. »Das würde dann bedeuten, daß einer von euch genügend Zeit hatte, das Auto wieder herauszuholen, in die Stadt zu fahren, um Jack umzulegen, und dann wieder hierher zurückzufahren, ohne daß jemand es bemerkte. Wenn ihr nicht zusammen schlaft, hätte es jeder von euch beiden sein können. Kapiert? Wenn ihr beide glaubt, aus dem Schneider zu sein, dann habt ihr euch geschnitten. Ich bin nicht der einzige, der in einem Alibi Schwachstellen finden kann. Pat Chambers hat es inzwischen garantiert schon schwarz auf weiß. Er wird euch sicher in Kürze einen Besuch abstatten, also macht euch schon mal darauf gefaßt. Und sollte einer von euch als Kandidat für den elektrischen Stuhl in Frage kommen, steht er sich besser, wenn Pat ihn erwischt. So erlebt er wenigstens noch seine Gerichtsverhandlung.«

»Hat hier jemand nach mir gerufen?« fragte eine Stimme von der Tür her. Ich fuhr herum. Pat Chambers stand im Türrahmen, sein allgegenwärtiges Grinsen im Gesicht.

Ich winkte ihn zu uns. »Ja, du bist im Augenblick unser

Hauptgesprächsthema.« George Kalecki erhob sich von den zu prallen Polstern und ging zu Pat. Er schien wieder der alte zu sein.

»Officer, ich verlange, daß dieser Mann sofort verhaftet wird«, schrie er nahezu. »Er ist in mein Haus eingedrungen und hat mich und meinen Gast beleidigt. Sehen Sie sich mal die Prellung an seinem Kinn an. Erzähl ihm, was passiert ist, Hal.«

Hal merkte, daß ich ihn im Auge hatte. Er sah auch, daß Pat etwa drei Meter von mir entfernt stand, die Hände in den Hosentaschen und offensichtlich nicht gewillt, eventuell irgendwie einzugreifen. Ganz plötzlich kam ihm zu Bewußtsein, daß Jack Polizist gewesen war und auch Pat Polizist war. Und daß Jack tot war. Und daß man einen Polizisten nicht ungestraft umbrachte.

»Nichts ist passiert«, meinte er.

»Du dreckiger kleiner Lügner«, fuhr Kalecki ihn an. »Sag die Wahrheit! Erzähl, wie er uns bedroht hat. Wovor hast du Angst – vor diesem windigen kleinen Schnüffler etwa?«

»Nein, George«, sagte ich ruhig. »Er hat Angst.« Hal sah nur zu. Eine Sekunde hätte ich schwören können, auf seinem verquollenen Gesicht einen Ausdruck höhnischer Befriedigung zu entdecken. Ich nahm Pat am Arm. »Kommst du?« fragte ich ihn.

»Ja, hier gibt's ja wohl nichts mehr zu tun.«

Pats Wagen stand draußen vor dem Portal. Wir stiegen ein, starteten und fuhren über die Kiesauffahrt hinaus in Richtung Süden zur Stadt. Keiner von uns beiden hatte bis dahin den Mund aufgemacht. Schließlich fragte ich: »Hast du vorhin alles mitgehört?«

Er warf mir einen Blick zu und nickte. »Ja, ich stand vor der Tür, als du deine Schau abgezogen hast. Ich schätze, daß du dir die Sache genauso zusammengereimt hast wie ich.«

»Übrigens«, sagte ich, »glaub bloß nicht, ich hätte den Schatten nicht bemerkt, den du mir angehängt hast. Hat er dich vom Haupteingang aus angerufen oder von der Tankstelle, an der ich meinen Schrotthaufen geparkt habe?«

»Von der Tankstelle aus«, antwortete er. »Er konnte sich nicht erklären, warum du den Wagen abgestellt hast, und wollte neue Anweisungen. Übrigens – warum bist du eigentlich die zwei Kilometer zu seinem Haus zu Fuß gegangen?«

»Ganz einfach, Pat. Nachdem Kalecki die Zeitung gelesen hatte, war anzunehmen, daß er Anweisung gegeben hatte, mich nicht reinzulassen. Ich bin über die Mauer geklettert. Hier ist die Tankstelle. Halt an.«

Pat steuerte den Wagen von der Straße auf die aschenbestreute Einfahrt. Mein Auto stand noch neben dem stuckverzierten Haus. Ich zeigte auf einen Mann im grauen Anzug, der drinnen saß und schlief.

»Dein Aufpasser. Weck ihn mal lieber.«

Pat stieg aus und rüttelte den Mann. Er wachte mit einem dümmlichen Grinsen im Gesicht auf. Pat deutete in meine Richtung. »Der ist Ihnen auf die Schliche gekommen, Freundchen. Vielleicht sollten Sie mal Ihre Taktik ändern.« Der Knabe guckte ziemlich verdutzt aus der Wäsche.

»Er hat mich bemerkt? Aber er hat mich doch gar nicht weiter beachtet.«

»Blödsinn«, sagte ich, »Ihre Kanone konnte doch ein Blinder sehen. Ich bin kein Anfänger, müssen Sie wissen.«

Ich stieg in meinen Flitzer und wendete. Pat steckte seinen Kopf zum Fenster herein und fragte: »Willst du immer noch auf eigene Faust weitermachen, Mike?« Ich konnte bloß nicken. »Klar, was denn sonst?«

»Dann fährst du am besten mit mir in die Stadt. Ich habe da etwas, das dich vielleicht interessiert.«

Er stieg in den Dienstwagen und fuhr los. Mein Bewacher folgte ihm, und ich fuhr als dritter hinterher. Bis jetzt war Pat fair gewesen. Er benutzte mich zwar als Köder, aber das störte mich nicht weiter. Meiner Ansicht nach war das so, als benutzte er eine Forelle, um Fliegen damit zu fangen. Aber er klebte mir zu sehr auf den Fersen, als daß ich dem Spiel Reiz abgewinnen konnte. Ob er mich nur davor bewahren wollte, umgelegt zu werden, oder ob er verhindern wollte daß ich irgendwelche illustren Gestalten abknallte, weil sie mir verdächtig waren, konnte ich nicht sagen. Der Zeitungsartikel hatte noch keine Zeit gehabt, seine Wirkung zu zeigen. So schnell ließ sich ein Killer nicht aus seinem Nest aufscheuchen. Wer immer auch den Schuß abgefeuert hatte – er war

29

bestimmt kein Dummkopf. Im Gegenteil. Wenn er auch nur einigermaßen bei Verstand war, mußte er auf mein Auftauchen gefaßt sein. Schon bei einem gewöhnlichen Mord mußte er mit der Polizei rechnen. Aber hier handelte es sich um einen Polizistenmord, was die Sache noch schlimmer machte. Einer Sache war ich mir jedoch sicher: Ich stand auf der Abschußliste – besonders, nachdem ich allen Beteiligten einen Besuch abgestattet hatte.

Bis jetzt konnte ich weder Kalecki noch Kines etwas anhängen. Es gab noch kein Motiv. Das würde sich später finden. Sie hatten beide Gelegenheit, Jack umzubringen. George Kalecki war nicht der Mann, für den ihn die Leute hielten. Er hatte seine Finger nach wie vor in allen möglichen dunklen Geschäften. Da fand sich möglicherweise ein Anhaltspunkt. Was Hal anbelangte, so lag der Fall anders. Irgendwie war er in die Sache verwickelt. Vielleicht auch nicht. Oder vielleicht doch? Das würde ich schon herauskriegen.

In Gedanken ging ich den ganzen Fall durch, ohne jedoch zu irgendeiner Erkenntnis zu gelangen. Pat fuhr durch die Stadt, ohne dabei von der Sirene Gebrauch zu machen, wie es viele Polizisten aus Bequemlichkeit taten. Schließlich hielten wir vor dem Präsidium.

Oben in seinem Büro zog er die unterste Schublade seines Schreibtisches auf und holte eine Halbliterflasche Bourbon aus einer Brotbüchse heraus. Er schenkte mir einen ordentlichen Schluck ein und goß sich selbst auch ein Glas voll. Ich kippte meinen Whisky in einem Zug runter.

»Noch einen?«

»Nein. Lieber ein paar Informationen. Was wolltest du mir erzählen?«

Er ging hinüber zu seinem Aktenschrank und zog einen Ordner heraus. Ich konnte die Aufschrift darauf lesen: MYRNA DEVLIN.

Pat setzte sich hin und schlug die Akte auf. Sie enthielt all das, was ich bereits wußte, aber auch noch mehr.

»Was soll das, Pat?« Ich wußte, er wollte auf etwas Bestimmtes hinaus. »Willst du Myrna mit der Sache in Verbindung bringen? Da bist du auf der falschen Spur.«

»Möglich. Weißt du, Mike, nachdem Jack Myrna damals vor

dem Sprung von der Brücke bewahrt hatte, handelte er wie bei einem ganz normalen Rauschgiftfall. Er brachte sie ins Krankenhaus.« Pat stand auf und schob die Hände in die Hosentasche. Seine Lippen sprachen weiter, aber ich konnte ihm ansehen, daß er tief in Gedanken versunken war. »Erst durch das ständige Zusammensein mit ihr hat er sich in sie verliebt. Für ihn war das ganz in Ordnung. Er hat zuerst ihre schlechte Seite zu Gesicht bekommen, bevor er ihre gute kennenlernte. Wenn er sie schon damals liebte, konnte er sie später erst recht liebhaben.«

»Da kann ich dir nicht folgen, Pat. Ich kenne Myrna genauso gut, wie Jack sie kannte. Wenn du sie jetzt als Spitzenkandidatin für den elektrischen Stuhl durch die Presse ziehen willst, dann kriegst du es mit mir zu tun.«

»Geh nicht gleich an die Decke, Mike. Es steckt mehr dahinter. Nachdem sie entlassen war, nahm sie Jack das Versprechen ab, die Sache nicht weiter zu verfolgen. Er war einverstanden.«

»Ich weiß«, unterbrach ich ihn. »Ich war an dem Abend bei ihnen.«

»Wie dem auch sei, Jack hielt sein Versprechen. Aber dieses Versprechen galt nicht für die gesamte Abteilung. Für Rauschgiftdelikte gibt es ein eigenes Dezernat. Dem wurde der Fall übergeben. Myrna wußte nichts davon, und als sie einmal im Delirium lag, hat sie geredet. Wir hatten jemanden dabeisitzen, der alles mitstenografierte, was sie von sich gab, und sie hat eine Menge gesagt. Das Rauschgiftdezernat konnte dadurch einem Rauschgiftring auf die Spur kommen, aber als man ihn sprengen wollte, kam es zu einer Schießerei, und dabei wurde der einzige, der hätte auspacken können, von einer Kugel am Kopf getroffen. Damit kamen die Ermittlungen vorläufig zum Stillstand.«

»Das höre ich jetzt zum erstenmal.«

»Das war damals, als du noch in der Armee warst. Es dauerte ziemlich lange, bis man die Bande aufspüren konnte. Und selbst damit war die Sache nicht vorbei. Die Bande arbeitete in mehreren Bundesstaaten, und das FBI bearbeitete den Fall. Sie ließen Myrna in Ruhe, nachdem sie ihre Vorgeschichte gehört hatten. Sie war ein Mädchen aus der Klein-

stadt, das hier den Sprung ins Showgeschäft versuchen wollte. Unglücklicherweise geriet sie in die falschen Kreise und
wurde von einer Zimmergefährtin dazu verführt, Rauschgift
zu nehmen. Ihr Verbindungsmann war ein Kerl, der eine
Schutzgebühr als Buchmacher zahlte, aber in Wirklichkeit mit
Rauschgift handelte. Sein Schutzengel war ein Politiker, der
inzwischen in Ossining am Hudson eine gemütliche Zelle
bewohnt. Der Kopf der Bande war ein gerissener Bursche.
Niemand hat ihn je gesehen oder persönlich kennengelernt.
Die Transaktionen wurden per Post abgewickelt. Das Rauschgift wurde raffiniert getarnt an Postfächer geschickt. In jedem
Postfach war eine Nummer hinterlegt, an die das Geld zu
senden war. Diese Nummer gehörte dann wieder zu einem
anderen Postfach.«

Das leuchtete mir nicht ein. Pat drehte sich um und nahm
wieder Platz, um weiterzuerzählen, aber ich kam ihm mit
einer Frage zuvor.

»Da stimmt irgend etwas nicht, Pat. Die ganze Sache
scheint verkehrtrum abzulaufen. Normalerweise muß man
für das Zeug im voraus zahlen, wobei die Händler hoffen, daß
sie genug Stoff bekommen, um noch was dran zu verdienen.«

Pat steckte sich eine Zigarette an und nickte eifrig. »Genau.
Das ist einer der Gründe, warum wir solche Schwierigkeiten
hatten. Zweifellos gibt es noch ein paar Postfächer, die
förmlich überquellen von Rauschgift. Wir haben es da auch
nicht mit Anfängern zu tun. Das Zeug ist einfach zu regelmäßig geliefert worden. Die Quelle war unerschöpflich. Wir
konnten ein paar Behälter auftreiben, die die Empfänger nicht
vernichtet hatten, und die hatten allesamt verschiedene Poststempel.«

»Das ist bei einer großen Bande nicht so schwer zu bewerk-
stelligen.«

»Offensichtlich hatten sie keine Probleme damit. Aber wir
hatten Verbindungsleute in den Städten, von denen aus das
Zeug abgeschickt worden war. Die haben alles sorgfältig
durchgekämmt und nichts gefunden. Sie haben auch den
Durchreiseverkehr unter die Lupe genommen, weil das praktisch der einzig mögliche Transportweg war. Durch alle Städte
fuhren Reisebusse und Züge, und es ist möglich, daß die

Päckchen von Leuten aufgegeben wurden, die als Reisende getarnt waren. Jeder Ort wurde nur einmal benutzt. So konnte man vorher nie wissen, von wo das nächste Paket kommen würde.«

»Jetzt wird mir die Sache klar, Pat. Hat die Polizei andere Quellen aufgespürt, seit die letzte Bande aufgeflogen ist?«

»Ein paar. Aber nichts, was sich mit dem Rauschgiftring in Verbindung bringen ließe. Das meiste waren nur kleine Fische – Krankenhauspersonal, das das Zeug aus dem Lager klaute und draußen verhökerte.«

»Du hast mir noch nicht erklärt, was Myrna mit der ganzen Sache zu tun hat. Ich weiß die Informationen zu schätzen, aber damit kommen wir nicht weiter.«

Pat warf mir einen langen, forschenden Blick zu. Er hatte die Augen zusammengekniffen, als überlegte er krampfhaft. Diesen Blick kannte ich nur allzu gut. »Sag mal«, meinte er, »ist dir eigentlich nie der Gedanke gekommen, daß Jack, der immerhin Polizist war, sein Versprechen gegenüber Myrna gebrochen haben könnte? Er haßte Gauner und Betrüger, aber noch verhaßter waren ihm dreckige Ratten, die Leute wie Myrna dazu benutzten, sich die Taschen zu füllen.«

»Na und?« fragte ich.

»Nur soviel: Jack hat ganz am Anfang in dem Fall ermittelt. Er könnte uns etwas verschwiegen haben. Oder er hat von Myrna etwas erfahren, das wir nicht wußten. Entweder er hat im falschen Moment geredet oder nicht. Aber irgend jemand hatte Angst und hat ihn umgelegt.«

Ich gähnte. Ich beraubte Pat nur ungern seiner Illusionen, aber er war auf dem Holzweg.

»Mein Lieber, du liegst ganz schön daneben. Ich sag' dir auch, wo. Erstens – was gibt es denn für Gründe für einen Mord? Nur ein paar. Krieg, Leidenschaft, Selbstschutz, Wahnsinn, Habgier und Mitleid. Es gibt noch ein paar mehr, aber das hier sind die wichtigsten. Ich habe den Eindruck, daß Jack entweder aus Habgier oder aus Selbstschutz umgebracht worden ist. Ich bezweifle nicht, daß er etwas Belastendes über jemanden wußte. Es muß entweder etwas gewesen sein, das ihm zwar die ganze Zeit bekannt war, dessen Bedeutung ihm aber erst ganz plötzlich bewußt wurde; oder es war etwas, das

33

er erst vor kurzem herausgefunden hatte. Du weißt, mit welchem Eifer er sich mit Polizeiarbeit beschäftigte, obwohl er behindert war und den Job bei der Versicherung hatte. Was immer es auch war – er wollte offenbar noch darüber entscheiden. Deshalb hast du auch nichts davon gehört. Der Mörder mußte etwas bekommen, das er hatte, und dafür tötete er. Du hast doch die Wohnung durchsucht, oder?« Pat bejahte mit einem Blick. »Und es hat nichts gefehlt, oder?« Er schüttelte den Kopf. »Dann war es kein Mord aus Habgier – es sei denn, es handelte sich um etwas, das Jack draußen aufbewahrte, was ich bezweifeln möchte. Der Mörder wußte, daß Jack etwas auf der Latte hatte, was ihn bloßstellen konnte oder noch Schlimmeres bewirken. Um sich zu schützen, hat er Jack abgeknallt. Selbstschutz.«

Ich nahm meinen verbeulten Hut und reckte mich. »Ich muß mich auf die Socken machen, Alter. Da ich weder Spesen noch Gehalt beziehe, kann ich es mir bei diesem Fall nicht leisten, Zeit zu verschwenden. Trotzdem, danke für die Hilfe. Wenn ich irgend etwas rauskriege, sage ich dir Bescheid.«

»Wenn es zu spät ist?« fragte Pat lächelnd.

»Gerade so, daß ich immer die Nase vorn habe«, gab ich zurück. Ich fischte nach einer Zigarette, fand in meiner Tasche aber nur ein zerdrücktes Exemplar und winkte Pat beim Hinausgehen zu. Mein Beschatter wartete schon auf mich. Er stand inmitten einer Horde zigarettenrauchender Detektive und versuchte, so unauffällig wie möglich zu wirken. Ich ging nach draußen und drückte mich dann flach in eine Nische in der Hauswand. Der Kerl kam heraus, blieb stehen und blickte verzweifelt rechts und links die Straße hoch. Ich machte einen Schritt nach vorn und tippte ihm auf die Schulter.

»Hätten Sie mal Feuer für mich?« fragte ich und wackelte dabei mit der verbogenen Zigarette zwischen den Lippen herum. Er errötete bis in die Haarwurzeln und gab mir Feuer. »Anstatt Räuber und Gendarm zu spielen«, meinte ich zu ihm, »wollen Sie mich nicht einfach begleiten?«

Er wußte nicht recht, was er darauf sagen sollte, brachte aber schließlich ein ›Einverstanden‹ heraus. Es klang eher wie ein Knurren. Wir gingen beide hinüber zu meinem Wagen. Er stieg ein, und ich klemmte mich hinters Steuer. Es hatte keinen Sinn, mit dem Burschen ein Gespräch anfangen zu wollen. Ich bekam kein Wort aus ihm heraus. Als ich auf die Hauptstraße kam, bog ich in eine Seitenstraße ein, in der ein kleines Hotel lag. Ich hielt davor an, stieg aus – mein Beschatter mir immer auf den Fersen – und ging durch die Drehtür hinein. Ich ging immer weiter in der Drehtür, bis ich wieder herauskam, wo ich hineingegangen war. Mein Bewacher war noch in der Tür. Ich bückte mich und schob einen Gummikeil in die Tür, den ich aus dem Autofenster entfernt hatte. Dann ging ich zurück zum Auto, während der Polizeibeamte drinnen wild an die Scheibe hämmerte und mir höchst unfeine Namen an den Kopf warf. Wenn er mich erwischen wollte, mußte er schon durch die Hintertür hinaus und um die Straßenecke herumlaufen. Ich sah den Hoteldiener grinsen. Ich benutzte dieses Hotel des öfteren für diesen Trick. Auf der ganzen Strecke bis in die Stadt klapperte mein Fenster, als würde es jeden Augenblick rausfallen, was mich auf den Gedanken brachte, mir einen größeren Vorrat Gummidichtungen anzulegen, falls ich wieder mal beschattet werden sollte.

4

Das Vorzimmer war ultramodern, aber gut eingerichtet. Die eckig wirkenden Stühle waren ausgesprochen bequem. Demjenigen, der die Innenausstattung besorgt hatte, hatte offensichtlich der Seelenfrieden der Patienten am Herz gelegen. Die Wände waren in einem undefinierbaren Olivton gehalten, der raffiniert mit Vorhängen in einem dumpfen Farbton kombiniert war. Die Fenster ließen kein Tageslicht durchdringen, statt dessen verströmten in der Wand verborgene Lampen sanftes Licht. Auf dem Fußboden lag ein knöcheltiefer Teppich, der jeden Schritt schluckte. Von irgendwoher kam gedämpfte Streichmusik. Ich hätte dort auf der Stelle einschlafen können, wenn mir die Sekretärin, die mich am Telefon abgewimmelt hatte, nicht bedeutet hätte, zum Schreibtisch zu kommen. Ihrem Ton konnte man entnehmen, daß sie wußte, daß ich kein Patient war. Mit meinem einen

Tag alten Bart und dem zerknitterten Anzug, den ich trug, rangierte ich bei ihr wahrscheinlich noch unter dem Hausmeister.

Sie deutete mit einer Kopfbewegung auf die Tür hinter sich und sagte: »Miß Manning wird Sie jetzt empfangen. Bitte, gehen Sie hinein.« Wobei sie besondere Betonung auf das ›Bitte‹ legte. Als ich an ihr vorbeiging, wich sie unmerklich zurück.

»Keine Angst, mein Schatz«, raunte ich ihr zu. »Ich beiße nicht. Der Aufzug ist nur Tarnung.« Ich stieß die Tür auf und ging hinein.

Sie sah in Natur noch schöner aus. Sie war einfach Spitzenklasse. Vieles an ihr war mit Worten einfach nicht zu beschreiben. Charlotte Manning saß hinter ihrem Schreibtisch, die Hände vor sich gefaltet, als lausche sie auf etwas. Wunderschön ist eine armselige Beschreibung. Sie sah aus wie ein gemeinsames Meisterwerk der größten Künstler der Welt.

Ihr Haar war fast weiß, wie ich es mir gedacht hatte. Es lockte sich in so weichen Wellen, daß man sich am liebsten darin vergraben hätte. Jeder Zug ihres Gesichts war vollkommen. Eine sanfte Stirn führte zu lebhaften, haselnußbraunen Augen, die von den symmetrischen Bögen naturbrauner Brauen und langen, glänzenden Wimpern umrahmt wurden. Ihr dunkles Kleid ließ nicht allzuviel erkennen, denn es war langärmelig und streng geschnitten. Aber was es zu verbergen suchte, war einfach eine Augenweide. Ihre Brüste wehrten sich gegen das Kleid genauso heftig wie damals gegen den Badeanzug. Wie der Rest ihres Körpers aussah, konnte ich nur ahnen, weil der Schreibtisch ihn verbarg.

All das registrierte ich in den drei Sekunden, die ich zum Durchqueren des Zimmers brauchte. Ich glaube nicht, daß sie die Veränderung in meinem Gesichtsausdruck bemerkte, aber sie hätte mich verklagen können, hätte sie gewußt, was in meinem Kopf vorging.

»Guten Morgen, Mr. Hammer. Bitte, nehmen Sie Platz.« Ihre Stimme ging mir runter wie Öl. Ich fragte mich, was diese Stimme wohl bewirkte, wenn sie etwas Leidenschaft hineinlegte. Eine ganze Menge, wette ich. Es war nicht verwunderlich, daß sie eine erfolgreiche Psychiaterin war. Sie war eine

Frau, der jeder seine Sorgen anvertrauen konnte. Ich setzte mich auf den Stuhl neben sie, und sie schwenkte herum, um mir direkt in die Augen zu sehen. »Ich nehme an, Sie sind in einer polizeilichen Angelegenheit hier?«

»Nicht ganz. Ich bin Privatdetektiv.«

»Ach so.« In ihrer Stimme schwang nicht die übliche Portion Verachtung oder Neugierde mit, die mir sonst immer entgegengebracht wurde, wenn ich meinen Beruf nannte. Sie reagierte eher, als hätte ich ihr eine wesentliche Einzelheit mitgeteilt.

»Geht es um den Tod von Mr. Williams?«

»Ja. Wir waren enge Freunde. Ich führe sozusagen auf eigene Faust Privatermittlungen durch.«

Sie sah mich zunächst fragend an, dann meinte sie: »Ach ja, ich habe in der Zeitung gelesen, was Sie gesagt haben. Ich habe sogar versucht, Ihre Gedankengänge zu analysieren. Solche Dinge haben mich schon immer interessiert.«

»Und zu welchem Schluß sind Sie gekommen?«

Charlotte verblüffte mich. »Ich fürchte, ich muß Ihnen recht geben, auch wenn mich einige meiner früheren Professoren in Grund und Boden verdammen würden, wenn ich das öffentlich zugeben würde.«

Ich wußte, was sie meinte. Es gibt Leute, die glauben, daß jedem Tötungsakt eine momentane geistige Unzurechnungsfähigkeit zugrunde liegt, ganz egal, aus welchem Grund getötet wird.

»Wie kann ich Ihnen helfen?« fuhr sie fort.

»Indem Sie mir ein paar Fragen beantworten. Erstens – um welche Zeit sind Sie an dem Abend auf die Party gegangen?«

»So gegen elf. Ich wurde durch einen Besuch bei einem Patienten aufgehalten.«

»Wann sind Sie gegangen?«

»Etwa um ein Uhr. Wir sind alle zusammen aufgebrochen.«

»Wohin sind Sie von dort aus gegangen?«

»Ich hatte meinen Wagen unten stehen. Esther und Mary Bellemy sind mit mir gefahren. Wir sind in die Chicken Bar gegangen und haben ein Sandwich gegessen. Von dort sind wir um ein Uhr fünfundvierzig weggefahren. Ich kann mich noch genau an die Uhrzeit erinnern, weil wir die einzigen dort waren und die Leute um zwei Uhr das Lokal schließen wollten. Ich habe die Zwillinge an ihrem Hotel abgesetzt und bin dann auf direktem Weg in meine Wohnung gefahren. Auch da erinnere ich mich noch an die Uhrzeit, weil ich meinen Wecker neu stellen mußte.«

»Hat Sie jemand heimkommen sehen?«

Charlotte ließ mich ein reizendes Lachen hören. »Jawohl, Herr Staatsanwalt. Mein Hausmädchen. Sie hat mich sogar zugedeckt, wie immer. Sie hätte mich auch hinausgehen hören, denn an meiner einzigen Wohnungstür ist eine Klingelautomatik, die bei jedem Türöffnen ausgelöst wird, und Kathy hat einen sehr leichten Schlaf.«

Jetzt konnte ich mir ein Grinsen nicht verkneifen. »Hat Pat Chambers Ihnen schon einen Besuch abgestattet?«

»Heute morgen, allerdings viel früher.« Sie lachte erneut. Ihr Lachen jagte mir angenehme Schauer über die Haut. Sie strahlte wirklich mit jeder Faser und Bewegung ihres Körpers Sinnlichkeit aus. »Und nicht nur das«, fuhr sie fort, »er kam, sah und verdächtigte. Inzwischen überprüft er wahrscheinlich, was ich ihm gesagt habe.«

»Pat scheint ja keine Zeit zu verschwenden«, dachte ich laut. »Hat er von mir gesprochen?«

»Nein, gar nicht. Er ist ein sehr gründlicher Mensch. Er scheint die Tüchtigkeit in Person zu sein. Ich mag ihn.«

»Noch eine Frage: Wann haben Sie Jack Williams kennengelernt?«

»Ich fürchte, das darf ich Ihnen nicht sagen.«

Ich schüttelte den Kopf. »Wenn das irgendwie mit Myrna zusammenhängt, müssen Sie auch nicht. Ich weiß alles über ihren Fall.«

Das schien sie zu überraschen. Aber ich wußte, daß Jack die ganze Geschichte von Myrnas Vergangenheit soweit wie möglich verheimlicht hatte. »Nun gut«, sagte sie, »es war tatsächlich so. Er wandte sich auf Anraten eines Arztes an mich; ich sollte mich um Myrna kümmern. Sie hatte einen schweren Schock erlitten. Wahrscheinlich werden Sie nicht begreifen können, was es für einen Süchtigen heißt, ›auf Turkey zu gehen‹, wie man das in der Drogenszene nennt. Darunter versteht man den abrupten und völligen Entzug.

Die seelische Belastung ist unvorstellbar. Die Süchtigen bekommen heftige Krämpfe, ihre Körper machen die aufreibendsten Schmerzen durch. Aufgereizte Nerven werden auf das unglaublichste strapaziert, und man kann ihnen keinerlei Erleichterung verschaffen. Häufig machen sie in einem Anfall von Wahnsinn ihrem Leben ein Ende.

Die Kur ist alles andere als leicht. Wenn der Patient sich dazu entschlossen hat, wird er von der Außenwelt abgesondert und in eine Gummizelle gebracht. Während des Anfangsstadiums überlegen sie es sich anders und betteln, daß man ihnen Drogen gibt. Später erreichen der Schmerz und die Anspannung solche Intensität, daß die Patienten vorübergehend vollkommen den Verstand verlieren. Ihr Körper wehrt sich dabei die ganze Zeit gegen die Auswirkungen des Drogenkonsums, bis sie schließlich geheilt sind oder völlig lebensuntüchtig. In Myrnas Fall ist es gut ausgegangen. Jack hatte die Befürchtung, daß sie dabei seelischen Schaden nehmen könnte. Ich behandelte sie während ihrer Entziehungskur und auch danach noch. Seit ihrer Entlassung habe ich beruflich nichts mehr mit ihr zu tun gehabt.«

»Na schön, das wär's dann wohl. Es gibt zwar noch ein paar Dinge in dem Fall, über die ich mit Ihnen sprechen möchte, aber ich muß erst einiges überprüfen.«

Sie schenkte mir noch so ein Lächeln. Noch ein einziges Mal, und sie würde erfahren, wie es war, von einem unrasierten Mann geküßt zu werden.

»Wenn es um die Zeitangaben – oder sollte ich es Alibi nennen? – geht, würde ich vorschlagen, daß Sie schleunigst zu meiner Wohnung fahren, bevor mein Mädchen sich auf ihren wöchentlichen Einkaufsbummel macht.«

Die Frau konnte Gedanken lesen. Ich versuchte, ernst zu bleiben, aber es gelang mir nicht. Ich ließ mein schiefes Grinsen vom Stapel und griff mir meinen Hut. »Zum Teil hängt es damit zusammen. Ich traue eben so leicht niemandem.«

Charlotte stand auf und gab damit den von mir so lange ersehnten Blick auf ihre Beine frei.

»Ich verstehe«, meinte sie. »Einem Mann bedeutet ein Freund mehr als einer Frau.«

»Besonders, nachdem dieser Freund seinen Arm geopfert hat, um mir das Leben zu retten.«

Ihre Stirn kräuselte sich verwirrt. »Sie sind das also.« Sie hauchte es fast. »Das habe ich nicht gewußt, aber ich bin froh, daß Sie es mir gesagt haben. Ich habe von Jack so viel über Sie gehört, aber er erzählte alle Geschichten in der dritten Person. Er hat seinen Arm mit keinem Wort erwähnt. Myrna hat mir dann später gesagt, wie er ihn verloren hat.«

»Jack wollte mich nicht verlegen machen. Aber das ist nur einer der Gründe, warum ich mir seinen Mörder schnappen werde. Er war schon vorher mein Freund.«

»Ich hoffe, Sie erwischen ihn«, meinte sie ernst. »Das hoffe ich aufrichtig.«

Wir standen einen Augenblick lang nur da und sahen uns an. Dann fing ich mich wieder. »Ich muß jetzt gehen. Bis bald.«

Ihr Atem schien kurz zu stocken, ehe sie sanft erwiderte: »Sehr bald, hoffe ich.«

Ich wünschte, daß das Leuchten in ihren Augen wirklich so verheißungsvoll war, wie ich mir einbildete.

Ich parkte meinen Wagen ein paar Meter von dem blauen Vordach des Apartmenthauses entfernt. Der Türsteher – zur Abwechslung mal ein konservativ gekleideter – öffnete den Schlag meines Wagens, ohne dabei verächtlich die Nase zu rümpfen. Ich nickte ihm zu und ging in die Vorhalle.

Ihr Name war über der Klingel in eine Metallplatte eingestanzt. ›Manning, Charlotte‹, stand da, ohne die Aufzählung von akademischen Titeln wie bei dem Arzt in der Wohnung unter ihr. Der Knabe mußte einen Buchstabenkomplex haben. Ich drückte den Klingelknopf und trat ein, als der Summer ertönte.

Sie wohnte im vierten Stockwerk, in einer Suite, die zur Straße hinaus gelegen war. Ein pechschwarzes Mädchen in weißem Kittel öffnete die Tür.

»Mistah Hammah?« fragte sie.

»Ja, woher wissen Sie?«

»Die Härr von Polizei erwartet Sie in Vorzimmah. Kommen Sie.«

Und tatsächlich – da lümmelte Pat in einem Sessel am

Fenster. »Hallo, Mike«, rief er. Ich warf meinen Hut auf ein Beistelltischchen und setze mich auf ein Sitzkissen neben ihn.

»Was hast du herausgekriegt, Pat?«

»Ihre Geschichte stimmt. Ein Nachbar hat sie zur angegebenen Zeit hereinkommen sehen, und ihr Mädchen hat es bestätigt.« Diesmal war ich über das stichhaltige Alibi erleichtert. »Ich wußte, daß du vorbeikommen würdest, also habe ich es mir hier bis zu deinem Eintreffen gemütlich gemacht. Übrigens – ich wünschte, du würdest den Leuten, die ich zu deiner Beschattung abstelle, das Leben nicht so schwermachen.«

»Was heißt hier schwer? Halt sie mir von der Pelle. Oder besorg mir einen Experten.«

»Es ist doch nur zu deinem Schutz, Mike.«

»Blödsinn. Du solltest mich besser kennen. Ich kann selbst auf mich aufpassen.« Pat lehnte den Kopf zurück und schloß die Augen. Ich sah mich im Zimmer um. Genau wie das Büro war auch Charlotte Mannings Wohnung ausgesprochen geschmackvoll eingerichtet. Sie hatte etwas Lässiges an sich, das sie bewohnt aussehen ließ, und doch wirkte alles ordentlich. Sie war nicht groß; aber dazu bestand ja auch kein Anlaß. Da sie allein lebte und nur ein Hausmädchen bei ihr wohnte, genügten ein paar Zimmer. Die Wände zierten mehrere gute Bilder, die über gutbestückten Bücherregalen hingen. Ich bemerkte einen Bücherschrank, der ausschließlich Literatur über Psychologie enthielt. Eine Wand des Zimmers wurde nur von einem gerahmten Diplom geschmückt. Vom Wohnzimmer aus führte ein breiter Gang zum Schlafzimmer und zur Küche; das Badezimmer war gegenüber. Neben der Diele lag das Zimmer des Hausmädchens. Hier diente die farbliche Gestaltung der Räume nicht dazu, aufgewühlte Gemüter zu beruhigen, sondern sie sollte die schöne Bewohnerin mit einem bunten und fröhlichen Hintergrund versehen. Genau gegenüber von dem Sitzkissen, auf dem ich mich niedergelassen hatte, stand ein Sofa, volle drei Meter lang. Es brachte mich augenblicklich auf dumme Gedanken, die ich schnell verdrängte. Zum Casanova-Spielen war jetzt keine Zeit. Noch nicht.

Ich stupste Pat mit dem Fuß an. »Schlaf hier nicht ein, Alter. Du verschwendest schließlich Steuergelder.«

Er schreckte aus seinen Träumen hoch. »Ich hab' dir nur Zeit gelassen, dich umzusehen, Kleiner. Laß uns abdampfen.«

Kathy, das Hausmädchen, kam angewieselt, als sie uns aufstehen hörte. Sie öffnete die Tür für uns, und ich hörte die Glocke, von der Charlotte gesprochen hatte. »Geht der Gong auch, wenn die Klingel gedrückt wird?« fragte ich sie.

»Jassör, odah wenn die Tüh aufgemacht wied, dann auch.«

»Warum?«

»Na, wenn ich nich da bin, muß Miß Charlotte aufmachen. Manchmah, wenn sie in Schwahzkammah is und die Klingel geht, drückt sie bloß auf den Knopf füh unten, und wenn dann jemand oben reinkommt, höht sie es. Sie kann nich mittendrin aus die Schwahzkammah gehn und unten und oben aufmachen.«

Ich sah Pat an und er mich.

»Was ist das – die Schwarzkammer?« schnauzte ich sie fast an. Kathy zuckte zusammen, als hätte sie ein Peitschenhieb getroffen.

»Na, da wo sie Bildah aus die Filme macht«, antwortete sie. Pat und ich kamen uns ziemlich blöd vor, als wir gingen. Charlotte war also Hobbyfotografin. Ich nahm mir vor, meine diesbezüglichen Kenntnisse aufzupolieren, damit wir bei unserem nächsten Zusammentreffen ein Gesprächsthema hatten. Unter anderem, natürlich ...

5

Unten überquerten Pat und ich die Straße, gingen in ein winziges Bistro und setzen uns mit zwei Flaschen Bier in eine Ecke. Er fragte mich, ob ich schon irgend etwas herausgefunden hätte, und ich mußte verneinen.

»Was ist mit dem Motiv?« fragte ich ihn. »Ich tappe da noch völlig im dunkeln; allerdings habe ich mich auch noch nicht eingehend mit der Frage befaßt. Wenn ich die ganzen Einzelheiten des Falles zusammengetragen habe, werde ich mich daranmachen, nach dem Motiv zu suchen. Aber hast du schon was gefunden?«

»Bis jetzt noch nicht«, antwortete Pat. »Die Ballistikexperten haben die Kugel untersucht und herausgefunden, daß sie aus einem noch nicht identifizierten 9-mm-Revolver abgefeuert wurde. Ihrer Ansicht nach muß die Waffe fast neu gewesen sein. Wir haben daraufhin sämtliche Waffenkäufe in letzter Zeit überprüft, aber ohne Ergebnis. Es sind nur zwei dieser Revolver verkauft worden, beide an Ladenbesitzer, die vor kurzem überfallen worden sind. Wir haben ein paar Probepatronen mitgenommen, sie stimmten nicht überein.«

»Vielleicht war es ja eine Waffe, die schon vor längerer Zeit gekauft, aber erst vor kurzem zum erstenmal benutzt worden ist«, warf ich ein.

»Daran haben wir auch gedacht. Aber auch da ließ sich nichts ermitteln. Soweit wir wissen, hat keiner der Partygäste je eine Waffe besessen.«

»Wenigstens nicht offiziell«, fügte ich hinzu.

»Ja. Es ist möglich, daß sich jemand irgendwie eine Waffe beschafft hat; das ist ja nicht so schwer.«

»Was ist mit dem Schalldämpfer? Der Mörder war kein Neuling im Umgang mit Waffen. Ein Schalldämpfer plus Dumdum-Geschoß. Er wollte ganz sichergehen, daß Jack starb – und zwar nicht zu schnell. Er sollte einfach nur sterben.«

»Auch da findet sich keine Spur. Der Schalldämpfer stammt möglicherweise von einem Gewehr. Es gibt ein paar Sorten Gewehre mit Schalldämpfern, die man auf eine 9 mm aufsetzen kann.«

Wir tranken beide langsam unser Bier aus und dachten angestrengt nach. Es vergingen volle zwei Minuten, bevor Pat sich plötzlich an etwas erinnerte und sagte: »Ach, beinahe hätte ich es vergessen – Kalecki und dieser Kines sind heute morgen in eine Wohnung in der Stadt umgezogen.«

Das war mir neu. »Warum denn das?«

»Gestern nacht hat jemand durch das Fenster auf ihn geschossen. Hat ihn nur um Haaresbreite verfehlt. Auch eine 9 mm. Wir haben die Kugel mit der verglichen, die Jack getötet hat. Sie stammen aus ein und derselben Waffe.«

Ich hätte mich beinahe an meinem Bier verschluckt. »Das hättest du also beinahe vergessen«, meinte ich mit einem spöttischen Grinsen.

»Oh, da wäre noch etwas.«

»Was?«

»Er glaubt, du warst es.«

Ich knallte mein Glas so heftig auf den Tisch, daß Pat zusammenfuhr. »Dieser elende Dreckskerl! Jetzt reicht es. Diesmal werde ich ihn mir vornehmen, daß ihm Hören und Sehen vergeht!«

»Bei dir brennen schon wieder alle Sicherungen durch, Mike. Setz dich hin und reg dich ab. Er hat, wie er selbst sagt, einigen Einfluß im Rathaus, und die haben uns beauftragt, dich unter die Lupe zu nehmen. Du darfst nicht vergessen, daß du schon früher ein paar unerwünschte Persönlichkeiten getroffen hast und daß die Kugeln aus deiner Pistole fotografiert worden sind. Wir haben die Bilder noch und haben alles mögliche versucht, sie in Übereinstimmung zu bringen, aber sie wollten einfach nicht passen. Außerdem wissen wir, wo du letzte Nacht warst. Man hat nämlich in der Pinte eine Razzia gemacht, zehn Minuten nachdem du gegangen bist.«

Ich wurde leicht rot und setzte mich. »Du hast vielleicht eine Art, einem Neuigkeiten beizubringen, Pat. Jetzt aber Spaß beiseite – wohin sind Kalecki und Co. gezogen?«

Pat grinste. »Sie wohnen gleich um die Ecke im selben Apartmentblock wie die Bellemy-Zwillinge, allerdings im zweiten Stock. Das Haus heißt Midworth Arms.«

»Bist du schon dagewesen?«

»Nicht, um die Zwillinge zu besuchen. Aber ich war bei George und Hal. Ich hatte eine Menge Spaß dabei, ihm klarzumachen, daß es nur wenig Sinn hat, dir wegen neulich abend eine Klage wegen tätlicher Beleidigung anzuhängen. Ich brauchte auch nicht lange auf ihn einzureden. Anscheinend hat er von deinen Methoden gehört, will aber mit großen Sprüchen das Gesicht wahren.«

Wir tranken beide unser Bier aus und standen auf. Ich durchwühlte meine Taschen etwas schneller als Pat und mußte zur Strafe die Rechnung bezahlen. Das nächstemal war Pat dran. Polizist hin oder her. Vor der Tür trennten wir uns, und als er losgefahren war, ging ich um die Ecke in Richtung Midworth Arms. Wenn mich jemand des Mordes – egal ob versucht oder vollendet – bezichtigte, wollte ich schon Genaueres wissen. Der wahre Grund, warum Pat so sicher war, daß ich nicht der Täter war, lag darin, daß der Mörder danebengeschossen hatte. Mir wäre das nicht passiert.

Ich wußte, daß Kalecki wahrscheinlich den Türsteher und den Hauswart bestochen hatte, damit sie mich nicht hereinließen, also schlug ich mich gar nicht erst mit ihnen herum. Statt dessen marschierte ich wie ein gewöhnlicher Mieter hinein und fuhr mit dem Lift bis zum zweiten Stock. Der Liftboy war ein magerer Heini, Ende Zwanzig, mit offenbar fest auf seinem Gesicht installiertem hämischem Grinsen. Ich war der einzige Gast im Aufzug, und als wir anhielten, zog ich einen Schein aus der Tasche.

»Kalecki. George Kalecki. Er ist neu in dieser Bruchbude. Sag mir die Wohnungsnummer, und der Lappen gehört dir«, sagte ich. Er musterte mich sorgfältig von oben bis unten. Schließlich schob er seine Zunge in die Backentasche und sagte: »Sie müssen dieser Gangster Hammer sein. Er hat mir 'n Zehner gegeben, damit ich Ihnen die Nummer nicht verrate.«

Ich knöpfte meinen Mantel auf und zog meine 9 mm aus dem Halfter. Dem Burschen fielen fast die Augen aus dem Kopf, als er sie sah. »Ich *bin* dieser Gangster Hammer«, sagte ich, »und wenn du mir die Nummer nicht gibst, kriegst du von mir das hier.« Ich zielte mit dem Pistolenlauf auf ihn.

»206 nach vorn raus«, stammelte er hastig. Mein Geldschein war eine Fünfdollarnote. Ich knüllte sie zusammen und stopfte sie ihm in den Mund, der noch offenstand, und steckte meinen Revolver wieder ein.

»Erinnere dich das nächstemal an mich. Und bis dahin halt die Klappe, sonst muß ich sie dir für immer verschließen.«

»J-ja, Sir.« Er sprang fast zurück in den Lift und knallte die Tür zu.

206 lag am Ende des Ganges und ging zur Straße hinaus. Ich klopfte, bekam aber keine Antwort. Fast ohne zu atmen, preßte ich mein Ohr an die Holztäfelung der Tür und lausch-

45

te. Auf diese Art nutzte ich das Holz als Resonanzboden, der jeden Laut von innen hundertfach verstärkt. Das heißt, normalerweise. Diesmal nicht. Es war niemand zu Haus. Nur um ganz sicherzugehen, schob ich einen Zettel unter der Tür durch und ging dann den Gang zurück und eine Treppe weiter runter. Dort zog ich die Schuhe aus und schlich auf Zehenspitzen zurück. Der Zettel lag noch genauso da, wie ich ihn hingeschoben hatte.

Anstatt lange herumzutun, holte ich meinen Bund Dietriche heraus. Der dritte paßte. Ich ließ das Schloß hinter mir wieder zuschnappen – sicherheitshalber.

Die Wohnung war möbliert. Es waren keinerlei persönliche Sachen von Kalecki dabei, abgesehen von einem Bild von ihm aus seiner Jugend, das auf dem Kaminsims stand. Ich ging ins Schlafzimmer. Es war ein großer Raum mit zwei Schränken und einem Tisch. Aber es stand nur ein Bett drin. Also schliefen sie doch zusammen. Ich mußte lachen, auch wenn ich die Möglichkeit schon vorher erwähnt hatte, um die beiden auf die Palme zu bringen.

Unter dem Bett stand ein Koffer. Den machte ich zuerst auf. Obenauf sechs weißen Hemden lag eine 9 mm mit zwei vollen Magazinen daneben. Mann, o Mann, das war eine Waffe für Profis, und seit neuestem schien sie überall aufzutauchen. Ich schnupperte am Lauf, aber er war sauber. Soweit ich das beurteilen konnte, war daraus seit mindestens einem Monat nicht geschossen worden. Ich wischte meine Fingerabdrücke ab und legte die Pistole zurück.

In den Schränken war auch nichts von Bedeutung. Hal Kines hatte ein Fotoalbum, das ihn bei der Ausübung jeder erdenklichen Sportart zeigte. Eine Menge Fotos zeigten auch Frauen, und ein paar waren gar nicht übel – vorausgesetzt, man steht auf große Schlanke. Mir persönlich ist was Volleres lieber. Auf den hinteren Seiten des Albums waren ein paar Bilder von Kalecki und Hal. Auf einem angelten sie gerade. Ein anderes war neben einem Wagen aufgenommen worden; sie trugen darauf Freizeitkleidung.

Es war das dritte Bild, das meine Aufmerksamkeit auf sich zog. Hal und Kines standen vor einem Geschäft. Auf diesem Foto war Hal gar nicht wie ein Student gekleidet. Er sah eher wie ein Geschäftsmann aus. Aber das war nicht das Interessanteste. Das Schaufenster hinter ihnen war auf moderne Art mit großen Sensationsfotos dekoriert, wie man es oft bei Geschäften sieht, deren Schaufenster auf der Straßenseite sind. Hier hingen zwei Bilder aus. Das eine konnte man nicht erkennen, aber das andere zeigte die brennende ›Morro Castle‹. Und diese Brandkatastrophe lag acht Jahre zurück. Und doch sah Hal auf dem Foto älter aus als jetzt.

Ich hatte keine Zeit mehr, mich gründlicher umzusehen. Ich hörte die Lifttür zufallen und ging ins vordere Zimmer. Dort hörte ich schon jemand am Schloß hantieren, wobei er eine ganze Reihe kräftiger Flüche ausstieß. Schließlich ließ ich das Schloß aufschnappen und öffnete die Tür. »Komm rein, George«, sagte ich. Er sah eher ängstlich aus als erstaunt. Offensichtlich glaubte er tatsächlich, daß ich derjenige war, der auf ihn geschossen hatte. Hal stand hinter ihm, bereit, bei der ersten Bewegung von mir davonzurennen. George hatte sich als erster gefangen.

»Wie kommen Sie dazu, in meine Wohnung einzubrechen? Diesmal...«

»Ach, halt die Klappe und komm rein. Mir ist das genauso lästig. Wenn du noch eine Weile zu Hause geblieben wärst, wäre es besser gewesen.«

Die beiden marschierten ins Schlafzimmer. Als Kalecki wieder herauskam, war sein Gesicht krebsrot. Ich ließ ihm keine Zeit, mich irgendwie zu beschuldigen.

»Wozu das Schießeisen?« fragte ich.

»Für Typen wie Sie«, zischte er, »für Kerle, die versuchen, mich durchs Fenster abzuknallen. Außerdem habe ich einen Waffenschein.«

»Schön, du hast einen Waffenschein. Überleg dir nur gut, auf wen du mit der Kanone schießt.«

»Keine Sorge, ich werde Sie rechtzeitig warnen. Würden Sie mir jetzt freundlicherweise sagen, was Sie hier suchen?«

»Natürlich, mein Lieber. Ich möchte Einzelheiten über die Knallerei. Da ich der Beschuldigte bin, möchte ich gern wissen, was ich getan haben soll.«

George wickelte sich eine Zigarre aus und steckte sie in eine Spitze. Er ließ sich Zeit mit dem Anzünden und antwortete erst dann: »Sie scheinen doch Verbindung zur Polizei zu haben. Warum fragen Sie sie nicht einfach?«

»Weil ich nicht gern Informationen aus zweiter Hand bekomme. Und wenn du klug bist, redest du. Die Waffe war die Waffe des Mörders, und diesen Mörder will ich kriegen, das weißt du. Aber das ist nicht alles. Der Killer hat es einmal versucht und danebengeschossen, also kannst du Gift darauf nehmen, daß er einen zweiten Versuch unternimmt.«

Kalecki nahm die Zigarre aus dem Mund. Kleine Angstfältchen kräuselten sich um seine Augenpartie. Der Mann hatte eine Heidenangst. Er versuchte es zu verbergen, aber es gelang ihm nicht besonders gut. Seine Mundwinkel zuckten nervös.

»Ich verstehe immer noch nicht, wie ich Ihnen helfen kann. Ich habe in dem großen Sessel am Fenster gesessen, und plötzlich zersplitterte neben mir Glas, und eine Kugel drang in die Sessellehne. Ich ließ mich auf den Boden fallen und kroch zur Wand hinüber, um außer Sichtweite des Schützen zu kommen.«

»Warum?« fragte ich bedächtig.

»Warum? Um meine Haut zu retten, natürlich. Haben Sie vielleicht gedacht, ich bleibe sitzen und lasse mich einfach abknallen?« Kalecki warf mir einen Blick voller Verachtung zu, aber das ignorierte ich.

»Du verstehst mich nicht, George«, sagte ich, »warum ist überhaupt auf dich geschossen worden?«

Auf seiner Stirn tauchten kleine Schweißperlen auf. Er fuhr sich nervös über die Augenbrauen. »Woher soll ich das wissen? Ich habe mir sicher im Laufe meines Lebens ein paar Feinde gemacht.«

»Hier handelt es sich aber um einen ganz speziellen Feind, George. Dieser hat Jack umgebracht, und jetzt macht er Jagd auf dich. Das nächstemal schießt er vielleicht nicht daneben. Warum stehst du auf seiner Abschußliste?«

Jetzt war seine Nervosität ganz offensichtlich.

»Ich weiß nicht. Wirklich nicht.« Jetzt klang es fast entschuldigend. »Ich habe darüber nachgedacht und nach einer Antwort gesucht. Deshalb bin ich auch in die Stadt gezogen. Wo ich vorher gewohnt habe, konnte mich jeder erwischen. Hier habe ich wenigstens noch andere Menschen um mich.«

Ich beugte mich vor. »Du hast nicht scharf genug nachgedacht. Du und Jack hattet irgendwas gemeinsam. Was war das? Was weißt du, das Jack wußte? Weißt du über irgend jemand etwas, über das auch Jack gestolpert sein könnte? Beantworte diese Fragen, und du hast deinen Mörder.«

Er stand auf und fing an, im Zimmer auf und ab zu gehen. Der Gedanke, auf einer Abschußliste zu stehen, machte ihn halb wahnsinnig. Er war einfach nicht mehr der Jüngste. So etwas nahm ihn einfach mit.

»Ich weiß es nicht. Es muß sich um einen Irrtum handeln. Ich kannte Jack gar nicht lange. Hal kannte ihn besser. Er hat ihn durch Miß Manning kennengelernt. Wenn Sie da einen Zusammenhang finden können, sage ich Ihnen gern, was ich weiß. Glauben Sie vielleicht, ich will umgelegt werden?«

Das war ein Aspekt, den ich nicht berücksichtigt hatte. Hal Kines saß noch immer in dem Armsessel neben dem Kamin und sog gierig an seiner Zigarette. In seiner Eigenschaft als Sportler hielt er sich offenbar herzlich wenig an die Trainingsregeln. Ich mußte immerzu an das Foto von Hal denken. Das, das vor acht Jahren gemacht worden war. Er war ein junger Kerl, aber das Bild ließ ihn wie einen Opa aussehen. Ich weiß nicht. Vielleicht war es auch ein leerstehender Laden, in dem das Foto von der ›Morro Castle‹ schon seit Jahren hing.

»Schön, Hal, dann laß mal hören, was du weißt.« Der Knabe wandte den Kopf zu mir, wobei er mir einen Blick auf sein klassisches griechisches Profil ermöglichte.

»George hat schon alles gesagt.«

»Wie hast du Miß Manning kennengelernt?« fragte ich ihn. »Schließlich ist sie doch eine Kragenweite, die dir eine Nummer zu groß sein dürfte.«

»Sie ist letztes Jahr bei uns an der Uni gewesen und hat eine Vorlesung über praktische Psychologie gehalten. Das ist mein Hauptfach. Sie hat mehrere Studenten zu Besuch in ihre Praxis eingeladen, um ihre Behandlungsmethoden zu studieren. Ich war einer davon. Sie ist auf mich aufmerksam geworden und hat mir unheimlich geholfen. Das ist alles.«

Warum sie sich für ihn interessiert hatte, war nicht schwer zu erraten. Der Gedanke machte mich fast wahnsinnig, aber vielleicht hatte er ja recht. Vielleicht war ihr Interesse ja wirklich rein beruflicher Natur. Schließlich konnte eine Frau wie sie jeden haben – mich eingeschlossen. Ich forschte weiter. »Und was ist mit Jack? Wann hast du den kennengelernt?«

»Kurz danach. Miß Manning hat mich zum Abendessen mit ihm und Myrna mitgenommen. Ich bin mal nach einem Footballspiel in eine Rauferei geraten, als wir alle betrunken waren. Es war das letzte Spiel der Saison, und die Trainingsregeln waren aufgehoben worden. Wir sind wohl ein bißchen weit gegangen, jedenfalls haben wir eine Kneipe auseinandergenommen. Jack kannte den Besitzer, und anstatt uns anzuzeigen, ließ er uns den Schaden ersetzen. In der Woche darauf studierte ich gerade im Gefängnis die Krankengeschichte eines Triebmörders, als ich Jack wieder begegnete. Er freute sich, mich zu sehen, und wir haben zusammen gegessen. Innerhalb kurzer Zeit wurden wir gute Freunde. Ich war froh, ihn zu kennen, denn er hat mir ungeheuer geholfen. Im Zusammenhang mit der Arbeit, an der ich gerade saß, mußte ich verschiedene Örtlichkeiten aufsuchen, in die man mich ohne seine Hilfe gar nicht gelassen hätte.«

Damit konnte ich beim besten Willen nichts anfangen. Jack hat nie viel über andere Leute gesprochen. Uns hatte unser gemeinsames Interesse an der Polizeiarbeit zusammengeführt, und unsere Freundschaft entwickelte sich bei der Beschäftigung mit Schußweiten, Ballistik und Fingerabdrücken. Selbst als wir in der Armee waren, befaßten wir uns in Gedanken damit. Das Privatleben war eher nebensächlich. Er hatte gelegentlich Freunde erwähnt. Das war alles. Myrna kannte ich sehr gut. Kalecki durch seine Verbindung zur Unterwelt. Die Bellemy-Zwillinge vorwiegend aus der Zeitung und von den ein- oder zweimal, die ich sie getroffen hatte.

Es hatte keinen Sinn, dort noch länger herumzuhängen. Ich setzte mir meinen Deckel auf und ging zur Tür. Keiner von den beiden machte Anstalten, mir auf Wiedersehen zu sagen, und so ging ich hinaus und knallte die Tür zu, so laut ich konnte. Draußen fragte ich mich, wo George bloß die 9 mm herhatte. Pat hatte gesagt, daß keiner der Partygäste eine Waffe besaß. Und doch hatte George nicht nur eine Waffe, sondern auch einen Waffenschein. Behauptete er zumindest. Na ja, wenn irgend etwas passierte und eine 9 mm im Spiel war, wußte ich jedenfalls, wo ich zuerst suchen mußte.

Die Bellemy-Zwillinge wohnten im fünften Stock. Ihr Apartment hatte die gleiche Lage wie das Kaleckis. Nur bekam ich im Unterschied zu ihm hier eine Antwort auf mein Klingeln. Die Tür hatte eine Kette auf der Innenseite, und durch den zehn Zentimeter breiten Spalt musterte mich ein recht unscheinbares, aber im Ansatz hübsches Gesicht.

»Ja?«

Ich wußte nicht, mit welchem Zwilling ich es zu tun hatte, und so sagte ich: »Miß Bellemy?« Sie nickte. »Ich bin Mr. Hammer, Privatdetektiv. Ich ermittle im Fall Williams. Könnten Sie...«

»Aber natürlich.« Die Tür wurde zugemacht und die Kette abgenommen. Als sie wieder geöffnet wurde, sah ich eine Frau vor mir, der man schon von weitem ansah, daß sie viel Sport trieb. Ihre Haut war von der Sonne gebräunt, bis auf die Fältchen um ihre Augen, und ihre Arme und Schultern hatten straffe Muskeln wie eine Statue. Die Fotos wurden dieser Frau wirklich nicht gerecht. Einen Augenblick lang fragte ich mich erstaunt, warum die beiden Schwierigkeiten hatten, unter die Haube zu kommen. Soweit ich das beurteilen konnte, hatte dieser Zwilling keinen Makel, der nicht mit dazugehörigem Geld aufgewogen werden konnte. Eine Menge Männer hätten sie sogar ohne Geldbelohnung genommen.

»Möchten Sie nicht hereinkommen?«

»Danke.« Ich trat ein und sah mich um. Kein großer Unterschied zu Kaleckis Wohnung, aber statt Zigarrengestank hing hier der Duft von Parfüm in der Luft. Sie führte mich zu zwei Sofas, zwischen denen ein Kaffeetischchen stand, und deutete auf eines der beiden. Ich setzte mich hin, und sie nahm mir gegenüber Platz.

»Also, weswegen wollen Sie mich sprechen?«

»Vielleicht könnten Sie mir vorher noch sagen, mit welcher der beiden Bellemy-Damen ich spreche, damit ich sie nicht durcheinanderbringe.«

»Oh, ich bin Mary«, sagte sie lachend. »Esther ist einkaufen gegangen – was bedeutet, daß sie den ganzen Tag unterwegs sein wird.«

»Na, ich denke, Sie werden mir alles sagen können, was ich wissen muß. Hat Mr. Chambers Sie schon aufgesucht?«

»Ja. Und er hat mich auch auf Ihren Besuch vorbereitet.«

»Ich habe nur ein paar Fragen. Sie haben Jack doch schon vor dem Krieg gekannt, nicht wahr?« Sie bestätigte es mit einem Nicken.

»Ist Ihnen am Abend der Party irgend etwas Besonderes aufgefallen?« fragte ich weiter.

»Nein, gar nichts. Wir haben nur ein paar Glas getrunken und ein bißchen getanzt. Ich habe gesehen, daß Jack ein paarmal ziemlich ernst mit Myrna gesprochen hat, und einmal sind er und Myrna für etwa fünfzehn Minuten zusammen in die Küche gegangen, aber sie sind lachend wieder herausgekommen, als hätten sie sich Witze erzählt.«

»Haben sich von den anderen auch welche abgesondert?«

»Nein, eigentlich nicht. Myrna und Charlotte hatten ein kurzes Gespräch miteinander, aber die Männer haben sie unterbrochen, als die Gäste anfingen zu tanzen. Ich glaube, sie haben sich über Myrnas Heiratspläne unterhalten.«

»Und später?«

»Wir haben erst einen Happen gegessen und sind dann nach Hause gefahren. Wir hatten wie immer beide unseren Schlüssel vergessen und mußten den Hauswart wecken, damit er uns aufmachte. Wir sind gleich ins Bett gegangen. Ich wußte nichts von dem Mord, bis uns ein Reporter mit einem Telefonanruf aus dem Bett holte, um einen Kommentar zu bekommen. Wir haben damit gerechnet, daß die Polizei gleich zu uns kommen würde, und sind zu Hause geblieben, aber es ist erst heute jemand aufgetaucht.« Sie hielt inne und legte den Kopf ein wenig schief. »Oh«, sagte sie, »Sie müssen mich einen Augenblick entschuldigen. Ich habe das Badewasser angelassen.«

Sie lief hinaus auf den schmalen Korridor und verschwand im Badezimmer.

In einem Ständer neben der Couch lagen ein paar Zeitschriften. Ich nahm mir eine und blätterte darin herum, aber es war ein Modeheft ohne Fotos drin, und so legte ich es wieder weg. Ganz unten in dem Stapel lagen zwei neue Ausgaben der Zeitschrift ›Bekenntnisse‹. Die Hefte waren etwas besser als der Rest, aber im Grunde war es alles so ziemlich dasselbe. In dem einen war eine heiße Geschichte über ein Mädchen, das in der Großstadt einen Detektiv kennenlernt. Er nutzt sie aus, und sie will sich vor die U-Bahn werfen. Ein junger Kerl rettet sie im letzten Augenblick und macht eine ehrbare Frau aus ihr.

Ich war gerade an der Stelle angekommen, wo er sie zum Standesamt führt, als Mary Bellemy zurückkam. Diesmal allerdings verschlug mir ihr Anblick fast den Atem. Statt des grauen Kostüms von vorher trug sie jetzt nur ein hauchdünnes Negligé. Ihr Haar war offen, und ihr Gesicht sah rein und klar aus.

Ich weiß nicht, ob sie es mit Absicht tat oder nicht, jedenfalls trat sie kurz in den Lichtstrahl, der durch das Fenster fiel, und ich konnte durch alles hindurchsehen, was sie anhatte. Und das war nicht viel. Nur das Negligé. Sie lächelte und setzte sich neben mich. Ich rückte etwas zur Seite, um ihr Platz zu machen.

»Tut mir leid, daß ich Sie warten lassen mußte, aber das Wasser wäre sonst kalt geworden.«

»Das macht doch nichts. Die meisten Frauen hätten dazu den ganzen Tag gebraucht.«

Sie lachte erneut. »Ich nicht. Ich war viel zu begierig darauf, mehr über den Fall zu hören, an dem Sie arbeiten.« Sie schlug die Beine übereinander und beugte sich vor, um eine Zigarette aus der Schachtel auf dem Tisch zu nehmen. Ich mußte den Blick von ihr abwenden. Zu dem Zeitpunkt konnte ich es mir nicht leisten, in eine Liebesaffäre verwickelt zu werden. Außerdem wollte ich später noch zu Charlotte.

»Zigarette?« fragte sie.

»Nein, danke.« Sie lehnte sich auf der Couch zurück und blies einen Ring an die Decke.

»Was kann ich Ihnen sonst noch erzählen? Ich kann für uns beide sprechen, meine Schwester und mich, denn wir waren bis zum nächsten Abend zusammen.« Der Anblick ihres Körpers in diesem nachlässig übergeworfenen durchsichtigen Etwas lenkte mich ständig von dem ab, was sie sagte. »Natürlich können Sie sich das später von meiner Schwester bestätigen lassen«, fügte sie hinzu. »Genau wie Mr. Chambers es getan hat.«

»Nein, das wird nicht nötig sein. Diese Einzelheiten sind nicht so wichtig. Ich suche mehr nach Dingen, die einem auf den ersten Blick unbedeutend erscheinen. Kleine Auseinandersetzungen, irgend etwas, das Ihnen in den letzten Tagen vielleicht an Jack aufgefallen ist. Eine Bemerkung oder irgend etwas, das Sie zufällig aufgeschnappt haben.«

»Ich fürchte, da kann ich Ihnen nicht helfen. Ich bin keine gute Lauscherin und sammle keine Klatschmeldungen. Meine Schwester und ich haben immer sehr zurückgezogen gelebt – das heißt, bis wir in die Stadt gezogen sind. Unser Freundeskreis umfaßt unsere Nachbarn, die die Einsamkeit genauso schätzen wie wir. Wir haben nur selten Gäste aus der Stadt.«

Mary zog ihre Beine auf die Couch und drehte sich zur Seite, um sich mir zuzuwenden. Dabei öffnete sich ihr Negligé, aber sie ließ sich Zeit, es wieder zuzuziehen. Mit voller Absicht ließ sie meine Augen den Anblick ihres herrlichen Busens genießen. Soweit ich ihre Bauchdecke sehen konnte, zeigten sich straffe, glatte Muskeln – fast wie die eines Mannes. Ich leckte mir die Lippen und sagte: »Wie lange werden Sie noch in der Stadt bleiben?«

Sie lächelte. »Nur so lange, wie Esther braucht, um ihre Kauflust auszutoben. Ihre Hauptfreude am Leben besteht nämlich darin, sich schöne Kleider zu kaufen, egal, ob sie jemand darin sieht oder nicht.«

»Und Ihre?«

»Meine ist das Leben selbst.« Zwei Wochen zuvor hätte ich mir nicht vorstellen können, das aus ihrem Mund zu hören; jetzt dagegen schon. Ich hatte ein Frau vor mir, für die Zeit und Ort vollkommen nebensächlich waren.

»Sagen Sie«, setzte ich an, »wie kann man Sie beide eigentlich voneinander unterscheiden?«

»Eine von uns hat ein kleines rotes Muttermal auf der rechten Hüfte.«

»Und wer von beiden?«

»Warum sehen Sie nicht nach?«

Mann, o Mann, das Mädchen ließ es wirklich darauf ankommen. »Heute nicht. Ich habe noch einen Haufen Arbeit vor mir.« Ich stand auf und streckte meine Glieder.

»Sei nicht feige.«

Ihre Augen sprühten Feuer in meine. Es waren violette Augen, ein wild flammendes Violett. Ihr Mund sah weich und schimmernd aus – und herausfordernd. Sie machte keinerlei Versuch, ihr Negligé festzuhalten. Eine Schulter war entblößt, und ihre gebräunte Haut kontrastierte reizvoll mit dem rosa Stoff. Ich fragte mich, woher sie die Sonnenbräune hatte. Nirgendwo war auch nur ein weißer Streifen zu sehen. Sie öffnete ihre Beine und räkelte sich wie eine große Katze, so daß das Licht auf die Muskeln ihrer nackten Schenkel fiel.

Ich bin auch nur ein Mensch. Ich beugte mich über sie und preßte meine Lippen auf ihren Mund. Sie reckte sich vom Diwan, um mich zu erreichen, und schlang ihre Arme fest um meinen Hals. Ihr Körper loderte wie eine heiße Flamme; ihre Zungenspitze suchte nach meiner. Wo immer ich sie auch berührte, erschauerte ihr Körper unter meiner Hand. Jetzt wußte ich, warum sie nie geheiratet hatte. Ein Mann allein konnte sie nicht befriedigen. Meine Hand schloß sich um den Saum des Negligés, und mit einer Handbewegung zog ich es weg, so daß ihr Körper frei und unbedeckt vor mir lag. Sie ließ mich mit den Augen jeden Zentimeter ihres gebräunten Körpers absuchen. Ich ergriff meinen Hut und rammte ihn mir auf den Kopf. »Es muß wohl deine Schwester sein, die das Muttermal hat«, sagte ich im Aufstehen. »Bis bald.«

Ich erwartete, einen Schwall unschöner Ausdrücke hinterhergeschleudert zu bekommen, als ich durch die Tür ging, aber ich wurde enttäuscht. Statt dessen vernahm ich ein leises, zerstreutes Kichern. Ich hätte zu gern gewußt, wie Pat auf den Auftritt reagiert hatte. Mir war plötzlich klargeworden, daß sie mir als eine Art Falle in den Weg gelegt worden war, während Pat seinen Ermittlungen nachging. Diesen schäbigen Trick würde ich dem Kerl heimzahlen. Ich kannte

55

da eine hübsche Kleine in der Third Avenue, die selbst gern ihre Spielchen trieb, besonders mit der Polizei. Später vielleicht...

6

Velda war noch im Büro, als ich dort ankam. Als ich sah, daß das Licht noch brannte, blieb ich vor einer Spiegeltür stehen und untersuchte mich gründlich nach Spuren von Lippenstift. Es gelang mir, das Zeug von meinen Lippen zu wischen, aber bei meinem weißen Hemdkragen sah die Sache anders aus. Ich habe nie begreifen können, warum Lippenstift von Frauen so leicht abgeht, aber von Männern kaum zu entfernen ist. Bevor ich das nächstemal mit Mary Bellemy herumschmuste, würde ich sie erst einmal ein Abschminktuch benutzen lassen.

Ich ging pfeifend hinein. Velda sah mich kurz an, und ihr Mund verkniff sich. »Was ist denn jetzt los?« fragte ich, denn ich wußte sofort, daß etwas nicht stimmte.

»Du hast noch was am Ohr«, sagte sie.

Auweia. Dieses Mädchen konnte tödlich sein, wenn sie wollte. Ich bemühte mich nicht, mich herauszureden, sondern ging gleich in mein Büro. Velda hatte mir ein sauberes Hemd und eine unzerknitterte Krawatte herausgelegt. Manchmal kam es mir vor, als könnte sie Gedanken lesen. Ich hatte immer ein paar Sachen für Notfälle griffbereit, und sie schien immer zu wissen, wann ich sie brauchen würde.

An der Waschschüssel in der Ecke machte ich mich ein bißchen frisch und zog dann das frische Hemd an. Mit Krawatten hatte ich immer Schwierigkeiten. Normalerweise half mir Velda immer damit, aber als ich die Tür zuknallen hörte, wußte ich, daß ich mich diesmal allein damit herumschlagen mußte.

Danach machte ich einen Abstecher in die Bar unten an der Straße und genehmigte mir ein paar Gläschen. Die Uhr an der Wand zeigte, daß es noch früh am Tag war, und so setzte ich mich in eine freie Ecke und richtete mich auf ein paar gemütliche Stunden ein. Der Kellner kam herüber, und ich

56

wies ihn an, mir alle fünfzehn Minuten einen Whisky-Soda zu bringen. Diese Art von Bestellung war schon alte Sitte und für den Ober nichts Neues. Ich zog eine Liste aus der Tasche und machte mir einige Notizen über Mary Bellemy. Bis jetzt bestand die Liste vorwiegend aus Bemerkungen über ihre Charaktereigenschaften, aber solche Dinge ermöglichen einem oft einen guten Einblick in ein Verbrechen. Im Grunde hatte ich eigentlich nicht viel erreicht. Ich hatte der Reihe nach alle Hauptverdächtigen besucht und sie ordentlich ins Schwitzen gebracht.

Zweifellos erledigte die Polizei ihre Arbeit auf ihre eigene, methodische Art. Sie war nicht so vertrottelt, wie so mancher Presseheini es gern darstellt. Es braucht seine Zeit, einen Mord aufzuklären. Aber bei diesem Mord ermittelten wir um die Wette. Wenn ich es irgendwie verhindern konnte, sollte Pat mir nicht zuvorkommen. Er hatte die gleichen Leute besucht wie ich, aber ich war sicher, daß er nicht mehr wußte als ich.

Was wir beide suchten, war das Motiv. Es mußte eines geben – und zwar ein gutes. Ein Mord geschieht nicht einfach. Ein Mord wird geplant. Manchmal zwar in Eile, aber dennoch mit Methode. Was die Zeitfrage betraf – George Kalecki hätte Zeit gehabt, Jack zu ermorden. Ebenso Hal Kines. Der Gedanke war mir höchst unangenehm, aber all das galt auch für Charlotte Mannings. Und dann war da noch Myrna. Auch sie hätte heimlich zurückkommen können, um die Tat zu begehen und dann unbemerkt wieder nach Hause zu fahren. Bleiben nur noch die Bellemy-Zwillinge. Vielleicht war das ein Zufall, aber die beiden hatten sich ein Alibi beschafft, indem sie sich vom Hauswart die Tür aufschließen ließen. Sollte es Absicht gewesen sein, war es ein ganz schön raffinierter Trick. Ich bemühte mich gar nicht, die Frage zu klären, ob sie später noch einmal weggegangen waren. Ich wußte, daß die Antwort ›nein‹ war. Zwillinge waren eigenartig; sie waren auf unheimliche Art unzertrennlich. Mir war das schon bei anderen Paaren aufgefallen, also würden diese beiden auch keine Ausnahme bilden. Wenn es darauf ankam, würden sie füreinander lügen, betrügen oder stehlen. Allerdings konnte ich mir Mary Bellemy nicht so recht als Nymphomanin vorstellen. Aus allem, was ich bisher über die beiden gelesen hatte, konnte ich entnehmen, daß sie lieb und sanft waren, weder alt noch jung. Sie blieben immer für sich allein, so stand es zumindest in den Zeitungen. Allerdings weiß man ja nie, was eine Frau tut, wenn sie mit einem Mann allein in ihrem Zimmer ist. Ich freute mich darauf, Esther Bellemy kennenzulernen. Das rote Muttermal klang vielversprechend.

Und dann war da der stümperhafte Schuß auf Kalecki. Die Sache war mir schleierhaft. Das beste war wohl, ich überprüfte mal seinen Bekanntenkreis in der Stadt. Ich winkte den Kellner herüber und bat um die Rechnung. Er runzelte die Stirn. Wahrscheinlich war er verdutzt, mich nach nur ein paar Gläsern gehen zu sehen.

Ich stieg in mein Auto und fuhr in den Hi-Ho-Club. Während der Zeit der Prohibition war das ein Umschlagplatz für Alkohol gewesen; im Lauf der Jahre war daraus eine düstere Spelunke geworden. Nach Einbruch der Dunkelheit war das für Fremde ein recht ungesunder Aufenthaltsort, aber ich kannte den Neger, der die Kneipe führte. Vier Jahre zuvor hatte er mir bei einer kleinen Schießerei mit einem Betrunkenen unter die Arme gegriffen, und ein paar Monate später hatte ich mich revanchiert, indem ich einen Kerl erledigte, der ihn abknallen wollte, weil er keine Schutzgebühr bezahlt hatte. In der Beziehung habe ich einen guten Ruf, und seit dem Vorfall läßt man ihn seinen Laden führen, wie es ihm paßt. In diesem Geschäft ist es immer gut, wenn man in solchen Kreisen Verbindungen hat.

Big Sam stand hinter der Theke. Er sah mich hereinkommen, bleckte seine Zähne zu einem breiten Grinsen und winkte mir mit einem nassen Lappen zu. Ich gab dem Knaben die Hand und bestellte ein Bier. Der große Gelbe und der lange Schwarze neben mir warfen mir finstere Blicke zu, bis sie Sam sagen hörten: »Tag, Mistah Hammah. Schön, Sie zu sehen. Schon lange her, seit Sie in der Gegend waren.«

Als die beiden meinen Namen hörten, verlagerten sie sich mit ihrem Bier drei Meter weiter entfernt an die Bar. Sam wußte, daß ich nicht gekommen war, um ein Bier zu trinken. Er ging zum Ende der Theke, und ich folgte ihm.

»Was ist los, Mistah Hammah? Kann ich was für Sie tun?«

»Ja. Läuft bei euch noch diese Zahlenlotterie?«

Sam sah sich schnell um, bevor er antwortete. »Ja. Die Jungs machen das genauso wie in anderen Kneipen. Warum?«

»Ist George Kalecki noch der Boß?«

Er fuhr sich mit der Zunge über seine wulstigen Lippen. Sam war nervös. Einerseits wollte er kein Spitzel sein, andererseits wollte er mir aber auch helfen. »Es geht um Mord, Sam«, sagte ich zu ihm. »Es ist besser, du erzählst es mir, als daß du dich von den Bullen aufs Revier schleifen läßt. Du weißt doch, wie die sind.« Ich konnte förmlich sehen, wie er darüber nachdachte. Seine schwarze Stirn legte sich in Falten. »Okay, Mistah Hammah. Ihnen kann ich das bestimmt sagen. Kalecki ist noch immer der große Boß, aber er kommt nicht mehr selber vorbei. Seine Laufburschen nehmen ihm die Arbeit ab.«

»Arbeitet Bobo Hopper noch für ihn? Er war doch eine Zeitlang bei ihm. Der hängt hier doch ständig rum, oder?«

»Ja. Der ist jetzt der Kopf, aber er macht keine Laufarbeit mehr. Er war in den letzten Monaten gut im Geschäft. Hält sich jetzt auch Bienen.«

Das war mir neu. Bobo Hopper war nur ein halber Mensch, ein plastisches Beispiel dafür, was die Unterwelt aus einem Menschen machen kann. Seine geistige Reife entsprach der eines Zwölfjährigen, dasselbe galt für seine körperliche Entwicklung. Sein ganzes Leben lang unterernährt, hatte er sich zu einer mageren Karikatur eines Menschen entwickelt. Ich kannte ihn gut. Ein netter Kerl, der ein Herz aus Gold hatte. Egal, wie schlecht man ihn behandelte, man blieb immer sein Freund. Jedermann war ein Freund für ihn. Alles. Auch Vögel, Tiere und Insekten. Einmal sah ich ihn sogar weinen, weil ein paar Kinder auf einen Ameisenhaufen getreten waren und ein paar seiner Bewohner zertrampelt hatten. Jetzt war er ›gut in Geschäft‹ und züchtete Bienen.

»Wo ist er, Sam? Im Hinterzimmer?«

»Ja. Sie wissen ja, wo. Als ich ihn zuletzt gesehen habe, hat er sich gerade ein Bilderbuch über Bienen angeguckt.«

Ich spülte das Bier in einem Zug hinunter, in der Hoffnung, daß die Typen, die das Glas vor mir benutzt hatten, keine ansteckenden Krankheiten gehabt hatten. Als ich an dem

Gelben und seinem Freund vorbeiging, spürte ich, wie mir ihre Blicke bis durch die Tür des Hinterzimmers folgten.

Bobo Hopper saß an einem Tisch in der hinteren Ecke des Raumes. Früher hatten dort Würfel- und Roulettische gestanden, aber die hatte man jetzt in eine Ecke geschoben. Hoch oben in der Wand bemühte sich ein Gitterfenster krampfhaft, das bißchen Licht abzuhalten, das durch den Luftschacht einzudringen versuchte, so daß die Aufgabe der Beleuchtung einer einsamen Glühbirne überlassen blieb, die an einer Drahtschnur von der Decke hing. Auf einer Seite des Raums stapelte sich Gerümpel, das mühsam von mickrigen Bierkartons zusammengehalten wurde.

An der Wand hingen noch ein paar vergilbte Pornofotos, die voller Fingerabdrücke und Staub waren. Irgend jemand hatte versucht, das Dargestellte auf der Wand nachzuzeichnen, aber das Ergebnis war kümmerlich. Die Tür zur Bar war der einzige Ausgang. Ich tastete nach dem Türriegel, aber da kein Bolzen dran war, ließ ich es sein. Bobo hörte mich nicht hereinkommen, so vertieft war er in sein Buch. Einen Augenblick lang sah ich mir über seine Schulter hinweg die Bilder an und beobachtete, wie sein Mund versuchte, die Worte des Begleittextes zu buchstabieren. Ich schlug ihm auf die Schulter.

»He, du, willst du einen alten Freund nicht begrüßen?«

Er schoß von seinem Stuhl hoch, sah dann, wer es war, und verzog seinen Mund zu einem breiten Grinsen. »Mensch, Mike Hammer. Mann, das freut mich aber, dich mal wiederzusehen.« Er streckte mir seine magere Klaue hin, und ich schüttelte sie. »Was machst'n hier, Mike? Bist nur gekommen, um mich zu besuchen, was? Wart mal, ich hol' dir 'nen Stuhl.« Er rollte ein ramponiert aussehendes Fäßchen herüber, und ich ließ mich darauf nieder.

»Du sollst jetzt Bienen züchten, Bobo. Stimmt das?«

»Klar. Ich lern' alles aus dem Buch hier. Macht unheimlichen Spaß. Die erkennen mich sogar. Wenn ich mit meiner Hand an den Bienenstock gehe, stechen sie mich überhaupt nicht. Sie krabbeln nur auf mir rum. Das solltest du mal sehen.«

»Das macht bestimmt eine Menge Spaß«, sagte ich zu ihm.

»Aber das ist doch bestimmt ganz schön teuer, Bienen zu halten, oder?«

»Nö. Den Bienenstock hab' ich aus einem Eierkarton gebastelt und dann noch angemalt. Die mögen ihren Stock. Sie fliegen nicht weg wie bei anderen Leuten. Ich hab' sie bei mir auf dem Dach, meine Wirtin hat's mir erlaubt. Eigentlich kann sie Bienen nicht leiden, aber ich hab' ihr ein bißchen Honig gegeben, und der hat ihr geschmeckt. Ich bin gut zu meinen Bienen.«

Er war ein so netter Kerl. Er schäumte förmlich über vor Begeisterung. Ganz anders als so viele, die verbittert waren. Keine Familie, kein Heim – aber eine Wirtin, die ihm die Bienenzucht erlaubte. Bobo war ein komischer Kauz. Ausfragen konnte man ihn nicht, sonst wäre er stumm geworden wie ein Fisch. Aber wenn man mit ihm über etwas redete, das ihn interessierte, quasselte er einem den ganzen Tag lang die Ohren voll.

»Ich höre, du hast 'nen neuen Job, Bobo. Wie kommst du zurecht?«

»Prima, Mike. Es gefällt mir. Sie nennen mich den Boten-Manager.« Wahrscheinlich meinten sie ›Idioten-Manager‹, aber das band ich ihm nicht auf die Nase.

»Was ist das für eine Arbeit?« fragte ich. »Sehr schwere?«

»Mhm. Ich mach' Botengänge und Lieferungen, mach' sauber und so. Manchmal läßt mich Mr. Didson sein Fahrrad benutzen, wenn ich Sachen für sein Geschäft ausliefere. Ich hab' eine Menge Spaß. Ich lern' auch viele nette Leute kennen.«

»Verdienst du gut?«

»Klar. Jedesmal, wenn ich was erledige, krieg' ich einen Viertel- oder einen halben Dollar. Die reichen Leute in der Park Avenue mögen mich. Letzte Woche hab' ich fast fünfzehn Dollar verdient.«

Fünfzehn Dollar. Für ihn war das eine Menge Geld. Er lebte ja einfach genug. Jetzt war er stolz auf sich. Und ich war es auch. »Hört sich gut an, Bobo. Wie bist du bloß an einen so guten Job gekommen?«

»Na ja, erinnerst du dich noch an den alten Humpy?« Ich nickte. Humpy war ein Buckliger, Ende Vierzig, der in der

Bürogegend der Park Avenue Schuhe putzte. Ich hatte ihn ein paarmal als Kundschafter eingesetzt. Der tat einfach alles, um sich ein paar Kröten zu verdienen.

»Der alte Humpy hat Tb«, fuhr Bobo fort. »Er ist in die Berge gefahren und putzt jetzt da Schuhe. Ich hab' seinen Job übernommen. Nur war ich nicht so gut wie er. Dann haben mich die Leute gefragt, ob ich hin und wieder was für sie erledigen kann. Jetzt geh' ich jeden Morgen da hin, und sie geben mir Aufträge. Heute hab' ich mir einen Tag frei genommen, weil ich mich mit jemandem treffen will, von dem ich vielleicht eine Bienenkönigin kaufen kann. Er hat nämlich zwei. Glaubst du, fünf Dollar sind zuviel für eine Königin, Mike?«

»Ich glaube nicht.« Ich konnte zwar eine Bienenkönigin nicht von einer Königskobra unterscheiden, aber bei Tieren stehen Könige ja immer hoch im Kurs.

»Was hat denn Mr. Kalecki gesagt, als du aufgehört hast, für seine Lotterie den Laufburschen zu machen?« Bobo verstummte nicht, wie ich erwartet hatte.

»Mann, der war Klasse. Hat mir zehn Dollar gegeben, weil ich so lange bei ihm war, und er hat gesagt, daß ich jederzeit wieder bei ihm arbeiten könnte.«

Kein Wunder. Bobo war so ziemlich der ehrlichste Mensch unter der Sonne. Normalerweise sahnte so ein Laufbursche ordentlich ab, indem er Wettgelder selbst einsackte – in der Hoffnung, daß der Tip eine Niete war. Aber Bobo war für solche Betrügereien zu einfältig.

»Das war nett von Mr. Kalecki«, sagte ich, »aber du stehst dich natürlich besser, wenn du dein eigener Herr bist.«

»Ja. Irgendwann werd' ich nur noch Bienen züchten. Mit Bienen kann man eine Menge Geld verdienen. Vielleicht sogar eine eigene Bienenfarm aufmachen.«

Bei dem Gedanken daran lächelte Bobo glücklich. Aber sein Lächeln ging in ein verwirrtes Stirnrunzeln über. Seine Augen starrten wie gebannt auf etwas hinter mir. Ich stand mit dem Rücken zur Tür, aber als ich Bobos Gesicht sah, wußte ich, daß wir nicht mehr die einzigen im Hinterzimmer waren.

Das Messer fuhr ganz langsam unter mein Kinn. Es wurde locker gehalten, aber die schlanken Finger, die den Griff umfaßten, waren bereit, fest zuzupacken, sobald ich einen Mucks machte. Der Zeigefinger lag richtig auf der Klinge. Ich hatte es hier mit einem Kerl zu tun, der wußte, was er tat. Bobos Augen waren schreckgeweitet. Sein Mund arbeitete, aber es kam ihm kein Laut über die Lippen. Der arme Kerl begann zu schwitzen; kleine Schweißbächlein rannen ihm über die eingefallenen Wangen. Ein braungekleideter Arm griff über meine Schulter und glitt geschickt unter meinen Rockschoß, um an meine Kanone zu kommen. Ich schlug zu und trat nach hinten. Der Tisch fiel um, als mein Fuß dagegenkickte. Ich packte die Hand mit dem Messer, zog kräftig, und der lange Gelbe landete auf mir. Ich sah den Fuß gerade noch rechtzeitig kommen und zog meinen Kopf ein. Der Schwarze verfehlte mich um Haaresbreite. Ich ihn aber nicht. Ich ließ die Hand mit dem Messer los und packte das Bein. Im nächsten Augenblick kämpfte ich unter zwei Farbigen um mein Leben.

Aber nicht lange. Das Messer kam wieder auf mich zu, und diesmal packte ich das Handgelenk und drehte kräftig.

Der lange Gelbe stieß einen Schrei aus und ließ das Messer fallen. In Sekundenschnelle war ich auf den Beinen. Der große Schwarze hatte sich aufgerappelt und rannte mit gesenktem Kopf auf mich zu.

Es hatte keinen Sinn, mir an seinem Schädel die Hand zu brechen, also mußte ich mit dem Fuß zutreten. Er kippte seitwärts zu Boden, wobei er noch immer rannte, und sackte schließlich an der Wand zusammen. Seine untere Zahnreihe ragte durch die Unterlippe. Der lange Gelbe hielt mit einer Hand sein Handgelenk und versuchte, auf die Beine zu kommen. Ich half ihm. Meine Hand packte seinen Kragen und zerrte ihn hoch. Dann hieb ich ihm eins über die Nase. Wahrscheinlich war der Knabe mal in Harlem als Casanova bekannt, aber damit war es jetzt wohl für immer vorbei. Er stöhnte auf und sackte zu Boden. Ich ließ ihn fallen. Rein aus Neugier durchsuchte ich seine Taschen. Viel war da nicht. Eine billige Brieftasche mit ein paar Fotos von Mädchen – eines davon weiß –, elf Dollar und ein Stapel Lotteriescheine. Als ich mich dem Schwarzen näherte, bedeckte er sein lädiertes Gesicht und rollte mit den Augen wie eine Kuh. In seiner Tasche entdeckte ich eine Rasierklinge mit einem Streichholz quer durch. Ein übler Trick. Die Kerle nehmen die Klinge in die Hand, lassen sie etwas zwischen den Fingern vorstehen und hauen einem dann übers Gesicht. Das Streichholz verhindert, daß die Klinge wegrutscht. Eine solche Klinge kann ein Gesicht in Scheiben schneiden. Der Neger versuchte sich loszureißen, und so versetzte ich ihm noch einen Schlag. Er ging zu Boden. Bobo saß noch immer auf seinem Stuhl, aber jetzt grinste er wieder.

»Mensch, Mike, du bist ja ein toller Kerl. Ich wünschte, ich wäre genauso.«

Ich zog einen Fünfdollarschein aus der Tasche und steckte ihn ihm in seine Brusttasche. »Hier hast du was, damit du deiner Bienenkönigin einen König kaufen kannst«, sagte ich. »Bis später.« Ich packte die beiden Farbigen am Kragen und zerrte sie durch die Tür. Big Sam sah mich mit ihnen kommen. Genau wie ein Dutzend andere Leute in der Bar. Die an der Tür schauten, als erwarteten sie mehr. »Was soll das, Sam? Warum läßt du diese Affen über mich herfallen? Du solltest doch eigentlich mehr Grips haben.«

Big Sams Gesicht war breiter denn je. »Es ist verdammt lange her, seit wir mal 'n bißchen Aufregung hatten, Mistah Hammah.« Er wandte sich um zu den Kerlen an der Bar und streckte seine fette Hand aus. »Nun zahlt mal schön«, lachte er. Ich ließ den langen Gelben und seinen Freund fallen, während die Knülche Sam auszahlten. Das nächstemal würden die bestimmt nicht gegen mich wetten. Als ich Sam zum Abschied winkte, kam Bobo aus dem Hinterzimmer angerannt und wedelte mit dem Fünfer herum. »He, Mike«, schrie er, »Königinnen brauchen keinen König. Ich kann keinen Bienenkönig kaufen.«

»Natürlich brauchen sie einen«, warf ich über meine Schulter zurück. »Alle Königinnen brauchen einen König. Brauchst bloß mal Sam zu fragen, der kann dir das bestätigen.«

Als ich ging, befragte Bobo gerade Sam. Wahrscheinlich verwandte er jetzt den Rest seines Lebens darauf, die Frage zu klären.

Die Heimfahrt dauerte länger als erwartet. Der Verkehr war dicht, und es wurde sechs, bis ich ankam. Nachdem ich das Auto geparkt hatte, ging ich hinauf in meine Wohnung und zog mich aus. Mein ehemals sauberes Hemd sah jetzt fürchterlich aus. Es war vorn voller Blutspritzer, und die Krawatte war halb um meinen Hals gewickelt. Meine Jackentasche war an der Naht ausgerissen. Als ich das sah, wünschte ich, ich hätte den Kerl umgebracht. Es war einfach zu schwierig, dieser Tage einen anständigen Anzug zu kriegen. Eine Wechseldusche weckte meine Lebensgeister wieder. Ich schabte mir meinen Bart ab, putzte mir die Zähne und stieg in frische Klamotten. Einen Augenblick lang überlegte ich, ob es sich schickte, eine Waffe zu tragen, wenn man eine Dame besuchte, aber schließlich siegte die Macht der Gewohnheit. Ich zog den Halfter über mein Hemd, tröpfelte ein wenig Öl in den Kugeltransport meiner 9-mm und prüfte das Magazin. Alles in Ordnung. Ich wischte die Pistole ab und schob sie mir unter die Achsel. Mein Anzug würde ohnehin nicht richtig sitzen, wenn ich meinen stählernen Freund nicht drunter stecken hatte. Es war nämlich ein Maßanzug mit eingebautem Waffenparkplatz.

Ich musterte mich im Spiegel, um sicherzugehen, daß ich nichts vergessen hatte. Wenn Velda nicht da war, um bei mir eine Generalinspektion zu machen, bevor ich irgendwo hinging, wußte ich nie so recht, ob ich mich für den Zirkus oder für den Nachtklub aufgetakelt hatte. Jetzt wünschte ich, ich wäre bei dem Bellemy-Mäuschen etwas vorsichtiger gewesen. Velda war einfach eine Klassefrau, die ich nicht verlieren durfte. Wahrscheinlich konnte ich mich auf eine Woche eisigen Schweigens gefaßt machen. Irgendwann mußte ich mich mal bemühen, sie etwas besser zu behandeln. Sie war allerdings ein harter Brocken für einen Mann und hielt nichts von meinen Moralvorstellungen.

Meine Klapperkiste brauchte Benzin, und so fuhr ich an eine Tankstelle. Henry, der Tankwart, ein alter Freund von mir, machte die Motorhaube auf, um nach dem Öl zu sehen. Er mochte mein Auto. Er war derjenige, der ihm einen übergroßen Motor eingebaut und ihn ein bißchen aufgemöbelt hatte. Äußerlich sah der Wagen wie eine zerbeulte Ruine aus, die längst auf den Schrottplatz gehörte, aber das Auto hatte gute Reifen und einen noch besseren Motor. Er war aufgemotzt bis zum Gehtnichtmehr. Der Wagen hatte schon

65

hundertfünfzig Sachen gebracht, ohne daß dabei das Gaspedal ganz durchgedrückt war. Henry hatte den Motor aus einer Limousine gerupft, deren hintere Karosserie zu Klump gefahren worden war, und hatte ihn mir für ein Butterbrot verkauft. Jedesmal, wenn ein Mechaniker sah, was unter dieser Haube für eine Kraft steckte, stieß er einen langen Pfiff aus. Es war ein richtiges Meisterstück. Ich fuhr aus der Tankstelle und bog in eine Einbahnstraße ein, um mir die Ampeln auf dem Weg zu Charlotte zu ersparen. Ich mußte immer daran denken, wie sie mich das letztemal angesehen hatte. Was für eine Frau!

Die Straße vor ihrem Haus war vollgeparkt, und so fuhr ich um den Block herum und zwängte mich zwischen einen schwarzen Sedan und einen Sportwagen. Auf dem Weg zu ihrer Wohnung hoffte ich verbissen, daß sie keine Verabredung zum Essen oder Gäste hatte. Das wäre wirklich typisch für meine Glückssträhne gewesen. Eine andere Frage war die, worüber wir sprechen sollten. Ich hatte irgendwie die Vorstellung, daß sie als Psychiaterin besser beobachten konnte als die anderen. Auch in ihrem Beruf kam es auf Kleinigkeiten besonders an.

Ich drückte auf den Klingelknopf. Einen Augenblick später ertönte der Summer, und ich trat ein. Das dunkelhäutige Mädchen stand an der Tür, um mich in Empfang zu nehmen, aber diesmal war sie in Hut und Mantel.

»Kommen Sie rein, Mistah Hammah«, sagte sie. »Miß Charlotte erwartet Sie schon.« Ich zog die Augenbrauen hoch. Ich warf meinen Hut auf ein Tischchen neben der Tür und ging hinein. Das Mädchen blieb noch lange genug, um ins Schlafzimmer zu rufen: »Eh is hiah, Miß Charlotte.«

Und die kühle Stimme rief zurück: »Danke. Du kannst jetzt ins Kino gehen.« Ich nickte der kleinen Schwarzen zu, als sie ging, und setzte mich auf die Couch.

»Hallo.« Ich sprang wieder auf und nahm die warme Hand, die sie mir entgegenstreckte.

»Gleichfalls«, erwiderte ich lächelnd. »Wie darf ich das verstehen – ›Sie erwarten mich schon‹?«

»Wahrscheinlich bin ich eingebildet. Ich habe so gehofft, daß Sie heute vorbeikommen würden. Ich habe mich auf Ihr Kommen vorbereitet. Gefällt Ihnen mein Kleid?« Sie drehte sich vor mir im Kreis und sah mir über die Schulter ins Gesicht. Da war nichts mehr von der Psychiaterin an ihr. Das war die Frau Charlotte Manning, auf wunderbare Art jung und bildschön. Ihr Kleid war aus enganliegendem blauem Seidenjersey, der sich an sie schmiegte, als sei ihre Haut naß, gleichzeitig alles verdeckte und doch irgendwie enthüllte. Das lange Haar ringelte sich in goldglänzenden Locken um ihren Hals. Selbst in ihren Augen lag ein verführerisches Glitzern.

Sie schritt aufreizend durch den Raum und wieder zurück zu mir. In dem Kleid sah ihr Körper geradezu fantastisch aus, anders, als ich ihn mir beim erstenmal vorgestellt hatte. Sie war in Wirklichkeit schlanker, ihre Taille schmaler, aber ihre Schultern breit. Ihre Brüste ragten gerade und fest hervor, obgleich ich keine Anzeichen für einen formenden Büstenhalter erkennen konnte. Ihre Beine steckten in Seidenstrümpfen und hochhackigen Schuhen, in denen sie fast so groß war wie ich. Sie waren kräftig, wohlgeformt...

»Was ist, gefällt es Ihnen?«

»Es ist bildschön. Und das wissen Sie auch.« Ich grinste sie an. »Sie erinnern mich an etwas.«

»An was?«

»An eine Folter.«

»Nicht doch – so schlimm bin ich doch wohl nicht. Wirke ich so auf Sie? Wie eine Folter?«

»Nein, ganz so ist das nicht. Aber nehmen Sie mal einen Mann, der fünf Jahre lang keine Frau gesehen hat, ketten Sie ihn an die Wand, und gehen Sie an ihm vorbei, wie Sie es gerade bei mir getan haben – das wäre doch wohl die reine Folter. Wissen Sie, was ich meine?«

Sie lachte tief und kehlig und warf ihren Kopf dabei etwas zurück. Ich hätte sie am liebsten gepackt und ihren schönen Hals geküßt. Charlotte nahm mich am Arm und führte mich in die Küche. Dort war ein Tisch für zwei gedeckt. Darauf stand eine große Platte mit gebratenem Huhn und eine Riesenmenge Pommes frites.

»Das ist nur für uns. Jetzt setzen Sie sich, und essen Sie. Ich habe Ihnen Ihr Abendessen schon eine Stunde lang warm gehalten.«

Ich war von den Socken. Entweder sie führte eine Akte über meine Neigungen und Abneigungen, oder sie konnte hellsehen. Huhn war mein Lieblingsessen.

Während ich mir einen Stuhl heranzog und mich hinsetzte, sagte ich: »Charlotte, wenn es irgendeinen Grund dafür gäbe, würde ich annehmen, das Essen ist vergiftet. Aber selbst wenn es das wäre – ich würde es trotzdem essen.«

Sie zog eine rotumrandete Schürze über. Als sie fertig war, schenkte sie den Kaffee ein. »Es gibt einen Grund«, meinte sie dabei beiläufig.

»Heraus damit«, sagte ich mit vollem Mund.

»Als Sie zu mir gekommen sind, habe ich zum erstenmal seit langem wieder einen Mann vor mir gehabt, der mir auf den ersten Blick gefallen hat.« Sie setzte sich hin und sprach weiter: »Ich habe Hunderte von Patienten, und erstaunlicherweise sind die meisten davon Männer. Aber es sind solche Schwächlinge. Entweder hatten sie von jeher keinen Charakter, oder sie haben das bißchen, das sie hatten, verloren. Ihr Verstand ist anfällig, ihre Auffassungsgabe beschränkt. Viele von ihnen haben Hemmungen oder irgendeine fixe Idee und kommen mit ihren mitleiderregenden Geschichten zu mir. Wenn man ständig nur Männern begegnet, die nichts Männliches mehr an sich haben, und dann noch unter denen, die man für Freunde hielt, dieselben Männer findet, dann bringt einen das dazu, nach einem richtigen Mann zu suchen.«

»Danke für die Blumen«, warf ich ein.

»Ich meine das ganz ernst«, fuhr Charlotte fort. »Ich habe Ihren Typ sofort erkannt, als Sie meine Praxis betraten. Ich hatte einen Mann vor mir, der an das Leben gewöhnt ist – und auch daran, dem Leben seine eigenen Regeln aufzuzwingen. Ihr Körper ist stark, und Ihr Verstand auch. Keinerlei Hemmungen.«

Ich wischte mir den Mund ab. »Eine fixe Idee habe ich allerdings.«

»Wirklich? Das kann ich mir gar nicht vorstellen.«

»Ich will einen Mörder erwischen.« Ich beobachtete sie über ein Hühnerbein hinweg, durch dessen saftiges, dunkles Fleisch ich mich in Windeseile hindurchknabberte. Sie warf ihr Haar in den Nacken und nickte.

»Ja, aber das ist wenigstens eine fixe Idee, die sich lohnt. Jetzt essen Sie erst mal auf.«

Ich arbeitete mich in Null Komma nichts durch den Berg Hühnerfleisch hindurch. Auf meinem Teller türmten sich die Knochen. Auch Charlotte griff tüchtig zu, aber das meiste vertilgte ich. Nach einem Stück Kuchen und einer zweiten Tasse Kaffee lehnte ich mich zurück, zufrieden wie eine satte Kuh.

»Sie haben eine wundervolle Köchin«, stellte ich fest.

»Von wegen Köchin«, lachte sie. »Das habe ich alles selbst gemacht. Ich bin nicht immer wohlhabend gewesen.«

»Na, Sie werden sich kein Bein ausreißen müssen, wenn Sie sich mal nach einem Ehemann umsehen wollen.«

»Ach, da habe ich so meine eigene Methode«, sagte sie. »Einen Teil davon haben Sie schon zu spüren bekommen. Ich locke mir Männer in die Wohnung, bekoche sie ordentlich, und bevor sie sich auf den Heimweg machen, habe ich meinen Heiratsantrag in der Tasche.«

»Ich sag's ungern«, meinte ich, »aber die Methode ist bei mir schon mal erfolglos angewendet worden.«

»Aber nicht von einer Expertin.«

Wir mußten beide lachen. Ich schlug vor, das Geschirr abzuwaschen, und sie reichte mir eine Schürze. Ich legte sie höflich, aber bestimmt über die Stuhllehne. Bei meiner Visage kann man einfach keine Schürze tragen. Wenn mich irgendein Bekannter in so einem Aufzug erwischt hätte, hätte ich den Rest meines Lebens damit verbracht, mein Image wieder aufzupolieren.

Als wir mit dem Abwasch fertig waren, gingen wir ins Wohnzimmer. Charlotte kuschelte sich in den Armsessel, während ich halb auf die Couch fiel. Wir steckten uns Zigaretten an, dann lächelte sie mir zu und sagte: »Na schön. Dann erzählen Sie mir mal, warum Sie zu mir gekommen sind. Noch mehr Fragen?«

Ich schüttelte den Kopf. »Ich gestehe alles. Bitte lassen Sie die Peitsche stecken. Ich hatte bei meinem Besuch zwei Hintergedanken. Zum einen wollte ich Sie mal mit offenem Haar sehen. Es sieht noch hübscher aus, als ich erwartet hatte.«

»Und der andere Grund?«

»Ich wollte sehen, ob Sie als Psychiaterin etwas Licht in den Mord an meinem Freund Jack Williams bringen können.«

»Ich verstehe. Vielleicht kann ich Ihnen helfen, wenn Sie mir genauer sagen, wonach Sie suchen.«

»Gut. Ich brauche Einzelheiten. Der Mord ist noch nicht lange genug her, um darüber schon viel zu wissen, aber ich werde schon dahinterkommen. Die Vermutung liegt nahe, daß einer der Partygäste Jack umgebracht hat. Es kann aber genausogut sein, daß es ein Außerstehender war. Ich habe ein paar Charakterstudien betrieben, und was ich dabei herausgefunden habe, gefällt mir gar nicht. Aber da findet sich noch kein Mordmotiv. Was ich von Ihnen möchte, ist Ihre Meinung – und zwar nicht eine auf Fakten oder Logik beruhende, sondern Ihre rein berufliche Ansicht darüber, wie die von mir erwähnten Personen in den Fall verwickelt sein könnten und wen Sie als Mörder in Betracht ziehen würden.«

Charlotte machte einen tiefen Zug an ihrer Zigarette und drückte sie dann im Aschenbecher aus. Ihr Verstand arbeitete angestrengt, das konnte man von ihrem Gesicht ablesen. Es verging eine volle Minute, ehe sie sprach. »Sie verlangen da etwas sehr Schwieriges von mir: ein Urteil über einen Menschen zu fällen. Normalerweise braucht man dazu zwölf Geschworene, einen Richter und viele Stunden ernste Beratung. Mike, als ich Sie kennengelernt habe, habe ich es mir zur Aufgabe gemacht, Ihren Charakter zu ergründen. Ich wollte wissen, aus welchem Stoff ein Mann wie Sie gemacht ist. Es war nicht schwer zu erfahren. Die Zeitungen waren voll von Ihren Taten, es sind sogar Leitartikel über Sie geschrieben worden, wenn auch keine sehr schmeichelhaften. Und trotzdem bin ich auf Leute gestoßen, die Sie kennen und mögen. Kleine Leute genauso wie große. Ich mag Sie auch. Aber wenn ich Ihnen sagen soll, was ich denke, müßte ich befürchten, über jemanden ein Todesurteil zu fällen. Sie könnten ein so netter Mensch sein, wenn Ihr Verstand nur nicht so voller Haß steckte.

Was ich Ihnen erzählen werde, sind meine Beobachtungen. Man braucht Zeit, um sich Vergangenes ins Gedächtnis zurückzurufen, und ich habe den ganzen Tag darauf verwendet. Kleinigkeiten, die ich schon vergessen zu haben glaubte, fielen mir plötzlich wieder ein und könnten Ihnen jetzt weiterhelfen. Ich verstehe etwas von persönlichen Konflikten, die sich im Gehirn eines einzelnen abspielen – aber nicht viel von Auseinandersetzungen zwischen zwei oder mehr Leuten. Ich kann Dinge beobachten, sie richtig einordnen, sie aber dann nur in die entsprechenden Aktenordner ablegen. Wenn ein Mensch voller Haß ist, kann ich ihm helfen, klarer zu denken, aber wenn der Haß ihn schon bis zur Mordlust zerfressen hat, dann kann ich nur sagen, daß ich es vorausgesehen habe. Die Entlarvung von Mördern und das Aufdecken von Motiven sollten einem schärferen Verstand als dem meinen überlassen bleiben.«

Ich lauschte aufmerksam jedem Wort, und mir war klar, was sie meinte. »Gut«, sagte ich, »dann erzählen Sie mir nur, was Sie beobachtet haben.«

»Viel ist es nicht. Jack war die ganze Woche vor der Party ziemlich angespannt. Ich habe ihn zweimal getroffen, und beide Male war er so nervös. Ich habe eine Bemerkung darüber gemacht, aber er hat nur gelacht und gesagt, er hätte noch ein paar Schwierigkeiten, wieder ins Zivilleben zurückzufinden. Das leuchtete mir ein. Für jemanden, der einen Arm verloren hat, muß das Leben eine ziemliche Umstellung mit sich bringen.

Am Abend der Party war er noch immer so angespannt. Irgendwie steckte das auch Myrna an. Sie machte sich ohnehin Sorgen um ihn, und ich konnte sehen, daß sie fast in so schlechter Verfassung war wie er. Sie ließen es sich nicht anmerken, aber Kleinigkeiten zeigten es. Ärger über ein zerbrochenes Glas, ein plötzliches Geräusch oder ähnliches. Jack und sie verbargen es gut, also nehme ich an, daß es nur mir aufgefallen ist.

Mr. Kalecki kam schlecht gelaunt auf der Party an. Vielleicht wäre wütend der bessere Ausdruck, aber ich konnte mir nicht denken, auf wen er wütend sein sollte. Er schnauzte Hal Kines ein paarmal an, und Mary Bellemy gegenüber hat er sich völlig unmöglich benommen.«

»Inwiefern?«

»Sie tanzten zusammen, und sie sagte etwas zu ihm. Was es

war, habe ich nicht gehört, aber er machte ein finsteres Gesicht und meinte: ›Hör mir bloß davon auf, Schwester.‹ Gleich darauf hat er sie zu den anderen zurückgebracht und ist davongegangen.«

Ich mußte lachen. Sie wußte nicht, was daran so komisch war, bis ich es ihr erklärte: »Wahrscheinlich wollte Mary Bellemy George gleich auf der Tanzfläche verführen. Er wird wohl langsam alt. Sie ist Nymphomanin.«

»Ach ja? Und wie haben Sie das herausgefunden?« fragte sie, wobei sich hinter jedem Wort förmlich ein Eisberg auftürmte.

»Ziehen Sie bloß keine falschen Schlüsse«, beschwichtigte ich sie. »Sie hat es auch bei mir versucht, aber ich war nicht interessiert.«

»In dem Augenblick nicht?«

»Ganz allgemein nicht. Ich habe es nicht so gern, wenn man es mir zu leicht macht und sich mir auf dem Tablett darbietet.«

»Das muß ich mir merken. Ich hatte schon immer den Verdacht, daß Mary so veranlagt ist, aber ich habe mir nie viel Gedanken darüber gemacht. Wir waren auch nicht so eng befreundet. Na ja, wie dem auch sei – als wir gingen, hielt mich Jack an der Tür zurück und bat mich, ihn im Laufe der Woche einmal zu besuchen. Bevor er noch etwas sagen konnte, rief mich meine Clique, und ich mußte gehen. Ich habe ihn nie wiedergesehen.«

»Aha.« Ich zerbrach mir den Kopf darüber, kam aber zu keinem Ergebnis. Jack hatte also etwas auf dem Herzen gehabt und Myrna auch. Vielleicht machten sie sich über dasselbe Problem Sorgen. Vielleicht auch nicht. Dann George. Auch er hatte sich über irgend etwas aufgeregt.

»Was halten Sie davon?« fragte Charlotte.

»Ich weiß noch nicht, aber ich werde darüber nachdenken.« Charlotte stand von ihrem Sessel auf, kam herüber zur Couch und setzte sich. Sie legte ihre Hand auf meine, und unsere Blicke trafen sich.

»Mike, tun Sie mir einen Gefallen. Ich bitte Sie nicht darum, sich aus der Sache herauszuhalten und den Fall der Polizei zu überlassen. Ich möchte nur, daß Sie auf sich aufpassen. Passen Sie auf, daß Ihnen nichts passiert, bitte.«

Als sie das sagte, hatte ich fast das Gefühl, sie schon ein Leben lang zu kennen. Ihre Hand war warm und pulsierte leicht. Ich merkte, wie sich mein Pulsschlag beschleunigte, und dabei hatte ich sie erst zweimal gesehen.

»Ich werde vorsichtig sein«, versicherte ich ihr. »Warum machen Sie sich Sorgen?«

»Darum.« Sie beugte sich vor, ihre Lippen öffneten sich, und sie küßte mich auf den Mund. Ich drückte ihre Arme so fest, daß mir die Hände weh taten, aber sie rührte sich nicht. Als sie sich von mir löste, leuchteten ihre Augen sanft und weich. In meinem Inneren loderte ein Vulkan. Charlotte betrachtete sich die Druckstellen auf ihren Armen und lächelte.

»Du kennst auch in der Liebe kein Pardon, was, Mike?«

Diesmal tat ich ihr nicht weh. Ich stand auf und zog sie an mich. Ich drückte sie fest an mich, so daß sie das Feuer spüren konnte, das in mir brannte. Dieser Kuß dauerte länger. Es war ein Kuß, den ich nie vergessen werde. Danach küßte ich ihre Augen und die Stelle an ihrem Hals, die so verlockend ausgesehen hatte. Sie war noch köstlicher, als ich erwartet hatte.

Ich drehte sie herum, und wir sahen zu dem Fenster, das auf die Straße hinausging. Sie schmiegte ihren Kopf an meinen und preßte meinen Arm fest um ihre Taille. »Ich gehe jetzt«, sagte ich zu ihr. »Wenn ich es jetzt nicht tue, werde ich nie mehr gehen. Aber nächstes Mal werde ich länger bleiben. Ich möchte jetzt nichts falsch machen. Und das werde ich, wenn du mich noch länger hierbehältst.«

Sie sah zu mir auf, und ich küßte sie auf die Nasenspitze. »Ich verstehe schon«, meinte sie sanft. »Aber wann immer du mich brauchst, ich werde hier sein. Komm einfach her und hol mich.«

Ich küßte sie wieder, diesmal ganz sacht, und ging dann zur Tür. Sie gab mir meinen Hut und strich mir das Haar aus der Stirn.

»Auf Wiedersehen, Mike.«

Ich zwinkerte ihr zu. »Bis dann, Charlotte. Es war ein wundervoller Abend mit einem wunderbaren Mädchen.«

Es grenzte an ein Wunder, daß ich überhaupt heil die

Treppe runterkam. Ich weiß gar nicht mehr, wie ich mein Auto gefunden habe. Ich konnte nur noch an ihr Gesicht und ihren wunderbaren Körper denken. Wie sie küßte und wie sie mich ansah. Ich hielt an einer Bar am Broadway und bestellte mir einen Drink, um wieder einen klaren Kopf zu bekommen. Es nützte aber nichts, und so fuhr ich nach Hause und haute mich früher als gewöhnlich ins Bett.

7

Ich wachte auf, bevor der Wecker klingelte, was für mich ziemlich ungewöhnlich ist. Nachdem ich schnell geduscht und mich rasiert hatte, haute ich mir ein paar Rühreier in die Pfanne und schaufelte sie in mich rein. Ich war gerade bei der zweiten Tasse Kaffee, als der Laufbursche von der Schneiderei mit meinem frisch gereinigten und gebügelten Anzug kam. Die Tasche war wieder angenäht, so daß von dem Riß nichts mehr zu sehen war. Ich zog mich in aller Ruhe an und rief dann mein Büro an.

»Detektivbüro Hammer, guten Morgen.«

»Guten Morgen, Velda, hier ist dein Chef.«

»Oh.«

»Jetzt sei mir doch nicht länger böse, mein Schatz«, flehte ich, »der Lippenstiftabdruck war ein reiner Berufsunfall. Wie soll ich denn arbeiten, wenn du mich immer am Kragen hast?«

»Du scheinst ganz gut zurechtzukommen«, kam die Antwort. »Was kann ich für Sie tun, *Mister* Hammer?«

»Irgendwelche Anrufe?«

»Nein.«

»Post?«

»Nein.«

»Besuche? Willst du mich heiraten?«

»Nein.«

»Na, dann bis später.«

»Heiraten? He... warte mal, Mike. Mike! MIKE! Hallo... hallo...« Ich legte ganz sanft auf und lachte in mich hinein. Jetzt hatte ich ihr eine Lektion erteilt. Nächstes Mal würde sie sich hüten, mir auf alle Fragen einfach ›nein‹ zu antworten.

Allerdings mußte ich allmählich etwas aufpassen. Schließlich konnte ich es mir nicht leisten, mich selbst an die Kette zu legen – auch wenn es bei Velda sicher nicht so übel wäre.

Die Polizei hatte ihren Wachhund von Jacks Wohnung abgezogen. Die Tür war noch immer versiegelt, und da ich es mir mit der Staatsanwaltschaft nicht verderben wollte, indem ich das Siegel aufbrach, sah ich mich statt dessen ein wenig um.

Ich hatte fast schon aufgegeben, als mir einfiel, daß das Badezimmer neben einem Luftschacht lag und daß direkt gegenüber davon ein weiteres Fenster war. Ich ging den Korridor entlang um die Ecke herum und klopfte an einer Tür.

Ein kleiner Mann mittleren Alters steckte seinen Kopf heraus, und ich zeigte ihm meine Marke. Ich sagte nur: »Polizei.«

Er machte sich nicht die Mühe, sich die Marke näher zu betrachten, sondern öffnete eiligst die Tür. Ein anständiger Bürger, der für Recht und Ordnung war. Er stand vor mir, hielt eine abgewetzte Hausjacke vor seinem Bierbauch zusammen und versuchte, unschuldig auszusehen. Wahrscheinlich fiel ihm gerade ein Rotlicht ein, das er vor einem Monat überfahren hatte, und er sah sich schon auf dem Präsidium bei der Gegenüberstellung.

»Äh ... nun, Officer, was kann ich für Sie tun?«

»Ich untersuche, ob jemand unbefugt in Mr. Williams' Apartment eingedrungen ist. Soviel ich weiß, liegt eines Ihrer Fenster direkt gegenüber. Stimmt das?«

Seine Kinnlade klappte herunter. »J-j-ja, sicher, aber es hätte doch niemand durch unser Fenster steigen können, ohne daß wir ihn gesehen hätten.«

»Darum geht es nicht«, erklärte ich. »Es hätte sich ja jemand mit einem Seil vom Dach herunterlassen können. Was ich herausfinden will, ist, ob man das Fenster von außen öffnen kann. Und ich möchte dazu nicht unbedingt an einem Seil herunterklettern.«

Der Knabe atmete erleichtert auf. »Ach so, ich verstehe. Dann kommen Sie hier lang.« Eine farblos wirkende Frau streckte ihren Kopf durch die Schlafzimmertür und fragte: »Was gibt es, John?«

»Polizei«, ließ er sie wichtigtuerisch wissen. »Ich soll ihnen behilflich sein.« Er führte mich zum Badezimmer und stieß das Fenster auf. Es war eine Mordsarbeit. Anscheinend fürchtete dieses biedere Paar, daß mal jemand einen Blick erhaschen könnte, und hatte deshalb das Fenster noch nie geöffnet. Als es endlich aufging, regnete es Farbsplitter auf den Boden.

Tatsächlich, Jacks Badezimmerfenster war genau gegenüber. Dazwischen lag etwa ein Abstand von einem Meter. Ich arbeitete mich auf den Fenstersims hinauf, wobei der Kleine mich am Gürtel festhielt, um mich gerade zu halten. Dann ließ ich mich nach vorn fallen. Der Mann stieß einen entsetzten Schrei aus, und seine Frau kam angestürzt. Aber ich streckte einfach meine Arme aus und stützte mich an die gegenüberliegende Hauswand. Er hatte schon gedacht, mit mir wäre es aus.

Das Badezimmerfenster ging leicht auf. Ich zog mich hinüber, bedankte mich bei dem Mann und seiner Frau und glitt durchs Fenster. Es war kaum etwas verändert worden. Die Fingerabdruckspezialisten hatten auf fast allen Gegenständen Spuren von Puder hinterlassen, und da, wo Jacks Leiche gelegen hatte, markierten jetzt Kreidestriche die Körperlage.

Seine Armprothese war noch auf dem Bett, wo ich sie hingelegt hatte. Das einzige, was fehlte, war seine Pistole, und in dem leeren Halfter steckte ein Zettel. Ich zog ihn heraus und las ihn.

›Mike‹, stand da, ›reg Dich wegen der Pistole nicht unnötig auf. Ich habe sie im Präsidium.‹ Unterschrift: ›Pat‹.

Das war ja ein dickes Ei. Er hatte sich gedacht, daß ich irgendwie hereinkommen würde. Ich legte den Zettel mit einem kleinen Zusatz am Ende zurück.

›Danke für den Tip, Alter‹, schrieb ich und kritzelte meinen Namen darunter.

Es war offensichtlich, daß die Polizei alles untersucht hatte. Sie hatten sauber, aber doch gründlich gearbeitet. Fast alles war wieder an seinen alten Platz zurückgeräumt worden. Nur an ein paar Dingen, die nicht an ihrer gewohnten Stelle lagen, konnte man überhaupt sehen, daß die Wohnung durchsucht worden war.

Ich begann im Wohnzimmer. Nachdem ich die Stühle in die Mitte des Zimmers geschoben hatte und sie untersucht hatte, nahm ich mir den Saum des Teppichs vor. Aber da war nur ein bißchen Staub. Unter dem Sofakissen fand ich drei Cents, aber das war alles. Das Innere des Radios war seit Monaten nicht berührt worden, wie der daraufliegende Staub glaubhaft versicherte. Die wenigen Bücher enthielten nichts, keine Umschläge, keine Lesezeichen oder irgendwelche Papiere.

Wenn, dann hatte sie jetzt die Polizei. Als ich fertig war, stellte ich alles wieder zurück und nahm mir das Badezimmer vor, aber außer der üblichen Ansammlung von Flaschen und Rasiergegenständen im Toilettenschrank war dort nichts. Als nächstes kam das Schlafzimmer. Ich hob die Matratze an und tastete die Nahtstellen nach einer eventuellen Öffnung oder einer geflickten Stelle ab. Ich hätte mein Pech verfluchen können. Ich stand mitten im Zimmer, rieb mir das Kinn und dachte nach. Jack hatte eine Art Tagebuch geführt, das er immer auf seiner Kommode liegen hatte. Jetzt war es nicht mehr da. Wieder die Polizei. Ich suchte sogar die Rollos ab, weil ich hoffte, es könnte ein Stück Papier darin aufgerollt sein.

Mir fiel ein, daß Jack immer ein kleines Notizbuch mit Adressen und kurzen Eintragungen bei sich hatte, seitdem er bei der Polizei war. Wenn ich das finden konnte, hatte ich vielleicht etwas Brauchbares in der Hand. Ich versuchte es mit der Kommode. Ich nahm jedes Hemd, jede Socke und jedes Stück Unterwäsche einzeln aus den Schubladen; die Mühe hätte ich mir allerdings ersparen können, ich fand nichts.

Als ich die unterste Schublade ausräumte, blieb eine Krawatte hängen und fiel hinter die Schublade. Ich zog die Schublade ganz heraus und fischte die Krawatte vom Holzboden der Kommode. Aber ich fischte auch noch etwas anderes heraus – Jacks kleines Notizbuch.

Ich wollte es nicht gleich dort durchblättern. Es war fast zehn Uhr, und es bestand die Gefahr, daß entweder die Polizei gleich hereinplatzte oder der Kleine von gegenüber Verdacht schöpfte, weil ich so lange wegblieb, und die

Polizei rief. So schnell ich konnte legte ich die Sachen wieder zurück in die Schubladen und schob sie wieder rein. Das Büchlein steckte ich in die Hüfttasche.

Der kleine Mann wartete in seinem Badezimmer auf mich. Ich zwängte mich durch Jacks Fenster und tat, als suchte ich am Fensterrahmen nach Spuren eines Seils. Sein Blick folgte mir aufmerksam. »Haben Sie was gefunden, Officer?« fragte er.

»Leider nein. Hier sind überhaupt keine Spuren. Ich habe auch die anderen Fenster überprüft, und die sind nicht einmal geöffnet worden.« Ich versuchte, zum Dach hinaufzusehen, aber ich konnte mich nicht weit genug hinauslehnen. Erst als ich mich wieder durch sein Fenster ins Bad gezwängt hatte, konnte ich meinen Kopf aus dem Fenster strecken und ordentlich den Hals recken, als gäbe ich mir Mühe.

»Tja, das wär's dann wohl. Eigentlich könnte ich doch gleich durch Ihre Wohnung rausgehen, dann brauche ich nicht noch mal rüberzuklettern.«

»Aber selbstverständlich, Officer, hier entlang.« Er führte mich in die Diele wie ein Blindenhund und öffnete die Tür für mich.

»Wenn wir Ihnen irgendwann noch mal behilflich sein können, Officer«, rief er mir beim Hinausgehen nach, »brauchen Sie uns nur Bescheid zu sagen. Wir helfen gern.«

Ich fuhr auf dem kürzesten Weg in mein Büro, ging in den Empfangsraum und zog das Notizbuch aus der Tasche.

Velda hörte auf zu tippen. »Mike.«

Ich drehte mich um. Ich ahnte schon, was jetzt kam.

»Was gibt's denn, Schatz?«

»Bitte treib mit mir keine solchen Scherze.«

Ich grinste sie über das ganze Gesicht an. »Das war kein Scherz«, sagte ich. »Wenn du auf Draht wärst, wäre ich jetzt schon verlobt. Komm einen Augenblick herein.« Sie folgte mir ins Büro und setzte sich. Ich schwang meine Füße auf den alten Schreibtisch und blätterte in dem Büchlein herum. Velda wurde neugierig.

»Was ist das?« fragte sie interessiert, wobei sie sich vorlehnte, um besser sehen zu können.

»Eins von Jacks Notizbüchern. Ich habe es aus seinem

Zimmer geklaut, bevor die Polizei es sich unter den Nagel reißt.«

»Ist was drin?«

»Möglich. Ich hab' es mir noch nicht genau angesehen.« Ganz am Anfang war eine Liste mit Namen, die alle durchgestrichen waren. Jede Seite war datiert; das älteste Datum reichte drei Jahre zurück. Hin und wieder tauchten Bemerkungen über bestimmte Fälle, die jeweiligen Verdächtigen und die einzuleitenden Schritte auf. Auch diese Notizen waren durchgestrichen, als seien die Fälle abgeschlossen.

Etwa in der Mitte des Buches kamen dann Notizen über Fälle, die offensichtlich noch nicht aufgeklärt waren, denn sie waren nicht schwarz durchgestrichen. Ich schrieb sie kurz auf einer Liste zusammen, und Velda verglich sie mit den Zeitungsausschnitten in meiner Kartei. Als sie fertig war, legte sie mir die Liste vor, und hinter jedem Fall stand das Wort *aufgeklärt*. Offensichtlich waren diese Fälle gelöst worden, als Jack noch in der Armee war. Das alles brachte mir nicht viel. Jack hatte eine Seite dazwischengeschoben, auf der nur ein einziges Wort stand: ›HURRA!‹ Die Seite trug das Datum seiner Entlassung aus der Armee. Auf der folgenden Seite stand ein Rezept für Paprikagulasch, und in einer Fußnote hieß es, daß man mehr Salz nehmen müsse, als im Rezept angegeben. Dann kamen zwei Seiten mit Zahlen, einer genauen Aufstellung von Ausgaben für Kleidung und den Bewegungen auf seinem Konto. Dem folgte eine kurze Bemerkung: ›Eileen Vickers. Familie noch in Poughkeepsie.‹

Es mußte ein Mädchen sein, das er aus seiner Heimatstadt kannte. Jack war in Poughkeepsie geboren und hatte dort gelebt, bis er aufs College kam. Die nächsten paar Seiten enthielten ein paar Anweisungen der Versicherungsgesellschaft. Dann tauchte Eileen Vickers' Name wieder auf. Diesmal lautete die Eintragung: ›Habe E. V. wiedergesehen. Familie anrufen.‹ Das Datum lag genau zwei Wochen vor Jacks Todestag.

Fünf Seiten später stieß ich wieder auf ihren Namen. Jack hatte mit Bleistift vermerkt: ›R. H. Vickers, bei Halper. Pough. 221. Nach sechs anrufen.‹ Und darunter: ›E. V. al. Mary Wright. Keine Adresse. Bekomme sie später.‹

Ich überlegte, was das wohl bedeutete. Für mich sah es so aus, als hätte Jack ein Mädchen aus seinem Heimatort getroffen und sich mit ihr unterhalten. Sie hatte ihm erzählt, daß ihre Familie noch immer in Poughkeepsie war. Offensichtlich hatte er versucht, sie anzurufen, und hatte dabei erfahren, daß sie bei einem gewissen Halper wohnten. Um sie zu erreichen, hatte er zur Abendbrotzeit angerufen. Dann der nächste Teil. E. V., das stand für Eileen Vickers, das war klar, aber sie reiste unter dem Namen Mary Wright und gab keine Adresse an. Ich blätterte schnell weiter und entdeckte schon bald wieder ihren Namen. ›E. V. Familie anrufen. Sehr schlechte Verfassung. Aufspüren; am 29. Razzia 36 904.‹ Und heute war der 29. Es war noch eine Seite übrig. Darauf stand eine Art Nachsatz, eine Gedankenstütze für ihn selbst: ›C. M. fragen, was sie tun kann.‹

C. M., Charlotte Manning. Das bezog sich auf das, was Charlotte mir erzählt hatte. Er wollte, daß Charlotte im Laufe der Woche bei ihm vorbeikam, bekam aber keine Gelegenheit mehr dazu, sich mit ihr zu treffen.

Ich griff nach dem Telefonhörer und wählte die Vermittlung. Als sie sich meldete, verlangte ich die Nummer in Poughkeepsie. Es knackste ein paarmal, als die Verbindung hergestellt wurde, dann meldete sich eine schüchterne Stimme.

»Hallo«, sagte ich, »spricht da Mr. Vickers?«

»Nein«, antwortete die Stimme. »Mr. Vickers ist noch nicht von der Arbeit zurück. Kann ich etwas ausrichten?«

»Ja, ich möchte gern wissen, ob er eine Tochter in New York hat. Wissen Sie...«

Die Stimme unterbrach mich. »Es tut mir leid, aber es wäre besser, wenn Sie das Mr. Vickers gegenüber nicht erwähnen. Wer spricht dort, bitte?«

»Mike Hammer, Privatdetektiv. Ich arbeite zusammen mit der Polizei an der Aufklärung eines Mordfalles, und ich gehe gerade einer möglichen Spur nach. Können Sie mir jetzt vielleicht sagen, was in der Familie Vickers los ist?«

Halper zögerte einen Augenblick, dann sagte er: »Na gut. Mr. Vickers hat seine Tochter nicht mehr gesehen, seit sie aufs College gegangen ist. Sie hat dort mit einem jungen Mann eine Affäre gehabt. Mr. Vickers ist ein sittenstrenger Mann, und für ihn ist seine Tochter gestorben. Er will nichts mehr mit ihr zu tun haben.«

»Aha, ich verstehe. Vielen Dank.« Ich hängte ein und wandte mich um zu Velda. Sie starrte auf die Nummer, die ich mir notiert hatte. 36904.

»Mike.«

»Was?«

»Weißt du, was das ist?« Ich sah mir die Nummer an. Es hätte die Referenznummer einer Polizeiakte sein können, aber als ich mir die Zahlenfolge zum drittenmal betrachtete, kam sie mir plötzlich irgendwie bekannt vor.

»Mmh. Ich glaube, die Nummer kenne ich. Irgendwie kommen mir die Zahlen bekannt vor.«

Velda nahm einen Stift aus der Tasche und drehte den Block herum. »Wenn man es nun so schreibt«, meinte sie. Sie schrieb die Zahlen so hin: XX3-6904.

»Ich werd' verrückt! Eine Telefonnummer.«

»Du sagst es, mein Freund. Jetzt ersetz die zwei Kreuze durch die Kennbuchstaben eines Amtes, und du hast die Lösung.«

Ich sprang auf und ging zum Aktenschrank. Jetzt wußte ich, wo ich die Nummer schon mal gesehen hatte. Nämlich auf der Rückseite einer Karte, die ich einem Zuhälter abgenommen hatte. Der Knülch hatte versucht, mich abzuschleppen, und ich hatte ihm ordentlich die Fresse poliert. Ich kam mit einer Mappe voller Notizzettel, Karten und Nummern zurück, die auf die Rückseiten von Speisekarten geschrieben waren.

Ich suchte mir eine aus dem Haufen heraus. ›Lernen Sie tanzen!‹ stand darauf. ›Zwanzig schöne Mädchen stehen zu Ihrer Verfügung.‹ Auf der Rückseite stand eine Nummer. Ich verglich sie mit der aus Jacks Buch. Es war dieselbe. Nur stand vor dieser das Kennzeichen eines Amtes – LO, für Loellen. Das war die Nummer, LO3-6904. Velda nahm sie mir aus der Hand und las sie.

»Was ist das, Mike?«

»Es ist die Telefonnummer eines Puffs. Wenn ich mich nicht ganz täusche, werde ich dort die kleine Vickers finden.«

Ich griff nach dem Telefon, aber Velda hielt meine Hand fest.

»Du willst doch da nicht hingehen, oder?«

»Warum nicht?«

»Mike!« Ihre Stimme klang empört und verletzt.

»Mein Gott, Mädchen – seh' ich denn aus wie ein Trottel? Ich gehe doch nicht als Kunde hin. Nach all den Bildern, die man mir in der Armee vor die Nase gehalten hat, damit ich sehe, was mit braven kleinen Jungen passiert, die mit schlechten kleinen Mädchen gehen, hätte ich Angst, meine eigene Mutter zu küssen.«

»Na gut, dann geh. Aber sei gefälligst vorsichtig, sonst kannst du dich nach einer neuen Sekretärin umsehen.« Ich fuhr ihr mit der Hand durchs Haar und wählte dann die Nummer.

Diesmal meldete sich eine Stimme, die alles andere als schüchtern klang. Hinter ihrem ›Hallo‹ konnte ich mir eine blonde Schlampe so um die Fünfzig vorstellen, die ein knallbuntes Kleid trug und einen Zigarettenstummel im Mundwinkel hängen hatte.

»Hallo, sind Sie heute abend noch frei?«

»Wer ist da?«

»Pete Sterling. Ich hab' Ihre Nummer von so einem kleinen Kerl unten in der Stadt gekriegt.«

»Gut. Kommen Sie vor neun, sonst verpassen Sie das Beste. Möchten Sie die ganze Nacht lang bleiben?«

»Vielleicht. Das werde ich erst später wissen. Merken Sie mich auf jeden Fall mal für die ganze Nacht vor. Ich schätze, ich kann mich von zu Hause loseisen.« Ich zwinkerte Velda zu, als ich das sagte, aber sie reagierte nicht.

»Ich hab' Sie eingetragen. Bringen Sie Bargeld mit. Klingeln Sie dreimal lang und einmal kurz, wenn Sie kommen.«

»Alles klar.« Ich legte auf.

In Veldas Augen standen Tränen. Sie versuchte, hart und unberührt zu wirken, aber sie konnte die Tränen nicht zurückhalten.

»Nun komm, Liebling«, flüsterte ich. »Ich muß an diesen Fall ganz realistisch herangehen. Wie soll ich denn sonst weiterkommen?«

»So weit brauchst du wirklich nicht zu gehen«, meinte sie schniefend.

»Aber ich hab' dir doch versprochen, daß ich das nicht tun werde. Herrgott noch mal, so nötig habe ich es auch wieder nicht, daß ich in solche Absteigen gehen müßte. Es gibt eine ganze Menge Mädchen, die mir ihr Bett anbieten würden, wenn ich das wollte.«

Sie legte ihre Hände auf meine Brust und stieß mich von sich. »Als ob ich das nicht wüßte!« schrie sie mich beinahe an. »Ich würde es dir zutrauen, daß du... Ach Mike, es tut mir leid. Ich bin ja nur deine Angestellte. Vergiß, was ich gesagt habe.«

Ich zwickte sie in die Nase und lächelte. »Von wegen nur Angestellte. Ich wüßte überhaupt nicht, was ich ohne dich anfangen sollte. Jetzt sei brav und bewach entweder hier oder zu Hause das Telefon. Ich brauche dich vielleicht, um ein paar Spuren nachzugehen.«

Velda lachte auf. »Okay, Mike. Ich gehe heißen Spuren nach und du heißen Kurven. Alles klar.«

Als ich ging, räumte sie gerade meinen Schreibtisch auf.

8

Mein erster Anruf galt Pat. Er wollte wissen, wie ich vorankam, aber ich erzählte ihm nicht viel. Später konnte er ruhig von dieser Vickers erfahren, aber zuerst wollte ich mal für meine zwei Telefonmünzen etwas bekommen. Ich suchte mir ein paar Nummern aus dem Telefonbuch und schmuggelte die Nummer des Bordells darunter. Ich blieb am Apparat, während Pat die dazugehörigen Nummern raussuchen ließ und sie mir dann durchgab. Nachdem ich mich bei ihm bedankt hatte, verglich ich seine Adressen mit denen im Telefonbuch, um sicher zu sein, daß er mir die richtigen gegeben hatte. Sie stimmten überein. Pat spielte also fair.

Selbst wenn er sich die Nummern vornahm, die ich ihm gegeben hatte, würde es eine ganze Weile dauern, bis er die fand, die mich interessierte.

Diesmal ließ ich meinen Schrotthaufen einen halben Häuserblock entfernt stehen. Die Hausnummer war 501; das Haus entpuppte sich als ein alter, dreistöckiger Sandsteinbau. Ich beobachtete es eine Weile von der gegenüberliegenden Straßenseite, aber niemand kam oder ging. Im obersten Stockwerk war ein Zimmer schwach erleuchtet, aber ansonsten war keine Spur von einem menschlichen Wesen zu entdecken. Offensichtlich war ich zu früh dran. Das Haus wurde rechts und links von zwei gleichermaßen farblosen und tristen Gebäuden flankiert. Es war kein reguläres Bordellgebiet. Nur ein günstig gelegenes Plätzchen für ein solches Haus. Eine alte, ruhige Gegend, in der ein freundlicher Polizist jede Nacht ein paarmal die Runde machte, ein paar Geschäfte, die sich mühsam hielten. Keine Kinder – die Straße war für sie zu langweilig. Auch keine Betrunkenen, die in Toreinfahrten herumlungerten. Ich zog noch einmal an meiner Zigarette, trat sie dann unter meinem Absatz aus und ging über die Straße.

Ich klingelte dreimal lang und einmal kurz. Ich hörte den Klingelton nur schwach, aber die Tür öffnete sich. Vor mir stand nicht die blonde Schlampe, die ich erwartet hatte. Die Frau war zwar um die Fünfzig, aber sie war konservativ und ordentlich gekleidet. Sie hatte ihr Haar zu einer Rolle eingeschlagen und trug nur einen Hauch von Make-up im Gesicht. Sie sah direkt mütterlich aus.

»Pete Sterling«, sagte ich.

»Ach ja. Wollen Sie nicht hereinkommen?« Sie schloß hinter mir die Tür, während ich wartete, dann deutete sie in Richtung Salon. Ich ging hinein. Der Unterschied war verblüffend.

Ganz anders als das triste Äußere, war dieses Zimmer aufregend anzusehen und wirkte lebendig. Die Möbel waren modern, aber doch bequem. Die Wände waren mit edlem Mahagoniholz getäfelt, passend zu dem renovierten Kaminsims und der imposanten Treppe, die sich am Ende des Raumes hochwand. Jetzt sah ich auch, warum keinerlei Licht durch die Fenster nach außen drang. Sie waren völlig mit schwarzen Samtvorhängen abgedichtet.

»Kann ich Ihnen Ihren Hut abnehmen?«

Ich riß mich einen Augenblick von meinen Gedanken los, um ihr meinen Deckel zu geben. Oben spielte ein Radio, aber sonst war nichts zu hören. Die Frau kam einen Augenblick später zurück, setzte sich und bedeutete mir, ihr gegenüber Platz zu nehmen.

»Ein schönes Haus haben Sie hier.«

»Ja, wir liegen sehr abgeschieden.«

Ich wartete darauf, daß sie mir Fragen stellte, aber sie schien es damit nicht eilig zu haben. »Sie haben am Telefon gesagt, daß Sie einer unserer Vermittler hierhergeschickt hat. Welcher war es?«

»So ein kleiner – sieht ein bißchen aus wie eine Ratte. Was er mir erzählt hat, klang lange nicht so gut wie das, was ich hier sehe. Ich habe ihn übrigens ein bißchen durchgebeutelt.«

Sie lächelte leicht säuerlich. »Ja, ich erinnere mich noch daran, Mr. Hammer. Er mußte sich damals eine Woche freinehmen.«

Falls sie dachte, ich würde vor Schreck aus den Schuhen kippen, hatte sie sich gewaltig getäuscht.

»Wie haben Sie mich erkannt?«

»Nur keine falsche Bescheidenheit. Sie haben zu viele Schlagzeilen gemacht, um uns ein gänzlich Unbekannter zu sein. Sagen Sie mir nur eines: Warum sind Sie hier?«

»Dreimal dürfen Sie raten.«

Sie lächelte wieder. »Nun, ich nehme an, so was kommt sogar bei Männern wie Ihnen vor. Schön, Mr.... äh... Sterling, möchten Sie jetzt nach oben gehen?«

»Ja. Wer ist oben?«

»Eine reizvolle Auswahl. Sie werden sehen. Aber zuerst die fünfundzwanzig Dollar, bitte.« Ich fischte die Scheinchen heraus und gab sie ihr. Sie brachte mich bis zur Treppe. Neben dem Treppenpfosten war ein Klingelknopf angebracht, auf den sie drückte. Oben ertönte eine Glocke, und eine Tür ging auf, so daß die Treppe erleuchtet wurde. In der Tür stand ein dunkelhaariges Mädchen in einem durchsichtigen Negligé.

»Kommen Sie herauf«, sagte sie.

Ich nahm immer zwei Stufen auf einmal. Sie war nicht hübsch, das konnte ich sehen, aber das Make-up betonte ihre wenigen Pluspunkte. Sie hatte allerdings einen schönen Körper. Ich ging hinein. Wieder fand ich mich in einem Salon, aber dieser war gut besetzt. Die Madame hatte nicht gelogen,

85

als sie von einer Auswahl gesprochen hatte. Die Mädchen saßen dort rauchend oder lesend; es waren Blondinen, Brünette und zwei Rothaarige. Keine von ihnen trug viel auf der Haut.

So ein Anblick sollte einem eigentlich das Herz höher schlagen lassen, aber bei mir rührte sich nichts. Ich dachte an Velda und an Jack. Hier war irgend etwas, das ich suchte, und ich wußte nicht, wie ich da rankommen konnte. Eileen Vickers hieß sie. Aber ich hatte sie noch nie gesehen. Oder besser Mary Wright. Es war anzunehmen, daß sie unter falschem Namen arbeitete – und das bestimmt nicht, um sich um die Einkommensteuer zu drücken.

Keines der Mädchen machte mich an, also nahm ich an, daß ich die Wahl selbst treffen sollte. Das Mädchen, das mich hereingeführt hatte, sah mich erwartungsvoll an. »Möchten Sie jemanden Bestimmten?« fragte sie.

»Mary Wright«, antwortete ich.

»Sie ist in ihrem Zimmer. Moment, ich hole sie.« Das Mädchen verschwand durch die Tür und war einen Augenblick später wieder zurück. »Den Gang hinunter, die vorletzte Tür.«

Ich nickte, ging durch die Tür und kam in einen langen Korridor. An jeder Seite des Ganges reihten sich Türen, die alle einen Türknauf, aber kein Schlüsselloch hatten. Ich klopfte, und eine Stimme forderte mich auf einzutreten. Ich drehte den Knauf und drückte die Tür auf.

Mary Wright saß vor einem Schminktisch und kämmte sich ihr Haar. Sie trug nur einen Büstenhalter und einen Schlüpfer. Ansonsten lediglich ein Paar Pantoffeln. Sie musterte mich im Spiegel. Vielleicht war sie einmal schön gewesen – jetzt war sie es bestimmt nicht mehr. Sie hatte Ringe unter den Augen, die nichts mit ihrem Alter zu tun hatten. Ihre Wangen zuckten ständig leicht, was sie vergeblich zu verbergen suchte. Ich schätzte sie auf Ende Zwanzig. Sie sah allerdings älter aus.

Ich hatte ein Mädchen vor mir, das eine Menge vom Leben gesehen hatte – und zwar immer von der Schattenseite. Ihr Körper war eine Idee zu dünn; sie war zwar körperlich nicht unterernährt, aber ihre Seele war ausgehungert. Sie war ausgehöhlt wie eine tote Schnecke. Ihr Beruf und ihre Vergangenheit hatten sich in ihren Augen eingegraben. Sie war ein Mädchen, das man schlagen konnte, ohne daß sie einen Mucks machte. Vielleicht würde sich ihr Gesichtsausdruck ändern, aber ansonsten würde ihr eine Tracht Prügel mehr oder weniger nichts bedeuten. Wie die anderen, war sie nicht zu stark geschminkt. Sie sah zwar alles andere als farblos aus, war aber überhaupt nicht angemalt.

Ihr Haar war von derselben kastanienbraunen Farbe wie ihre Augen. Sie mußte in letzter Zeit etwas Sonne abgekriegt haben oder sich unter eine Höhensonne gelegt haben, denn dort, wo ich ihre Haut sehen konnte, zeigte sich ein Anflug von Bräune. Ihre Figur hatte nichts Aufregendes an sich. Durchschnitt. Kein besonders großer Busen, aber hübsche Beine. Das Mädchen tat mir leid.

»Hallo.« Ihre Stimme war angenehm. Sie saß da, als würde sie sich zum Ausgehen fertigmachen, und ich wäre ihr Mann, der gerade nach seinen Manschettenknöpfen suchte. »Du bist früh dran, nicht?«

»Schon, aber ich hatte keine Lust mehr, noch länger in einer Bar herumzuhängen.« Ich sah mich kurz im Zimmer um und ging dann zu einem kleinen Tischchen, um mir die Bücher zu betrachten, die darauf lagen. Ich tastete mit den Fingern die Unterseite der Tischkante ab, bevor ich mir die Wände ansah. Ich suchte nach Drähten. Es wäre nicht das erstemal gewesen, daß so ein Raum voller Wanzen saß, und ich wollte nicht unbedingt in eine Falle tappen. Als nächstes kam das Bett. Ich kniete mich auf den Boden und sah darunter. Keine Drähte.

Mary hatte mir interessiert zugesehen. »Wenn du nach einem Aufnahmegerät suchst – wir haben keins«, sagte sie. »Und außerdem sind die Wände schalldicht.« Sie stellte sich vor mich. »Möchtest du zuerst einen Drink?«

»Nein.«

»Dann hinterher.«

»Nein.«

»Warum nicht?«

»Weil ich nicht deshalb hergekommen bin.«

»Du liebe Güte – weshalb bist du denn dann hier? Um mit mir Konversation zu machen?«

»Du hast den Nagel auf den Kopf getroffen, Eileen.« Ich dachte fast, sie würde in Ohnmacht fallen. Sie wurde zuerst kreidebleich, dann verhärtete sich ihr Blick, und sie preßte die Lippen aufeinander. Ich merkte, daß ich es mit ihr nicht leicht haben würde.

»Was soll der Witz, Mister? Wer sind Sie?«

»Mein werter Name ist Mike Hammer, Kindchen. Ich bin Privatdetektiv.«

Sie wußte, wer ich war. Als sie meinen Namen hörte, versteifte sich ihr ganzer Körper. Eine namenlose Angst überfiel sie. »Sie sind also ein Schnüffler. Was geht mich das an? Wenn mein Vater sie geschickt hat...«

Ich unterbrach sie. »Ihr Vater hat mich nicht geschickt. Niemand hat mich geschickt. Ein Freund von mir ist vor kurzem ermordet worden. Sein Name war Jack Williams.« Sie riß die Hand zum Mund hoch, und einen Augenblick lang dachte ich, sie würde losschreien. Aber sie tat es nicht. Sie setzte sich auf die Kante des Bettes, und eine Träne lief ihr die Wange hinunter, so daß ihr Make-up verschmierte.

»Nein. Das – das habe ich nicht gewußt.«

»Lesen Sie denn keine Zeitung?«

Sie schüttelte den Kopf.

»Unter seinen Sachen habe ich Ihren Namen gefunden. Er hat Sie noch kurz vor seinem Tod besucht, nicht wahr?«

»Ja. Bitte, bin ich jetzt verhaftet?«

»Nein. Ich will niemanden festnehmen. Ich will nur jemanden überführen. Den Killer.« Jetzt strömten ihr die Tränen übers Gesicht. Sie versuchte sie wegzuwischen, aber sie kamen zu schnell. Es war schwer zu begreifen. Hier saß ein Mädchen, das ich als knüppelhart eingeschätzt hatte – und jetzt zeigte sich, daß sie soviel für Jack empfunden hatte, daß sie weinte, als ich ihr von seinem Tod berichtete. Und sie haßte ihren Vater offensichtlich. Eine eigenartige Frau. So viel Gefühl hatte sie also noch in ihrem Innern stecken.

»Nicht Jack. Er war so ein netter Mensch. Ich – ich habe wirklich versucht, ihm das hier zu verheimlichen, aber er hat es herausgefunden. Er hat mir sogar mal einen Job besorgt, aber ich konnte die Stelle nicht halten.« Mary drehte sich um, auf ihr Gesicht, und vergrub ihren Kopf im Kissen.

Ich setzte mich neben sie. »Weinen nützt jetzt nichts mehr. Ich brauche ein paar Antworten. Kommen Sie, setzen Sie sich hin und hören Sie mir zu.« Ich nahm sie an den Schultern und setzte sie auf. »Jack wollte heute abend hier eine Razzia veranstalten, aber seine Nachricht hat die Polizei nie erreicht. Er wurde umgebracht, bevor er etwas unternehmen konnte. Was ist heute abend hier los?« Mary setzte sich aufrecht hin. Ihre Tränen waren getrocknet, und sie dachte nach. Ich mußte ihr Zeit lassen. »Ich weiß nicht«, meinte sie schließlich. »Jack hatte keinen Grund, irgend etwas zu unternehmen. Häuser wie diese sprießen überall in der Stadt aus dem Boden, und sie müssen keine Schmiergelder bezahlen.«

»Vielleicht steckt mehr dahinter, als Sie glauben«, sagte ich. »Wer wird denn heute noch erwartet?«

»Heute ist die Show«, fuhr sie fort. »Viele Leute kommen, um sie sich anzusehen. Sie kennen doch die Typen. Für gewöhnlich ist immer eine Messe in der Stadt, und dann werden potentielle Käufer hierher gebracht, um sich zu amüsieren. Leute, die im öffentlichen Leben stehen, meine ich. Einfach ziemlich wohlhabende Leute.«

Die Typen kannte ich allerdings. Fette, schleimige Leute von außerhalb. Raffinierte Jungen aus der Stadt, denen jede Methode recht war, um Geld einzusacken. Reiche Typen beiderlei Geschlechts, die eine Vorliebe für Schmutz und Schweinereien hatten, und denen es egal war, woher sie ihre Befriedigung bezogen. Ein Haufen Perverser, die Freude an abartigem, sadistischem Sex hatten. Ein unangenehmes Volk. Kleine Angestellte, die ihre letzten Kröten zusammenkratzten und dann auf der Straße den großen Mann markierten.

Ich versuchte es anders. »Wie sind Sie überhaupt hier reingeraten, Mary?«

»O Gott, das ist eine lange Geschichte, und die will ich Ihnen nicht erzählen.«

»Jetzt hören Sie mir mal zu. Ich will nicht in Ihrem Leben herumschnüffeln. Ich möchte nur mit Ihnen darüber reden. Sie könnten vielleicht etwas sagen, das Ihnen völlig unwichtig erscheint, aber möglicherweise etwas Licht in die Sache bringt. Ich bin davon überzeugt, daß die Sache, in die Sie verwickelt sind, etwas mit Jacks Tod zu tun hat. Ich könnte das auch auf andere Weise in Erfahrung bringen. Ich könnte diesen Laden hier völlig auseinandernehmen, wenn mir danach wäre. Aber das werde ich nicht tun; es würde mir zu lange dauern. Es liegt also ganz bei Ihnen.«

»Na schön. Wenn Sie glauben, daß es was nützt. Ich tue es nur ihm zuliebe. Er war einer von den wenigen ehrlichen Typen, die ich in meinem Leben kennengelernt habe. Er hat mir eine Menge Chancen gegeben, aber ich habe jedesmal versagt. Normalerweise fange ich immer an zu heulen, wenn ich das erzähle, aber ich hab' darüber schon so viele Tränen vergossen, daß es mich jetzt gar nicht mehr aufregt.« Ich setzte mich auf, zerrte meine Zigaretten aus der Tasche und bot ihr eine an. Sie nahm sie, und ich gab ihr Feuer. Ich lehnte mich auf dem Bett wieder zurück.

»Es hat alles auf dem College angefangen. Ich ging damals in den Mittelwesten, um Lehrerin zu werden. Es war eine gemischte Schule, und nach einiger Zeit lernte ich dort einen Studenten kennen. Er hieß John Hanson. War groß und gutaussehend. Wir wollten heiraten. Eines Abends sind wir nach einem Baseball-Match noch ein bißchen im Auto sitzen geblieben, und Sie können sich denken, was passiert ist. Drei Monate später mußte ich die Schule verlassen. John wollte noch nicht heiraten, und so brachte er mich zu einem Arzt. Als der Eingriff vorbei war, war ich zittrig und nervös. John und ich nahmen uns eine Wohnung und lebten eine Zeitlang ohne kirchlichen Segen wie Mann und Frau zusammen.

Wie meine Familie davon Wind bekommen hat, ist mir schleierhaft. So was kommt vor. Ich bekam einen Brief von meinem Vater, in dem er mir jeden Pfennig versagte und mich enterbte. In derselben Nacht kam John nicht nach Hause. Ich wartete und wartete, und schließlich rief ich in der Schule an. Er hatte sich abgemeldet und war verschwunden. Es war fast Monatsende, und ich wußte nicht, was ich tun und wie ich meine Miete bezahlen sollte.

Jetzt kommt der unangenehme Teil. Ich fing an, Besuche zu empfangen. Herrenbesuche. Ihre Angebote waren für mich die einzige Möglichkeit, zu Geld zu kommen. Das ging ein paar Wochen lang so, dann kam der Hausbesitzer dahinter und warf mich raus. Nein, auf den Straßenstrich bin ich nicht gegangen. Ich wurde von einem Wagen abgeholt und in eine Absteige gebracht. Dort war es anders als hier. Es war dreckig und schäbig. Die Madame war ein bösartiges Weib und warf uns gern etwas hinterher. Das erste, was sie mir sagte, war, daß sie einen Bericht über mein Vorleben hätte und ihn der Polizei übergeben würde, wenn ich nicht spurte. Was hätte ich tun können? Eines Abends habe ich dann mit dem Mädchen gesprochen, das mit mir im Zimmer wohnte. Sie war zäh wie Leder und wußte, wie man sich verkauft. Ich erzählte ihr alles, was mir passiert war, und sie lachte sich halb tot. Ihr war nämlich genau dasselbe passiert. Aber das Beste kommt erst noch. Ich beschrieb John. Er war genau der Mann, der sie in ihre Notlage gebracht hatte. Als sie das hörte, bekam sie einen Wutanfall. Wir suchten beide überall nach ihm, aber wir haben ihn nie wiedergesehen.

Ich war Teil einer großen Organisation. Wir wurden immer dorthin geschafft, wo wir gerade gebraucht wurden. Ich bin vor einer ganzen Weile hier gelandet. Das ist alles. Sonst noch Fragen?« Die alte Geschichte. Sie tat mir leid, auch wenn sie selbst sich nicht bemitleidete. »Wie lange ist das her, seit Sie auf dem College waren?« fragte ich.

»Zwölf Jahre.«

»Hmhm.« Soweit ich sehen konnte, war hier nichts mehr auszurichten. Ich griff in meine Brieftasche und zog einen Fünfdollarschein nebst einer Karte heraus. »Das ist meine Adresse, falls Sie noch etwas herausbekommen. Und hier ist noch ein Fünfer für Sie. Ich hab' noch über einiges nachzudenken, also werde ich mich jetzt auf die Socken machen.«

Sie sah mich entgeistert an. »Sie meinen . . . Sie wollen sonst nichts von mir?«

»Nein. Aber trotzdem vielen Dank. Halten Sie die Augen offen.«

»Das werde ich.«

Ich entdeckte einen anderen Weg nach unten und erreichte die Halle über eine wackelige Treppe, die halb hinter einem geblümten Vorhang verborgen war. Die Vorsteherin saß im Wohnzimmer und las. Sie ließ das Buch nur kurz sinken und meinte: »Sie gehen schon? Ich dachte, Sie wollten die ganze Nacht bleiben?«

Während ich meinen Hut nahm, antwortete ich: »Wollte ich auch, aber anscheinend bin ich doch nicht mehr der Jüngste.« Sie machte sich nicht die Mühe, mich hinauszubegleiten.

Ich ging zu meinem Wagen und parkte ihn näher am Haus. Ich wollte sehen, wer da noch kommen würde. Jack mußte einen guten Grund für eine Razzia dort gehabt haben, sonst hätte er sich nie eine solche Notiz gemacht. Eine Show. Eine Show mit konvenablen Separées für das unfeine Hinterher. Ein Ort, den gewisse Kurpfuscher gern voll sehen, damit sie immer einen großen Kundenkreis von Kerlen haben, die sich eine Geschlechtskrankheit geholt hatten. Ich dankte im stillen dem Gesundheitsamt, das mich mit seinen Plakaten und Filmen vor so etwas gewarnt hatte.

Ich lehnte mich bequem zurück und wartete darauf, daß sich etwas tat. Was, wußte ich nicht. Bis jetzt ergab alles noch keinen Sinn. Es war alles so verworren. Jacks Tod. Seine Bekannten. Sein Notizbuch und das hier. All diese Dinge hatten nur einen Unterton gemeinsam, und zwar einen Unterton, der voller Haß und Gewalt war, eine Welle von Angst, die überall hinzukommen schien. Ich konnte sie spüren, aber ich hatte nichts in der Hand.

Eileen, zum Beispiel. Eine Prostituierte, die durch die Hölle gehen mußte, weil sie sich mit einem Dreckskerl eingelassen hatte, der sie erst in Schwierigkeiten brachte und dann sitzenließ. Ein solches Schwein sollte man sich schnappen. Am liebsten hätte ich das persönlich übernommen. Und dann ihre Zimmergefährtin. Noch ein Mädchen im selben Metier und mit derselben Vorgeschichte. Es mußte Eileen ziemlich getroffen haben, daß derselbe Kerl dafür verantwortlich war. John Hanson – nie von ihm gehört. Vielleicht war sie früher sogar ein anständiges Mädchen gewesen. Wenigstens kriegten solche Kerle früher oder später meistens eins aufs Dach. Aber das Ganze war schon zwölf Jahre her. Das hieß, daß Eileen etwa – aufs College kam man mit achtzehn, vielleicht hatte sie ihn mit neunzehn kennengelernt, plus zwölf Jahre –, dann mußte sie etwa einunddreißig sein. Mein Gott, sie sah wesentlich älter aus. Wenn ihr Vater auch nur einen Funken Verstand gehabt hätte, hätte er das verhindern können. Ein freundliches Wort, wo es nötig war, ein Zuhause, in das sie sich flüchten konnte – und sie wäre nie in so was hineingeraten. Jedenfalls fand ich es ziemlich komisch, daß der Alte erfahren hatte, was auf dem College im Mittelwesten los war, wenn er selbst tausend Meilen entfernt in Poughkeepsie, New York, wohnte. Obgleich sich solche Nachrichten ja meistens schnell rumsprachen. Vielleicht steckte eine eifersüchtige kleine Studentin mit böser Feder dahinter. Möglicherweise noch eine von Hansons Eroberungen. Ich mochte wetten, daß er Dutzende davon hatte. Mädchen, mit denen es abwärtsging. Nicht finanziell gesehen, selbst wenn Eileen nur mit zehn Prozent beteiligt war, machte sie eine Menge Geld. Der Laden, in dem sie arbeitete, stank ja förmlich nach Geld. Ein wohlorganisierter Betrieb, in dem viele, viele Scheinchen im Umlauf waren. Diese Show heute abend zum Beispiel. Da mußten die Einnahmen ja in die Tausende gehen. Und... In meinem Kopf hatten sich die Gedanken förmlich überschlagen, und so hätte ich fast das Taxi nicht bemerkt, das vor mir zum Stehen kam. Ein junger Kerl in einem Zweireiher stieg aus und half seinem dicken Begleiter heraus. Ein schleimiger Fettkloß, der sich die Show ansehen oder sich ein wenig unterhalten wollte, möglicherweise sogar beides. Ich hatte das Gefühl, den einen von einem Buchmacher aus der Stadt her zu kennen, aber ich war mir nicht sicher. Den Dicken hatte ich noch nie gesehen. An der Tür wurden keine Fragen gestellt, also nahm ich an, daß die beiden dort bekannt waren. Fünf Minuten später kam ein weiteres Auto an, und zwei seltsame Vögel stiegen aus. Der Mann – wenn man ihn überhaupt so nennen konnte – trug einen Kamelhaarmantel, und sein magerer Hals ragte über einen knallroten Schlips heraus. Seine Haarpracht war frisch onduliert. Er war in Begleitung einer Frau. Das konnte man allerdings nur an dem Rock erkennen, den sie trug. Alles andere an ihr war ausgesprochen maskulin. Sie ging wiegenden Schrittes, während er an ihrem Arm hinterhertrippelte. Zwei Süße.

Sie betätigte die Klingel und schob ihn vor sich her. Feine Leute. Es gibt einfach nichts, was es auf dieser Welt nicht gibt. Nur zu schade, daß diese beiden sich offenbar hinter der Tür versteckt hatten, als man die Geschlechter verteilte. So hatten sie nur das bekommen, was übrig war, und nicht einmal

93

davon genug. Ich blieb eine volle Stunde dort sitzen und betrachtete mir einen wahren Querschnitt durch alle Schichten von Menschen. Mit einer Infrarotkamera hätte ich mir ein Vermögen verdienen können. Eileen war wahrscheinlich nicht gut genug informiert, um wichtige Persönlichkeiten zu erkennen, aber ich war es. Es waren sogar vier Politiker aus meinem eigenen Wahlkreis dabei. Dazu noch ein paar andere, deren Bild man fast jede Woche aus irgendeinem Grund heraus in der Zeitung sah. Sie gingen alle hinein, aber heraus kam niemand. Das bedeutete, daß die Show im Gange war. Für gewöhnlich genügte eine halbe Stunde, um diese Art von Geschäft zu erledigen.

Zwanzig Minuten verstrichen, aber es kamen keine weiteren Autos. Wenn Jack sich dort drin jemand hatte schnappen wollen, so konnte es zumindest niemand von seinen Partygästen oder aus unserem gemeinsamen Bekanntenkreis sein. Ich kapierte das nicht.

Aber dann fiel der Groschen. Glaubte ich wenigstens. Ich ließ den Motor an und fuhr los. Dann machte ich mitten auf der Straße eine Kehrtwende und fuhr zurück. Ich versuchte, sämtlichen roten Ampeln zu entgehen, was mir nicht gelang. Selbst Abkürzungen brachten mich nicht weiter, und so begab ich mich schließlich wieder auf die Hauptstraße und fuhr direkt bis zu Jacks Wohnung.

Diesmal ging ich durch die Vordertür. Ich brach das Siegel und das altersschwache Vorhängeschloß mit meinem Pistolenknauf. Dann öffnete ich die Tür mit Hilfe einer meiner Dietriche. Zuallererst ging ich zum Telefon, in der Hoffnung, daß es nicht abgestellt worden war. Ich hatte Glück. Ich wählte eine Nummer und wartete. Dann sagte eine Stimme: »Polizeipräsidium.«

»Hallo, bitte verbinden Sie mich mit Chambers, Morddezernat. Schnell.« Pat war sofort am Apparat.

»Captain Chambers.«

»Pat, hier ist Mike Hammer, und ich bin in Jacks Wohnung. Hör zu, schnapp dir ein paar Leute, und wenn du aus dieser Wohnung irgendwelche Bücher mitgenommen hast, bring sie mit. Und dann noch etwas: Sag deiner Einsatztruppe, sie soll sich für einen Notfall in Bereitschaft halten.«

Pat wurde ganz aufgeregt. »Was ist los, Mike? Hast du was gefunden?«

»Vielleicht«, antwortete ich, »aber wenn du nicht schleunigst auftauchst, wird es mir vom Haken springen.« Ich hängte ein, bevor er noch weiter fragen konnte. Ich schaltete das Licht im Wohnzimmer ein und zog die wenigen Bücher heraus, die zwischen bronzenen Buchstützen standen und im Regal gestapelt waren. Ich fand, wonach ich suchte. Drei Bücher waren College-Jahrbücher über die letzten fünfzehn Jahre. Ich erinnerte mich, sie bei meinem letzten Besuch in der Wohnung gesehen zu haben. Damals maß ich ihnen keine Bedeutung bei, jetzt dafür um so mehr.

Während ich auf Pat wartete, blätterte ich darin herum. Es waren Veröffentlichungen von Studenten von Universitäten im Mittelwesten. Was ich suchte, war ein Bild von John Hanson.

Vielleicht war alles ganz einfach. Jack hatte Eileen nach langer Zeit wiedergetroffen und wußte, was sie machte. Für einen Detektiv war es nicht schwierig, so etwas herauszufinden. Er wußte, was ihr passiert und wer dafür verantwortlich war. Auf dem Deckblatt von jedem Buch waren der Name und die Adresse eines Buchantiquariats in der Nähe des Times Square. Das Adressenetikett war sauber, also waren die Bücher erst vor kurzem gekauft worden. Wenn Jack den Burschen aufgespürt und ihn zur Rede gestellt hatte, hatte er sich selbst auf die Abschußliste gesetzt. Vielleicht hatte der Kerl Familie oder ein Geschäft – eine solche Information an die falschen Leute weitergegeben, konnte auf jeden Fall ruinieren, was er hatte.

Ich blätterte sie zunächst schnell durch, dann noch einmal langsam, aber ich fand kein Bild, unter dem der Name John Hanson stand. Ich fluchte leise vor mich hin, als Pat hereinkam. Unter dem Arm trug er drei weitere Jahrbücher.

»Bitte sehr, Mike«, sagte er und ließ die Bücher auf das Sofa neben mir plumpsen. »Jetzt spuck aus.« Ich erzählte ihm so knapp wie möglich, wie weit ich gekommen war. Er hörte mir ernst zu und ließ mich ein paar Sachen wiederholen, um sie sich besser merken zu können.

»Du glaubst also, daß Eileen Vickers die Schlüsselfigur sein könnte, wie?« Ich nickte. »Möglicherweise. Nimm dir mal die Bücher vor und such nach dem Knaben. Sie hat gesagt, er sei groß und gutaussehend gewesen, aber verliebte Frauen sind für gewöhnlich immer der Ansicht, daß ihre Männer gut aussehen. Warum hast du die Bücher eigentlich mitgenommen?«

»Weil diese drei aufgeschlagen im Wohnzimmer lagen. Er hat darin gelesen, bevor er umgebracht wurde. Es kam mir komisch vor, daß er sich für alte College-Jahrbücher interessierte, und ich habe sie mir mitgenommen, um die Bilder darin mit einigen aus unserer Kartei zu vergleichen.«

»Und...?«

»Und ich fand zwei Frauen, die man wegen Bigamie angeklagt hatte, einen Kerl, der inzwischen wegen Mordes angeklagt worden ist, und einen Freund von mir, der unten in der Stadt eine Eisenhandlung hat und den ich jeden Tag sehe. Sonst nichts.«

Wir setzten uns beide hin und lasen die gottverdammten Bücher von vorn bis hinten. Danach tauschten wir und fingen von vorn an, um sicherzugehen, daß wir nichts übersehen hatten. Aber John Hanson war nirgends zu entdecken.

»Ich fürchte, wir suchen da eine Stecknadel im Heuhaufen, Mike.« Pat betrachtete sich stirnrunzelnd den Stapel Bücher. Er steckte sich eine Zigarette in den Mund und zündete sie an.

»Bist du sicher, daß es das war, wonach Jack gesucht hat?«

»Ja, sicher, das ist doch klar. Die Daten in den Büchern passen genau ins Bild. Sie sind zwölf Jahre alt.« Ich zog das schwarze Büchlein aus der Hosentasche und warf es ihm zu. »Sieh dir das mal an«, meinte ich, »und komm mir nicht damit, ich hätte dir Beweismittel vorenthalten.«

Während Pat sich das Büchlein ansah, sagte er: »Nein, das werde ich nicht. Ich bin einen Tag nach dir noch mal hiergewesen. Du hast es unter der untersten Schublade in der Kommode gefunden, nicht?«

»Ja. Woher weißt du das?«

»Mir ist zu Hause selbst mal was hinten aus einer Schublade gefallen. Als ich über die Sache nachgedacht habe, ist mir eingefallen, daß das die einzige Stelle war, an der wir nicht

gesucht hatten. Übrigens habe ich auch deinen Zettel gefunden.«

Er sah sich das Notizbuch zu Ende an und steckte es ein. Ich
brauchte es nicht mehr. »Ich glaube, du könntest recht haben,
Mike. Wohin jetzt?«

»In den Buchladen. Jack hat vielleicht noch andere Bücher
gehabt. Ich hätte Eileen fragen sollen, auf welches College sie
gegangen ist, verdammt, aber das ist mir erst später eingefallen.«

Pat ging zum Telefonbuch und blätterte darin herum, bis er
die Nummer des Buchladens fand. Das Geschäft war geschlossen, aber der Inhaber war noch da. Pat sagte ihm, wer er
war, und wies ihn an, an Ort und Stelle zu bleiben, bis wir da
waren. Ich knipste das Licht aus, und wir gingen, nachdem
Pat einen seiner Beamten an der Tür postiert hatte.

Ich bemühte mich erst gar nicht, meine Klapperkiste anzu-
werfen, sondern wir stiegen alle in den Streifenwagen und
fuhren mit heulender Sirene in Richtung Times Square. Alle
anderen Autos fuhren zur Seite, um uns Platz zu machen, und
wir schafften es in Rekordzeit. Der Fahrer bog an der Sechsten
Straße ab und hielt gegenüber von dem Buchladen.

Die Rolläden waren heruntergelassen, aber von innen sah
man noch Licht herausdringen. Pat klopfte, und der verhut-
zelte kleine Buchhändler hantierte am Schloß herum und
machte uns auf. Er benahm sich wie eine aufgeschreckte
Henne und zog dauernd am Saum seines Unterhemdes herum. Pat zeigte zuerst seine Marke und kam dann gleich zur
Sache.

»Vor ein paar Tagen hat jemand bei Ihnen ein paar College-
Jahrbücher gekauft.« Der kleine Kerl zitterte am ganzen Leib.

»Führen Sie Buch über Ihre Verkäufe?«

»Ja und nein. Die Preise tragen wir ein, wegen der Steuer,
aber nicht die Buchtitel. Wie Sie sehen, ist das alles hier
antiquarisch.«

»Schon gut«, sagte Pat. »Können Sie sich noch daran
erinnern, welche Bücher er mitgenommen hat?«

Der Mann zögerte einen Augenblick. »N-nein. Vielleicht
kann ich es aber feststellen, ja?«

Der Kleine ging voran, und wir folgten ihm in den hinteren

Teil des Ladens, wo er über eine wackelige Leiter zum obersten Regal hinaufkletterte. »Nach denen wird nur selten verlangt. Ich kann mich noch erinnern, daß wir ungefähr zwei Dutzend davon hatten. Ah ja. Es fehlen etwa zehn davon.«

Zehn. Drei waren in Jacks Wohnung, und drei weitere hatte Pat. Fehlten also noch vier. »He«, rief ich rauf zu ihm, »können Sie sich noch erinnern, von welchen Colleges sie waren?«

Er zuckte seine mageren Schultern. »Ich weiß nicht. Die Bücher stehen schon so lange hier. Ich habe sie nicht einmal selbst heruntergeholt. Ich weiß noch, daß ich an dem Tag sehr beschäftigt war. Also habe ich ihm gesagt, wo die Bücher stehen, und er ist selbst hochgeklettert und hat sie sich aus dem Regal geholt.«

So kamen wir nicht weiter. Ich rüttelte an der Leiter, und er griff nach der Wand, um nicht das Gleichgewicht zu verlieren.

»Nehmen Sie sie alle raus«, sagte ich zu ihm. »Werfen Sie sie mir einfach zu. Kommen Sie, wir haben nicht die ganze Nacht Zeit.«

Er zog die Bücher aus dem Regal und ließ sie auf den Boden fallen. Ein paar konnte ich fangen, aber die anderen flogen überall auf dem Boden herum. Pat half mir, sie zum Packtisch hinüberzutragen, dann gesellte sich auch der kleine Händler zu uns. »Und jetzt holen Sie uns mal Ihre Rechnungen her«, wies ich ihn an. »Diese Bücher müssen quittiert worden sein, als Sie sie damals gekauft haben, und diese Quittungen möchte ich sehen.«

»Aber das ist schon so lange her, ich...«

»Verdammt noch mal, jetzt setzen Sie sich in Bewegung, sonst mach' ich Ihnen Beine. Versuchen Sie nicht, bei mir Zeit zu schinden.« Er schoß davon wie ein verängstigtes Karnickel.

Pat legte mir die Hand auf den Arm. »Reg dich ab, Mike. Vergiß nicht, ich arbeite für die Stadt, und der Mann ist Steuerzahler.«

»Das bin ich auch, Pat. Aber wir haben einfach keine Zeit zu verlieren.«

Einen Augenblick später war er zurück, den Arm voller staubiger Rechnungsbücher. »Irgendwo hier drin sind die Sachen einzeln aufgeführt. Wollen Sie jetzt danach suchen?«

Ich konnte sehen, daß er hoffte, wir würden sie mitnehmen, weil es sonst mit Sicherheit die ganze Nacht dauern würde. Auch Pat wußte das, aber er arbeitete mit Köpfchen. Er rief im Präsidium an und forderte ein Dutzend Leute an. Zehn Minuten später waren sie schon da. Er sagte ihnen, wonach sie zu suchen hatten, und verteilte die Bücher.

Der Typ war als Buchhalter eine Katastrophe. Seine Handschrift war so gut wie unleserlich. Wie er auf seine Endsummen kam, war mir schleierhaft, aber das interessierte mich im Augenblick ohnehin nicht. Nach einer halben Stunde warf ich den ersten Ordner zur Seite und schnappte mir den nächsten. Ich hatte mich gerade bis zur Mitte vorgearbeitet, als einer der Beamten Pat zu sich rief. Er zeigte auf eine Aufstellung von Büchern. »Ist es das, wonach Sie suchen, Sir?«

Pat warf mit zusammengekniffenen Augen einen Blick darauf. »Mike, komm mal her.«

Und da war sie, die ganze Liste. Die Bücher waren von einem Auktionator gekauft worden, der den Nachlaß eines gewissen Ronald Murphy versteigerte, einem Buchsammler.

»Das ist es«, sagte ich. Wir trugen die Liste zum Tisch hinüber und verglichen sie mit den dort liegenden Büchern, während Pat die Männer zurück ins Präsidium schickte. Ich fand heraus, welche vier Bände fehlten. Eines stammte aus dem Mittelwesten, die anderen aus Colleges aus dem Osten. Jetzt brauchten wir nur noch von irgendwoher eine Ausgabe dieser Jahrbücher.

Ich reichte Pat die Liste. »Jetzt finde die mal. Ich habe keine Ahnung, wie wir das anstellen sollen.«

»Aber ich«, meinte Pat.

»Wo sollen wir denn suchen?« fragte ich hoffnungsfroh.

»In der Stadtbücherei.«

»Mitten in der Nacht?«

Er grinste mich an. »Als Polizist genießt man ein paar Privilegien«, klärte er mich auf. Er ging erneut zum Telefon und führte ein paar Gespräche. Dann rief er den Buchhändler zu sich und zeigte auf das Durcheinander, das wir auf seinem Packtisch hinterlassen hatten. »Sollen wir Ihnen ein bißchen beim Aufräumen helfen?«

Der Kleine schüttelte heftig den Kopf. »Nein, nein. Dazu

habe ich morgen genug Zeit. Ich bin der Polizei immer gern behilflich. Sie können ruhig wiederkommen.« Die Stadt schien voller respektabler Bürger zu stecken. Wahrscheinlich hoffte er, sich einmal an Pat wenden zu können, wenn er mal einen Strafzettel bekam – als ob ihm das in dieser Stadt etwas genützt hätte.

Pats Telefonanrufe waren ausgesprochen wirkungsvoll. Man wartete schon auf uns, als wir an der Bibliothek ankamen. Ein älterer Herr, der ausgesprochen nervös wirkte, und zwei Sekretäre. Wir gingen durch die Drehtür, und ein Wachmann schloß hinter uns ab. Dort drin war es schlimmer als in einer Leichenhalle. Das schwache Licht, das sich mühsam aus den Birnen quälte, schaffte es nie bis unter die hohe, gewölbte Decke. Unsere Schritte hallten hohl durch die Gänge und schallten dann dumpf dröhnend zu uns zurück. Die Statuen schienen zum Leben zu erwachen, als unsere Schatten darauf fielen. Für schreckhafte Leute war das bei Nacht wahrhaft nicht der richtige Aufenthaltsort.

Pat hatte gesagt, wonach wir suchten, und so verschwendeten wir keine Zeit. Der ältere Bibliothekar schickte seine zwei Helfer irgendwo in die Tiefen des Gebäudes, und zehn Minuten später kamen sie mit den vier Jahrbüchern zurück.

Wir setzten uns unter eine Lampe im Lesezimmer und nahmen uns jeder zwei Bücher vor. Vier Bücher. Jack hatte sie gehabt, und irgend jemand hatte sie mitgenommen. Er hatte zehn gehabt, aber die übrigen waren für den Dieb nicht von Interesse gewesen.

Der Bibliothekar linste uns neugierig über die Schultern. Wir blätterten Seite für Seite um. Ich wollte gerade die letzte Seite des Abschnittes für das zweite Studienjahr umblättern, als ich stockte. Ich hatte John Hanson gefunden. Ich konnte kein Wort herausbringen, sondern nur vor mich hinstarren. Jetzt fügte sich mein Puzzle zu einem Ganzen zusammen.

Pat tippte mich an und zeigte auf ein Bild. Auch er hatte John Hanson entdeckt. Ich glaube, Pat kapierte genauso schnell wie ich. Wir griffen uns gleichzeitig jeder ein zweites Buch und sahen es durch, und beide stießen wir wieder auf John Hanson. Ich warf die Bücher auf den Tisch und zerrte Pat auf die Beine.

»Komm«, sagte ich.

Er rannte hinter mir her und blieb nur kurz stehen, um in der Halle über Telefon einen weiteren Einsatzwagen anzufordern. Dann schossen wir an dem verblüfften Wachmann vorbei hinaus über die Straße und in den Streifenwagen. Pat ließ die Sirene losheulen, und wir wühlten uns durch den Verkehr. Vor uns sahen wir die rot blinkenden Lichter des Einsatzwagens und bremsten neben ihm. Aus einer Seitenstraße kam ein weiterer Streifenwagen, der sich ebenfalls dazustellte.

Die Wagen von vorhin standen noch da. Die Polizei riegelte die Straße an beiden Enden ab, und ein paar Beamte folgten uns, als wir auf das Haus zugingen. Diesmal wurde nicht dreimal lang und einmal kurz geklingelt. Eine Axt krachte gegen das Schloß, und die zersplitterte Tür flog nach innen auf.

Irgend jemand schrie, und andere Schreie folgten. In dem Laden ging es drunter und drüber, aber die Beamten hatten die Situation in Sekundenschnelle unter Kontrolle. Pat und ich hielten uns nicht lange unten auf. Er ließ sich von mir durch die moderne Eingangshalle die Treppe hinauf in das Kontaktzimmer führen. Es war leer. Wir öffneten die Tür zum Korridor und rannten zur vorletzten Tür auf der linken Seite.

Die Tür ging auf, als ich sie berührte, und mir stieg der Geruch von Pulver in die Nase. Eileen Vickers war tot. Sie lag vollständig nackt auf dem Bett und starrte mit leerem Blick auf die Wand. Direkt über ihrem Herzen war ein Einschußloch – und zwar eines, das von einer 9-mm-Kugel stammte.

Wir fanden auch John Hanson. Er lag am Fuße des Bettes, mit einem Einschußloch genau zwischen den Augen. An der Wand, wo die Kugel die Wand getroffen hatte, war der Kalk abgesprungen.

Er war kein schöner Anblick, dieser John Hanson. So hatte er sich wenigstens genannt. Mir war er unter dem Namen Hal Kines bekannt.

Wir ließen alles so, wie wir es vorgefunden hatten. Pat pfiff nach einem Polizisten und ließ ihn an der Tür Wache stehen. Alle Ausgänge des Hauses waren abgeriegelt worden, und so drängten sich die Leute unten in der Halle in einem Ring von Polizisten. Zwei weitere Captains und ein Inspektor gesellten sich zu uns. Ich nickte ihnen flüchtig zu und lief zum Hinterausgang des Hauses. Die Schüsse waren etwa zwei Minuten vor unserem Eintreffen gefallen. Wenn der Mörder nicht unter den Leuten dort war, konnte er zumindest nicht weit sein. Ich fand die Tür gleich; sie führte in einen winzigen Hof, der von einem drei Meter hohen Zaun völlig eingeschlossen wurde. Jemand hatte sich sogar die Mühe gemacht, das Gras dort kurz und den Hof sauberzuhalten. Selbst der Zaun war weiß gestrichen.

Ich suchte überall nach Spuren, aber auf dem Gras war mindestens eine Woche lang niemand mehr herumgetrampelt. Wenn irgend jemand über den Zaun geklettert wäre, hätte er bestimmt irgendwo eine Spur hinterlassen. Aber da war keine. Vom Hof aus konnte man auch den Keller erreichen, aber nur durch eine Tür, die mit einem Vorhängeschloß gesichert war, ebenso wie die Tür, die zum Nebenhaus führte. Durch den Hinterausgang konnte der Mörder nicht geflohen sein.

Ich sprang die Stufen zu der kleinen Küche hinauf und ging durch die Halle in den Vorführungsraum. Der war nicht übel. Man hatte sämtliche störende Wände eingerissen und am Ende des Raumes eine Bühne aufgebaut. Die Beamten hatten die Zuschauer auf die kinoartigen Polstersessel zurückbeordert, während die Mädchen der Show zusammen auf der Bühne standen.

Pat kam durch den Raum zu mir herüber. »Was ist mit dem Hinterausgang?« fragte er atemlos.

»Fehlanzeige. Da ist er nicht raus.«

»Dann muß der Mörder hier drin sein. An keiner anderen Stelle des Hauses könnte auch nur eine Maus heraus. Die Straßen sind abgeriegelt, und ich habe ein paar Männer hinter den Häusern postiert.«

»Dann nehmen wir uns doch mal diese Gesellschaft hier vor«, sagte ich.

Wir gingen an den Sitzreihen vorbei und betrachteten uns die Gesichter, die so gern im Dunkeln geblieben wären. Da würde es morgen für ein paar einiges einzurenken geben, wenn sie ihr glückliches Heim nicht verlieren wollten. Wir sahen uns jedes Gesicht genau an. Wir suchten nach George Kalecki, aber der war entweder rechtzeitig abgehauen oder gar nicht dagewesen. Auch die Madame war nicht aufzufinden.

Die Jungs vom Morddezernat tauchten auf, und wir gingen gemeinsam in Eileens Zimmer. Sie fanden genau das, was ich erwartet hatte. Nämlich gar nichts. Unten konnte ich die erregten Stimmen der Mädchen und die etwas lauteren der Männer hören, die sich beschwerten. Ich rätselte, wie der Polizeichef mit der ganzen Sache wohl fertig werden würde. Als alles fotografiert worden war, betrachteten Pat und ich uns gründlich die Überreste von Hal Kines. Mit einem Stift zog ich ein paar feine Linien an seinem Kinn nach.

»Saubere Arbeit, was?«

Pat sah mich kurz an. »Sehr sauber, aber erklär mir das mal. Ich weiß zwar wer, aber nicht warum.«

Ich mußte meine Stimme mühsam unter Kontrolle halten. »Hal war kein Student. Das wurde mir klar, als ich einen Schnappschuß von ihm und George sah, der vor dem Hintergrund der ›Morro Castle‹ gemacht worden war, aber damals kapierte ich das noch nicht. Der Kerl war ein Zuhälter. Ich habe dir ja schon gesagt, daß George seine Finger noch in dunklen Geschäften hatte. Eigentlich hatte ich gedacht, er wäre noch immer im Glücksspiel aktiv, aber es handelt sich um was Größeres. Er ist Teil eines Syndikats, das eine Bordellkette unterhält. Hal agierte als geschickter Köder und gab dann die Beute an George weiter. Es würde mich gar nicht überraschen, wenn Hal in dem Geschäft der große Macher gewesen wäre.«

Pat sah sich die Linien auf dem Gesicht genauer an und zeigte auf ein paar andere knapp unter dem Haaransatz. Sie waren nur schwer zu erkennen, weil das Blut die Haare verklebt hatte.

»Kapierst du nicht, Pat?« fuhr ich fort. »Hal war einer von

den Typen, die ewig jung aussehen. Er hat der Natur mit ein paar Schönheitsoperationen etwas nachgeholfen. Sieh dir doch bloß diese Jahrbücher an, alle von verschiedenen Colleges. Da hat er seine Frauen aufgegabelt, Kleinstadtmädchen, die weit von ihrer Heimat entfernt aufs College gingen. Er hat sie verführt, ihnen ein Kind angedreht und sie dann unter Druck gesetzt. Und schon waren sie hier. Gott weiß, wie viele er auf jedem College aufgerissen hat. Ich wette, er ist nie länger als ein Semester lang auf einem College geblieben. Wahrscheinlich hat er einen Weg gefunden, seine Zeugnisse zu fälschen, damit man ihn aufnahm. Und dann hat er sich gleich an sein schmutziges Werk gemacht. Sobald er die Damen erst mal an der Angel hatte, konnten sie ihm nicht mehr entkommen. Sie hingen unweigerlich fest wie ein Gangster in seiner Bande.«

»Sehr schlau«, meinte Pat. »Sehr schlau.«

»So schlau nun auch wieder nicht«, meinte ich. »Das ruiniert nämlich meine Theorie. Ich war sicher, ihm den ersten Mord anhängen zu können, aber jetzt weiß ich, daß er es nicht war. Jack ist ihm irgendwie auf die Schliche gekommen, und entweder Hal oder jemand anderes hat die Bücher in seiner Wohnung gesehen und wußte sofort Bescheid. Deshalb wollte Jack hier auch heute abend eine Razzia machen, bevor etwas passierte. Er wußte, daß Hal hier sein würde, und er wollte ihn in flagranti ertappen. Wenn ich seinem Rat gefolgt wäre, würde Eileen jetzt vielleicht noch leben.«

Pat ging hinüber zur Wand und pulte die Kugel mit seinem Taschenmesser heraus. Die Kugel, die Eileen erwischt hatte, steckte noch in der Leiche, und der Leichenbeschauer versuchte gerade, sie zu entfernen. Als er sie hatte, reichte er sie an Pat weiter. Der untersuchte sie im Schein der Lampe gründlich, bevor er sprach. Dann sagte er: »Es sind beide 9 mm, Mike. Und beide sind Dumdums.«

Das war mir klar gewesen. »Irgend jemand scheint ganz sichergehen zu wollen, daß er seine Opfer ohne Rückfahrkarte ins Jenseits schickt«, sagte ich gepreßt. »Wieder dieser Killer. Es gibt nur einen. Es ist derselbe Mistkerl, der Jack erschossen hat. Die Kugeln stimmen garantiert überein. Verdammt noch mal«, stieß ich hervor, »der muß vor Mordlust verrückt sein! Pat, ich schwöre dir, es wird mir mehr Freude bereiten als irgend etwas anderes, diesem Schwein eine Kugel in den Leib zu jagen.«

»Du wirst nichts dergleichen tun«, meinte Pat sanft.

Die Leute des Leichenbeschauers schafften eiligst die Leichen hinaus. Wir gingen wieder nach unten und erkundigten uns bei den Polizisten, die die Namen und Adressen der Anwesenden aufschrieben. Der Einsatzwagen stand vor der Tür, und die Mädchen wurden gerade darin verfrachtet. Ein Beamter ging hinüber zu Pat und salutierte.

»Durch die Absperrung ist niemand gekommen, Sir.«

»Gut. Behalten Sie ein paar Männer hier, und lassen Sie die übrigen die Seitenstraßen und die umliegenden Häuser absuchen. Sorgen Sie dafür, daß sich jeder ausreichend ausweist, oder nehmen Sie ihn fest. Es ist mir ganz egal, um wen es sich dabei handelt, klar?«

»Jawohl, Sir.« Der Polizist grüßte und eilte davon.

Pat wandte sich um zu mir. »Diese Madame – würdest du die wiedererkennen?«

»Natürlich. Warum?«

»Ich habe im Büro eine Akte über Leute, die erwiesenermaßen ein Bordell führen oder zumindest unter dem Verdacht stehen, es zu tun. Ich möchte, daß du dir die mal ansiehst. Wir haben ihren Namen von einem der Mädchen bekommen – oder zumindest den Namen, unter dem sie hier jeder kennt. Sie wurde Miß June genannt. Keiner der Gäste hat sie gekannt. Meistens öffnete eines der Mädchen die Tür. Nur wenn nicht das vereinbarte Signal gegeben wurde, ist sie selbst zur Tür gegangen.«

Ich unterbrach Pat kurz. »Aber was ist mit George Kalecki? Er ist derjenige, den ich haben will.«

Pat grinste. »Für den habe ich schon meine Netze ausgelegt. In diesem Augenblick suchen etwa tausend Leute nach ihm. Glaubst du, du könntest ihn eher finden?«

Ich schluckte die Bemerkung kampflos. Bevor ich mich auf die Suche nach George Kalecki machte, wollte ich erst noch ein paar andere Dinge erledigen. Selbst wenn er der Killer war, mußten hinter der ganzen Sache noch andere stecken, die es zu erwischen galt. Und ich wollte sie alle, nicht nur den, der den Finger am Abzug krümmte. Es war wie ein Festmahl. Die ganze Bande war das Hauptgericht, der Killer das Dessert. Ich wünschte, ich hätte gewußt, wie Jack Hal auf die Spur gekommen war. Jetzt würde ich es nie erfahren. Aber Jack hatte Verbindungen. Vielleicht war er Hal schon früher begegnet oder wußte über Kaleckis Aktivitäten Bescheid und dachte sich den Rest, bis er dann Eileen traf und dann zwei und zwei addieren konnte. Ein Kerl, der so lange im Geschäft war wie Hal, konnte nicht völlig im dunkeln bleiben. Er mußte irgendwo mal eine Spur hinterlassen. Was auch immer Jack getan hatte, er mußte sehr schnell gewesen sein. Er wußte genau, wo er nach John Hanson zu suchen hatte, und er entdeckte ihn genau wie wir in den Jahrbüchern.

Selbst wenn Hal Jack getötet hatte, wie war sein eigener Mörder an die Waffe gekommen? Diese Pistole war so gefährlich wie der Mörder selbst und kein Spielzeug, das man herumreichte. Nein, ich glaubte nicht, daß Hal Jack umgebracht hatte. Er hatte vielleicht die Bücher entdeckt und es jemandem gesagt. Das war dann wahrscheinlich der Mörder. Das war es, wonach der Killer suchte. Oder nicht? Vielleicht war das auch nur ein Zufall. Vielleicht stand der Mörder auch nur in ganz entferntem Zusammenhang mit Hal. Sollte das zutreffen, war Jack aus einem anderen Grund umgebracht worden, und der Killer, der wußte, daß die Möglichkeit bestand, daß man ihm durch diese lose Verbindung auf die Spur kam, beseitigte die Bücher, um kein Risiko einzugehen und Hals Weste reinzuhalten.

Aber wo blieb dann meine Theorie? Mit der war es wieder Essig. Ich konnte jetzt nicht einfach abwarten, bis wieder etwas passierte und ich mit meinen Ermittlungen von vorn anfangen konnte. Ich mußte mir jetzt gleich etwas einfallen lassen. Ein paar Kleinigkeiten tauchten schon an meinem geistigen Horizont auf. Nicht viel, aber immerhin genug, um mir zu zeigen, daß hinter alldem ein Motiv steckte. Noch war es mir nicht klar, aber ich würde dahinterkommen. Jetzt jagte ich nicht einem Mörder nach. Jetzt war es ein Motiv.

Ich sagte Pat, daß ich nach Hause ins Bett gehen wollte, und er schrieb mir eine Bescheinigung für die Beamten der einzelnen Straßensperren aus. Ich ging die Straße hinunter, händigte einem rotgesichtigen Polizisten meinen Passierschein aus und setzte meinen Weg fort. Unterwegs hielt ich ein Taxi an und fuhr damit zu Jacks Wohnung. Mein Wagen stand noch dort, und nachdem ich den Taxifahrer bezahlt hatte, stieg ich in meinen eigenen Schrottkarren um. Morgen gab es eine Menge Arbeit zu tun, und ich konnte etwas Schlaf gebrauchen.

Zwanzig Minuten später lag ich zu Hause im Bett und rauchte vor dem Einschlafen noch eine Zigarette, wobei ich noch immer krampfhaft nachdachte. Aber mir wollte einfach nichts einfallen, und so drückte ich meine Zigarette aus und drehte mich um.

Morgens nach dem Frühstück war meine erste Station Kaleckis Wohnung. Wie ich erwartet hatte, war Pat schon vor mir dagewesen. Ich fragte den wachhabenden Beamten am Eingang, ob er eine Nachricht für mich hatte, und er reichte mir einen verschlossenen Umschlag. Ich riß ihn auf und zog ein Blatt Papier heraus. Pat hatte etwas draufgekritzelt. »Mike ... Fehlanzeige. Er ist abgehauen, ohne sich die Zeit zum Packen zu nehmen.« Er hatte mit einem großen »P« unterschrieben. Ich zerriß den Zettel und warf die Fetzen in einen Mülleimer vor dem Haus.

Es war ein schöner Tag. Die Sonne schien warm, und die Kinder auf der Straße wieselten herum wie eine Herde Eichhörnchen. Ich fuhr bis zu einem Tabakgeschäft an der Ecke und rief von dort in Charlottes Büro an. Sie war nicht da, aber ihre Sekretärin hatte die Anweisung erhalten, mir zu sagen, daß ich sie im Central Park in der Nähe Fifth Avenue und 68. Straße finden könnte. Ich kam von der Westseite des Central Park und fuhr überall herum, wobei ich mich auf die Fifth Avenue zubewegte. Schließlich parkte ich in der 67. Straße und ging zu Fuß zurück in den Park. Sie saß auf keiner der Parkbänke, und so sprang ich über den Zaun und ging über den Rasen zum Gehweg. Der schöne Tag schien Tausende von Spaziergängern angelockt zu haben. Kindermädchen mit Kinderwägelchen kamen an mir vorbei, ihre Schützlinge auf den Fersen. Mehr als einmal bekam ich Blicke zugeworfen.

Ein Erdnußverkäufer hatte mir gerade mein Wechselgeld

gegeben, als ich Charlotte entdeckte. Sie schob einen Kinderwagen auf mich zu und winkte dabei heftig, um meine Aufmerksamkeit zu erwecken.

»Hallo, Kleines«, sagte ich. Ihr Anblick ließ mir das Wasser im Mund zusammenlaufen. Diesmal trug sie ein enganliegendes grünes Kostüm. Ihr Haar, das ihr über den Kragen fiel, glich einem Wasserfall. Ihr Lächeln war strahlender als dieser sonnige Tag.

»Hallo, Mike. Ich habe schon auf dich gewartet.« Sie streckte mir ihre Hand hin, und ich nahm sie. Sie drückte sie fest, nicht wie eine normale Frau. Ich hakte sie unter und ging mit ihr zusammen hinter dem Wagen her. »Wir müssen wie das glücklichste frisch verheiratete Ehepaar der Welt aussehen«, lachte sie.

»So frisch dann auch wieder nicht«, meinte ich, wobei ich auf den Kinderwagen deutete. Sie errötete ein wenig und rieb ihren Kopf an meinem. »Warum arbeitest du heute nicht?« fragte ich.

»An so einem Tag? Außerdem habe ich erst um zwei einen Termin, und eine Freundin hat mich gefragt, ob ich auf ihr Kind aufpassen könnte, während sie etwas erledigt.«

»Magst du Kinder?«

Schrecklich gern. Irgendwann werde ich sechs eigene haben.«

Ich stieß einen Pfiff aus. »Immer langsam. Vielleicht werde ich gar nicht genug Geld verdienen. Sechs Mäuler brauchen eine Menge Futter.«

»Na und, schließlich bin ich eine berufstätige Frau, und – äh, ist das eigentlich ein Heiratsantrag, Mr. Hammer?«

»Möglich«, meinte ich grinsend. »Noch hat mich niemand unter die Haube gekriegt, aber wenn ich dich so ansehe, hätte ich nichts dagegen.«

Hätten wir noch weiter über dieses Thema geredet, wer weiß, wie das ausgegangen wäre. Aber ich kam wieder auf meinen Fall zu sprechen. »Übrigens, Charlotte, hast du heute morgen schon die Zeitung gelesen?«

»Nein, warum?« Sie sah mich neugierig an.

»Hal Kines ist tot.«

Ihre Kinnlade klappte nach unten, und auf ihrer Stirn

tauchten ungläubige Falten auf. »Nein«, meinte sie gepreßt. Ich zog eine Zeitung aus der Tasche und zeigte ihr die Schlagzeile. Ich konnte sehen, daß sie erschüttert war. »Oh, Mike, das ist ja schrecklich! Wie ist das passiert?«

Ich zeigte auf eine freie Bank. »Können wir uns ein paar Minuten hinsetzen?«

Charlotte sah auf ihre Uhr und schüttelte den Kopf. »Nein«, sagte sie, »ich muß in ein paar Minuten bei Betty sein. Weißt du was, du kannst mich bis zum Tor begleiten, und nachher fahren wir auf ein paar Drinks in mein Büro. Du kannst mir alles auf dem Weg erzählen.«

Ich berichtete vom vorangegangenen Abend, ohne auch nur das geringste auszulassen. Charlotte hörte aufmerksam zu und stellte keine Fragen. Ihre Gedanken beschäftigten sich mit dem psychologischen Aspekt des Ganzen. Schließlich mußte ich meinen Bericht abbrechen, weil Betty schon auf sie wartete. Nachdem sie mich vorgestellt hatte, unterhielten wir uns eine Weile, bevor wir uns von Betty verabschiedeten, die sich mit ihrem Kind auf den Heimweg machte.

Wir gingen in die entgegengesetzte Richtung an der Stadtmauer der Begrenzung zur 67. Straße entlang. Wir waren noch keine drei Meter weit gekommen, als ein Auto vor uns hielt. Es war keine Zeit zum Nachdenken. Ich sah die häßliche Mündung einer Kanone aus dem Fenster ragen und warf mich auf Charlotte. Die Kugel schlug hoch über uns in der Wand ein und ließ Steinsplitter auf uns herunterrieseln. Für einen zweiten Schuß blieb George Kalecki keine Zeit. Er warf den ersten Gang ein und schoß die Fifth Avenue hinunter. Es wäre ein perfektes Unternehmen gewesen, hätte es geklappt. Es waren keine anderen Autos in der Nähe, die die Verfolgung hätten aufnehmen können. Zur Abwechslung nicht einmal ein Taxi.

Ich half Charlotte auf und klopfte ihr den Staub ab. Ihr Gesicht sah leichenblaß und verstört aus, aber ihre Stimme klang einigermaßen gefaßt. Zwei Spaziergänger kamen herbeigeeilt, weil sie dachten, wir wären gestürzt. Bevor sie uns erreichten, fischte ich die Kugel aus dem Sand vor der Mauer, wo sie hingefallen war. Es war eine 9 mm. Ich bedankte mich bei den beiden Leuten, die uns behilflich sein wollten, und erklärte ihnen, daß wir nur gestolpert wären. Dann gingen wir weiter.

Charlotte wartete einen Moment, bevor sie sagte: »Du scheinst des Rätsels Lösung näherzukommen, Mike. Jemand möchte dich aus dem Weg räumen.«

»Ich weiß. Und ich weiß auch, wer es war – unser Freund George Kalecki.« Ich lachte auf. »Er hat Angst. Jetzt wird es nicht mehr lange dauern. Das Schwein wird bald die Nerven verlieren. Sonst würde er nicht am hellichten Tag versuchen, mich abzuknallen.«

»Mike, du solltest darüber nicht lachen. Es war nicht besonders komisch.«

Ich blieb stehen und nahm sie in den Arm. Ich fühlte, daß sie leicht zitterte. »Es tut mir leid, Liebling. Aber ich bin es schon gewöhnt, daß man auf mich schießt. Aber er hätte genausogut dich treffen können. Laß mich dich nach Hause bringen, du wirst dich umziehen müssen. Der Sturz hat deinem Kostüm nicht besonders gutgetan.«

Auf dem Heimweg sagte Charlotte kaum etwas. Einmal setzte sie dazu an, überlegte es sich dann aber doch anders. Schließlich fragte ich: »Was ist los, Charlotte?«

Sie runzelte die Stirn ein wenig. »Glaubst du, daß Kalecki dich aus dem Weg räumen will, weil du Jack Rache geschworen hast?«

»Vielleicht. Jedenfalls wüßte ich keinen besseren Grund. Warum?«

»Kann es sein, daß du mehr über diesen Fall weißt als sonst jemand?«

Ich dachte einen Moment darüber nach, bevor ich antwortete: »Ich glaube kaum. Die Polizei hat haargenau dieselben Informationen wie ich – was ich ihnen voraushabe, ist lediglich ein persönlicher Ansporn und Einblick.«

Danach fuhren wir schweigend weiter. Es war fast zehn Uhr, als wir bei der Wohnung ankamen. Wir warteten nicht auf den Lift, sondern gingen die Treppen hinauf und klingelten. Es machte aber niemand auf, und Charlotte kramte in ihrer Tasche nach dem Schlüssel.

»Mist«, sagte sie, »ich habe ganz vergessen, daß das Mäd-

chen heute seinen freien Tag hat.« Wir gingen hinein, und als
wir die Tür öffneten, ging die Glocke erneut.

»Mix uns einen Drink, Mike, während ich mich dusche.«
Charlotte stellte eine Flasche Bourbon auf den Kaffeetisch und
ging in die Küche, um Eis und Ginger Ale zu holen.

»Okay. Kann ich vorher mal kurz dein Telefon benutzen?«

»Natürlich, tu dir keinen Zwang an«, rief sie zurück.

Ich wählte Pats Nummer und mußte warten, bis die Zentra-
le ein halbes Dutzend Nebenstellen nach ihm abgeklappert
hatte. Schließlich klappte es. »Pat?«

»Ja, Mike, schieß los.«

»Was sagst du dazu? Kalecki hat sich nicht aus dem Staub
gemacht, er ist noch in der Stadt.«

»Woher weißt du das?«

»Er hat vor kurzem versucht, mir das Lämpchen auszubla-
sen.« Pat hörte aufmerksam zu, als ich ihm die Einzelheiten
erzählte. Als ich fertig war, fragte er: »Hast du dir die
Nummer des Wagens gemerkt?«

»Hmhm. Es war ein altes Cadillac-Modell, etwa Baujahr
'41. Dunkelblau, mit viel Chrom. Er ist auf dem Weg in die
Stadt an mir vorbeigefahren.«

»Großartig, Mike. Ich laß gleich eine Suchmeldung los. Hast
du die Kugel bei dir?«

»Klar. Es ist auch eine 9 mm. Am besten läßt du da mal deine
Ballistikexperten ran. Diesmal war es aber kein Dumdum-
Geschoß. Wie wär's, wenn ich heute nachmittag bei dir
vorbeikommen würde?«

»Tu das«, antwortete Pat. »Wenn sich nichts Neues ergibt,
werde ich den ganzen Nachmittag hier sein. Und dann noch
etwas, Mike«, fügte er hinzu.

»Ja?«

»Wir haben die Kugeln überprüft, von der die kleine
Vickers und Kines getötet worden sind.«

»Sie stammen aus derselben Waffe. Die gleiche, die...«

»Richtig, Mike. Wieder der Killer.«

»Verdammt«, sagte ich.

Ich legte auf und nahm die Kugel aus meiner Tasche.
Vielleicht stimmte sie mit den anderen überein, vielleicht
auch nicht. Ich mußte an die Kanone denken, die Kalecki

zwischen seinen Sachen unter dem Bett hatte. Und er hatte behauptet, einen Waffenschein dafür zu besitzen. Jetzt wünschte ich, ich hätte die Waffe mitgenommen, um sie überprüfen zu lassen, anstatt mich auf meinen Augenschein und meinen Geruchsinn zu verlassen, als es um die Frage ging, ob aus dem Revolver vor kurzem geschossen worden war. Ich wickelte das Stück Metall in ein paar Lagen Papier und steckte es ein. Dann mixte ich ein paar Highball-Cocktails. Ich rief Charlotte zu, sie solle ihren Drink holen kommen, aber sie bat mich, ihn ihr zu bringen.

Vielleicht hätte ich einen Moment warten oder vorher anklopfen sollen. Ich tat weder das eine noch das andere. Charlotte stand neben dem Bett, völlig nackt. Als ich ihren wunderschönen Körper sah, geriet mein Blut in Wallung, und die Gläser zitterten in meiner Hand. Sie war noch schöner, als ich sie mir vorgestellt hatte. So wahnsinnig zart. Sie war fast noch perplexer als ich. Sie griff nach dem Bademantel auf dem Bett und hielt ihn sich vor, aber erst, nachdem ich gesehen hatte, wie sich über ihren gesamten Körper eine leichte Röte verbreitete.

Sie schnappte genauso nach Luft wie ich. »Mike«, sagte sie. Ihre Stimme zitterte dabei leicht, und ihre Augen sahen mich unverwandt an. Ich drehte mich um, während sie in den Bademantel schlüpfte. Dann wandte ich mich wieder zu ihr und gab ihr den Drink.

Wir tranken beide in einem Zug aus. Aber selbst der Alkohol konnte das Brennen in meinen Adern nicht mehr verstärken. Am liebsten hätte ich sie in die Arme genommen und nie wieder losgelassen. Wir stellten die Gläser auf dem Ankleidetisch ab. In dem Augenblick waren wir uns schrecklich nahe. Es war einfach so ein Moment. Sie warf sich in meine Arme und vergrub ihr Gesicht in meine Schulter. Ich zog ihren Kopf zurück und küßte ihre Augenlider. Sie öffnete die Lippen für mich, und ich küßte sie wild. Ich wußte, daß ich ihr weh tat, aber sie entzog sich mir nicht. Sie erwiderte den Kuß mit ihren Lippen, ihren Armen und ihrem ganzen übrigen Körper. Auch sie stand in Flammen und versuchte verzweifelt, mir noch näher zu sein, obwohl das schon gar nicht mehr ging.

Ich hatte meinen Arm um ihre Schultern gelegt und meine Hände in ihr Haar gekrallt und preßte sie an mich. So war mir noch nie im Leben zumute gewesen – allerdings war ich auch zum erstenmal in meinem Leben richtig verliebt. Sie löste ihre Lippen von meinen und lag matt und schwer atmend in meinen Armen, die Augen geschlossen.

»Mike«, flüsterte sie, »ich will dich.«

»Nein«, sagte ich.

»Ja. Du mußt.«

»Nein.«

»Aber warum nicht, Mike? Warum nicht?«

»Nein, mein Liebling, es ist zu schön, um es jetzt zu zerstören. Nicht jetzt. Die Zeit für uns wird kommen, aber wir müssen den richtigen Augenblick abwarten.«

Ich nahm sie auf den Arm und trug sie aus dem Zimmer. Wenn ich noch einen Augenblick länger in dem Schlafzimmer geblieben wäre, hätte ich den Verstand verloren. Als sie so in meinen Armen lag, küßte ich sie noch einmal, dann setzte ich sie vor dem Bad ab und verwuschelte ihr die Haare.

»Dusch dich jetzt«, sagte ich ihr ins Ohr.

Sie sah mich aus verschlafenen Augen an und ging ins Badezimmer. Sie schloß leise die Tür hinter sich, während ich die Gläser holen ging und dabei einen sehnsuchtsvollen Blick auf das Bett warf. Vielleicht war ich ein verdammter Trottel – ich weiß es nicht. Ich ging zurück ins Wohnzimmer.

Ich wartete, bis ich das Wasser rauschen hörte, bevor ich zum Telefon ging. Kurz darauf meldete sich Charlottes Sekretärin mit ihrem üblichen ›Hallo‹.

»Hier spricht noch mal Mike Hammer«, sagte ich. »Ich wollte mich mit einem Freund treffen und hatte ihm gesagt, er soll in Ihrem Büro anrufen. Wenn er sich meldet, sagen Sie ihm doch bitte, wohin ich gegangen bin, ja?«

»Oh, das wird nicht nötig sein«, antwortete sie. »Er hat bereits angerufen. Ich habe ihm gesagt, Sie würden in den Park fahren. Haben Sie ihn verpaßt?«

»Nein, er wird wohl noch kommen«, log ich sie an.

Man ist mir also auf der Spur, dachte ich im stillen, als ich aufhängte. Der gute alte George. Hatte mich verfolgt, dann aber verloren, und hatte sich gedacht, daß ich Charlotte besuchen würde – sehr schlau.

Ich machte mir noch einen Drink und streckte mich dann auf der Couch aus. Er mußte mich beschattet haben, ohne daß ich es gemerkt hatte. Ich konnte mir nicht erklären, wie er gewußt haben konnte, daß ich zu Charlotte gehen würde – es sei denn, man konnte es mir vom Gesicht ablesen. Man sagt ja, daß das bei Verliebten so ist. Komische Art und Weise, jemanden umbringen zu wollen. Ort und Zeit hatte er jedenfalls gut gewählt. Wenn ich mich nicht geduckt hätte, wäre es ein Volltreffer für Kalecki geworden. Er hatte ja aus nächster Nähe gefeuert. Kalecki wußte verdammt genau, was die Uhr geschlagen hatte. Wenn die Polizei ihn bei der Großfahndung schnappte, würde das an ein Wunder grenzen. Ich wäre jede Wette darauf eingegangen, daß er für den Notfall jede Menge Möglichkeiten hatte, unterzutauchen. George war nicht auf den Kopf gefallen. Der Gedanke, daß die Polizei ihn aufscheuchen könnte, bereitete mir keine Sorgen mehr. Mr. Kalecki war reserviert – für mich. Pat würde ganz schön sauer sein.

Charlotte war in Rekordzeit geduscht und angezogen. Keiner von uns beiden sprach über das, was zwischen uns passiert war, aber wir wußten beide, daß der andere daran dachte. Sie machte sich einen Drink, dann setzte sie sich neben mich. »Woher wußtest du, daß ich heute kommen würde?«

Sie schenkte mir ein strahlendes Lächeln. »Mike, mein Liebling, ich habe dich seit dem Augenblick erwartet, als ich dich zum erstenmal gesehen habe. Oder fange ich es falsch an?«

»Nicht daß ich wüßte.«

»Aber du hast mir doch gesagt, daß du lieber selbst der Verführer bist.«

»Nicht bei dir. Die Zeit ist zu kostbar.«

Als sie es sich in meinem Arm bequem gemacht hatte, erzählte ich ihr von dem Anruf in ihrem Büro. Das gefiel ihr gar nicht. »Du gibst dir keine besonders große Mühe, vorsichtig zu sein. Wenn es Kalecki ist, ist er nicht dumm. Bitte, Mike, paß auf dich auf. Wenn dir irgend etwas zustößt, werde ich...«

»Wirst du was?«

»Ach Mike, merkst du eigentlich gar nicht, daß ich dich liebe?«

Ich streichelte ihr goldenes Haar und pustete ihr ins Ohr. »Natürlich, du Dummerchen. Mir müßte man es eigentlich auch zehn Meilen gegen den Wind ansehen.«

»Ja«, meinte sie, »das tut man.« Wir grinsten uns an, und mir war zumute wie einem kleinen Primaner. »Jetzt laß uns wieder zur Sache kommen, bevor ich zurück ins Büro muß«, fuhr sie fort. »Du bist doch nicht nur hierhergekommen, um lieb zu mir zu sein. Worum ging es?«

Jetzt war ich zur Abwechslung mal baff. »Woher, zum Teufel, weißt du das?« fragte ich.

Charlotte tätschelte meine Hand. »Wie oft muß ich dich noch daran erinnern, daß ich praktizierende Psychiaterin bin? Das bedeutet zwar nicht, daß ich Gedanken lesen kann, aber ich kann Leute beobachten, ihr Verhalten registrieren und dann entscheiden, was dem zugrunde liegt. Besonders« – sie lächelte verschmitzt –, »wenn man sich ernsthaft für einen Menschen interessiert.«

»Sieg nach Punkten.« Ich blies ein paar Rauchringe in die Luft und sprach weiter: »Ich möchte alles hören, was du über Hal Kines weißt.«

Bei diesem Namen kam sie abrupt wieder auf den Boden der Tatsachen zurück. »Das habe ich mir gedacht, als du mir alles erzählt hast. Wie du weißt, war er auf einer medizinischen Fakultät. Vorsemester, um genau zu sein. Nach dem zu urteilen, was du mir gesagt hast, war er hauptsächlich zu dem Zweck dort, für seinen Bordellring Mädchen anzuwerben. Ist das nicht eine etwas ungewöhnliche Methode?«

»Nein, jedenfalls nicht, wenn man die Menschen kennt«, entgegnete ich. »Um die Mädchen richtig in die Hand zu bekommen, muß man dafür sorgen, daß sie mit ihrem Zuhause brechen und gleich richtig unter die Räder kommen. Ich nehme an, daß man ihnen mit Beweisen über ihren Fehltritt drohte. Was blieb den Mädchen anderes übrig? Man hat sie betrogen, sie sind zu Hause rausgeflogen und haben niemand, an den sie sich wenden könnten – aber sie haben die Möglichkeit, ihre alte Beschäftigung wieder aufzunehmen. Dann haben sie wenigstens etwas zu essen und eine Menge

Geld. Und wenn sie dann erst mal richtig in der Sache drinstecken, können sie nicht mehr raus, selbst wenn sie wollen. Es ist eine zeitraubende Methode, aber es ist ein gutes und lohnendes Geschäft. Dieser Trick hat es Hal ermöglicht, sich die Mädchen zu beschaffen, die er wollte, ohne dabei ein zu großes persönliches Risiko einzugehen.«

»Ich verstehe.« Sie dachte einen Moment über das nach, was ich gesagt hatte, dann erzählte sie weiter: »Na ja, wie dem auch sei, ich hielt jedenfalls auf Einladung der Universitätsleitung dort eine Vorlesung, und nachdem ich mir die Zeugnisse und Arbeiten der Studenten angesehen hatte, die sich auf die Psychiatrie spezialisierten, wählte ich mir ein paar Studenten aus, die bei mir eine Art Praktikum machen wollten. Hal Kines war einer dieser Studenten. Er war ein ausgezeichneter Schüler, der immer genau wußte, was er tat. Er war den anderen weit voraus.

Zuerst habe ich das auf eine natürliche Begabung zurückgeführt und darauf, daß er aus einer Arztfamilie stammte, aber jetzt ist mir klar, daß es lediglich der Erfolg seiner langen Studienzeit war. Nach sechzehn Jahren Vorlesungen muß ja irgend etwas hängenbleiben.«

»Da wirst du wohl recht haben«, unterbrach ich sie. »Was weißt du über sein Privatleben?«

»Er wohnte in einem Apartmenthaus, solange er hier war. Während des Semesters war er wahrscheinlich in einem Studentenheim. An den Wochenenden kam er immer in meiner Praxis vorbei und wohnte dann bei Mr. Kalecki. Über sein Privatleben hat Hal so gut wie nie gesprochen, er ist ganz in seiner Arbeit aufgegangen. Einmal ist er dann in Schwierigkeiten geraten, und Jack Williams hat ihm aus der Klemme geholfen.«

Ich nickte. »Ja, das habe ich alles von Hal selbst erfahren. Hat er eigentlich je versucht, sich an dich ranzumachen?«

»Nein. Nicht einmal ansatzweise. Glaubst du vielleicht, er... äh... wollte mich für sein Unternehmen anwerben?«

»Verdammt noch mal, dieser elende...« Ich verstummte, als ich sie stumm grinsen sah. »Das bezweifle ich. Du warst ihm sicher zu klug, als daß er sein Netz für dich ausgelegt hätte. Ich glaube eher, daß er bei dir war, um eine Entschuldigung für seinen Aufenthalt in der Stadt zu haben, oder um sich wirklich mit Psychiatrie zu befassen, weil er sie sich bei seiner Arbeit zunutze machen wollte.«

»Ist dir eigentlich je der Gedanke gekommen, daß er hierge-wesen sein könnte, um Jack umzubringen?«

Der Gedanke war mir nicht neu. Ich hatte den ganzen Tag damit gespielt. »Kann sein. Ich habe schon darüber nachge-dacht. Vielleicht war er hier, weil Jack ihm schon auf die Spur gekommen war und ihn zum Bleiben gezwungen hatte. Jack hatte ein weiches Herz, aber nicht, wenn es sich um eine Sache wie diese handelte. Nachdem er nicht mehr bei der Polizei war, konnte er ihn nicht offiziell dazu zwingen, aber er hatte etwas in der Hand, um ihn zum Bleiben zu nötigen.«

»Wer hat dann Jack umgebracht – Hal?«

»Das«, entgegnete ich, »ist eine Frage, für deren Beantwor-tung ich beide Beine und einen Arm geben würde. Jedenfalls, solange mir dann noch ein Arm zum Schießen bliebe. Und diese Antwort werde ich bald finden.«

»Und was ist mit Hal und diesem Mädchen Eileen?«

»Der Mörder hat sie beide erwischt. So wie ich das sehe, ist Hal dort hingegangen, um das Mädchen umzubringen, aber bevor er noch Gelegenheit dazu hatte, hat der Mörder sie beide umgelegt.«

»Aber wenn das stimmt, wie hätte Jack denn wissen sollen, daß Hal dorthin gehen würde, um sie umzubringen?«

»Da hast du recht, Charlotte. Vielleicht wußte Jack einfach nur, daß er aus irgendeinem Grund da sein würde. Hältst du das für wahrscheinlich?«

»Möglich. Entweder das, oder er wußte, daß auch der Mörder dort sein würde. Aber bis dahin hatte der Mörder noch nicht gemordet, also muß der Besuch einen anderen Grund gehabt haben. Das klingt einigermaßen verworren, nicht?«

»Das kann man wohl sagen«, sagte ich und lachte. »Aber je mehr Unklarheiten wir aufdecken, desto klarer wird der Fall. Was immer auch das Motiv ist, es sind eine Menge Leute darin verwickelt. Drei davon sind tot, einer rennt in der Stadt herum und veranstaltet ein Scheibenschießen auf mich, und der Killer sitzt irgendwo und lacht sich ins Fäustchen. Soll er nur lachen. Das wird ihm bald vergehen. Es arbeiten einfach zu viele Leute an diesem Fall, als daß er unentdeckt bleiben könnte. Mord ist ein Verbrechen, das nur schwer zu vertuschen ist. Pat schlägt in diesem Rennen ein scharfes Tempo an. Er will sich diesen schießwütigen Schweinehund genauso gern schnappen wie ich, aber der Teufel soll mich holen, wenn ich das zulasse. Von jetzt an werde ich die Nase vor Pat haben und sie auch da lassen. Von mir aus kann er mir ruhig dicht auf den Fersen bleiben.«

Charlotte hörte aufmerksam zu, wobei sich ihre Augen weiteten. Sie betrachtete mich, als hörte sie sich die Geschichte eines geständigen Mörders an und versuchte, die psychologischen Hintergründe zu erforschen. Ich brach ab und stupste sie sacht an. »Ich wette, du glaubst, ich hätte nicht alle Tassen im Schrank.«

»Nein, Mike, keineswegs. Bist du eigentlich seit dem Krieg so? So hart, meine ich.«

»Ich bin schon immer so gewesen«, sagte ich, »solange ich denken kann. Ich hasse diese Schweine, die einfach aus Spaß töten. Der Krieg hat mich ein paar Tricks gelehrt, die ich vorher nicht kannte. Vielleicht habe ich deshalb überlebt.«

Ich warf einen Blick auf meine Uhr; es war schon reichlich spät.

»Wenn du deine Verabredung einhalten willst, solltest du dich lieber beeilen.«

Charlotte nickte. »Fährst du mich zurück ins Büro?«

»Klar. Hol dir deinen Mantel.«

Wir fuhren langsam zurück und richteten es so ein, daß uns soviel Zeit miteinander blieb wie nur möglich. Wir unterhielten uns über Belanglosigkeiten und erwähnten weder den Mordfall noch das, was in der Wohnung vorgefallen war. Als wir in der Park Avenue ankamen und ich abbog, um anzuhalten, fragte Charlotte: »Wann seh' ich dich wieder, Mike?«

»Bald«, antwortete ich. »Wenn der Scherzkeks, der heute bei dir angerufen hat, sein Glück noch mal versucht, laß ihm von deiner Sekretärin ausrichten, daß ich dich an dieser Ecke abholen werde. Dann versuch mich zu erreichen; vielleicht können wir dem Kerl dann eine Falle stellen. Es war todsicher Kalecki; deine Sekretärin wird wahrscheinlich seine Stimme wiedererkennen, wenn sie sie wieder hört.«

»Gut, Mike. Was ist, wenn Mr. Chambers noch mal bei mir vorbeikommt?«

»Dann bestätige die Sache mit der Schießerei, aber erzähle ihm nichts von dem Telefonanruf. Wenn wir ihm eine Falle stellen können, dann möchte ich derjenige sein, der die Grube aushebt.«

Sie lehnte sich herüber zu mir und küßte mich, bevor sie ging. Ich sah ihr nach, als ihre schlanken Beine um die Ecke entschwanden. Sie war eine wunderbare Frau. Und die ganze Herrlichkeit gehörte mir. Mir war danach, einen lauten Schrei auszustoßen und einen Freudensprung zu vollführen.

Hinter mir hupte ein Auto, und so warf ich den Gang ein und fuhr los. Zwei Blocks weiter hielt ich gerade vor einer roten Ampel, als ich plötzlich hörte, wie jemand meinen Namen von der anderen Straßenseite herüberschrie. Die Wagen neben mir verdeckten die Gestalt, aber ich konnte sehen, wie eine braunbeanzugte Figur zwischen den Autos herumtanzte, um sich zu meiner Karre durchzuarbeiten. Ich öffnete den Schlag, und er stieg ein. »Hallo, Bobo«, sagte ich. »Was machst du denn in dieser Gegend?«

Bobo war ganz aus dem Häuschen darüber, daß er mich getroffen hatte. »Mensch, Mike. Toll, dich zu sehen. Ich arbeite hier oben. Nicht bei irgend jemand Bestimmtem, einfach überall.« Das alles sprudelte aus ihm heraus wie aus einem Wasserspeier. »Wohin fährst du?«

»Eigentlich wollte ich unten in die Stadt, aber vielleicht kann ich dich irgendwo absetzen. Wohin willst du denn?«

Bobo kratzte sich den Kopf. »Wart mal. Schätze, ich kann auch zuerst in die Stadt gehen. Ich muß in der Canal Street einen Brief abgeben.«

»Prima, dann setz' ich dich da ab.«

Die Ampel schaltete auf Grün, und ich bog in den Broadway ein und nahm dann eine Linkskurve. Bobo wollte immer den Mädchen dort zuwinken; ich wußte, wie ihm zumute war. »Hast du noch was von Kalecki gehört?« fragte ich ihn.

Er schüttelte den Kopf. »Nee. Mit dem ist irgendwas

passiert. Ich hab' heute einen von den Jungs gesehen, und der arbeitet nicht mehr für ihn.«

»Was ist mit Big Sams Lokal? Gibt's da was Neues?«

»Nö. Seit du da die zwei Typen zusammengeschlagen hast, redet da keiner mehr mit mir, weil sie Angst haben, daß ich dich ihnen auf den Hals hetze.« Bobo kicherte zufrieden. »Sie glauben, daß ich auch ein ganz Harter bin. Meine Wirtin hat davon gehört und hat mir gesagt, ich soll dir aus dem Weg gehen. Ist das nicht irre komisch, Mike?«

In der Gegend hatte ich jetzt wohl so viele enge Freunde wie ein Stachelschwein.

»Ja«, sagte sich. »Wie geht's den Bienen?«

»O gut, gut. Ich hab' mir eine Bienenkönigin besorgt. He, das hat übrigens nicht gestimmt, was du da gesagt hast. Eine Bienenkönigin braucht keinen Bienenkönig. Das steht in dem Buch.«

»Und wie kriegst du dann neue Bienen?« Das bereitete ihm Kopfzerbrechen.

»Schätze, die legen Eier oder so was«, murmelte er.

Die Canal Street lag vor uns, und so setzte ich Bobo ab, als ich an einer roten Ampel halten mußte. Er warf mir ein forsches »Mach's gut« zu und rannte fast die Straße hinunter. Er war ein netter Junge. Ein harmloser Kerl. Aber nett.

10

Pat wartete im Schießstand auf mich. Ein uniformierter Beamter führte mich in den Keller und zeigte mir, wo er stand. Pat fluchte gerade über eine schlechte Serie, als ich ihm auf die Schulter tippte. »Schwierigkeiten, Kleiner?«

»Blödsinn. Ich glaube, die Pistole braucht einen neuen Lauf.« Er feuerte erneut auf die bewegliche Zielscheibe, die Pappfigur eines Mannes, und traf sie diesmal oben in die Schulter.

»Was hast du denn an dem Schuß auszusetzen?«

»Mann, der würde ihn doch höchstens zu Fall bringen.« Pat war Perfektionist. Er ertappte mich dabei, wie ich lachte, und reichte mir die Pistole.

»Hier, versuch du mal.«

»Aber nicht mit dem Ding.« Ich zog meine 45er heraus und drückte die Visierscheibe mit dem Fuß zurück. Die Zielscheibe klappte hoch und setzte sich in Bewegung. Die Pistole bockte in meiner Hand, als ich nacheinander drei Schüsse abfeuerte. Pat hielt die Zielscheibe an und betrachtete sich die drei Löcher im Kopf der Figur.

»Nicht schlecht.« Ich hätte ihm am liebsten eine gelangt.

»Warum sagst du mir nicht, daß ich ein Meisterschütze bin?« fragte ich. »Das sind die Treffer, die zählen.«

»Pah. Du hast nur geübt.« Ich schob mir die Kanone in die Jacke, und Pat steckte seine ein. Dann wies er auf den Lift.

»Laß uns nach oben gehen. Ich möchte diese Kugel überprüfen. Hast du sie bei dir?« Ich nahm die 9 mm aus der Tasche, wickelte sie aus und reichte sie ihm. Pat betrachtete sie im Aufzug, aber die Markierungen waren nicht deutlich genug, um etwas Genaues sagen zu können. Eine Kugel, die auf eine Mauer auftrifft, ist wesentlich deformierter als eine, die in einen Körper dringt.

Der Ballistikraum war leer – bis auf uns. Pat montierte das Geschoß in einen kompliziert aussehenden Projektor, und ich löschte das Licht. Vor uns stand eine Leinwand, auf der nunmehr das Bild zweier Pistolenkugeln auftauchte. Eine stammte aus der Waffe des Mörders, die andere war die, die Kalecki auf mich abgefeuert hatte.

Pat drehte die Kugel in ihrer Verankerung und versuchte, die Übereinstimmungen zu finden. Einmal glaubte er schon, etwas entdeckt zu haben, aber als er dann die Bilder übereinanderprojizierte, ergaben sich doch Abweichungen. Nachdem er die Kugel ein paarmal gedreht hatte, stellte er den Projektor aus und knipste das Licht an. »Es hat keinen Zweck, Mike. Es ist nicht dieselbe Waffe. Wenn Kalecki auch für die ersten Schüsse verantwortlich ist, muß er eine andere Pistole benutzt haben.«

»Das ist nicht sehr wahrscheinlich. Wenn er sie nach dem ersten Mord behalten hätte, hätte er sich auch später nicht davon getrennt.«

Pat stimmte mir zu und läutete dann nach einem seiner Beamten. Er gab ihm die Kugel und beauftragte ihn damit, sie zu fotografieren und dann zu den Akten zu legen. Wir setzten uns hin, und ich erzählte ihm die Einzelheiten des Anschlags und was ich über den Mord an Kines dachte. Er sagte nicht viel. Pat ist einer von den Polizisten, die Tatsachen einfach im Kopf behalten. Er verstaut sie einfach in seinem Gehirn, ohne irgendeine Einzelheit zu vergessen, und läßt sie dann so lange schmoren, bis sie von selbst wieder auftauchen.

Es verblüffte mich immer wieder, daß es bei der Polizei Leute wie ihn gab. Allerdings kann man, wenn man mal die Uniformen beiseite läßt und sich mit dem Innenleben dieser Organisation befaßt, auf wirkliche Denker stoßen. Denen stehen sämtliche technischen Hilfsmittel und auch die nötigen Kontakte zur Verfügung. Die Zeitungen gingen mit der Polizei zu hart ins Gericht, fand ich, denn wenn Not am Mann war, war sie da. Es passierte nicht viel, ohne daß die Polizei davon wußte. Schön, es gab auch Bestechung. Aber es gab andererseits auch Männer wie Pat im Polizeidienst, die man mit keinem Geld der Erde kaufen konnte. Ich wäre auch so ein Mann gewesen, wenn es bei der Polizei nicht so verdammt viele Regeln und Bestimmungen gäbe, die einem das Leben schwermachten.

Als ich fertig war, streckte Pat sich und sagte: »Dem kann ich nichts hinzufügen. Ich wünschte, ich könnte es. Du bist mir eine große Hilfe gewesen, Mike. Jetzt sag mir noch eines. Du hast mir gerade die Fakten mitgeteilt, jetzt hätte ich gern eine Meinung. Wen hältst du für den Mörder?«

»Das, mein Freund, ist eine Preisfrage«, entgegnete ich. »Wenn ich irgendeine klare Vorstellung hätte, müßtest du dich jetzt schon mit einem Fall von rechtmäßiger Tötung befassen. Ich spiele schon mit dem Gedanken, daß es jemand war, den wir nicht kennen. Sieh dir doch bloß die Leichen an, mit denen wir es zu tun haben. Und dann rennt auch noch Kalecki mit einer Knarre in der Gegend herum. Vielleicht war er es. Er hätte Grund dazu gehabt. Vielleicht ist es aber auch ein Hintermann. Das würde zu dem Syndikat passen, das die Bordellkette besitzt. Da wäre auch noch Georges' Zahlenlotterie. Es ist genausogut möglich, daß Jack auch das herausgefunden hat. Vielleicht war es auch ein Mord aus Rache. Hal hat in seinem Leben genug Frauen hereingelegt. Vielleicht ist eine von denen dahintergekommen, was für ein Spiel er treibt, und hatte es auf ihn abgesehen. Als sie merkte, daß Jack ihn verhaften wollte, brachte sie Jack um, tötete dann Hal und erschoß auch gleich Eileen, damit sie nicht verriet, was sie gesehen hatte. Vielleicht war es aber auch keines der Mädchen. Es könnte auch ein Bruder oder ein Vater sein. Oder ein Freund. Es gibt viele Möglichkeiten.«

»Daran habe ich auch schon gedacht. Das war bisher eigentlich noch das Beste, was mir eingefallen ist.« Pat erhob sich. »Ich möchte gern, daß du mit mir nach oben kommst. Wir haben da jemanden, den du vielleicht sehen möchtest.«

Ich hatte keine Ahnung, um wen es sich handeln konnte. Aber auf meine Fragen hin grinste Pat nur und meinte, ich solle mich gedulden. Er führte mich in einen kleinen Raum. Dort saßen zwei Beamte mit einer Frau. Die beiden bombardierten sie mit Fragen, aber sie erhielten keine Antwort darauf. Sie saß mit dem Rücken zur Tür, und so erkannte ich sie erst, als ich vor ihr stand.

Es war die Madame, die in der Nacht, als Eileen und Hal ermordet aufgefunden wurden, davongelaufen war.

»Wo hast du sie aufgegabelt, Pat?«

»Nicht weit von hier. Sie ist um vier Uhr morgens auf der Straße herumgeirrt, und ein Beamter hat Verdacht geschöpft und sie mitgenommen.«

Ich wandte mich um zu der Madame. Sie hatte von dem langen Verhör einen ganz leeren Blick bekommen. Sie hatte die Arme trotzig vor ihrem üppigen Busen verschränkt, auch wenn ich sehen konnte, daß sie kurz vor einem Zusammenbruch stand. »Erinnern Sie sich noch an mich?« fragte ich sie.

Sie starrte mich einen Augenblick lang aus schlaftrunkenen Augen an und antwortete dann müde: »Ja, ich erinnere mich.«

»Wie sind Sie aus dem Haus gekommen, als wir es gestürmt haben?«

»Scheren Sie sich zum Teufel.«

Pat zog sich einen Stuhl heran und hockte sich verkehrt herum darauf, so daß er ihr gegenübersaß. Er wußte gleich, worauf ich hinauswollte. »Wenn Sie sich weigern, es uns zu sagen«, sagte Pat ruhig, »dann haben Sie möglicherweise bald eine Mordanklage am Hals. Und wir können dafür sorgen, daß Sie sie nicht so bald wieder loswerden.« Sie ließ augenblicklich ihre Arme sinken und befeuchtete ihre Lippen. Diesmal hatte sie Angst. Dann war die Angst verflogen, und sie schnaubte: »Sie können sich auch zum Teufel scheren. Ich habe sie nicht umgebracht.«

»Das vielleicht nicht«, entgegnete Pat, »aber der wirkliche Mörder ist auf demselben Weg gekommen wie Sie. Wie können wir wissen, ob Sie ihm nicht den Weg gezeigt haben? Das würde Sie zu einer Komplizin machen, und dann ist es auch unwichtig, daß Sie nicht selbst geschossen haben.«

»Sie sind ja verrückt!« Jetzt war es aus mit der gefaßten Haltung, die mir von unserer ersten Begegnung in Erinnerung war. Jetzt wirkte sie nicht mehr respektabel. Nun sah ihr Haar zerzaust aus, und das Licht legte ihren Teint frei. Sie hatte weiße, großporige Haut. Sie zeigte ihre Zähne und schluckte. »Ich – ich war allein.«

»Die Anklage bleibt bestehen.«

Ihre Hände sanken in ihren Schoß und zitterten merklich. »Nein. Ich war allein. Ich war an der Tür, als die Polizei heraufkam. Ich wußte, was los war. Ich rannte zum Ausgang und lief hinaus.«

»Wo ist der Ausgang?« unterbrach ich sie.

»Unter der Treppe. In der Holztäfelung ist ein Knopf, der die Schiebetür in Bewegung setzt.«

Ich dachte schnell zurück. »Schön, Sie haben also die Polizisten kommen sehen. Wenn Sie zur Treppe gerannt sind, hätte der Mörder Ihnen entgegenkommen müssen. Also, wer war es?«

»Ich habe niemanden gesehen. Wenn ich es Ihnen doch sage! Warum lassen Sie mich nicht endlich in Frieden!« Sie verlor die Beherrschung und sank in ihren Stuhl zurück, das Gesicht in den Händen vergraben.

»Bringen Sie sie raus«, wies Pat die zwei Beamten an. Er sah mich an. »Was hältst du davon?«

»Klingt einigermaßen glaubhaft«, antwortete ich. »Sie hat uns kommen sehen und ist verduftet. Aber der Killer hatte etwas Glück. Wir sind ungefähr zwei Minuten nach der Mordtat in das Haus eingedrungen. Die Zimmer sind schalldicht, also hat niemand die Schüsse gehört. Der Mörder hatte wahrscheinlich vor, sich unter die Leute zu mischen und dann entweder nach der Show zu gehen oder schon vorher, falls niemand an der Tür war. Er kam gerade die Treppe herunter, als er uns hörte.

Als aber die Madame die Flucht ergriff, mußte er seinen Plan aufgeben. Er duckte sich, so daß ihn die Alte nicht sah, und folgte ihr dann durch die Geheimtür. Ich wette, wenn wir uns die Tür ansehen, werden wir feststellen, daß sie nicht sehr schnell zugeht. Wir beide sind nach oben gerannt, wie du dich sicher noch erinnerst, während sich deine Leute um die Gäste gekümmert haben. So, wie wir die Straßensperren aufgestellt haben, hatte der Killer Zeit zu entkommen, bevor die Polizisten ihre Posten einnehmen konnten. Wir waren sehr in Eile und hatten keine Zeit für genaue Planung.«

Ich behielt recht. Wir fuhren zurück zu dem Haus und suchten nach der Geheimtür. Sie war genau an der angegebenen Stelle. Das Ding war keine allzu raffinierte Konstruktion. Der Knopf war in das Herz einer geschnitzten Blume versenkt. Er setzte einen 16-PS-Motor in Bewegung, der seinerseits an einen Stromkreis mit Abschaltvorrichtung und Gegenstrom angeschlossen war. Pat und ich betraten den Geheimgang. Das Licht, das durch die Risse in der Wand drang, genügte uns. Dieser Gang mußte eingebaut worden sein, als das Haus renoviert wurde. Der Gang verlief drei Meter geradeaus, machte dann einen scharfen Bogen nach links, von wo eine Treppe in den Keller führte. Dort standen wir zwischen zwei Wänden. Eine Tür führte in den Keller des Nebenhauses. Wenn sie geschlossen war, sah man sie in der Wand gar nicht.

Die Leute im Nebenhaus hatten todsicher keine Ahnung, daß sie überhaupt existierte. Der Rest war einfach. Durch die Tür gelangte man auf einen kleinen Hof und von dort auf die Straße. Dazu brauchte man weniger als eine Minute. Wir leuchteten den Gang mit einem Scheinwerfer ab und nahmen uns jeden Zentimeter vor, aber es waren keinerlei Spuren zu entdecken. Normalerweise konnte man damit rechnen, daß jemand irgend etwas zurückließ oder verlor, wenn er in großer Eile war. Aber wir hatten Pech. Wir gingen zurück ins Kontaktzimmer und holten unsere Zigaretten heraus.

»Na?«

»Was – ›na‹, Pat?«

»Na, ich schätze, was den zeitlichen Ablauf anbetrifft, hast du recht behalten«, meinte er lachend.

»Sieht fast so aus. Hast du eigentlich etwas über Hal Kines' Vergangenheit herausgekriegt?«

»Bis jetzt haben wir Berichte von siebenundzwanzig verschiedenen Colleges. Mit Ausnahme der letzten Universität war er nirgendwo länger als ein Semester. Meistens langte ihm sogar ein Monat. Wenn er das College verließ, gingen meistens auch ein paar Mädchen. Wenn man die alle zusammenrechnet, kriegt man eine ganz schöne Zahl zusammen. Wir haben ein Dutzend Leute den ganzen Tag herumtelefonieren lassen, und die sind noch nicht einmal zur Hälfte mit ihrer Arbeit durch.«

Ich dachte darüber nach und verfluchte Hal kräftig, bevor ich fragte: »Was hat er in den Taschen gehabt, als die Jungs ihn durchsucht haben?«

»Nicht viel. Ungefähr fünfzig Dollar in Scheinen, ein bißchen Kleingeld, einen Führerschein und die Wagenpapiere für sein Auto. Wir haben auch ein paar Klubkarten gefunden, aber die waren vom College. Er hatte nichts Belastendes bei sich. Wir haben auch sein Auto gefunden. Bis auf ein paar Seidenschlüpfer im Handschuhfach war es leer. Wie ist er eigentlich reingekommen, wenn du die ganze Zeit den Eingang im Auge gehabt hast?«

Ich sog an meiner Zigarette und dachte an die Leute, die hier hereingekommen waren. »Da bin ich überfragt. Er ist auf jeden Fall nicht allein gekommen, das steht fest. Er hätte eigentlich nur hereinkommen können, wenn er sich irgendwie verkleidet hätte, vielleicht mit ein paar Kissen die Jacke ausgestopft oder so – oder . . .« Ich schnippte mit den Fingern. »Jetzt weiß ich es wieder. Einmal ist eine Gruppe von etwa sechs Leuten angekommen, und die haben mir die Sicht auf die anderen verdeckt. Sie versammelten sich alle am Fuße der Treppe und verschwanden dann so schnell wie möglich von der Straße und gingen ins Haus.«

»War er allein?« Pat wartete gespannt auf meine Antwort. Ich mußte den Kopf schütteln. »Das kann ich nicht sagen, Pat.

Es erscheint mir unsinnig, daß er freiwillig mit dem Mörder hierhergekommen sein soll, obwohl er wußte, daß er umgebracht werden soll.«

Der Nachmittag neigte sich dem Abend zu, und so beschlossen wir, es für heute aufzugeben. Pat und ich trennten uns vor der Tür, und ich fuhr nach Hause, um einen klaren Kopf zu bekommen. Der Fall ging mir allmählich an die Nerven. Man kam sich fast vor, als wollte man durch eine verschlossene Tür gehen, während einem eine Bulldogge am Bein hing.

Bis dahin hatte ich eine Menge Spuren überprüft; jetzt blieb mir nur noch eine. Ich wollte Näheres über dieses rote Muttermal auf der Hüfte eines gewissen Zwillings erfahren.

Ich ließ mir mein Abendessen von einem Lokal unten an der Ecke heraufschicken und spülte es mit einem Viertelliter Bier hinunter. Es war fast neun, als ich im Apartment der Bellemys anrief. Eine sanfte Stimme meldete sich.

»Miß Bellemy?«

»Ja.«

»Hier spricht Mike Hammer.«

»Oh.« Sie zögerte einen Augenblick, dann sagte sie: »Ja?«

»Spreche ich mit Mary oder Esther?«

»Esther Bellemy. Was kann ich für Sie tun, Mr. Hammer?«

»Kann ich Sie heute abend vielleicht sehen?« fragte ich. »Ich hätte Ihnen gern ein paar Fragen gestellt.«

»Können Sie das nicht am Telefon tun?«

»Kaum. Das würde zu lange dauern. Darf ich zu Ihnen heraufkommen?«

»Na gut. Ich erwarte Sie.« Ich bedankte mich bei ihr und legte auf. Dann zog ich mir meinen Mantel über und ging hinunter zu meinem Wagen.

Esther war das genaue Ebenbild ihrer Schwester. Wenn es zwischen den beiden einen Unterschied gab, konnte ich ihn jedenfalls nicht erkennen. Als ich die beiden zum erstenmal getroffen hatte, hatte ich mir nicht die Zeit genommen, nach Unterschieden zu suchen. Wahrscheinlich lagen sie in der Persönlichkeit der beiden. Mary war eine reine Nymphomanin – blieb abzuwarten, als was sich Esther entpuppte.

Sie begrüßte mich ganz freundlich. Sie trug ein einfaches

Cocktailkleid, das raffiniert die schöne Linie ihrer Körperformen nachzeichnete. Genau wie Mary war sie sonnengebräunt und sah so aus, als führte sie ein sportliches Leben. Ihr Haar sah allerdings anders aus. Esther hatte ihres zu einer modischen Nackenrolle eingeschlagen. Das war das einzige, was mir an ihr nicht gefiel. Für mich sehen Mädchen mit eingerolltem Haar immer so aus, als brauchten sie nur noch Eimer und Schrubber, um die Küche aufzuwischen. Aber diesen kleinen Minuspunkt machte ihr sonstiges Aussehen mehr als wett. Ich nahm wie bei meinem ersten Besuch auf dem Sofa Platz. Esther ging zu einem Schrank und holte Gläser und eine Flasche Scotch heraus. Als sie mit dem Eis zurückkam und die Drinks fertig waren, fragte sie: »Was wollen Sie von mir hören, Mr. Hammer?«

»Nennen Sie mich Mike«, meinte ich höflich. »Ich bin nicht an Förmlichkeit gewöhnt.«

»Also gut, Mike.« Wir machten es uns bei unseren Drinks bequem.

»Wie gut haben Sie Jack gekannt?«

»Nur flüchtig. Es war eine Freundschaft, wie sie sich automatisch ergibt, wenn man mit jemandem bekannt gemacht wird und ihn dann oft trifft. Aber es war keine enge Freundschaft.«

»Und George Kalecki? Wie gut haben Sie den gekannt?«

»Überhaupt nicht gut. Ich konnte ihn nicht leiden.«

»Den Eindruck hatte ich bei Ihrer Schwester auch. Hat er je versucht, sich an Sie heranzumachen?«

»Seien Sie nicht albern.« Sie dachte einen Moment nach, bevor sie weitersprach. »Am Abend der Party war er über irgend etwas sauer. Jedenfalls war er nicht eben gesellig. Mir schien er kein Gentleman zu sein. Irgend etwas an seinem Benehmen hat mich abgestoßen.«

»Das ist nicht weiter erstaunlich. Er war früher ein Krimineller. Ist auch heute noch auf dem Gebiet tätig.«

Als sie ihre Beine übereinanderschlug, fielen mir keine weiteren Fragen mehr ein. Warum können Frauen es einfach nicht lernen, ihre Röcke so tief zu halten, daß Männer nicht auf dumme Gedanken kommen. Wahrscheinlich tragen sie deshalb so kurze. Esther sah, wie meine Augen der Linie ihrer

Beine folgten, und zog instinktiv ihren Rocksaum zurecht. Es nützte aber nichts.

»Weiter im Text«, forderte sie mich auf.

»Wovon leben Sie eigentlich, wenn ich mir die Frage erlauben darf?« Ich wußte die Antwort schon, aber mir war nichts anderes eingefallen.

Ihre Augen glitzerten verschmitzt. »Wir haben ein Privateinkommen aus Aktiendividenden. Vater hat uns seine Anteile an ein paar Mühlen im Süden hinterlassen. Warum – sind Sie auf der Suche nach einer reichen Frau?«

Ich zog die Augenbrauen hoch. »Nein. Aber wenn, dann wäre ich öfter hier zu Besuch. Was ist mit Ihrem Zuhause? Sie haben doch einen ganz schönen Besitz, oder?«

»Ungefähr dreißig Morgen Land und zehn Morgen Wald. In der Mitte des Ganzen befindet sich ein 22-Zimmer-Haus, umgeben von einem Swimmingpool, mehreren Tennisplätzen und für gewöhnlich einem guten Dutzend glühender Verehrer, die mir ständig erzählen, wie wunderschön ich bin, nur damit sie sich die Hälfte von dem Ganzen unter den Nagel reißen können.«

Ich stieß einen Pfiff aus. »Mann, irgend jemand hat mir erzählt, Sie hätten irgendwo eine bescheidene Bleibe.« Esther lachte fröhlich; das Lachen kam tief aus ihrer Kehle. Wenn sie ihren Kopf so zurückwarf, bot sie mir einen guten Blick auf ihre Brüste. Die waren genauso lebhaft wie sie.

»Würden Sie mich gern einmal besuchen, Mike?«

Darüber brauchte ich nicht lange nachzudenken. »Klar. Wann?«

»Diesen Samstag. Ich habe eine ganze Reihe Gäste eingeladen, damit sie sich ein Tennismatch bei Flutlicht ansehen. Myrna Devlin kommt auch. Armes Mädchen, das ist das mindeste, was ich für sie tun kann. Sie ist völlig gebrochen, seit Jack tot ist.«

»Das ist eine gute Idee. Ich kann sie hinfahren. Kommt sonst noch jemand, den ich kenne?«

»Charlotte Manning. Die haben Sie sicher kennengelernt.«

»Sicher«, sagte ich grinsend.

Sie begriff, was ich meinte, und drohte mir mit dem Finger. »Kommen Sie nicht auf solche Gedanken, Mike.«

Ich versuchte mir ein Lächeln zu verkneifen. »Wie soll ich mich denn in einem 22-Zimmer-Haus amüsieren, wenn ich nicht auf dumme Gedanken kommen darf?« neckte ich sie.

Das Lächeln in ihren Augen erstarb, und ihr Blick veränderte sich. »Warum, glauben Sie, lade ich Sie als *meinen* Gast ein?« fragte sie.

Ich stellte meinen Drink auf den Kaffeetisch ab, ging außen herum und setzte mich neben sie. »Ich weiß nicht – warum?« Sie schlang mir ihre Arme um den Hals und zog meinen Mund an den ihren. »Warum versuchen Sie nicht, es herauszufinden?«

Ihr Mund berührte meinen, und ihr Griff wurde fester. Ich preßte mich an sie und ließ meinen Körper den ihren streicheln. Sie rieb ihr Gesicht an meinem und atmete dabei heiß auf meinen Hals. Sie erzitterte bei jeder meiner Berührungen. Sie löste ihre Hand, und ich hörte, wie die Druckverschlüsse ihres Kleides gelöst wurden. Ich küßte sie auf die Schulter, und ihr Zittern ging in ein Erschauern über. Einmal biß sie mich, wobei sie ihre Zähne tief in meinen Hals grub. Ich preßte sie an mich, und ihr Atem wurde zu einem Keuchen. Sie wand sich in meinen Armen und versuchte, die Leidenschaft loszuwerden, die sich in ihr aufgestaut hatte. Meine Hand ertastete die Schnur der Lampe neben der Couch, dann lag das Zimmer im Dunkel. Wir waren ganz allein. Es waren kaum Geräusche zu hören. Kein Wort. Wir brauchten nichts zu sagen. Ein- oder zweimal ein Stöhnen, das Rascheln von Kissen und das Geräusch von Fingernägeln, die am Stoff rissen. Das Klirren einer Gürtelschnalle und das dumpfe Aufschlagen eines davongeschleuderten Schuhs. Nur Atem und feuchte Küsse. Dann Stille. Nach einer Weile knipste ich das Licht wieder an. Ich ließ meine Augen über ihren Körper schweifen. »Du kleine Schwindlerin«, meinte ich lachend. Sie machte einen Schmollmund. »Warum sagst du so etwas?«

»Kein rotes Muttermal – Mary.«

Sie kicherte erneut und zog mir die Haare in die Stirn. »Ich hab' mir gedacht, daß dich die Frage genug interessieren würde, um selbst nachzusehen.«

»Eigentlich sollte ich dich verhauen.«

»Wo denn?«

»Lassen wir das lieber. Wahrscheinlich würde es dir sowieso gefallen.« Ich stand vom Sofa auf und goß uns einen Drink ein, während Mary sich wieder herrichtete. Sie nahm mir den Drink aus der Hand und trank ihn in einem Schluck. Ich griff nach meinem Hut und wandte mich zum Gehen. »Gilt die Verabredung für Samstag noch?« fragte ich.

»Und ob die gilt«, meinte sie grinsend, »und komm nicht zu spät.«

An diesem Abend saß ich noch lange auf, einen Kasten Bier neben mir. Wir näherten uns jetzt langsam der Zielgeraden. Mit Zigaretten und dem Bier in Reichweite machte ich es mir in dem zu prall gepolsterten Schaukelstuhl neben dem offenen Fenster bequem und dachte über die ganze Sache nach. Bis jetzt hatte es drei Morde gegeben. Der Killer lief noch frei herum.

Ich versuchte, mir im Geiste eine Liste der Dinge aufzustellen, die uns zur Klärung des Falles fehlten. Erstens, was besaß Jack, das ihm den Tod beschert hatte? Waren es die Bücher oder etwas anderes? Warum mußte Hal sterben? War er zu dem Haus gegangen, um Eileen umzubringen, sie zu bedrohen oder zu warnen? Wenn der Killer jemand war, den ich kannte, wie war er ihm gefolgt, ohne von mir gesehen zu werden? Da gab es noch einiges zu überlegen, eine Menge möglicher Antworten zu sortieren. Welche war die richtige?

Und dann George Kalecki. Warum war er abgehauen? Wenn er nichts mit der Sache zu tun hatte, gab es keinen Grund für ihn, die Kurve zu kratzen. Warum hatte er auf mich geschossen? Nur weil er wußte, daß ich hinter dem Mörder her war? Möglich und auch sehr plausibel. Er hätte genügend Grund, um als Mörder in Betracht zu kommen. Es gab nicht einen einzigen Gast auf der Party, der keine Gelegenheit gehabt hätte, Jack umzubringen. Mit einem Motiv sah es allerdings anders aus. Wer hatte auch das Motiv gehabt? Myrna – das hielt ich für unwahrscheinlich. Rein gefühlsmäßig.

Charlotte? Du lieber Gott, nein. Das war noch gefühlsmäßiger. Außerdem vertrug sich ihr Beruf nicht mit Mord. Sie war Ärztin. Nur eine flüchtige Bekanntschaft von Jack, die durch Myrnas Krankheit zustande gekommen war. Da gab es kein Motiv.

Was war mit den Zwillingen? Die eine Nymphomanin, die andere noch unbekannt. Sie hatten jede Menge Geld, und von Schwierigkeiten war mir nichts bekannt. Wie paßten sie in das Ganze? Hatte Esther ein Motiv? Ich mußte mehr über sie erfahren. Und über das Muttermal. Konnte es sein, daß Mary von Jack zurückgewiesen worden war? Möglich. So, wie sie veranlagt war, konnte es schon sein, daß sie die Leidenschaft übermannt hatte. Hatte sie sich vielleicht an Jack herangemacht, war verschmäht worden und hatte sich dann durch Mord gerächt? Und wenn, warum sollte sie dann die Bücher mitgenommen haben?

Hal Kines. Der war tot.

Eileen Vickers. Tot. Das war nicht mehr zu ändern.

Konnte es sein, daß es zwei Mörder gab? Konnte Hal zunächst Jack und dann Eileen umgebracht haben, bevor er seinerseits schließlich mit seiner eigenen Waffe in dem Zimmer ermordet wurde? Eine gute Möglichkeit, nur fanden sich in dem Zimmer keinerlei Spuren eines Kampfes. Eileens nackter Körper! Hatte sie sich bereit gemacht, einen Kunden zu empfangen, und dann überrascht festgestellt, daß sie ihren ehemaligen Liebhaber vor sich hatte? Warum? Warum? Warum? Wo lag des Rätsels Lösung begraben? Wer war der Täter? Die Lösung lag nicht in Kaleckis Wohnung, auch nicht in Jacks, wenn ich mich nicht völlig täuschte.

War der Täter jemand, den ich nicht kannte?

Verdammt noch mal. Ich trank noch eine Flasche Bier aus und stellte die leere Flasche neben meine Füße. Ich wurde immer langsamer, konnte nicht mehr denken. Ich hätte zu gern gewußt, wie George Kalecki in die Sache verwickelt war. Dieser Zusammenhang war bestimmt wichtig. Mir erschien es, als müßte man als nächstes versuchen, ihn zu finden. Wenn Hal noch leben würde...

Ich unterbrach meinen eigenen Gedankenstrom und schlug mir auf die Schenkel. Verdammt, wie hatte ich das übersehen können. Hal hatte ja nicht von der Stadt aus gearbeitet. Er war zur Uni gegangen. Wenn er über seine Aktivitäten irgendwelche Aufzeichnungen hatte, dann mußten sie dasein. Und das war vielleicht genau das, was ich brauchte.

Ich zog mich an, so schnell ich konnte. Als ich meinen

Mantel anhatte, schob ich mir noch ein Extramagazin für meinen Revolver in die Tasche und rief dann unten in der Garage an, damit man meinen Wagen rausfuhr.

Es war fast Mitternacht, und als ich unten ankam, fuhr gerade ein verschlafener Parkwächter meinen Wagen heraus. Ich drückte ihm einen Dollarschein in die Tasche, quetschte mich ins Auto und fuhr davon. Glücklicherweise mußte man sich zu dieser nachtschlafenden Zeit nicht mit viel Verkehr herumschlagen. Ich trickste ein paar Ampeln aus, bog dann in die West-Side-Schnellstraße ein und fuhr in Richtung Norden. Pat hatte mir den Namen der Stadt genannt, in der das College lag. Normalerweise waren es bis dahin gut drei Stunden Fahrt, aber die Zeit wollte ich unterbieten.

Zweimal nahm eine Polizeistreife die Verfolgung auf, aber sie konnten nie lange mit meinem aufgemotzten Vehikel mithalten. Ich befürchtete, sie könnten per Funk eine Straßensperre anordnen, aber es passierte nichts dergleichen.

Die Straßenschilder zeigten mir die richtige Ausfahrt, und schließlich kam ich auf eine holprige Landstraße, die so ausgefahren war, daß ich das Tempo drosseln mußte. Aber dann war ich in einem anderen Verwaltungsbezirk, und die Straße wurde besser. Den Rest der Strecke konnte ich auf einer glatten Asphaltstraße mit durchgedrücktem Gaspedal fahren.

Packsdale war noch fünf Meilen entfernt. Auf dem Ortsschild war zu lesen, daß Packsdale 30000 Einwohner hatte und noch dazu Kreisstadt war. Toll. Die Universität war nicht schwer zu finden. Sie war auf einem Hügel nördlich der Stadt gelegen. Hier und da sah man noch Licht, wahrscheinlich auf den Korridoren. Ich latschte gerade rechtzeitig auf die Bremse, um die Kieseinfahrt noch zu erwischen und dann bis zu einem eindrucksvoll aussehenden zweistöckigen Haus zu fahren, das etwa fünfzig Meter hinter dem Universitätsgelände stand. Der Knabe mußte bei der Armee gewesen sein. Neben der Auffahrt hatte er ein gelb-schwarzes Schild aufgestellt, auf dem zu lesen war: *Mr. Russel Hilbar, Rektor.*

Das Haus lag völlig im Dunkeln, aber davon ließ ich mich nicht stören. Ich legte meinen Finger auf den Klingelknopf und ließ ihn erst wieder los, als die Lichter angingen und ich hören konnte, wie sich jemand eilig der Tür näherte. Dann stand der Butler mit aufgesperrtem Mund vor mir. Er hatte sich seine Livree über sein Nachthemd gezogen. Er bot einen ausgesprochen lächerlichen Anblick. Ich wartete nicht, bis man mich hereinbat und vorstellte, sondern drang ins Haus und rannte beinahe einen großen, vornehm aussehenden Typ in weinrotem Morgenmantel über den Haufen.

»Was soll das? Wer sind Sie?«

Ich zückte meine Marke, und er betrachtete sie sich mit zusammengekniffenen Augen. »Mike Hammer, Detektiv, New York.«

»Dann sind Sie außerhalb Ihres Zuständigkeitsbereiches«, tobte er. »Was wollen Sie hier?«

»Sie hatten hier einen Studenten namens Hal Kines, nicht wahr? Ich möchte sein Zimmer sehen.«

»Ich fürchte, das ist ausgeschlossen. Unsere Bezirkspolizei befaßt sich mit dem Fall. Ich bin sicher, unsere Beamten können ihre Arbeit allein tun. Wenn Sie jetzt bitte...«

Ich ließ ihn nicht weitersprechen. »Jetzt hören Sie mal zu, Freundchen«, sagte ich und stieß mit meinem ausgestreckten Finger auf seinen Brustkorb, »es ist durchaus möglich, daß in diesem Augenblick hier auf dem Gelände ein Mörder frei herumläuft. Wenn er kein Mörder ist, dann wird er es werden, wenn Sie nicht Ihre Birne anstrengen und mir sagen, wo das Zimmer ist. Und wenn Sie es nicht tun«, fügte ich hinzu, »dann können Sie etwas erleben!«

Russel Hilbar fuhr zurück und stützte sich auf die Lehne eines Stuhls. Sein Gesicht war aschgrau geworden, und er sah aus, als würde er gleich in Ohnmacht fallen. »Ich – ich wußte ja nicht...«, stammelte er, »... Mr. Kines' Zimmer ist im Ostflügel im Erdgeschoß. Die Zimmernummer ist 107, direkt an der Südostecke. Aber die Bezirkspolizei hat es bis auf weiteres versiegelt, solange die Ermittlungen noch laufen, und ich habe keinen Schlüssel.«

»Was schert mich Ihre Bezirkspolizei. Ich werde schon reinkommen. Machen Sie hier das Licht aus, und rühren Sie sich nicht aus dem Haus. Und fassen Sie das Telefon nicht an.«

»Aber was ist mit den Studenten, werden sie...?«

»Um die werde ich mich schon kümmern«, sagte ich und schloß die Tür hinter mir.

Draußen mußte ich mich erst mal orientieren, um den Ostflügel zu finden. Ich kam zu dem Schluß, daß das flache, rechteckige Gebäude vor mir das Haus mit den Schlafräumen sein mußte, und ich behielt recht. Das Gras dämpfte jeden meiner Schritte, und ich schlich mich bis zur Ecke des Hauses. Ich betete im stillen, daß mein Riecher sich als richtig erwies und daß ich noch nicht zu spät dran war. Ich blieb so oft wie möglich im Schatten und arbeitete mich hinter den Büschen bis zur Hauswand vor.

Das Fenster lag in Schulterhöhe und war ganz heruntergelassen. Ich nahm meinen Hut ab und legte mein Ohr an den Fensterrahmen, aber ich konnte von innen keinen Laut hören. Ich ließ es darauf ankommen. Meine Finger schoben sich unter den Fensterrahmen, und dann wuchtete ich das Fenster mit einem Ruck hoch. Es glitt geräuschlos nach oben. Ich sprang hoch und zog mich in den Raum. Dann glitt ich vom Fensterbrett und landete auf dem Gesicht.

Dieser Sturz rettete mir das Leben. Aus der Ecke des Zimmers pfiffen zwei Kugeln über mich weg. Sie schlugen in den Fensterrahmen über mir ein und ließen Holzsplitter auf mich regnen. Einen Augenblick lang wurde das Zimmer von dem gespenstischen Aufleuchten der Mündungsflamme erhellt.

Meine Hand fuhr unter mein Jackett und zog den Revolver heraus. Wir schossen fast gleichzeitig. Ich ließ hintereinander drei Schüsse los, so schnell ich den Finger nur am Abzug krümmen konnte. Etwas riß an meiner Jacke, und ich spürte ein Brennen in den Rippen. Dann kam ein weiterer Schuß aus der Ecke, aber er galt nicht mir. Er ging in den Fußboden des Zimmers, und der Schütze folgte der Richtung seiner Kugel.

Dieses Mal ging ich kein Risiko ein. Ich machte einen Satz und landete auf einem Körper. Ich trat nach der Waffe und hörte, wie sie über den Boden rutschte. Erst dann schaltete ich das Licht ein. George Kalecki war tot. Meine drei Schüsse hatten ihn alle an derselben Stelle erwischt – direkt in der Herzgegend.

Aber er hatte Zeit genug gehabt, das zu tun, wozu er hergekommen war. In einer Ecke fand ich – noch warm – einen Haufen Asche in einer grünen Metalldose.

11

Im nächsten Augenblick wurde heftig an die Tür gehämmert und ein wildes Stimmengewirr erhob sich. »Haut von der Tür ab und haltet die Klappe«, schrie ich.

»Wer ist da drin?« verlangte eine Stimme zu wissen.

»Dein Onkel Charlie«, gab ich zurück. »Jetzt hört mit dem Gequatsche auf und macht, daß ihr den Rektor hier zum Zimmer kriegt. Und sagt ihm, er soll die Polizei rufen.«

»Behaltet das Fenster im Auge, Leute«, dröhnte eine Stimme. »Die Tür ist noch versiegelt, er muß durchs Fenster reingekommen sein. Genau, Duke, nimm das Gewehr mit. Wer weiß, wer da drin ist.«

Diese Kindsköpfe von Studenten. Wenn einem von denen der Finger am Abzug ausrutschte, würde ich hopsgehen. Ich steckte meinen Kopf aus dem Fenster, als vier von ihnen in einem Affenzahn um die Ecke gerast kamen. Als sie mich sahen, blieben sie wie angewurzelt stehen, wobei sie eine Menge Staub aufwirbelten. Ich winkte mir den großen Krauskopf heran, der ein Repetiergewehr in der Hand hielt. »He du, komm mal her!«

Er marschierte auf das Fenster zu, wobei er das Gewehr wie ein aufgepflanztes Bajonett vor sich hielt. Offensichtlich hatte er die Hosen voll. Ich nahm meine Blechmarke in die Hand und schob sie ihm unter die Nase. »Siehst du das Abzeichen?« sagte ich. »Ich bin Polizist. Aus New York. Jetzt macht, daß ihr hier wegkommt. Wenn ihr unbedingt was tun wollt, dann stellt auf dem Gelände eine Wache auf, bis die Polizei kommt, und laßt keinen raus. Kapiert?«

Der Knabe nickte eifrig. Er war froh, sich verkrümeln zu können. Gleich darauf kommandierte er die anderen herum. Er hätte einen guten Feldwebel abgegeben. Der Rektor kam angehechelt wie ein alter Gaul. »Was ist passiert?« fragte er, wobei seine Stimme fast überkippte.

»Ich habe gerade einen Mann erschossen. Rufen Sie die Polizei, und sorgen Sie dafür, daß Ihre Jünglinge sich hier nicht zeigen.« Er rannte davon wie ein aufgescheuchtes Huhn, und ich war allein. Das heißt, bis auf die neugierigen Stimmen draußen vor der Tür. Was ich zu erledigen hatte, mußte ich beendet haben, bevor diese Dorfpolizisten hier ankamen.

Ich ließ George liegen, wo er zusammengesackt war, und warf einen kurzen Blick auf seine Waffe. Es war eine 45er, genau wie meine, und es war die Waffe, die er in seinem Zimmer gehabt hatte. Ich erkannte sie an einem Kratzer am Kolben.

Als nächstes widmete ich mich der grünen Metalldose. Ich siebte vorsichtig die Asche durch und versuchte zu ergründen, woraus sie wohl bestand. Auf dem Boden der Dose lag das angekohlte Deckblatt eines Notizblockes, aber es zerfiel zu Asche, als ich es berührte. Dieses Häufchen Asche war einmal ein Notizbuch gewesen oder sogar mehrere. Ich hätte ein Vermögen dafür gegeben, ihren früheren Inhalt zu kennen. Man konnte nicht ein Wort entziffern, so gründlich hatte George gearbeitet. Ich sah mich an der Stelle auf dem Boden um, wo die Dose früher offensichtlich gestanden hatte. Auch dort lag etwas Asche. Ein Stück war etwas größer und nicht so stark verkohlt. Man konnte darauf eine Reihe Zahlen erkennen. Ich fragte mich, wie George das Feuer verborgen hatte. Von draußen hätte es das Zimmer wie eine Deckenlampe erleuchten müssen.

Die Antwort auf meine Frage fand ich einen Augenblick später. Auf dem Fußboden lag eine kleine Teppichbrücke. Als ich sie herumdrehte, sah ich, daß die Unterseite rußgeschwärzt war. An dem Gewebe des Teppichs klebte die halbe Seite eines Schriftstücks. Das wäre das richtige für einen Mordprozeß gewesen. George wurde darin als Hauptschuldiger an einem Mord genannt, und es stand auch dabei, wo die Beweismittel dafür gefunden werden konnten – in dem Schließfach einer Bank oben in der Stadt. Es standen sogar die Nummern und das Codewort dabei. Der Schlüssel war bei der Bank in Gewahrsam. George war also ein Mörder. Ich hatte mir immer schon gedacht, daß er früher vor so etwas nicht zurückgeschreckt war. Na, jetzt hatte ich es schwarz auf weiß. Wenigstens rechtfertigte das meine Notwehr mehr als ausreichend. Ich verstaute das halbverbrannte Papierstück in einem Umschlag, den ich für solche Zwecke immer bei mir trage, adressierte ihn an mich und klebte eine Briefmarke darauf. Diesmal benutzte ich die Tür. Ich brach das Siegel mit der Schulter und rannte beinahe ein halbes Dutzend Knaben über den Haufen. Als ich sie verscheucht hatte, machte ich mich auf die Suche nach einem Briefkasten. Ich fand einen am Ende des Korridors, warf den Umschlag ein und ging dann zurück, um auf das Eintreffen der Polizei zu warten.

Jetzt kam Licht in die Sache. Bis dahin hatte ich gedacht, daß Kalecki der große Macher innerhalb des Syndikats war, aber jetzt war mir klar, daß er nur ein kleines Rädchen gewesen sein konnte. Hal Kines war der große Boß gewesen. Seine Methoden waren genauso raffiniert wie die, die er beim Einfangen seiner Mädchen anwendete. Zugegeben, er hatte sich viel Mühe gemacht, aber der Erfolg gab ihm recht. Zuerst hatte er sich ein paar Kerle mit zweifelhafter Vergangenheit herausgepickt und solche, gegen die leicht Beweismaterial zu kriegen war. Dann präsentierte er es ihnen im Original oder als Fotokopie und zwang sie, für ihn zu arbeiten. Wenn ich die Informationen gehabt hätte, die George da verbrannt hatte, hätten wir den dreckigsten Verbrecherring aller Zeiten sprengen können. Dazu war es jetzt zu spät, aber zumindest hatte ich nun etwas in der Hand. Vielleicht lagen in dem Safe Duplikate, aber eigentlich bezweifelte ich das. Hal hatte wahrscheinlich das belastende Material für jeden seiner Leute in einer Extrakassette. Auf diese Art und Weise konnte er, wenn er seine Truppe unter Druck setzen wollte, der Polizei einen Tip geben, sich ein bestimmtes Schließfach vorzunehmen, ohne daß dabei seine anderen gefährdet wurden. Hübsch ausgedacht. Mit viel Weitblick. Irgendwie tat mir der Gedanke gut, Kalecki festgenagelt zu haben, aber er war nicht derjenige, hinter dem ich eigentlich her war. Wenn das so weiterging, würde bald niemand mehr übrig sein. Es mußte ein Außenstehender in diesen Fall verwickelt sein. Es konnte gar nicht anders sein. Einer, von dem niemand wußte, außer vielleicht denen, die jetzt tot waren.

Das Eintreffen der Bezirkspolizei war von einem Pomp, der einer Truppenparade alle Ehre gemacht hätte. Der Chef, ein bulliger Farmer mit rosigem Gesicht, marschierte herein, die Hand auf den Kolben seiner Waffe gelegt, und verhaftete mich augenblicklich wegen Mordes. Zwei Minuten später wich er zurück und hob fast ebenso schnell die Verhaftung wieder auf, nachdem ich ihm durch wildes Gestikulieren, Schreien und Einschüchterungen, derer ich mich gar nicht für fähig gehalten hatte, davon überzeugt hatte, daß das das beste für ihn war. Um ihn aber wieder etwas aufzubauen, ließ ich ihn meine Detektivlizenz, meinen Waffenschein und ein paar andere Ausweispapiere inspizieren.

Ich ließ ihn zuhören, als ich Pat anrief. Diese Polizisten vom Land haben keinen Respekt vor irgendwelchen Behörden, die außerhalb ihres eigenen Bezirks liegen, aber als Pat ihn am Apparat hatte, drohte er ihm, den Gouverneur zu informieren, falls er nicht mit mir zusammenarbeitete. Ich gab ihm ein paar Einzelheiten, um ihn zu beschäftigen, und machte mich dann auf den Weg nach New York. Auf dem Rückweg ließ ich mir Zeit. Es war noch früh am Morgen, als ich vor dem Präsidium anhielt, und ich hatte Mühe, die Augen offenzuhalten. Aber Pat wartete schon auf mich. So schnell ich konnte, gab ich ihm die Fakten über das Vorgefallene. Er schickte einen Wagen an den Tatort, um Fotos zu besorgen und festzustellen, ob man mit der Asche aus den Notizbüchern irgend etwas anfangen konnte.

Ich hatte keine Lust, nach Hause zu gehen, und so rief ich bei Charlotte an. Sie war schon auf und bereits angezogen, weil sie einen frühen Termin hatte.

»Kannst du noch bleiben, bis ich bei dir bin?«

»Sicher, Mike. Beeil dich. Ich möchte hören, was passiert ist.«

»Ich bin in einer Viertelstunde da«, sagte ich und hängte ein.

Ich brauchte eine halbe Stunde, es war viel Verkehr. Charlotte stand in der Tür, während Kathy Staub wischte. Sie nahm meinen Mantel und meinen Hut, und ich ging zur

Couch. Sie bückte sich zu mir herunter und küßte mich. Ich hatte kaum genug Energie übrig, um ihren Kuß zu erwidern. Während sie neben mir saß, erzählte ich ihr die ganze Geschichte. Charlotte war eine gute Zuhörerin. Als ich fertig war, streichelte sie mir über Stirn und Gesicht.

»Kann ich dir irgendwie helfen?« fragte sie.

»Ja. Sag mir, was Nymphomaninnen für Frauen sind.«

»Aha! Du hast sie wiedergesehen!« Ihre Stimme klang empört.

»Rein geschäftlich, Liebling.« Ich fragte mich insgeheim, wann ich wohl endlich aufhören würde, diese Entschuldigung zu gebrauchen.

Charlotte lachte. »Dann ist es ja gut. Ich verstehe. Was deine Frage angeht – Nymphomanie entwickelt sich entweder schrittweise durch äußere Umstände, oder sie ist angeboren. Manche Menschen haben einen übersteigerten Sexualtrieb, dabei handelt es sich um einen Drüsenfehler. Andere wieder wurden vielleicht in ihrer Kindheit unterdrückt und werden als Erwachsene maßlos, weil ihnen niemand mehr Vorschriften macht. Warum?«

Ich umging die Frage und stellte eine Gegenfrage: »Können sich die mit dem seelischen Defekt irgendwie zum Schlechten verändern?«

»Du meinst, infolge ihrer aufgestauten Emotionen morden? Das würde ich klar verneinen. Sie würden andere Möglichkeiten finden, ihren Gefühlen freien Lauf zu lassen.«

»Zum Beispiel?« bohrte ich nach.

»Nun, wenn eine Nymphomanin einen Menschen mit Gefühlen überhäuft und er sie abweist, wird sie den, der ihr den Korb gegeben hat, nicht umbringen, sondern sich einfach einen anderen suchen, den sie dann zum Mittelpunkt ihrer Gefühle macht. Das geht schneller und ist außerdem effektiver. Wenn sie durch die Zurückweisung in ihrem Selbstgefühl verletzt wurde, so bestärkt sie dieser neue Mann wieder darin. Verstehst du?«

Ich kapierte, worauf sie hinauswollte, aber das klärte noch nicht alles. »Ist es wahrscheinlich, daß beide Zwillinge Nymphomaninnen sind?«

Charlotte schenkte mir ihr reizendes Lachen. »Möglich,

aber in diesem Fall trifft es nicht zu. Weißt du, ich kenne die beiden nämlich ganz gut. Nicht *soo* gut, aber immerhin gut genug, um mir ein Urteil über ihren Charakter zu erlauben. Mary ist nicht zu helfen. Sie ist gern so, wie sie ist. Sicher hat sie mehr Spaß als ihre Schwester, aber Esther hat so viele ihrer Eskapaden miterlebt und ihr aus Schwierigkeiten herausgeholfen, daß sie dazu neigt, von sich selbst Liebesabenteuer fernzuhalten. Trotzdem ist Esther ein ganz reizendes Mädchen. Sie hat all das, was ihre Schwester hat – bis auf die Gier nach Männern. Wenn ein Mann in Esthers Leben tritt, nimmt sie das als ganz natürlich hin.«

»Ich muß sie kennenlernen«, meinte ich verschlafen. »Übrigens, fährst du eigentlich dieses Wochenende zu ihnen raus?«

»Ja, sicher, Mary hat mich eingeladen. Ich werde zwar erst spät dort ankommen, aber noch rechtzeitig zum Spiel. Allerdings muß ich gleich danach zurück. Und du, fährst du auch?«

»Hmhm. Ich fahre Myrna hin. Das heißt, ich muß ihr noch Bescheid sagen.«

»Prima.« Das war das letzte, was ich hörte. Dann fiel ich in Tiefschlaf.

Als ich aufwachte, warf ich einen Blick auf die Uhr. Es war fast vier Uhr nachmittags. Kathy hatte mitgekriegt, daß ich wach geworden war, und kam mit einem Tablett herein, auf dem Eier mit Schinken und Kaffee standen.

»Hia is Iah Frühstück, Mistah Hammah. Miß Charlotte hat gesagt, ich soll mich gut um Sie kümmahn, bis sie wiedah nach Hause kommt.« Kathy bleckte ihre strahlend weißen Zähne zu einem Lächeln und watschelte hinaus, nachdem sie das Tablett abgestellt hatte.

Ich schlang die Eier hungrig in mich hinein und spülte mit drei Tassen Kaffee nach. Dann rief ich Myrna an, und sie meinte, es würde gut passen, wenn ich sie am Samstag um zehn Uhr morgens abholen würde. Ich legte auf und durchforstete dann das Bücherregal nach etwas Lesbarem. Die meisten Romane kannte ich schon, und so ging ich weiter zu einigen von Charlottes Fachbüchern. Eines war ein Reißer mit dem Titel *Hypnose als Behandlungsmethode bei Geistesstörungen*. Ich blätterte es durch. Zuviel Geschwafel. Der Autor schrieb, wie man den Patienten in einen Zustand der Entspannung versetzte, ihn dann hypnotisierte und Hinweise auf Heilungsmöglichkeiten gab. So bewirkte der Patient später praktisch seine eigene Heilung.

Wäre nicht schlecht, wenn ich so was hätte lernen können. Ich stellte mir vor, wie ich einer hübschen Biene tief in die Augen sah und – pfui, so etwas tat man doch nicht. Außerdem war bei mir ja noch kein Notstand ausgebrochen. Ich entschied mich für ein Buch, das reichlich bebildert war. Es trug den Titel: *Psychologie der Ehe*. Mann, das war ein Knüller. Wenn es nicht in solchem Fachchinesisch geschrieben worden wäre, hätte es mir direkt Spaß gemacht, es zu lesen. Ich wünschte, solche Bücher würden so geschrieben, daß sie auch ein Normalverbraucher lesen konnte.

Charlotte kam, als ich gerade beim letzten Kapitel war. Sie nahm mir das Buch aus der Hand und warf einen Blick auf den Titel. »Hast du dabei irgendwelche Hintergedanken?« fragte sie.

Ich grinste sie dümmlich an. »Ich informiere mich lieber jetzt über die Tatsachen. Ich weiß ja nicht, wie lange ich mich noch dagegen wehren kann.« Sie küßte mich und machte mir einen Scotch mit Soda zurecht. Als ich ihn getrunken hatte, bat ich Kathy, mir Hut und Mantel zu holen. Charlotte sah enttäuscht aus.

»Mußt du schon gehen? Ich dachte, du würdest wenigstens bis zum Abendessen bleiben.«

»Heute nicht, Kleines. Ich muß bei meinem Schneider was in Auftrag geben, und waschen würde ich mich auch gern mal. Ich nehme doch nicht an, daß du einen Rasierapparat parat hast.« Ich zeigte auf das Loch, das die Kugel in meinem Mantel hinterlassen hatte. Charlotte erblaßte ein wenig, als sie sah, wie knapp die Kugel ihr Ziel verfehlt hatte.

»Bist... bist du verletzt, Mike?«

»Du lieber Himmel, nein. Ich hab' eine Kugel über die Rippen gekriegt, aber sie hat die Haut nur geritzt.« Ich zog mein Hemd hoch, um es ihr zu beweisen, dann zog ich mich wieder an. In dem Augenblick klingelte das Telefon, und sie nahm den Hörer ab.

Sie runzelte ein paarmal die Stirn und sagte: »Sind sie sicher? Na gut, ich werde mich darum kümmern.« Als Sie aufgelegt hatte, fragte ich, was los wäre. »Ein Patient. Hat erst auf die Behandlung angesprochen, dann hat er einen Rückfall bekommen. Ich denke, ich werde ihm ein Beruhigungsmittel verschreiben und ihn mir dann am Morgen ansehen.« Sie ging zu ihrem Schreibtisch.

»Ich mach' mich dann auf die Socken. Vielleicht sehen wir uns später noch. Jetzt möchte ich mir die Haare schneiden lassen, bevor ich irgend etwas anderes unternehme.«

»Okay, Liebling.« Sie kam herüber und schlang ihre Arme um mich. »Unten an der Ecke ist ein Friseur.«

»Den nehm' ich«, meinte ich zwischen zwei Küssen.

»Komm bald wieder, Mike.«

»Und ob ich das tun werde, mein Schatz.«

Glücklicherweise war es bei dem Friseur leer. Als ich eintrat, erhob sich gerade jemand vom Stuhl. Ich hängte meinen Mantel auf und ließ mich in den Stuhl fallen. »Schneiden«, sagte ich zu dem Friseur. Nachdem er meine Waffe einen Augenblick lang beäugt hatte, band er mir einen Umhang um und setzte seinen Haarschneider in Betrieb. Fünfzehn Minuten später bürstete er mich ab, und ich verließ den Laden geschniegelt wie ein Edelganove. Ich setzte meinen Ofen in Bewegung und fuhr in Richtung Broadway.

Ich hörte Sirenen heulen, aber ich wußte erst, daß es Pat war, als der Einsatzwagen an mir vorbeischoß und ich ihn aus dem Seitenfenster lehnen sah. Er war zu beschäftigt, um mich zu bemerken, und raste über die Kreuzung, während ein Polizist an der Straßenecke den Verkehr für ihn aufhielt. Weiter unten in der Straße hörte ich noch eine Polizeisirene in nördlicher Richtung fahren.

Ich hatte so eine dumpfe Vermutung, eine Art Eingebung wie die, die mich am Tag zuvor auf Kaleckis Spur gebracht hatte. Und auch diesmal täuschte ich mich nicht, wie sich später herausstellte. Sobald uns der Polizist an der Ecke weiterwinkte, folgte ich dem Heulen der Polizeiautos und bog dann links in die Lexington Avenue ein. Weit vor mir sah ich das weiße Dach von Pats Auto entlangrasen. Dann verlangsamte es das Tempo einen Moment lang und bog in eine Seitenstraße ein.

Dieses Mal mußte ich eine Querstraße entfernt parken.

Zwei Polizeiwagen hatten die Straße an beiden Enden für den Verkehr gesperrt. Ich zückte meine Marke und meinen Ausweis und zeigte sie dem Polizisten an der Ecke. Er ließ mich passieren, und ich eilte zu der kleinen Ansammlung von Menschen, die sich vor dem Drugstore gebildet hatte. Pat war dort und anscheinend das gesamte Morddezernat. Ich zwängte mich durch die Menge und nickte Pat zu. Dann folgte ich seinem Blick auf die zusammengekrümmte Gestalt auf dem Pflaster. Aus dem einen Loch im Rücken war Blut gesickert, das den schäbigen Mantel dunkelrot gefärbt hatte. Pat bedeutete mir, nach vorn zu treten, und ich drehte die Leiche herum, um das Gesicht sehen zu können.

Ich stieß einen Pfiff aus. Bobo Hopper würde keine Bienen mehr züchten.

Pat deutete auf die Leiche. »Kennst du ihn?«

Ich nickte. »Ja, sehr gut sogar. Sein Name ist Hopper, Bobo Hopper. Wahnsinnig netter Kerl, auch wenn er einen Sprung in der Schüssel hat. Hat nie auch nur einer Fliege ein Bein gekrümmt. Er war früher einer von Kaleckis Laufburschen.«

»Er ist mit einer 45er erschossen worden, Mike.«

»Was?« platzte ich heraus.

»Da ist noch etwas. Koks. Komm mal mit.« Pat nahm mich mit ins Drugstore. Der fette kleine Angestellte sah sich einer Brigade von Polizeibeamten gegenüber, die von einem untersetzten Kerl in blauem Anzug angeführt wurden. Ich kannte ihn nur allzu gut. Er war nicht besonders gut auf mich zu sprechen, seitdem ich direkt vor seiner Nase einen Fall aufgeklärt hatte. Es war Inspektor Daly vom Rauschgiftdezernat.

Daly drehte sich zu mir herum. »Was wollen Sie hier?« herrschte er mich an.

»Dasselbe wie Sie, nehme ich an.«

»Nun, dann machen Sie mal, daß Sie weiterkommen. Ich will nicht, daß Privatschnüffler ihre Nase in diesen Fall stecken. Machen Sie 'ne Fliege.«

»Einen Augenblick, Inspektor.« Wenn Pat in dem Ton sprach, gab es keine Widerrede. Daly respektierte Pat. Sie waren Beamte verschiedener Natur. Daly hatte sich mühsam nach oben gearbeitet, wobei zwischen den Beförderungen jeweils geraume Zeit verstrichen war, während Pat durch seine wissenschaftliche Arbeitsweise so weit gekommen war. Auch wenn ihre Arbeitsmethoden nicht die gleichen waren, war Daly doch fair genug, Pats Arbeit zu würdigen und ihm zuzuhören.

»Mike hat an diesem Fall besonderes Interesse«, fuhr er fort. »Nur durch ihn sind wir in dem Fall überhaupt mit unseren Ermittlungen so weit gekommen. Wenn Sie nichts dagegen haben, möchte ich gern, daß er über alles gut informiert ist.«

Daly warf mir einen wütenden Blick zu und zuckte seine bulligen Schultern. »Okay, lassen Sie ihn bleiben. Aber wagen Sie nicht, uns irgendwelches Beweismaterial vorzuenthalten«, fauchte er mich an. Als ich das letztemal in einen Fall verwickelt war, an dem er arbeitete, mußte ich mit verdeckten Karten spielen, aber dadurch, daß ich das Beweismaterial bei mir behielt, kamen wir schließlich auf die Spuren eines großen Rauschgifthändlers, den wir sonst nie hätten festnageln können. Das hatte mir Daly nie verziehen.

Der Leiter des Rauschgiftdezernats bombardierte den Drogisten mit Fragen, und ich bekam jedes Wort mit. »Noch einmal von vorne. Erzählen Sie mir die ganze Geschichte noch einmal, und überlegen Sie, woran Sie sich sonst noch erinnern können.«

Der Drogist, den man schon so lange gelöchert hatte, daß er am Rande eines Zusammenbruchs stand, rang seine klobigen Hände und warf einen verzweifelten Blick auf das Meer von Gesichtern, die ihm entgegenstarrten. Pat mußte ihn am mitleidigsten angeschaut haben, denn er wandte sich zu ihm.

»Ich habe gar nichts gemacht. Höchstens vielleicht unter dem Ladentisch gefegt. Das ist alles. Dann kam dieser Mann rein und sagte: ›Machen Sie mir eine Rezeptur.‹ Er war sehr nervös. Er hat mir eine kaputte Schachtel ohne Aufschrift gegeben. Er sagte, daß er seinen Job verlieren würde und niemand ihm mehr vertrauen könnte, wenn ich es nicht machen könnte. Er hat die Schachtel fallen gelassen, die er ausliefern sollte, und jemand ist daraufgetreten, so daß die ganze Mixtur auf dem Boden verstreut war. Aus den Seiten der Schachtel ist so ein Pulver herausgerieselt. Ich hab' es mit nach hinten in meinen Laden genommen und es erst geschmeckt, dann getestet. Ich war mir ziemlich sicher, was da drin war, und nach dem Test wußte ich es genau: Heroin. Das durfte ja nicht sein, also habe ich als rechtschaffener Bürger die Polizei verständigt und gesagt, was ich gefunden habe. Sie sagten, ich soll ihn dabehalten, aber wie konnte ich wissen, ob das nicht ein Gangster war, der mich abknallen würde?« Der Kleine hielt inne und schauderte.

»Ich habe Familie. Ich habe mir also Zeit gelassen, aber er hat gesagt, ich soll mich beeilen, und er hat seine Hand in die Tasche gesteckt. Ich wußte nicht, ob er eine Waffe hatte. Was sollte ich machen? Ich habe also eine andere Schachtel mit Borsäure gefüllt, er hat einen Dollar dafür bezahlt und ist gegangen. Ich bin hinter meinem Ladentisch herausgekommen, um zu sehen, wohin er geht, aber bevor ich die Tür erreicht hatte, ist er auf den Bürgersteig gefallen. Man hatte ihn erschossen. Er war mausetot. Ich habe noch mal die Polizei angerufen, und dann sind Sie gekommen.«

»Haben Sie jemanden davonrennen sehen?«

Er schüttelte den Kopf. »Niemanden. Um die Zeit ist nicht viel los. Da ist niemand auf der Straße.«

»Haben Sie einen Schuß gehört?«

»Nein. Das kann ich mir auch nicht erklären. Ich hatte aber auch zuviel Angst. Ich habe das Blut an der Wunde gesehen und bin wieder hineingerannt.«

Pat rieb sich das Kinn. »Was ist mit Autos? Sind irgendwelche Wagen vorbeigefahren?«

Der kleine Kerl kniff die Augen zusammen und dachte nach. Einmal setzte er zum Sprechen an, hielt inne und meinte schließlich nach erneutem Nachdenken: »J-ja. Jetzt, wo Sie mich daran erinnern, fällt es mir wieder ein. Ich glaube, kurz davor ist einer vorbeigefahren. Ja. Ich bin mir ganz sicher. Er ist ganz langsam gefahren und hat gewendet.« Von da an sprach er hastig weiter: »Als ob er am Gehsteig geparkt hätte. Er ist vorbeigefahren, aber als ich dann draußen stand, war er weg. Ich habe ihm gar nicht mehr nachgesehen, weil ich solche Angst hatte.«

Daly ließ einen seiner Männer alles mitstenografieren. Pat und ich hatten genug gehört. Wir gingen nach draußen zur Leiche und prüften, wie die Kugel in den Körper eingedrungen war. So, wie die Leiche lag, mußte der Mörder in Richtung

Lexington gefahren sein, als der Schuß abgegeben wurde. Das Päckchen Borsäure, das jetzt blutrot gefärbt war, lag unter Bobos Hand. Wir tasteten die Taschen ab. Leer. Seine Brieftasche enthielt acht Dollar und einen Bücherausweis. In seiner Manteltasche steckte ein Büchlein über Bienenhaltung.

»Schalldämpfer«, meinte Pat. »Ich wette zehn zu eins, daß es dieselbe Waffe ist.«

»Da würde ich nicht dagegensetzen«, stimmte ich bei.

»Was hältst du von der ganzen Sache, Mike?«

»Ich weiß nicht. Wenn Kalecki noch am Leben wäre, würde er jetzt noch tiefer in der Sache drinstecken. Zuerst Prostitution, jetzt Rauschgift. Das heißt, wenn Bobo noch für Kalecki arbeitete. Zu mir hat er gesagt, daß er es nicht tut, und ich habe ihm geglaubt. Ich war der Meinung, daß Bobo zu einfältig war, um jemanden anzulügen. Jetzt bin ich mir da nicht mehr so sicher.«

Wir betrachteten uns beide einen Moment lang die Leiche, dann gingen wir die Straße hinunter. Plötzlich fiel mir etwas ein.

»Pat.«

»Hmhm.«

»Weißt du noch, wie man auf Kalecki in seinem Haus geschossen hat? Als er versuchte, mir das anzuhängen?«

»Ja. Warum?«

»Das war die Waffe des Mörders. Der Killer, den wir suchen, hat den Schuß abgefeuert. Warum? Kannst du dir das erklären? Selbst zu dem Zeitpunkt steckte George in irgendeiner Sache drin, und er ist zu seiner eigenen Sicherheit in die Stadt gezogen. Das ist es, was wir brauchen – eine Antwort auf die Frage, warum man auf ihn geschossen hat.«

»Das wird nicht leicht sein, Mike. Die einzigen Personen, die uns diese Frage beantworten könnten, sind tot.«

Ich grinste ihn an. »Nein. Es ist noch jemand übrig. Der Killer. Er kennt die Antwort. Hast du etwas vor?«

»Nichts, das ich nicht verschieben könnte. Der Fall wird vorläufig in Dalys Händen liegen. Warum?«

Ich nahm ihn am Arm und führte ihn zu meinem Wagen. Wir stiegen ein und fuhren zu meiner Wohnung.

Der Postbote kam gerade aus dem Haus, als wir dort

147

ankamen. Ich machte meinen Briefkasten auf und zog den Umschlag heraus, den ich vom College aus an mich selbst geschickt hatte, und riß ihn auf. Ich erklärte Pat, daß ich dieses verkohlte Beweisstück vor den Dorfpolizisten in Sicherheit hatte bringen müssen, und er pflichtete mir bei, das Richtige getan zu haben.

Pat wußte, was zu tun war. Er führte drei Telefongespräche, und als wir bei der Bank ankamen, geleitete uns ein Wachmann in das Büro des Direktors. Er hatte inzwischen telefonisch den gerichtlichen Befehl erhalten, uns die Erlaubnis zu geben, das genannte Schließfach zu inspizieren.

Es war alles da. Genügend Beweismaterial, um George Kalecki ein dutzendmal zu hängen. Jetzt war ich richtig froh, ihm eine Kugel verpaßt zu haben. Der Kerl war wirklich eine miese Ratte gewesen. Er hatte seine Finger in mehr drin, als ich vermutet hatte. Wir fanden Fotokopien von Schecks und Briefen, ein paar Originaldokumente und genügend Material, um George jedes nur möglichen Deliktes anzuklagen, und dazu noch ein paar Verbrechen, die bis dahin nicht bekannt waren. Aber sonst nichts. Wo George jetzt war, brauchte man keinen Gerichtshof. Hal Kines hatte ihn in einen Käfig gesperrt, dessen Ausgänge alle zum elektrischen Stuhl führten, falls er einen Ausbruch versuchte.

Pat sah sich die Sachen zweimal durch, dann packte er sie alle in einen großen Umschlag, quittierte mit Unterschrift, und wir gingen. Draußen fragte ich ihn: »Was machst du jetzt mit dem ganzen Krempel?«

»Ich werde ihn mir gründlich vornehmen. Vielleicht kann ich diese Schecks zurückverfolgen, auch wenn sie Barschecks sind und keine Unterschrift auf der Rückseite haben. Was ist mit dir?«

»Ich könnte jetzt eigentlich nach Hause gehen, wie ich es vorhatte. Warum, hast du noch was?«

Pat lachte. »Wir werden sehen. Ich hatte das Gefühl, daß du mir irgend etwas verschweigen wolltest, deshalb wollte ich dir das eigentlich nicht erzählen. Aber nachdem du immer noch fair spielst, werde ich dir etwas verraten.«

Er nahm einen Notizblock aus der Tasche und klappte

ihn auf. »Hier sind ein paar Namen. Mal sehen, ob du etwas über die weißt.« Pat räusperte sich.

»Henry Strebhouse, Carmen Silby, Thelma B. Duval, Virginia R. Reims, Conrad Stevens.« Pat hielt inne und sah mich erwartungsvoll an.

»Strebhouse und Stevens haben eine Zeitlang im Knast gesessen«, meinte ich, »die anderen kenne ich nicht. Ich glaube, den Namen von dieser Duval habe ich mal in einer Klatschspalte gelesen.«

»Aha. Na, du bist mir ja keine große Hilfe. Also werde ich es dir sagen. Jeder von diesen Leuten ist in einer städtischen oder privaten Nervenheilanstalt. Rauschgiftsucht.«

»Wie nett«, sagte ich nachdenklich. »Wie ist es herausgekommen?«

»Das Rauschgiftdezernat hat die Namen bekanntgegeben.«

»Ja, ich weiß, daß man da hinter einer Sache her war, aber es ist komisch, daß die Presse keinen Wind davon gekriegt hat. Ach, jetzt verstehe ich. Sie haben wohl die Quelle noch nicht gefunden, was? Wer ist der Lieferant?«

Pat antwortete mit einem schiefen Grinsen. »Das ist genau das, was Daly gern wissen würde. Keiner verrät ein Sterbenswörtchen. Nicht einmal unter Androhung von Inhaftierung. Zu unserem Pech haben einige Leute einen guten Draht nach oben, als daß wir ihnen auf unsere Art Informationen entlocken könnten. Wir haben nur soviel erfahren, daß das Zeug durch einen Halbidioten geliefert wurde, der keine Ahnung hatte, was los war.«

Ich atmete scharf aus. »Bobo!«

»Genau. Sie werden ihn identifizieren können – wenn sie wollen. Vielleicht wird sein Tod dazu führen, daß sie noch schweigsamer werden.«

»Verdammt«, sagte ich leise, »und solange sie in Behandlung sind, können wir sie nicht unter Druck setzen. Uns sind die Hände gebunden. Es muß da eine Verbindung bestehen, Pat, es kann gar nicht anders sein. Sieh dir doch bloß an, wie dicht das alles zusammenliegt. Auf den ersten Blick sieht das vielleicht so aus, als gäbe es überhaupt keinen Zusammenhang, aber das stimmt nicht. Bobo und Kalecki ... Hal und Kalecki ... Hal und Eileen ... Eileen und Jack. Entweder sind

149

wir hier auf eine Bande gestoßen, die eine Menge Eisen im Feuer hatte, oder wir haben es einfach mit einer Kettenreaktion zu tun. Jack löste sie aus, und der Killer legte ihn um, aber der Killer mußte noch etwas anderes vertuschen. Von da an war es ein Teufelskreis. Mann, da sind wir vielleicht auf was gestoßen!«

»Das kann man wohl sagen. Und jetzt tappen wir erst mal im dunkeln. Was nun?«

»Keine Ahnung, Pat. Aber wenigstens werden mir jetzt ein paar Dinge klarer.«

»Zum Beispiel?«

»Das würde ich lieber nicht sagen. Nur Kleinigkeiten. Sie zeigen in keine bestimmte Richtung, sie sagen mir nur, daß der Killer für all das ein verdammt gutes Motiv hat.«

»Liefern wir uns immer noch ein Wettrennen, Mike?«

»Da kannst du deine Sonntagskrawatte darauf verwetten! Ich glaube, wir sind schon in der Zielgeraden, aber der Boden ist matschig und bremst das Tempo. Wir müssen uns erst auf festeres Gelände vorarbeiten, bevor wir zum Endspurt starten können.« Ich grinste ihn an. »Und da wirst du mich nicht schlagen, Pat.«

»Um was wetten wir?«

»Um ein Abendessen.«

»Angenommen.«

Danach trennte ich mich von ihm. Er nahm sich ein Taxi zurück ins Präsidium, und ich ging hinauf in meine Wohnung. Als ich meine Hose auszog, tastete ich nach meiner Brieftasche. Sie war nicht mehr da. Das war ja eine nette Überraschung. Ich hatte zweihundert Piepen in meiner Scheintasche gehabt und konnte mir nicht leisten, sie zu verlieren. Ich zog meine Hose wieder an und ging hinunter zum Wagen. Da war sie auch nicht. Mir kam der Gedanke, daß ich die Brieftasche vielleicht beim Friseur liegengelassen hatte, aber dort hatte ich mit den Münzen bezahlt, die ich in der Jackentasche hatte. Verdammt.

Ich stieg wieder in den Wagen, wendete und fuhr in südlicher Richtung zu Charlottes Wohnung. Die untere Tür war offen, und so ging ich hinauf. Ich klingelte zweimal, aber niemand antwortete. Es mußte aber jemand drinnen sein, denn ich konnte hören, wie eine Stimme ›Swanee River‹ sang. Ich hämmerte an die Tür, und schließlich öffnete Kathy. »Was ist los?« fragte ich. »Funktioniert die Klingel nicht mehr?«

»Doch, klah, Mistah Hammah. Tut sie, glaub' ich. Kommen Sie rein. Kommen Sie rein.«

Als ich eintrat, kam mir Charlotte entgegengelaufen. Sie hatte einen fleckigen Kittel und ein Paar Gummihandschuhe an. »Nanu, Schatz, du bist aber wirklich schnell zurück«, meinte sie lächelnd. »Prima.« Sie warf ihre Arme um meinen Hals und hielt mir ihr Gesicht zum Kuß hin. Kathy stand da und sah uns zu, wobei sie ihr weißes Lächeln zeigte.

»Geh schon«, meinte ich grinsend. Kathy drehte sich um, so daß ich ihre Chefin küssen konnte. Charlotte seufzte und legte ihren Kopf an meine Brust.

»Bleibst du jetzt?«

»Nein.«

»Aber warum nicht? Du bist doch gerade erst gekommen.«

»Ich bin gekommen, um meine Brieftasche zu holen.« Ich ging mit ihr hinüber zum Sofa und fuhr mit der Hand hinter den Kissen entlang. Ich fand sie. Das verdammte Ding war mir aus der Hüfttasche gerutscht, als ich geschlafen hatte, und war zwischen den Polstern steckengeblieben.

»Ich nehme an, jetzt wirst du mich beschuldigen, dir dein ganzes Geld geklaut zu haben.«

»Dummkopf.« Ich küßte ihren blonden Schopf. »Was tust du in dem Aufzug?« Ich fingerte an ihrem Kittel herum.

»Ich entwickle Bilder. Möchtest du sie sehen?« Sie führte mich in ihre Dunkelkammer und machte das Licht aus. Gleichzeitig glühte eine rote Lampe über dem Ausguß auf. Charlotte tauchte ein paar Fotos in den Entwickler und hängte ein paar Augenblicke später ein Bild auf, das einen Mann zeigte, der auf einem Stuhl saß und sich dabei krampfhaft an die Lehne klammerte, das Gesicht merkwürdig verzerrt. Sie knipste die Lampe über sich an und betrachtete sich das Bild.

»Wer ist das?«

»Ein Patient aus der Klinik. Es ist sogar einer, den Hal Kines aus der städtischen Klinik holte, damit er bei uns behandelt wurde.«

»Was ist mit ihm? Er sieht aus, als hätte er eine Heiden-angst.«

»Er ist in einem Zustand, den man gemeinhin als Hypnose bezeichnet. Aber eigentlich besteht sie nur darin, den Patienten in einen Zustand der Entspannung und des Zutrauens zu versetzen. In diesem Fall handelte es sich bei dem Patienten um einen Kleptomanen. Das wurde erst festgestellt, als er ins städtische Krankenhaus gebracht worden war, nachdem man ihn halbverhungert auf der Straße aufgelesen hatte.

Als wir seine geistige Verfassung ergründet hatten, stellten wir fest, daß man ihm in seiner Kindheit alles versagt hatte und er sich stehlen mußte, was er brauchte. Durch einen Freund habe ich ihm einen Job besorgt und ihm erklärt, warum er sich so verhalten hat. Als er erst mal begriffen hatte, was mit ihm los war, konnte er seine Neigung überwinden. Jetzt geht es ihm ganz gut.«

Ich legte das Bild zurück und sah mich um. Sie hatte bei der Ausstattung der Dunkelkammer nicht gespart. Mir wurde klar, daß ich entschieden mehr Geld verdienen mußte, um mir eine Ehefrau mit einem so aufwendigen Hobby leisten zu können. Charlotte mußte meine Gedanken erraten haben. »Wenn wir verheiratet sind«, meinte sie lächelnd, »werde ich all das aufgeben und meine Bilder in der Drogerie an der Ecke entwickeln lassen.«

»Nein, wir kommen schon zurecht.« Sie klammerte sich an mich und hielt mich fest. Ich küßte sie so drängend, daß mir mein eigener Mund diesmal weh tat, und hielt sie so fest, daß es ein Wunder war, daß sie überhaupt Luft bekam.

Wir gingen Arm in Arm zur Tür. »Was ist mit heute abend, Mike? Wohin gehen wir?«

»Ich weiß nicht. Vielleicht ins Kino.«

»Großartig. Dazu hätte ich Lust.« Ich öffnete die Tür. Dabei zeigte ich auf die Glocke dahinter. »Warum läutet die nicht mehr?«

»Ach, du lieber Himmel.« Charlotte stocherte mit der Fußspitze unter dem Teppich herum. »Kathy hat mal wieder mit dem Staubsauger hier herumgefuhrwerkt. Sie reißt immer den Stecker aus der Dose.« Ich bückte mich und schob den Stecker wieder rein.

»Dann bis um acht, Kleines«, sagte ich und ging. Sie
wartete, bis ich fast so weit die Treppe hinunter war, daß ich
sie nicht mehr sehen konnte; dann warf sie mir einen Kuß zu
und schloß die Tür.

12

Mein Schneider bekam fast einen Anfall, als er das Einschußloch in meinem Mantel sah. Wahrscheinlich wurde ihm mit
Schrecken bewußt, daß er um ein Haar einen guten Kunden
verloren hatte. Er flehte mich an, vorsichtig zu sein, und
versicherte mir dann, das Loch würde in einer Woche kunst-
gestopft sein. Ich nahm meinen anderen Anzug mit und fuhr
nach Hause. Als ich die Tür öffnete, klingelte das Telefon. Ich
ließ den Anzug über eine Stuhllehne gleiten und griff zum
Hörer. Es war Pat.

»Ich habe gerade den Bericht über die Kugel bekommen,
die Bobo Hopper getötet hat, Mike.«

»Ja?« Ich war ganz aufgeregt.

»Es ist dieselbe.«

»Das reicht, Pat. Sonst noch etwas?«

»Ja, ich habe auch Kaleckis Waffe hier. Die Kugeln stimmen
nur mit denen überein, die er auf dich abgefeuert hat. Wir
haben die Seriennummern überprüft und festgestellt, daß die
Waffe unten im Süden verkauft worden ist. Von dort ist sie
über zwei andere Besitzer schließlich in einer Pfandleihe in
der Third Avenue gelandet. Dort wurde sie dann an einen
Mann namens George M. Masters verkauft.«

So hatte George sich also die Waffe verschafft. Kein Wunder, daß darüber keine Unterlagen da waren. Kalecki war nur
ein Teil seines vollen Namens. Ich bedankte mich bei Pat und
legte auf. Warum zum Teufel hatte Kalecki diesen Namen
benutzt? Doch höchstens, weil man ihm durch seinen richtigen Namen wegen eines früheren Verbrechens auf die Spur
kommen konnte. Diese Frage würde wohl ungeklärt bleiben,
es sei denn, Pat konnte mit dem Beweismaterial aus dem Safe
etwas anfangen. Gegen eine Leiche kann man schließlich kein
Verfahren einleiten.

153

Nachdem ich etwas gegessen hatte, duschte ich und war gerade beim Anziehen, als das Telefon wieder losbimmelte. Dieses Mal war es Myrna. Sie bat mich, sie am nächsten Morgen früher abzuholen, wenn ich konnte. Das paßte mir gut, und so sagte ich zu. Sie klang immer noch furchtbar deprimiert, und ich war froh, etwas für sie tun zu können. Vielleicht würde ihr die Fahrt aufs Land guttun. Das arme Mädchen konnte wirklich eine Aufmunterung gebrauchen. Was mir Sorge bereitete, war der Gedanke, daß sie vielleicht wieder auf Stoff zurückgreifen würde, um Jacks Tod zu vergessen. Aber sie war ja nicht dumm. Es gab andere Möglichkeiten. Eines Tages würde sie sich irgendwo mit einem netten Mann niederlassen, und Jack würde nur noch in ihrer Erinnerung weiterleben. So hat uns die Natur geschaffen. Vielleicht ist es am besten so.

Charlotte wartete vor dem Haus auf mich. Als sie mich kommen sah, tappte sie ungeduldig mit dem Fuß auf den Boden, als wartete sie schon seit Stunden. »Mike«, platzte sie heraus, »du kommst zu spät. Geschlagene fünf Minuten. Ich warte auf eine Erklärung.«

»Gib mir nicht gleich die Peitsche«, entgegnete ich lachend. »Ich bin durch den Verkehr aufgehalten worden.«

»Schöne Erklärung. Ich wette, du hast mal wieder zu ergründen versucht, was eine Nymphomanin ist.« Sie war ein kleines Biest.

»Halt die Klappe und steig ein, sonst kriegen wir für die Vorstellung nie im Leben Karten.«

»Wohin fahren wir?«

»Ich bin in der richtigen Stimmung für einen ordentlichen Thriller, wenn du nichts dagegen hast. Vielleicht kann ich da für meine Detektivarbeit noch etwas lernen.«

»Prima. Fahren wir, Macduff.«

Wir fanden schließlich an der Hauptstraße ein kleines Kino, vor dem keine meterlange Schlange stand, und wir sahen uns volle zweieinhalb Stunden lang einen wahnsinnigen Kriminalfilm an, der mehr Löcher hatte als ein Schweizer Käse, im Anschluß daran noch einen Western, der sich so mühselig dahinschleppte wie ein Bummelzug im Schneesturm.

Als wir schließlich herauskamen, hatte ich förmlich Blasen

auf dem Hinterteil. Charlotte schlug vor, wir sollten irgendwo ein Sandwich essen gehen, und so machten wir an einer Imbißbude halt und aßen Eier auf Toast. Dann gingen wir weiter in eine Bar. Ich bestellte mir ein Bier, und als Charlotte es mir gleichtat, runzelte ich die Stirn.

»Bestell dir ruhig, was du haben willst. Ich habe das nötige Moos.«

Sie kicherte. »Dummkopf, ich trinke wirklich gern Bier. Hab' ich schon immer.«

»Freut mich zu hören. Aus dir werde ich aber wirklich nicht schlau. Ein teures Hobby, aber du trinkst Bier. Vielleicht wird es doch nicht ganz so teuer, für deinen Unterhalt zu sorgen.«

»Ach, wenn es knapp wird, kann ich immer noch meinen Beruf wieder aufnehmen.«

»Kommt gar nicht in Frage. Meine Frau arbeitet nicht. Ich möchte, daß sie zu Hause bleibt, wo ich weiß, was sie tut.«

Charlotte setzte ihr Bier ab und sah mich listig an. »Ist dir eigentlich aufgefallen, daß du mir nicht einmal einen Heiratsantrag gemacht hast? Woher willst du überhaupt wissen, daß ich dich nehme?«

»Na schön, du Teufelsweib«, sagte ich. Ich nahm ihre Hand in meine und führte sie an meine Lippen. »Willst du meine Frau werden?«

Sie begann zu lachen, aber dann schossen ihr Tränen in die Augen, und sie legte ihr Gesicht an meine Schulter. »Ja, Mike, ja. Ich hab' dich so lieb.«

»Ich hab' dich auch lieb, Kleines. Jetzt trink dein Glas aus. Morgen abend, wenn wir bei den Zwillingen sind, werden wir uns von der Menge absetzen und Pläne schmieden.«

»Küß mich.«

Ein paar Kerle linsten neugierig zu uns herüber. Mir war das egal. Ich küßte sie sanft.

»Wann bekomme ich meinen Ring?« wollte sie wissen.

»Bald. Ich erwarte diese oder nächste Woche noch ein paar Schecks, dann können wir zu Tiffany's gehen und einen aussuchen. Was hältst du davon?«

»Klingt wundervoll, Mike. Ich bin so glücklich.«

Wir tranken unser Bier aus, bestellten uns noch eines und

rüsteten uns dann zum Aufbruch. Die beiden Gaffer machten dumme Witze, als ich an ihnen vorbeikam. Ich ließ Charlottes Arm einen Augenblick los, legte meine Hände jeweils auf ihre Hinterköpfe und knallte die beiden gegeneinander. Es gab ein dumpfes Geräusch wie beim Aneinanderklatschen von zwei Kürbissen. Die beiden saßen kerzengerade auf ihren Barhockern. Im Spiegel konnte ich ihre Augen sehen – sie wirkten wie zwei Paar Glasmurmeln. Der Barmann starrte mich mit offenem Mund an. Ich winkte ihm zu und brachte Charlotte zur Tür. Hinter mir fielen die zwei Kerle von ihren Hockern und klatschten auf den Boden wie zwei nasse Lappen.

»Mein Beschützer«, sagte Charlotte und preßte meinen Arm.

»Ach, Quatsch«, meinte ich grinsend. In dem Augenblick war mir richtig wohl.

Kathy schlief schon, und so schlichen wir uns auf Zehenspitzen rein. Charlotte legte ihre Hand über die Glocke, damit sie nicht bimmelte, aber trotzdem hörte das Mädchen prompt zu schnarchen auf. Dann mußte sie sich wieder auf den Rücken gelegt haben, denn das Schnarchen setzte wieder ein.

Charlotte zog ihren Mantel aus und fragte: »Möchtest du einen Drink?«

»Nein.«

»Was dann?«

»Dich.« Im nächsten Augenblick lag sie in meinen Armen und küßte mich. Ihre Brüste bebten vor Leidenschaft. Ich preßte sie so fest an mich, wie ich konnte.

»Sag es mir, Mike.«

»Ich liebe dich.« Sie küßte mich erneut. Ich entwand mich ihrer Umarmung und griff nach meinem Hut.

»Genug, Liebling«, sagte ich. »Schließlich bin ich auch nur ein Mann. Noch ein solcher Kuß, und ich werde nicht warten können, bis wir verheiratet sind.« Sie grinste und warf sich in meine Arme, um sich den entscheidenden Kuß zu holen, aber ich hielt sie mir vom Leib.

»Bitte, Mike!«

»Nein.«

»Dann laß uns gleich heiraten. Gleich morgen.«

Ich mußte lächeln. Sie war so hinreißend. »Morgen nicht, mein Schatz, aber sehr bald. Ich kann nicht mehr lange warten.«

Sie hielt die Glocke fest, während ich die Tür öffnete. Ich küßte sie sanft und schlüpfte hinaus. Ich wußte schon, daß ich nachts nicht viel Schlaf bekommen würde. Wenn Velda davon erfuhr, würde sie mir die Hölle heiß machen. Mir graute davor, es ihr zu sagen.

Mein Wecker rappelte um sechs. Ich drosch auf den Knopf ein, um den Lärm abzustellen, dann setzte ich mich im Bett auf und reckte die Glieder. Als ich aus dem Fenster schaute, sah ich, daß die Sonne schien – es war ein strahlend schöner Tag. Auf meinem Nachttisch stand eine halbvolle Flasche Bier, und ich nahm einen Schluck daraus. Es war abgestanden wie eine Litfaßsäule.

Nachdem ich mich geduscht hatte, zog ich mir einen Bademantel über und machte mich in der Speisekammer auf die Suche nach etwas Eßbarem. Die einzige Packung Frühstücksflocken trug Knabberspuren, weil eine Maus sie leider vor mir gefunden hatte. Ich machte daher einen Sack Kartoffeln auf, schnippelte sie zusammen mit ein paar Zwiebeln in eine Pfanne mit heißem Fett. Dann ließ ich das Zeug schmoren, während ich Kaffee aufbrühte.

Ich ließ die Kartoffeln anbrennen, aber sie schmeckten trotzdem. Selbst den Kaffee konnte man trinken. Nächsten Monat um diese Zeit würde ich beim Frühstück einer tollen Blondine gegenübersitzen. Sie würde eine fantastische Ehefrau abgeben!

Myrna war schon auf, als ich sie anrief. Sie sagte, sie würde bis acht Uhr fertig sein, und bat mich, nicht zu spät zu kommen. Ich versprach es ihr hoch und heilig, dann rief ich Charlotte an.

»Hallo, du Langschläfer«, gähnte ich in den Hörer.

»So wahnsinnig taufrisch klingst du auch nicht.«

»Ich bin es aber. Was machst du gerade?«

»Ich versuche, ein bißchen zu schlafen. So, wie du mich gestern zurückgelassen hast, konnte ich kein Auge zukriegen. Ich habe die ganze Nacht wach gelegen.«

Der Gedanke tat mir gut. »Das Gefühl kenne ich. Um welche Zeit wirst du bei den Bellemys ankommen?«

»Nach wie vor am frühen Abend, wenn ich mich nicht vorher loseisen kann. Auf jeden Fall werde ich rechtzeitig zum Spiel da sein. Wer spielt eigentlich?«

»Hab' ich vergessen. Irgendwelche Tennisgrößen, die Mary und Esther eingeflogen haben. Ich werde auf dich warten, also beeil dich.«

»Ist gut, Liebling.« Sie gab mir einen Kuß durchs Telefon, den ich erwiderte, bevor ich aufhängte.

Velda war sicher noch nicht im Büro, also rief ich sie zu Hause an. Als sie den Hörer abnahm, konnte ich im Hintergrund Schinken brutzeln hören. »Hallo, Velda, hier ist Mike.«

»Was machst du denn schon so früh?«

»Ich habe eine wichtige Verabredung.«

»Hat es mit dem Fall zu tun?«

»Äh... möglicherweise, ich bin mir da noch nicht ganz sicher. Aber ich darf mir die Gelegenheit nicht entgehen lassen. Falls Pat anruft, sag ihm, daß er mich unter der Nummer der beiden Bellemys zu Hause erreichen kann. Er hat ihre Nummer.«

Zuerst antwortete Velda nicht. Ich wußte, daß sie zu ergründen versuchte, was ich vorhatte. »Ist gut«, meinte sie schließlich. »Aber paß auf dich auf. Kann ich solange irgend etwas für dich erledigen?«

»Nein, ich glaube nicht.«

»Wie lange wirst du übrigens diesmal weg sein?«

»Vielleicht bis zum Montag, vielleicht aber auch nicht.«

»Okay, dann bis bald. Wiedersehen, Mike.«

Ich verabschiedete mich schnell von ihr und warf den Hörer auf die Gabel. Gott, wie mir der Gedanke zuwider war, Velda das mit Charlotte zu sagen! Wenn sie bloß nicht heulte! Verdammt noch mal, so war eben das Leben. Velda hatte eben Pech gehabt. Wäre mir nicht Charlotte über den Weg gelaufen, hätte ich es mit ihr versucht. Das hatte ich eigentlich immer gewollt, aber irgendwie war nie Zeit dazu gewesen. Na ja.

Myrna war gestiefelt und gespornt, als ich bei ihr ankam. Sie hatte eine Tasche zusammengepackt, die ich zum Auto trug. Sie sah nicht besonders gut aus. Unter ihren Augen lagen immer noch dunkle Ringe, und ihre Wangenknochen standen viel zu kantig hervor. Sie hatte sich zur Feier des Tages ein neues Kleid gekauft, aus einem netten Baumwolldruck mit Blumen, und ihr hellblauer Mantel ließ ihr Gesicht hübsch aussehen, wenn man nicht zu genau hinsah.

Ich wollte nicht über Jack sprechen, und so redeten wir nur über den Tag, den wir vor uns hatten, und über alle möglichen Nebensächlichkeiten. Ich wußte, daß sie die Schlagzeilen gelesen hatte, in denen geschildert wurde, wie Kalecki umgelegt worden war, aber sie vermied das Thema.

Es war ein schöner Tag. Außerhalb der Stadt waren die Straßen relativ frei, und wir tuckerten gemütlich dahin. So brauchte ich mich wenigstens nicht mit der Autobahnstreife herumzuschlagen. Wir kamen an ein paar Wiesen vorbei, wo Kinder Fußball spielten. Ich sah, wie Myrna die Tränen kamen, als wir an ein paar kleinen Wochenendhäuschen vorbeifuhren. Ich zuckte zusammen. Sie nahm es wirklich sehr schwer.

Ich lenkte die Unterhaltung langsam auf das Tennismatch am Abend und brachte sie so auf andere Gedanken. Bald darauf bogen wir schon in den Privatweg zum Haus der Bellemys ein. Ich dachte, wir wären früh dran, aber da waren anscheinend schon ein paar Dutzend vor uns da. Entlang des Hauses stand eine ganze Anzahl Autos geparkt, und einer der Zwillinge kam uns zur Begrüßung entgegen. Ich wußte erst, wen ich vor mir hatte, als mir entgegentönte: »Hallo, Feigling.«

»Hallo, Mary«, sagte ich lächelnd. Sie trug nur ein Oberteil und Shorts, so daß der Betrachter nichts seiner Fantasie überlassen mußte. Beide Kleidungsstücke waren so eng, daß sich jede Linie ihres Körpers darunter abzeichnete, und das wußte sie auch. Ich konnte meinen Blick nicht von ihren Beinen losreißen, mit denen sie mich immerzu streifte.

Damit mußte es ein Ende haben. Ich nahm Myrna am anderen Arm, so daß sie wie ein Grenzpfeiler zwischen uns war, und Mary fing an zu kichern. Im Haus übergab sie Myrna der Obhut eines Hausmädchens und wandte sich dann um zu mir. »Hast du keine Sportsachen mitgebracht?«

»Doch. Aber ich werde mich nur an der Bar sportlich betätigen.«

»Kommt nicht in Frage. Zieh dir ein Paar Sporthosen an. Hinter dem Haus findet ein Golfturnier statt, und eine Menge Leute brauchen Tennispartner.«

»Um Himmels willen, ich bin doch keine Sportskanone.«

Mary trat ein paar Schritte zurück und musterte mich von oben bis unten. »Du siehst aber wie eine Sportskanone aus.«

»Und in welcher Sportart?« fragte ich spaßeshalber.

»Im Bettsport.« An ihrem Blick konnte ich ablesen, daß sie das ernst meinte. Sie ging mit mir zurück zum Wagen, um meine Sachen zu holen. Als wir wieder ins Haus kamen, zeigte sie mir mein Zimmer, ein Riesengemach mit einem gewaltigen Himmelbett mittendrin.

Mary konnte nicht einmal warten, bis ich die Tür geschlossen hatte. Sie warf sich in meine Arme und öffnete ihre Lippen. Mann, ich konnte doch der Gastgeberin gegenüber nicht unhöflich sein, also küßte ich sie.

»Jetzt verkrümle dich mal, während ich mich umziehe«, sagte ich zu ihr.

Sie verzog die Lippen zu einem Schmollmund. »Warum denn?«

»Hör mal«, versuchte ich sie zu überzeugen, »ich ziehe mich nicht vor einer Frau aus.«

»Seit wann das denn?« fragte sie spöttisch.

»Damals war es dunkel«, antwortete ich. »Außerdem ist es dafür viel zu früh.«

Sie warf mir ein sexy Lächeln zu. Ihre Augen flehten mich an, sie zu entkleiden. »Na schön, Feigling.« Sie schloß die Tür hinter sich zu, und ich hörte sie kehlig lachen.

Die Bande draußen veranstaltete ein Höllenspektakel, und ich steckte meinen Kopf aus dem Fenster, um nachzusehen, was da los war. Direkt unter mir rangelten zwei schmächtige Kerlchen, während sie von den Umstehenden angefeuert wurden. Wo war ich da bloß hingeraten? Die zwei Knaben fielen zusammen in den Dreck. Ich grinste. Zwei Tausendschönchen stritten, wer wohl der Schönste sei im ganzen Land. Ich holte mir vom Waschbecken ein großes Glas Wasser und leerte es über ihre blonden Schöpfe.

Damit war der Kampf zu Ende. Beide stießen einen affektierten Schrei aus und rannten davon. Die Meute erspähte mich und heulte auf. Keine schlechte Einlage.

Mary wartete unten auf mich. Sie lehnte am Treppengeländer und rauchte eine Zigarette. Ich kam in Sporthosen und einem T-Shirt herunter und begrüßte sie. Im selben Augenblick gesellte sich Myrna zu uns, die einen Tennisschläger gegen ihr Bein schlenkerte. Ich konnte sehen, daß Mary enttäuscht war, mich nicht für sich allein zu haben. Wir drei gingen über den Rasen hinüber zu den Tennisplätzen, wobei sich Mary bei mir unterhakte. Bevor wir dort hinkamen, löste sich eine zweite Ausgabe von Mary aus einer Gruppe Spieler und winkte uns zu. Esther Bellemy.

Noch eine Frau, bei deren Anblick einem die Kinnlade herunterklappte. Sie erkannte mich sofort und begrüßte mich mit festem Händedruck. Sie benahm sich kühl und reserviert. Jetzt verstand ich, was Charlotte gemeint haben mußte, als sie gesagt hatte, daß Esther nicht so war wie ihre Schwester. Zwischen den beiden schien es allerdings keinerlei Mißstimmung oder Eifersucht zu geben. Auch Esther hatte ihre Verehrer. Wir wurden gleich einer Menge Leute vorgestellt, deren Namen ich so schnell wieder vergaß, wie sie mir gesagt wurden. Mary schleifte mich auf einen der Plätze zu einem Einzelmatch.

Tennis war nicht eben meine Spezialität, das merkte sie bald. Nach hektischen zehn Minuten hatte ich sämtliche Bälle über den Zaun gedonnert. Wir sammelten sie auf, taten sie in eine Schachtel und legten dann die Schläger weg. Mary setzte sich neben mich auf eine Bank und streckte ihre braungebrannten Beine von sich, während ich verschnaufte.

»Warum verschwenden wir unsere Zeit hier draußen, Mike? In deinem Zimmer ist es soviel gemütlicher.«

Das war vielleicht ein Weib. »Nur nichts überstürzen. Warum bist du bloß nicht wie deine Schwester?«

Sie lachte auf. »Vielleicht bin ich das.«

»Wie meinst du das?«

»Nicht so wichtig. Aber Esther ist auch nicht von gestern. Sie ist keine alte Jungfer.«

»Woher willst du das wissen?«

Mary kicherte und schlug die Beine übereinander. »Sie führt ein Tagebuch.«

»Ich wette, deines ist um einiges umfangreicher.«

»Hmhm, um einiges.«

Ich nahm ihre Hand und zog sie von der Bank hoch. »Komm, zeig mir mal, wo hier die Bar ist.«

Wir gingen über den Steinpfad zurück zum Haus und betraten es durch die Verandatür. Die Bar war in das hintere Ende eines Raumes gebaut, der voller Trophäen und Pokale stand. Die eichengetäfelten Wände hingen voller Bilder, die Siege der Bellemys in allen möglichen Sportarten festhielten, angefangen vom Golfturnier bis zum Skispringen. Die zwei waren wirklich ausgesprochen aktiv. Das Eigenartige daran war, daß die zwei etwas gegen öffentlichen Rummel hatten. Ich fragte mich, wie das Gerücht entstanden war, daß sie auf der Suche nach Ehemännern waren. Das würde vielleicht die Ehemänner befriedigen.

Ich nehme an, Mary gab es eine Zeitlang auf, mich zu verführen. Sie überließ mich einem farbigen Barmann, der am Ende der zehn Meter langen Theke saß und sich durch einen Stapel Comic-Hefte durchlas und nur aufstand, um mein leeres Glas jeweils durch ein volles zu ersetzen.

Gelegentlich hatte ich Gesellschaft, aber nie sehr lange. Myrna kam einmal herein, ging dann aber nach ein paar netten Worten. Ein paar andere Miezen versuchten, sich an mich heranzumachen, wurden aber dann von ihren Freunden zur Bar geschleppt. Einer der Schönlinge, die ich mit Wasser abgekühlt hatte, versuchte auch sein Glück, aber den brauchte ich nur an Kragen und Hosenboden zu packen, um ihn hinauszubefördern. Das Ganze wurde allmählich unheimlich eintönig. Ich wünschte, Charlotte würde endlich ankommen. Ich hatte gedacht, ich könnte mich mit Mary amüsieren, aber verglichen mit Charlotte war sie kalter Kaffee. Mary hatte nur Sex zu bieten. Charlotte noch eine ganze Menge anderes.

Es gelang mir, mich rauszuschleichen, ohne dabei vom Barkeeper gesehen zu werden, und ging hinauf in mein Zimmer. Dort zog ich wieder meine normalen Sachen an, tätschelte mein Revölverchen unter meinem Arm und legte mich aufs Bett. Jetzt fühlte ich mich wieder wie ein Mensch.

Die Drinks hatten mir mehr zugesetzt, als ich gedacht hatte. Ich wurde zwar nicht besinnungslos, aber ich schlief ein, und zwar fast augenblicklich. Ich wachte schließlich davon auf, da mich jemand rüttelte, und dann blickte ich in das schönste Gesicht der Welt. Bevor ich noch die Augen ganz offen hatte, küßte mich Charlotte und fuhr mir durch die Haare.

»Ist das vielleicht eine Art, mich zu begrüßen? Ich dachte, du würdest mich am Tor mit offenen Armen erwarten.«

»Hallo, meine Schöne«, sagte ich.

Ich zog sie hinunter aufs Bett und küßte sie. »Wie spät ist es?« Sie sah auf ihre Uhr.

»Halb acht.«

»Ach, du dickes Ei. Da habe ich ja den ganzen Tag verpennt!«

»Allerdings. Jetzt zieh dich an und komm nach unten zum Essen. Ich will noch mit Myrna sprechen.«

Wir standen auf, und ich brachte sie zur Tür; dann wusch ich mich und versuchte, die Falten in meiner Jacke zu glätten. Als ich mich für vorzeigbar genug hielt, ging ich nach unten. Mary entdeckte mich und winkte mich zu sich. »Du sitzt heute abend neben mir«, ließ sie mich wissen.

Die anderen Gäste strömten allmählich herein, und ich suchte mir den Platz mit meiner Tischkarte. Wenigstens saß Charlotte mir gegenüber. Bei dem Gedanken fühlte ich mich gleich besser. Mit den beiden würde es bestimmt ganz lustig werden, es sei denn, Marys Knie versuchte unter dem Tisch mit mir anzubandeln.

Charlotte nahm lächelnd Platz, und Myrna setzte sich neben sie. Während der Vorspeise unterhielten sie sich ernst miteinander, lachten aber gelegentlich auch.

Ich sah mich in der Runde um. Ein Gesicht kam mir bekannt vor, aber ich wußte nicht, wo ich es hintun sollte. Es gehörte einem kleinen, dürren Kerl in grauem Flanellanzug. Er unterhielt sich ausschließlich mit der korpulenten Frau, die ihm gegenübersaß. Ringsum herrschte ein solches Geschnatter, daß ich kein Wort von dem verstehen konnte, was sich die beiden erzählten, aber ich bemerkte, daß er mich ein paarmal von der Seite ansah.

Einmal wandte er mir sein Gesicht voll zu, und da erkannte

163

ich ihn. Er war einer der Männer, die ich in der Nacht der Razzia in Madame Junes Bordell hatte gehen sehen.

Ich stieß Mary an, und sie unterbrach ihre Unterhaltung mit ihrem Nebenmann kurz, um zu mir zu sehen. »Wer ist der Knirps am anderen Tischende?« fragte ich und wies mit der Gabel auf ihn.

Mary ließ ihren Blick zu ihm schweifen und antwortete: »Ach, das ist Harmon Wilder, unser Anwalt. Er legt unser Geld für uns an. Warum fragst du?«

»Reine Neugier. Ich dachte, ich kenne ihn.«

»Das solltest du auch. Er war einer der besten Strafverteidiger, bevor er sich in eine ruhigere Privatpraxis zurückgezogen hat.«

»Aha«, sagte ich und widmete mich wieder meinem Essen. Charlotte hatte inzwischen meinen Fuß unter dem Tisch ausgemacht und stupste ihn mit dem Zeh an. Auf den Rasen hinter dem Haus schien der Mond – es war ein idealer Abend. Ich konnte es kaum erwarten, bis wir mit dem Essen fertig waren.

Mary versuchte, mich in ein zu eindeutiges Gespräch zu verwickeln. Ich sah, wie Charlotte ihr einen wutentbrannten Blick zuwarf, zwinkerte ihr zu und unterbrach dann Mary ziemlich rüde. Irgendwie dämmerte es ihr dann, daß zwischen Charlotte und mir etwas war, und sie flüsterte mir ins Ohr: »Heute nacht werde ich dich kriegen – wenn sie weg ist.«

Sie quiekte, als ich ihr meinen Ellenbogen in die Rippen rammte. Das Essen war beendet, als einer der Schwulen am Ende der Tafel vom Stuhl fiel. Gleich darauf wurde es unruhig, und die zwei Tennisgegner prosteten sich gegenseitig mit Milch zu und wünschten sich Erfolg.

Ich konnte mich zu Charlotte durchboxen und begleitete sie und Myrna zu den Plätzen. Es kamen eine Menge Autos angefahren – wahrscheinlich Nachbarn, die man zu dem Spiel eingeladen hatte. Über dem von der Sonne aufgeheizten Platz war das Flutlicht eingeschaltet worden, und irgendwann im Laufe des Nachmittags – als ich geschlafen hatte – hatte man Zuschauerbänke aufgestellt.

Es brach ein allgemeines Gedrängel um die Sitzplätze los, und wir gingen leer aus. Charlotte und Myrna breiteten auf dem Rasen entlang des Spielfeldes ihre Taschentücher auf dem Boden aus, und wir warteten, während sich hinter uns die Menge ansammelte. Ich hatte nie zuvor ein richtiges Tennismatch gesehen, aber nach dem zu urteilen, was ich vorgeführt bekam, konnte ich mir nicht vorstellen, daß es viele Leute gab, die dem Spiel etwas abgewinnen konnten. Über ein Megaphon wurden Ansagen gemacht, und die Spieler nahmen ihre Plätze ein. Dann legten sie los. Es machte mir mehr Spaß, die hin und her gehenden Köpfe der Zuschauer zu beobachten, die wie eine Horde Hampelmänner dasaßen, als das Spiel selber zu verfolgen. Diese Jungs waren nicht schlecht. Sie kamen ganz schön ins Schwitzen, aber sie wetzten dem Ball brav hinterher und liefen sich die Hacken ab. Hin und wieder gab es einen aufsehenerregenden Ballwechsel, und die Zuschauermenge schrie begeistert auf. Der Schiedsrichter verkündete von seinem Hochsessel aus das Ergebnis. Myrna preßte des öfteren ihre Hand gegen ihren Kopf, und zwischen zwei Sätzen entschuldigte sie sich kurz und sagte Charlotte und mir, sie würde ins Haus gehen und sich ein Aspirin holen. Sie war gerade weg, da kam Mary und ließ sich auf ihren Platz im Gras fallen. Sie begann sofort mit ihrem üblichen Spiel. Ich wartete darauf, daß Charlotte etwas unternehmen würde, aber sie lächelte nur grimmig und überließ mich meinem Schicksal. Mary tippte sie an die Schulter. »Kann ich mir Ihren Mann mal kurz ausborgen? Ich möchte ihn ein paar Leuten vorstellen.«

»Sicher, nur zu.« Charlotte zwinkerte mir vergnügt zu und tat so, als würde sie schmollen, aber sie wußte, daß sie meiner sicher war. Von jetzt an brauchte sich Charlotte darüber keine Sorgen zu machen. Trotzdem wäre ich Mary am liebsten an die Gurgel gesprungen. Es war schön gewesen, einfach so dazusitzen.

Wir wühlten uns durch die Menge, die sich zwischen den Sätzen gerade die Beine vertrat. Mary führte mich zur anderen Seite des Platzes und ging dann in Richtung Wald.

»Wo sind die Leute, denen du mich vorstellen willst?« fragte ich.

Ihre Hand tastete in der Dunkelheit nach meiner.

»Sei nicht albern«, antwortete sie. »Ich wollte dich einfach eine Weile für mich haben.«

»Hör mal, Mary«, erklärte ich, »es hat keinen Sinn. Das mit neulich nacht war ein Fehler. Charlotte und ich sind miteinander verlobt. Ich kann nicht mit dir herumpoussieren. Das ist euch beiden gegenüber unfair.«

Sie hakte sich bei mir unter. »Aber du brauchst mich doch nicht zu heiraten. Das will ich nicht. Das würde mir den ganzen Spaß verderben.«

Was sollte ich bloß mit einer solchen Frau tun? »Hör mal«, sagte ich zu ihr, »du bist ein nettes Mädchen, und ich mag dich verdammt gern, aber du bringst mich in ernste Schwierigkeiten.« Sie ließ meinen Arm los. Wir waren jetzt unter einem Baum angekommen, und es war stockfinster. Ich konnte mit Mühe die Umrisse ihres Gesichtes erkennen. Der Mond, der noch kurz zuvor in voller Größe erstrahlt war, hatte sich hinter eine Wolke verzogen. Ich redete auf sie ein und versuchte, sie davon abzubringen, ihre Netze nach mir auszuwerfen, aber sie gab keine Antwort. Sie summte etwas vor sich hin, und ich konnte sie in der Dunkelheit atmen hören, aber das war alles.

Als ich mir den Mund fast fransig geredet hatte, meinte sie: »Küßt du mich noch einmal, wenn ich dir verspreche, dich dann in Ruhe zu lassen?«

Ich atmete ein wenig befreiter. »Natürlich, mein Schatz. Aber nur ein einziges Mal.«

Dann streckte ich meine Arme nach ihr aus, um sie zu küssen, und bekam den Schock meines Lebens. Das kleine Teufelsweib hatte sich in der Dunkelheit splitternackt ausgezogen.

Dieser Kuß war wie geschmolzene Lava. Ich konnte sie nicht von mir stoßen, das wollte ich jetzt auch gar nicht mehr. Sie klammerte sich an mich wie ein Schatten, wand sich in meinen Armen und zerrte an meinen Kleidern. Der Lärm, den die jubelnde Menge fünfzig Meter weit entfernt veranstaltete, wurde schwächer und schwächer, bis ich schließlich nur noch das Brausen in meinen eigenen Ohren hören konnte.

Das Match war fast vorbei, als wir zurückkamen. Ich wischte mir den Lippenstift vom Mund und klopfte mir den

Staub von den Sachen. Mary entdeckte ihre Schwester und ließ mich großzügigerweise eine Weile allein, und so nützte ich die Chance und machte mich auf die Suche nach Charlotte. Sie war noch da, wo ich mich von ihr getrennt hatte, nur war ihr das Herumsitzen inzwischen zu langweilig geworden. Sie und ein baumlanger Jüngling teilten sich gerade ein Cola. Das machte mich wütend.

Mann, ich hatte es gerade nötig, den Eifersüchtigen zu spielen, nach alldem, was sich gerade ereignet hatte. Ich rief nach ihr, und sie kam zu mir herüber.

»Wo bist du gewesen?«

»Ich habe gekämpft«, log ich, »gekämpft um meine Ehre.«

»Genauso siehst du auch aus. Wie ist der Kampf ausgegangen? Oder sollte ich nicht danach fragen?«

»Ich habe gewonnen. Es hat allerdings gedauert. Bist du die ganze Zeit hiergewesen?«

»Jawohl. Ganz wie es sich für eine gute Ehefrau gehört, habe ich zu Hause gewartet, während sich mein Mann mit anderen Frauen herumgetrieben hat«, sagte sie und lachte.

Der Jubelruf, der das Spiel beendete, ertönte gleichzeitig mit einem Schrei, der vom Haus kam. Dieser Schrei ließ alle erstarren, die gerade in Beifallsstürme ausbrechen wollten. Er tönte wieder und wieder in die Nacht hinaus, bis er schließlich in ein leises Stöhnen überging.

Ich ließ Charlottes Hand los und rannte zum Haus. Der farbige Barmann stand in der Tür und war kreidebleich.

Er konnte kaum sprechen. Er zeigte die Treppe hinauf, und ich lief nach oben, wobei ich immer zwei Stufen auf einmal nahm.

Am Anfang des Korridors im ersten Stock war ein Garderoberaum, der die Ausmaße eines kleinen Ballsaales hatte. Auf dem Boden lag das Hausmädchen; es war ohnmächtig geworden. Hinter ihr lag Myrna mit einem glatten Kugelloch in der Brust. Sie hielt ihre Hände noch immer vor ihrer Brust verkrampft, als wollte sie sich schützen.

Ich fühlte nach ihrem Puls. Sie war tot.

Unten trampelte die Menge über den Rasen. Ich rief dem farbigen Diener zu, er solle die Türen schließen, dann griff ich zum Telefon und rief den Pförtner an. Ich befahl ihm, das Tor zu schließen und niemand herauszulassen; dann legte ich auf und raste nach unten. Ich holte mir drei Männer aus der Menge, die ich wegen ihrer Arbeitskleidung für Gärtner gehalten hatte, und fragte sie, wer sie waren.

»Ich bin der Gärtner«, meinte der eine. Der andere war sozusagen Mann für alles auf dem Grundstück, der dritte war sein Gehilfe.

»Habt ihr irgendwelche Waffen hier?« fragte ich. Sie nickten.

»Sechs Gewehre und eine Jagdpistole in der Bibliothek«, antwortete das Faktotum.

»Dann holt sie«, wies ich sie an. »Oben ist ein Mord begangen worden, und der Mörder ist irgendwo auf dem Grundstück. Sucht das Gelände ab und schießt auf jeden, der zu fliehen versucht. Kapiert?« Der Gärtner wollte protestieren, aber als ich ihm meine Marke unter die Nase hielt, setzten er und die anderen sich in Bewegung, holten die Waffen und rannten nach draußen.

Die Gäste hatten sich vor dem Haus versammelt. Ich ging auf die Veranda und hob meine Hände, um sie um Ruhe zu bitten. Als ich berichtete, was passiert war, ertönten ein paar Schreie, es gab eine Menge nervöses Gerede, und jedem saß die Angst im Nacken.

Ich hielt erneut meine Hand nach oben. »In Ihrem eigenen Interesse, versuchen Sie bitte nicht, das Gelände zu verlassen. Wir haben Posten aufgestellt, die den Befehl haben, auf jeden Flüchtenden zu schießen. Wenn Sie klug sind, suchen Sie sich besser jemanden, der während des Matches neben Ihnen gestanden hat und Ihnen ein Alibi liefern kann. Versuchen Sie aber nicht, einen anzuwerben, das wäre zwecklos. Bleiben Sie hier auf der Veranda, wo Sie jederzeit erreichbar sind.«

Charlotte trat in die Tür, ihr Gesicht war kreidebleich, und fragte: »Wer war es, Mike?«

»Myrna. Die Kleine hat jetzt keine Sorgen mehr. Sie ist tot. Und ich habe den Killer hier irgendwo direkt vor meiner Nase.«

»Kann ich irgend etwas tun?«

»Ja. Hol die beiden Bellemy-Zwillinge.«

Als sie ging, um sich auf die Suche nach ihnen zu machen,

rief ich nach dem farbigen Diener. Er kam herüber, wobei er immer noch zitterte wie Espenlaub. »Wer ist hier reingekommen?«

»Ich hab' niemanden gesehen, Boß. Nur ein Mädchen. Herunterkommen hab' ich sie nicht sehen, weil sie oben liegt und tot ist.«

»Bist du die ganze Zeit hier gewesen?«

»Ja, Sir. Die ganze Zeit. Ich hab' gewartet, ob Leute kommen und was trinken wollen. Dann bin ich zur Bar gegangen.«

»Was ist mit der Hintertür?«

»Die ist zu, Boß. Die Leute können nur hier rein. Nur das Mädchen ist reingekommen, und die ist tot.«

»Hör auf, das ständig zu wiederholen«, tobte ich. »Antworte nur auf meine Fragen. Hast du dich irgendwann von hier weggerührt?«

»Nee, Boß, fast gar nicht.«

»Was heißt ›fast gar nicht‹?«

Der Schwarze guckte verängstigt. Er hatte Angst, sich auf irgend etwas festlegen zu lassen. »Komm schon, raus damit.«

»Einmal hab' ich mir was zu trinken geholt, Boß. Nur ein Bier, sonst nichts. Sagen Sie aber Miß Bellemy nichts davon.«

»Verdammt«, schimpfte ich. Diese eine Minute hatte dem Mörder genügt, um unbemerkt hereinzukommen.

»Wie schnell bist du zurückgekommen? Warte mal. Geh da raus und hol dir ein Bier. Mal sehen, wie lange du dazu brauchst.«

Der Schwarze schlurfte davon, während ich auf die Uhr sah. Fünfzehn Sekunden später kam er mit einer Flasche Bier in der Hand zurück. »Warst du beim erstenmal auch so schnell zurück? Denk nach. Hast du es hier drinnen getrunken oder dort draußen?«

»Hier, Boß«, meinte er und zeigte auf eine leere Flasche auf dem Boden. Ich schrie ihm zu, er solle sich nicht vom Fleck rühren, und rannte zur Rückseite des Hauses. Das Haus war in zwei Abschnitten gebaut worden, wobei dieser Teil eine Art Anbau war. Der einzige Weg führte durch die Verandatür zur Bar und zur Hintertür oder zur einzigen Verbindungstür zum anderen Teil des Hauses. Die Fenster waren verriegelt. Ebenso die Hintertür. Die Doppeltür zwischen den beiden

Hausteilen war fest verschlossen. Ich suchte nach anderen möglichen Eingängen, aber es gab keine. Wenn ich mich da nicht irrte, konnte es gut sein, daß der Mörder noch irgendwo drinnen in der Falle saß.

Im Eiltempo rannte ich die Treppe hinauf. Das Hausmädchen hatte sich etwas erholt, und ich half ihr auf die Beine. Sie war bleich und atmete schwer, und deshalb setzte ich sie auf den Treppenabsatz. Im selben Augenblick kamen Charlotte und die Zwillinge. Das Hausmädchen war nicht in der Verfassung, Fragen zu beantworten. Ich rief Charlotte zu, sie solle so schnell wie möglich Pat Chambers anrufen und ihm sagen, er solle hierherkommen. Der konnte ja dann später die Ortspolizei verständigen. Mary und Esther kamen herauf, nahmen mir das Hausmädchen ab und trugen es fast nach unten in einen Sessel.

Ich ging in das Mordzimmer und machte die Tür hinter mir zu. Um Fingerabdrücke scherte ich mich gar nicht. Mein Killer hinterließ ohnehin nie welche.

Myrna hatte ihren blauen Mantel an – warum, wußte ich nicht. Der Abend war viel zu warm dafür. Sie lag zusammengekrümmt vor einem großen Spiegel. Ich betrachtete mir die Wunde aus der Nähe. Sie stammte auch von einer 9 mm. Aus der Waffe des Killers. Ich lag auf den Knien und suchte gerade nach der Kugel, als ich das Zeug auf dem Teppich bemerkte. Ein weißes Pulver. Um es herum war der Teppich faltig, als hätte jemand versucht, es mit den Händen zusammenzukehren. Ich nahm einen Umschlag aus der Tasche und tat etwas davon hinein. Dann fühlte ich den Körper an. Er war noch warm. Aber bei einer solchen Außentemperatur würde die Leichenstarre ohnehin erst spät einsetzen. Myrnas Hände waren so fest ineinander verkrampft, daß ich Schwierigkeiten hatte, meine Finger dazwischenzukriegen. Sie hatte sich in ihren Mantel verkrallt, um die Wunde zuzuhalten, und unter den Fingernägeln hatte sie Wollfasern. Sie war einen schweren, aber schnellen Tod gestorben. Der Tod hatte sie erlöst. Ich tastete unter den Mantel und fand zwischen den Falten die Kugel – eine 9 mm. Ich hatte ein Werk meines Killers vor mir. Jetzt brauchte ich nur noch ihn selbst zu finden. Warum er Myrna umgebracht hatte, war mir allerdings schleierhaft. Sie hatte so wenig mit dem Fall zu tun wie ich. Das Motiv. Was für ein Motiv war das bloß, das so viele Leute verstricken konnte? Die Leute, die der Killer sich holte, hatten ihm nichts anzubieten. Sie waren alle grundverschieden.

Jack, ja. Ich konnte verstehen, wie er in die Mordgeschichte verwickelt worden war, aber Myrna – nein. Man brauchte nur an Bobo zu denken. Keiner konnte mir weismachen, daß er ins Bild paßte. Wo steckte da das Motiv? Rauschgift – er war Lieferant gewesen. Aber die Verbindung. Er hatte nicht lange genug gelebt, um noch sagen zu können, woher er das Päckchen hatte und wer der Empfänger war.

Ich schloß leise die Tür hinter mir, um die Totenruhe nicht zu stören. Esther Bellemy hatte das Mädchen in einen Sessel am Fuße der Treppe verfrachtet und versuchte, es zu beruhigen. Mary goß sich einen großen Whisky ein, wobei ihre Hände zitterten. Es hatte sie schwer getroffen, während Esther ausgesprochen gefaßt war. Charlotte kam mit einer kalten Kompresse herein und hielt sie dem Mädchen an die Stirn.

»Kann sie schon sprechen?« fragte ich Charlotte.

»Ja, ich glaube schon. Aber geh sanft mit ihr um.«

Ich kniete mich vor das Mädchen auf den Boden und tätschelte ihre Hand. »Fühlen Sie sich besser?« Sie nickte. »Gut, ich möchte Ihnen nur ein paar Fragen stellen, dann können Sie sich hinlegen. Haben Sie jemanden kommen oder gehen sehen?«

»Nein. Ich – ich war hinten im Haus und habe saubergemacht.«

»Haben Sie einen Schuß gehört?«

Wieder verneinte sie.

Ich rief hinüber zu dem Schwarzen: »Und was ist mit dir? Hast du irgendwas gehört?

»Nee, Sir. Ich hab' nichts gehört.«

Wenn keiner von beiden den Schuß gehört hatte, mußte der Schalldämpfer noch immer auf der 45er sitzen. Und wenn der Killer sie bei sich hatte, würden wir sie finden. Das Ding ist zu groß, um es zu verstecken.

Ich wandte mich zurück zu dem Mädchen. »Warum sind Sie nach oben gegangen?«

»Um die Kleider aufzuhängen. Die Frauen hatten sie überall auf dem Bett verstreut liegengelassen. Und da habe ich die L-Leiche entdeckt.« Sie vergrub ihr Gesicht in den Händen und weinte leise. »Nur noch eine Frage: Haben Sie irgend etwas angefaßt?«

»Nein, ich bin in Ohnmacht gefallen.«

»Bring sie ins Bett, Charlotte; sieh doch mal nach, ob du nicht was findest, was ihr beim Einschlafen hilft. Sie ist ziemlich mit den Nerven runter.«

Gemeinsam trugen Charlotte und Esther das Mädchen ins Bett. Mary kippte einen Drink nach dem anderen in sich hinein. Bald würde sie umkippen. Ich nahm den Farbigen beiseite. »Ich gehe nach oben. Laß niemanden rein oder raus, wenn ich es dir nicht ausdrücklich sage, verstanden? Wehe, du hältst dich nicht daran, dann wanderst du in den Knast.« Mehr brauchte ich nicht zu sagen. Er stammelte eine Antwort, die ich nicht verstand, dann verrammelte er die Vordertür.

Mein Killer mußte hier irgendwo stecken. Er mußte durch die Vordertür, wenn er nicht durch eines der oberen Fenster gestiegen war. Ansonsten war alles fest verschlossen. Aber abgesehen von dem kurzen Augenblick, in dem der Barmann sich von der Tür entfernt hatte, war immer jemand dagewesen. Dieser kurze Moment hatte dem Killer gereicht, um hereinzukommen – nicht aber, um wieder hinauszugelangen. Wenigstens nicht, ohne vom Barmann gesehen zu werden. Wenn der Schwarze jemanden gesehen hatte und es nicht sagte, weil man es ihm verboten hatte, hätte ich das gemerkt. Ich wußte, daß er die Wahrheit sagte. Außerdem hätte mein Killer ihn eher auch umgelegt, als irgendein Risiko einzugehen.

Vom oberen Treppenabsatz aus erstreckte sich der Korridor in T-Form. Auf der einen Seite waren die Türen, die jeweils in Gästezimmer führten. Ich versuchte mein Glück bei den Fenstern, sie waren alle verriegelt. Ich ging das T nach allen Seiten ab und suchte einen Fluchtweg. Ich nahm mir jedes Zimmer einzeln vor, die Knarre in der Hand, wartend, hoffend.

Als letztes ging ich in das Mordzimmer. Und durch dieses Zimmer war der Mörder entkommen. Das Fenster ließ sich leicht öffnen, und ich blickte fünf Meter tief auf einen gepflasterten Weg. Wenn er da hinuntergesprungen wäre, könnte er jetzt nicht laufen. Die Höhe reichte aus, um sich beim Sprung das Bein zu brechen, vor allen Dingen bei solchen Steinen. Um das Gebäude herum und direkt unter dem Fenster entlang verlief ein schmaler Sims. Er ragte etwa zwanzig Zentimeter aus der Wand hervor und war zu beiden Seiten des Fensters frei von Schmutz und Staub. Ich zündete ein Streichholz an und leuchtete den Sims nach etwaigen Absatzspuren ab, aber da war nichts. Nicht eine Spur. Es war zum Wahnsinnigwerden.

Selbst zwanzig Zentimeter waren nicht genug, um an einer glatten Mauer entlangzugehen. Ich versuchte es. Ich kletterte hinaus auf den Sims und versuchte zuerst, mit dem Gesicht zur Wand darauf zu gehen, dann mit dem Rücken. Beide Male segelte ich fast hinunter. Da konnte nur ein echter Artist entlanggehen. Jemand, der zur Hälfte eine Katze war.

Drinnen im Zimmer schloß ich das Fenster wieder und ging zurück auf den Flur. An beiden Enden war ein Fenster, das zum Grundstück hinausging. Zuerst fiel es mir nicht auf, aber als ich meinen Kopf zum Fenster rausstreckte, entdeckte ich dort an der Hausmauer eine Feuerleiter. Jetzt hatte ich es mit einem Akrobaten zu tun. Na großartig. Noch ein Problem mehr.

Ich ging nach unten und nahm Mary die Flasche gerade rechtzeitig weg, um mir noch einen Schluck daraus zu sichern und sie dann sanft in einen Sessel zu befördern. Sie war randvoll.

Eine halbe Stunde später hatte ich noch immer nichts erreicht, als ich draußen schwere Fußtritte hörte. Ich wies den Farbigen an, er sollte aufmachen.

Pat und seine Leute kamen herein, begleitet von ein paar Dorfbeamten. Wie der Kerl sich über die Zuständigkeitsgrenzen einfach hinwegsetzte und Beschränkungen umging, war mir ein Rätsel. Er ging gleich nach oben, während er sich von mir die Einzelheiten geben ließ.

Ich war fertig, als er sich über die Leiche beugte. Der Polizeiarzt der Bezirkspolizei kam geschäftig herein, erklärte das Mädchen offiziell für tot und schrieb einen Bericht. »Wie lange ist sie schon tot?« fragte Pat.

Der Arzt räusperte sich und druckste herum, dann antwortete er: »Etwa zwei Stunden. Bei der Hitze draußen kann man die Zeit nur schwer genau bestimmen. Das kann ich Ihnen erst nach der Autopsie besser sagen.«

Zwei Stunden waren mir genau genug. Es war passiert, als ich mit Mary im Wald gelegen hatte.

Pat fragte mich: »Sind alle hier?«

»Schätze schon. Aber wir holen uns besser von Esther eine Gästeliste und sehen nach. Ich habe entlang der Mauer und am Tor Posten aufgestellt.«

»Okay, dann komm mit nach unten.«

Pat scheuchte die ganze Truppe in das große Zimmer im anderen Teil des Hauses, wo sie sich wie die Sardinen drängten. Esther gab ihm eine Gästeliste, und er las die Namen vor. Jeder, der seinen Namen hörte, setzte sich auf den Boden. Die Beamten paßten auf wie die Schießhunde, daß sich keiner rührte, bevor er durfte. Die Hälfte der Leute saß bereits, als Pat rief: »Harmon Wilder.«

Keine Antwort. Er wiederholte: »Harmon Wilder.« Immer noch keine Antwort. Mein kleiner Freund war verschwunden. Pat nickte einem Beamten zu, der zum Telefon ging. Die Jagd hatte begonnen.

Sechs Namen später rief Pat: »Charles Sherman.« Er wiederholte den Namen dreimal und erhielt keine Antwort. Das war ein Name, der mir unbekannt war. Ich ging hinüber zu Esther.

»Wer ist dieser Sherman?«

»Mr. Wilders Assistent. Er war während des Spiels hier. Ich habe ihn gesehen.«

»Na, jetzt ist er jedenfalls nicht mehr hier.«

Ich gab die Information an Pat weiter, und so wurde ein weiterer Name an Streifenwagen und Polizeistationen weitergeleitet. Pat las die Liste runter; als er fertig war, standen immer noch zwanzig. Ungeladene Gäste. Solche Leute tauchten einfach immer auf. Die Gesamtzahl der Leute, die sich in dem Haus drängten, betrug über zweihundertfünfzig Personen.

Pat teilte jedem Beamten eine bestimmte Anzahl Gäste zu, ebenso mir. Weil ich am Tatort gewesen war, ließ er mich alle

Bediensteten verhören, die Zwillinge, Charlotte und zehn andere Gäste. Pat selbst nahm sich die ungeladenen Gäste vor. Sobald er alle eingeteilt hatte, bat er die Versammlung um Ruhe und räusperte sich.

»Jeder der hier Anwesenden steht unter Mordverdacht«, sagte er. »Natürlich weiß ich, daß Sie es nicht alle gewesen sein können. Sie melden sich jetzt bei dem Beamten, der Ihren Namen aufruft. Sie werden mit jedem einzeln sprechen. Was wir von Ihnen hören wollen, ist Ihr Alibi, mit wem Sie während des Matchs zusammen waren, oder wo Sie« –, er warf einen Blick auf seine Uhr – »vor zwei Stunden und fünfzig Minuten waren. Wenn Sie für jemanden aussagen können, der neben Ihnen gestanden hat, dann tun Sie es. Sie sichern sich dadurch Ihr eigenes Alibi. Ich möchte die Wahrheit hören. Sonst nichts. Wir werden in jedem Fall dahinterkommen, wenn Sie versuchen, eine falsche Aussage zu machen. Das ist alles.«

Ich suchte mir meine Gruppe zusammen und führte sie auf die Veranda. Zuerst nahm ich mir die Hausangestellten vor. Die waren alle zusammengewesen und sagten füreinander aus. Die zehn für mich neuen Gesichter versicherten mir, daß sie mit bestimmten Personen zusammengewesen waren, und ich notierte ihre Aussagen. Mary war bei mir gewesen, sie schied also aus. Esther war fast die ganze Zeit neben dem Schiedsrichterstuhl gewesen, was von den anderen bestätigt wurde. Ich scheuchte sie alle davon, und Esther führte ihre immer noch halb benommene Schwester weg. Charlotte hob ich mir bis zuletzt auf, so daß wir die Veranda für uns hatten.

»Du hast vielleicht Nerven«, entgegnete sie lachend. »Da, wo du mich sitzengelassen hast.«

»Jetzt sei doch nicht mehr sauer, Liebling, ich hatte doch keine Wahl.«

Ich küßte sie, und sie sagte: »Nach alldem sei dir dein Benehmen verziehen. Jetzt werde ich dir sagen, wo ich war. Eine Zeitlang habe ich mit einem netten jungen Mann namens Field zusammen eine Cola getrunken, und danach habe ich mit einem schon ergrauten Typ geistreiche Konversation gemacht. Ich weiß nicht, wie er hieß, aber er war einer von denen, die nicht auf der Liste standen. Er hat einen Kinnbart.«

Ich erinnerte mich an ihn. Ich notierte mir nur ›Kinnbart‹, keinen Namen. Charlotte blieb dicht neben mir, als wir zurück ins Zimmer gingen. Pat nahm sich die Liste, nachdem seine Männer fertig waren, und verglich dann die Angaben, um nachzuprüfen, ob die Alibis stichhaltig waren. Ein paar hatten die Namen durcheinandergebracht, aber das war schnell klargestellt.

Als alles berichtigt war, verglichen wir noch einmal.

Kein einziger stand ohne Alibi da. Und es brachte uns auch nicht weiter, daß Wilder und Sherman geflohen waren, denn sie wurden ebenfalls als Alibi genannt. Pat und ich fluchten nahezu ohne Pause. Als wir uns ausgeschimpft hatten, wies Pat seine Beamten an, sich die Namen und Adressen aller Anwesenden geben zu lassen und sie darüber zu informieren, daß sie sich besser zur Verfügung hielten, wenn sie keine Schwierigkeiten haben wollten.

Er hatte recht. Es war nahezu unmöglich, so viele Leute an einem Ort festzuhalten. Es sah fast so aus, als jagten wir noch immer einer falschen Spur hinterher.

Die meisten Wagen fuhren sofort davon. Pat ließ einen Beamten die Mäntel verteilen, weil er nicht wollte, daß jemand im Mordzimmer etwas berührte. Ich ging mit Charlotte hinauf, um ihren zu holen. Der Polizist zog ihren blauen Mantel mit dem weißen Wolfskragen hervor, und ich half ihr hinein.

Mary war noch immer nicht ansprechbar, und so verabschiedete ich mich nicht von ihr. Esther stand unten an der Tür, ruhig wie immer, und verabschiedete sich von den Gästen; dabei war sie sogar zu denen freundlich, die gar nicht dazugehörten.

Ich gab ihr die Hand und sagte, daß ich sie bald wieder besuchen würde. Dann gingen Charlotte und ich. Sie war nicht mit dem Auto, sondern mit dem Zug gekommen, also stiegen wir beide in mein Auto und fuhren gemeinsam zurück.

Keiner von uns beiden sagte viel. Mit jedem Kilometer, den ich zurücklegte, wurde ich wütender. Der Teufelskreis. Er hatte mit Jack seinen Anfang genommen und schließlich auch mit ihm geendet. Der Killer war schließlich bei Myrna angelangt. Es war einfach verrückt. In dem ganzen Fall steckte der Wurm. Jetzt war es mit meinem Motiv endgültig Essig. Myrna paßte nirgendwo ins Bild. Ich hörte neben mir ein Schluchzen und ertappte Charlotte dabei, wie sie sich Tränen aus den Augen wischte. Das war verständlich. Sie hatte Myrna liebgewonnen.

Ich legte meinen Arm um sie und drückte sie an mich. Ihr mußte das Ganze wie ein Alptraum erschienen sein. Ich war ja daran gewöhnt, daß der Tod gleich um die Ecke herum lungerte, aber sie nicht. Vielleicht würden wir ein paar Antworten bekommen, wenn man Sherman und Wilder aufgriff. Schließlich haut niemand ohne triftigen Grund ab. Der Täter von außerhalb. Die Antwort auf unsere Fragen. Konnte einer der beiden dieser Unbekannte gewesen sein, der in den Fall verwickelt war? Sehr wahrscheinlich. Jetzt erschien es wahrscheinlicher denn je zuvor. Menschenjagd. Eine Spezialität der Polizei. Faßt sie! Laßt sie nicht entkommen! Wenn sie versuchen davonzurennen, knallt sie ab, die Schweine. Mir macht es nichts aus, wenn ich sie nicht selbst erledige, solange es nur irgend jemand tut. Nicht Ruhm zählt. Nur Gerechtigkeit.

Als ich vor Charlottes Wohnung hielt, mußte ich aufhören, meinen Gedanken nachzuhängen. Ich sah auf die Uhr. Es war weit nach Mitternacht. Ich öffnete die Wagentür für sie.

»Möchtest du heraufkommen?«

»Heute nacht nicht, Liebling«, sagte ich. »Ich möchte nach Hause gehen und nachdenken.«

»Das verstehe ich. Gib mir einen Gutenachtkuß.« Sie hielt mir ihr Gesicht hin, und ich küßte sie. Wie ich dieses Mädchen liebte! Ich freute mich schon darauf, wenn das alles vorbei war und wir heiraten konnten.

»Seh' ich dich morgen?«

Ich schüttelte den Kopf. »Ich glaube nicht. Aber wenn ich Zeit habe, komme ich vorbei.«

»Bitte, Mike«, flehte sie, »versuch es. Sonst kann ich dich erst am Dienstag wiedersehen.«

»Was ist mit Montag?« fragte ich sie.

»Esther und Mary kommen zurück in die Stadt, und ich habe versprochen, mit ihnen zu Abend zu essen. Esther hat die Sache mehr mitgenommen, als du denkst. Mary wird schnell darüber hinwegkommen, aber ihre Schwester ist anders. Du weißt ja, wie Frauen in einer Krise reagieren.«

»Gut, mein Schatz. Wenn ich dich morgen nicht sehe, dann rufe ich dich am Montag an und treffe dich dann am Dienstag. Vielleicht können wir dann den Ring kaufen gehen.«

Diesmal gab ich ihr einen langen Kuß und sah ihr nach, als sie ins Haus ging. Ich hatte über einiges nachzudenken. Es waren zu viele Menschen gestorben. Ich wollte der Sache ein Ende bereiten. Das mußte jetzt geschehen oder nie. Ich chauffierte meine Klapperkiste zurück in die Garage, parkte sie und ging nach oben ins Bett.

13

Der Sonntag war ein Reinfall. Er begann damit, daß der Regen gegen meine Fenster klatschte und mir das Rasseln meines Weckers fast das Trommelfell platzen ließ. Ich drosch mit der Faust auf den Wecker und fluchte über meine dumme Angewohnheit, den Wecker automatisch zu stellen, auch wenn ich nicht aufstehen mußte.

Es war ein Tag, an dem ich mich weder duschen noch rasieren mußte. Ich ließ wie gewöhnlich mein Frühstück anbrennen und aß es, während ich noch in meinen Unterhosen war. Als ich das Geschirr wegräumte, warf ich einen Blick in den Spiegel, und mein Gesicht starrte mich ungewaschen und ungepflegt an. An solchen Tagen sehe ich immer am schlimmsten aus.

Glücklicherweise war der Eisschrank gut mit Bier bestückt. Ich zog zwei Dosen heraus, holte mir ein Glas aus dem Schrank, dazu noch eine Packung Zigaretten und legte alles neben meinen Sessel. Dann machte ich die Haustür auf, und die Zeitungen fielen mir vor die Füße. Sorgsam fischte ich die Witzseiten heraus, warf den Nachrichtenteil in den Abfalleimer und begann meinen Tag. Dann versuchte ich mein Glück mit dem Radio. Schließlich probierte ich, ob es was nützte, wenn ich im Zimmer auf und ab ging. Jeder Aschenbecher war am Überquellen. Nichts schien zu helfen. Gelegentlich haute ich mich in den Sessel, legte mein Gesicht zwischen die Hände und versuchte nachzudenken. Aber was ich auch dachte, das Ergebnis war immer das gleiche. Sackgasse. Blödsinn.

Irgend etwas versuchte, an die Oberfläche zu kommen. Ich wußte es. Ich konnte es geradezu spüren. Ganz weit hinten in meinem Verstand nagte sich ein winziges Detail nach vorn und schrie um Gehör, aber je weiter es sich durchfraß, desto undurchdringlicher wurden die Hindernisse auf seinem Weg.

Es war keine Ahnung, es war eine Tatsache. Eine kleine, unbedeutende Einzelheit. Was war es? Konnte es die Antwort sein? Irgend etwas machte mir schwer zu schaffen. Ich versuchte es mit mehr Bier. Nein. Nein. Nein... nein... nein... nein... nein. Die Antwort wollte einfach nicht kommen. Wie mußte nur unser Gehirn beschaffen sein? Anscheinend so kompliziert, daß sich ein Detail im Gewirr unseres Wissens verlieren konnte. Warum? Dieses ewige, verdammte WARUM. Überall gibt es ein Warum. Es war da, aber wie sollte ich es meinem Verstand entlocken? Ich versuchte, um die Frage herumzudenken, sie dadurch zu klären. Ich versuchte sogar, sie ganz zu vergessen, aber je mehr ich mich anstrengte, desto weniger wollte es mir gelingen.

Ich merkte gar nicht, wie die Zeit verging. Ich trank, ich aß; dann wurde es dunkel, ich machte Licht an und trank weiter. Stunden, Minuten und Sekunden vergingen. Ich kämpfte, aber ich verlor. Also kämpfte ich erneut. Eine einzige Kleinigkeit. Was war es? Was war es?

Plötzlich war der Eisschrank leer, und ich fiel erschöpft ins Bett. Ich war nicht draufgekommen. In dieser Nacht träumte ich, daß der Killer mir ins Gesicht lachte. Ein Killer, dessen Gesicht ich nicht sehen konnte. Ich träumte, daß der Killer Jack, Myrna und die anderen an Ketten hängen hatte, während ich vergeblich versuchte, eine dünne Glastrennwand mit Hilfe einer 45er zu zerschießen, um ihnen zu helfen. Der Mörder war unbewaffnet und lachte sich halbtot, während ich tobte und fluchte, aber das Glas einfach nicht zerspringen wollte. Ich schaffte es nicht.

Ich wachte mit einem üblen Geschmack im Mund auf. Ich

putzte mir die Zähne, aber der Geschmack blieb. Ich sah aus dem Fenster. Der Montag war nicht besser als der vorangegangene Tag. Es schüttete wie aus Kübeln. Mir fiel langsam die Decke auf den Kopf, und so rasierte ich mich und zog mich an; dann zog ich einen Regenmantel über und ging essen. Inzwischen war es zwölf Uhr; als ich mit dem Essen fertig war, war es eins. Ich ging auf einen Sprung in eine Bar, wo ich mir einen Highball nach dem anderen bestellte. Als ich das nächstemal auf die Uhr sah, war es fast sechs.

Und dann griff ich in meine Tasche, um eine Schachtel Zigaretten herauszuholen. Dabei streifte meine Hand einen Umschlag. Verdammt, ich hätte mir selbst in den Allerwertesten treten können. Ich fragte den Barmann nach der nächsten Apotheke, und er schickte mich in ein Geschäft um die Ecke.

Die Apotheke wollte gerade schließen, aber ich schaffte es noch. Ich zog den Umschlag heraus und fragte den Apotheker, ob er für mich eine unbekannte Substanz analysieren würde. Er willigte zögernd ein. Gemeinsam schütteten wir das Zeug auf ein Stück Papier, und er nahm es mit nach hinten. Er brauchte nicht lange. Ich zog mir gerade meinen Schlips vor einem Spiegel zurecht, als er zurückkam. Er reichte mir den Umschlag, wobei er mich mißtrauisch beäugte. Er hatte nur ein Wort draufgeschrieben.

Heroin.

Ich sah erneut in den Spiegel. Was ich sah, ließ mir das Blut in den Adern gefrieren. Ich sah, wie meine Augen sich weiteten. Der Spiegel. Der Spiegel und das eine Wort. Ich schob mir den Umschlag voller Grimm in die Tasche und reichte dem Apotheker einen Fünfer. Ich konnte nicht sprechen. In mir brodelte etwas, das mich abwechselnd schwitzen und frieren ließ. Wenn meine Kehle nicht so zugeschnürt gewesen wäre, hätte ich schreien können. Die ganze Zeit. Sie war nicht verschwendet, diese Zeit, denn es hatte so kommen müssen. Glücklich, glücklich. Wie konnte ich nur so glücklich sein? Ich hatte das WARUM, aber wie konnte ich darüber so glücklich sein? Da stimmte etwas nicht. Ich hatte Pat zu guter Letzt doch geschlagen. Er hatte das WARUM nicht. Nur ich.

Ich wußte jetzt, wer der Killer war.

Und ich war glücklich. Ich ging zurück in die Bar.

Ich machte einen letzten Zug an meiner Zigarette, schnipste sie in den Rinnstein und ging in das Apartmenthaus. Jemand hatte es mir leichtgemacht, indem er unten die Tür nicht ganz geschlossen hatte. Es hatte keinen Sinn, den Aufzug zu benützen, denn ich hatte noch genug Zeit. Ich ging die Treppe hinauf und fragte mich dabei, wie wohl das Ende werden würde.

Die Tür war verschlossen, aber damit hatte ich gerechnet. Der zweite Dietrich, den ich probierte, paßte. Drinnen herrschte jene eigenartige Stille, die immer über leeren Häusern liegt. Das Licht brauchte ich nicht anzumachen, ich kannte mich gut genug aus. Ein paar Möbelstücke hatten sich meinem Gedächtnis eingeprägt. Ich setzte mich in einen schweren Sessel, der in einer Ecke stand. Die Blätter des Gummibaumes auf dem Tischchen hinter dem Stuhl kitzelten mich am Hals. Ich schob sie weg und glitt etwas tiefer in die üppigen Polster, um es mir bequem zu machen.

Ich wartete auf den Killer.

Ja, Jack, jetzt kommt es, das Ende. Es hat lange gedauert, bis ich dahintergekommen bin, aber jetzt weiß ich, wer es war. Komisch, wie sich das alles entwickelt hat, nicht? Alle Anzeichen waren verkehrt herum. Ich hatte die Falschen im Verdacht, bis der Killer diesen Fehler machte. Diesen Fehler machen sie alle. Das haben diese kaltblütigen Mörder an sich – sie planen alles perfekt. Aber sie müssen sich über alles selbst Gedanken machen, während wir Leute haben, die sich den Kopf für uns zerbrechen. Zugegeben, uns entgeht vieles, aber schließlich stolpert jemand über die logische Antwort. Nur war diese nicht logisch. Es war einfach ein Glücksfall. Weißt du noch, was ich dir versprochen habe? Daß ich den Killer fassen würde, Jack. Ganz egal, wer es war, Jack, ich wollte ihn für dich erwischen. Für den elektrischen Stuhl, für den Strick – der Killer sollte seine Quittung bekommen. Ich weiß jetzt, wer es getan hat. In ein paar Minuten wird der Killer hier hereinkommen und mich in diesem Stuhl sehen. Vielleicht wird der Killer versuchen, mich von meinem Vorhaben abzubringen, vielleicht sogar noch einen Mord begehen, aber mich ermordet man nicht so leicht. Ich kenne alle Tricks. Warte. Vorher werde ich den Killer ins Schwitzen bringen und mir erzählen lassen, wie alles gewesen ist, damit ich weiß, ob ich richtig gelegen habe. Vielleicht gebe ich der Ratte sogar eine Chance, mich zu erwischen. Aber wahrscheinlich nicht. Ich hasse zu tief. Deshalb reden die Leute so über mich. Deshalb hätte der Killer mich bald erledigen müssen. Ja, Jack, jetzt ist es fast vorbei. Ich warte. Ich warte.

Die Tür ging auf. Das Licht flammte auf. Ich war so tief in den Sessel gesunken, daß Charlotte mich nicht sehen konnte. Sie nahm vor dem Wandspiegel ihren Hut ab. Dann sah sie meine Beine hervorragen. Selbst unter dem Make-up konnte ich sehen, wie ihre Farbe aus dem Gesicht wich.

Ja, Jack, Charlotte! Charlotte die Schöne! Charlotte die Reizende! Charlotte, die Hunde liebte und anderer Leute Babys im Park spazierenfuhr. Charlotte, die man am liebsten vor Liebe zerdrückt hätte, um ihre feuchtglänzenden Lippen zu spüren. Charlotte mit dem Körper, der Feuer und Leben war, Sanftheit und Hingebung. Charlotte – der Killer.

Sie lächelte mich an. Es war schwer zu sagen, ob es ein gezwungenes Lächeln war, aber ich wußte es. *Sie wußte, daß ich es wußte.* Und sie wußte, weshalb ich hier war.

Ihr Mund lächelte mich an, ihre Augen taten es, und sie freute sich, mich zu sehen, freute sich so, wie sie es immer getan hatte. Sie strahlte fast vor Freude, als sie ausrief: »Mike, Liebling! Oh, mein Schatz, ich bin so froh, daß du da bist. Du hast mich nicht angerufen, wie du versprochen hast, und ich habe mir Sorgen gemacht. Wie bist du hereingekommen? Ach natürlich, Kathy läßt ja immer die Tür offen. Sie hat heute abend Ausgang.« Charlotte ging auf mich zu.

Sie blieb einen Meter vor mir stehen, ihre Augen auf meine gerichtet. Ihre Augenbrauen hoben sich. Selbst in ihren Augen spiegelte sich Verwirrung. Niemand außer mir hätte gemerkt, daß sie schauspielerte. Mein Gott, sie war perfekt! Sie war wirklich einmalig. Die Vorstellung war meisterhaft, und sie zeichnete als Autor, Regisseur und Darsteller aller Rollen persönlich. Die Zeiteinteilung war von größter Genauigkeit, und das Ausmaß an Stärke und Ausdruckskraft, das sie in jede ihrer Bewegungen legte, war so perfekt gewählt, daß es fast an Wahnsinn grenzte. Selbst jetzt konnte sie mich verunsichern, mich fast ins Zweifeln geraten lassen, aber ich schüttelte den Kopf.

»Es hat keinen Zweck, Charlotte. Ich weiß alles.«

Ihre Augen wurden noch größer. Innerlich mußte ich lächeln. In ihrem Verstand mußte die Angst toben. *Sie* wußte noch, was ich Jack versprochen hatte. Sie konnte es nicht vergessen. Niemand konnte es, weil ich bin, wie ich bin, und ich halte alle meine Versprechen. Und dieses Versprechen lautete, daß ich den Killer fasse – und der Killer war Charlotte.

Sie ging hinüber zu einem Beistelltisch, nahm sich eine Zigarette und zündete sie dann mit ruhiger Hand an. In dem Augenblick war mir auch klar, daß ihr ein Ausweg eingefallen war. Ich wollte ihr nicht sagen, daß er sinnlos war.

»Aber...«

»Nein«, sagte ich, »laß mich reden, Charlotte. Ich habe ein bißchen langsam kapiert, aber jetzt habe ich die Lösung. Gestern wäre mir der Gedanke daran noch ein Greuel gewesen, aber jetzt nicht. Ich bin froh. Ich bin so glücklich wie schon lange nicht mehr. Es war der letzte Mord. Sie waren so anders. Von einer so verdammten Kaltblütigkeit, daß ich zuerst auf einen schießwütigen Verrückten oder einen Außenstehenden getippt habe. Du hattest Glück. Nichts schien zusammenzupassen, es gab so viele Verwicklungen. Die Spur sprang von einem Punkt zum anderen, und doch war alles Teil eines einzigen Grundmotivs.

Jack war Polizist. Es gibt immer jemand, der Polizisten haßt. Besonders ein Polizist, der ihm zu nahe kommt. Aber Jack wußte nicht, wem er eigentlich nahe kam, bis du deinen Revolver herausgeholt und ihm eine Kugel in den Bauch gejagt hast. Das war der Grund, nicht?«

Sie sah fast rührend aus, wie sie so dastand. Ihr traten Tränen in die Augen, die ihr über die Wangen kollerten. So rührend und so hilflos. Als ob sie mich stoppen, mir sagen wollte, daß ich unrecht hatte. Ihre Augen waren ein Meer von Verzweiflung, sie flehten und bettelten. Aber ich fuhr fort:

»Zuerst waren es nur du und Hal. Nein, du ganz allein. Es hat mit deinem Beruf angefangen. Oh, du hast Geld genug verdient, aber das hat dir nicht gereicht. Du bist eine Frau, die Reichtum und Macht will. Nicht, um damit verschwenderisch

183

umzugehen, nur, um es zu haben. Wie oft hast du die Schwächen von Männern ergründet und ihre Verwundbarkeiten entdeckt? Es hat dir Angst gemacht. Du hattest nicht länger den sozialen Instinkt einer Frau – nämlich, von einem Mann abhängig zu sein. Du hattest Angst, also hast du einen Weg gesucht, dein Bankkonto zu vergrößern. Es war eine Methode, die man dir nie hätte nachweisen können, aber es war ein schmutziger Trick. Fast der schmutzigste, den es gibt.«

Die Trauer wich aus ihren Augen, und an ihre Stelle trat etwas anderes. Jetzt kam es. Ich konnte nicht sagen, was es war, aber es kam. Sie stand groß und gerade vor mir, wie eine Märtyrerin, die Schönheit, Vertrauen und Glauben ausstrahlte. Ihr Kopf drehte sich leicht, und ich sah, wie ihr ein Schluchzen in der Kehle steckenblieb. Wie ein Soldat. Ihr Leib war so flach gegen ihren Rockgürtel gepreßt. Sie ließ ihre Arme einfach sinken. Ihre Hände verlangten danach, gehalten zu werden, ihre Lippen wollten die meinen mit einem Kuß verschließen. Es kam, aber ich wagte nicht, jetzt aufzuhören. Ich durfte sie nicht reden lassen, sonst würde ich mein Versprechen nie halten können.

»Deine Patienten. Sie waren reich und vornehm. Mit deinen Fähigkeiten, deiner Erscheinung und deinen regelmäßigen Studien konntest du eine solche Gruppe anziehen. Ja, du hast sie behandelt, hast sie von ihrem seelischem Kummer befreit – allerdings mit Hilfe von Drogen. Heroin. Du hast verschrieben – und sie haben sich an deine Anweisungen gehalten, nur um dann schließlich abhängig davon zu werden. Du warst ihre einzige Nachschubquelle, und sie durften sich für das Zeug dumm und dämlich zahlen. Sehr raffiniert. So verdammt raffiniert. Als Ärztin konntest du durch deine Praxis kriegen, soviel du brauchtest. Ich weiß nicht, wie dein Liefersystem funktioniert hat, aber das kommt später.

Dann hast du Hal Kines kennengelernt. Eine harmlose Begegnung, aber fangen so nicht die meisten Dinge an? Deshalb hatte ich auch Schwierigkeiten dahinterzukommen, weil alles so harmlos schien. Du hast nie eine Ahnung von dem gehabt, was er wirklich trieb, nicht wahr? Aber eines Tages hast du ihn als Versuchsobjekt für eine Hypnose benutzt, stimmt's? Es war dumm von ihm, es zu tun, aber wenn er seine Rolle weiterspielen wollte, hatte er keine Wahl. Und während er in Hypnose war, hast du unbeabsichtigterweise jede schmutzige Einzelheit seines Lebens ans Licht gebracht.

Du dachtest, damit hättest du ihn an der Angel. Du hast ihm gesagt, was du herausgefunden hast und daß du ihn in deine Pläne mit einbeziehen würdest. Aber man hat dich hereingelegt. Hal war kein kleiner Student. Er war ein erwachsener Mann. Ein Erwachsener mit einem reifen, planenden Verstand, der sich seine eigene Gedanken machen konnte – und der schon längst gemerkt hatte, was du triebst, und *dir* daraus eine Schlinge knüpfen wollte. Also hatte keiner dem anderen etwas voraus. Erinnerst du dich noch an das Buch aus deinem Regal *Hypnose als Behandlungsmethode bei Geistesstörungen?* Es war sehr abgegriffen. Ich wußte, daß du auf dem Gebiet sehr versiert warst, aber richtig kapiert habe ich das erst gestern.«

Jetzt stand sie vor mir. Mich überfiel ein heißer Schauer, als ich merkte, was sie vorhatte. Ihre Hände glitten an ihrem Körper entlang und preßten den Stoff fest an ihre Haut. Dann fuhren sie langsam unter ihre Brüste und umfaßten sie. Ihre Finger tasteten an den Knöpfen ihrer Bluse herum, aber nicht sehr lange. Sie sprangen auf, einer nach dem anderen.

»Du und Hal seid euch dicht auf den Fersen geblieben; jeder hoffte, daß der andere einen Anfang machte, aber das Risiko war zu groß. Da kam Jack ins Spiel. Er war ein gerissener Bursche. Er hatte Grips. Sicher, er half Hal aus einer kleinen Notlage, aber dabei ist ihm irgendein Verdacht gekommen, und während er vorgab, ihm zu helfen, ermittelte er in Wirklichkeit gegen ihn. Jack fand heraus, was Hal trieb, und als er zufällig Eileen begegnete, bestätigte sie es ihm. Jack wußte durch sie von der Show, und da Hal der Kopf des Syndikats war, konnte er auch sicher sein, daß er dasein würde.

Aber gehen wir etwas weiter zurück. Jack wollte sich mit dir im Laufe der Woche treffen. Das hast du mir selbst gesagt. Nein, Jack hatte dich nicht im Verdacht, aber er dachte, daß du vielleicht mehr über Hal herauskriegen könntest, da du ihn ja von der Universität und deiner Praxis her kanntest.

Aber am Abend der Party hast du die Jahrbücher entdeckt, die Jack zusammengesucht hatte, und du wußtest, warum. Und du hattest Angst, daß Hal, sollte man ihn schnappen, denken würde, daß du ihn verpfiffen hast, und dich auffliegen ließ. Also bist du zurückgekommen. Als dein Hausmädchen wieder eingeschlafen war, hast du einfach die Klingel abgestellt und bist rausgeschlichen. Was hast du getan? Jacks Hausschlüssel geklaut, bevor du gegangen bist? Das bezweifle ich nicht. Dann hast du ihn im Schlafzimmer erwischt. Du hast auf ihn geschossen und zugesehen, wie er gestorben ist. Und während er versucht hat, sich zu seiner Pistole zu schleppen, hast du psychologische Studien angestellt über einen Menschen, der den Tod vor Augen hat. Du hast ihm alles erzählt und dabei den Stuhl zentimeterweise weggezogen, bis er aufgab. Dann bist du nach Hause gegangen. So war es, nicht wahr? Nein, du brauchst mir nicht zu antworten, denn es kann nicht anders gewesen sein.«

Jetzt waren keine Knöpfe mehr übrig. Langsam, ganz langsam zog sie die Bluse aus ihrem Rock. Sie raschelte leicht, wie es Seide bei Berührung mit Wolle tut. Dann sprangen die Manschettenknöpfe auf, und sie schüttelte die Bluse mit den Schultern ab und ließ sie auf den Boden fallen. Sie trug keinen Büstenhalter. Wunderschöne Schultern. Sanfte Kurven verborgener Muskeln wellten sich über ihren Körper. Kleine Schauer der Aufregung liefen ihr über den schönen Nacken. Sie hatte feste, aufreizende Brüste. Weich, aber doch stramm. Sie war so wunderschön. Jung, herrlich und aufregend. Sie schüttelte den Kopf, bis sich ihr Haar in blond schimmernden Wellen über ihre Schultern legte.

»Aber in den Jahrbüchern, die du aus Jacks Wohnung mitgenommen hast, waren Notizen über Eileen. Es war auch ein Foto von ihr drin, zusammen mit Hal. Du wußtest, daß das Morden damit noch kein Ende hatte, und du hast einen Weg gefunden, einen Mord mit einem zweiten zu verdecken. Du hast Hal gesagt, was du entdeckt hattest, und hast ihn dann losgeschickt, um Eileen einzuschüchtern. Dabei bist du ihm gefolgt. Als dann die Show lief, hast du sie beide umgebracht, weil du glaubtest, daß das Syndikat den Mord vertuschen müßte und die Leichen wegschaffen würde, damit das Unternehmen weiterbestehen konnte. Damit hattest du recht.

Wenn wir nicht so schnell dagewesen wären, hätte sich jemand darum gekümmert. Als wir die Bude stürmten, hast du die Madame abhauen sehen und bist ihr nachgelaufen. Sie hat es gar nicht gemerkt, stimmt's? Was für ein verdammtes Glück du hattest. Glück und Zufall haben die ganze Zeit für dich gearbeitet. Weder Pat noch ich sind auf die Idee gekommen, dich für diese Nacht nach einem Alibi zu fragen, aber ich wette, du hattest eine feine Geschichte parat.

Vergessen wir George Kalecki nicht. Er ist dir auf die Schliche gekommen. Hal muß ihm einmal im Rausch alles erzählt haben. Deshalb war er am Abend der Party auch so unwirsch. Er machte sich Sorgen und war sauer auf Hal. Hal hat dir gesagt, daß George Bescheid wußte, und du hast versucht, ihn umzulegen, hast aber danebengeschossen. Dein einziger Fehlschuß. Daraufhin ist er in die Stadt gezogen, um dem Schutz der Polizei näher zu sein. Allerdings konnte er ihnen den Grund für seinen Umzug nicht sagen, oder? Du warst noch immer in Sicherheit. Er versuchte, mich auf den Killer anzusetzen, damit ich ihn erwischte, bevor der Killer ihn umbrachte. Und nach Hals Tod, als wir im Park entlanggingen und George sein Glück mit der Waffe probierte, schoß er gar nicht auf mich, wie ich dachte, sondern er zielte auf dich. Er verfolgte mich, um so an dich zu kommen. Er wußte, daß er der nächste auf deiner Liste sein würde, wenn er dich nicht vorher erledigte. George wollte aus der Sache raus, aber bevor er abhauen konnte, mußte er versuchen, die Beweise an sich zu bringen, die Hal gesammelt hatte, oder das Risiko eingehen, auf dem elektrischen Stuhl zu landen, wenn man die Sachen je fand. Unangenehm. Ich erwischte ihn zuerst. Hätte er nicht auf mich geschossen, dann hätte ich ihn nicht getötet, und er hätte geredet. Ich hätte ihn zu gern zum Sprechen gebracht. Aber einmal mehr hattest du Glück.«

Ihre Finger zogen den Reißverschluß des Rockes herunter. Der Reißverschluß ging auf, dann noch ein Knopf. Schließlich fiel der Rock auf ihre Füße. Bevor sie aus dem Rock stieg, schälte sie sich noch aus ihrem Unterrock. Ganz langsam, so daß es richtig auf mich wirkte. Dann kickte sie beides zusammen mit der Zehenspitze weg. Sie hatte lange, elegante und gebräunte Beine. Herrliche

Beine. Beine, die nur aus Kurven und Festigkeit bestanden und
mich Bilder sehen ließen, die es jetzt nicht mehr für mich geben
durfte. Beine, die keiner Seidenstrümpfe bedurften, um golden zu
schimmern. Wunderschöne Beine, die an ihrem flachen Leib
begannen und sich dann zu Hüften rundeten, die fast zu schön
waren, um wahr zu sein. Schöne Waden. Nicht so dünn wie bei den
Filmschönheiten. Es waren leidenschaftliche Beine. Jetzt blieb nur
noch ihr durchsichtiger Slip. Sie war eine echte Blondine.

»Dann Bobo Hopper. Sein Tod war nicht geplant. Es war ein
Zufall. Ebenso wie die Tatsache, daß er früher mit George
Kalecki in Verbindung gestanden hatte. Er hatte einen Job,
auf den er stolz war. Er hat in deiner Nachbarschaft gearbeitet.
Besorgungen gemacht, Nachrichten übermittelt und Böden
gefegt. Er war nur ein Einfaltspinsel, der für ein paar Pennies
arbeitete, aber er war glücklich. Ein Junge, der auf keine
Ameise treten konnte und der Bienen züchtete. Aber eines
Tages ließ er ein Paket fallen, das er für dich auslieferte – ein
Medikament, wie du ihm sagtest. Er hatte Angst, seinen Job
zu verlieren, also versuchte er, in der Drogerie Ersatz für das
Medikament zu kriegen, und es stellte sich heraus, daß es
Heroin war, das du einem Patienten schicktest. Aber in der
Zwischenzeit hatte der Patient dich angerufen, um zu sagen,
daß der Bote noch nicht aufgetaucht war. Ich war an dem Tag
bei dir, weißt du noch? Und als ich zum Friseur ging, bist du
schnell mit dem Wagen den Weg abgefahren, den Bobo
nehmen mußte, hast ihn in die Drogerie gehen sehen und ihn
erschossen, als er herauskam. Nein, dein Alibi war nicht zu
erschüttern. Kathy war zu Hause, hat dich aber weder gehört,
noch dich gehen sehen. Du hast so getan, als wärst du in
deiner Dunkelkammer, und niemand stört einen, wenn man
in einer Dunkelkammer ist. Du hast die Klingel abgestellt und
bist gegangen. Dann bist du zurückgekommen, ohne daß
Kathy was gemerkt hat. Aber in der Eile hast du vergessen, die
Klingel wieder anzustellen, weißt du noch? Ich kam zurück,
um meine Brieftasche zu holen, und da warst du und hattest
ein hieb- und stichfestes Alibi.

Selbst da habe ich noch nicht kapiert. Aber ich grenzte den
Kreis der Verdächtigen ein. Ich wußte, daß es ein Motiv gab,
das die Ereignisse miteinander verknüpfte. Pat hat eine Liste

von Rauschmittelabhängigen. Eines Tages, wenn sie geheilt sind, werden wir von ihnen etwas erfahren, was dir den Schwarzen Peter zuschieben wird.

Myrna war die nächste. Ihr Tod war auch Zufall. Diesen Mord hast du auch nicht geplant, aber er mußte sein. Und als ich dich während des Tennisspiels verließ, war das deine Chance. Wann ist dir eigentlich klargeworden, daß du in Gefahr warst, als Myrna wegging? Wahrscheinlich sofort, wie bei Bobo. Dein Gehirn arbeitet in einem unwahrscheinlichen Tempo. Irgendwie scheinst du an alles gleichzeitig zu denken. Du wußtest, wie Bobos Verstand arbeitete und was hätte passieren können, und du kanntest auch die Gedankengänge einer Frau. Das ist ein Resultat deines Berufes als Psychiaterin. Ich habe geschlafen, als du im Haus der Bellemys ankamst. Du trugst einen Mantel in derselben Farbe wie Myrna, aber mit einem Pelzkragen. Und du wußtest auch, daß Frauen die schlechte Angewohnheit haben, heimlich die Sachen anderer Frauen anzuprobieren. Du konntest es dir nicht erlauben, die Sache dem Zufall zu überlassen, denn du hattest ein Päckchen Heroin in der Tasche oder möglicherweise Spuren von dem Zeug. Und du wolltest es an Harmon Wilder liefern und an Charles Sherman. Deshalb sind sie geflohen – weil sie Stoff bei sich hatten.

Ja, du kamst ein bißchen zu spät. Myrna hatte das Zeug in deiner Tasche gefunden. Sie wußte, was es war. Das sollte sie wohl auch. Bis sie Jack traf, hatte sie ja von dem Zeug gelebt. Du hast sie mit dem Stoff in der Hand überrascht und sie erschossen. Dann hast du ihr deinen Mantel ausgezogen und auf das Bett zu den anderen geworfen. Danach hast du Myrna ihren Mantel angezogen, als sie tot auf dem Boden lag. Was die Pulverspuren anbelangt – das war einfach. Du brauchtest nur die Kugelspitze zu entfernen und dann den Revolver blank an der Einschußstelle abzufeuern. Du hast sogar die Kugel, die ihren Körper durchdrang, in die Falten des Mantels fallen lassen. Hast du deinen Mantel schon verbrannt? Ich wette, ja – da er Spuren von Pulver zeigen muß. Aber ein paar der blauen Fasern waren noch unter ihren Fingernägeln, von einem Mantel, der dieselbe Farbe hatte wie deiner. Das und der Spiegel waren der entscheidende Hinweis. Das und das

Heroin, das du übersehen hast. Ein Mädchen steht nur aus einem Grund vor den Spiegel, besonders in einem Zimmer voller Garderobe.

Ich weiß nicht, woher du dein Glück nimmst, Charlotte. Du bist hereingekommen, als der Barmann sich gerade etwas zu trinken geholt hat, aber du konntest es dir nicht leisten, beim Hinausgehen gesehen zu werden, nicht, nachdem du einen Mord begangen hattest. Also hast du dich wie ein Schlangenmensch über den Fenstersims davongemacht. Ich war zu kräftig gebaut, um es zu schaffen, aber du konntest es. Du hast deine Schuhe ausgezogen, nicht wahr? Deshalb waren keine Spuren zu sehen. Während der Hektik des Matches hat dich niemand kommen oder gehen sehen. Eine Art von Massenpsychologie, stimmt's?

Deine Alibis scheinen perfekt – zu perfekt. Sie können leicht zu Fall gebracht werden von einer Unschuldigen, wie zum Beispiel Kathy.«

Ihre Daumen schoben sich unter den schmalen Bund des Seidenschlüpfers, und sie zog ihn herunter. Dann stieg sie so graziös aus dem Höschen wie aus einer Badewanne. Jetzt war sie völlig nackt. Eine sonnengebräunte Göttin, die sich ihrem Geliebten darbot. Mit ausgestreckten Armen kam sie auf mich zu. Ihre Zunge fuhr sanft über ihre Lippen, so daß sie leidenschaftlich glänzten. Der Duft, der sie umfing, war wie ein atemberaubendes Parfüm. Langsam entrang sich ihr ein Atemstoß, der ihre Brüste erbeben ließ. Sie beugte sich vor, um mich zu küssen, wobei sie ihre Arme um meinen Hals legen wollte.

»So schön wie du bist, so sehr ich dich geliebt habe, ich werde dich jetzt der Gerechtigkeit ausliefern.«

Blitzschnell griffen ihre Hände nach hinten. Dort auf dem Tischchen lag ihr Revolver, entsichert und mit Schalldämpfer versehen. Aber bevor sie noch richtig auf mich zielen konnte, erschütterte das Donnern meiner Waffe den Raum. Charlotte taumelte zurück, ihr Blick füllte sich mit Unglauben, sie konnte die Wahrheit nicht fassen. Ich hatte meine Waffe gezogen, schneller als sie, und geschossen. Aus Notwehr. Ein Gesicht, das auf einen Kuß wartete, sollte in Wirklichkeit getroffen werden, wenn sie mir eine Kugel in den Kopf jagte. Als ich sie auf dem Boden liegen sah, stand in ihrem Blick

Schmerz, der Schmerz, der dem Tod vorausgeht. Schmerz und Fassungslosigkeit.

»Wie konntest du n-nur?« keuchte sie.

Mir blieb nur ein kurzer Augenblick, bevor ich zu einer Leiche sprach, aber ich schaffte die Antwort gerade noch.

»Es war leicht«, sagte ich.

Mein ist die Rache, spricht Mike

von Jörg Fauser

Der Schriftsteller Jörg Fauser, 40, lebt in Berlin; sein Roman ›Der Schneemann‹ wurde von Peter F. Bringmann mit Marius Müller-Westernhagen in der Hauptrolle verfilmt – Mickey (Frank Morrison) Spillane wurde 1918 in New York geboren und sorgte mit seinen brutalen Krimis immer wieder für Skandale und Indizierungen. Deutsche Taschenbuch-Ausgaben der Spillane-Romane erscheinen bei Heyne und Ullstein.

Der erste Thriller des 29jährigen Comic-Texters Mickey Spillane erscheint im New Yorker Verlag E. P. Dutton. Das Buch, ›I, The Jury‹, schlägt wie eine Bombe ein, die die Welt des Kriminalromans bis in die Grundfesten erschüttert. Spillanes Privatdetektiv Mike Hammer stellt mit seiner Brutalität alle Konkurrenten in den Schatten und schlägt Löcher in die eben erst mühsam etablierte Seriosität des Genres.

Spillane setzt sich in gleich zwei Kategorien an die Spitze der Branche und behauptet sie bis heute – in der Kategorie ›Größte Verrisse‹ und in der Kategorie ›Einsame Bestseller‹ (›I, The Jury‹ verzeichnet inzwischen 77 Auflagen, die Gesamtzahl der verkauften Mickey-Spillane-Romane nähert sich weltweit der 100-Millionen-Grenze).

In der Bundesrepublik bleiben einige Titel bis heute indiziert. Für das liberale Publikum rangiert Spillane irgendwo zwischen de Sade und ›Mein Kampf‹.

Warum das so ist, macht ›I, The Jury‹ (deutscher Titel: Ich, der Richter) auch sofort klar. Der Roman beginnt damit, daß Mike Hammers bester Freund ermordet aufgefunden wird: ›Gestern war er noch Jack Williams, der Junge, der mit mir während des Krieges zwei Jahre lang im dreckigsten Dschungel gelegen hatte. Jack, der Junge, der einmal sagte, daß er seinen rechten Arm für einen Freund hergeben würde, und der es dann auch gemacht hat, als er mich davor schützte, aufgeschlitzt zu werden.‹

Obgleich Hammers Beinahe-Freund Pat Chambers von der Mordkommission den Fall schon übernommen hat, schwört Hammer Rache und markiert – auf Seite 2 – die Richtung, die sein Autor und er gegen den Rest der Welt einschlagen werden: ›Das Gesetz ist in Ordnung. Aber diesmal bin ich das Gesetz. Und ich bin auch der Richter.‹

Wer so losgeht, kommt folgerichtig zu einem Schluß, der auch in den blutigsten Anfängen des *Hard-boiled* undenkbar gewesen wäre. Mein ist die Rache, spricht Mike Hammer, und wenn der Mörder eine platinblonde Schönheit ist, dann kitzelt diese Rache besonders: ›Charlotte, ich bin jetzt das Gericht – und ich bin der Richter. Und ich habe ein Versprechen zu halten. So schön du auch bist, so sehr ich dich auch fast geliebt hätte, ich verurteile dich zum Tode.‹

Es folgt die kaltblütige Exekution, und es folgt eine Zugabe, die kein Leser so leicht vergißt und kein gestandener Menschenfreund verzeihen kann: ›Als ich sie fallen hörte, wandte ich mich wieder um. In ihren Augen stand jetzt Schmerz. Schmerz und Fassungslosigkeit. ›Wie konntest du nur?‹ keuchte sie. Ich hatte nur noch eine Sekunde Zeit, ehe ich zu einer Leiche sprach, aber ich bekam es noch heraus. ›Es war leicht‹, sagte ich.‹

Die Hohepriester des Kriminalromans haben den phänomenalen Erfolg Spillanes mit Grausen wahrgenommen. Das Verdikt ihrer Gilde faßte Raymond Chandler 1952 in die Worte: ›Es ist noch nicht so lange her, da hätte ein anständiger Verlag so etwas nicht angerührt... Spillane ist, soweit ich sehen kann, nichts als eine Mischung aus Gewalt und offener Pornographie.‹ Und noch im September 1958 erinnerte er sich nur mit leichtem Ekel an Spillane: ›Spillane ist vielleicht ein extremes Beispiel eines sadistischen Schriftstellers, aber womöglich liege ich da falsch. Ich kann ihn nicht lesen.‹

Gemessen an den literarischen Ansprüchen, die Chandler, international gefeierter Doyen des Edel-Thrillers, an den Kriminalroman stellte, nimmt sich ein Schreiber wie Spillane auf den ersten Blick wie ein Skinhead aus. Hier der edle Ritter Philip Marlowe, der Kampf des einsamen Individuums für eine männlich-intellektuelle Art von Gerechtigkeit in poetisch beschriebenen kalifornischen ›Mean Streats‹, dort der lizenzierte Killer Mike Hammer, ein brutaler New Yorker, der sich am besten in der Gosse und ihrer Gewalt auskennt, ein atavistischer Rächer, der auf alle modernistischen und liberalen Verbrämungen seines Gewerbes pfeift und nach den Gesetzen des Wilden Westens agiert: Wer zuerst zieht, lebt länger.

Zwar wurde Spillane nicht nur von Landsern und Landsknechten, von Taxifahrern und Stauern, von Hard Hats und Bullen, von Barkeepern und Huren, von Hausfrauen und Psychologieprofessoren verschlungen, sondern zählte zu seinen hartnäckigsten Fans zum Beispiel auch den Dichter Dylan Thomas, der sich Anfang der 50er Jahre in Downtown Manhattan ums Leben soff – aber richtig akzeptiert hat ihn selbst die Krimibranche nie.

Zu erschreckend seine Nähe zu Gewaltphantasien Marke Sado-Maso-Faschismus, zu branchenfremd dieser Kerl, der sich damit brüstete, mit dem FBI zusammen einen Drogenring geknackt zu haben, zu paranoid das Weltbild des langjährigen Mitglieds der Zeugen Jehovas, das von Teufeln und Roten, von Rache und Armaggedon geprägt ist – und von der Vorstellung, eine 45er sei für einen Mann noch immer die beste Art, mit der Hölle in ihm und um ihn herum fertig zu werden.

Mike Hammer sieht es so: ›Ich war ich und konnte nichts anderes sein. Ich hatte recht. Die Welt hatte unrecht.‹

Spillane wächst in einer rauhen Gegend von Brooklyn auf, der er auch sein Markenzeichen, den streichholzlangen Bürstenschnitt, verdankt: Als kleiner Junge schneidet er sich die Haare so kurz, damit die Größeren ihn nicht daran packen und verprügeln können.

Später hält er sich die Prügel vom Leib, indem er denen, die sie ihm verpassen wollen, Gruselstorys erzählt; dabei ist er bis heute geblieben. Vor dem Zweiten Weltkrieg schreibt Spillane bereits für die Pulp-Magazine und textet Comics, und als er – als Jagdflieger hochdekoriert – aus dem Krieg zurückkommt, weiß er Bescheid über das, was sein Publikum lesen will.

›Sie wollten keine Wischiwaschi-Helden‹, so Spillane vor einigen Jahren zu einem Interviewer der Fachzeitschrift ›The Armchair Detective‹. ›Diese Jungs da draußen hatten Gewalt gesehen, echte Gewalt. Und dann waren sie auch ziemlich spitz während des Krieges. Ein bißchen mehr Sex in einer Story würde sie nicht umhauen.‹

Sein erstes Buch – in neun Tagen in die Maschine gehämmert – wird von sieben Verlagen abgelehnt; der achte macht ein Vermögen mit dem Autor. Auch Spillane macht ein Vermögen, und er legt das Geld für alle die Träume an, die ein Junge in einer rauhen Gegend von Brooklyn haben kann – und ein paar mehr.

Er tritt mit dem Zirkus Ringling Brothers und Barnum & Bailey als Trampolinartist auf, er läßt sich aus einer Kanone schießen, lernt fechten, fährt Autorennen, betreibt Hochseefischen und taucht nach versunkenen Schätzen. Er erwirbt eine Lizenz als Privatdetektiv und holt sich in der Tat zwei Schußwunden und eine Messerstichwunde, als er mit dem FBI Dealer jagt.

Er läßt sich von den Zeugen Jehovas überzeugen, verdient ein Vermögen mit Bierreklame, produziert Filme, tritt selbst in einem als Mike Hammer auf – und schreibt in diesen knapp vierzig Jahren nicht nur seine Hammer- und Tiger-Mann-Serien, seine Gangster- und Agenten-Thriller, sondern auch Abenteuer- und Kinderbücher, ein Handwerker, der von sich sagt, er sei nur ein Schreiber, der für die Brötchen arbeite, und das trotzig-witzige Statement von sich gibt: ›Ich bin der Kaugummi der amerikanischen Literatur.‹

Nicht, daß ihm diese Bescheidenheit bei den Kritikern etwas nützt, 1952 greift selbst der Großmeister der amerikanischen Literaturkritik, Malcom Cowley, in die Tasten und bescheinigt Mike Hammer, er sei ein ›gefährlicher Paranoiker‹ mit ›starken homosexuellen Tendenzen‹, die ihn, weil er sie unterdrücke, ›zu Gewalttaten treiben‹. Und Cowley legt – einmal in Fahrt – noch zu, indem er suggeriert, Hammers sadistisches Treiben könne sehr wohl ein Faktor bei der Zunahme von Gewaltverbrechen sein.

Nun, Vorwürfe dieser Art sind in der Literatur nicht neu, sie galten Goethes zum Freitod anstiftenden ›Werther‹ so gut wie den linken und ›Asphalt‹-Literaten der 20er Jahre, denen die Nazis vorwarfen, die Moral des deutschen Herrenmenschen zerrüttet zu haben, nun also Spillane, der Ganovenfresser, als der Autor, der für die Verbrechen in den amerikanischen Slums mitverantwortlich ist.

Spillane hat für solche Anwürfe und für die Leute, von denen sie kommen, seinen eigenen Anwurf parat. Was er vom Liberalismus von Leuten wie Cowley hält, macht er noch Jahre später deutlich: ›Ich war nie ein Liberaler. Meine Art Denken ist ultrakonservativ. Ich mag die Liberalen auch nicht; ich mag Leute nicht, die dafür sind, alles wegzugeben. Sie geben das Hemd weg, das ein anderer trägt. Es ist angenehm, ein Kommunist zu sein, wenn man ein Top-Kommunist ist.‹

Dieser verkehrten Welt stellt er seine eigene als leuchtendes Beispiel hin: ›Als ich klein war, hörte ich, wie meine Mutter zu meinem Vater sagte: ›Jack, wenn wir nur frei und rein wären.‹ Und ich fragte mich, was das wohl hieße. Als ich es rausfand, wurde ich frei und rein. Ich schulde nämlich niemanden Geld.‹

Daß die Häme der Kritik ihn keineswegs verbiestert hat, zeigt diese Bemerkung: ›Die Leute hier sagen, ich würde Schund schreiben. Ich sehe das auch so – aber es ist guter Schund. Ich will Ihnen mal was sagen, eines Tages fragte jemand: ›Was ist bloß aus Mickey Spillane geworden?‹ Dem habe ich ein Foto von mir und einer Filmschauspielerin geschickt, wie wir hier in Myrtle Beach in den Sanddünen liegen, und dazugeschrieben: ›Hier bin ich, hart bei der Arbeit.‹

Die Zeit, in der Spillane berühmt wird, ist die Zeit, in der die häßlichen Züge Amerikas hervortreten. McCarthy und Nixon, die antikommunistische Hysterie, aber auch die Angst vor der Atombombe und die schleichende Korrumpierung durch das organisierte Verbrechen, die häßliche Seite des Dollars, sie – und nicht die Opa-Figuren Truman und Eisenhower, die Schmonzettenorgien Hollywoods und die Wunschbilder der verängstigten Mehrheit – prägen die amerikanische Wirklichkeit.

Das Beste, was je aus Hollywood kam – die Filme der ›Schwarzen Serie‹ – ist ein Reflex auf diese gesellschaftliche Wirklichkeit, auf Gangsterkriege und Spionagefurcht, auf Koreakrieg und Russensyndrom.

Man mag von Spillane halten, was man will – diese Wirklichkeit hat er zwar vereinfacht, aber keineswegs geschönt. In ihrer Art bringen seine Bücher es fertig, private Obsessionen so zu schildern, daß wir ihre Ursachen – die soziale Verrohung – deutlich erkennen, ein Verdienst, das doch angeblich nur Schriftstellern vorbehalten ist, mit denen sogar die Großwesire der Literaturkritik zusammen zu Mittag essen würden.

Mickey Spillane wäre ihnen bestimmt nicht das abgenagte Ende eines Zahnstochers wert. Fragt sich, ob all die Cowleys nicht vergessen haben, woher ihr Essen kommt.

Der häßliche Amerikaner kann auch im Brooks-Brother-Anzug an einem Schreibtisch der ›New York Times‹ residieren. Das häßliche Amerika hat – wie das häßliche Deutschland – viele Gesichter. Das Amerika, das Spillane uns zeigt, macht uns jedenfalls nichts vor. Er verschweigt keineswegs, daß es auch in der Hölle Air Conditioning, Law and Order und Martinis gibt. Und wasserstoffgefärbte Engel, die Mörder sind.

Alle Jahre wieder beschäftigt sich heute auch das überregionale Feuilleton mit dem Kriminalroman. Daß Literatur erzählen, ja spannend erzählen muß, will sie sich gegen die Vereinfachungen der großen Verführer behaupten und nicht vollends zum Liebhaberobjekt verkommen, hat sich sogar hierzulande und bis in die Literaturreservate des bürgerlichen Elitebewußtseins herumgesprochen.

Die neue Sprachregelung heißt dort: Ja, der Chandler, der kam ja auch vom College! Und der Ambler, britischer Durchblicker! Und die Highsmith, das ist ja auch richtige Literatur!

Aber ansonsten glaubt man in diesen Beletagen des Feinsinns, der Krimi habe sein Pulver verschossen, das Genre sei an den Limits, die es sich selbst gesetzt habe, eben doch erstickt.

Solche falschen Auguren übersehen dabei mangels wirklicher Kenntnis, die ja echtes Interesse voraussetzt, daß der Thriller in den angelsächsischen Ländern – aber keineswegs nur in ihnen – die vitale Literatur schlechthin schreibt; und sie übersehen ebenso, daß es genau die Limits des Genres sind, seine ehernen Gesetze, die von Generation zu Generation neue Autoren herausfordern und neue Leserschichten faszinieren.

Weit entfernt davon, ein überholtes Genre zu sein, setzt der Thriller literarische Maßstäbe, und er vermag dies, weil die Spannung zwischen Form und Stoff, zwischen Regel und Moral, zwischen Gesetz und Anarchie – wie in den Werken Balzacs und Dickens' –, die Welt, in der wir leben, und die populären Stimmungen unserer Zeit am genauesten schwingen lassen.

Und dies nicht erst seit heute. Der immense Erfolg Spillanes gerade in den 50er Jahren belegt ja (wenn auch das vielen nicht behagen mag), daß er damals wie kaum ein anderer populärer Autor, vielleicht abgesehen von den Engländern Ian Fleming und James Hadley Chase, die unterschwelligen Ängste und Emotionen und – last not least – ihre sexuellen Verklemmungen zu Papier gebracht hat.

Autoren, die das können, müssen nicht unbedingt literarische Weltmeister sein, aber ihr Handwerk dürfen sie schon verstehen.

Daß Spillane sein Handwerk versteht, geht aus fast jeder Seite hervor, die der Mann geschrieben hat. Wie man Action darstellt, hat der Comic-Texter im Handgelenk. Das Tempo seiner Storys geht dem Amateurrennfahrer direkt in die Maschine. Aber Spillane kann auch mehr. Es lohnt sich nachzulesen, wie der Mann aus Brooklyn New York beschreibt, wenn es Nacht wird in der Riesenstadt.

›Von draußen kam das Sterben her‹, heißt es in ›Gangster‹: ›Einige wenige Arterien des Lichts und des Lebens durchzogen die Stadt, aber das war alles. Das große grüne Geschwür des Central Park glitzerte wie ein Juwel, eingefaßt in die bunte Kette der Taxis, deren Lichter wie zwei Finger nach vorn tasteten, immer auf der Suche.‹

Spillane weiß auch, wovon er spricht, und wie er es zu sagen hat, wenn er, im ›Wespennest‹, dem Bullen Chambers diese Klage in den Mund legt: ›Hast du eine Ahnung, wie viele kleine Schmutzfinken auf dieser Erde leben? Es müssen Millionen sein, und neun Zehntel von ihnen verpesten die Luft dieser Stadt. Jeder kleine Schmutzfink kontrolliert einen Block von Stimmen. Jeder kleine Dreckfink wünscht, daß etwas getan oder nicht getan wird. Sie hängen sich an die Strippe und rufen jemanden an, der ziemlich bedeutend ist, und erzählen ihm, was sie gern hätten. Sehr bald hat der Betreffende so viele Anrufe bekommen, daß er es für gut hält, etwas zu tun. Dann fängt der Druck an. Warnungen machen die Runde, kurzzutreten oder die Finger ganz von diesem oder jenem zu lassen, und hinter den Warnungen steht unmißverständlich eine Drohung. Ich soll nicht vergessen, daß ich nur ein kleiner Polizist bin, dessen Wort kein Gewicht hat.‹

Davon läßt sich Mike Hammer natürlich nicht irritieren, er nimmt dann eben das ›Gesetz‹ in die eigene Hand. Nicht, daß er *gerne* tötet, wie Spillane versichert, aber Hammer *muß* halt: ›Irgendwo da draußen ist einer, der es verdient.‹

Gewiß, das liberale, humanistisch empfindende Publikum, das sich lieber mit den Skrupeln Marlowes identifiziert (obwohl der Puritaner Chandler weder in seinem Frauenbild noch was die Sünden der Welt angeht so arg weit von dem Zeugen Jehovas Spillane entfernt war, wie er das darstellte), läßt bei dieser Logik die Klappe runter, das Alte Testament in der Brooklyner Fassung gehört nun mal nicht zu seiner Nachttischlektüre.

Das liberale, humanistisch empfindende Publikum hat aber auch von den Massen da draußen, von ihren Wünschen und Instinkten, von ihren Gerüchen und ihren Sehnsüchten eine Vorstellung, bei der der Wunsch die Wirklichkeit noch allemal verdrängt. Und obschon auch Mike Hammer seine blutigen Abenteuer als Racheengel meist halbwegs ungeschoren, jedenfalls lebendig übersteht, bleibt das Weltbild seines Autors trotz aller Erfolge düster und pessimistisch.

Glück ist etwas, das es – wie für seine Leser – nur mal stundenweise gibt, für Mike Hammer oder die andern Helden entweder in den Armen einer verlockenden Frau, im Suff oder dann, wenn ein Leichenberg das Ende eines Falls markiert; aber er weiß ja – wie seine gestandenen Fans –, daß das Böse da draußen so mächtig ist, daß ein Mann eigentlich nie zur Ruhe kommt.

Anders als das liberale, humanistisch empfindende Publikum neigt freilich Spillane – auch darin seinen Lesern gleich – bei allem Pessimismus nicht zu Depressionen. Die Arbeit muß eben getan werden. Und dabei macht ein Mann sich nicht nur an den Händen schmutzig.

»Wie kommt es«, fragte der *Armchair Detective* Spillane, ›daß in Ihren Büchern am Schluß jeder tot ist?« Die Antwort lautet: »Ich hab's gern, wenn der Held gewinnt. Es ist mir egal, ob er ein fieser Knochen ist. Er ist so fies wie die Ganoven. Er ist so gemein und hinterhältig, wie er sein muß. Aber das verleiht ihm eine gewisse Perspektive – man verliert ihn nie aus den Augen. Er geht nicht mit allen anderen unter.«

Und was die Moral betrifft, hatte Spillane auch eine Antwort auf Lager: »Das einzige Mal, als ich etwas ändern mußte, war in ›One Lonely Night‹. Da gab es eine Szene am Schluß, wo Mike ein MG auffährt und achtzig Mann umlegt. Meine Lektoren meinten, das sei ein bißchen viel Blutvergießen, und überredeten mich dazu, die Zahl auf vierzig zu drücken.« Doppelte Moral – möchte man hinzufügen – war schon immer etwas weniger als gar keine Moral.

Aber trifft der Vorwurf der Amoralität diesen Autor überhaupt? Sicher scheint doch nur, daß unsere Welt, jedenfalls aus der Perspektive der Straßen, durch die wir alle müssen, widersprüchlicher, verworrener und undurchschaubarer ist als alle Dorothy-Sayers-Plots zusammen – und bei denen hapert es bei mir doch auch schon.

Wenn wir Spillane und seinen vermeintlich unfaßbaren Welterfolg bedenken, dann sollten wir nicht vergessen, daß der Mann ein Zeuge Jehovas ist – und wie viele Exemplare verkauft der ›Wachturm‹? Daß der Weltuntergang bevorsteht und alle unsere Sünden gebüßt werden müssen – teilen diese ›Wachturm‹-Visionen nicht viele, die statt auf Mike Hammer auf Global 2000 setzen?

Und teilen sie ihre ›Wachturm‹-Visionen nicht mit einem Zeugen Jehovas namens Mickey Spillane, der von der Literaturkritik als Nazi-Sadist verschrien wurde – obwohl es gerade die Nazis waren, die die Zeugen Jehovas in die KZ schickten?

Wer sich auf die Welt einläßt, muß ihre Widersprüche ertragen. Daß der Thriller und seine fragwürdigen Helden diese Widersprüche manchmal so grell illustrieren, macht nicht den geringsten seiner zahlreichen Vorzüge aus.

Rhapsodie in Blei

1

Plötzlich sah ich die Frau im Licht der Scheinwerfer dastehen und beide Arme schwenken. Ich fluchte und riß das Steuer herum. Die Hinterräder begannen auszubrechen, der Wagen kam ins Schleudern. Für Sekundenbruchteile war das Heck der Felswand bedrohlich nahe. Ich bremste und steuerte gegen. Die Reifen pflügten eine Furche in die Aufschüttung am Straßenrand und rutschten auf die Fahrbahn zurück.

Irgendwie hatte ich es fertiggebracht, in einem Schleuderbogen um diese Verrückte herumzukommen. Für ein paar Sekunden hatte ihr Leben an einem seidenen Faden gehangen, denn statt aus dem Wege zu gehen, hatte sie versucht, im Lichtkegel der Scheinwerfer zu bleiben.

Ich saß da und versuchte wieder ruhig zu werden. Der Zigarettenstummel war mir beim Bremsen aus dem Mund gefallen und hatte ein Loch in mein Hosenbein gebrannt. Ich schnippte den Stummel aus dem Fenster. Der Gestank von verbranntem Gummi und Bremsbelägen hing in der Luft, und ich dachte an all das, was ich dieser lebensmüden Idiotin an den Kopf schleudern würde.

Im nächsten Moment war sie auch schon da, warf die Tür zu und sagte: »Vielen Dank, Mister.«

Nur mit der Ruhe. Die sieht ja toll aus. Nichts überstürzen. Halt eine Minute den Atem an und überleg dir dann, ob du sie erst übers Knie legen willst oder sie gleich wieder hinauswirfst und nach Haus laufen läßt.

Ich suchte nach einer Zigarette, aber sie hatte schon ein Päckchen in der Hand. Zum erstenmal bemerkte ich, daß ihre Hände ebenso zitterten wie meine. Ich zündete ihre Zigarette an, nahm mir eine und zündete sie auch an.

»Wie dämlich kann ein Mensch eigentlich sein?« sagte ich.

»Ziemlich dämlich«, antwortete sie schroff.

Hinter uns huschten Lichter eines anderen Wagens um die Kurve. Ihr Blick glitt einen Moment zurück, und ich glaubte Furcht darin flackern zu sehen.

»Wollen Sie die ganze Nacht hier sitzen bleiben, Mister?«

»Ich weiß noch nicht, was ich will. Ich dachte daran, Sie über die Klippe dort runterzuwerfen.«

Die Scheinwerfer erfüllten die Wagenkabine und die Fahrbahn mit greller Lichtfülle und glitten dann vorbei. In dieser Sekunde saß sie ganz steif und mit erstarrtem Gesichtsausdruck da. Als nur noch die roten Schlußlichter des anderen Wagens zu sehen waren, entspannte sie sich.

In einer gewissen Art sah sie sehr gut aus. Aber ihr Gesicht war mehr interessant als hübsch. Weit auseinanderliegende Augen – großzügig geschnittener Mund und dunkelblondes Haar, das in langen seidigen Strähnen auf ihre Schultern herabfloß. Sie trug einen maßgeschneiderten Trenchcoat mit einem Gürtel um die Hüfte, und ich mußte wieder an den Augenblick denken, als sie wie eine zu schnelle Traumvision im Scheinwerferlicht vor mir aufgetaucht war. Eine Wikingerin. Eine völlig verrückte Wikingerin, die die Arme schwenkte.

Ich ließ den abgewürgten Motor wieder an, arbeitete mich durch die Gänge und hielt das Lenkrad fest umklammert, bis mein Gehirn wieder richtig zu arbeiten begann. Mit einem Unfall muß man immer rechnen, wenn man mit hundert auf einer Bergstraße fährt. Aber man rechnet natürlich nicht damit, daß eine Wikingerin plötzlich hinter einer Kurve aus der Dunkelheit gesprungen kommt. Ich kurbelte das Türfenster ganz herunter und atmete die frische Luft in tiefen Zügen.

»Wie kommen Sie hier herauf?«

»Was meinen Sie?« fragte sie zurück.

»Daß man Sie aus dem Wagen geworfen hat?« Ich warf ihr einen schnellen Blick zu und sah ihre Zungenspitze wie eine Schlange über die Lippen gleiten. »Sie haben sich zum Ausgehen den falschen Partner ausgesucht, denke ich.«

»Das nächstemal weiß ich besser Bescheid.«

»Wenn Sie noch einmal einen solchen Trick versuchen, wird es kein Nächstesmal geben. Sie waren dem Sterben näher, als Sie es sich vielleicht vorstellen können.«

»Vielen Dank für den guten Rat«, sagte sie spöttisch. »Ich werde vorsichtiger sein.«

»Mir ist verdammt gleichgültig, was Sie tun, solange Sie mir nicht als unerwünschte Kühlerfigur in die Quere kommen.«

Sie nahm die Zigarette zwischen die Finger und blies eine Rauchfahne an die Windschutzscheibe.

»Schauen Sie, ich bin Ihnen dankbar, daß Sie mich mitgenommen haben. Es tut mir auch leid, daß ich Sie erschreckt habe. Aber wenn es Ihnen nichts ausmacht, seien Sie jetzt bitte still oder setzen Sie mich ab.«

Ich mußte grinsen. Ein Mädchen mit solchen Nerven konnte einem Mann sicherlich eine höllisch schwere Zeit bereiten, bevor er ihr endlich den Laufpaß gab.

»In Ordnung, Mädchen«, sagte ich. »Jetzt muß *ich* mich entschuldigen. Das wäre für jeden ein elender Platz zum Stranden, und ich schätze, ich hätte das gleiche getan. Fast. Wohin wollen Sie?«

»Wohin fahren Sie?«

»New York.«

»Gut, dann fahre ich dorthin.«

»Das ist eine große Stadt, Mädchen. Nennen Sie die Adresse, und ich fahre Sie hin.«

Ihr Blick wurde kalt. Der Ausdruck von Erstarrung machte ihr Gesicht wieder zu einer Maske.

»Setzen Sie mich bei der ersten U-Bahn-Station ab, zu der Sie kommen.«

Ich zuckte mit den Schultern und gab Gas. Während der folgenden Minuten des Schweigens spürte ich, wie sie einige Male zum Sprechen ansetzte, es aber immer wieder aufgab. Sie starrte durch das Fenster in die Dunkelheit hinaus und wischte sich verstohlen die Tränen von ihren Augen.

Ein Ortsschild kam in Sicht. Die Aufschrift lautete: HANA-FIELD, 3600 Einwohner, Höchstgeschwindigkeit 40 km. Ich fuhr langsamer. Fünfhundert Meter weiter blinkte ein rotes Signallicht in unsere Richtung, und ich trat auf die Bremse. Mitten auf der Straße stand ein Polizeiwagen, und zwei uniformierte Polizisten standen daneben und überprüften die vorbeikommenden Wagen. Ein Wagen, der uns vor kurzem überholt hatte, bekam gerade freie Fahrt, und die Signallampe gab mir Haltbefehl.

Ich warf meiner Begleiterin einen Blick zu und sah, daß sie steif und unbeweglich dasaß und die Lippen zusammengepreßt hatte.

Ich beugte mich aus dem Wagenfenster.

»Stimmt etwas nicht, Officer?«

Er hatte den Hut zurückgeschoben, und eine Zigarette baumelte im Mundwinkel. Seinen Revolver trug er im Cowboy-Stil, und um das noch wirkungsvoller zu machen, legte er die Hand an den Kolben.

»Woher kommen Sie, Mann?«

Ein echter Polyp, dieser Bursche. Ich fragte mich, wieviel er für seine Bestallung bezahlt haben mochte.

»Ich komme von Albany, Officer. Was ist passiert?«

»Haben Sie jemand an der Straße gesehen? Irgendeinen Anhalter?«

Ich fühlte, wie sich ihre Hand über meine schmiegte, bevor ich ihm antworten konnte. Ihre Finger preßten sich mit einer plötzlich warmen Zärtlichkeit auf meine Hand und zogen sie in einer schnellen Bewegung auf ihre Knie. Ich fühlte ihre weiche, glatte Haut.

»Ich habe nichts gesehen, Officer«, sagte ich. »Meine Frau und ich sind die ganze Zeit über wach gewesen, und wenn jemand dagestanden hätte, wäre uns das nicht entgangen. Wen suchen Sie denn?«

»Eine Frau. Sie ist aus einem Sanatorium entkommen und per Anhalter mit einem Lastwagen bis zu einer Imbißstube gefahren. Als ihre Personenbeschreibung durch das Radio gegeben wurde, floh sie aus dem Restaurant.«

»Das klingt ja ziemlich ernst. So eine möchte ich nicht gern auflesen. Ist sie gefährlich?«

»Alle Verrückten sind gefährlich.«

»Wie sieht sie aus?«

»Groß, blond. Das ist ungefähr alles, was wir wissen. Keiner scheint sich erinnern zu können, was sie anhatte.«

»Aha. Kann ich jetzt weiterfahren?«

»Ja, los, hauen Sie ab.«

Er ging zu dem Patrouillenwagen zurück, und ich ließ die Kupplung aus. Dabei zog ich die Hand langsam von ihren Beinen weg und blickte auf die Straße. Die Kleinstadt glitt schnell vorüber, und ich trat wieder aufs Gas.

Diesmal strich ihre Hand meinen Arm hinauf, und sie rückte auf dem Sitz dicht an mich heran.

»Setzen Sie sich wieder dahin, wo Sie herkommen, Kleine. Diese Mühe hätten Sie sich nicht zu machen brauchen.«

»Ich meinte es so.«

»Vielen Dank. Es war einfach nicht nötig.«

»Wenn Sie nicht wollen, brauchen Sie mich nicht bei einer U-Bahn-Station abzusetzen.«

»Ich will es.«

Sie beugte den Kopf vor und lächelte mich an. In diesem Augenblick kam sie mir bekannt vor. Nicht sie selbst, aber dieses Lächeln. Es war ein erzwungenes Routinelächeln, das wunderbar warm aussah und in Wirklichkeit gar nichts bedeutete. Als sie sich vorbeugte, klaffte ihr Trenchcoat vorn auf, und ich sah, daß sie nicht viel darunter anhatte. Ich griff hinüber und zog den Trenchcoat zusammen.

»Sie werden sich erkälten«, sagte ich.

Ihr Lächeln verkrampfte sich um die Mundwinkel.

»Oder haben Sie etwa Angst vor mir, weil Sie meinen, ich sei nicht ganz normal?«

»Das stört mich nicht. Seien Sie jetzt still.«

»Nein. Warum haben Sie dann dem Polizisten nicht die Wahrheit gesagt?«

»Als Kind habe ich einmal gesehen, wie ein Hundefänger gerade sein Netz über einen jungen Hund werfen wollte. Ich trat ihm gegen das Schienbein, packte den kleinen Hund und rannte davon. Das verdammte Biest biß mich und strampelte sich los, aber ich war trotzdem froh, daß ich es getan hatte.«

»Ich verstehe. Aber Sie haben geglaubt, was der Polizist gesagt hat?«

»Jeder, der vor einen Wagen springt, ist nicht ganz richtig im Kopf. Seien Sie jetzt still.«

Sie warf mir noch einen Blick zu und rückte dann etwas von mir weg. Bei den Leuchtschildern der nächsten Tankstelle lenkte ich den Wagen von der Straße und hielt vor der Reihe der Zapfsäulen. Ein Mann im Overall kam aus dem Gebäude und wischte sich verschlafen die Augen. Ich mußte aussteigen, um den Verschluß des Füllstutzens aufzuschließen, und ich hörte, wie sich die andere Wagentür öffnete und zugeschlagen wurde. Die Blondine ging auf das Gebäude zu und kam erst wieder heraus, als ich das Benzin bezahlte.

Beim Einsteigen bemerkte ich, daß sich ihr Gesichtsausdruck verändert hatte. Die frostige Erstarrung war daraus gewichen, und sie wirkte jetzt sanft und entspannt. Die Mantelknöpfe waren geschlossen und der Gürtel zu. Ihr Lächeln wirkte jetzt echt, sie lehnte den Kopf zurück und schloß die Augen.

Ich begriff das nicht. Ich wußte nur, daß ich bei der ersten U-Bahn-Station anhalten, die Tür öffnen und dem Mädchen Lebewohl sagen würde. Es war etwas an ihr, was mich zur Vorsicht mahnte. Eine Atmosphäre von drohender Gefahr umhüllte dieses Mädchen wie ein Gifthauch, der überall hindrang und auch durch die Poren meiner Haut in mein Inneres zu sickern schien. Es war nur ein vages Gefühl – aber doch so deutlich, daß es mich mit wachsendem Unbehagen erfüllte.

Fünf Minuten lang saß sie nur da und starrte auf die Straße hinaus.

»Zigarette?« sagte sie plötzlich.

Ich schüttelte eine in ihre Hand und drückte den Anzünder im Armaturenbrett. Nachdem sie ihre Zigarette angezündet hatte, inhalierte sie tief und beobachtete die grauen Rauchschwaden, die durch die Fensterschlitze davonwirbelten.

»Wundern Sie sich, was das alles zu bedeuten hat?« fragte sie.

»Nicht besonders.«

»Ich war . . .«, sie zögerte, ». . . in einem Sanatorium.« Sie sog so heftig an der Zigarette, daß das Ende grell aufglühte. »Man hat mich gezwungen, hineinzugehen, und mir alle Kleider weggenommen, damit ich bleiben mußte.«

Ich nickte, als hätte ich jetzt alles begriffen. Sie schien zu merken, daß ich von ihrer Erzählung durchaus nicht überzeugt war.

»Vielleicht finde ich jemand, der mich versteht«, sagte sie seufzend. »Ich dachte, Sie wären es vielleicht.«

Ich wollte etwas sagen. Die Worte kamen aber nicht mehr heraus. Der Mond war hinter Wolken verborgen, und als jetzt dieser Vorhang plötzlich zur Seite glitt und das geisterbleiche Licht die Landschaft erhellte, tauchte von der Seite her ein dunkler Umriß aus den langen Schlagschatten am Straßenrand. Ehe ich richtig erkennen konnte, daß es eine Limousine war, die uns plötzlich in den Weg fuhr, war das Unglück auch schon geschehen. Zum zweitenmal heute hörte ich die Reifen kreischen und dann den häßlichen Laut, als Metall gegen Metall prallte und Glas in einer Kaskade von schrillen Tönen zersplitterte.

Ich stieß die Tür auf und sah im gleichen Moment die Männer vor mir aus der Limousine springen. Wir waren plötzlich in einem Hexenkessel von Gewalttat und konnten nicht heraus. Eine Waffe in der Hand eines Mannes spie eine Flammenzunge, und das Kreischen des Querschlägers vermischte sich mit dem wilden Angstschrei der Frauenstimme hinter mir.

Einen zweiten Schuß konnte der Bursche nicht mehr abfeuern, weil ich ihn knockout schlug. Ich griff den Mann hinter ihm an, als etwas hinter meinem Kopf durch die Luft zischte und dann gegen meine Schulter prallte. Mein rechter Arm war sofort wie betäubt. Ich wirbelte herum, um den Angreifer mit dem Fuß abzuwehren. Wieder zischte etwas durch die Luft und traf mich quer über die Stirn. Es war wie eine Explosion, die alles auslöschte und mich in einen Abgrund von weicher, schwarzer Watte hinabstürzte.

Ich lag nicht lange so dort. Der Schmerz in meinem Kopf war scharf und deutlich – und dazwischen hörte ich erstickte Frauenschreie und rauhe Männerstimmen, die unverständliche Rufe ausstießen. Motorengeräusch war zu hören und wieder das Knirschen von Metall gegen Metall.

Ich wollte mich aufrichten, aber nur meine Gedanken waren bewegungsfähig. Mein Körper war schlaff und tot. Als ich dann Bewegung spürte, geschah es nicht auf eigenes Kommando, sondern weil mich Arme um die Hüfte gepackt hatten und meine Hände und Füße über kalten Beton scharrten. Irgendwann in diesen Sekunden hatte das Schreien aufgehört, die Stimmen waren verstummt, und ein gleichmäßiger Bewegungsablauf begann sich zu formieren.

Man denkt in solchen Augenblicken nicht zusammenhängend. Zuerst versucht man sich zu erinnern, Ereignisse zu sammeln, die zu einem bestimmten Ziel führen. Man versucht das zu sortieren und Anfang und Ende zu finden, während gleichzeitig der wilde Schmerz und das fassungslose Staunen alle Empfindungen durchtränken.

Irgendwann kristallisierte sich aus diesem schmerzdurchtränkten Wirrwarr von Lauten, Erinnerungen und Gedanken die Erkenntnis heraus, daß ich auf dem Boden lag. Ich bemerkte, daß ich sehen konnte. Meine Hände und Füße waren bewegungslose Klumpen, die von meinem Körper hervorragten. Die Handrücken und die Manschetten waren rot und klebrig. Der klebrige Geschmack war auch in meinem Mund. Etwas bewegte sich. Ein Paar Schuhe kamen in Sicht, und ich wußte, daß ich nicht allein war. Weitere Schuhe kamen in Sicht. Schimmernde Schuhe mit einer Staubschicht bedeckt. Eine Schuhspitze hatte einen zackigen Riß quer über dem Zeh. Die Schuhspitzen wiesen alle in eine Richtung, und als ich dorthin schaute, sah ich einen Fuß – einen nackten Frauenfuß.

Ich konnte das Mädchen nicht sehen, aber ich ahnte nur zu gut, wer es war. Besonders als ich den stöhnenden, halb tierischen Wimmerlaut hörte.

»Genug«, sagte eine Männerstimme. »Das ist genug.«

»Sie kann immer noch sprechen«, antwortete eine andere Stimme.

»Nein, darüber ist sie hinaus. Ich habe so etwas schon gesehen. Es war verrückt von uns, so weit zu gehen, aber es blieb uns keine andere Wahl.«

»Hör zu...«

»Ich gebe die Befehle. Du hörst zu.«

Die Füße traten ein wenig zurück.

»Na, gut, dann mach weiter. Aber bis jetzt wissen wir nicht mehr als vorher.«

»Das genügt. Wir wissen immer noch mehr als jeder andere. Es gibt noch andere Möglichkeiten, und zumindest kann sie nicht mehr zu den falschen Leuten sprechen. Sie muß jetzt weg. Ist alles bereit?«

»Ja.« Es war eine angewiderte Feststellung. »Den Burschen auch?«

»Natürlich. Bringt sie auf die Chaussee hinaus.«

»Es lohnt sich gar nicht, sie anzuziehen.«

»Du Schwein. Tu, was man dir sagt. Ihr beiden helft sie

hinaustragen. Wir haben genug Zeit mit dieser Affäre verschwendet.«

Ich spürte, wie mein Mund zuckte, um Worte zu formen. Aber all die gemeinen Flüche, die ich ihnen entgegenschleudern wollte, blieben mir in der Kehle stecken. Ich konnte nicht einmal den Blick über ihre Knie erheben, um die Gesichter zu sehen. Aber ich konnte sie genau hören, und diese Stimmen würde ich mir merken. Ich würde sie wiedererkennen, ohne in die Gesichter schauen zu müssen, und ich würde wissen, mit wem ich abzurechnen hatte. Diese Bastarde, diese dreckigen, lausigen Bastarde!

Hände griffen unter meine Knie und meine Schulter, und der stechende Schmerz in meinem Kopf wurde bei der heftigen Bewegung so übermächtig, daß ich wieder für kurze Zeit das Bewußtsein verlor.

Der schwarze Vorhang hob sich dann wieder zögernd, und ich sah meinen Wagen am Straßenrand stehen. Die Hinterachse war aufgebockt, und vorn und hinten hatte man rote Warnlichter aufgestellt.

Schlau, dachte ich. Sehr schlau von ihnen. Wenn jemand vorbeikäme, würde er denken, der Fahrer habe eine Panne und sei in den nächsten Ort gegangen, um Hilfe zu holen. Keiner würde anhalten, um die Sache näher anzuschauen. Mit diesem Gedanken sank ich in die Bewußtlosigkeit zurück.

Es kam dann ein Erwachen wie aus einem Schlaf in unbequemer, verkrampfter Haltung. Ich hörte mich stöhnen, als ich mich aufzurichten versuchte.

Im nächsten Moment traf mich wie ein eisiger Schock die Erkenntnis, daß ich nicht aus einem schrecklichen Traum erwachte, sondern daß dies brutale, entsetzliche Wirklichkeit war.

Das Mädchen saß neben mir im Wagen. Ihr Kopf sank gegen das Fenster, ihre Augen starrten blicklos zum Wagendach hinauf. Sie zuckte und fiel gegen mich.

Aber nicht, weil sie am Leben war! Der Wagen bewegte sich vorwärts, als er von hinten gerammt wurde.

Irgendwie konnte ich mich weiter aufrichten und über das Lenkrad in die Lichtbahn vor dem Kühler spähen. Dicht vor mir sah ich den Rand des Abgrunds, während ich noch nach

der Tür griff, rollten die Räder schon durch die herausgeschla-
gene Bresche in der Schutzmauer, und der Kühler senkte sich
in eine unheimliche, schwarze Leere hinab.

2

»Mike...«

Ich bewegte meinen Kopf in Richtung der Stimme. Die
Bewegung erzeugte eine Woge wie eine auf den Strand
rauschende Brandung. Ich hörte meinen Namen wieder –
diesmal klarer.

»Mike...«

Meine Augen öffneten sich. Das Licht schmerzte, aber ich
behielt sie offen. Für kurze Zeit war die Gestalt nur ein
undeutlicher Schatten. Dann schärften sich die Umrisse, und
ich erkannte Velda.

»Hallo, Häschen«, sagte ich.

Veldas Mund öffnete sich zu einem Lächeln, das alles Glück
der Welt ausdrückte.

»Ich freue mich, dich wiederzuhaben, Mike.«

»Es... tut gut, wieder zurück zu sein. Ich bin überrascht...
daß ich es geschafft habe.«

»Das sind viele Leute.«

»Ich...«

»Sprich nicht. Der Arzt hat gesagt, du müßtest ruhig
bleiben, falls du aufwachst. Sonst würde er mich wegschicken.«

Ich versuchte ihr zuzugrinsen, und sie legte ihre Hand auf
meine. Es war ein warmer, sanfter Druck, der mir sagte, nun
sei alles wieder gut. Die Hand blieb lange da, und falls Velda
sie weggenommen hatte, wußte ich nichts davon, denn als ich
das nächstemal erwachte, war sie noch da.

Der Arzt war ein tüchtiger kleiner Mann, der mich mit
steifen Fingern abtastete und dabei meinen Gesichtsausdruck
beobachtete. Er schien ganze Meter von Heftpflaster und
Mullbinden abzurollen, um mich darin einzuwickeln, und
nachher ging er mit so zufriedenem Gesichtsausdruck davon,
als wäre ich alles in allem sein Werk.

Bevor er die Tür schloß, drehte er sich noch einmal um, warf einen Blick auf seine Uhr und sagte:

»Dreißig Minuten, Miß. Ich will, daß er wieder schläft.«

Velda nickte und drückte meine Hand.

»Fühlst du dich besser?«

»Etwas.«

»Pat ist draußen. Soll ich ihn hereinholen?«

». . . ja.«

Sie stand auf und trat an die Tür. Ich hörte sie mit jemand sprechen, und dann stand er plötzlich da, grinste mich dämlich an und musterte mich kopfschüttelnd.

»Gefällt dir meine Ausstattung?« sagte ich.

»Großartig. Weiß kleidet dich ausgezeichnet. Vor drei Tagen machte ich mir schon Gedanken, wie ich einen neuen Smoking finanzieren sollte, um die Leiche darin zu begraben.«

Ein netter Kerl, dieser Pat. Ein großartiger Polizist, aber er hat einen recht eigentümlichen Sinn für Humor. Als mir seine Worte richtig ins Gehirn gedrungen waren, spürte ich meine Stirnrunzeln unter dem Turban.

»Drei Tage?«

Er nickte und setzte sich in den großen Lehnstuhl neben dem Bett.

»Es hat dich am Montag erwischt. Heute ist Donnerstag.«

»Alle Achtung!«

»Ich weiß, was du meinst.«

Er sah Velda an. Es war ein schneller Blick, dessen Bedeutung mir entging. Sie biß sich auf die Lippen und nickte dann zustimmend.

»Erinnerst du dich, was passiert ist, Mike?« fragte Pat.

Diesen Tonfall kannte ich. So sprach er, wenn er etwas Unangenehmes kaschieren wollte. Er erkannte, daß ich es bemerkt hatte und senkte die Augen, während er an seiner Jacke zupfte.

»Ich erinnere mich.«

»Möchtest du mir davon erzählen?«

»Warum?«

Jetzt versuchte er, erstaunt auszusehen. Das gelang ihm auch nicht.

»Kein besonderer Grund.«

»Ich hatte einen Unfall. Das ist alles.«

»Das ist alles?«

Ich versuchte wieder zu grinsen und sah dabei Velda an. Sie war besorgt, aber nicht so besorgt, daß sie nicht zurückgelächelt hätte.

»Vielleicht erklärst du mir, was los ist, Kindchen. Er will es nicht.«

»Ich werde das Pat überlassen. Er hat mir gegenüber auch ziemlich geheimnisvoll getan.«

»Jetzt bist du also wieder an der Reihe, Pat«, sagte ich.

Er starrte mich lange an und sagte schließlich:

»Im Augenblick hätte ich es lieber, wenn du nicht so krank wärst. Ich bin der Polizist, und du derjenige, von dem man die Beantwortung von Fragen erwartet.«

»Sicher, aber ich bestehe auf Wahrung meiner verfassungsmäßigen Rechte. Das ist ganz legal. Sprich weiter.«

»Also gut. Aber sprich du leise, sonst wirft mich dieser Medizinmann hinaus. Wenn wir beide nicht befreundet wären, hätte ich bei diesem Wachhund nicht einmal in deine Nähe kommen können.«

»Worum geht es?«

»Man hat dich noch nicht vernommen, nicht wahr?«

»Wer will mich vernehmen?«

»Unter anderem einige gesetzliche Exekutivbüros und Regierungsbeauftragte. Dein Unfall ereignete sich im Staate New York, aber im Augenblick bist du jenseits der Staatsgrenze in einem Krankenhaus in New Jersey. Die Polizei des Staates New York sehnt sich danach, mit dir zu sprechen, und einige Countypolizisten von weiter oben ebenfalls.«

»Ich glaube, ich bleibe lieber eine Weile in New Jersey.«

»Den Regierungsleuten ist es gleich, in welchem Staat du dich aufhältst.«

Da war wieder dieser Tonfall.

»Möchtest du mir das nicht näher erklären?« schlug ich vor.

Ich beobachtete sein Mienenspiel, um herauszufinden, was er zu verbergen versuchte. Er blickte auf seine Finger herab und kratzte geistesabwesend an seinen Nägeln.

»Du hast das Glück gehabt, daß wir dich lebend aus dem

Wagen holen konnten. Die Tür sprang auf, als der Wagen gegen eine Felsnase schlug. Du wurdest herausgeschleudert. Man fand dich zwischen einigen Büschen. Wenn der Wagen den Abhang nicht mit brennendem Benzin überschüttet hätte, würdest du vielleicht noch dort liegen. Glücklicherweise lenkte das die Aufmerksamkeit einiger Autofahrer auf sich, und die stiegen hinunter, um nachzuschauen, was passiert war. Von dem Wagen ist nicht viel übriggeblieben.«

»Es war eine Frau darin«, sagte ich.

»Darauf komme ich jetzt.« Er hob den Kopf, und sein Blick durchforschte mein Gesicht. »Sie war tot. Man hat sie identifiziert.«

»Als eine Ausbrecherin aus einem Sanatorium«, ergänzte ich.

Das brachte ihn nicht im mindesten aus dem Gleichgewicht.

»Diese Countypolizisten waren ziemlich sauer, als sie das herausfanden. Warum hast du sie hintergangen?«

»Weil mir ihr Verhalten nicht gefiel.«

Er nickte, als wäre das eine Erklärung. Es war auch eine.

»Du solltest lieber erst nachdenken, bevor du solche Manöver machst, Mike.«

»Warum?«

»Die Frau ist nicht bei dem Unfall gestorben.«

»Das hatte ich mir auch schon gedacht.«

Vielleicht hätte ich nicht so ruhig darüber sprechen sollen. Seine Lippen preßten sich plötzlich zusammen, und seine Hände ballten sich zu Fäusten.

»Verdammt, Mike, in was für eine üble Affäre hast du dich da wieder eingemischt? Weißt du, womit du da leichtsinnig herumspielst?«

»Nein. Ich warte darauf, daß du es mir erklärst.«

»Diese Frau stand unter Überwachung der Bundespolizei. Sie war in ein großes Unternehmen verwickelt, von dem ich nichts weiß. Man hatte sie in dieses Sanatorium gebracht, damit sie sich dort erholen und später in einer geschlossenen Kongreßsitzung Aussagen machen könnte. Es waren Polizeiposten vor ihrer Tür und auf dem Sanatoriumsgelände. Im Augenblick sind die Jungens in Washington wild vor Wut,

215

und die anklagenden Finger richten sich auf dich. Nach ihrer Meinung hast du die Frau aus dem Sanatorium geholt und umgebracht.«

Ich lag da und schaute an die Decke. Ein Riß im Putz zog sich im Zickzack quer durch den Raum und verschwand unter der Stuckverzierung.

»Was glaubst du, Pat?«

»Ich warte darauf, daß du es sagst.«

»Ich habe es schon gesagt.«

»Ein zufälliger Unfall?« Er lächelte sarkastisch. »War es Zufall, daß du eine nahezu nackte Frau im Wagen hattest? War es Zufall, daß du dich durch eine Straßensperre der Polizei hindurchgelogen hast? Und war es auch Zufall, daß sie tot war, bevor der Wagen die Schutzmauer durchbrach? Du mußt dir etwas Besseres ausdenken, Freundchen. Ich kenne dich zu gut. Wenn Zufälle passieren, dann entwickeln sie sich so, wie du sie lenkst.«

»Die ganze Sache hat sich tatsächlich zufällig ergeben.«

»Mike, schau... du kannst es nennen, wie du willst. Ich bin Polizist, und ich kann dir vielleicht aus der Klemme helfen, aber wenn du nicht offen mit mir sprichst, tue ich gar nichts.«

Velda legte ihre Hand an mein Kinn und drehte meinen Kopf so, daß sie mir in die Augen schauen konnte.

»Es ist eine große Affäre, Mike«, sagte sie. »Kannst du nicht die Einzelheiten schildern?«

Sie war so völlig ernsthaft, daß es fast spaßig wirkte. Mir war danach zumute, ihr einen Kuß auf die Nasenspitze zu geben und sie zum Spielen hinauszuschicken. Aber ihre Augen flehten mich an.

»Es war wirklich Zufall«, sagte ich. »Ich las sie auf dem Wege von Albany auf. Ich weiß nichts von ihr, aber sie war sehr nervös und schien in einer üblen Lage zu sein. Die schnoddrige Art des Polizisten, der den Wagen anhielt, gefiel mir auch nicht. Ich gab ihm also keine richtige Auskunft. Wir waren etwa fünfzehn Kilometer weitergefahren, als eine Limousine vom Straßenrand hervorstieß und mich zum Halten zwang. Und jetzt kommt der Teil, den du nicht glauben wirst. Ich stieg wütend aus und jemand schoß auf mich. Er traf nicht, aber ich wurde mit einem Totschläger bearbeitet, und zwar so schön, daß ich die ganze Zeit über nicht richtig zum Bewußtsein kam. Ich weiß nicht, wohin sie uns verschleppt haben. Jedenfalls haben sie dort versucht, irgend etwas aus der Frau herauszuquetschen. Sie hat offensichtlich nichts verraten. Die Burschen hatten es sehr eilig, uns hinterher loszuwerden. Sie luden uns also in den Wagen und stießen ihn über die Klippe hinab.«

»Was sind das für Männer?« fragte Pat.

»Wenn ich das wüßte. Es waren fünf oder sechs.«

»Kannst du sie identifizieren?«

»Nicht nach ihren Gesichtern. Vielleicht wenn ich sie sprechen höre.«

Ich meinte natürlich nicht ›vielleicht‹. Ich hatte noch jede einzelne Silbe im Ohr, die sie gesprochen hatten, und jene Stimmen würden mir für immer im Gedächtnis bleiben.

Das Schweigen war ziemlich drückend. Velda sah mich verwirrt an.

»Ist das alles?« fragte sie.

Pat sprach in die Stille hinein, und seine Stimme war wieder sanft.

»Das ist alles, was er irgend jemand erzählen wird.« Er stand auf. »Wenn du es so haben willst, mache ich mit. Ich hoffe nur, daß du mir die Wahrheit gesagt hast.«

»Aber du glaubst es nicht ganz, nicht wahr?«

»Hm-hm. Ich werde es nachprüfen. Es sind immer noch Lücken in deinen Aussagen.«

»Zum Beispiel?«

»Die Lücke in der Schutzmauer. Das kann kein langsam fahrender Wagen herausgebrochen haben. Es war auch ein frischer Bruch.«

»Dann haben sie es mit ihrem eigenen Wagen bewerkstelligt.«

»Vielleicht. Wo war deine Kiste, als sie die Frau bearbeiteten?«

»Ordentlich seitlich der Fahrbahn geparkt, mit einem Wagenheber unter der Hinterachse und Warnlichtern hinten und vorn.«

»Schlau ausgedacht.«

»Das dachte ich auch«, sagte ich.

»Wer könnte je jemand finden, der die Warnlichter bemerkt hat? Die Leute würden da einfach vorbeifahren.«

»Das stimmt.«

Pat zögerte, warf Velda einen Blick zu und sah mich wieder an.

»Du bleibst also bei deiner Geschichte?«

»Was sonst?«

»Gut. Ich werde das nachprüfen. Ich hoffe, du machst keinen Fehler. Gute Nacht jetzt. Erhol dich gut.« Er ging auf die Tür zu.

»Ich werde meine eigenen Nachforschungen anstellen, sobald ich wieder auf den Beinen bin, Pat«, sagte ich.

Mit der Hand am Türknauf blieb er stehen.

»Mach dir nicht noch mehr Unannehmlichkeiten als du schon hast, Junge.«

»Ich lasse mich nicht gern niederschlagen und in eine Schlucht werfen.«

»Mike...«

»Wir sehen uns später, Pat.«

Er sah mich mit einem trockenen Grinsen an und ging. Ich hob Veldas Hand hoch und schaute auf ihre Uhr.

»Es bleiben dir noch fünf Minuten von den dreißig. Wie willst du die verwenden?«

Die Ernsthaftigkeit wich unvermittelt von ihr. Sie war mit einem Male nur noch eine wunderschöne, schwarzhaarige Frau, die sich zärtlich zu mir herabbeugte und mich küßte. Dann tasteten ihre Hände sanft über mein Gesicht.

»Ich liebe dich, Mike«, sagte sie. »Ich liebe alles an dir, sogar wenn du bis über den Hals in Schwierigkeiten steckst.« Mit ihrem Zeigefinger zog sie eine Linie über meine Wange herab. »Was soll ich jetzt tun?«

»Die Nase am Boden halten, Häschen«, erklärte ich ihr. »Versuch herauszufinden, was das alles zu bedeuten hat. Forsche in jenem Sanatorium nach und stecke deine Fühler nach Washington aus.«

»Das wird nicht leicht sein.«

»Im Capitol können sie nicht dichthalten. Es werden Gerüchte kursieren.«

»Und was wirst du tun?«

»Den Burschen von der Bundespolizei beizubringen versuchen, daß es tatsächlich eine zufällige Begegnung war.«

Ihre Augen weiteten sich ein wenig.

»Du meinst... es ist nicht so gewesen?«

»Doch, doch. Aber es wird einfach keiner glauben.«

Ich streichelte ihre Hand, und sie richtete sich auf. Als sie zur Tür ging, nahm ich jede einzelne Bewegung ihres katzenhaft geschmeidigen Körpers in mich auf. Es war etwas Wildes, Unbezähmbares und zugleich unglaublich Anmutiges in der Art, wie sie die Hüften schwang. Cleopatra mochte so gegangen sein – oder Josephine. Aber sie hatten sicherlich nie das gehabt, was Velda hatte.

3

Es war wieder Montag, ein regnerischer, trüber Montag, der feucht und düster über der Landschaft lastete. Ich schaute durchs Fenster und spürte Niedergeschlagenheit bei diesem Anblick. Die Tür öffnete sich, und der Arzt sagte: »Bereit?«

Ich wandte mich vom Fenster ab und drückte die Zigarette aus.

»Ja. Warten sie unten auf mich?«

Er nickte etwas betreten.

»Ich fürchte, ja.«

Ich nahm meinen Hut vom Stuhl und ging durchs Zimmer.

»Vielen Dank, daß Sie mir die Leute so lange vom Halse gehalten haben, Doc.«

»Es war nötig. Sie haben ziemlich viel abbekommen. Es könnten sich noch immer Komplikationen ergeben.«

Wir fuhren im Aufzug zusammen hinunter und verabschiedeten uns unten mit einem Händedruck. Ich ging zum Schalterfenster der Kassiererin. Sie suchte meinen Namen in der Liste heraus, erklärte mir, daß alles von meiner Sekretärin bezahlt worden sei und übergab mir die Empfangsbescheinigung.

Als ich mich umdrehte, sah ich sie alle dastehen: höflich mit den Hüten in den Händen. Junge Männer mit alten Augen. Sie sahen wie aufstrebende junge Manager aus. Vielleicht hätte man sie aus einer Menge herausfinden können, aber wahrscheinlich nicht. Keine Waffen zeichneten sich verräterisch unter den Jacken ab. Sie trugen keine hohen Schuhe mit Spannstütze. Sie waren nicht zu fett und nicht zu mager. Es waren junge Managertypen, ganz recht, aber in der Organisation des FBI.

Der große Bursche mit dem blauen Nadelstreifenanzug sagte:

»Unser Wagen ist draußen, Mr. Hammer.«

Ich trat an seine Seite, und die anderen flankierten uns. Wir fuhren durch den Lincoln-Tunnel nach New York hinein, lenkten an der 41. Straße nach Osten und fuhren dann die Ninth Avenue stadteinwärts zu dem modernen, grauen Gebäude, das sie als Hauptquartier benutzten.

Sie waren wirklich nett, diese Jungens. Sie nahmen mir Hut und Mantel ab, schoben mir einen Stuhl hin und fragten mich, ob ich mich gesund genug zum Sprechen fühlte, und als ich das bestätigte, schlugen sie vor, ich solle vielleicht einen Anwalt hinzuziehen.

Darüber grinste ich.

»Kein Anwalt! Stellen Sie nur Ihre Fragen, und ich werde sie gut wie möglich zu beantworten versuchen. Aber jedenfalls vielen Dank für den Vorschlag.«

Der Große nickte und blickte über meinen Kopf hinweg jemand an.

»Bringen Sie die Akte«, sagte er.

Hinter mir öffnete und schloß sich eine Tür. Er beugte sich über den Schreibtisch vor und faltete die Hände.

»Also, Mr. Hammer, wollen wir gleich zur Sache kommen. Sie sind sich völlig im klaren über die Situation, ja?«

»Ich bin mir im klaren darüber, daß gar keine Situation existiert«, sagte ich geradezu.

»Wirklich?«

»Schauen Sie, mein Lieber«, sagte ich, »Sie vertreten den FBI, und ich bin vielleicht bis über die Ohren in etwas verwickelt, was Sie interessiert. Aber stellen wir eines klar. Ich lasse mich nicht bluffen. Nicht einmal von Beamten des FBI. Ich bin aus freiem Willen hergekommen und weiß ziemlich genau über die meisten gesetzlichen Bestimmungen

Bescheid. Daß ich ohne großes Geschrei mitgekommen bin, hat seinen Grund. Ich will nämlich alles geklärt haben, weil ich viele Dinge erledigen muß, sobald ich hier fertig bin, und dabei kann ich mich nicht ständig von Polizisten herumschleppen lassen. Ist das klar?«

Er antwortete nicht sofort. Die Tür öffnete und schloß sich wieder, und eine Hand reichte einen Schnellhefter über meine Schulter hinweg. Er nahm ihn, blätterte ihn auf und überflog ein Blatt. Aber er las nicht. Er kannte das verdammte Ding auswendig.

»Es heißt hier, Sie sind eine ziemlich harte Nuß, Mr. Hammer.«

»Manche Leute meinen das.«

»Einige enge Berührungen mit den Strafgesetzen, stelle ich fest.«

»Stellen Sie bitte auch das Ergebnis fest.«

»Das habe ich. Ich nehme an, Ihre Lizenz könnte für ungültig erklärt werden, wenn wir darauf dringen.«

Ich zog meine Packung Luckies hervor und schnippte eine heraus.

»Ich habe gesagt, daß ich Ihnen behilflich sein würde. Sie können aufhören, mich zu bluffen zu versuchen.«

Sein Blick glitt über den Rand des Schnellhefters.

»Wir bluffen nicht. Die Polizei im oberen Teil des Staates New York sucht Sie. Würden Sie lieber mit denen sprechen?«

Es begann etwas ermüdend zu werden.

»Wenn Sie wollen. Die können auch nicht mehr als mit mir reden.«

»Sie haben eine Straßensperre überrannt.«

»Falsch, mein Lieber. Ich habe dort angehalten.«

»Aber Sie haben einen Beamten belogen, der Sie befragt hat.«

»Sicher. Ich stand aber nicht unter Eid. Wenn er mehr Verstand gehabt hätte, dann hätte er sich die Frau angeschaut und sie befragt.«

»Die tote Frau in Ihrem Wagen...«

»Sie wissen verdammt gut, daß ich sie nicht getötet habe«, unterbrach ich ihn.

Er lächelte matt.

»Woher sollen wir das wissen?«

»Weil ich es nicht getan habe. Ich weiß nicht, wie sie gestorben ist, aber wenn sie erschossen wurde, haben Sie sicherlich längst meine Wohnung durchstöbert und meine Waffe dort gefunden. Sie haben bereits einen Paraffintest mit mir durchgeführt, und der war negativ. Falls sie erstochen worden ist...«

»Ihr Schädel ist mit einem stumpfen Instrument eingeschlagen worden«, warf er ruhig ein.

Und ich sagte ebenso ruhig:

»Es entsprach der Einkerbung in meinem eigenen Schädel, und Sie wissen das.«

Er wurde nicht etwa sauer, sondern sein träges Lächeln vertiefte sich noch etwas. Er lehnte sich zurück und verschränkte die Hände am Hinterkopf. Hinter mir unterdrückte jemand ein Lachen.

»Okay, Mr. Hammer, Sie scheinen alles zu wissen. All die von Ihnen erwähnten Dinge haben wir getan, bevor Sie zu Bewußtsein kamen. Haben Sie geraten?«

Ich schüttelte den Kopf.

»Natürlich nicht. Ich unterschätze Polizeibeamte nicht. Eine ganze Weile lang habe ich selbst einen ziemlich guten Broterwerb in der Branche gehabt. Wenn es jetzt noch etwas gibt, was Sie wirklich wissen wollen, würde ich es Ihnen gern erklären.«

Er schürzte nachdenklich die Lippen.

»Captain Chambers hat uns einen recht vollständigen Bericht über den Fall gegeben. Die Einzelheiten wurden überprüft... Ihr Anteil an der Sache scheint Ihrem Wesen zu entsprechen. Bitte begreifen Sie eines, Mr. Hammer. Wir sind nicht hinter Ihnen her. Wenn Sie eine unschuldige Rolle in dieser Affäre gespielt haben, dann reicht uns das. Wir können es uns nur nicht erlauben, irgendeinen Gesichtspunkt außer acht zu lassen.«

»Gut. Dann bin ich also entlastet?«

»Ja. Soweit es uns betrifft.«

»Ich nehme an, man hat einen Haftbefehl für mich oben im Staat.«

»Das bringen wir in Ordnung.«

»Vielen Dank.«

»Da ist nur noch eines...«

»Ja?«

»Laut Ihrer Akte scheinen Sie ein ziemlich scharfsinniger Mann zu sein. Was ist Ihre Meinung von dem Fall?«

»Seit wann lassen die Leute vom FBI sich auf Vermutungen ein?«

»Wir tun das immer dann, wenn wir nichts Greifbares zum Weitermachen haben.«

Ich warf die Zigarette in den Aschenbecher auf dem Schreibtisch und sah ihn an.

»Die Frau wußte etwas, das sie nicht wissen durfte. Die Burschen, die das inszeniert haben, waren bestimmt keine Amateure. Ich glaube, die Limousine, die uns überholt hat, kaum daß ich die Frau aufgelesen hatte, war dieselbe, die später meinen Wagen rammte. Es war eine schlechte Stelle für einen Überfall, deshalb sind sie wohl weitergefahren und haben den richtigen Platz gesucht. Ich nehme an, es sollte wie ein Unfall aussehen.«

»Das stimmt.«

»Hätten Sie jetzt etwas dagegen, wenn ich eine Frage stelle?«

»Nein. Nur zu.«

»Wer war sie?«

»Berga Torn.« Mein Blick bat ihn, weiterzusprechen, und er zuckte mit den Schultern. »Sie war ein Taxi-Girl in einem Nachtklub, hatte zwielichtige Freunde und kannte alle Abarten des Liebeshandels.«

Ich runzelte die Stirn.

»Das begreife ich nicht.«

»Man erwartet das auch nicht von Ihnen, Mr. Hammer.«

Ein kühler Schimmer kam in seinen Blick, und ich wußte, daß er nichts weiter sagen würde.

Ich stand auf und setzte den Hut auf. Einer von den Jungens öffnete mir die Tür. Ich drehte mich um und grinste dem Großen hinter dem Schreibtisch zu.

»Ich werde es, mein Lieber«, sagte ich.

»Was?«

»Begreifen.« Mein Grinsen wurde breiter. »Und dann werden bestimmte andere Herrschaften auch etwas auf die harte Art begreifen.«

Ich zog die Tür zu und lehnte mich draußen im Gang an die Wand. Das Blut hämmerte in meinen Schläfen, und ich hatte einen trockenen, sauren Geschmack im Munde, den ich am liebsten ausgespien hätte. Im ganzen gesehen war ich längst noch nicht so gut auf den Beinen, wie ich es mir gewünscht hätte.

Ich fuhr im Lift hinunter, rief ein Taxi und gab dem Chauffeur die Adresse von Pats Büro.

Der Polizist am Empfangspult sagte mir, ich solle hinaufgehen. Pat wartete schon in seinem Büro auf mich und versuchte es der Abwechslung halber einmal mit einem freundlichen Lächeln.

»Wie ist es gegangen, Mike?« fragte er.

»Es war ein mißglückter Versuch.« Ich zog mir mit dem Fuß einen Stuhl heran und setzte mich. »Ich weiß nicht, wozu sie die Komödie gespielt haben, aber es war bestimmt Zeitverschwendung.«

»Die verschwenden nie Zeit.«

»Wozu haben sie mich dann erst hereingeholt?«

»Zum Überprüfen. Ich habe ihnen die Tatsachen mitgeteilt, die sie noch nicht kannten.«

»Sie scheinen nicht viel damit angefangen zu haben.«

»Das hatte ich auch nicht erwartet.« Er beugte sich über den Schreibtisch vor. »Ich nehme an, du hast ihnen auch einige Fragen gestellt.«

»Ja, ich kenne jetzt den Namen der Frau. Berga Torn.«

»Das ist alles?«

»Einen Teil ihrer Lebensgeschichte. Wie ist das übrige?«

Pat senkte den Blick und sah auf seine Hände. Als er mich wieder anschaute, war sein Gesicht geradezu eine Musterstudie der Vorsicht.

»Mike... ich gebe dir jetzt bestimmte Informationen. Vor allen Dingen deshalb, weil du ja doch herumstöbern und etwas davon herausfinden würdest. Wir wollen aber gerade vermeiden, daß du dich einmischst.«

»Sprich weiter.«

»Hast du schon von Carl Evello gehört?«

Ich nickte.

»Evello ist der Bursche hinter den Syndikaten. Die letzten Ermittlungen des Senatsausschusses haben eine Menge großer Namen aus der Unterwelt zutage gefördert, aber sein Name war nie dabei. So groß ist er. Die anderen sind auch ziemlich groß, aber nicht so wie er.«

Meine Brauen hoben sich.

»Ich wußte nicht, daß er soviel zu bedeuten hat. Woher kommt er?«

»Das scheint keiner zu wissen. Es wird vieles vermutet, aber solange keine konkreten Beweise vorliegen, werden keine Anklagen erhoben. Aber du kannst mir glauben, der Bursche hat Macht. Jetzt... sind sie hinter ihm her. Sie sind ganz energisch hinter ihm her, und wenn sie ihn erwischen, dann stürzen all die anderen großen Jungens auch von ihren hohen Podesten.«

»Also?«

»Berga Torn war eine Weile lang seine Geliebte.«

Das begann Sinn zu ergeben.

»Sie wußte also etwas über ihn?«

Pat zuckte mürrisch mit den Schultern.

»Wer weiß? Man vermutete das jedenfalls. Sie kann nicht mehr sprechen. Als die Burschen sie auszuquetschen versuchten, wie du das berichtet hast, wollten sie bestimmt wissen, wo sie das Material hat.«

»Du nimmst also an, es waren Evellos Leute?«

»Offensichtlich.«

»Was ist mit dem Sanatorium, in dem sie war?«

»Sie war dort auf Anraten ihres Arztes«, sagte Pat. »Sie sollte vor dem Komitee aussagen und bekam fast einen Nervenzusammenbruch vor Aufregung. Alle Verhöre des Komitees wurden bis zu ihrer Entlassung unterbrochen.«

»Das ergibt ein hübsches Bild, Pat«, sagte ich. »Wie passe ich da hinein?«

Dünne Linien begannen sich um seine Augen zu bilden.

»Du paßt da überhaupt nicht hinein. Du hältst dich heraus.«

»Unsinn.«

»In Ordnung, mein Held, dann wollen wir es ganz deutlich

machen. Du hast keinen Grund, dich in die Sache einzumischen. Du bist durch einen Zufall darin verwickelt worden und kannst ohnehin nicht viel tun. Alles was du aber tätest, würde von allen damit beschäftigten Dienststellen mißbilligt werden.«

Ich schenkte ihm mein schönstes, breitestes Grinsen.

»Du schmeichelst mir.«

»Spiel nicht den Größten, Mike.«

»Das tue ich nicht.«

»Na gut, du bist ein schlauer Junge, und ich weiß, wie du arbeitest. Ich versuche nur Unannehmlichkeiten zu verhindern.«

»Pat, du mißverstehst das«, sagte ich. »Die Unannehmlichkeiten haben schon begonnen. Man hat mich niedergeschlagen. Eine Frau wurde ermordet, und mein Wagen ist ein Schrotthaufen.« Ich stand auf und spürte dabei, wie sich mein Lächeln zu verändern begann. »Vielleicht habe ich zuviel Stolz. Aber ich lasse keinem so etwas durchgehen. Jemand wird diese Zeche bezahlen müssen, und wenn es Evello selbst ist, soll es mir recht sein.«

Pat schlug mit der flachen Hand auf den Tisch.

»Verdammt, Mike, warum kommst du nicht endlich zur Vernunft? Du...«

»Mein Lieber... stell dir vor, jemand hätte dich so behandelt. Was würdest du tun?«

»Es ist mir nicht passiert.«

»Nein... aber mir. Diese Burschen sind nicht so mächtig, daß sie damit durchkommen könnten. Verdammt, Pat, du solltest mich besser kennen.«

»Ich kenne dich gut genug. Deshalb rate ich dir ja, die Finger von der Sache zu lassen. Was soll ich noch tun? An deinen Patriotismus appellieren?«

»Es wäre mir verdammt gleichgültig, wenn der Kongreß, der Präsident und der Oberste Gerichtshof mir sagten, ich solle die Finger von der Sache lassen. Sie sind auch nur Menschen, und man hat sie nicht niedergeschlagen und in eine Felsschlucht hinabgeworfen. Man spielt nicht mit Burschen herum, die solche Unternehmungen durchführen. Ich habe diese Berga Torn wimmern hören, bevor die Bastarde sie ganz umbrachten. Ich möchte nicht wissen, was sie alles mit ihr angestellt haben, um ihr das Geheimnis zu entlocken.«

»An ihrem Körper war nichts zu sehen«, sagte er. »Soviel davon nach dem Brand noch übrig war.«

»Aber die Burschen haben das Mädchen bestimmt übel zugerichtet.« Ich starrte ihn hart an. »Und das verändert nach meiner Meinung auch deine Theorie.«

Sein Blick wurde sehr aufmerksam.

»Man hat das Mädchen nicht gequält, um herauszufinden, wieviel sie wußte«, fuhr ich fort. »Die Kerle waren hinter etwas her, was das Mädchen wußte und sie selbst nicht wußten. Sie war der Schlüssel für irgend etwas.«

Pats Gesicht war ernst.

»Und du willst das feststellen?«

»Was hast du erwartet?«

»Ich weiß nicht, Mike.« Er fuhr sich mit der Hand über die Augen. »Aber wenn du den Leuten vom FBI in die Quere kommst, landest du im Kittchen, das ist dir doch klar?«

»Hast du deine Befehle?« fragte ich ihn.

»Schriftlich. Von ziemlich hoher Stelle.« Sein Blick traf meinen. »Ich sollte dir die Neuigkeit weitergeben, falls du hier aufkreuzt.«

Ich stand auf und hantierte mit dem Zigarettenpäckchen.

»Großartige Burschen. Sie wollen es ganz allein schaffen. Sie sind zu schlau, als daß sie Hilfe brauchten.«

»Sie haben die Ausrüstung und die Macht«, sagte Pat abweisend.

»Ja, sicher, aber vielleicht nicht die Geschicklichkeit.«

Ich setzte meinen Hut auf, ohne damit die blaue Beule zwischen meinen Augen zu berühren.

»Wir sehen uns später, Pat«, sagte ich.

»Vielleicht – vielleicht auch nicht«, sagte er auf meinen Rücken hin.

Ich ging hinunter und wartete draußen im Regen, bis ein Taxi kam.

Wenn ich nicht gewußt hätte, daß die Männer vom FBI in meiner Wohnung gewesen wären, hätte ich es nie bemerkt. Es waren nur winzige Kleinigkeiten hier und dort. Ein Streifen in der Staubschicht auf einer Kommode, wo ein Jackenärmel vorbeigestreift war – ein Aschenbecher, der nicht ganz an der richtigen Stelle stand – die Gummidichtung hing an der Eisschranktür heraus, weil sie nicht wußten, daß die Dichtung lose war und mit der Hand wieder zurückgeschoben werden mußte.

Der 45er hing noch im Schrank, aber jetzt waren Daumenabdrücke an der Seite, obwohl ich wußte, daß ich sie vor dem Weghängen abgewischt hatte. Ich nahm die Waffe im Halfter vom Haken und legte sie auf den Tisch. Die Jungens aus Washington waren recht gut in dieser Art von Untersuchungen.

Ich begann ein melodieloses Lied zu pfeifen, als ich meine Jacke auszog. Im gleichen Moment fiel mein Blick auf den Papierkorb neben dem Toilettentisch. Am Boden lag ein Zigarettenstummel, der nicht meine Marke trug. Ich nahm den Stummel heraus, betrachtete ihn und pfiff weiter mein melodieloses Lied, als ich den Stummel in den Papierkorb zurückwarf. Dann kam mir der alarmierende Gedanke, und ich hörte zu pfeifen auf und wählte die Nummer des Hausmeisters unten.

»Hier spricht Mike Hammer, John«, sagte ich. »Haben Sie Männer in meine Wohnung gelassen?«

»Männer?« sagte er zögernd. »Sie wissen ja, Mr. Hammer, ich . . .«

»Es ist schon in Ordnung. Ich habe mit ihnen gesprochen. Ich wollte es nur überprüfen.«

»Also, in diesem Falle . . . sie hatten einen Haussuchungsbefehl. Es waren FBI-Männer.«

»Ja, ich weiß.«

»Sie sagten, ich solle es nicht erwähnen.«

»Sind Sie dessen sicher?«

»Ganz sicher. Sie hatten auch einen Stadtpolizisten bei sich.«

»War sonst noch jemand da?«

»Keiner weiter, Mr. Hammer. Ich würde keine Seele in Ihre Wohnung lassen. Sie wissen das.«

»In Ordnung, John. Vielen Dank.« Ich hängte ab und schaute mich weiter um.

Andere Leute hatten meine Wohnung auch durchsucht. Sie hatten sorgfältige Arbeit geleistet. Aber nicht so gut wie die FBI-Männer. Sie hatten ihre Visitenkarte hinterlassen.

Die Anzeichen von Gefahr begannen wie unsichtbare Rauchschleier rund um mich her aufzusteigen. Man konnte sie nicht sehen, und man konnte sie nicht riechen, aber sie waren da. Ich begann wieder zu pfeifen und nahm den 45er zur Hand.

4

Velda kam um halb zwölf. Sie benutzte den Schlüssel, den ich ihr vor langer Zeit gegeben hatte, und als sie ins Wohnzimmer trat, brachte sie jene Atmosphäre von Wärme und Lebenslust mit sich, die sofort den Raum zu erhellen schien.

»Hallo, Schöne«, sagte ich; mehr brauchte ich nicht zu sagen, denn es war nicht nur ein hingesprochenes Wort, und sie wußte es.

Sie lächelte und machte mit dem Mund eine Kußbewegung.

»Dieses häßliche Gesicht«, sagte sie. »Du siehst noch häßlicher aus als zuvor, aber ich liebe dich nur noch mehr.«

»Also bin ich häßlich. Aber darunter bin ich schön.«

»Wer kann so tief graben?« Sie grinste und fügte dann hinzu: »Außer mir natürlich.«

»Nur du, Liebling.«

Das Lächeln um ihren Mund wurde weicher. Sie schlüpfte aus ihrem Mantel und warf ihn über die Stuhllehne.

Ich konnte mich nie an ihr sattsehen. Sie war alles, was ein Mann brauchte: eine hundertprozentige Frau, die hart oder zärtlich oder unergründlich rätselhaft sein konnte – aber immer gleich begehrenswert. Sie hatte die gefährliche Schönheit eines Dschungeltieres und gleichzeitig die flirrende Intelligenz der Großstädterin. Wie ich schon sagte: sie war alles zugleich.

Nachdem sie zwei Dosen Bier aus dem Eisschrank geholt hatte, begann sie mir zu berichten.

»Ich fand einen Lastwagenfahrer, der deinen Wagen mit den Warnlichtern hinten und vorn bemerkt hat. Der Mann hielt an, und als er keinen in der Nähe des Wagens sah, fuhr er weiter. Das nächste Telefon war viereinhalb Kilometer entfernt in einem Imbißwagen, und er war überrascht, weil keiner dorthin gekommen war, und er unterwegs auch keinen Fußgänger überholt hatte. Das Mädchen in dem Imbißwagen kannte eine verlassene Hütte ein paar hundert Meter von der Stelle entfernt, und ich ging hin. Es wimmelte dort von FBI-Männern.«

»Großartig.«

»Das ist kaum das richtige Wort dafür.« Sie bewegte sich im Sessel und fuhr sich mit den Fingern durchs Haar. Der dunkle Ebenholzglanz wurde im matten Lampenlicht zu einem sanften Schimmer gedämpft. »Sie hielten mich eine Weile fest, fragten mich aus und entließen mich mit einer Warnung, die es in sich hatte.«

»Haben sie etwas gefunden?«

»Soviel ich sehen konnte, nicht. Die Hütte steht jedenfalls mehr als fünfzig Meter von der Chaussee entfernt hinter dichten Büschen auf Staatsgrund, und wenn man die Lage nicht kennt, würde man nie hinfinden.«

»Es kann also kein zufälliger Schlupfwinkel sein, meinst du?«

»Ganz bestimmt nicht. Die Hütte steht seit zwanzig Jahren dort und wirkte unbewohnt. In den Türpfosten waren Daten eingekerbt. Das letzte von 1948.«

»Sonst noch etwas?«

Velda schüttelte langsam den Kopf.

»Ich habe deinen Wagen gesehen – was davon übrig ist.«

»Armes, altes Baby«, sagte ich und schüttelte seufzend den Kopf. »Die Burschen haben eine Frau getötet und versucht, mir die Schuld in die Schuhe zu schieben. Sie haben meinen Wagen vernichtet und mich ins Krankenhaus gebracht. Offenbar halten sie uns für völlige Einfaltspinsel. Diese Schweine, diese elenden Schweine.«

Jetzt war Velda mit Seufzen an der Reihe.

»Und du willst natürlich Jagd auf sie machen, Mike, nicht wahr?«

Es war ein Ausdruck von Trauer in ihrem Blick, und mir war nicht ganz wohl, als ich ihr zugrinste.

»Was hast du gedacht?« fragte ich.

»Es ist immer dasselbe.« Sie sagte das mehr zu sich selbst und sah mich dann an. »Und wo willst du anfangen?«

»Bei Berga Torn«, sagte ich. »Ich brauche die Berichte aus dem Sanatorium. Ich brauche auch ihre Lebensgeschichte und die von den Leuten aus ihrer Bekanntschaft. Das ist deine Aufgabe.«

»Und du?« fragte sie.

»Evello. Carl Evello. Irgendwie hat er mit der Affäre zu tun, und um ihn werde ich mich kümmern.«

Velda nickte, während sie mit den Fingernägeln auf die Sessellehne trommelte und durchs Zimmer starrte.

»Er wird kein leichter Fall sein.«

»Keiner ist das.«

»Besonders Evello. Er hat eine Organisation hinter sich. Während du noch im Krankenhaus lagst, habe ich mit einigen Leuten gesprochen, die ein wenig über Evello Bescheid wußten. Es war nicht viel, aber an einem Hinweis bist du sicherlich interessiert.«

»Und der wäre?«

Sie sah mich mit jenem halben Lächeln an: ein wunderhübsches Dschungeltier, das seinen Gefährten abschätzt, bevor es ihm sagt, was ihn außerhalb der Höhle erwartet.

»Mafia«, sagte sie.

Ich spürte, wie es von den Zehen aufwärts zu fließen begann: ein kaltes Feuer, das durch meinen Körper hochkroch und darin ein Gefühl von wilder Wut und Furcht hinterließ, das vernunftmäßig nicht zu erklären war.

»Woher wußten sie das?« hörte ich mich heiser fragen.

»Keiner weiß es genau. Es wird nur vermutet.«

Wir sahen einander lange an – und die Stille im Zimmer schien immer dichter und drückender zu werden.

5

Es war spät – aber nur der Uhr nach. Die Stadt gähnte und streckte sich nach dem Abendessen und begann ihr eigentliches Leben. Der Regen hatte aufgehört. Die Luft war jetzt frischer, die Lichter waren ein wenig heller. Die Parade der Taxis hatte sich so verlangsamt, daß ich eines heranpfeifen und mich zu Pats Wohnung fahren lassen konnte.

Er begrüßte mich mit einem Grinsen und nahm mir den Mantel ab. Sein Blick glitt über meine Brust, und er brauchte nicht zweimal hinzuschauen, um festzustellen, daß ich keine Pistole im Schulterhalfter trug.

»Einen Drink?« fragte Pat.

»Jetzt nicht.«

»Es ist nur Ginger Ale.«

Ich schüttelte den Kopf und setzte mich. Er füllte sein Glas, ließ sich in einen Lehnsessel sinken und schob die Papiere, an denen er gearbeitet hatte, in einen Umschlag.

»Freut mich, daß du ohne schweres Gepäck reist«, sagte er.

»Hast du das nicht erwartet?«

Seine Mundwinkel verzogen sich nach oben.

»Ich dachte, du wüßtest, was *dich* erwartet. Gib mir nur keine Schuld, das ist alles.«

»Es tut dir nicht allzu leid, nicht wahr?«

»Tatsächlich nicht.« Er tippte mit den Fingern auf den Umschlag und sah mich an. »Natürlich bist du jetzt in einer ziemlich üblen Lage, aber ich nehme an, du wirst nicht verkommen.«

»Das glaube ich auch nicht.« Ich grinste zurück. »Wie ich die Sache sehe, soll ich euch und dem FBI also jetzt als Lockvogel für ein größeres Wild dienen. Wie lange wird sich das hinziehen?«

Mein Grinsen mißfiel ihm. Um seine Augen bildeten sich jene Fältchen, die anzeigten, daß ihm etwas unter die Haut ging. Seine Hände schlossen sich enger um das Glas.

»Mike ... hier geht es nicht nur um Mord.«

»Ich weiß.«

»Wieviel?«

»Nur eines: Mafia.«

Sein Gesichtsausdruck veränderte sich nicht.

»Und?«

»Ich könnte euch nützlich sein, wenn ihr mich frei operieren lassen würdet.«

»Du hältst ganz offensichtlich große Stücke auf dich.«

»Das muß ich, mein Freund. Weil es kein anderer tut. Außerdem bin ich immer noch da, nachdem eine Menge anderer Burschen ihre letzte Wagenfahrt gemacht haben.«

Pat leerte sein Glas und schwenkte die letzten Tropfen am Boden herum.

»Mike, wenn es nach mir ginge, würde ich dich und noch zehntausend andere Männer an dem Fall arbeiten lassen«, sagte er. »So viele würden wir ungefähr brauchen, um diesen gewaltigen Apparat zu bekämpfen. Aber ich bin nur ein Stadtpolizist und empfange meine Befehle. Was willst du von mir?«

»Du hast es gesagt, Pat.«

Er lachte. Es war wie in alten Tagen, als wir beide noch viel unbekümmerter waren.

»Also du willst mich als dritten Arm haben, nicht wahr? Du willst dich in die Affäre stürzen, ganz gleich, was die anderen davon halten, und wie der Fall nun einmal liegt, sollten wir tatsächlich lieber deine Talente ausnützen, statt sie zu bekämpfen.«

Das Grinsen war echt. Die Zeit schien sechs Jahre zurückgedreht zu sein. Das Leuchten war wieder in seinen Augen, und wir waren – wie damals – ein Gespann, das alles überrannte, was sich ihm in den Weg stellte.

»Jetzt werde ich dir was sagen, Mike. Mir gefällt die Art, wie die Goldplakettenboys ihre Arbeit verrichten, auch nicht. Ich habe es nicht gern, wenn Politik mit Verbrechen vermischt wird. Jeder hat Angst, etwas zu unternehmen, und es wird Zeit, daß einmal gehörig Alarm geschlagen wird. Jetzt ist schon so oft von verschiedenen Leuten behauptet worden, diese Mafia-Bande sei uns über den Kopf gewachsen, daß ich bald selbst daran glaube. Also gut, ich werde mich einmal nicht um meine Dienstpflichten kümmern, sondern dich unterstützen. Aber behalte das für dich. Wenn sich etwas ergibt und ich mit handgreiflichen Ergebnissen aufwarten kann, läßt man mir vielleicht sogar meinen Posten.«

»Ich kann immer einen Partner brauchen.«

»Vielen Dank. Jetzt laß hören, was du wissen willst.«

»Informationen, und zwar detaillierte.«

Er brauchte nicht lange danach zu suchen. Das Zeug lag auf

233

seinem Schoß. Er zog es aus dem Umschlag und breitete die einzelnen Dokumente auseinander.

»Bekannte Verbrecher mit Verbindungen zur Mafia«, erklärte er. »Eine kurzgefaßte Geschichte der Macht der Mafia und der Ohnmacht der Polizei. Zwanzig Seiten Verhaftungen und kaum eine nennenswerte Verurteilung. Wir bekommen es immer nur mit den kleinsten Handlangern des Verbrechens zu tun. Einige von den großen Nummern kennen wir zwar, aber bilde dir ja nicht ein, daß sie wirklich die Allerhöchsten sind. Die Namen der Größten kennen wir nicht.«

»Ist Carl Evello dabei?«

Pat blätterte die Seiten um und warf den ganzen Stoß ärgerlich zu Boden.

»Von Evello ist nirgendwo die Rede.«

»Berga Torn?«

»Jetzt sind wir wieder bei Mord. Bei einem von vielen Morden.«

»Wir sind nicht gleicher Meinung, Pat.«

»Nein?«

»Berga war ein Sonderfall. Man hat sogar eine Sondermannschaft auf sie angesetzt. Warum war man so wild hinter ihr her?«

Ich sah, wie er einen Moment zögerte, dann mit den Schultern zuckte und weitersprach.

»Jedenfalls sah sie gut aus und hatte einen gut funktionierenden Verstand. Aber sie hatte sich da in üble Sachen eingelassen.«

»Das weiß ich.«

»Ein Gerücht besagt, daß Evello sie eine Weile lang als Freundin ausgehalten hat. Nach dem gleichen Gerücht soll er ihr später den Laufpaß gegeben haben. Der Untersuchungsausschuß des Senats glaubte nun wohl, sie sei wütend genug auf Evello, daß sie auspacken würde, was sie über ihn wußte.«

»Evello kann doch nicht so dumm gewesen sein«, sagte ich.

»Wenn es um Frauen geht, können Männer furchtbar dumm sein«, sagte er mit einem anzüglichen Grinsen.

»Und weiter?« fragte ich.

»Die Leute vom FBI sind an Berga herangetreten. Sie war halb außer sich vor Angst, aber sie deutete an, sie könne vielleicht etwas mitteilen. Sie verlangte jedoch Zeit, um ihre Informationen einzusammeln, und entsprechenden Schutz, wenn sie das Material preisgegeben hätte.«

»Großartig.« Ich drückte den Zigarettenstummel aus und lehnte mich im Sessel zurück. »Ich sehe deutlich vor mir, wie Washington ihr eine ständige Leibwache abkommandiert hätte.«

»Sie sollte maskiert vor dem Untersuchungsausschuß auftreten.«

»Was sollte das nützen? Evello würde bestimmt gewußt haben, wer ihn da verzinkt hätte.«

Pat bestätigte diese Vermutung mit einem Nicken.

»Inzwischen hat sie dann völlig die Nerven verloren. Zweimal konnte sie den Männern entwischen, die sie beschatten sollten. Schließlich hat sie sich selbst in ärztliche Behandlung begeben, und der Arzt wies sie in das Sanatorium ein, wo sie drei Wochen bleiben sollte. Das übrige weißt du ja.«

Ich nickte.

»Das weiß ich nur zu gut. Aber eines möchte ich noch wissen: Wo ist Evello?«

»Hier in New York.«

»Und die anderen bekannten Verbrecher, die mit der Mafia in Verbindung stehen?«

Pat sah mich einen Moment nachdenklich an.

»Leben in anderen großen Städten, aber ihr Operationszentrum ist auch hier.« Er lächelte hart. »Und so kommen wir zum Ende unserer aufschlußreichen kleinen Diskussion über die Mafia. Wir kennen einige dieser Burschen und wissen, wie sie operieren, aber das ist auch alles.«

»Washington hat nichts in Händen?«

»Sicher, aber was nützt das? Keiner sagt gegen die Mafia aus. Da gibt es nämlich diese kleine, aber unumgänglich notwendige Einzelheit, die man Beweis nennt.«

»Das werden wir bekommen«, sagte ich, »... auf die eine oder andere Weise. Es ist immerhin eine große Organisation. Sie brauchen Arbeitskapital.«

Pat starrte mich an, als wäre ich ein unwissendes Kind.

»Natürlich brauchen sie das. Weißt du auch, wie sie es

235

zusammenbekommen? Sie quetschen es aus den kleinen Leuten heraus. Es ist eine Extrasteuer, die der kleine Mann zahlen muß.«

Er brauchte mich nicht daran zu erinnern. Ich wußte, wie die Mafia arbeitet.

»Vielleicht hast du recht, Pat«, sagte ich. »Und vielleicht hat auch bisher noch keiner energisch genug versucht, etwas dagegen zu unternehmen.«

Er brummte etwas Unverständliches.

»Du hast noch immer nicht gesagt, wie du an die Sache herangehen willst.«

Ich stemmte mich aus dem Sessel hoch und fuhr mit der Hand übers Gesicht.

»Zuerst möchte ich mehr über Berga Torn herausfinden.«

Pat bückte sich und hob das oberste Blatt von dem Stapel ab, den er zu Boden geworfen hatte.

»Dann kannst du dir ebensogut das hier mitnehmen. Bisher ist das für jeden das Beste, was es gibt, um an den Fall heranzugehen.«

Ich faltete das Blatt Papier zusammen und steckte es ungelesen in die Tasche.

»Du läßt es mich wissen, wenn sich etwas Neues ergibt?« fragte Pat.

»Ich lasse es dich wissen.« Ich nahm meinen Mantel und ging auf die Tür zu.

»Und, Mike...«

»Ja?«

»Dies ist ein Vertrag auf Gegenseitigkeit, erinnere dich daran.«

»Ich werde es nicht vergessen.«

Unten blieb ich eine Minute vor dem Gebäude stehen. Ich ließ mir Zeit mit dem Hervorsuchen einer Zigarette und noch mehr Zeit mit dem Anzünden. Mindestens zehn Sekunden lang flackerte der Schein der Streichholzflamme über mein Gesicht, bevor ich den Rauch tief einsog und in die Nachtluft hinausstieß.

Der Bursche im Hauseingang jenseits der Straße tat so, als wäre er eben aus dem Haus gekommen und wüßte nicht, in

236

welche Richtung er gehen solle. Ich wandte mich nach Osten, und er ebenfalls.

Auf halbem Wege zur nächsten Ecke überquerte ich die Straße, um ihm seine Arbeit zu erleichtern. Washington erkannte Schuhsohlen nicht als Unkosten an, es hatte also keinen Sinn, dem Jungen das Leben schwerzumachen. Ich ging drei Häuserblocks näher auf die U-Bahn-Station zu und wandte alle möglichen Tricks an, so daß er mir schließlich direkt in den Kragen spucken konnte.

Ich hatte ihn mir gerade genau angeschaut und wollte ihn freundlich begrüßen, als er mir plötzlich eine Waffenmündung zwischen die Rippen rammte, und ich im selben Moment wußte, daß er nichts mit Washington zu tun hatte.

Er war jung und sah gut aus, bis er lächelte. Die gelb verfärbten Zahnstummel in seinem Mund wiesen ihn dann als das aus, was er war: ein teuer angezogener Ganove bei einem gut bezahlten Sondereinsatz.

Sein Lächeln wurde noch breiter, und er wollte zum Sprechen ansetzen, als ich ihm den Mantel aufriß, und die Waffe in seiner Tasche nicht mehr auf mich wies. Er wurde halb herumgerissen, während er das Schießeisen aus der Tasche ziehen wollte. Aber inzwischen hatte ich ihm schon einen Handkantenschlag in den Nacken verpaßt, und er setzte sich mit ausgestreckten Beinen auf den Gehsteig: sehr lebendig, sehr wach, aber kein bißchen aktiv.

Ich nahm ihm den Banker's Special aus der Hand, schüttelte die Patronen heraus und warf sie in den Rinnstein. Als ich ihm das Schießeisen in den Schoß legte, waren seine Augen ganz wäßrig – so als schämte er sich über sich selbst.

»Sag deinem Boß, er soll das nächstemal einen Fachmann schicken«, sagte ich.

Ich ging weiter die Straße entlang und in die U-Bahn-Station. Der Bubi, den ich da auf der Straße sitzend zurückgelassen hatte, würde wohl diesmal nicht seine Monatszuwendung bekommen.

Ich steckte eine Münze in den Schlitz am Drehkreuz, ging durch und zog das Blatt Papier aus meiner Tasche. Nach einem kurzen Blick steckte ich es wieder ein und ging zum stadteinwärts führenden Bahnsteig hinüber.

6

Nachts geschieht etwas mit Brooklyn. Es ist kein benachbarter
Stadtteil mehr. Brooklyn zieht sich in sich selbst zurück, läßt
die Jalousien herunter und beginnt ein Leben, das einem
Außenstehenden fremdartig erscheinen mag. Es ist seltsam,
aufregend, mit hellen Lichtern gesprenkelt und doch irgendwie undefinierbar.

Ich stieg an der De-Kalb-Station aus und ging zur Straße
hinauf. Ein Mann an der Ecke wies mir den Weg zu der
gewünschten Adresse, und ich ging die wenigen Häuserblocks zu Fuß.

Es war ein fünfzig Jahre altes Backsteinhaus mit auf die Tür
gemalter Hausnummer. Ich stieg die vier Sandsteinstufen
hinauf, hielt ein brennendes Streichholz vor die Briefkästen
und fand, was ich suchte.

Die Namen CARVER und TORN standen dort, aber jemand
hatte beide Namen mit einem Bleistift durchgestrichen und
BERNSTEIN daruntergeschrieben. Ich fluchte nur ganz leise
vor mich hin, während ich auf den untersten Klingelknopf mit
der Aufschrift HAUSMEISTER drückte. Das Türschloß begann zu schnarren. Ich drückte und trat ein.

Er kam an die Tür, und ich konnte beinahe sein Gesicht
sehen. Ein Teil davon ragte hinter der fleischigen Schulter
einer Frau hervor, die überall rings um ihn her emporragte
und mich anstarrte, als wäre ich soeben aus einem Loch
gekrochen. Ihr Haar war ein grauer Mop, in winzige Knoten
zusammengeflochten und um Lockenwickler gerollt. Ihre
Fleischmassen sprengten fast den Bademantel, und sie versuchte, zu Atem zu kommen, damit sie etwas sagen konnte.

»Was zum Teufel wollen Sie?« stieß sie endlich hervor.
»Wissen Sie, wie spät es ist? Sie denken wohl...«

»Seien Sie still.«

Ihre Lippen bewegten sich nicht mehr. Ich lehnte mich
gegen den Türpfosten.

»Ich suche den Hausmeister.«

»Ich bin...«

»Sie sind gar nichts für mich, Lady. Sagen Sie Ihrem
Hintermann, er soll herauskommen.«

238

Ich dachte, ihr Gesicht würde auseinanderfallen. »Sagen Sie es ihm«, wiederholte ich.

Irgendwie war ihr die Kampfeslust abhanden gekommen. Sie trat wortlos beiseite. Der Hintermann wollte gar nicht gern herauskommen, aber er tat es doch. Er machte sich so groß wie möglich.

»Ja?«

Ich zeigte ihm die Metallplakette, die ich noch hatte. Sie besaß keine Bedeutung mehr, aber sie schimmerte immer noch im Licht und war etwas, was nicht jeder trug.

»Nehmen Sie Ihre Schlüssel.«

»Jawohl, Sir, jawohl, Sir.«

Er nahm einen Schlüsselring vom Haken neben der Tür und trat in den Gang hinaus. Hinter ihm wurde die Tür zugeworfen.

»Wohin?« fragte er.

»Berga Torns Wohnung. Ich will sie mir ansehen.«

»Aber die Polizei ist doch schon dagewesen.«

»Ich weiß.«

»Heute habe ich die Wohnung wieder vermietet.«

»Schon jemand drin?«

»Noch nicht. Morgen sollen sie kommen.«

»Gehen wir also.«

Wir stiegen zwei Stockwerke hinauf. Er öffnete eine Tür, schloß sie auf und schaltete das Licht ein.

Ich weiß nicht, was ich zu finden erwartet hatte. Vielleicht war es mehr Neugier als alles andere, was mich hergezogen hatte. Die Wohnung war von Fachleuten durchsucht worden, und alles Mitnehmenswerte war bestimmt weg. Küche und Wohnzimmer waren kombiniert, und zwischen den zwei Schlafzimmern lag das Bad eingeklemmt. Die Möblierung war gemütlich und unauffällig.

»Wessen Möbel sind das?«

»Wir vermieten möbliert. Was Sie sehen, gehört dem Hauswirt.«

Ich ging ins Schlafzimmer und öffnete die Tür des Einbauschranks. Sechs Kleider und ein Kostüm hingen dort. Am Boden standen viele Paare Schuhe und Pumps in Reih und Glied. Die Fächer der Frisierkommode waren ebenfalls mit

239

Kleidungsstücken und Wäsche gefüllt. Die Sachen waren gut und ziemlich neu, aber nicht besonders luxuriös.

Im oberen Kommodenschubfach lagen neben sauber zusammengerollten Strümpfen vier Umschläge. Zwei mit bezahlten Rechnungen, ein Brief der Milburn-Schiffahrtsgesellschaft mit der Mitteilung, es seien auf dem Linienschiff *Cedric* keine Kojen mehr frei. Der andere, schwerere Umschlag enthielt ungefähr ein Dutzend Indianerkopf-Pennies.

Das Nebenschubfach war mit angebrauchten Lippenstiften und dem üblichen Krimskrams von Frauen angefüllt.

Das andere Schlafzimmer war es, das mir eine Überraschung bot. Es war nichts darin. Nur ein gemachtes Bett, und Schrank und Schubfächer waren ausgeräumt.

Der Hausmeister beobachtete mich, bis ich schweigend ins Wohnzimmer zurückkehrte.

»Wessen Zimmer ist das?« fragte ich und deutete auf das leere Schlafzimmer.

»Miß Carvers.«

»Wo ist sie?«

»Vor zwei Tagen ausgezogen.«

»Hat die Polizei mit ihr gesprochen?«

Er nickte kurz und schnell.

»Vielleicht ist sie deswegen ausgezogen«, sagte er.

»Wollen Sie die Sachen ausräumen?«

»Ich muß wohl. Die Miete ist nächsten Monat fällig. Aber sie war im voraus bezahlt. Hoffentlich bekomme ich keine Schwierigkeiten, weil ich so bald schon wieder vermietet habe.«

»Wer hat die Wohnung bezahlt?«

»Auf dem Mietvertrag steht der Name Torn.« Er sah mich vielsagend an.

»Das habe ich nicht gefragt.«

»Sie hat mir das Geld gegeben.« Ich starrte ihn an, und er fummelte unruhig an seiner Pyjamajacke herum.

»Wie oft soll ich euch von der Polizei das wiederholen: Ich weiß nicht, woher sie das Geld hatte. Soweit ich weiß, hat sie sich nicht mit Männern herumgetrieben. Diese Wohnung hier war jedenfalls keine Absteige. Das hätte meine Frau bestimmt bemerkt.«

»In Ordnung«, sagte ich. »Das wäre es also.«

Er hielt mir die Tür auf.

»Meinen Sie, es entsteht etwas daraus?«

»Viel.«

Er fuhr sich mit der Zunge nervös über die Lippen.

»Es wird doch nicht...«

»Machen Sie sich keine Sorgen. Wie kann ich diese Miß Carver erreichen?«

Er warf mir einen unruhigen Blick zu.

»Sie hat keine Adresse hinterlassen.«

Ich ließ die nächsten Worte sehr scharf und dienstlich klingen.

»Sie wissen doch... wenn Sie irgendwelche Angaben zurückhalten, können Sie vor Gericht gestellt werden.«

»Also, hören Sie, Mister, wenn ich wüßte...« Er sah meinen Blick und hielt schnell inne. »Also gut«, fuhr er leise fort. »Aber lassen Sie es meine Frau nicht wissen. Die Carver hat heute angerufen. Sie erwartet noch Post von ihrem Freund und hat mich gebeten, sie ihr nachzusenden. Es soll aber keiner wissen, wo sie ist. Haben Sie einen Bleistift?«

Ich reichte ihm einen Kugelschreiber zusammen mit den Überresten eines Briefumschlags, und er schrieb es auf.

»Hoffentlich habe ich es richtig gemacht«, sagte er, als er mir Umschlag und Kugelschreiber zurückgab.

»Ganz bestimmt. Sie brauchen die Adresse nun auch keinem mehr weiterzusagen. Ich werde das Mädchen aufsuchen. Aber sie wird nicht wissen, wie ich zu ihrer Adresse gekommen bin. Ist das recht?«

»Großartig.« Sein Gesicht zeigte Erleichterung.

»Wie sah sie übrigens aus?«

»Die Carver?«

»Ja.«

»Sehr hellblond und hübsch. Haar wie Schnee.«

»Ich werde sie finden«, sagte ich.

Es war ein Haus an der Atlantic Avenue, im zweiten Stock über einem Gebrauchtwarenhandel. TRENTEN stand auf dem neuen Namensschild unten an der Haustür.

Ich drückte dreimal auf den Knopf, hörte aber kein Klingelzeichen, während ich dort im Dunkeln stand. Ein seltsamer Geruch hing in der Luft. Er schien von oben zu kommen, die Gänge und Treppen herunterzuwehen, sich mit anderen Gerüchen zu vermischen und dann auf die Straße hinauszu-fließen.

Ich trat ins Haus. Jeder Treppenabschnitt hatte vierzehn Stufen, einen Absatz und einen kurzen Gang, der zur näch-sten Treppe führte. Am Ende der letzten Treppe lag die Tür. Der Geruch war hier oben anders. Nicht frischer, es roch nur besser. Ein dünner Lichtstrich markierte die Schwelle, und zur Abwechslung stand hier einmal keine Abfalltüte, über die man stolpern mußte.

Ich klopfte an die Tür und wartete. Ich versuchte es wieder und hörte drinnen Polsterfedern knacken.

Eine ruhige, dünne Stimme sagte: »Ja?«

»Carver?«

Wieder: »Ja.« Diesmal etwas ungeduldig klingend.

»Ich möchte Sie sprechen. Ich schiebe meine Visitenkarte unten durch den Türschlitz.«

»Nicht nötig. Kommen Sie nur herein.«

Ich tastete nach dem Knauf, drehte ihn und drückte die Tür auf.

Sie saß mir gegenüber, ganz versunken in einem großen Lehnsessel, und die Waffe in ihrer Hand ruhte lässig auf ihrem Knie. Aber es bestand nicht der geringste Zweifel daran, daß sie losgehen würde, wenn ich auch nur heftig atmete.

Die Carver war für meine Begriffe nicht hübsch. Sie war klein und üppig, aber nicht hübsch. Vielleicht sieht keine Dame hübsch aus, wenn sie ein Schießeisen in der Hand hält, sogar wenn sie weiß gebleichtes Haar und einen blaßrot geschminkten Mund hat. Der schwarze Samtmorgenrock bil-dete einen scharfen Kontrast zu diesem hellen Haar und den mit weißem Fell besetzten Pantöffelchen an ihren Füßen.

Etwa eine Minute lang betrachtete sie mich abschätzend von oben bis unten. Ich ließ sie schauen und drückte die Tür zu. Vielleicht war sie zufrieden mit dem, was sie sah, viel-leicht auch nicht. Sie sagte nichts, aber sie legte die Pistole auch nicht zur Seite.

»Haben Sie jemand anderes erwartet?« fragte ich.

Was sie mit ihrem Mund tat, erzeugte kein Lächeln.

»Ich weiß nicht. Was haben Sie zu sagen?«

»Was ich sage, wird Sie dazu bringen, diese Knallbüchse auf ein anderes Ziel zu richten.«

»So lange oder so laut können Sie gar nicht sprechen, mein Freund.«

»Darf ich mir eine Zigarette aus der Tasche holen?«

»Auf dem Tisch neben Ihnen liegen welche.«

Ich nahm eine und hätte fast nach den Streichhölzern in meiner Tasche gegriffen. Aber dann ließ ich es lieber sein und bediente mich mit den Streichhölzern, die neben dem Zigarettenpäckchen lagen.

»Sie sind ganz bestimmt keine gute Gesellschafterin, Mädchen.« Ich blies eine Rauchwolke zu Boden und wippte auf den Zehenspitzen. Jenes kleine, runde Loch im Lauf der Automatik-Pistole deutete unentwegt auf meinen Bauch.

»Mein Name ist Mike Hammer«, sagte ich. »Ich bin Privatdetektiv und war mit Berga Torn zusammen, als sie getötet wurde.«

Diesmal bewegte sich die Pistole. Die Mündung zielte jetzt auf mein Gesicht.

»Weiter«, sagte sie.

»Sie wollte per Anhalter in die Stadt kommen«, fuhr ich fort. »Ich las sie auf, schmuggelte mich durch eine Straßensperre, die nach ihr suchte, und wurde von einem Wagen gerammt und beinahe auch von einer Bande von Gangstern erledigt, die es bestimmt ganz ernst meinten. Für diese Banditen sollte ich als Sündenbock dienen und die wirkliche Todesursache von Berga Torn verschleiern helfen. Es entwickelte sich nur nicht ganz so.«

»Wie ist es passiert?«

»Ich bin aus dem Wagen geschleudert worden, als er mit uns beiden an Bord in eine Schlucht hinabgestoßen wurde. Wenn Sie wollen, kann ich Ihnen die Narben zeigen.«

»Nicht nötig.«

Wir starrten also einander wieder lange an, und die Pistolenmündung schien dabei größer und größer zu werden.

»Sind Sie bewaffnet?«

»Die Polypen haben mir meine Schießeisen und meine Lizenz als Privatdetektiv abgenommen.«

»Warum?«

»Weil sie wußten, daß ich mich in diese Affäre einmischen würde, und sie wollten mich fernhalten.«

»Wie haben Sie mich gefunden?«

»Es ist nicht schwer, Leute zu finden, wenn man weiß, wie man das anstellen muß. Jeder könnte das.«

Ihre Augen weiteten sich einen Moment und verengten sich dann scharf.

»Angenommen, ich glaube Ihnen nicht«, sagte sie.

Ich sog eine Lunge voll Rauch ein und ließ den Stummel zu Boden fallen, ohne mir die Mühe zu machen, ihn auszudrük-ken. Ich ließ ihn dort liegen, bis man den Gestank von verbrannter Wolle im Zimmer riechen konnte.

»Kind, ich habe es satt, Fragen zu beantworten«, sagte ich. »Ich habe es auch satt, Waffen auf mich gerichtet zu sehen. Sie sind die zweite heute, und wenn Sie das Ding nicht wegstek-ken, werde ich Vernunft in Sie hineinprügeln. Wie wollen Sie es haben?«

Ich konnte ihr keine Furcht einjagen. Die Waffe senkte sich, bis sie auf ihrem Schoß ruhte, und zum erstenmal entspannte ihr Gesicht sich etwas. Miß Carver sah einfach müde aus. Müde und resigniert. Ihr blaßrot geschminkter Mund verzog sich zu einer Grimasse der Trauer.

»Also gut«, sagte sie. »Setzen Sie sich.«

Ich setzte mich also. Was ich auch sonst hätte unternehmen können, wäre nicht wirkungsvoller gewesen. Verwirrung zeigte sich in ihrem Gesicht, als sie sich vorbeugte und wieder zurücksinken ließ. Ihr Bein bewegte sich, und die Pistole fiel zu Boden und blieb dort.

»Sind Sie nicht...«

»Wen haben Sie erwartet, Miß Carver?«

»Der Name ist Lily.«

»Lily wer?«

»Nur so: Lily...« Ihr Blick war jetzt hoffnungsvoller. »Sie... haben mir die Wahrheit gesagt?«

»Ich bin keiner von den Gangstern, falls Sie das meinen. Wie sind Sie mit Berga zusammengekommen?«

Sie begann zu berichten, wie sie Berga als Tanzhallenmädchen kennengelernt hatte und wie sie zusammengezogen waren.

»Berga habe ich es auch zu verdanken, daß ich durch einen ihrer Bekannten einen Posten in einem Nachtklub in New Jersey bekam.«

»Hat sie auch dort gearbeitet?«

Sie schüttelte den Kopf.

»Sie hat ... alles mögliche getan.«

»Zum Beispiel?«

»Ich weiß nicht. Ich habe sie nicht gefragt. Sie hat immer die meisten Rechnungen bezahlt und schien ein recht gutes Einkommen zu haben.« Lilys Blick löste sich von der Wand hinter mir und richtete sich auf mich. »Allmählich begann ich dann eine Veränderung an ihr zu bemerken.«

»Wie?«

»Sie wirkte ... verängstigt.«

»Hat sie gesagt warum?«

»Nein. Sie lachte darüber. Zweimal hat sie Überfahrten nach Europa gebucht, aber sie bekam keinen Platz auf dem Schiff, das sie wollte, und fuhr nicht.«

»Sie war verängstigt?«

Lily nickte. Bruchstückweise erfuhr ich all das, was ich mir schon selbst zusammengereimt hatte. Die Vernehmungen durch die Polizei und auch das andere ...

»Zuerst waren es Männer vom FBI«, fuhr sie fort. »Die nahmen Berga mit. Und bevor sie zurückkam, kamen jene anderen Männer.«

In den letzten drei Worten drückte sich eine namenlose Furcht aus. Ihre Hände waren zu Fäusten geballt, und die Nägel krallten sich in die Innenflächen.

»Sie haben gesagt, ich müßte sterben, wenn ich zu irgend jemandem darüber spräche«, sagte sie tonlos. »Ich kann dieses Leben in Furcht kaum noch ertragen.« Ihr Kopf sank auf die Brust und nickte im Rhythmus der leisen Schluchzer, die in ihrer Brust zu ersticken schienen.

Was sollte ich antworten? Wie konnte ich ihr sagen, sie würde nicht sterben, wo sie doch wußte, daß ich log und daß sie bereits eine Gezeichnete war?

245

Ich stand auf, trat an ihren Sessel, schaute einen Moment auf sie hinab und setzte mich auf die Lehne. Mit einer sanften Bewegung nahm ich ihr die Hand vom Gesicht, hob ihr Kinn an und strich durch ihr helles Haar. Es war so weich und fein, wie es im Licht wirkte, und als meine Hand ihre Wange berührte, lächelte sie. Plötzlich brach die Schönheit durch, die sie so lange verborgen gehalten hatte.

Ihre Augen waren große dunkle Ovale unter den zarten Brauen. Meine Finger drückten leicht ihre Schulter, und ihre Lippen öffneten sich noch ein wenig mehr, als sie den Kopf zurückneigte.

»Du wirst nicht sterben«, sagte ich.

Aber das waren die falschen Worte gewesen, denn ihr Mund, der dem meinen so nahe gewesen war, zog sich zurück, und der Ausdruck von Angst kam wieder in ihren Blick.

»Was wollten diese Männer über Berga wissen?« fragte ich.

»Ich weiß nicht«, flüsterte sie. »Ich mußte ihnen alles erzählen, was ich über Berga wußte. Während sie ihre Sachen durchstöberten, mußte ich dabeisitzen.«

»Haben sie etwas gefunden?«

»Nein. Ich... glaube nicht. Sie waren furchtbar wütend darüber.«

»Haben sie dir wehgetan?« fragte ich.

Ein fast unmerklicher Schauer glitt durch ihren Körper.

»Man hat mir schon schlimmer wehgetan.« Ihr Blick glitt zu mir empor. »Es waren widerwärtige Männer. Sie werden mich jetzt umbringen, nicht wahr?«

»Wenn sie es tun, wird es ihre letzte Tat sein.«

»Aber für mich wäre es trotzdem zu spät.«

Ich nickte. Das war alles, was ich tun konnte. Ich stand auf, zog die letzte Zigarette aus meinem alten Päckchen und klopfte das Mundstück gegen den Fingerknöchel.

»Kann ich einen Blick in ihren Koffer werfen?«

»Er ist im Schlafzimmer.« Sie strich ihr Haar mit einer müden Geste zurück. »Im Schrank.«

Ich ging hinüber, schaltete das Licht an und machte den Schrank auf. Es war ein brauner, ziemlich mitgenommener

Reisekoffer. Ich warf ihn aufs Bett, löste die Riemen und öffnete ihn.

Aber es war nichts drin, weshalb ein Mensch hätte sterben müssen. Es sei denn, man sah zwei alte Fotoalben, drei Jahrbücher von der High-School, etwas Wäsche und ein Bündel alter Briefe als so gefährlich an.

Auch die Briefe erwiesen sich als völlig harmlos. Die meisten waren belanglose Antworten einer Freundin auf Briefe, die Berga in eine Kleinstadt in Idaho geschickt hatte. Das übrige waren Schiffsprospekte und ein Reiseführer durch Südeuropa. Ich legte alles in den Koffer zurück, schloß ihn und tat ihn wieder in den Schrank.

Als ich mich umdrehte, stand Lily an der Tür. Als sie sprach, klang ihre Stimme völlig fremd.

»Was soll ich jetzt tun?«

»Hast du keinen Platz, wo du hingehen kannst?« fragte ich.

»Nein«, sagte sie leise.

»Geld?«

»Nur ein wenig.«

»Zieh dich an. Wie lange wird das dauern?«

»Nur... ein paar Minuten.«

Kurze Zeit leuchtete so etwas wie Hoffnung in ihrem Blick auf, doch dann lächelte sie resigniert und schüttelte den Kopf.

»Es... es hat keinen Zweck. Ich habe solche Männer schon gesehen. Sie sind nicht wie andere Menschen. Sie würden mich finden.«

Ich lachte kurz und hart.

»Wir werden es ihnen trotzdem schwermachen. Und täusche dich nicht in ihnen. Sie sind in den meisten Dingen wie jedermann. Sie fürchten sich auch. Ich will dir keine falschen Hoffnungen machen – und mir auch nicht. Aber wir haben eine Chance, und die werden wir ausnützen.«

Lily brauchte nicht länger als fünf Minuten. Ich hörte die Tür aufgehen und drehte mich um. Es war nicht dieselbe Lily. Es war eine neue Frau – eine größer und hübscher wirkende Frau. Das grüne Gabardinekostüm umschmeichelte ihren Körper, und darunter die schlanken Beine in schimmernden Seidenstrümpfen lenkten den Blick unabwendbar sofort auf sich.

Es war eine andere Lily, die jetzt meinen Arm nahm und mich anlächelte.

»Wohin gehen wir, Mike?«

Es war das erstemal, daß sie meinen Vornamen aussprach, und die Art, wie sie es tat, gefiel mir.

»In meine Wohnung«, sagte ich.

Wir gingen auf die Atlantic Avenue hinunter und taten so, als wären mögliche Verfolger da. Wenn es so war, hatten wir sie bestimmt abgeschüttelt, indem wir zuerst die U-Bahn benutzten und später ein Taxi bis vor meine Tür nahmen. Als ich mich vergewissert hatte, daß die Halle leer war, holte ich Lily herein.

Es war alles ganz einfach.

Ich zeigte ihr oben das Gästezimmer, und sie lächelte und tätschelte meine Wange, als sie sagte:

»Es ist lange her, seit ich einen wirklich netten Mann kennengelernt habe, Mike.«

Ich drückte ihr Handgelenk, und ihre Lippen öffneten sich.

Da unterbrach ich es.

Oder vielleicht unterbrach sie es.

Ich wandte mich ab und ging. Hinter mir schloß sich die Tür, und ich glaubte ein geflüstertes: »Gute Nacht, Mike« zu hören.

7

Sie war schon auf, als morgens das Telefon läutete. Ich hörte in der Küche das Klappern von Geschirr und roch frischen Kaffeeduft.

»Sobald du fertig bist, komm frühstücken!« rief Lily.

Ich sagte okay und nahm den Hörer ab.

Es war jene dunkle, weiche Frauenstimme, die ich unter Millionen heraushören würde. So wurde ich gern geweckt, und das klang in meiner Stimme mit, als ich sagte:

»Hallo, Velda, wie geht's?«

»Es geht rund, würde ich sagen, aber darüber möchte ich am Telefon nicht mit dir sprechen.«

»Hast du Neuigkeiten?«

»Ja.«

»Wo bist du?«

»An meinem Platz, den du wenigstens einmal die Woche aufsuchen solltest: im Büro.«

»Du weißt, wie die Dinge liegen, Liebling«, sagte ich.

Lily spähte ins Zimmer, winkte und deutete auf die Küche. Ich nickte und war froh, daß Velda tatsächlich nicht wußte, wie die Dinge gerade im Moment lagen.

»Wo warst du gestern nacht? Ich hab' angerufen, bis ich zu müde wurde.«

»Ich hatte zu tun.«

»So? Pat hat angerufen.« Sie versuchte, gleichmütig zu sprechen, aber ihre Stimme verriet sie.

»Ich nehme an, er hat zuviel erzählt.«

»Er hat genug erzählt.« Sie hielt inne, und ich hörte sie ins Telefon atmen. »Mike, ich habe Furcht.«

»Nicht doch, Mädchen. Ich weiß, was ich tue. Du solltest das wissen.«

»Ich habe trotzdem Furcht. Ich glaube, jemand hat gestern nacht versucht, in meine Wohnung einzubrechen.«

Ich stieß einen leisen Pfiff aus.

»Was ist passiert?«

»Nichts. Ich hörte, wie sich jemand am Türschloß zu schaffen machte. Aber er gab es nach einer Weile auf. Ich bin froh, daß ich jetzt das Spezialschloß habe. Kommst du herüber?«

»Nicht sofort.«

»Du solltest aber. Es hat sich viel Post angesammelt. Die Rechnungen habe ich alle bezahlt, aber es ist noch alle mögliche persönliche Post da.«

»Das schaue ich mir später an. Wir treffen uns in einer Stunde in der Texaner-Bar.«

»In Ordnung, Mike.«

»Und, Mädchen... hast du deine kleine Kugelspritze in Reichweite?«

»Also...«

»Dann halte sie bereit, aber laß es keinen sehen.«

»Sie liegt bereit.«

»Gut. Nimm dir ein Taxi und fahr los.«

»Ich bin in einer Stunde dort.«

Ich warf den Hörer auf die Gabel, sprang aus dem Bett und nahm eine schnelle Dusche. Lily hatte den Tisch gedeckt und lächelte mich hoffnungsvoll an, als ich in die Küche trat. Es war genug Essen für zwei Holzfäller auf dem Tisch, und ich aß, bis ich eine Bresche in das Zeug geschlagen hatte.

»Hast du schon genug?« fragte Lily, als ich mich mit einer angezündeten Zigarette in den Stuhl zurücksinken ließ.

»Willst du mich foppen? Ich bin ein Stadtmensch, weißt du das nicht?«

»Du siehst nicht wie ein Stadtmensch aus.«

»Wie sonst?«

Sie sah mich an, und es kam ein seltsamer Ausdruck von Sehnsucht in ihren Blick, der aber gleich wieder wie von einem Schleier der Furcht verdeckt wurde.

»Du siehst wie ein netter Bursche aus, Mike«, sagte sie leise. »Ich habe nicht viele nette Männer kennengelernt. Ich fürchte, so einer könnte großen Eindruck auf mich machen.«

»Bekomme keinen falschen Eindruck, Lily«, sagte ich. »Ich bin mit großer Vorsicht zu genießen und habe viele Eigenarten.«

Ihr Lächeln wurde breiter.

»Mich kannst du nicht täuschen.«

Ich warf die Zigarette in meine leere Kaffeetasse, wo sie leise verzischte.

»Also werde ich allmählich alt«, sagte ich. »In dieser Branche bleibt man nicht lange jung.«

»Mike...«

Ich wußte, was sie sagen wollte, und unterbrach sie.

»Ich muß eine Weile fort. Wie lange, weiß ich nicht. Falls jemand klingeln sollte, melde dich nicht. Wenn die Tür aufgeschlossen wird, bin ich es. Aber laß die Kette vor, bis die Tür auf ist, und dann vergewissere dich selbst, ehe du öffnest.«

»Wenn das Telefon läutet?«

»Laß es läuten. Falls ich dich anrufen will, telefoniere ich zuerst mit dem Hausmeister und laß ihn zweimal auf die Türklingel drücken. Wenn dann das Telefon läutet, bin ich es. Verstanden?«

»Ich habe es kapiert.«

»Gut. Dann mach es dir bequem, bis ich zurückkomme.«

Sie formte mit ihren Lippen einen Kuß, während sie mich anlächelte: ein sehr hübsches, platinblondes Mädchen mit merkwürdigen Augen, die schon zuviel gesehen hatten. Aber gerade im Augenblick sah sie direkt glücklich aus.

Ich wartete vor der Texaner-Bar, bis Velda kam. Wir gingen hinein und setzten uns in eine Koje weit im Hintergrund. Für Velda bestellte ich Frühstück und für mich ein Bier. Dann reichte sie mir aus ihrer Handtasche den Umschlag.

»Soviel ich bekommen konnte«, erklärte sie. »Es kostet zweihundert und das Versprechen für entsprechende Gegenleistungen ... falls nötig.«

»Gegenleistungen von dir?«

Sie errötete und lächelte dann. »Von dir.«

Ich schob den Finger unter die Umschlagklappe und zog die Blätter heraus. Eines davon war die handschriftliche Abschrift eines Sanatoriumsberichts mit den übrigen Einzelheiten von Berga Torns Lebensgeschichte. Velda hatte ihre Anweisungen richtig ausgeführt. Auf der letzten Seite stand eine Namensliste.

Evellos Name war dort vermerkt. Auch der des Kongreßmannes Geyfey. Am Ende stand der Name Billy Mist, und als ich mit dem Finger darauf tippte, sagte Velda:

»Berga ist gelegentlich mit ihm ausgegangen. Aber immer, wenn man sie zusammen gesehen hat, richtete sich das Scheinwerferlicht auf ihn – nicht auf sie.«

»Stimmt«, sagte ich sanft, »das Scheinwerferlicht richtet sich immer auf Billy.«

»Wer ist Billy Mist?« fragte Velda.

Ich brummte, nahm eine Lucky und zündete sie an.

»Früher war er unter dem Namen Billy the Kid bekannt, und er hatte so viele Kerben auf seiner Kanone wie das Original – falls man immer noch Kerben in Schießeisen ritzt. Vor einiger Zeit ist er gesetzesfromm geworden – wenigstens nach außen hin. Er ist in viele üble Geschichten verwickelt, aber man kann ihm nichts nachweisen.«

»Zum Beispiel?«

»Er hat Verbindungen zur Mafia«, sagte ich. »Er sitzt übrigens ziemlich hoch.«

Velda erblaßte ein wenig.

»Oje!«

»Warum?«

»Heute morgen in Toscios Restaurant hat mir Eddie Connely den Tip gegeben. Er und ein anderer Reporter schienen ziemlich gut über die Affäre Berga Torn Bescheid zu wissen. Sie waren ärgerlich darüber, daß sie nichts berichten durften. Jedenfalls hat Eddie diesen Billy Mist erwähnt und ihn mir gezeigt. Ich drehte mich um, und er tat es auch im gleichen Moment und bekam dadurch einen falschen Eindruck. Er ließ seinen Drink stehen, kam herüber und machte mir den schleimigsten Antrag, den ich je in dieser Deutlichkeit gehört habe. Was ich ihm antwortete, sollte keine wirkliche Lady wiederholen, und ich dachte, dieser Mist-Typ würde danach aus den Nähten platzen. Eddie hat nach diesem Vorfall nicht mehr viel gesagt. Er bezahlte die Rechnung, und die beiden gingen.«

Ich spie die Zigarette aus und sagte eine Minute lang gar nichts. Ausgerechnet Billy Mist, dieser Affe mit seiner pomadisierten Entenschwanzfrisur! Der rauhe Bursche, der sich jederzeit nahm, was er wollte. Der Boy aus Brooklyn mit dem großen Geld und den großen Beziehungen.

Als sich meine erste Wut etwas gelegt hatte, sah ich Velda über den Tisch hinweg an.

»Mädchen, sag nur nicht, ich sei es, der sich immer selber Scherereien macht.«

»Ist es schlimm, Mike?«

»Schlimm genug. Mist ist nicht der Typ, der leicht vergißt. Er kann alles vertragen, nur keine Beleidigung seiner Männlichkeit.«

»Ich kann auf mich aufpassen.«

»Kein Mädchen kann das richtig«, antwortete ich. »Du auch nicht. Sei also vorsichtig, ja?«

»Du machst dir Sorgen, Mike?«

»Bestimmt.«

»Dann liebst du mich also?«

»Ja«, sagte ich. »Ich liebe dich – aber so, wie du jetzt

252

aussiehst – und nicht, wie du aussehen könntest, wenn Mist dich in die Mache genommen hat.« Ich grinste sie an und legte meine Hand auf die ihre. »Nichts für ungut. Aber ich bin nicht gerade romantisch veranlagt zu so früher Stunde an einem solchen Ort.«

»Also machen wir weiter«, sagte sie. »Wir haben hier drei Namen. Was ist mit den anderen dreien? Da ist noch Nicholas Raymond. Offenbar eine alte Flamme von Berga. Er starb vor längerer Zeit bei einem Autounfall.«

Damit war nicht viel anzufangen.

»Wer hat das gesagt?« fragte ich.

»Pat. Die Polizei weiß das.«

»Pat ist wirklich sehr mitteilsam, muß ich sagen.«

»Der nächste Name kommt auch von ihm«, sagte Velda. »Walter McGrath schien wieder einer zu sein, mit dem sie enger liiert war. Er hat ihr ein Jahr lang eine Wohnung am Riverside Drive gehalten.«

»Ist er von hier?«

»Nein, von außerhalb, aber er war oft in der Stadt.«

»Was für ein Geschäft?«

»Holz. Auch Schwarzmarktgeschäfte mit Schrott. Er hat ein Vorstrafenregister.« Sie sah, wie sich meine Brauen hoben. »Eine Strafe wegen Steuerhinterziehung, zwei Verhaftungen wegen ungebührlichen Benehmens, eine Gefängnisstrafe mit Bewährungsfrist wegen unerlaubten Waffentragens.«

»Wo ist er jetzt?«

»Er ist seit ungefähr einem Monat in der Stadt und nimmt Bestellungen für Holzlieferungen entgegen.«

Ich nickte.

»Und wer ist dieser Leopold Kawolsky?«

Velda zuckte mit den Schultern.

»Da hat mir Eddie auch Auskunft gegeben. Kawolsky war an einer Schlägerei beteiligt, die wohl Bergas wegen vor einem Nachtklub entstanden ist. Es gibt Schnappschußfotos davon. Deshalb konnte sich Eddie auch so genau an Berga erinnern. Einen Monat später ereignete sich das gleiche, und Kawolsky war wieder dabei.«

»Und was ist nun mit ihm?«

»Kawolsky war Boxer und hatte eine aussichtsreiche Karriere vor sich, bis er sich im Training ein Handgelenk brach. Ungefähr anderthalb Monate nach der letzten Schlägerei wurde Kawolsky von einem Lastwagen überfahren und getötet. Da schon zwei Todesfälle durch Autos in der Affäre vorkommen, habe ich mir die Versicherungsberichte durchgesehen. Aber es scheinen tatsächlich echte, normale Unfälle gewesen zu sein.«

»Echt und normal«, wiederholte ich. »So mußte es ja auch aussehen.«

»Ich glaube, es war wirklich so.«

»Tatsächlich?«

»Ziemlich sicher.«

Ich ließ den Blick über den medizinischen Bericht gleiten, faltete ihn zusammen, bevor ich ihn zu Ende gelesen hatte, und schob ihn in den Umschlag zurück.

»Und was ist damit?« fragte ich.

»Darüber ist nicht viel zu sagen. Berga ließ sich von einem Dr. Martin Soberin untersuchen. Er stellte die Diagnose äußerster nervöser Überlastung und schlug eine Ruhekur vor. Sie einigten sich über das Sanatorium, in das Berga dann eingewiesen wurde, und die Untersuchung dort bestätigte Dr. Soberins Diagnose. Das war alles. Sie sollte etwa vier Wochen dort bleiben und hat den Kuraufenthalt im voraus bezahlt.«

Ein undurchschaubares Gewirr von Tatsachen war das. Ich hatte keine Ahnung, wo ich in diesem Wirrwarr anfangen sollte, Zusammenhänge zu suchen.

»Und was ist mit diesem Kongreßmann Geyfey?«

»Nichts Besonderes. Er ist mit Berga bei einigen politischen Versammlungen gesehen worden. Da er nicht verheiratet ist, belastet ihn das in dieser Weise nicht. Ich glaube, offen gesagt, nicht, daß er irgend etwas von ihr wußte.«

»Das macht alles nur noch unübersichtlicher.«

»Nicht ungeduldig werden«, sagte Velda lächelnd. »Wir haben ja gerade erst angefangen. Was hat dir Pat von Berga erzählt?«

»Es ist da alles schriftlich festgelegt. Sie ist 1935 in Pittsburgh geboren. Ihr Vater war Schwede, ihre Mutter Italienerin. Sie hat zwei Reisen nach Europa gemacht – eine nach

Schweden, die andere nach Italien. Offenbar hat sie mehr Geld ausgegeben, als sie verdiente. Aber bei ihrem Aussehen konnte sie das leicht arrangieren.«

»Dann ist Evello also das Verbindungsglied?«

»Er ist es«, sagte ich. »Er ist jetzt hier in New York. Pat wird dir die Adresse geben.«

»Ich soll mich also um ihn kümmern?«

»Bis ich soweit bin. Schau zu, daß du ihm offiziell vorgestellt wirst, und laß ihn das übrige tun. Versuche herauszufinden, wer seine Freunde sind.«

»Ich werde mein Möglichstes tun«, sagte sie.

Ich zahlte, und wir traten ins Tageslicht hinaus. Ein eigenartiges Gefühl von Unruhe beschlich mich, als ich Velda ins Taxi steigen sah. Sie winkte mir noch einmal zu, wie es ihre Art war, und ich winkte zurück. Aber ich mußte daran denken, wohin sie jetzt fuhr, und mein Unbehagen wuchs noch.

Ich verbrachte den Rest des Vormittags damit, mir von zwei Reportern weiteres Material über die Mafia zu verschaffen. Sie gaben es mir gern, weil sie wußten, was ich vorhatte und weil sie selbst unter dem Terror dieser Gangsterorganisation gelitten hatten.

Später bekam ich von einem befreundeten Barkeeper einen Hinweis, daß schon zwei Burschen hinter mir her seien. Charlie Max und Sugar Smallhouse waren die Namen. Die Jungens kamen aus Miami. Deshalb hatte man sie auf meine Fährte gesetzt. Sie wußten noch nichts von mir. Bald würden sie mehr von mir wissen!

Ray Digger vom *Globe* besorgte mir noch Auskünfte über Nicholas Raymond und Walter McGrath. Aber da schien nichts von Interesse dabei zu sein. Ich nannte Ray noch die anderen drei Namen und bat ihn um weitere Ermittlungen.

Dann machte ich mich selbst an die Arbeit.

Dr. Martin Soberin hatte seine Praxis am Central Park. Es war nicht der vornehmste Platz der Welt, aber ziemlich nahe daran. Das Eckhaus war mit weißen Steinquadern verkleidet, hatte Fenster mit Holzläden davor und ein sehr diskretes Schild, das auf die Arztpraxis hinwies. Ich drückte die Tür auf, und die Glockentöne verkündeten drinnen meine Ankunft.

Das Wartezimmer war geschmackvoll, aber nicht mit übertriebenem Prunk eingerichtet. Bücherregale säumten die Wände, und auf dem Tisch lagen Fachjournale. Ich setzte mich und wollte eben eine Zigarette anzünden, als die Sprechstundenhilfe hereinkam.

Einige Frauen sind einfach hübsch. Andere richtig schön. Aber es gibt auch welche, deren Anblick raubt einem im ersten Moment den Atem. So war es bei diesem Engel in weißer Nylonuniform.

Sie hatte hell kastanienbraunes Haar, und als sie mich freundlich begrüßte, hatte ihre Stimme gerade den richtigen Klang.

»Ist der Herr Doktor da?« fragte ich.

»Ja, aber ein Patient ist gerade bei ihm.«

»Wie lange wird er noch zu tun haben?«

»Vielleicht eine halbe Stunde.«

»Vielleicht können Sie mir auch helfen?« Ich schenkte ihr mein bestes Lächeln, und sie strahlte aus braunen Augen zurück.

»Jederzeit, wenn es mir möglich ist.«

»Ich bin Privatdetektiv. Mein Name ist Michael Hammer, falls Ihnen das etwas bedeutet. Im Augenblick möchte ich gern Informationen über ein Mädchen namens Berga Torn haben. Vor einiger Zeit verordnete ihr Dr. Soberin einen Erholungsaufenthalt in einem Sanatorium.«

»Ja, ja, ich erinnere mich. Kommen Sie doch bitte herein.«

Ihr Lächeln war eine Herausforderung, der sich jeder Mann stellen mußte. Sie öffnete die Tür und trat an einen Schreibtisch im Nebenzimmer. Ich folgte ihr und setzte mich auf den Stuhl vor dem Schreibtisch.

»Wie kommt es, daß ein Mädchen mit Ihrem Aussehen ausgerechnet Sprechstundenhilfe ist?« fragte ich.

»Wenn Sie es unbedingt wissen wollen: wegen der Jagd nach Ruhm und Glück.« Sie zog einen Karteikasten heraus und begann die Karten durchzublättern.

»Das verstehe ich nicht ganz«, sagte ich.

Sie schaute schnell auf.

»Sind Sie wirklich interessiert?«

Ich nickte.

»Ich habe sogleich nach Beendigung der High-School mit der Ausbildung als Krankenschwester begonnen und auch mein Examen gemacht. Aber unglücklicherweise gewann ich einen Schönheitswettbewerb, bevor ich in die Praxis gehen konnte. Eine Woche später war ich in Hollywood... saß herum, posierte für Standfotos und nichts weiter. Sechs Monate später war ich entsprechend klüger und kehrte nach New York zurück.«

Sie hatte inzwischen drei mit Schreibmaschine beschriftete Karten aus dem Karteikasten gezogen und legte sie vor sich auf den Tisch.

»Ich glaube, das ist es, weswegen Sie hergekommen sind. Würden Sie mir jetzt bitte Ihren Versicherungsausweis zeigen, und wenn Sie Ihre Formulare dabei haben, werde ich...«

»Ich bin kein Versicherungsermittler.«

Sie sah mich forschend an und schob automatisch die Karteikarten zusammen.

»Oh... das tut mir leid. Sie wissen natürlich, daß solche Auskünfte immer vertraulich sind und...«

»Das Mädchen ist tot. Sie wurde ermordet.«

Sie wollte etwas sagen und hielt inne.

»Polizei?« fragte sie.

Ich nickte und hoffte dabei, sie werde keine weiteren Fragen stellen.

»Ich verstehe.« Sie biß sich auf die Unterlippe und warf einen Seitenblick auf die Tür zu ihrer Linken. »Ich glaube, der Herr Doktor hatte vor nicht allzu langer Zeit einen anderen Polizisten hier.«

»Das stimmt. Ich ermittle weiter in dem Fall. Dabei will ich die persönlichen Dinge durchforschen. Wenn Sie lieber auf den Arzt warten wollen...«

»Oh, nein, ich glaube, das geht in Ordnung. Soll ich Ihnen das vorlesen?«

»Bitte.«

Nachdem sie den Untersuchungsbericht vorgelesen hatte, fragte ich:

»Könnte ich die Karten sehen?«

»Sicher.« Sie reichte sie mir.

Auf der ersten Karte standen die Personalien der Patientin und links unten der Hinweis: EMPFOHLEN VON... Der Name dahinter lautete William Wieton. Auf der anderen Karte waren die Diagnose und die vorgeschlagene Behandlungsweise notiert. Ich sah die Karten noch einmal durch, zuckte die Schultern wegen deren völligen Mangels an Informationswert und reichte sie zurück.

»Hat es Ihnen etwas geholfen?«

»Oh, man kann nie wissen.«

»Würden Sie trotzdem noch gern mit Herrn Doktor sprechen?«

»Das ist nicht notwendig. Vielleicht komme ich wieder.«

Eine Veränderung ging mit ihrem Gesicht vor.

»Bitte tun Sie das.«

Diesmal stand sie nicht auf. Ich ging zur Tür, und als ich mich umwandte, saß sie da, das Kinn auf die Hände gestützt, und beobachtete mich.

»Sie sollten es doch noch einmal in Hollywood versuchen«, sagte ich.

»Ich treffe hier viel interessantere Leute«, erklärte sie mir und fügte dann hinzu: »Obwohl man das nach so kurzer Bekanntschaft kaum feststellen kann.«

Ich blinzelte, sie blinzelte zurück, und ich trat auf die Straße hinaus.

Der Broadway war wieder in seiner ganzen Farben- und Lichterpracht aufgeblüht. Ich ging auf die Lichter zu und versuchte, die bisher bekannten Einzelheiten in einen logischen Zusammenhang zu bringen, aber es gelang mir immer noch nicht.

In einem Delikatessenladen aß ich ein paar Sandwiches, und dann vertrödelte ich den Abend auf dem Broadway und weiter unten in den Östlichen Zwanzigern. Ich wartete auf die beiden Burschen, die man mir auf die Fährte gesetzt hatte. Aber ich bekam sie nicht zu sehen.

Als ich nachts heimkehrte, empfing mich Lily an der Tür. Sie war sehr erleichtert. Ihr Lächeln wirkte nervös und verkrampft, aber sie entspannte sich, sobald ich die Tür geschlossen hatte.

»Du hättest nicht aufbleiben müssen«, sagte ich.

»Ich ... konnte nicht schlafen.«

»Hat sich jemand gemeldet?«

»Es wurde zweimal angerufen. Ich habe nicht abgehoben.«

Ihre Finger tasteten nach den Knöpfen des Morgenrocks und vergewisserten sich, daß der Morgenrock von oben bis unten geschlossen war. Eine unbewußte Geste, die ihr offenbar zur zweiten Natur geworden war.

»Jemand war hier.« Ihre Augen weiteten sich bei dem Gedanken daran.

»Wer?«

»Sie haben geklopft und an der Tür gerüttelt.«

Ihre Stimme war fast ein Flüstern. Ich ging auf sie zu und nahm ihren Kopf zwischen meine Hände. Ihre Augen waren warm und schimmerten feucht und ihr Mund ein kleines hungriges Tier, das beißen oder gebissen werden wollte.

Aber dann plötzlich zog sie sich mit einem harten Ruck zurück und wich außer Reichweite.

Im nächsten Augenblick lächelte sie schon wieder. Sie lächelte vielsagend und huschte in ihr Zimmer zurück, ehe ich noch etwas sagen konnte. –

Der Anruf kam eine halbe Stunde später. Ich war noch nicht im Bett. Eine nette, sanfte Männerstimme fragte, ob ich Mike Hammer sei.

»Am Apparat«, sagte ich. »Wer ist da?«

»Das ist unwichtig, Mr. Hammer. Ich möchte Sie nur auf den neuen Wagen hinweisen, der vor Ihrer Haustür steht. Er gehört Ihnen. Die Papiere liegen auf dem Sitz, und Sie brauchen sie nur zu unterschreiben und Ihre Nummernschilder auszutauschen.«

Ein fauliger Gestank schien direkt aus dem Hörer zu sickern. »Und das übrige, Freund?«

Die nette sanfte Stimme schnurrte nicht mehr, sondern bekam einen heimtückischen grollenden Beiklang.

»Im übrigen tut uns das mit Ihrem alten Wagen leid. Sehr leid. Es ist zu schlimm, aber da es nun einmal geschehen ist, müssen andere Dinge auch geschehen.«

»Sprechen Sie weiter.«

»Sie können den Wagen haben, Mr. Hammer. Ich würde vorschlagen, daß Sie damit eine längere Urlaubsreise machen. Etwa drei bis vier Monate.«

»Wenn ich es nicht tue?«

»Dann lassen Sie den Wagen stehen, wo er ist. Wir werden dafür sorgen, daß er dem Käufer zurückgebracht wird.«

Ich lachte in das Telefon – ein gemeines, häßliches Lachen, das keiner Worte als Kommentar bedurfte.

»Buddy... ich werde den Wagen nehmen«, sagte ich. »Aber den Urlaub nehme ich nicht. Dafür nehme ich dich eines Tages auseinander.«

»Wie Sie wünschen.«

»So soll es sein«, sagte ich, aber ich sprach in eine tote Leitung. Der Bursche hatte schon abgehängt.

Der Wagen war eine Wucht. Ein dunkelbraunes Ford-Kabriolett mit schwarzem Dach, das im Licht der Morgensonne als schimmerndes Prachtstück dastand. Bob Gellie machte einen Rundgang, grinste in den Chrom und kehrte zu mir auf den Gehsteig zurück.

»Tolle Kiste«, sagte er.

»Der Wagen ist irgendwie frisiert, Bob. Meinst du, daß du es herausfinden kannst?«

»Sag das noch mal!« Er sah mich neugierig an.

»Das Ding ist ein Geschenk... von jemand, der mich nicht leiden kann. Man hofft, daß ich einfach einsteige. Und dann startet das große Feuerwerk. Wahrscheinlich sind sie sogar schlau genug, sich zu sagen, daß ich einen Mechaniker zur Untersuchung des Wagens einsetze. Sie werden also die kleinen Überraschungen gut versteckt haben. Mach dich an die Arbeit und such sie.«

Bob fuhr sich unschlüssig mit der Hand über den Mund.

»Ziemlich riskante Sache«, sagte er. »Für einen Hunderter habe ich schon allerlei gemacht, aber...«

»Ich werde also den Lohn verdoppeln. Such die kleinen Trickdinger.«

Die beiden Hunderter überzeugten ihn. Dafür war er bereit, auch sein Leben aufs Spiel zu setzen. Er nickte und machte sich an die Arbeit. Die sechs Dynamitstäbchen, die an die Zündung angeschlossen waren, hatte er schnell genug gefunden. Aber ich war davon überzeugt, daß meine »Freunde« sich mit diesem billigen Trick nicht zufrieden gegeben hatten.

»Such weiter, Bob«, sagte ich. »Da war ein Fachmann am Werk. Ich bin sicher, du wirst noch etwas finden.«

Ich stand da, während er seine Zigarette zu Ende rauchte. Er ging um die Kühlerhaube herum, legte sich unter den Wagen und stocherte dort herum. Dann stand er wieder auf und sah sich den Motor an.

Plötzlich ging ein Leuchten über sein Gesicht, als erinnerte er sich an etwas.

»Ich schätze, ich habe es gefunden, Mike«, sagte er aufgeregt. »Ich erinnere mich an eine Todesfalle, die einmal in den Wagen eines großen Gangsters eingebaut worden ist. Toll ausgedacht.«

Er schlüpfte in den Wagen, beugte sich unter das Armaturenbrett und arbeitete dort mit einem Schraubenzieher. Mit zufriedenem Gesichtsausdruck stieg er aus und rutschte mit seinen Werkzeugen wieder unter die Kühlerhaube. Es dauerte zwanzig Minuten, und als er zum Vorschein kam, bewegte er sich sehr vorsichtig und balancierte etwas in seiner Hand. Es sah aus wie ein Stück Rohr, das der Länge nach durchgeschnitten war. An einem Ende ragte eine Sprengkappe hervor.

»Da ist das Ding«, sagte er. »Nett, nicht wahr?«

»Ja.«

»An den Tachometer angeschlossen. Nach einigen hundert Kilometern wären die Kontakte zusammengekommen und hätten dich zu Staub zersprengt. Das Ding war am oberen Teil des Auspuffs befestigt. Was soll ich damit machen?«

»Wirf es in den Fluß, Bob. Und behalte alles für dich. Komm heute abend zu mir, dann schreibe ich dir einen Scheck aus.«

Er betrachtete das Ding in seiner Hand und erschauerte.

»Äh... wenn es dir nichts ausmacht, Mike... möchte ich das Geld lieber jetzt haben.«

Ich verstand, was er meinte, und ging hinauf, um ihm den Scheck auszuschreiben. Ich gab ihm noch einen Dollar extra für die Fahrt zum Fluß und stieg dann in den Wagen. Es war ein gutes Gefühl, das dunkle, kehlige Röhren zu hören, das aus den Auspuff-Doppelrahmen kam. Ich legte den ersten Gang ein und fuhr das kurze Stück nach Norden.

Pat hatte sich mit seiner Behauptung geirrt, daß Carl Evello in der Stadt sei. In einer Woche hatte er zweimal die Adresse gewechselt, und die zweite war die beste. Carl Evello wohnte in Yonkers – in einer sehr vornehmen Gegend von Yonkers.

Zuerst wirkte das Anwesen sehr bescheiden. Aber dann bemerkte man, wie sorgfältig der Garten gepflegt war, und man sah das Cadillac-Kabriolett und die neue Buick-Limousine in einer Garage, die wie der Seitenflügel eines Schlosses wirkte.

Das Haus hatte mindestens zwanzig Zimmer, und es fehlte nichts. Ich fuhr die asphaltierte Auffahrt entlang und stoppte. Von irgendwoher aus dem Haus hörte ich freundliches Frauenlachen und Radiomusik. Ein Mann lachte, und ein anderer stimmte in das Lachen ein.

Ich schaltete den Motor ab, stieg aus und überlegte, ob ich die Party sprengen oder durch die üblichen Kanäle gehen sollte. Während ich noch um den Wagen herumging, hörte ich einen Wagen in die Auffahrt lenken und sah einen hellgrünen Mercedes heranfahren und hinter meinem Wagen halten.

Mit der Schönheit ist es eine merkwürdige Sache. So wie zum Beispiel alle Babys schön sind, ganz gleich, wie sie aussehen. Und es gibt Zeiten, wo man jede Frau schön findet, wenn sie nur jene Atmosphäre ausstrahlt, die man liebt. Das ist etwas, was man nicht beschreiben kann. Aber man weiß es in dem Augenblick, wo man es sieht: und bei dieser Frau war es so.

Ihr Haar war wie eine hellbraune Woge, die bei jeder

Bewegung das Sonnenlicht widerspiegelte. Sie lächelte mir zu, und ihr Mund war so reizvoll geformt, daß man fast den dazugehörigen Körper vergaß. Es war ein großzügig geschnittener Mund, mit vollen Lippen, die immer nach Küssen zu hungern schienen.

Sie hatte einen langen, elastischen Schritt, und beim Lächeln bildete sich ein Knick in den Mundwinkeln, der ihre Lippen noch liebeshungriger machte.

»Hallo, wollen Sie sich auch ins Vergnügen stürzen?« fragte sie.

»Nein, ich bin leider geschäftlich da«, antwortete ich.

Sie musterte mich einen Moment kritisch, aber dann wurde ihr Lächeln noch breiter.

»Sie sehen sowieso nicht so aus, als ob Sie da richtig hinpassen«, sagte sie.

Ich antwortete nicht, und sie streckte mir die Hand hin.

»Michael Friday.«

Ich grinste zurück und nahm die Hand.

»Mike Hammer.«

»Zwei Mikes?«

»Sieht so aus. Sie werden Ihren Namen ändern müssen.«

Sie sah mich vielsagend an.

»Das könnten Sie ja machen.«

»Sie hatten vorhin recht. Ich bin anders. Ich bin es, der etwas unternimmt, und nicht derjenige, der etwas mit sich unternehmen läßt.«

Ihre Hand drückte die meine, und ihr Lachen löschte alle anderen Laute um uns her aus.

»Dann bleibe ich also Michael... jedenfalls noch eine Weile lang.« Ich ließ ihre Hand los und sie sagte: »Suchen Sie Carl?«

»Das stimmt.«

»Nun, was Sie auch für Geschäfte haben mögen: vielleicht kann ich Ihnen helfen. Der Butler wird Ihnen sagen, Carl sei nicht da, also fragen wir ihn gar nicht erst. In Ordnung?«

»In Ordnung«, sagte ich.

So sollten Frauen sein, dachte ich. Freundlich und unkompliziert. Die gute Erziehung sollte ruhig zu erkennen sein. Aber die Natürlichkeit müßte stärker sein als alles andere.

Wir gingen auf dem Fliesenpfad zwischen Blumenbeeten ums Haus herum, und ich bediente uns mit Zigaretten.

Als sie die erste Rauchwolke durch die Lippen filtern ließ, sagte sie:

»Was für ein Geschäft führt Sie übrigens her? Soll ich Sie als Bekannten vorstellen, oder wie?«

»Ich verkaufe nichts«, sagte ich und blickte ihr dabei in die Augen. »Vielleicht irre ich mich, aber ich glaube, ich brauche Carl nicht erst vorgestellt zu werden.«

»Das verstehe ich nicht.«

»Orientieren Sie sich gelegentlich über mich. Jede Zeitung wird Ihnen entsprechenden Stoff liefern.«

Sie musterte mich wieder kritisch.

»Das werde ich sicherlich tun, Mike.« Sie lächelte. »Aber ich glaube, nichts, was ich lesen werde, kann mich überraschen.« Ihr Lächeln ging wieder in das kehlige Lachen über, als wir um die Hausecke gingen.

Und da war Carl Evello.

Es war nichts Besonderes an ihm. Im Vorbeigehen auf der Straße würde man ihn für einen Geschäftsmann halten, für nichts weiter. Er war Ende der Vierzig, etwas zur Korpulenz neigend, aber so geschickt gekleidet, daß es kaum zu erkennen war. An einem Tisch unter einem Sonnenschirm mixte er Drinks und lachte drei Mädchen in Liegestühlen zu.

Die beiden anderen Männer hätten ebenfalls als Geschäftsleute gelten können, solange man nicht wußte, daß der eine von ihnen die Fäden in einem Gangstersyndikat im Hafenviertel zog und dadurch alle paar Monate Schlagzeilen in der Presse machte.

Der andere handelte zwar nicht mit heißer Ware oder anderen Dingen dieser Art, aber sein Geschäft war ebenso schmutzig. Er hatte irgendwo in Washington ein Büro und handelte dort mit Beziehungen. Er schüttelte Präsidenten und ehemaligen Sträflingen mit der gleichen Überzeugungskraft die Hand und wurde bei dieser Art von Vermittlungsdienst reich.

Es wäre mir lieber gewesen, die Unterhaltung wäre bei meinem Erscheinen verstummt. Dann hätte ich Bescheid gewußt. Aber nichts dergleichen geschah. Die Mädchen lächelten freundlich und grüßten, und Carl musterte mich während der Vorstellung nur wie jemand, der sich an etwas erinnern möchte.

»Hammer«, sagte er dann, »Mike Hammer. Ach, natürlich. Sie sind Privatdetektiv, nicht wahr?«

»Das war ich.«

»Sicher. Ich habe viel von Ihnen in der Zeitung gelesen. Es blieb natürlich wieder meiner Schwester überlassen, sich als Begleiter einen außergewöhnlichen Mann zu suchen.«

Er lächelte strahlend. »Darf ich Ihnen Al Affia vorstellen, Mr. Hammer, Mr. Affia ist Repräsentant einer Firma in Brooklyn.«

Der Bursche aus dem Hafenviertel grinste schief und streckte mir die Hand hin. Ich hätte ihm am liebsten ins Gesicht geschlagen. Statt dessen erwiderte ich sein Grinsen und lachte ihm in die Augen wie er mir – weil wir uns schon vor längerer Zeit begegnet waren und es beide wußten.

Leo Harmody schien überhaupt keine körperliche Ausarbeitung zu haben. Seine Hand war klebrig vor Schweiß und etwas zu schlaff. Er wiederholte meinen Namen einmal, nickte und ging zu seinem Mädchen zurück.

»Einen Drink?« sagte Carl.

»Danke, nein. Wenn Sie ein paar Minuten Zeit hätten, würde ich gern ein paar Worte mit Ihnen sprechen.«

»Gewiß, gewiß.«

»Dies ist nicht nur ein gesellschaftlicher Besuch.«

»Zum Teufel, kaum einer besucht mich nur aus Geselligkeit. Sie brauchen sich da nicht fehl am Platze zu fühlen. Soll das ein Gespräch unter vier Augen sein?«

»Ja.«

»Gehen wir hinein.«

Er nahm ein frisch gefülltes Glas, nickte mir zu und ging über den Rasen aufs Haus zu. Die beiden Ganoven, die davor auf den Stufen saßen, standen respektvoll auf, hielten uns die Tür auf und folgten uns.

Das Haus war genau das, was ich erwartet hatte. Eine Million Dollar entsprechend gerahmt und geschmackvoll aufgehängt. Ein Vermögen in gutem Geschmack, über den bestimmt nicht dieser Bursche verfügte, der seine Laufbahn in den unteren Revieren des Gangstertums begonnen hatte. Wir gingen durch eine lange Diele und traten in ein großes Studio mit einem Konzertflügel an der einen Seite. Carl bot mir einen Sessel an.

Die beiden Ganoven schlossen die Tür und lehnten sich mit den Rücken dagegen.

»Wir wollen ein privates Gespräch führen«, sagte ich.

Carl winkte gleichmütig ab.

»Die hören nichts«, sagte er und nippte an seinem Drink.

Nur seine Augen waren über dem Glasrand zu sehen. Sie waren mandelförmig und hatten einen knopfartigen toten Glanz. Es war die Art von Augen, die ich leider schon zu oft gesehen hatte: harte, kleine Diamanten, in weiche Polster von Fett gebettet.

Ich schaute mir die Ganoven an. Einer grinste und wippte auf den Zehen hin und her. Beide hatten an der rechten Hüfte eine Ausbuchtung, die nur eine Bedeutung haben konnte. Sie waren geladen.

»Aber Ohren haben die beiden«, sagte ich.

»Trotzdem hören sie nichts. Nur was sie hören sollen.« Er grinste wieder strahlend. »Sie sind ein notwendiger Luxus, könnte man sagen. Es gibt Leute, die dauernd Forderungen an mich stellen – falls Sie verstehen, was ich meine.«

»Ich weiß, was Sie meinen.«

Ich zog eine Zigarette aus dem Päckchen und klopfte das Mundstück nachdenklich auf der Sessellehne fest. Dann lächelte ich ihn so an, daß die beiden Ganoven es auch sehen konnten.

»Aber sie sind nichts wert, Carl«, sagte ich. »Gar nichts wert. Ich könnte Sie jetzt zum Beispiel umbringen, bevor einer von denen sein Schießeisen überhaupt in der Faust hat.«

Carl richtete sich halb auf, und der eine Ganove hörte zu wippen auf. Er verharrte eine Sekunde so, und es sah so aus, als wollte er es versuchen. Ich ließ mein Lächeln in den Mundwinkeln einfrieren, und dann versuchte er es lieber doch nicht.

»Raus, Jungens«, sagte Carl.

Sie gingen hinaus.

»Jetzt können wir sprechen«, sagte ich.

»Ich liebe so etwas nicht, Mr. Hammer.«

»Ja, das verdirbt diese Musterknaben, ich weiß«, sagte ich. »Sie wissen dann gar nicht mehr, wofür sie überhaupt bezahlt werden.«

Während ich sprach, stand Carl immer noch halb aufgerichtet da. Jetzt ließ er sich in den Sessel zurücksinken und griff nach seinem Glas.

»Ihr Anliegen, Mr. Hammer?«

»Ein Mädchen. Ihr Name war Berga Torn.«

Seine Nasenflügel begannen ein wenig zu beben.

»Soviel ich gehört habe, ist sie tot.«

»Sie wurde ermordet.«

»Und was haben Sie für ein Interesse daran?«

»Wollen wir beide keine Zeit verschwenden«, sagte ich. »Sie können jetzt mit mir sprechen, oder ich kann es auf die harte Art machen. Wählen Sie.«

»Hören Sie, Mr. Hammer...«

»Halten Sie den Mund. Sie hören jetzt zu. Ich möchte, daß Sie mir von Ihrer Verbindung zu diesem Mädchen erzählen. Und keine Ausflüchte. Sie können mit anderen herumspielen, mit mir nicht. Ich vertrete nicht das Gesetz, aber es ist schon oft passiert, daß jemand gewünscht hat, lieber einem Gesetzesbeamten als mir gegenüberzusitzen.«

Es war schwer zu sagen, was er dachte. Sein Blick schien härter zu werden, aber dann zerschmolz sein Gesicht wieder in einem breiten Grinsen.

»Schon gut, Mr. Hammer. Es ist nicht nötig, gleich mit harten Worten um sich zu werfen. Ich habe der Polizei schon alles gesagt, aber ich wiederhole es Ihnen gern. Ich war mit Berga befreundet und habe sie eine Weile lang ausgehalten.«

»Warum?«

»Seien Sie nicht komisch. Wenn Sie sie gekannt haben, dann wissen Sie, warum.«

»Sie hatte nicht mehr zu bieten als viele andere Mädchen.«

»Sie hatte genug. Was wollen Sie sonst noch wissen?«

»Warum haben Sie das Verhältnis gelöst?«

»Weil mir danach zumute war. Sie begann mir auf die Nerven zu gehen. Soviel ich gehört habe, verstehen Sie etwas von Frauen. Dann müßten Sie wissen, was ich meine.«

»Ich wußte nicht, daß Sie sich so genau über mich informiert haben, Carl.«

Der Blick wurde wieder hart. »Ich dachte, wir wollten jetzt keine Ausflüchte mehr machen?«

Ich zündete mir die Zigarette an, mit der ich herumgespielt hatte, und ließ mir Zeit mit dem ersten Zug.

»Wie stehen Sie mit der Mafia, Carl?«

Er hatte sich gut in der Gewalt. Nichts war ihm anzumerken – absolut nichts.

»Das geht jetzt ziemlich weit, nicht wahr?«

»Ja, das mag stimmen«, sagte ich und stand auf. »Aber längst nicht so weit, wie es noch gehen wird.« Ich ging auf die Tür zu.

Er setzte das Glas hart auf den Tisch und richtete sich wieder aus dem Sessel auf.

»Sie reißen sicherlich den Mund sehr groß auf, um so ein bißchen Gerede zu machen, Mr. Hammer.«

Ich drehte mich um und sah ihn mit einem Lächeln an, das ihm sichtlich Unbehagen bereitete.

»Ich war nicht auf Gerede aus, Carl. Ich wollte Ihr Gesicht sehen. Ich wollte es mir ganz deutlich einprägen, damit ich ja nicht den Falschen erwische, wenn es eines Tages hart auf hart kommt. Denken Sie darüber nach, Carl, besonders wenn Sie nachts zu Bett gehen.«

Ich drehte den Knauf und öffnete die Tür.

Die beiden Jungens standen da. Sie sahen mich nur an – aber nicht mit sehr viel Zuneigung. An die würde ich mich auch erinnern müssen.

Als ich hinauskam, erspähte mich Michael Friday und winkte. Ich winkte nicht zurück, und sie kam mit einem gespielten Stirnrunzeln auf mich zu.

»Na, kein Glück gehabt mit den Geschäften?« fragte sie.

Sie sah wie ein Kind aus, wie ein wunderhübsches Kind, das überall dort erwachsen war, wo man es brauchte, aber trotzdem dieses Lächeln und den Mutwillen eines Kindes hatte. Und auf Kinder wird man nicht so leicht böse.

»Sie sind also seine Schwester«, sagte ich.

»Nicht ganz. Wir hatten dieselbe Mutter, kommen aber jeder aus einem anderen Stall.«

»Oh.«

»Wollen Sie sich an der Party beteiligen?«

Ich schaute zu der Gruppe hinüber.

»Nein, danke. Mir gefällt die Gesellschaft nicht.«

»Mir auch nicht. Gehen wir also.«

»Das ist eine gute Idee«, sagte ich.

Wir nahmen uns nicht einmal die Mühe, uns zu verabschieden. Sie ergriff einfach meinen Arm und steuerte mich ums Haus herum. Gerade als wir vorn waren, fuhr ein weiterer Wagen vor. Während ich noch die Tür meines neuen Autos öffnete, stieg ein Mann aus dem anderen Wagen und lief schnell um den Kühler herum, um die andere Tür aufzumachen. Ich wunderte mich nicht mehr, als er Velda aus dem Wagen half. Sie lächelte einen Moment höflich in unsere Richtung und ging dann den Pfad entlang.

»Eine tolle Frau, nicht wahr?« sagte Michael.

»Sehr. Wer ist sie?«

»Ich weiß nicht«, sagte sie mit ausdruckslosem Gesicht. »Wahrscheinlich eine von Bobs Schützlingen.«

»Was hat ein Kongreßmann wie Geyfey bei Carl zu tun?« fragte ich. »Er mag ja Ihr Bruder sein, aber sein Ruf ist nicht der allerbeste.«

Ihr Grinsen wurde nicht ein wenig schwächer.

»Mein Bruder ist bestimmt nicht der moralischste Mensch, den ich kenne. Aber er macht große Geschäfte, und falls Sie es noch nicht wissen sollten: große Geschäftemacher und Regierungsleute arbeiten gelegentlich Hand in Hand.«

»Hm-hm. Aber nicht bei Carls Art von Geschäften.«

Diesmal war ihr Stirnrunzeln nicht gespielt. Sie musterte mich, während sie in den Wagen stieg, und wartete dann, bis ich hinterm Lenkrad saß.

»Vor seiner Wahl in den Kongreß war Bob Carls Anwalt. Er machte die Bilanzen für irgendeine Gesellschaft, die Carl im Westen hat.« Sie hielt inne und schaute mir in die Augen. »Es stimmt irgendwie nicht, ja?«

»Ganz offen gesprochen: es stinkt.«

Ich fuhr los, und wir sprachen lange Zeit nicht. Die Sonne stand hoch über uns am Himmel, und die Landschaft um uns her wirkte friedlich und freundlich. Dabei stimmte so vieles nicht in dieser friedlichen, freundlichen Welt.

Plötzlich fragte Michael ganz ohne Umschweife:

»Was wollten Sie von Carl?«

Ich antwortete ebenso ohne Umschweife:

»Er hatte einmal eine Freundin. Sie ist jetzt tot, und vielleicht ist er an ihrer Ermordung irgendwie beteiligt. Ihr Bruder mit seinen großen Geschäften steht vielleicht mit der Mafia in Verbindung.«

»Und Sie?«

»Wenn ich mich für Leute wie Ihren Bruder interessiere, bekommt denen das gewöhnlich nicht sehr gut.«

»Oh«, sagte sie. Nichts weiter, nur: »Oh.«

»Soll ich Sie jetzt zurückfahren?« fragte ich.

»Nein.«

»Wollen Sie darüber sprechen?«

Sie nickte nur, und ich lenkte den Wagen an den Straßenrand und hielt an.

»Da gibt es nicht viel zu erzählen«, sagte sie mit einer mißmutigen Geste. »Ich weiß, was er gewesen ist, und ich kenne die Leute, mit denen er in Verbindung steht.«

»Haben Sie je etwas von Berga Torn gehört?«

»Ja. Ich erinnere mich gut an sie. Ich dachte seinerzeit, Carl wäre sehr in sie verliebt. Er . . . hat sie lange Zeit ausgehalten.«

»Warum hat er sie fallen lassen?«

»Ich . . . weiß nicht.« Es war ein Zögern in ihrer Stimme. »Sie war ein eigenartiges Mädchen. Ich erinnere mich nur, daß sie sich eines Nachts gezankt haben, und danach hat sich Carl nicht mehr viel um sie gekümmert. Es kam dann eine Neue.«

»Ist das alles?«

Sie nickte.

»Haben Sie je von der Mafia gehört?«

Sie nickte wieder.

»Mike . . . Carl ist nicht einer von denen. Ich weiß es.«

»Sie würden es nicht wissen, wenn er dabei wäre.«

»Und ist er dabei?«

Ich zuckte mit den Schultern.

Ihre Finger waren etwas unsicher, als sie sich eine Zigarette anzündete.

270

»Mike . . . ich würde jetzt lieber zurückfahren.«

Ich ließ den Motor an und fuhr los. Sie saß in ihrer Ecke und rauchte schweigend. Als ich wieder vor dem Haus anhielt und mich hinüberbeugte, um die Tür an ihrer Seite zu öffnen, sagte ich:

»Wenn Sie meinen, Sie hätten eine Antwort auf irgendeine ungelöste Frage gefunden, dann rufen Sie mich bitte an.«

»In Ordnung, Mike.« Sie wollte aussteigen, wandte sich mir aber noch einmal zu. »Sie sind ein netter Kerl, Mike. Ich hätte gedacht, wir könnten Spaß miteinander haben. Es tut mir leid – für uns beide.«

Ihr Mund war zu nahe und zu verlockend, um ihn nur anzuschauen. Meine Finger schienen sich in ihrem Haar zu verfangen. Die feuchten Lippen waren nur wenige Zentimeter entfernt, und dann war plötzlich überhaupt kein Raum mehr dazwischen.

Die elektrisierende Wärme war genau das, was ich erwartet hatte. Aber ich zog den Kopf zurück, bevor der Hunger zu groß wurde. Einen Moment berührte sie mein Gesicht mit den Fingerspitzen und stieg dann aus.

Den ganzen Weg nach Manhattan zurück hatte ich noch den Geschmack auf den Lippen. Die Wärme, die Feuchtigkeit und jenes verführerische Aroma.

Die Garage war voll. Ich fuhr also an den Randstein und tankte, damit ich den Wagen dort stehen lassen konnte, während ich in die Werkstatt ging.

Bob Gellie, der die hübschen tödlichen Kleinigkeiten aus dem neuen Wagen herausgeholt hatte, war gerade dabei, einen Verteiler zusammenzusetzen. Aber er ließ die Arbeit fallen, als ich kam.

»Wie ist es gegangen?« fragte ich.

»Ich habe herausgefunden, wo der Wagen gekauft worden ist«, sagte er. »Das wolltest du doch wissen, nicht wahr?«

Ich nickte.

»Der Wagen kommt aus der Bronx. Der Bursche, der ihn kaufte, sagte, es solle eine Überraschung für seinen Partner sein. Er bezahlte in bar. Wie ein Idiot lieh ihm der Verkäufer seine eigenen Nummernschilder. So wurde der Wagen vor dein Haus gefahren, und dann wurden die Nummernschilder wieder abgemacht und dem Verkäufer zurückgebracht.« Er öffnete das Schubfach und schob mir einen Umschlag zu. »Hier ist deine Zulassung. Ich weiß nicht, wie sie das geschafft haben, aber es ist ihnen gelungen. Die Burschen haben keine Fährte hinterlassen.«

»Wer hat den Wagen gekauft?«

»Rate einmal.«

»Smith, Jones, Robinson. Wer?«

»O'Brien. Clancy O'Brien. Er war ein absoluter Durchschnittsmensch. Keiner konnte eine Beschreibung von ihm geben, die irgendwie weitergeführt hätte.«

»Okay, Bob, hör auf damit. Es hat keinen Zweck, da weiter nachzugrasen.«

Er nickte und sah mich forschend an.

»Die Sache steht ziemlich schlimm, nicht wahr, Mike?«

»Nicht so schlimm, daß sie nicht noch schlimmer werden könnte.«

»Du meine Güte.«

Ich ließ ihn weiter an seinem Verteiler herumbasteln und ging hinaus. In dreißig Minuten war ich zu Haus, und in einer weiteren halben Stunde hatte ich ein schnelles Mittagessen in der Kneipe an der Ecke eingenommen.

Als ich mein Haus betrat und nach den Schlüsseln suchte, kamen mir die beiden von beiden Ecken der Eingangshalle entgegen. Zu jeder anderen Zeit hätte ich sie gesehen. Aber wenn ich sonst nach Hause kam, war es meist draußen dunkel und drinnen hell, und ich mußte meine Augen nicht erst an die Dämmerung gewöhnen. Zu jeder anderen Zeit hätte ich auch meine Waffe bei mir gehabt.

Aber jetzt hatten nur die beiden jeder einen langnäsigen Revolver in der Faust und das sichtliche Verlangen, ihn zu benutzen. Es waren helle Jungens, die in ihrer Branche Bescheid wußten. Sie hatten mich im Nu im Aufzug und tasteten mich nach Waffen ab, während die Kabine hochglitt. Dann drückten sie wieder auf Erdgeschoß, und als wir unten waren, mußte ich vor ihnen her zu meinem Wagen gehen.

Nur der Kleinere schien überrascht darüber zu sein, daß

ich unbewaffnet war. Es gefiel ihm nicht. Er tastete auf dem Sitz herum, während sein Kollege mir beim Einsteigen die Revolvermündung ins Genick drückte.

In solchen Augenblicken sagt man nicht viel. Man wartet nur und hofft auf eine Chance. Man denkt, sie würden einen nicht am hellichten Tag erschießen. Aber man bewegt sich nicht, weil man weiß, daß sie es doch tun würden. New York. Das ist New York. Irgend etwas Aufregendes geschieht in jeder Minute. Nach einer Weile gewöhnt man sich daran und achtet nicht mehr darauf. Ein Schuß – eine Fehlzündung? Wer kann das unterscheiden. Ein Betrunkener und ein Toter sehen im Rinnstein ganz gleich aus.

Der Junge neben mir sagte: »Setz dich auf deine Hände.«

Ich setzte mich auf meine Hände.

Er griff mir in die Tasche, fand den Wagenschlüssel und ließ den Motor an.

»Du bist eine Niete, Mac«, sagte er.

Der Junge hinten sagte: »Halt den Mund und fahre.«

Wir fuhren los, und seine Stimme ertönte wieder. Diesmal war sie nahe an meinem Ohr.

»Ich muß dich nicht erst warnen, nicht wahr?«

Die Revolvermündung war ein kalter Kreis auf meiner Haut.

»Ich weiß, was los ist«, sagte ich.

»Das denkst du bloß«, erklärte er mir.

9

Ich fühlte, wie mir der Schweiß den Nacken hinunterzurinnen begann. Meine Hände wurden müde, und ich versuchte sie hervorzuziehen. Im gleichen Moment traf mich der Revolverlauf an der Schläfe, und ich spürte, wie Blut zu rinnen begann und sich mit dem Schweiß vermischte.

Der Bursche am Lenkrad schlängelte sich durch den Manhattan-Verkehr, lenkte in den Queens-Midtown-Tunnel und schleuste sich dann in die Schnellstraße zum Flughafen ein. Über uns setzten hin und wieder Maschinen dröhnend zur Landung an. Ich dachte, wir würden zum Flughafen fahren.

Statt dessen fuhr er vorbei und beschleunigte das Tempo, als der Verkehr dünner wurde.

»Wohin fahren wir?« fragte ich.

»Das wirst du schon merken.«

Die Revolvermündung berührte mein Genick.

»Zu schade, daß du den Wagen angenommen hast.«

»Ihr hattet unter der Kühlerhaube eine hübsche Packung für mich versteckt.«

Der Bursche am Steuer zuckte zusammen. Nur ganz leicht, aber ich spürte die Bewegung und wußte, daß ich auf dem richtigen Wege war.

»Ich habe mir gleich gedacht, daß etwas nicht stimmt«, schwatzte ich in gespieltem Stolz weiter. »Also hab' ich einen Mechaniker geholt und den Wagen untersuchen lassen. Der hat das Dynamit gefunden, das mit der Zündung gekoppelt war. Da wäre ich schön in die Luft geflogen, wenn ich den Wagen angelassen hätte. Aber so dumm war ich nicht.«

Während ich sprach, wandte sich mir der Bursche am Steuer zu. Seine Augen wurden immer glasiger vor Furcht, und als ihm die ganze Tragweite meiner Worte klar wurde, trat er mit aller Gewalt auf die Bremse.

Es war nicht ganz so gut, wie ich es gewollt hätte, aber immer noch gut genug. Der Vogel hinter mir kam über meine Schulter geflogen, und ich hatte seine Kehle zwischen den Fingern, ehe er etwas dagegen unternehmen konnte.

Der Revolver des Fahrers kam in Sicht, während der Wagen mit kreischenden Reifen über die Straße schleuderte, und als die Räder gegen den Straßenrand prallten, krachte zugleich der Schuß.

Es hatte keinen Sinn mehr, den Hals des Burschen festzuhalten – nicht mit dem Loch, das er jetzt unterm Kinn hatte. Ich schob den Toten so schnell wie möglich beiseite und spürte, wie der Fahrer um den Körper herum an mich heranzukommen versuchte und dabei wütende Flüche ausstieß.

Ich mußte über die Leiche greifen, um ihn zu packen. Im gleichen Moment hatte er den Revolver wieder frei. Aber inzwischen war es zu spät – viel zu spät. Ich hatte sein Handgelenk gepackt und hochgerissen. Er schrie, und im gleichen Moment krachte der Schuß, und die Kugel fuhr ihm

274

ins Auge. In der Sekunde, bevor er starb, war das andere Auge noch da und starrte mich böse an, bevor es glasig wurde.

Solche Dinge ereignen sich sehr schnell. Wenn es vorbei ist, wundert man sich als erstes darüber, daß keiner angelaufen kommt, um nachzuschauen, was los ist. Aber der Wagen, den man in der Ferne gesehen hat, bevor alles anfing, ist immer noch nicht da, und nur zwei Kinder jenseits der Straße deuten in die Richtung des Wagens – sonst keiner.

Ich schob also die Toten beiseite, setzte mich hinters Lenkrad und fuhr so schnell wie möglich den Weg zurück und in eine Straße hinein, die seitlich am Flugfeld vorbeiführte. Die Straße ging schließlich in einen Weg über und hörte an einem Schild mit der Aufschrift TOTES ENDE auf.

Das war mir gerade recht. Ich setzte die beiden in einer netten, natürlichen Haltung unter das Schild und fuhr heim. Auf der Rückfahrt mußte ich an die beiden Idioten denken, die mir zugetraut hatten, die beiden Sprengladungen im Wagen zu finden, und die dann plötzlich davon überzeugt sein mußten, ich sei doch dümmer als sie dachten, und die große Ladung am Auspuff könnte jeden Augenblick losgehen.

Es war dunkel geworden, bevor ich mein Haus erreichte. Ich parkte den Wagen, fuhr hinauf, schloß auf und rief gleichzeitig, Lily solle die Kette abnehmen. Aber das war nicht nötig.

Die Kette war nicht vorgelegt.

Lily war auch nicht da, und ich spürte wieder die Kälte meinen Rücken hinaufkriechen. Ich ging durch die Zimmer und hoffte immer noch wider mein besseres Wissen, sie werde mir entgegenkommen. Aber sie war fort – und alle ihre Sachen auch. Nicht einmal eine Haarnadel deutete noch darauf hin, daß sie je hier gewesen war. Ich fluchte in ohnmächtiger Wut auf dieses ganze verdammte Pack, auf die Wirksamkeit ihrer Organisation und auf die Macht, über die sie verfügten.

Nachdem ich mich etwas beruhigt hatte, griff ich nach dem Telefonhörer und wählte Pats Nummer. Im Hauptquartier sagte man mir, er sei schon gegangen, und ich rief seine

Wohnung an. Er erkannte sofort an meiner Stimme, daß etwas nicht in Ordnung war.

»Was ist?« fragte er scharf.

»Lily Carver, Pat, du kennst sie doch?«

»Carver? Verdammt, Mike...«

»Ich hatte sie bei mir in der Wohnung, und sie ist fort.«

»Wohin?«

»Woher soll ich das wissen! Sie ist bestimmt nicht freiwillig gegangen. Schau...«

»Warte einen Moment, Mike. Du mußt mir erst etwas erklären. Weißt du, daß sie auch vernommen worden ist?«

»Ich kenne die ganze Geschichte. Deshalb habe ich sie ja aus Brooklyn herausgeholt. Sie hatte die Polizei, den FBI und noch eine andere Mannschaft am Halse. Diese Mannschaft hat sie heute auch bestimmt irgendwie hier herausgeholt.«

»Da hast du dich wieder in etwas eingelassen!«

»Ach, sei still«, sagte ich. »Falls du eine Personenbeschreibung hast, gib sie weiter. Diese Lily Carver weiß vielleicht, weswegen Berga Torn umgebracht wurde.«

Er atmete schwer in die Sprechmuschel.

»Gestern ist eine Fahndungsmeldung von ihr hinausgegangen. Soviel wir wissen, ist sie völlig verschwunden. Du hättest mir Bescheid sagen sollen, Mike.«

»Was liegt gegen sie vor?« fragte ich ihn.

»Nichts. Jedenfalls im Augenblick nicht. Ein Spitzel meldete uns, daß sie umgebracht werden sollte.«

»Mafia?«

»Das würde in die Situation passen.«

»Verdammt«, sagte ich.

»Ja, ich weiß, wie dir zumute ist.« Er schwieg einen Moment und sagte dann: »Ich werde mich umschauen. Es braut sich großes Unheil zusammen, Mike.«

»Das stimmt.«

»Es sind weitere Neuigkeiten bis zu uns durchgesickert.«

»Zum Beispiel?«

»Daß noch mehr rauhe Burschen auf dem Kriegspfad sind. Wir haben einen davon wegen eines anderen Delikts bereits eingesperrt.«

Ich brummte.

»Tut ihr auch endlich etwas.«

»Das ist ein ziemlich hartes Wort. Weißt du was?«

»Was?«

»Man spricht immer wieder von dir an den falschen Plätzen.«

»Ja«, sagte ich gedehnt und zündete mir eine Zigarette an. »Unsere Verabredung ist nach wie vor ein Geheimnis zwischen uns beiden, ja?«

»Das habe ich dir schon gesagt.«

»Gut. Hat jemand schon in Queens drüben zwei Leichen am Ende einer Sackgasse gefunden?«

Im ersten Moment sagte er gar nichts, und dann klang seine Stimme ganz heiser, als er ins Telefon flüsterte:

»Ich hätte es mir denken können. Ich hätte es mir wahrhaftig denken müssen.«

»Aber halte mich nicht für den Täter. Ich habe mein Schießeisen tagelang nicht bei mir gehabt.«

»Wie ist es passiert?«

»Es war wirklich merkwürdig«, sagte ich. »Erinnere mich daran, daß ich es dir eines Tages erzähle.«

»Kein Wunder, daß die Burschen hinter dir her sind.«

»Ja«, sagte ich und hängte mit einem lachenden Gruß ab.

Heute nacht würde noch mehr passieren – vielleicht viel mehr.

Ich stand da und lauschte auf die Geräusche der Stadt. Da draußen rührte sich dieses Ungeheuer und grollte tief aus der Kehle. Wer würde heute nacht noch alles sein Opfer sein?

Dann klingelte das Telefon wieder und übertönte das dumpfe Grollen. Es meldete sich nicht die Stimme, die ich erwartet hatte. Diese hier klang dunkel, weich und ein wenig traurig.

»Mike?«

»Am Apparat.«

»Michael Friday...«

Ich konnte mir ihren Mund vorstellen, während er die Worte formte. Ein reifer, roter Mund mit schimmernden Lippen – dicht an der Sprechmuschel. Ich wußte nicht, was ich antworten sollte und sagte daher nur:

»Hallo, wo sind Sie?«

»In der Stadt.« Sie hielt einen Moment inne. »Mike ... ich möchte Sie noch einmal sprechen.«

»Wirklich?«

»Wirklich.«

»Warum?«

»Vielleicht, um mit Ihnen zu plaudern. Hätten Sie Lust?«

»Sagen Sie nur, wo und wann.«

»Also ... einer von Carls Freunden gibt heute abend eine Party. Ich bin eingeladen. Wenn es Ihnen recht ist, könnten wir zusammen hingehen. Wir müssen nicht zu lange bleiben.«

Ich dachte einen Moment darüber nach und sagte dann:

»In Ordnung. Ich hole Sie um zehn Uhr in der Halle des Astor ab. Wie wäre das?«

»Fein, Mike. Soll ich eine rote Nelke oder sonst etwas tragen, damit Sie mich erkennen?«

»Nein ... lächeln Sie nur. Ihr Mund ist etwas, das ich nie vergessen werde.«

»Sie sind noch nicht nahe genug daran gewesen, um das zu wissen.«

»Ich kann mich erinnern, wie ich mich von Ihnen verabschiedet habe.«

»Das war nicht wirklich nahe«, sagte sie und hängte ab.

Um zehn Uhr war ich also mit Michael Friday verabredet, überlegte ich, als ich den Hörer auf die Gabel legte. Aber vorher hatte ich noch etwas anderes zu tun.

Ich fing in den unteren Vierzigern an und schaute in die Kneipen und Bars hinein. Es waren nur kurze Aufenthalte, denn ich war nicht zum Vergnügen unterwegs. Daß ich auf dem richtigen Wege war, merkte ich an den Seitenblicken in meine Richtung. In einer Bar rückten die Männer sofort von mir ab, und ich wußte, daß ich mich dem Ziel näherte.

Um neun Uhr fünfzehn schlenderte ich in Harvey Pullens Bar in den Dreißigern. Harvey wollte mich nicht bedienen, aber ich hatte die längere Geduld und wohl auch die besseren Nerven. Als er an den Zapfhahn ging, schüttelte ich den Kopf und sagte: »Coke.«

Er goß eilig ein, ging weg und ließ mich neben der verkommen aussehenden Rothaarigen stehen. Ein Zivildetektiv, den ich kannte, kam herein, trank schnell ein Bier und musterte die Gäste durch den Spiegel hinter der Bar. Nachdem er eine Zigarette zu Ende geraucht hatte, ging er. In einer Hinsicht hoffte ich, er habe mich erkannt.

Die Rothaarige sprach, ohne den Mund auch nur im geringsten zu bewegen. Manchmal machen sich die Dinge bezahlt, die man im Kittchen lernt, und das war eines davon.

»Hammer, nicht wahr?«

»Hmhm.«

»In Long John's Bar. Sie lauern auf dich.«

Ich nippte an meinem Coke.

»Warum du?«

»Schau mich an, Buster. Diese Mistkerle haben mich vor langer Zeit in der Mache gehabt. Ich hätte Karriere machen können.«

»Wer hat sie gesehen?«

»Ich komme eben von dort.«

»Was sonst?«

»Der Kleinere ist Kokser, und er ist gerade gedopt.«

»Polypen?«

»Keine. Nur die beiden. Die Leute in dem Schuppen wissen noch nichts.«

Ich stellte das Glas ab, wirbelte die Eisstücke darin herum und drückte meine Zigarette aus. Die Rothaarige hatte einen Zehndollarschein auf dem Schoß, als ich ging.

Long John's. Der Name über der Tür lautete anders, aber alle Leute nannten das Lokal so. Der Barkeeper hatte eine Binde über einem Auge und ein Holzbein. Die Tür stand offen, und man konnte den Biergeruch riechen und ein paar schrille Stimmen hören. Ein Musikautomat machte Hintergrundgeräusche. Ungefähr ein Dutzend Gäste standen an der Bar und redeten laut und schnell.

Die beiden Jungens waren Profis und machten ihre Sache gut.

Sugar Smallhouse saß an der Ecke der Bar und mit dem Rücken zur Tür, so daß man ihn beim Hereinkommen nicht erkennen konnte.

Charlie Max saß in der hinteren Ecke mit dem Gesicht zur Tür, so daß er jeden Hereinkommenden erkannte.

Sie machten es gut, aber nicht ganz richtig. Charlie Max beugte seinen Kopf gerade zu dem Streichholz hinab, um seine Zigarette anzuzünden, als ich hereinkam und schnell hinter seinen Partner trat.

»Hallo, Sugar«, sagte ich und dachte, das Glas in seinen Fingern würde zerkrümeln.

Ich spürte förmlich, wie sich seine Nackenhaare sträubten. Er hatte inzwischen Verschiedenes gehört – sicherlich auch von dem Schild mit der Aufschrift TOTES ENDE. Ich fühlte, wie es in seinem Kopf arbeitete, während ich unter seinem Arm nach dem Schießeisen griff. Die ganze Zeit über bewegte Sugar keinen Muskel. Es war eine kleine Knallbüchse mit großem Kaliber. Ich stieß die Patronen aus dem Zylinder, ließ sie in meine Tasche fallen und schob die Waffe in ihr Nest zurück. Im nächsten Moment versetzte ich Sugar einen Handkantenschlag ins Genick – nur einen kurzen Schlag –, und dann war Sugar Smallhouse nur ein weiterer Betrunkener, der an der Bar seinen Rausch ausschlief.

Charlie Max erwachte urplötzlich zum Leben. Er glitt vom Barhocker und wollte sein Schießeisen aus dem Hüfthalter ziehen, um seinen Bonus zu kassieren. Jemand sah die Waffe, und der Warnschrei löste einige hastige Aktionen aus. Charlie bekam die Waffe nicht richtig aus dem Halfter, weil die Frau neben ihm sich zu sehr beeilte, von ihm wegzukommen und ihm deshalb seinen Barhocker von hinten in die Kniekehlen rammte. Kurze Zeit herrschte unglaublicher Tumult. Leute schrien und fluchten, während sie aus dem Schußfeld zu entkommen versuchten.

Charlie wollte sich gerade wieder aufrichten und auf mich schießen, als ich schon mit einigen schnellen Schritten bei ihm war und ihm einen Tritt unters Kinn versetzte, der ihn für die nächste halbe Stunde kampfunfähig machte.

Ich griff gerade nach dem Revolver, der vor mir am Boden lag, als die Männerstimme hinter mir sagte:

»Fassen Sie das Ding nicht an, Hammer.«

Ich schaute zu dem großen Burschen im blauen Nadelstreifenanzug hoch und brummte vor Überraschung, als ich mich aufrichtete. Zwei weitere FBI-Männer standen im Hintergrund. Einer von ihnen versuchte, Sugar Smallhouse aufzuwecken. Der andere trat heran, tastete mich ab und schaute dann seinen Partner mit einem verwirrten Gesichtsausdruck an, der geradezu komisch wirkte.

Es gab ganz und gar nichts, was sie gegen mich unternehmen konnten, und sie wußten es. Ich wandte mich also ab und ging hinaus in Richtung des Astor.

Sie wartete dort in einer Ecke der Halle auf mich. Andere warteten auch dort, und einige Männer hatten sich so gestellt, daß sie in Aktion treten konnten, falls sich derjenige, mit dem sie verabredet war, nicht zeigte. Sie trug keine rote Nelke, aber sie lächelte so, daß ich ihren Mund durch die ganze Halle hindurch zu spüren glaubte.

Ihr Haar wirkte so leuchtend und rebellisch jung wie sie selbst. Es gibt nicht genug Worte, um eine Frau wie Michael Friday so zu beschreiben, wie sie in diesem Augenblick aussah. Es war nichts Mageres an ihr. Eher die Schlankheit einer gut genährten, muskulösen Katze. Ihre Schultern waren breit, und von dorther führten sinnliche Kurven zu den Hüften hinab. Sie stand in entspannter Haltung da und bewegte ein Bein in unbewußt herausfordernder Art so, daß der Schenkel sich unter dem Rock abzeichnete.

Ich grinste ihr zu, und sie streckte die Hand aus. Meine eigene Hand schloß sich um ihre Finger und blieb so, während wir zusammen hinausgingen.

»Haben Sie lange gewartet?« fragte ich.

Sie drückte meinen Arm unter ihrem.

»Länger als ich gewöhnlich auf irgend jemanden warte. Zehn Minuten.«

»Ich hoffe, ich bin es wert.«

»Sie sind es nicht.«

»Aber Sie können doch nicht anders«, fügte ich hinzu.

Sie stieß mich mit dem Ellbogen.

»Woher wissen Sie das?«

»Ich weiß es nicht«, antwortete ich. »Ich prahle nur.«

Ein Taxi stand draußen, und ich half ihr hinein und setzte mich neben sie.

»Wohin?«

Sie beugte sich vor, nannte eine Adresse am Riverside Drive und lehnte sich ins Polster zurück.

Es schien langsam zu beginnen, wie das Einschlafen, wenn man zu müde ist: dieses allmähliche Zusammenkommen von zwei Menschen. Langsam erst, dann schneller, und plötzlich hatte sie die Arme um mich geschlungen, und meine Finger wühlten in ihrem Nackenhaar. Ich schaute auf diesen Mund, der in diesem Moment so lockend feucht schimmerte, und sie sagte nur: »Mike, du verdammter Kerl...«

Ganz sanft sagte sie das, und ich spürte das Verlangen in ihr, bis diese Wildheit kaum noch zu ertragen war und ich sie losließ.

Einige zittern und einige weinen, manche werden nach so einem Kuß ganz hysterisch. Aber sie schloß nur die Augen, lächelte, öffnete sie wieder und entspannte sich neben mir. Ich reichte ihr eine Zigarette, zündete sie an und bediente mich selbst. So saßen wir schweigend und rauchend da, bis das Taxi hielt.

Als wir in der Halle waren, fragte ich: »Was sollen wir hier eigentlich, Mädchen?«

»Es ist eine Party. Auswärtige Freunde von Carl treffen hier mit seinen Geschäftspartnern zusammen.«

»Ich verstehe. Und was hast du dabei zu tun?«

»Du könntest mich eine Begrüßerin nennen. Ich bin immer die Vermittlerin für meinen großen Bruder gewesen. Er macht sich mein gutes Aussehen zunutze... könnte man sagen.«

»Das ist ein Gesichtspunkt.«

Ich hielt sie zurück und deutete auf eines von den zweisitzigen Sofas in der Ecke. Sie runzelte die Stirn, ging dann hinüber und setzte sich. Ich ließ mich neben ihr nieder und schaltete die Lampe neben mir auf dem Tisch aus.

»Du hast gesagt, du möchtest mit mir sprechen. Da oben werden wir keine Zeit dazu haben.«

Ihre Finger machten kleine nervöse Bewegungen im Schoß.

»Ich weiß«, sagte sie leise. »Es ist wegen Carl.«

»Was ist mit ihm?«

Sie sah mich bittend an.

»Mike... ich habe getan, was du mir empfohlen hast. Ich... weiß jetzt über dich Bescheid.«

»Und?«

»Ich... es hat keinen Sinn, um die Sache herumzureden.

Carl ist da in etwas verwickelt. Ich habe das immer gewußt.«
Sie senkte den Blick auf ihre Hände und krampfte die Finger
zusammen. »Viele Leute sind in die Sache verwickelt... und
es schien nicht so wichtig zu sein. Er hat alle möglichen
wichtigen Freunde in der Regierung und Geschäftswelt. Sie
scheinen zu wissen, was er tut. Deshalb dachte ich, ich hätte
auch keinen Grund, mich zu beschweren.«

»Du hast einfach, ohne zu fragen, genommen, was er dir
gab«, stellte ich fest.

»Das stimmt. Ohne zu fragen.«

»Nach der Methode: Was ich nicht weiß, macht mich nicht
heiß.«

Michael starrte einige Sekunden lang ausdruckslos in ihren
Schoß.

»Ja.«

»Und jetzt machst du dir Sorgen?«

»Ja.«

»Warum?«

Die Besorgnis schien ihren Blick zu überschatten.

»Weil... früher waren es nur die Gesetze, die ihm Schwierigkeiten machten. Carl... hatte dafür seine Anwälte. Sehr
gute. Sie haben immer für alles gesorgt.« Sie legte ihre Hand
auf meine. Ihre Finger bebten ein wenig. »Mit dir ist es
anders.«

»Sag es.«

»Ich... kann nicht.«

»Sag es.«

»Also gut. Du kannst rücksichtslos und brutal sein, wenn
du es für richtig hältst, Mike. Du hast schon getötet und wirst
weiterhin töten, bis man dich selbst umbringt.«

»Sag mir nur eines, Mädchen«, antwortete ich. »Hast du für
mich Angst oder für Carl«?

»Nicht für dich. Du bist besser dran als Carl.«

Ich sah sie verwundert an.

»Das begreife ich nicht.«

»Mike... schau mich richtig an, und du wirst es erkennen.
Ich... liebe Carl. Er hat immer für mich gesorgt. Ich liebe ihn,
siehst du das nicht? Wenn er in Schwierigkeiten gerät...
dann gibt es andere Möglichkeiten. Aber es soll nicht durch

dich geschehen, Mike, nicht durch dich. Ich... möchte das nicht.«

Ich nahm meine Hand behutsam weg, zündete eine Zigarette an und beobachtete, wie der Rauch zur Decke emporwehte. Michael lächelte schief, während sie mich beobachtete.

»Es ist so schnell gegangen, Mike«, sagte sie. »Sicherlich wirst du mich jetzt für falsch halten, und ich kann es dir nicht übelnehmen. Was ich auch sagen mag, du wirst mir nie glauben. Ich könnte es dir zu beweisen versuchen, aber es würde dann nur noch schlimmer aussehen. Ich will nur folgendes sagen: Es tut mir leid, daß es so kommen mußte. Du... bist mir ganz tief unter die Haut gegangen. Das ist mir noch nie zuvor passiert. Sollen wir jetzt hinaufgehen?«

Ich stand auf, ließ sie meinen Arm nehmen und mich zum Lift führen. Sie drückte auf den obersten Knopf, blieb mit dem Gesicht zur Tür stehen und sagte kein Wort. Aber als ich ihren Arm drückte, preßte sich ihre Hand fester um meine, und sie schüttelte ihr Haar aus der Stirn und begann mit dem Lächeln, das sie beim Aussteigen oben zeigen wollte.

Die beiden Palastwächter von Carl standen im Foyer. Sie trugen ›Affenanzüge‹ (Frack), und in ihrem Fall wirkte dieser Ausdruck ausgesprochen anschaulich. Sie begannen zu lächeln, als sie Michael sahen, und hörten sofort wieder auf, als ich in ihr Blickfeld kam. Sie tauschten Blicke aus und wußten nicht, was sie als nächstes unternehmen sollten. Wir waren schon durch die Tür, und ein Mädchen hatte mir den Hut abgenommen, als die beiden immer noch dastanden und uns dumm nachschauten.

Die Räume waren voller Menschen, und überall herrschte fröhlicher Lärm. Unauffällige kleine Männer mit Tabletts gingen zwischen den Gruppen hin und her und teilten Drinks aus. Ich sah mehrere Gesichter, die ich aus den Zeitungen kannte – und einige auch aus Filmen. Es waren aber auch Gesichter dabei, von denen ich wußte, daß sie in den Verbrecheralben Dauerplätze hatten.

Michael wurde von allen Seiten her gegrüßt. Sie lächelte und winkte zurück. Leo Harmody war da und wollte sie in seiner anmaßenden Wichtigkeit den anderen vorstellen. Ich nahm meinen Arm weg und sagte: »Jetzt hat es dich erwischt, Baby. Ich werde die Bar finden und mir was zu trinken besorgen.«

Sie nickte, und ich ging zur Bar.

Dort hielt Affia Veldas Hand, und Billy Mist schwatzte in heuchlerischer Galanterie auf sie ein, während Carl Evello die Szene fröhlich beobachtete.

Velda war gut. Sie zeigte bei meinem Auftreten nichts als freundliche Neugier. Carl war nicht so gut. Er wurde ein wenig blaß.

Billy Mist war sogar noch schlechter. Sein fettiges Gesicht wurde rot, und er preßte die Lippen so fest zusammen, daß sich seine Zähne zeigten.

»Falls Sie sich wundern, Carl«, sagte ich, »Ihre kleine Schwester hat mich eingeladen.«

»Oh?«

»Ein charmantes Mädchen«, sagte ich. »Man würde nie glauben, daß sie Ihre Schwester ist.«

Dann sah ich Billy an. Ich haßte ihn so sehr, daß ich kaum stillstehen konnte. Ganz langsam musterte ich ihn von oben bis unten, als suchte ich im Mülleimer eine Stelle für die letzte Ladung, und dann sagte ich:

»Hallo, Blödling.«

Das können sie nicht ertragen. Sie bilden sich ein, hart zu sein, aber mit einem Wort kann man ihnen das Herz aus der Brust reißen. Billys Gesicht wirkte in diesem Moment auf mich wie eine Landmine, die im nächsten Augenblick explodiert.

Er vergaß alles um sich her und war für eine kurze Sekunde mit mir allein in diesem Raum. Seine Hand spannte sich und wollte nach etwas greifen, und gerade in diesem Augenblick wurde ihm klar, daß ich nur lässig dastand und ebenso lässig sagte:

»Na los…«

Und er dachte und dachte an die toten Männer draußen beim Flughafen, und sein Instinkt sagte ihm, daß er es nicht schaffen konnte, während er mir ins Gesicht schaute. Also ging es ihm wie Carl: er wurde blaß.

Aber ich beobachtete Billy Mist nicht mehr. Ich beobachtete

Al Affia. Den einfältigen, dickköpfigen Al, der die ganze Zeit über Veldas Hand streichelte, und der nicht die Farbe wechselte oder erstarrte, sondern nur sagte:

»Was ist mit euch Jungens los?«

»Vergiß es, Liebling«, sagte Billy. »Wir haben nur Spaß gemacht. Du weißt ja, wie das ist.«

»Sicher, du weißt, wie das ist«, sagte Al.

Ich sah den Jungen aus Brooklyn an, der an der Wasserfront soviel zu sagen hatte. Sein Gesicht verzog sich zu einem Grinsen. Jemand sollte die Knaben vom FBI auf Als Augen aufmerksam machen. Sie wirkten nicht ein bißchen dumm. Sie waren klein und standen eng beieinander, aber in ihnen spiegelten sich viele Dinge wider, von denen nie jemand etwas erfahren würde.

»Keiner hat mich der Dame vorgestellt«, sagte ich.

Carl setzte sein Glas auf die Bartheke.

»Hammer ist der Name, glaube ich.« Er sah mich fragend an, und ich grinste. »Ja, Mike Hammer. Dies ist Miß Lewis. Candy Lewis.«

»Hallo, Candy«, sagte ich.

»Hallo, Mike.«

»Hübsch. Sehr hübsch. Mannequin?«

»Ich stehe Modell für Zeitungsreklamen.«

Eine gute Auffassungsgabe hatte meine Sekretärin. Auf diese Weise konnte sie Billy glaubwürdig zu verstehen geben, warum sie mit zwei Zeitungsreportern zusammen gewesen war. Ich fragte mich, wie sie seine gekränkten Gefühle geheilt hatte.

»Was tun Sie, Mr. Hammer?« fragte Velda, die meine Gedanken erraten zu haben schien.

Alle drei Männer beobachteten mich jetzt.

»Ich jage«, sagte ich.

»Großwild?«

»Menschen«, sagte ich und grinste Billy Mist an.

Seine Nasenflügel schienen zu beben.

»Interessant«, sagte er gedehnt.

»Nach einer Weile wird es ein wirklich aufregender Sport«, sagte ich. »Heute abend habe ich beispielsweise wieder zwei erwischt. Jagen Sie auch?«

Billys Gesicht war jetzt von einer tödlichen Ruhe.

»Ja, ich jage.«

»Wir sollten es mal zusammen versuchen«, sagte ich. »Ich kann Ihnen einige Tricks zeigen.«

Ein dumpfes Grollen kam aus Als Brust.

»Das möchte ich gern sehen«, sagte er lachend. »Nur zu gern.«

»Manche Leute haben nicht die Nerven dafür«, erklärte ich ihm. »Es sieht einfach aus, wenn man immer auf der richtigen Seite einer Kanone steht.« Ich erfaßte sie alle mit einem Blick. »Erst wenn man auf der falschen Seite steht, wird einem mulmig zumute. Sie verstehen, was ich meine?«

Carl wollte gerade etwas sagen, aber Leo Harmody kam heran und wandte sich lächelnd an Velda.

»Dürfte ich Sie für eine Weile ausborgen, meine Liebe, um Sie einem Bekannten von mir vorzustellen?«

»Von mir aus gern. Sie haben nichts dagegen, Billy, nicht wahr?«

»Nur zu. Bring sie aber zurück«, sagte er zu Leo. »Wir haben uns gut unterhalten.«

Sie lächelte uns zu, glitt vom Hocker herunter und ging fort. Billy sah mich nicht an, als er sagte:

»Bleiben Sie lieber von jetzt an nachts zu Hause, Schlaukopf.«

Ich sah ihn auch nicht an, als ich antwortete:

»Jederzeit und überall...«

Damit ließ ich sie stehen und ging weiter. Die Party begann mich zu langweilen. Für mich war hier auch nichts mehr zu holen. Es gelang mir, im Vorbeigehen ein paar Worte mit Velda zu wechseln, ohne daß es jemand auffiel. Wir verabredeten uns in einer Stunde im Drugstore an der nächsten Ecke.

Michael Friday wirkte nervös und melancholisch, als ich mich von ihr verabschiedete.

»Werde ich dich wiedersehen?« fragte sie.

»Vielleicht.«

Sie begleitete mich bis zur Tür und sah mich dabei von der Seite an. Ich nahm meinen Hut und verschwand schnell, um mich von ihr nicht zu etwas überreden zu lassen, was mir vielleicht nicht gut bekommen würde.

Ich fand den Drugstore, kaufte mir vorn am Eingang ein paar Magazine und wartete dann mit dieser Lektüre und einem Mineralwasser auf Velda.

Sie kam pünktlich und schlüpfte zu mir in die Koje.

»Du kommst weit herum, Mike.«

»Das wollte ich gerade von dir sagen. Wie kommt es, daß du dich mit Mist wieder vertragen hast?«

»Später. Hör jetzt zu, ich hab' nicht viel Zeit. Zwei Namen wurden heute abend erwähnt. Einer von Carls Männern erstattete Bericht, und ich stand nahe genug, um es mitzuhören. Es hieß, daß jemand Ermittlungen über Nicholas Raymond und Walter McGrath angestellt hat. Carl hat sich sehr darüber aufgeregt. Nachher hat er Billy die Nachricht weitergegeben. Der sah wie ein toter Fisch aus, als er dann wieder zu uns an die Bar kam.«

»Hat Affia die Neuigkeit auch erfahren?«

»Wahrscheinlich. Ich entschuldigte mich für ein paar Minuten, um ihm das vertrauliche Gespräch mit Carl zu erleichtern.«

Ich schüttelte den Kopf.

»Wundert mich, daß ein paar Telefongespräche von mir und zwei vertrauliche Anfragen soviel Wirbel machen.«

»Es wird noch viel mehr Wirbel entstehen.« Velda grinste. »Billy sagte, er wolle mich heute nacht noch geschäftlich sprechen.« Sie griff in ihre Handtasche. »Er hat mir seinen Wohnungsschlüssel gegeben und gesagt, ich solle vorausgehen und dort auf ihn warten.«

Ich pfiff zwischen den Zähnen und nahm ihr den Schlüssel aus der Hand.

»Also gehen wir. Die Sache ist heiß.«

»Ich nicht, Mike. Du gehst.« Es war ein tödlicher Ernst in ihrem Gesicht.

»Was weiter, Velda?«

»Dies ist ein Duplikatschlüssel. Ich habe Carlo Barnes aus dem Bett geholt, damit er ihn mir macht.«

»Und?«

»Al Affia hat gemerkt, was gespielt wird, und mich in seine Wohnung eingeladen, *bevor* ich zu Billy gehe«, sagte Velda sanft.

288

Ich fluchte leise.

»Dieser lausige kleine...«

»Mach dir keine Gedanken, Mike.« Velda holte ein kleines Aspirinfläschchen aus der Handtasche und zeigte es mir. Es waren keine Tabletten darin: nur ein weißes Pulver. »Chloral«, sagte sie.

Ich wußte, was sie vorhatte, aber es gefiel mir nicht.

»Der ist kein Tourist, Velda«, sagte ich warnend.

»Aber er ist ein Mann.«

»Unterschätze ihn nicht.«

Sie stieß mich mit dem Ellbogen bedeutungsvoll in die Seite.

»Ich habe immer noch das, Mike.«

Man muß mitunter Dinge tun, die man nicht tun will. Man haßt sich deswegen, kann es aber nicht ändern.

»Wo ist Affias Wohnung?« fragte ich.

»Er hat unter dem Namen Tony Todd an der 47. Straße zwischen Eighth und Ninth Avenue ein kleines Appartement.« Sie zog einen Notizzettel aus der Tasche und notierte die Adresse mit der dazugehörigen Telefonnummer. »Nur für alle Fälle, Mike.«

Ich las den Zettel, prägte mir alles ein und verbrannte den Zettel über der Feuerzeugflamme. Meine wunderschöne, abenteuerlustige Gefährtin lächelte mir zu, und als ich sie anschaute, sah ich in ihren Augen die gleiche Erregung funkeln, die sie wohl auch bei mir sehen würde. Sie stand auf, blinzelte mir zu und sagte:

»Weidmannsheil! Mike.«

Dann war sie fort.

Ich ließ ihr fünf Minuten Vorsprung und fuhr dann zu dem eleganten Appartementhaus, das Billy Mist gehörte. Niemand bemerkte mich, als ich unten in den Lift stieg, und niemand bemerkte mich, als ich oben im Gang die Wohnungstür aufschloß.

Es waren acht Zimmer. Alle so sauber und sorgfältig gepflegt, wie man es von einem gutbezahlten Mädchen erwarten kann. In einer Dreiviertelstunde hatte ich sieben von den acht Zimmern durchsucht, ohne etwas Nennenswertes zu entdecken.

Bis ich dann in das kleine Zimmer neben dem Wohnzimmer kam. Offenbar sollte dies einmal eine große Vorratskammer sein. Aber jetzt standen ein Fernsehgerät, ein Klappsessel, eine Couch und ein Schreibtisch darin. Von allen acht Zimmern war dies offensichtlich der Raum, in dem Billy Mist seine einsame Freizeit verbrachte.

Der Schreibtisch war verschlossen, aber ich brachte ihn in einer Minute auf. Direkt in der Mitte lag ein Notizheft mit Zeitungsausschnitten und Fotos, auf denen er überall zu sehen war.

Nach zehn Minuten stieß ich auf ein Foto von Berga. Es war ein Zeitungsausschnitt ohne Bildtext. Billy grinste ebenfalls in die Kamera. Zwei Seiten weiter tauchte Berga wieder auf. Diesmal stand sie neben Carl Evello, und Billy war im Hintergrund und sprach mit jemand, der hinter Carls Rücken verborgen war. Ich fand zwei weitere Fotos, eines mit Billy und eines mit Carl. Und dann ein Porträtfoto von Berga aus ihrer hübschesten Zeit mit der Unterschrift: ›Mit Liebe für meinen hübschen Mann‹.

Sonst gab es nichts, es sei denn, man wollte die Medizinfläschchen in den Fächern zählen. Es sah aus wie in einer Hausapotheke im Bad. Billy schien einen ziemlich nervösen Magen zu haben.

Ich verschloß den Schreibtisch wieder und wischte alle Fingerabdrücke ab. Dann ging ich ins Wohnzimmer zurück und stellte mit einem Blick auf die Uhr fest, daß die Zeit knapp wurde. Ich nahm den Telefonhörer ab und wählte Pats Privatnummer. Keiner meldete sich. Ich rief also das Hauptquartier an, und dort bekam ich ihn auch an die Strippe. Es war ein müder, mürrischer Pat, der sich meldete.

»Zu tun, Pat?«

»Ja, bis über beide Ohren. Wo bist du gewesen? Ich habe dich die ganze Zeit über zu Hause und im Büro zu erreichen versucht.«

»Wenn ich es dir erzähle, würdest du es nicht glauben. Was gibt es?«

»Viel. Sugar Smallhouse hat geredet.«

»Was denn, Pat?«

Er senkte die Stimme.

»Sugar war dabei, als Berga ermordet wurde. Charlie Max sollte auch dabei sein, hat aber nicht mitgemacht.«

»Und weiter? Wen hat er verzinkt?«

»Keinen. Die anderen Gesichter waren ihm alle fremd.«

»Verdammt, kannst du nicht mehr aus ihm herausbringen?« fragte ich erregt.

»Nicht mehr, Freund. Keiner kann das. Auf dem Wege zum Bezirks-Staatsanwalt sind sie umgelegt worden.«

»Was?«

»Sugar und Charlie sind tot. Ein FBI-Mann und ein Stadtpolizist sind schwer angeschossen. Sie wurden mit einer Maschinenpistole vom Rücksitz eines vorbeifahrenden Wagens beschossen.«

»Wie zu Capones Zeiten. Zum Teufel, wir sind doch nicht mehr in der Prohibition. Wieviel Macht haben denn diese Banditen, Pat? Wie weit können sie gehen?«

»Ziemlich weit, wie es den Anschein hat. Sugar gab uns einen Hinweis nach Miami – zu einem ziemlich hohen Tier.«

Ich spürte sauren Geschmack in meinem Mund.

»Ja«, sagte ich, »und jetzt wird man ihm höfliche Fragen stellen und sich mit seinen Antworten zufrieden geben, ganz gleich wie die ausfallen. Ich möchte gern mit dem Burschen sprechen – auf meine Art.«

»Deshalb rufe ich dich an.«

»Was nun?« fragte ich.

»Dein verrücktes Spiel mit Sugar und Max. Die FBI-Leute sind ziemlich sauer deswegen.«

»Du weißt, was du ihnen sagen mußt.«

»Das habe ich getan. Sie wollen nicht ihre Zeit damit verschwenden, dich aus Schießereien herauszuholen.«

»Diese Eierköppe! Da haben sie mich den ganzen Abend lang beschattet und dann gewartet, bis alles erledigt war, ehe sie zum Vorschein kamen.«

»Sie haben dich nicht beschattet, Mike«, sagte Pat scharf. »Sie waren hinter den beiden Gangstern her, hatten aber die Fährte verloren und erst im Long John's wiedergefunden.«

»Na und?«

»Du bist ihnen dazwischengekommen, als sie die beiden verhaften wollten. So war es.«

»Also gut.« Ich warf einen Blick auf die Uhr. »Ich rufe dich an, falls sich noch irgend etwas ergibt.«

»Okay. Wo bist du jetzt?«

»In der Wohnung eines Burschen namens Billy Mist, er muß jeden Augenblick heimkommen.«

Sein Atem machte einen scharfen, zischenden Laut, als ich abhängte.

Ich hatte es fast zu knapp kalkuliert. Die Leuchtziffern am Etagenanzeiger sanken nach unten, als ich an die Lifttür kam. Vorsichtshalber ging ich eine halbe Etage höher und wartete.

Billy Mist und ein muskulöser Bursche traten aus dem Lift, öffneten die Wohnungstür und verschwanden. Ich hatte im Augenblick nichts mit Billy zu besprechen, also ging ich die Hintertreppe hinunter und verließ unversehrt das Haus.

Ich war schon einen halben Häuserblock weit gegangen, als eine Erinnerung durch mein Gehirn zuckte. Da war irgend etwas in Billys Wohnung gewesen, was ich übersehen hatte. Eine Kleinigkeit. Ich hätte es bemerken müssen, und es war mir doch entgangen. So angestrengt ich auch nachdachte: ich konnte mich nicht daran erinnern.

Während ich noch an der nächsten Ecke stand und darauf wartete, daß die Ampel grün wurde, glitt ein Taxi vorbei. Einen Augenblick konnte ich hineinschauen. Velda saß dort mit jemand. Ich konnte den Wagen nicht anhalten, und ich konnte ihn nicht verfolgen. Tatenlos mußte ich zusehen, wie das Taxi verschwand. Schließlich kam ein leeres Taxi, und ich ließ mich zur 47. Straße fahren.

Mit einem Schießeisen in der Hand hätte ich mich wohler gefühlt, als ich das alte Mietshaus betrat. Die Türklingeln draußen hatten mir verraten, daß Todd im Erdgeschoß wohnte. Der Gang war mit Abfall übersät, den ich beiseite stoßen mußte, bis ich die Tür mit dem Namensschild *Todd* erreichte.

Ich brauchte nicht zu klingeln. Die Tür stand offen. In der kleinen Diele hatte sich jemand erbrochen, und daneben waren Blutstropfen zu sehen.

Nichts geschah, als ich die Wohnung auf Zehenspitzen betrat.

Aber ich sah, was geschehen war.

Licht brannte im Zimmer. Gläser und eine fast leere Whiskyflasche standen auf dem Tisch. Auf dem Boden lagen die Scherben einer Milchflasche, und an einer Scherbe klebte Blut. Offenbar hatte Velda ihm das Chloral einflößen können, aber Affia war wohl wieder zu sich gekommen, und sie hatte ihn dann mit der Milchflasche niedergeschlagen.

Plötzlich kam mir die Erkenntnis, und mir wurde eiskalt im Magen. Velda hatte ihre Ermittlungen fortgesetzt und war zu Billy gefahren. Aber inzwischen war Al auch zu sich gekommen und würde Billy die Neuigkeit weitergegeben haben.

Ich griff nach dem Telefonhörer in der Ecke, wählte die Nummer und wartete schwitzend, bis Pat sich meldete.

»Hör schnell zu, Pat, und stell keine Fragen. Sie haben Velda erwischt. Sie ist zu Billy Mists Haus gefahren und dabei in eine Falle gelaufen. Schick so schnell wie möglich einen Patrouillenwagen hin. Verstanden? Hol sie dort heraus, ganz gleich, was passiert. Und sei schnell, damit Velda nicht mißhandelt wird.« Ich nannte ihm schnell meine Telefonnummer und bat ihn, sobald wie möglich zurückzurufen.

Um mir die Zeit des nervösen Wartens zu verkürzen, durchsuchte ich die kleine Wohnung, die Affia hier gemietet hatte. Leere Scheckbücher mit den Quittungsabschnitten, die er leichtsinnigerweise zusammen mit anderen Rechnungen und Buchhaltungsunterlagen der Gewerkschaft hier in einer Schublade aufgehoben hatte, zeigten mir, daß er weit mehr ausgab, als die hundertfünfzig Dollar wöchentlich, die er offiziell von seiner Gesellschaft bezog.

Er hatte also irgendeine Nebeneinnahme. Vermutlich betrog er die Regierung irgendwie.

Das Telefon läutete noch immer nicht. Ich begann wieder zu schwitzen, als ich mir die – ich weiß nicht wievielte – Zigarette anzündete. Um mich abzulenken, rollte ich einen Stapel Blaupausen auf. Zwei davon zeigten Teile der Dockanlagen in Grundrißskizzen. Neun andere Blätter waren detaillierte Schiffsbaupläne, deren Liniengewirr ich nicht begriff.

Endlich läutete das Telefon. Ich hatte den Hörer in der Hand, noch bevor das erste Schrillen verklungen war.

»Bist du es, Mike?« fragte Pat, als ich mich atemlos gemeldet hatte.

»Ja! Was ist?«

»Was hast du dir da ausgedacht, Junge?«

»Sei nicht komisch, Pat. Was ist passiert?«

»Nichts, außer daß zwei von meinen Leuten Rüffel von höchster Stelle bekommen haben. Mist war allein im Bett. Er ließ die Polizisten herein und sich überall umschauen. Dann machte er ihnen wegen der ungerechtfertigten Haussuchung die Hölle heiß. Ein Telefonanruf von ihm, und seither bekomme ich allerlei zu hören.«

Ich legte den Hörer auf die Gabel zurück und starrte in dumpfer Lähmung auf den Apparat. Das Läutwerk begann wieder zu schrillen: viermal – dann hörte es auf.

Draußen regnete es wieder. Es trommelte gegen die Fensterscheiben in der Hinterwand des Zimmers. Während ich noch wie in einer Art von alptraumartiger Lähmung dastand, fiel mir etwas ein.

Ich trat an den Tisch und faltete noch einmal die Schiffsbaupläne auseinander.

Ja – da stand überall der Name am unteren Rand der Skizzen. Der Name des Schiffes: *Cedric*.

Ein zusammenhängendes Bild begann zu entstehen. Jetzt, wo es zu spät war, erkannte ich die Zusammenhänge. Aber sie werden sie noch nicht töten, dachte ich. Sie werden alles mögliche tun, aber sie nicht töten, bis sie ihrer Sache sicher sind. Dieses Risiko konnten sie nicht eingehen.

Aber sobald sie sicher waren, würden sie Velda töten.

10

Der Schlaf erlöste mich aus dem Alptraum dieser Nacht. Ich schlief tief und fest bis zum nächsten Abend, aber sobald ich wach war, begann die Sorge um Velda wieder an mir zu nagen.

Was konnte ich tun? Ich rief Ray Diker an und fragte, ob er etwas über Lee Kawolsky, den ehemaligen Boxer, in Erfahrung gebracht hätte.

Es stellte sich heraus, daß Lee Kawolsky von der Privatdetektei, für die er arbeitete, zur Bewachung von Berga Torn abkommandiert worden war. Berga fühlte sich verfolgt und forderte Schutz an. Sie bezahlte regelmäßig den Bewachungsdienst – auch dann noch, als in der Detektei bekannt wurde, daß Berga offenbar ein Verhältnis mit ihrem Bewacher angefangen hatte.

Ein weiteres Bruchstück ordnete sich ein. Das Bild wurde immer deutlicher.

Von Ray erfuhr ich auch die Adresse des Lastwagenchauffeurs, der Lee Kawolsky überfahren hatte. Er hieß Harvey Wallace und wohnte über Pascale's Saloon an der Canal Street.

Über Nick Raymond hatte Ray Diker auch Erkundigungen eingezogen. Für einen italienischen Konzern verkaufte er importierten Tabak. Vor langer Zeit hatte er seinen Namen von Raymondo in Raymond umändern lassen. Er machte jährlich mehrere Reisen nach Italien und in die Staaten zurück. Die Winter verbrachte er in Miami, und er schien immer viel Geld und ebensoviel Glück bei Frauen zu haben.

Ich dankte Ray für die Auskünfte und versprach ihm Stoff für eine Sensationsgeschichte, sobald ich mehr wußte.

Gerade als ich weggehen wollte, summte das Türsignal. Es war der Hausmeister. Sein Gesicht sah zerknittert vor Besorgnis aus, als er sagte:

»Kommen Sie bitte gleich mit hinunter, Mr. Hammer.«

Er sagte nichts, und ich stellte keine Fragen, sondern folgte ihm in seine Wohnung hinunter.

Lily saß dort auf der Couch – mit völlig verschmutzter und zerrissener Kleidung. Neben ihr saß die Frau des Hausmeisters und wischte ihr die Tränen vom Gesicht.

»Lily!« rief ich, und sie blickte aus rot umränderten furchtsamen Augen zu mir hoch.

»Sie kennen sie, Mr. Hammer?« fragte der Hausmeister.

»Natürlich kenne ich sie.« Ich setzte mich neben sie auf die Couch und streichelte über ihr fettiges, schmutziges Haar, das seinen ganzen Glanz verloren hatte. »Was ist geschehen, Mädchen?«

Ihre Augen füllten sich wieder mit Tränen, und sie schluchzte.

»Lassen Sie, Mr. Hammer«, sagte die Hausmeistersfrau. »Sie wird schon wieder zu sich kommen.«

»Wo haben Sie sie gefunden?« fragte ich.

»Im Keller«, sagte der Hausmeister. »Sie hatte sich in einer von den Mülltonnen versteckt. Ich hätte sie gar nicht gesehen, wenn ich nicht die Milchflaschen bemerkt hätte. Die Mieter im ersten Stock haben sich nämlich neuerdings beschwert, daß ihnen jemand die Milch stiehlt. Ich sah also die beiden Flaschen und schaute in die Mülltonne. Da war sie. Sie sagte, ich solle Sie rufen.«

Ich nahm ihre Hand und preßte sie.

»Bist du verletzt, oder was?«

Sie schluchzte wieder und schüttelte langsam den Kopf.

»Sie ist nur verstört«, sagte die Hausmeistersfrau. »Ich könnte sie baden und in saubere Kleidung stecken. Sie hat eine Tasche bei sich.«

Lily machte eine heftige Bewegung.

»Nein!« Sie sah mich flehend an. »Mike ... nimm mich mit. Bitte! Nimm mich mit.«

»Ist sie in Schwierigkeiten, Mr. Hammer?«

Ich sah den Hausmeister gerade an.

»Es sind keine Schwierigkeiten, von denen Sie etwas wissen.«

Er verstand, was ich meinte, redete schnell mit seiner Frau in ihrer gemeinsamen Muttersprache, und ihre klugen, kleinen Augen drückten Zustimmung aus.

»Helfen Sie mir, sie hinaufzubringen«, sagte ich.

Der Hausmeister nahm ihre Tasche, stützte sie mit einem Arm, und wir fuhren mit dem Lieferantenaufzug hinauf. Ohne jemand zu begegnen, konnten wir Lily in meine Wohnung schaffen.

»Wenn ich Ihnen noch irgendwie behilflich sein kann, lassen Sie es mich wissen«, sagte der Hausmeister.

»Gut. Halten Sie den Mund über diese Affäre, und schärfen Sie das auch Ihrer Frau ein.«

»Gewiß, Mr. Hammer.«

»Und noch etwas. Besorgen Sie einen möglichst dicken Bolzenriegel und befestigen Sie ihn an meiner Tür.«

»Morgen als erstes.« Er schloß die Tür, und ich versperrte sie hinter ihm.

Lily saß dort im Sessel wie ein Kind, das Schelte erwartet.

Ich mischte ihr einen Drink, überredete sie, das Glas zu leeren, und dann begann sie zu sprechen.

Männer hatten in die Wohnung eindringen wollen. Lily hatte tatenlos mitansehen müssen, wie sie die Tür öffneten. Nur die Sperrkette hatte die Männer daran gehindert, sofort in die Wohnung einzudringen. Sie hatten im Flüsterton davon gesprochen, eine Stahlsäge zu besorgen, und waren gegangen. Dann hatte Lily voller Entsetzen ihre Tasche ergriffen, einige Sachen hineingestopft und war blindlings aus der Wohnung geflohen. Unten hatte sie sich gefürchtet, das Haus zu verlassen – aus Angst, einer der beiden könnte dort lauern. So war sie in den Keller geschlüpft und hatte sich dort verborgen gehalten, bis der Hausmeister sie fand.

Als sie geendet hatte, blieb ich nachdenklich vor ihr stehen.

»Hast du die beiden Männer gesehen?« fragte ich.

»Nein, nein, Mike.« Ein Schauer bebte durch ihren Körper. »Als ... dieser Hausmeister ... mich fand ... ich dachte zuerst, er sei einer von ihnen ...«

»Du brauchst dir keine Sorgen mehr zu machen, Lily. Ich laß dich hier nicht allein. Geh jetzt und nimm ein schönes, heißes Bad. Dann iß etwas.«

»Mike ... willst du ... weggehen?«

»Nicht lange. Ich werde die Hausmeistersfrau bitten, bei dir zu bleiben, bis ich zurückkomme. Wäre dir das recht?«

»Beeilst du dich?«

Ich nickte und rief telefonisch zum Hausmeister hinunter, um ihm Bescheid zu sagen.

Um neunzehn Uhr dreißig konnte ich die Wohnung mit dem beruhigenden Gefühl verlassen, daß Lily bei der mütterlichen Hausmeistersfrau in guten Händen war.

Es war ein regnerischer Abend. Die Gehsteige waren schon fast leer und die meisten Geschäfte geschlossen. Ich ließ meinen Wagen stehen und nahm ein Taxi zur Canal Street. Vor Pascale's Saloon stieg ich aus und ging auf die Haustür rechts von der Kneipe zu. Die Diele war hier sauber und hell erleuchtet. Durch die Wände konnte man das Stimmengewirr aus dem Saloon hören, aber das Geräusch wurde leiser, als ich die Treppe hinaufstieg.

Sie war eine kleine Frau mit ordentlicher Frisur und einem ungezwungenen Lächeln.

»Mrs. Wallace?«

»Ja.«

»Mein Name ist Hammer. Ich möchte gern Ihren Mann sprechen, falls er daheim ist.«

»Gewiß. Wollen Sie nicht nähertreten?«

Sie trat zur Seite, schloß die Tür hinter mir und rief:

»Harv, hier ist ein Herr, der dich sprechen will.«

Eine Zeitung raschelte drinnen im Zimmer, und Kinderstimmen plapperten etwas. Er gab eine beschwichtigende Antwort und kam dann mit jenem Gesichtsausdruck in die Küche, den ein Fremder für einen anderen hat. Wir nickten einander zu, und er streckte mir die Hand hin.

»Mr. Hammer, entschuldigen Sie mich bitte«, sagte seine Frau lächelnd. »Ich muß mich um die Kinder kümmern.«

»Setzen Sie sich, Mr. Hammer.«

Er zog einen Stuhl vom Tisch weg, machte eine einladende Geste und nahm sich selbst einen Stuhl. Der äußeren Erscheinung nach war er einer von jenen großen Burschen mit massigen Schultern und sich lichtendem Haar. Es war ein irischer Zug in seinem Gesicht und auch etwas Skandinavisches.

»Ich werde Sie nicht lange aufhalten«, sagte ich. »Ich bin Privatdetektiv, und ich schnüffele nicht etwa unangenehme Dinge nur zum Vergnügen auf. Was Sie mir sagen, bleibt unter uns.«

Er nickte.

»Vor einiger Zeit haben Sie den Lastwagen gefahren, der einen Mann namens Lee Kawolsky getötet hat.«

Seine eine Gesichtshälfte zuckte.

»Ich habe erklärt...«

»Sie wissen noch nicht, worauf ich hinauswill«, sagte ich. »Warten Sie. Was Ihre Beteiligung an der Sache betrifft, war es ganz und gar ein Unglücksfall. Ihr erster Unfall übrigens. Es traf Sie keine Schuld, also wurden Sie auch nicht belangt.«

»Das stimmt.«

»In Ordnung. Wie ich schon sagte: es ist lange her. Keiner außer Ihnen war Augenzeuge. Haben Sie sich je noch einmal die Vorgänge zu vergegenwärtigen versucht?«

»Mr. Hammer... es gibt Nächte, wo ich deswegen nicht schlafen kann«, sagte Harvey Wallace sehr ruhig.

»*Sie* sehen wieder, wie es geschehen ist, nicht wahr?« sagte ich. »Manchmal sind die Einzelheiten ganz deutlich – dann werden sie unklar. Ist es so?«

Er blinzelte mich unsicher an.

»Ja, so ist es...«

»Worüber sind Sie sich nicht im klaren?«

»Sie scheinen etwas zu wissen, Mr. Hammer?«

»Vielleicht.«

Er beugte sich über den Tisch, und sein Gesicht sah verwirrt und bekümmert aus.

»Es ist nicht klar. Ich sehe den Mann hinter dem L-Pfeiler hervorkommen – und ich schreie ihm zu, während ich gleichzeitig hart auf die Bremse trete. Die Ladung im Laster hinten rutschte nach vorn gegen die Rückwand der Kabine, und ich fühle, wie die Räder...« Er hielt inne und starrte auf seine Hände. »Er kam zu schnell hinter dem Pfeiler hervor. Das war kein normales Laufen mehr...« Wallace sah mich fast flehend an. »Sie verstehen, was ich meine? Ich will mich nicht entschuldigen.«

»Ich weiß«, sagte ich.

»Ich sprang schnell aus der Kabine, und er lag unter der Achse. Ich weiß noch, daß ich Hilfe herbeirief. Manchmal glaube ich... daß ich jemand laufen sah. Aber er rannte weg. Mitunter erinnere ich mich daran – aber ich bin meiner Sache nicht sicher.«

Ich stand auf und setzte den Hut auf.

»Sie brauchen sich keine Vorwürfe mehr zu machen«, sagte ich und sah, wie sich seine Augen weiteten. »Es war kein Unfall. Es war Mord. Kawolsky wurde gestoßen. Sie waren nur der Sündenbock.« Ich öffnete die Tür und nickte ihm zu. »Vielen Dank für Ihre Hilfe.«

»Ich danke Ihnen... Mr. Hammer.«

»Es ist vorbei. Also hat es keinen Sinn, die Sache noch einmal aufzuwärmen«, sagte ich.

»Nein... aber es ist gut, die Wahrheit zu wissen. Ich werde

jetzt nicht mehr nachts aufwachen und nicht wieder einschlafen können.«

Ich führte noch ein Telefongespräch mit meinem Freund Dave, der so gute Beziehungen und so offene Ohren hatte. Als ich ihm erklärte, daß Velda verschwunden sei, stieß er böse Flüche aus. Als ich aufhängte, wußte ich, daß er alle Hebel in Bewegung setzen würde, um ihren Aufenthaltsort zu erfahren.

Ich machte noch einen anderen Besuch – in dem Hotel, in dem ein gewisser Nicholas Raymond früher abgestiegen war. Raymond war auf die gleiche geheimnisvolle Art einem Unfall erlegen wie Kawolsky. Von einem Hotelmanager, der nicht so recht mit der Sprache heraus wollte, erfuhr ich, daß Raymond kurz vor seinem Tode von drei Männern beschattet worden war.

Mafia...?

Der Hotelmanager sprach das Wort nicht aus, aber es hing noch wie ein Schrei in der Luft des Zimmers, als ich ihn verließ.

Und das Bild wurde immer klarer – nur wußte ich nicht, wer es gezeichnet hatte. Eine Fährte führte nach Europa – nach Italien. Raymond hatte mit Tabak gehandelt – und mit Rauschgift. Auf Rechnung der Mafia. Er und Kawolsky hatten gewußt, wo Rauschgifte im Werte von mehreren Millionen versteckt lagen. Deshalb mußten sie sterben. Jemand hatte da auf eigene Rechnung Geschäfte machen wollen. Aber die großen Männer der Mafia lassen nicht zu, daß sich jemand auf ihre Kosten bereichert. Schon gar nicht, wenn es um Millionen geht.

11

Ich rief Michael Friday an und verabredete mich mit ihr in der Texaner-Bar an der 56. Straße.

Dann winkte ich ein Taxi heran und ließ mich zu Affias Appartement fahren. Der Regen hatte den Verkehr zu einem Minimum gedrosselt, und wir brauchten nicht lange.

Nichts hatte sich verändert. Das Blut war noch auf den Dielen – jetzt braunrot verkrustet. Schon vorn an der Tür roch die Luft ein wenig faulig, und drinnen war es noch schlimmer. Ich schob die Wohnzimmertür auf und schaltete das Licht an. Da war Al und grinste mich aus einer Zimmerecke an, aber es war eine grausige Art von Grinsen, denn jemand hatte ihm mit der Whiskyflasche den Garaus gemacht, und Al Affia hatte keinen leichten Tod gehabt – wie es schien.

Was ich holen wollte, war weg. Es waren nur noch die beiden Blaupausen mit den Grundrißskizzen der Docks auf dem Tisch. Die Schiffsbaupläne waren fort.

Ich nahm den Telefonhörer ab, wählte die Auskunft und sagte: »Bitte verbinden Sie mich mit dem FBI-Büro.«

Jemand meldete sich gleich darauf und sagte mit forscher Stimme:

»Federal Bureau of Investigation – Moffat.«

»Sie kommen am besten recht bald her, Moffat«, sagte ich und legte den Hörer neben den Apparat.

Sie würden schnell genug festgestellt haben, woher der Anruf kam, und sie würden kommen. Das wußte ich, als ich die Wohnung verließ.

Michael Friday wartete schon auf mich an der Bar: eine bildhübsche Frau mit einem Mund, dessen Willkommenslächeln mich mit einem im Augenblick nicht zu stillenden Hunger erfüllte. Humor funkelte in ihrem Blick, aber auch eine Spur von geheimer Unruhe und Neugier.

Wir setzten uns in eine Nische, und sie wartete darauf, daß ich etwas sagte. Aber ich mußte daran denken, wie ich hier das letztemal mit Velda gesessen hatte und daß die Zeit jetzt knapp wurde.

Ich nahm die Zigarette, die sie mir reichte und zündete sie an. Dann stützte ich den Ellbogen auf die Tischplatte und sah Michael an.

»Wie sehr liebst du deinen Bruder?« fragte ich.

Sie sah mich erschrocken an.

»Mike...«

»Ich stelle die Fragen.«

»Er ist mein Bruder.«

»Halbbruder«, ergänzte ich.

»Das spielt keine Rolle.«

»Er ist in die schmutzigsten Geschäfte verwickelt, die man sich überhaupt nur vorstellen kann. Er gehört einem Syndikat von Mördern und Dieben an, aber du hast trotzdem Freude an den Dingen, die du dir mit seinem Geld kaufen kannst. Deine Liebe schreckt vor nichts zurück, nicht wahr?«

Sie rückte von mir weg, als hätte ich ihr eine Schlange hingehalten.

»Hör auf, Mike, bitte!«

»Du mußt dich entscheiden, Mädchen. Entweder bleibst du auf seiner Seite, oder du stellst dich auf meine.«

Ihre Lippen preßten sich zusammen und sahen jetzt nicht mehr so hübsch und verlockend aus wie zuvor.

»Al Affia ist tot. Aber er wird nicht der letzte sein, der sterben muß. Auf welcher Seite stehst du?«

Es war ein schwerer Kampf für sie. Ich sah, wie es in ihrem Gesicht arbeitete, aber dann war ihr Blick klar und ohne Falschheit, als sie langsam sagte:

»Ich stehe auf deiner Seite, Mike.«

»Ich brauche eine Auskunft. Über Berga Torn.« Sie ließ den Kopf sinken und spielte mit dem Aschenbecher. »Dein Bruder hatte einmal ein Verhältnis mit ihr. Warum?«

Sie machte eine hilflose Geste.

»Ich weiß es auch nicht. Eigentlich haßte er diese Frau. Sie war eine regelrechte Streunerin. Er haßte Streunerinnen.«

»Wußte sie das?«

Sie schüttelte den Kopf.

»Rein äußerlich gesehen schien er sie gern zu haben. Aber wenn wir allein waren... sagte er schreckliche Dinge über sie.«

»Wie weit ist er gegangen?«

Sie schaute hilflos zu mir auf.

»Er hat sie ausgehalten. Ich weiß nicht, warum er es tat... er hatte sie, wie gesagt, überhaupt nicht gern. Die Frau, die er zu der Zeit liebte, hat ihn verlassen, weil er seine ganze Zeit mit Berga verbrachte. Carl war außer sich darüber. Eines Nachts hatte er mit jemand Streit wegen Berga. Er war danach so wütend, daß er ausging und sich betrank. Aber er hat Berga dann nie wiedergesehen. Er hat sich mit ihr übrigens auch gestritten.«

»Du weißt, daß Carl vor einem Kongreßausschuß als Zeuge auftreten mußte?«

»Ja. Es schien ihn nicht zu stören. Jedenfalls so lange nicht, bis er hörte, daß... Berga gegen ihn aussagen wollte.«

»Das wurde nie öffentlich bekannt.«

»Carl hat Freunde in Washington«, sagte sie schlicht.

»Gehen wir noch weiter zurück. Kannst du dich vielleicht an eine Zeit erinnern, wo Carl in einer schweren Krise steckte?«

Die Schatten um ihre Augen vertieften sich. Sie preßte die Hände zusammen und sagte zögernd:

»Woher weißt du das? Ja... es hat eine solche Zeit gegeben.«

»Denk darüber nach. Was hat er damals getan?«

Ein Ausdruck von Panik zuckte augenblickslang über ihr Gesicht.

»Ich... nichts. Er war kaum je daheim und sprach überhaupt nicht mit mir. Wenn er zu Hause war, führte er lange Ferngespräche. Ich erinnere mich daran, weil in diesem Monat die Telefonrechnung fast tausend Dollar machte.«

Ich pfiff leise zwischen den Zähnen.

»Kannst du mir diese Rechnung besorgen und die Einzelaufstellung dazu?«

»Vielleicht. Carl hebt alles in dem Safe zu Hause auf. Einmal habe ich die Zahlenkombination des Safeschlosses auf der Rückseite der Schreibunterlage entdeckt.«

Ich schrieb eine Adresse auf: die von Pat. Aber ich gab ihr nur die Adresse und Appartementnummer.

»Such die Telefonrechnung heraus und bring sie zu dieser Adresse.«

Sie prägte sich die Adresse ein und schob dann den zusammengefalteten Notizzettel in ihre Handtasche.

Pat würde diese Telefonrechnung bekommen. Er würde sie an die Männer vom FBI weiterleiten. Die hatten die Leute, die Zeit und die Mittel, weiter nachzuforschen.

Ich drückte meine Zigarette im Aschenbecher aus, schnallte den Trenchcoatgürtel enger und stand auf.

»Mag sein, daß du mich hassen wirst, weil du das jetzt für mich tust. Aber denke an all das Unglück, das du dadurch vielleicht verhindern kannst«, sagte ich ernst.

Sie hob den Kopf und sah mich ebenso ernst an.

»Ich werde dich nicht hassen, Mike. Mich selbst vielleicht, aber dich nicht.«

Ich glaube, sie ahnte in diesem Moment schon die schreckliche Wahrheit. Der Gedanke daran hing über uns wie eine drohende Unwetterwolke.

»Nun wird man mich wahrscheinlich auch umbringen, nicht wahr, Mike.« Es war keine Frage.

Ich schüttelte den Kopf, aber meine Stimme klang nicht sehr überzeugend, als ich sagte:

»Sie sind nicht so mächtig – längst nicht mehr so mächtig, wie du denkst, Mädchen.«

Sie sah mich mit einem matten, müden Lächeln an.

»Mike...«

Ich ergriff die Hand, die sie mir hinstreckte.

»Küß mich noch einmal... für alle Fälle.«

Ich nahm ihr Gesicht in meine beiden Hände und hörte das sanfte Stöhnen, als sich unsere Lippen berührten. Eine Glut strömte von ihrem Mund in mich hinein – eine Glut, die mit jedem Sekundenbruchteil heißer wurde. Ich spürte durch den Trenchcoat hindurch, wie sich ihre Finger in meine Arme krallten. Als ich sie losließ, zitterte sie so sehr, daß sie sich an der Tischkante festhalten mußte. Die feurige Glut ihres Mundes schien jetzt aus ihren Augen zu strömen.

»Bitte geh, Mike«, sagte sie gepreßt.

Und ich ging. Der Regen empfing mich wieder. Ich wurde wieder zu einem Teil der Nacht – zu einem winzigen Bestandteil des Lebens und der Bewegung dieser riesigen Stadt.

Während ich durch den Regen dahinging, dachte ich darüber nach, wie alles begonnen hatte. Da war Raymond: ein Mann mit einem kleinen Export-Importhandel, den er ziemlich unauffällig ausüben konnte. Er hatte einen unverdächtigen Grund für häufige Auslandsreisen. In Wirklichkeit war er nur eine unwichtige Nebenperson in dem großen Spiel. Er war der Bote, der die lebenswichtige Nahrung für das gefräßige Ungeheuer Mafia herbeischaffte.

Aber Nicholas Raymond hatte eine Schwäche, und wegen dieser Schwäche mußten viele Menschen sterben, und das Ungeheuer litt Hunger. Raymond hatte eine Schwäche für Frauen – und besonders für Berga. Er hatte sie seinerzeit auf dem Schiff kennengelernt. Zu der Zeit war sie noch jünger gewesen, noch begehrenswerter. Er hatte sich so in sie verliebt, daß er nicht mehr daran dachte, die Ware, die er eingeschmuggelt hatte, weiterzugeben. Er wollte sie selbst in Geld umsetzen – für Berga und für sich. Das Zeug war mehrere Millionen wert – und es lag noch irgendwo.

Von Raymond hatten sie das Versteck offenbar nicht erfahren können, und nach dessen Tode machten sie sich an Berga heran. Sie mußte sterben, und jetzt geriet ich in den Teufelskreis.

Plötzlich zuckte ein Gedanke durch mein Gehirn. Ich fluchte leise, trat an den Randstein und winkte ein Taxi heran. Als ich neben dem Fahrer saß, nannte ich ihm die Adresse, und ich blieb sprungbereit am Polsterrand sitzen, bis wir an Ort und Stelle waren.

Der Lift trug mich in mein Büro hinauf. Das Vorzimmer war leer. Veldas Schreibmaschine unter der Haube wirkte einsam und verlassen. Ihr Schreibtisch war mit sauber geordneten Stapeln von Post bedeckt. Aber was ich suchte, fand ich dort nicht, und auch nicht in dem Stoß von Briefen, die durch den Türschlitz geworfen worden waren und die ich beim Eintreten beiseite geschoben hatte.

Ich ging zum Schreibtisch zurück und wollte gerade einen Fluch der Enttäuschung unterdrücken, als ich es sah. Der Briefbogen lag auf dem Umschlag unter der Heftmaschine. Ich drehte ihn um und sah das Firmenzeichen einer Benzinfirma.

Es war eine kurze Notiz. Nur eine Zeile: ›*Der Weg zum Herzen eines Mannes* –‹, und darunter die Initialen: ›B. T.‹

Velda würde Bescheid gewußt haben, aber Velda konnte diesen Brief nicht gesehen und geöffnet haben. Berga mußte das seinerzeit in der Tankstelle an der Chaussee geschrieben haben, nachdem sie sich die Adresse von der Lenksäule meines Wagens eingeprägt hatte. Aber das war die alte Adresse gewesen. Die neue Adresse an der anderen Seite der Lenksäule hatte sie nicht gesehen.

305

Ich betrachtete das Blatt Papier und wußte, was Berga gedacht hatte, als sie die Worte schrieb. Langsam zerknüllte ich das Papier in meiner Hand und hörte dabei nicht, wie die Tür hinter mir geöffnet wurde.

Er stand im Türrahmen meines Büros und sagte:

»Ich nehme an, du kannst damit etwas anfangen. Wir konnten es nicht.«

Ohne hinzuschauen, wußte ich, daß er eine Waffe hatte. Ich wußte auch, daß es mehrere waren, aber das interessierte mich im Augenblick nicht.

Ich hatte die Stimme erkannt, die ich nie wieder vergessen würde!

Das letztemal, als ich die Stimme gehört hatte, sollte ich sterben. Und bevor diese Stimme wieder sprechen konnte, stieß ich einen verrückten Schrei des Hasses aus, warf mich herum und sprang gebückt auf die Kerle zu, während Schüsse krachten und Kugeln über mich hinwegpfiffen. Ich bekam den Bastard zu fassen und krallte nach seinen Augen. Er stieß einen qualvollen Schrei aus, aber ich ließ erst los, als jemand einen Revolverkolben von hinten auf meinen Schädel hämmerte. Mit letzter Kraft stieß ich nach hinten zu und hörte noch das dumpfe Stöhnen, bevor mich ein weiterer Schlag traf, und ich in die schwarze Tiefe der Bewußtlosigkeit stürzte.

Ich kam in einem Zimmer zu mir, das ein Fenster hoch über dem Boden hatte. Durch die Schmutzschicht auf der Scheibe konnte ich Sterne schimmern sehen. Ich lag mit gespreizten Armen und Beinen auf einem Bett, und meine Hände und Füße waren fest an den Bettrahmen gefesselt. Beim Atmen war ein stechender Schmerz in meinen Rippen, und wenn ich mich bewegte, schnitten die Fesseln hart in meine Gelenke.

Als ich meinen Kopf hob, zuckte ein rasender Schmerz durch meinen Schädel, und ich ließ ihn wieder sinken, bis der Schmerz und das Schwindelgefühl gewichen waren.

Der Raum nahm Gestalt an. Ich sah den einzigen Stuhl in einer Ecke, die Tür und das Fußende des Bettes.

Wie lange mochte ich schon hier sein? Meine Uhr war

stehengeblieben. Ich konnte das Leuchtzifferblatt und die Zeiger sehen. Die Uhr war nicht zerbrochen... sie war einfach stehengeblieben. Es war also nicht mehr die Nacht, in der man mich niedergeschlagen hatte.

Ich verfluchte mich wegen meiner Unvorsichtigkeit, und ich verfluchte mich, weil ich Velda ebenfalls in große Gefahr gebracht hatte. Allen anderen gab ich immer gute Ratschläge, nur bei mir selbst hatte ich das vergessen. Was für ein Leichtsinn, sich ohne Waffe in einen Kampf gegen solche Gegner einzulassen!

Im Nebenzimmer waren Schritte zu hören. Die Tür wurde geöffnet, und im hellen Lichterviereck waren die Silhouetten von zwei Männern zu sehen.

»Ist er wach?« fragte der eine, der schräg hinter dem anderen stand.

»Ja, er ist zu sich gekommen.«

Sie traten herein und blieben vor dem Bett stehen. Ich sah die Totschläger in ihren Händen.

»Rauher Bursche. Du bist schwer kirre zu kriegen, Mister. Weißt du, was du getan hast? Du hast Foreman fast die Augen ausgekratzt. Er hat so laut geschrien, daß mein Freund ihm eins über den Schädel geben mußte. Er hat zu hart zugeschlagen, und jetzt liegt Foreman tot in einem Sumpf in Jersey drüben. Solche Männer wie Foreman gibt es heutzutage nicht mehr. Es ist ein Jammer. Und weißt du was? Du hast auch Duke mit diesem einen Maultiertritt nach hinten ganz übel mitgespielt.«

»Schert euch zum Teufel«, sagte ich.

»Immer noch das große Maul...?«

Ich sah, wie der Totschläger gehoben wurde, und dann sah ich ihn noch niedersausen, fühlte den Schmerz und dann nichts mehr...

Als ich das nächstemal zu mir kam, saß Carl Evello an meinem Bett, und ich war nicht mehr gefesselt. Eine brennende Kerze stand in einer Flasche neben ihm am Boden. Evello rauchte, und der Rauch drang mir angenehm in die Nase. Ich leckte mir die Lippen, als ich das Zigarettenende hell aufglühen sah. Evello grinste, als er mir die nächste Rauchwolke ins Gesicht blies.

»Hallo, Carl«, sagte ich so schnoddrig wie möglich, aber er hörte nicht zu grinsen auf.

»Der berüchtigte Mike Hammer. Ich hoffe, die Jungens haben gute Arbeit geleistet. Sie können es noch besser, wenn ich es zulasse.«

»Sie haben gute Arbeit geleistet.« Ich drehte den Kopf zur Seite, um ihn richtig anschauen zu können. »Du bist also... der Boß.«

Das Grinsen wurde ein wenig spöttischer.

»Noch nicht... ganz.« Im Kerzenlicht war ein böses Funkeln des Triumphs in seinen Augen zu sehen. »Vielleicht bin ich es morgen schon. Ich bin nur der örtliche Boß... augenblicklich.«

»Du Laus«, sagte ich, aber er lachte nur.

»Du hast viel Laufarbeit für uns geleistet. Wie ich höre, bist du direkt über das gestolpert, wonach wir gesucht haben.«

Ich sagte nichts.

»Du wärst doch sicher mit einem Tauschhandel einverstanden. Wo ist das Zeug?«

Ich sah ihn an.

»Erst müßt ihr Velda freilassen.«

Er grinste wieder schief.

»An diesem Tausch bin ich nicht interessiert. Komischerweise weiß ich nicht einmal, wo sie ist. Sie gehört nicht zu meiner Abteilung.«

Ich mußte meine ganze Nervenkraft zusammennehmen, um ihm nicht wilde Flüche ins Gesicht zu schreien.

»Mit dir will ich den Tausch machen«, fuhr er fort. »Du kannst mir Bescheid sagen, oder ich kann zu den Jungens hinausgehen und ihnen einen Wink geben. Nachher wirst du gern sprechen.«

»Zur Hölle mit dir.«

Er beugte sich etwas näher.

»Einer von den Jungens ist ein Messerspezialist. Vielleicht weißt du noch, was er mit Berga Torn angestellt hat.« Ich sah, wie sein Grinsen immer häßlicher wurde. »Das war nur eine Kleinigkeit gegen das, was er mit dir machen wird.«

Ich spielte echtes Erschrecken und murmelte etwas. Evello

glaubte, er habe mich jetzt dort, wo er mich hinhaben wollte. Begierig beugte er sich noch weiter vor und fragte:

»Was... was hast du gesagt?«

Er hätte nicht so unvorsichtig sein sollen. Als er mir zu nahe kam, schnellten meine Arme blitzschnell vor, und meine Hände krallten sich um seine Kehle, ehe er noch einen Laut ausstoßen konnte.

Alles ging ganz still vor sich. Ich drückte zu und riß ihn gleichzeitig vom Stuhl herunter auf die Knie. Seine Fingernägel krallten sich in meine Gelenke. Aber diese wilde Gegenwehr dauerte nur Sekunden. Dann wurde er schlaff, und sein Kopf sank nach hinten.

Ich legte ihn so aufs Bett, wie ich dagelegen hatte, und dann bereitete ich den Burschen draußen die Überraschung ihres Lebens, als ich die Tür aufriß und mit einem wilden Schrei ins Nebenzimmer stürzte. Ich hatte nur die Flasche in der Hand, in der die Kerze gesteckt hatte. Aber das genügte als Waffe. Noch ehe der erste sich von seinem Schreck erholt hatte, lag er kampfunfähig am Boden. Der andere kam gerade noch dazu, sein Schießeisen zu ziehen. Da sauste die Flasche auf sein Handgelenk, und er stieß einen Schrei aus, während der Revolver zu Boden polterte. Er wollte nachtauchen, aber da erwischte ihn mein zweiter Schlag, und er fiel so flach auf die Nase, wie er sich gebückt hatte.

Dann haute ich ab. Draußen auf der Straße atmete ich auf, als der Regen mein Gesicht sauberwusch, und als ich wieder klare Luft atmen konnte. Ich holte tief und lange Atem, bis der Aufruhr von Wut und Erregung in meinem Innern sich etwas legte.

Ich wußte, wo ich war: an der Second Avenue. Die Ladenfront, so ich herauskam, war schmutzig und leer. Früher einmal war hier eine Imbißstube gewesen, jetzt hing das Schild ZU VERMIETEN am Fenster. Die Kneipe an der nächsten Ecke machte gerade zu, und die letzten schäbigen Gestalten, die hier ihr Elend ertränkt hatten, kamen auf die Straße und verloren sich ziellos in der Dunkelheit.

An der übernächsten Ecke fand ich das Polizeitelefon. Ich machte den Kasten auf und meldete mich, als ich die Stimme antworten hörte. Es fiel mir nicht schwer, meine Stimme rauh und heiser klingen zu lassen.

»Schicken Sie schnell jemand her, Mister«, sagte ich. »Hinten in dem leerstehenden Laden zwei Häuserblocks südlich schreit sich jemand die Kehle aus dem Hals.«

Ich zog meine Brieftasche und stöberte sie durch. Alles war da – außer Geld. Sogar mein Kleingeld war weg. Ich brauchte ein Zehncentstück so nötig wie noch nie zuvor in meinem Leben, und ich wußte nicht, wo ich mir jetzt eines leihen sollte.

Weiter vorn an der Straße fiel aus einer Speisewirtschaft ein heller Lichtfleck auf den nassen Gehsteig. Ich ging darauf zu und beobachtete von der Tür aus einen Augenblick die beiden Betrunkenen und den Mann mit dem Posaunenkasten auf den Hockern.

Ich hatte nichts mehr zu verlieren, also ging ich hinein, rief den Mann hinter der Theke heran und schob ihm meine Uhr zu.

»Ich brauche einen Dime. Sie können meine Uhr behalten.«

»Für zehn Cent? Bist du verrückt, Mac? Wenn du eine Tasse Kaffee trinken willst, dann sag es doch.«

»Ich brauche keinen Kaffee. Ich muß ein Telefongespräch führen.«

Er musterte mich von unten bis oben, und sein Mund formte ein lautloses »Oh«.

»Du bist ausgenommen worden, was?« Er griff in die Tasche, warf ein Zehncentstück auf die Theke und schob mir die Uhr wieder zu. »Mach nur, Mac, ich weiß, wie das ist.«

Pat war nicht daheim. Die Münze klapperte in den Rückgabebecher, und ich versuchte es im Büro. Dort war er auch nicht. Der Polizist am Nachtpult wollte eine Meldung entgegennehmen und sie dem Captain weitergeben, sobald er käme, aber ich sagte:

»Das ist keine Meldung, die warten kann. Er arbeitet gerade an diesem Fall, und wenn er nicht sofort Bescheid bekommt, wird er höllisch wütend werden.«

Ich hörte leises Stimmengemurmel, dann:

»Wir werden versuchen, den Captain über Funk zu erreichen. Können Sie Ihre Telefonnummer hinterlassen?«

Ich las sie von der Wählscheibe ab, nannte sie ihm und hängte den Hörer hin.

Der Mann hinter der Theke beobachtete mich noch. Vor einem leeren Hocker stand eine dampfende Tasse Kaffee auf der Theke, und daneben lag ein Päckchen voll Zigaretten. Der Mann grinste, deutete auf die Tasse und hatte sich mit dieser Geste einen Freund geschaffen.

Kaffee war ungefähr das einzige, was mein Magen jetzt drinnen behalten konnte. Während ich trank und dabei rauchte, fühlte ich, wie das Vibrieren meiner Nerven nachließ und ich allmählich wieder in mein altes Selbst zurückfand.

Was mochte inzwischen in den Hinterzimmern des Ladens an der übernächsten Ecke geschehen sein? Waren die Kerle zu sich gekommen, ehe die Polizei eintraf? Hoffentlich nicht. Es bestand auch noch die Möglichkeit, daß sie sich gegenseitig die Hölle heiß gemacht hatten, weil ich ihnen entwischt war.

Ich lachte lautlos in mich hinein. Carl Evello würde mir das nie verzeihen.

Während ich noch darüber nachdachte, hörte ich eine Polizeisirene in der Ferne – und dann näher. Gleich darauf trat Pat herein. Um die Augen herum sah er müde aus, und sein Gesicht wirkte wie erstarrt. Er kam auf mich zu und setzte sich neben mich.

»Wer hat dich denn verprügelt, Mike?«

»Sehe ich so schlimm aus?«

»Nicht gerade vertrauenerweckend – hier in dieser Gegend und mitten in der Nacht.«

»Die Burschen haben mich erwischt, Freund, aber sie konnten mich nicht festhalten.«

»Dort in den Hinterzimmern – zwei Häuserblocks von hier entfernt?« fragte er und musterte mich mißtrauisch.

Ich nickte, und er schüttelte den Kopf.

»Hast du Carl Evello erledigt?« fragte er.

Jetzt war ich mit dem Kopfschütteln an der Reihe, aber ich grinste dabei.

»Hat ihn einer von seinen Jungens umgebracht?« fragte ich. »Das hätte ich mir beinahe denken können.«

»Messerstich in den Bauch«, sagte Pat lakonisch. »Die näheren Umstände müssen noch geklärt werden.«

»Er wird seinen Leibwächtern Vorwürfe gemacht haben«, sagte ich. »Sie waren zu der Zeit sicherlich alle etwas nervös, schätze ich. Und der eine ist gut mit dem Messer. Carl hat mir das vor kurzem erst vertraulich erklärt.«

Pat sah mich lange an, ehe er etwas sagte.

»Daß du da lebend herausgekommen bist . . .« Er schüttelte wieder den Kopf. »Die beiden haben wir jedenfalls. Der mit dem Messer wird wegen dreier Morde gesucht, und der andere ist auch kein unbeschriebenes Blatt. Aber vorläufig haben wir noch nichts von ihnen erfahren. Der ganze Fall ist noch so undurchsichtig wie zuvor.«

»Besonders nachdem Al Affia auch tot ist.«

Pat sah mich scharf an.

»Das weißt du auch schon wieder?«

Ich begann zu berichten, was an dem Abend passiert war und erläuterte Pat auch meine Theorie hinsichtlich Nicholas Raymond und Berga Torn.

»Es könnte so sein«, sagte Pat, als ich geendet hatte. »Als Raymond tot war, haben sich die Burschen an Berga herangemacht und sie so lange terrorisiert, bis sie in der Irrenanstalt Zuflucht suchte. Das war ihr größter Fehler.«

»Du hast neulich eine Frau erwähnt, die sie besuchen kam.«

Er nickte und blickte auf seine Hände hinab.

»Wir haben diese Frau noch nicht ausfindig gemacht.«

»Könnte es ein als Frau verkleideter Mann gewesen sein?«

»Es könnte alles mögliche gewesen sein. Es gibt keine genaue Personenbeschreibung und keine schriftlichen Angaben darüber.«

»Es muß aber jemand gewesen sein, den Berga kannte.«

»Großartig.«

»Und das Zeug ist immer noch nicht gefunden.«

»Ich weiß, wo es ist.«

Pats Kopf ruckte zu mir herum.

»Die zwei Millionen haben sich inzwischen in vier verwandelt«, erklärte ich. »Weil die Weltmarktpreise für solche Ware stark gestiegen sind und das Geld an Wert verloren hat.«

»Verdammt, Mike, wo ist das Zeug?« Seine Stimme klang gepreßt vor Ungeduld.

»Auf dem schönen Schiff *Cedric*. Unser Freund Al Affia hat

an dem Fall gearbeitet. Er hatte die Schiffspläne in seiner Bude, das habe ich dir ja gesagt. Und wer ihn umgebracht hat, der hat die Pläne mitgenommen.«

»Die Bastarde«, murmelte Pat. »Diese Bastarde. Aber wir werden sie kleinkriegen – auf die eine oder andere Weise.«

»Ihr werdet die Organisation nicht zerstören, wenn ihr nicht das Rauschgift findet«, sagte ich. »Und selbst dann ist die Mafia noch längst nicht tot – höchstens mittelschwer verwundet. Es sei denn, die führenden Köpfe begehen einen verhängnisvollen Fehler.«

Pat seufzte und starrte weiterhin in die Regennacht hinaus. Der Mann mit dem Posaunenkasten und einer von den Betrunkenen waren inzwischen gegangen. Dafür saß jetzt ein Mann mit einem Violinkasten drei Hocker von mir entfernt und schlürfte mit dem abwesenden, trüben Blick des übermüdeten Nachtarbeiters seinen Kaffee.

Ich rieb mir meine schmerzenden Rippen und sah Pat an.

»Das Zeug ist jedenfalls noch auf der *Cedric*, schätze ich«, sagte ich. »Ihr müßt jetzt nur das Schiff finden. In den alten Aufzeichnungen wird noch zu finden sein, welche Kabine Raymond gehabt hat. Wenn du das herausgefunden hast, rufe Ray Diker vom *Globe* an und gib ihm den ersten Hinweis. Aber sage ihm, er soll die Geschichte nicht veröffentlichen, bis ich dich angerufen habe. Inzwischen habe ich hoffentlich Velda gefunden.«

»Wohin willst du gehen?«

Statt zu antworten, sagte ich:

»Gib mir einen Fünfer.«

Er runzelte die Stirn, zog aber dann fünf Eindollarscheine aus der Tasche. Ich schob zwei davon dem Mann hinter der Theke hin, und er bedankte sich mit breitem Grinsen.

»Wohin willst du gehen?« wiederholte Pat.

Ich stieß ein Lachen aus, das sogar mir selbst sehr hohl und unfreundlich klang.

»Ich gehe in den Regen hinaus und denke noch ein wenig über den Fall nach. Vielleicht mache ich auch jemand die Hölle heiß – jemand, der es verdient.«

Pat sah mich an. Es war ein neuer Ausdruck in seinen Augen – etwas, was mich wieder an die Zeit erinnerte, als wir zusammen durch dick und dünn gegangen waren und noch nicht gewußt hatten, wie gemein und dreckig das Leben wirklich sein kann.

Seine Hand glitt in die Tasche, und er reichte mir unter dem Überhang der Theke den blauen 38er.

»Hier«, sagte er leise. »Benutz den jetzt mal zur Abwechslung.«

Aber ich schüttelte nur den Kopf.

»Ein andermal, Pat«, sagte ich ruhig. »Im Augenblick ist diese Gefahr nicht so groß.«

Ich ging hinaus und ließ mir den Regen ins Gesicht peitschen. Irgendwo in dieser Stadt war jemand, der die Lösung für alle Geheimnisse dieses Falles kannte, und den mußte ich finden.

Am nächsten U-Bahn-Kiosk kaufte ich mir ein Päckchen Luckies und schob es in die Tasche. Ich wartete auf den Nahverkehrszug stadtauswärts und stieg ein, als er kam.

Das letzte Stück zu meiner Wohnung leistete ich mir ein Taxi. Lily Carver wartete auf mich. Sie schlug die Hand vor den Mund, als sie meinen Zustand sah. Ihr Blick wurde weich, und sie sprang auf und half mir ins Schlafzimmer.

Der Hausmeister hatte mich wohl hereinkommen sehen, denn er läutete, während ich noch matt wie nach einem Zehntausendmeterlauf auf dem Bett lag und Lily dabei war, mir die Schuhe auszuziehen.

Sie führte den Hausmeister an mein Bett, und er sagte:

»Soll ich einen Arzt rufen, Mr. Hammer?«

Ich schüttelte den Kopf.

»Mir fehlt nichts weiter.«

»Sind Sie in der Lage, mit mir zu sprechen?«

»Was?« Ich fühlte, wie ich immer schläfriger wurde, während ich das sagte.

»Eine Frau war hier. Friday war ihr Name. Sie hat in einem Umschlag eine Mitteilung für Sie hinterlassen und gesagt, es sei ziemlich wichtig. Sie sollten das lesen, sobald Sie heimkämen.«

»Was war in dem Umschlag?«

»Ich habe nicht nachgeschaut. Soll ich ihn öffnen?«

»Nur zu.«

Meine Lider wurden immer schwerer. Aber es war ein angenehmes Gefühl, und ich genoß es, während ich wie aus weiter Ferne das Knistern von Papier hörte.

»Hier ist es.« Er hielt inne. »Nicht viel allerdings.«

»Lesen Sie es vor«, sagte ich.

»Gut. ›Lieber Mike ... ich habe die Liste gefunden. Dein Freund hat sie inzwischen. Aber ich habe etwas noch viel Wichtigeres gefunden und muß dich sofort sprechen. Ruf mich an. Bitte ruf mich sofort an. Mit Liebe. Michael.‹ Das ist alles, Mr. Hammer.«

»Danke«, sagte ich. »Vielen Dank.«

Aus dem Nebenzimmer hörte ich die Stimme seiner Frau in nervöser Ungeduld plappern. Der Hausmeister nickte mir zu.

»Kann ich jetzt wieder gehen?«

Bevor ich nicken konnte, sagte Lily:

»Gehen Sie nur. Ich kümmere mich schon um ihn. Und vielen Dank für alles.«

»Also ... wenn Sie mich brauchen, rufen Sie nur an.«

»Das werde ich tun.«

Ich bekam meine Augen noch ein letztes Mal auf. Lily beugte sich gerade über mich und lächelte mir zu, während ihre Finger an meinem Anzug hantierten. Es war wieder diese seltsame Weichheit in ihrem Blick, und sie flüsterte immer wieder: »Liebling ... Liebling ...«

Der Schlaf kam. Ein Gesicht tauchte aus der Tiefe der Träume. Das Gesicht hatte einen vollen, lockend schimmernden Mund. Es kam näher, und die Lippen öffneten sich langsam. Es war Michael, und in meinem Traum lächelte ich ihr zu: fasziniert von ihren Lippen.

12

Ich erwachte in der Dunkelheit, tastete neben mich und fühlte die Wärme eines fremden Körpers unter meiner Hand. Dann zog ich die Hand schnell zurück, als eine Frauenstimme aufschrie und im nächsten Moment Licht aufflammte.

Lily saß bolzengerade am anderen Bettrand, und ihr Blick war noch dumpf vor Schlaf und Erschrecken.

»Ruhig, Lily ... ich bin es doch nur.«

Sie stieß einen Seufzer aus und rieb sich den Schlaf aus den Augen.

»Du hast mich erschreckt, Mike.« Sie versuchte zu lächeln, während sie nach ihren Hausschuhen tastete.

»Wie spät ist es?« fragte ich.

Lily blickte auf ihre Uhr.

»Kurz nach neun. Soll ich dir etwas zu essen machen?«

»Was ist aus dem Tag geworden?«

»Du hast durchgeschlafen. Dabei hast du gestöhnt und im Schlaf gesprochen... Ich wollte dich nicht wecken, Mike. Soll ich dir Kaffee machen?«

»Etwas zu essen wäre mir noch lieber. Ich brauche jetzt etwas in den Magen.«

»Gut. Ich rufe dich, wenn es fertig ist.«

Sie lächelte mir noch einmal zu und ging. Ich stand auf, duschte und rasierte mich und zog mir frische Wäsche an. Dann ging ich ans Telefon und wählte Michael Fridays Nummer.

Es meldete sich eine tiefe, reserviert klingende Männerstimme.

»Hier bei Mr. Evello...«

Das war ein Polizist, wenn mich nicht alles täuschte.

»Mike Hammer«, sagte ich. »Ich suche Michael Friday, Carls Schwester. Ist sie da?«

»Ich fürchte...«

»Ist Captain Chambers da?«

Das brachte den Mann drüben aus der Fassung.

»Wie war noch Ihr Name?«

»Hammer. Mike Hammer.«

Es wurde kurze Zeit still, dann sagte die Stimme:

»Hier spricht die Polizei. Was wollen Sie, Hammer?«

»Was ich Ihnen sagte. Ich will Miß Friday.«

»Die wollen wir auch. Aber sie ist nicht da.«

»Verdammt. Ihr habt das Haus draußen unter Bewachung?«

»Ganz recht. Wir bewachen das Anwesen. Wissen Sie, wo das Mädchen ist?«

»Ich weiß nur, daß sie mich dringend sprechen will. Wie kann ich Chambers erreichen?«

»Einen Augenblick.« Es wurde wieder still, und dann fragte

die Männerstimme: »Sind Sie dort, wo Sie jetzt sprechen, noch nach einer Weile zu erreichen?«

»Ich bin hier.«

»Okay. Der Sergeant sagt, er will versuchen, den Captain zu erreichen. Wie ist Ihre Nummer?«

»Er kennt sie. Sagen Sie ihm, er soll mich daheim anrufen.«

»Gut. Wenn Sie etwas über Miß Friday erfahren, melden Sie es bitte.«

»Haben Sie überhaupt keinen Anhaltspunkt?«

»Nein. Nichts. Sie ist verschwunden. Nachdem sie gestern im Hauptquartier war, ist sie hergefahren, zwei Stunden hiergeblieben und hat dann ein Taxi nach Manhattan hinein genommen.«

»Da ist sie zu mir gefahren«, sagte ich.

»Was?«

»Ich war nicht zu Hause. Sie hat eine Mitteilung hinterlassen und ist fortgegangen. Deswegen habe ich dort draußen angerufen.«

»Verdammt, und wir haben überall in der Stadt herauszufinden versucht, wo sie hingefahren ist.«

»Wenn sie wieder ein Taxi benutzt hat, können Sie vielleicht von hier aus ihre Fährte weiterverfolgen.«

»Gewiß. Ich gebe die Meldung durch.« Es wurde still in der Leitung, und ich hängte ab.

Ich hatte gerade drei Spiegeleier mit etwas Kaffee hinuntergespült und wollte mir eine Zigarette anzünden, als das Telefon klingelte.

Es war Pat.

»Hast du Miß Friday gefunden?« fragte ich sofort.

»Nichts haben wir gefunden«, sagte er brummig. »Die ganze Stadt ist ein Irrenhaus. Die FBI-Leute nehmen dieses ganze verdammte Verbrechersyndikat auseinander, aber das Rauschgift ist immer noch unauffindbar. Hältst du etwa noch irgend etwas zurück?«

»Du solltest mich besser kennen.«

»Was ist dann mit dieser Miß Friday? Wenn sie bei dir war, dann . . .«

»Sie wollte mich sprechen. Das ist alles, was ich weiß.«

»Weißt du, was ich denke?«

»Ich weiß, was du denkst«, antwortete ich. »Billy Mist...
wo ist er?«

»Du würdest es nicht raten.«

»Erzähl es mir.«

»Im Augenblick soupiert er im Terrace. Er hat ein Alibi für
alles, was wir ihm vorhalten könnten, und auf lange Zeit wird
keiner etwas dagegen unternehmen können. Er hat Leute in
Washington, die für ihn arbeiten, und andere einflußreiche
Freunde, die uns das Leben schwermachen... Mike...«

»Ja?«

»Hast du Velda gefunden?«

»Noch nicht, Pat. Aber ich werde sie bald finden.«

»Es klingt nicht ganz überzeugt, mein Freund.«

»Ich weiß.«

»Falls dich das etwas beruhigt: ich habe Männer von mir
auf die Fährte gesetzt.«

»Vielen Dank.«

»Etwas anderes solltest du auch wissen. Deine Wohnung
wird bewacht. Drei Burschen wollten dir dort auflauern. Die
vom FBI haben sie erwischt. Einer von den Muskelmännern
liegt in der Leichenhalle.«

»Und?«

»Es könnten sich andere bei dir einfinden. Halte die Augen
offen. Wenn du weggehst, wirst du vermutlich beschattet
werden. Falls es mehrere sind: einer davon ist unser Mann.«

»Man ist wirklich hinter mir her«, sagte ich grimmig.

»Ja, die Burschen haben es auf dich abgesehen, Mike. Weißt
du, warum? Ich werde es dir sagen. Es geht das Gerücht um,
du seist von Anfang an in diese Affäre verwickelt gewesen.
Angeblich hast du mich und alle anderen zum Narren gehalten. Aber die Burschen vom Syndikat seien dahintergekommen. Sag mir eines: stimmt das?«

»Natürlich nicht, Pat.«

»Gut. Dann machen wir also wie bisher weiter.«

»Was ist mit der *Cedric*?«

Er fluchte unterdrückt.

»Die ganze Geschichte ergibt einfach keinen Sinn, Mike.
Das Schiff liegt gerade in einem Hafen in Jersey drüben im
Reparaturdock. Früher einmal war es ein kleinerer Passagier-

dampfer, der dann als Truppentransporter umgebaut wurde. Die ganzen Luxuskabinen wurden herausgerissen. Vielleicht hat das Zeug einmal dort irgendwo zwischen den Wänden versteckt gelegen. Aber wo es jetzt ist, das weiß keiner.«

»Sobald ich etwas weiß, rufe ich dich an, Pat«, sagte ich und hängte ab.

Ich wollte Lily nicht allein in der Wohnung lassen und sagte ihr, sie solle etwas anziehen.

Während ich auf sie wartete, schaltete ich das Licht aus, stellte mich ans Fenster und betrachtete die Stadt. Das Ungetüm bewegte sich. Die hell funkelnden Lichter markierten die peitschenden Bewegungen seiner Glieder. Wie ein riesiger Krake lag sie da: das gierige, gefräßige Maul nur schwach verdeckt von dem Tingeltangelflitter der Vergnügungsstraßen.

»Ich bin fertig, Mike.«

Sie hatte wieder ein grünes Kostüm an, das sie gut kleidete. Ihr Haar war jetzt unter einem hübschen kleinen Hut verborgen. An ihrem Gesichtsausdruck erriet ich, daß sie die Gefahr erkannte, in die wir uns jetzt begaben. Aber sie war bereit. Wir waren beide bereit. Zwei Gezeichnete, die jetzt hinausgingen, um in den Rachen des riesigen Kraken zu starren.

Wir gingen nicht die Treppe hinunter, sondern aufs Dach hinaus. Hundert Meter weiter stiegen wir hinunter, fuhren im Lift bis in den Keller und verließen das Haus durch den Hinterausgang. Um den Häuserblock herum gingen wir zur Garage. Sammy trat gerade seinen Nachtdienst an und winkte mir zu, als er mich erkannte. Ich schob Lily vor mir her in die Werkstatt und schloß die Tür.

»Schlimme Neuigkeiten, Mike«, sagte er. »Es waren Kerle da, die haben sich nach deinem neuen Wagen erkundigt. Einer hat durchblicken lassen, daß der Karren bewacht wird.«

»Das habe ich auch schon gehört.«

»Weißt du, was Bob Gellie passiert ist?« Sein Gesichtsausdruck wurde noch ernster.

»Nein.«

»Man hat ihn übel zugerichtet. Es soll mit dir zu tun haben.«

»Ist es sehr schlimm?«

»Er liegt im Krankenhaus. Aber er wollte nicht sagen, worum es ging.«

Diese Bastarde wußten auch alles. Die Organisation. Das Syndikat. Die Mafia. Das ganze Unternehmen war gemein und verrottet durch und durch, aber die eiserne Faust war noch intakt und konnte mit unglaublicher und entsetzlicher Wirksamkeit zuschlagen.

»Ich werde mich um Bob kümmern«, sagte ich. »Sag ihm das von mir. Wie geht es ihm?«

»Er wird durchkommen. Aber sein Gesicht wird nicht mehr dasselbe sein.«

»Wie fühlst du dich, Sammy?«

»Lausig, wenn du es genau wissen willst. Ich habe da im Schubfach einen 32er liegen, den ich die ganze Nacht griffbereit halten werde.«

»Kannst du mir einen Wagen geben?«

»Nimm meinen. Ich habe mir schon gedacht, daß du darum bitten würdest. Ich habe ihn mit der Schnauze nach draußen vorn am Eingang stehen lassen. Es ist eine gute Kiste, und ich hab' sie gern. Bring sie mir also in einem Stück zurück.«

Er zog die Jalousie vors Fenster und ging mit uns in die Garage hinaus. Während wir einstiegen, hievte er die Tür hoch und winkte uns mit einem etwas schiefen Lächeln zu, als wir hinausfuhren.

Nachdem ich mich vergewissert hatte, daß wir nicht verfolgt wurden, schlug ich die Richtung stadtauswärts ein.

»Wohin fahren wir, Mike?« fragte Lily.

»Du wirst sehen.«

»Mike . . . bitte. Ich fürchte mich so.«

Ich legte ihr die Hand aufs Knie und lächelte ihr ermutigend zu.

»Ja, du hast ebenso ein Recht, das zu wissen wie ich. Wir wollen eine Frau besuchen, die mich ganz dringend sprechen wollte. Ich möchte wissen, was sie mir zu erzählen hat und warum sie sich versteckt hält. Aber inzwischen könntest du dir noch überlegen, was ich dich vorhin schon gefragt habe.«

»Wegen der Frau, die Berga Torn im Sanatorium besucht hat?«

Ich nickte, und sie richtete sich ein wenig mehr auf.

»Gut, Mike. Ich will es versuchen.« Sie wandte mir den Kopf zu, und ich fühlte die Herausforderung ihres Blickes. Aber ich konnte das nicht erwidern, weil ich mich um den Verkehr kümmern mußte. »Ich würde alles für dich tun, Mike«, fügte sie sanft hinzu.

Es war ein neuer Klang in ihrer Stimme, den ich nie zuvor gehört hatte. Eine unterdrückte Erregung, die mich an den Moment des Erwachens vorhin erinnerte. Bevor ich etwas antworten konnte, hatte sie den Kopf abgewandt und blickte starr geradeaus durch die Windschutzscheibe. –

Es waren nur zwei Mann zur Bewachung von Carl Evellos Anwesen abkommandiert. Der eine saß im Wagen und der andere auf einem Stuhl neben der Tür. Er musterte mich mit jenem unpersönlichen Blick, den alle Polizisten an sich haben, bevor man ihnen sein Anliegen vorgetragen hat.

»Ich bin Mike Hammer. Ich habe mit Captain Chambers zusammen an diesem Fall gearbeitet und würde mich gern umschauen. Geht das?«

Sein Blick wurde freundlicher, und er nickte.

»Die Jungens haben schon von Ihnen gesprochen. Ist der Captain damit einverstanden?«

»Noch nicht. Aber er würde bestimmt nichts dagegen haben, wenn Sie ihn jetzt anrufen und ihm Bescheid sagen.«

»Ach, ich glaube, das ist schon in Ordnung. Aber rühren Sie nichts an.«

»Ist jemand drinnen im Haus?«

»Nein. Alles leer. Der Butler hat allerdings, bevor er ging, von allem Alkohol eine Inventur aufgenommen.«

»Vorsichtiger Bursche. Ich komme gleich wieder.«

»Lassen Sie sich nur Zeit.«

Ich ging also hinein und stand in der langen Diele. Im Hintergrund meines Bewußtseins formte sich eine Idee, aber ich wußte noch nicht, wie ich sie in die Tat umsetzen sollte.

Zuerst schlenderte ich ziellos durch die Räume unten. Dann

321

ging ich hinauf. Erst als ich in Michael Fridays Schlafzimmer stand, wußte ich, daß ich nur hier etwas finden würde.

Aber ich fand nichts. Jemand hatte es schon vorher gefunden. Ich sah nur noch die rechteckige Abzeichnung auf der staubigen Glasplatte der Frisierkommode. Dort hatte offenbar eine Schmuckkassette gestanden. Doch sie war fort.

Als ich herunterkam, fragte der Polizist auf der Veranda draußen:

»Haben Sie etwas entdeckt?«

»Nichts Besonderes. Haben Sie Safes im Haus gefunden?«

»Drei Stück. Einen oben, zwei unten. Aber nichts darin, was wir brauchen könnten. Ein paar hundert Dollar in Scheinen. Schauen Sie es sich selbst an. Es sind zwei in seinem Studio.«

Es waren tatsächlich zwei da. Einer war in die Wand gebaut und mit einem alten Landkartenstich des New Yorker Hafens kaschiert. Der andere war raffiniert in den Fenstersims eingebaut. Carl Evello hatte seine psychologischen Kenntnisse beim Bau dieses Hauses eingesetzt. Zwei Safes in einem Haus konnte man vermuten, aber kaum zwei im selben Zimmer. Ich trat ans Fenster und öffnete die gut versteckte Tür des Safes. Als ich das brennende Feuerzeug an die Öffnung hielt, sah ich im Staub den gleichen rechteckigen Umriß abgezeichnet wie oben in Michael Fridays Schlafzimmer auf der Frisierkommode. Die Kassette hatte also in diesem Safe gestanden, und Michael hatte es gewußt und sie herausgeholt.

Aber wo war sie jetzt?

»Nicht viel zu sehen, nicht wahr?« sagte der Polizist, als ich wieder ins Freie trat.

»Wer hat die Safes geöffnet?« fragte ich.

»Die Stadtpolizei hat Delaney mitgebracht. Er ist Repräsentant der Firma, die diese Safes herstellt. Ein guter Mann. Er könnte vom Geldschrankknacken leben.«

Ich verabschiedete mich und ging zum Wagen zurück. Lily wartete dort auf mich. Ihr Gesicht war nur ein bleicher Schimmer hinter der Scheibe.

Ich schwang mich hinters Lenkrad, und während ich den Motor anließ, begann ich laut zu denken.

»Ich möchte wissen, ob Michael es gefunden hat«, sagte ich.

»Was?«

»Michael Friday hat etwas aus dem Safe ihres Bruders geholt. Dabei muß sie noch etwas anderes gefunden haben, was sie gar nicht suchte. Aber das hat sie wohl vor lauter Furcht nicht der Polizei übergeben.«

»Mike...«

»Laß mich reden, Mädchen. Ich muß mir da selbst Klarheit verschaffen. Jemand hat offenbar auch von dem Vorhandensein dieser Sachen im Safe gewußt – jemand, der wußte, was er damit anfangen kann. Aber dann war ihm Michael zuvorgekommen, und er wußte, was sie damit vorhatte. Also hat er sie abgefangen.«

»Aber... wer?« Lily warf mir einen unruhigen Seitenblick zu. »Wer soll das sein, Mike?«

Ich lächelte in der Art, die die wenigsten Leute sympathisch fanden.

»Freund Billy«, sagte ich. »Billy Mist. Er sitzt jetzt ruhig da und genießt sein Souper. Irgendwo hat er ein Mädchen versteckt, das er unter Druck setzen kann, wann es ihm beliebt. Carl kann ihm jetzt nichts mehr anhaben. Billy hat zwar die Millionen nicht gefunden, aber mit Velda hat er eine Möglichkeit, an diesen Schatz heranzukommen, und im anderen Falle kann er sich ihrer einfach entledigen. Dieser schleimige Bastard ist im Moment unangreifbar.«

Ich mußte plötzlich lachen. Lily würde dieses Lachen nicht begreifen. Es hing mit einer Mitteilung zusammen, die ich in meinem Büro gefunden hatte, kurz bevor mich Carls Muskelmänner überwältigt hatten. Irgendwie war ich der Lösung des Falles jetzt näher als je zuvor.

Die Leichenhalle! Meine nächste Station auf dem Wege zu dieser Lösung. Ein schläfriger Wärter dort, der durchaus nicht begreifen konnte, was ich zu dieser Zeit an der Leiche einer gewissen Berga Torn so interessant finden konnte. Und dann der Leichenbeschauer selbst: ein mürrischer Mann, der es nicht gern hatte, jetzt dienstliche Verrichtungen durchführen zu müssen. Aber er tat es.

Und er fand etwas für mich.

Der Weg zum Herzen eines Mannes –

Das war die Mitteilung gewesen, die Berga kurz vor ihrem

Tode bei dem Aufenthalt dort in der Tankstelle geschrieben und an meine alte Adresse geschickt hatte.

Auf diesem Wege zum Herzen eines Mannes fand der Leichenbeschauer auch etwas. Ich hatte nicht hingeschaut, als er unter dem erbarmungslos grellen Licht der Vorkammer mit dem Skapell an dem Körper auf dem Traggestell hantierte. Feuer vollbringt schreckliche Dinge mit einem Menschen, und ich wollte Berga Torn so in Erinnerung behalten, wie sie mir zuerst im Licht der Wagenscheinwerfer erschienen war.

Aber ich hörte, als der Leichenbeschauer es fand.

Er tat mir den Gefallen, es zu säubern, bevor er es mir reichte. Dann stand ich da und schaute auf den dumpfen Glanz des Messingschlüssels und fragte mich, wo das Schloß dazu war.

»Nun?« sagte der Leichenbeschauer.

»Vielen Dank.«

»Das meine ich nicht.«

»Ich weiß . . . ich habe nur keine Ahnung, wohin der Schlüssel paßt. Ich dachte, es wäre etwas anderes.«

Er spürte meine Enttäuschung und streckte die Hand aus. Ich ließ den Schlüssel hineinfallen, und er hielt ihn gegen das Licht und drehte ihn um. Eine Minute lang konzentrierte er sich auf eine Seite und hielt den Schlüssel näher ans Licht. Dann machte er eine Kopfbewegung, und ich folgte ihm ins Labor hinüber. Von einem Regal nahm er eine Flasche mit irgendeiner Flüssigkeit, goß etwas davon in eine flache Schale und warf den Schlüssel hinein. Er ließ ihn zwanzig Sekunden in der Flüssigkeit liegen, bevor er ihn mit einem Glasstab herausfischte. Jetzt war das Metall nicht mehr matt, sondern schimmerte funkelnd neu. Und als er den Schlüssel ans Licht hielt, konnte ich die eingravierte Inschrift lesen: *City Athletic Club, 529.*

Ich preßte den Arm des Leichenbeschauers so hart, daß er beim Grinsen zusammenzuckte.

»Hören Sie«, sagte ich. »Rufen Sie Captain Chambers an und sagen Sie ihm, ich hätte gefunden, wonach wir gesucht haben, und ich gehe dorthin. Ich werde dafür sorgen, daß der Schlüssel nicht abhanden kommt. In meinem Büro wird er einen Abdruck davon finden.«

»Er weiß noch nichts?«

»Nein. Ich rufe bei Ihnen zurück. Falls es irgendwelche Schwierigkeiten geben sollte... Chambers wird das klären. Sie wissen gar nicht, welchen Dienst Sie gerade im Moment der Polizei erwiesen haben.«

Dieser Hinweis schien ihn sehr zu befriedigen. Aber der Wärter draußen wollte noch eine Erklärung haben – möglichst schriftlich, und ich hatte alle Mühe, mich an ihm vorbeizuschleusen, ohne Zeit zu verlieren.

Lily wußte, daß ich etwas gefunden hatte, als ich mich hinters Lenkrad schwang.

»Nun?« fragte sie nur.

»Ich habe jetzt fast die Lösung, Mädchen«, sagte ich und zeigte ihr den Schlüssel. »Hier ist diese kleine Wichtigkeit. Schau dir das an: Ein Stückchen Metall, für das Menschen sterben mußten. Und die ganze Zeit über hat es im Magen eines Mädchens gelegen, das es um keinen Preis hergeben wollte. Der Schlüssel zu allem! Ich weiß, wer ihn hatte und was hinter der Tür liegt, die er öffnet.«

Und als wäre das Wort eine Zauberformel, die einen Angriff unheilvoller Dämonen auslöste, zerriß plötzlich ein Blitzstrahl den Himmel, und eine Lawine von Donner überrollte uns mit dumpfem Getöse. Das kam so überraschend, daß Lily zusammenzuckte und unwillkürlich die Augen schloß.

»Keine Angst«, sagte ich.

»Ich... ich kann nichts dafür, Mike. Ich hasse Gewitter.«

Die Feuchtigkeit war in der Luft zu spüren. Die frische Kühle, die der neue Wind mit sich trug. Lily erschauerte wieder und stellte den kleinen Kragen ihrer Kostümjacke hoch.

»Schließ bitte das Fenster, Mike.«

Ich kurbelte es hoch, setzte den Wagen in Gang und schleuste mich in den ostwärts fließenden Verkehrsstrom ein.

Die Stimme der riesigen Stadt begann leiser zu werden – die Lichter dunkler. Die letzten Passanten suchten im Laufschritt Unterschlupf, und die Taxis begannen ihre ziellosen Kreuzfahrten.

Die ersten großen Regentropfen trommelten auf den Kühler und prasselten gegen die Windschutzscheibe. Ich schaltete die Scheibenwischer an, mußte mich aber trotzdem weit übers Lenkrad vorbeugen, um überhaupt etwas zu sehen. Die Minuten vergingen, und ich hatte das quälende Gefühl, daß die Zeit gegen mich arbeitete.

An der Ninth Avenue bog ich nach Süden ab und fuhr weiter, bis ich das Grauziegelhaus mit dem kleinen Neon-Leuchtschild CITY ATHLETIC CLUB vor mir auftauchen sah.

Als ich vor der Tür anhielt und aussteigen wollte, fragte Lily:

»Bleibst du lange, Mike?«

»Nur ein paar Minuten.« Ich sah sie an, ihr Gesicht wirkte ganz verklemmt. »Was ist los, Mädchen?«

»Mir ist nur kalt.«

Ich nahm die Decke vom Hintersitz und legte sie ihr um die Schultern.

»Behalt das um, sonst holst du dir wirklich eine Erkältung«, sagte ich. »Ich komme gleich zurück.«

Sie erschauerte und nickte, während sie die Zipfel der Decke unterm Kinn zusammenhielt.

Der Mann am Empfangspult war ein großer Bursche mit schläfrigen Augen. Er schien jeden zu hassen, der ihn um diese Zeit belästigen wollte – und mich vor allen Dingen.

»Mitglied...?« fragte er nur, als ich an das Pult trat.

»Nein, aber...«

»Dann ist der Klub geschlossen. Hauen Sie ab.«

Ich zog einen Fünfdollarschein aus der Brieftasche und legte ihn aufs Pult.

»Hauen Sie ab«, wiederholte er.

Ich nahm den Schein, schob ihn in die Tasche zurück, beugte mich über das Pult vor und warf den Burschen mit einer harten Geraden rückwärts vom Stuhl. Dann zog ich ihn bei seinen mageren Armen auf, versetzte ihm einen kleinen Nachschub in die Magengrube und pflanzte ihn auf seinen Stuhl zurück.

»Das nächstemal sei nett«, sagte ich und hielt ihm den Schlüssel vor die Nase.

»So eine Unverschämtheit...«

»Mund halten. Wofür ist der Schlüssel?«

»Für den Schränkeraum.«

»Schauen Sie nach, wer 529 hat.«

Er sah mich mürrisch an. Aber während er sich über den Leib strich, entschied er sich dann doch dafür, ein großes Geschäftsbuch aus der Schublade zu ziehen und darin nachzublättern.

»Raymond«, sagte er. »Zehnjährige Mitgliedschaft.«

»Gehen wir.«

»Sie sind verrückt. Ich kann das Pult nicht verlassen. Ich ...«

»Gehen wir.«

»Verdammte Polypen«, hörte ich ihn murmeln.

Ich grinste hinter seinem Rücken und folgte ihm die Treppe hinunter. Stickige Feuchtigkeit und der scharfe Geruch von Desinfektionsmitteln hingen in der Luft. Wir kamen am Dampfbad und am Eingang zum Schwimmbecken vorbei und wandten uns dann in die Kammer mit den Umkleidespinden. Sie waren hoch und schmal und mit Schließhaken versehen, die man mit eigenen Vorhängeschlössern versperren konnte. Raymondo hatte ein Prachtstück angebracht. Es war ein riesiges Messingschloß mit einem Schnappbügel, der so dick war, daß er kaum durch die Öse paßte. Ich steckte den Schlüssel ins Schloß, drehte ihn, und der Bügel schnappte auf.

Tod, Verbrechen und Korruption lagen vor mir auf dem Schrankboden in Gestalt zweier Metallbehälter in der Größe von Frühstücksschachteln. Die Ränder waren zugeschweißt und die Behälter dunkelgrün übermalt. Daran war die netteste kleine Ausrüstung befestigt, die ich je gesehen hatte. Eine kleine Preßgaskapsel, an deren Mündung ein großer Gummiball befestigt war. Der Gummi und die Schlauchzuleitungen waren inzwischen brüchig geworden, aber der Verwendungszweck war noch deutlich genug zu erkennen. Man brauchte das Ganze nur durch ein Bullauge zu werfen, dann öffnete sich der Flaschenverschluß nach einem gewissen Zeitraum, und das Zeug wurde zur Oberfläche getragen, wo der Gummiball es wie eine Boje hielt, bis es aufgelesen wurde.

Der Bursche schräg hinter mir begann neugierig zu werden und wollte nähertreten. Ich richtete mich auf und schloß die Schranktür. Das Zeug dort drinnen mußte irgendwie vernichtet werden, aber ich konnte es nicht einfach auf den Schuttabladeplatz tragen. Pat mußte es sehen, und die Jungens aus Washington wollten sicherlich auch einen Blick darauf werfen.

Also versperrte ich die Schranktür wieder mit dem Vorhängeschloß. Das Zeug hatte so lange dort gelegen – ein paar Stunden mehr konnten keinen Schaden anrichten.

Der Bursche folgte mir nach oben und setzte sich wieder hinter sein Pult. Als ich schon halb an der Tür war, wandte ich mich noch einmal um und sagte:

»Das nächstemal sei höflicher. Du hättest Geld dabei verdienen können.«

Meine Uhr zeigte fünf Minuten vor drei. Der Regen rauschte in unverminderter Heftigkeit hernieder und bildete in den Rinnsteinen kleine Gießbäche. Ich schrie Lily von der Haustür aus zu, sie solle die Wagentür öffnen, und dann stürmte ich los und warf mich in den Wagen. Sie erschauerte unter dem kalten Luftzug, den ich mitbrachte. Ihr Gesicht wirkte noch verkniffener als zuvor.

Ich legte den Arm um ihre Schulter. Sie war so steif, daß ihr Körper fast unbeweglich wirkte.

»Du meine Güte, Lily, ich muß dich ja zu einem Arzt bringen.«

»Nein... bring' mich nur irgendwo hin, wo es warm ist, Mike.«

»Es war sehr unbedacht von mir.«

Sie zwang sich zu einem Lächeln.

»Es macht mir nichts aus... solange du nur...«

»Jetzt wird nicht länger herumgejagt, Mädchen. Ich habe es gefunden. Jetzt kann ich dich zurückbringen.«

Ihre Augen funkelten jetzt, und dieses Lächeln wirkte nicht erzwungen.

Während ich dasaß, in den Regen hinausschaute und mir eine Lucky anzündete, überlegte ich.

»Du fährst jetzt in meine Wohnung zurück. Dort wärmst du dich auf und wartest ab.«

»Allein?«

»Mach dir keine Sorgen. Rings um das Gebäude sind Polizisten stationiert. Ich werde ihnen Bescheid sagen. Wir müssen jetzt schnell sein, und ich darf keine Zeit verlieren. Ich habe den Schlüssel für mehrere Millionen Dollar in meiner Tasche, und ich darf kein zu hohes Risiko eingehen. Deshalb lasse ich ein Duplikat herstellen und gebe es Captain Chambers. Verlaß die Wohnung nicht, bis ich wieder da bin. Fahren wir weiter. Ich muß noch einen Abstecher machen, aber das dauert nicht länger als fünf Minuten.«

Tatsächlich dauerte es auch nicht länger. Mein Freund fluchte, als er mir den fertigen Schlüssel reichte, aber ich besänftigte ihn mit einem Zwanzigdollarschein und schickte ihn wieder ins Bett.

Wir erreichten meinen Häuserblock um Viertel vor vier. Der Regen prasselte immer noch in unverminderter Stärke auf den Wagen herab. An beiden Straßenecken standen Patrouillenwagen, und zwei Zivilpolizisten lungerten im Hausgang. Als sie uns sahen, machten sie so wütende Gesichter, als würden sie im nächsten Moment platzen. Einer spie angewidert aus und schüttelte den Kopf. Ich ließ ihnen keine Möglichkeit, Fragen zu stellen.

»Tut mir leid, daß ihr einen leeren Fuchsbau bewachen mußtet, Jungens«, sagte ich. »So was passiert eben. Die Sache wird allmählich brandeilig, und ich kann euch jetzt nicht die Einzelheiten erklären. Ich habe von überallher versucht, mit Pat Chambers Verbindung zu bekommen, und wenn ihr wollt, könnt ihr auch eine Nachricht an ihn weiterleiten.« Ich deutete auf Lily. »Dies ist Lily Carver. Die Banditen sind so wild hinter ihr her wie hinter mir. Sie hat eine Botschaft für Pat, die keinen Aufschub duldet, und wenn ihr etwas zustößt, bevor er mit ihr Verbindung aufnehmen kann, wird euch der Captain bei lebendigem Leibe abhäuten lassen. Einer von euch sollte sie lieber hinaufbegleiten und sich draußen auf dem Gang postieren.«

»Johnston wird gehen.«

»Gut. Sie versuchen, Pat zu erreichen?«

»Wir werden ihn irgendwie ausfindig machen.«

Ich brachte Lily hinein, und als ich sie mit dem Polizisten durch die Halle gehen sah, fühlte ich mich etwas wohler.

»Haben Sie etwas gefunden, Hammer?« Der andere Zivilpolizist musterte mich aufmerksam.

»Ja, es ist fast vorbei.«

Sein Brummen war eine skeptische Verneinung.

»Sie sollten es besser wissen, Freund. Es ist nie zu Ende. Dieses Banditenunwesen erstreckt sich über alle Staaten. Warten Sie, bis Sie die Morgenzeitungen zu lesen bekommen.«

Ich zuckte mit den Schultern und wollte mich schon abwenden, als mir eine Art sechster Sinn befahl, einen Blick in meinen Hausbriefkasten zu werfen. Schon durch die Schlitze sah ich den Briefumschlag. Er war leer, und es stand auch nicht mein Name darauf – nur ›William Mist‹ – aber das genügte mir.

Es war mehr als genug. Michael Friday hatte weiter gedacht und mir einen Fingerzeig gegeben. Ich zerknüllte den Briefumschlag und ließ ihn zu Boden fallen.

Jetzt gab es nur noch eines zu erledigen. Ohne den Polizisten zu grüßen, stürmte ich in die Nacht hinaus – in den Regen. Ich wollte Billy Mist vor mir sehen – ich wollte sehen, wie er bei meinem Anblick blaß wurde – wie seine Augen größer wurden und die Angst und das Grauen in seinem Blick wuchsen und wuchsen ...

Vor seiner Haustür drückte ich auf keinen Klingelknopf, sondern stieß eine Glasscheibe heraus, griff hinein und drehte den Türknauf. Ich ging die Treppen hinauf, und jetzt drückte ich auf den Klingelknopf.

Billy Mist hatte offensichtlich jemand erwartet – aber bestimmt nicht mich. Er war bis auf die Jacke angezogen und trug einen Revolver im Schulterhalfter.

Ich rammte ihm die Tür so hart entgegen, daß er ins Zimmer zurückgeworfen wurde. Im nächsten Moment griff er nach der Waffe, und das war sein Fehler – aber meiner auch.

Ich war bei ihm, bevor er das Schießeisen aus dem Halfter ziehen konnte. Meine Linke packte sein Handgelenk, und mit der rechten Faust schlug ich zu.

Der Schuß ging los, ohne daß der Revolver aus dem Halfter kam. Aber die Mündung wies in diesem Moment in die falsche Richtung – für Billy Mist jedenfalls.

Als er zusammenbrach, war ich im ersten Moment ganz verblüfft vor Erstaunen. Der leichte Faustschlag konnte ihn doch nicht so über den Haufen geworfen haben?

Nein, das war es auch nicht gewesen. Im nächsten Moment sah ich den Brandfleck auf seiner Hemdbrust – dort, wo die Kugel zwischen seine Rippen gefahren war. Er hatte zu früh abgedrückt, aber mein Fluch kam zu spät.

Billy Mist lag vor mir und starrte aus glasigen Augen, aber – wie es schien – mit einem bösen Grinsen der Zufriedenheit zu mir empor.

Ich hatte ihn getötet – oder er selbst hatte sich umgebracht –, ohne daß ich es wollte.

Billy Mist, der einzige vielleicht, der wußte, wo Velda war. Billy Mist, den ich zum Sprechen bringen wollte, und der jetzt nie mehr ein Wort sagen würde.

Der Gedanke an Velda war es, der mich ein wenig zur Vernunft brachte. Meine Hände hörten zu zittern auf, und ich begann wieder klarer zu denken.

Ich schaute mich um. Billy war beim Packen gewesen. In einem Koffer war ein Wochenvorrat von Kleidungsstücken. Aber dort, wo er hinwollte, hätte er sich neue Sachen kaufen können, denn der Rest des Koffers war mit Banknotenbündeln vollgestopft.

Ich durchsuchte gerade den Koffer, als ich die anderen an der Tür hörte. Das waren keine Polizisten – die nicht. Sie wollten hinein, weil ich hier war, und nichts würde sie aufhalten.

Schultern rammten gegen die Tür, und ein schräger Riß zeigte sich in der Füllung. Ich ging schnell hinüber, löste Billy Mists verkrampfte Finger vom Revolvergriff und zog die Waffe aus dem Halfter. Fünf schnelle Schüsse in Bauchhöhe durch die Tür überzeugten die dort draußen davon, daß ich nun doch nicht mehr unbewaffnet war. Ich hörte Schreie, aber immer noch rammten Schultern gegen die Tür, und ich wandte mich ab und rannte ins Bad.

Ich schob den Riegel von innen vor, öffnete vorsichtig das Badezimmerfenster und spähte hinaus.

Als ich auf den Sims stieg, stieß ich mit dem Arm mehrere Flaschen von einem Regal. Eine war stehengeblieben. Ich sah die Aufschrift, stutzte einen Moment und steckte die Flasche in die Tasche.

Die Wohnungstür gab nach. Stimmen und Flüche waren zu

hören, aber auch Schüsse und Schreie, die aus einer anderen Richtung zu kommen schienen. Ich stieg aus dem Fenster, ohne zu wissen, was dieser Wirrwarr zu bedeuten hatte. Vorsichtig tastete ich mich auf dem Außensims bis zum Übergang zum nächsten Haus weiter. Jenseits der schmalen Lücke bekam ich den Außensteg der Feuerleiter zu fassen und schwang mich hinüber.

Ich war jetzt froh über den Regen. Er übertönte alle Geräusche, die ich machte, bis ich endlich das Dach erreicht hatte. Ich lag dort auf der körnigen Teerpappe und sog die frische Luft in meine Lungen, ohne daß mir der Tumult unten auf der Straße richtig zum Bewußtsein kam.

Als mein Atem wieder einigermaßen ruhig ging, stand ich auf, lief zur anderen Feuerleiter hinüber und kletterte hinunter.

Eine Frauenstimme schrie sich aus einem dunklen Fenster die Lunge aus dem Hals, um der Welt zu verkünden, wo ich sei. Rufe antworteten ihr irgendwoher, und zwei Schüsse peitschten durch die Nacht. Sie fanden mich nicht. Ich sprang auf den Hof hinunter und verschwand. Sirenen näherten sich aus verschiedenen Richtungen, und hundert Meter entfernt hustete ein kurzer, tödlicher Kugelstoß aus einer Maschinenpistole.

Ich lehnte an einer Mauer und konnte es immer noch nicht fassen, daß ich in Sicherheit war. Langsam zog ich die Flasche aus der Tasche – jenes letzte Hilfsmittel, das ich aus Billy Mists Badezimmer mitgenommen hatte. Das brauchte ich jetzt bestimmt nicht mehr. Gift sollte nicht meine letzte Rettung sein. Ich warf die Flasche fort.

13

Das Büro war dunkel. Wasser sickerte durch das Loch, das ich in die Scheibe geschlagen hatte, und die Scherben schimmerten mir von innen her matt entgegen.

Niemand am Schreibtisch. Kein wunderhübsches Lächeln – keine herausfordernden Augen. Ich wußte, wo die Sprechstundenkartei war und zog die eine Karte heraus, die ich suchte. Im Schein der Feuerzeugflamme las ich die Eintragungen, und das Bild rundete sich ab. Ich steckte die Karte zurück und ging durch die Räume.

Vom inneren Praxiszimmer her führte eine Tür zu der Treppe nach oben. Die Stufen waren mit einem dicken Läufer belegt. Oben war eine weitere Tür, und dahinter lag die Wohnung. Ich streifte die Schuhe von den Füßen, legte die Münzen aus meiner Tasche daneben und schlich von der Tür weg, hinter der Lichtschein war.

Nur ein Zimmer war verschlossen, aber solche Schlösser machten mir keine Schwierigkeiten. Ich trat ein, schloß die Tür hinter mir und schnippte mein Feuerzeug an.

Velda saß dort in einer Zwangsjacke in einem Lehnstuhl – die Beine an den Stuhl gefesselt. Quer über ihren Mund war Heftpflaster geklebt. Ihre Wangen waren eingesunken, aber ihre Augen funkelten in lebendigem Zorn. Sie konnte mich hinter dem Flämmchen des Feuerzeugs nicht erkennen, aber sie schleuderte mir trotzdem Flüche entgegen.

»Hallo, Velda«, sagte ich, und das Fluchen hörte auf.

Ihr Blick wirkte ungläubig, bis ich das Feuerzeug bewegte, und Tränen ihre Augen verschleierten. Ich nahm ihr die Fesseln und die Zwangsjacke ab und hob sie aus dem Sessel. Ihr ganzer Körper bebte vor unterdrücktem Schluchzen, und Tränen benetzten mein Gesicht, als sie sich an mich preßte. Ich streichelte sie und flüsterte ihr beruhigende Worte zu.

»Bist du unversehrt?« flüsterte ich.

»Ich sollte heute nacht sterben.«

»Das ist vorbei«, sagte ich.

Als erstes drückte ich ihr den Schlüssel in die Hand und gab ihr meine Brieftasche, bevor ich sie zur Tür zog.

»Nimm ein Taxi und schau zu, daß du einen Polizisten findest«, flüsterte ich. »Suche Pat. In den Schlüssel ist eine Adresse eingraviert. Nimm das an dich, was dort in dem Schrank liegt. Kannst du das tun?«

»Kann ich nicht...«

»Ich sagte, such einen Polizisten. Die Bastarde wissen inzwischen fast alles. Wir dürfen keine Zeit verlieren. Morgen sprechen wir über alles.«

»Morgen, Mike?«

333

»Es ist verrückt, ich weiß. Kaum habe ich dich gefunden, schicke ich dich schon wieder weg.«

»Es macht nichts, Mike«, flüsterte sie zurück. »Ich weiß, was auf dem Spiel steht.«

Ein flüchtiger Kuß auf die Wange, und dann öffnete ich leise die Tür. Ich wartete, bis Velda die Treppe hinuntergegangen war, und dann ging ich in die andere Richtung – auf die erleuchtete Tür zu.

Ich stieß die Tür auf, lehnte mich gegen den Rahmen, und als der grauhaarige Mann drüben am Schreibtisch herumfuhr, sagte ich:

»Doktor Soberin, nehme ich an.«

Die Überraschung war so vollkommen, daß ich halbwegs durch das Zimmer war, bevor er die Hand in die Schreibtischschublade senken konnte. Dann hatte ich sein Gelenk in der Hand und verdrehte es, bis er aufschrie und die Waffe auf den Schreibtisch poltern ließ.

»Jetzt habe ich endlich eine von den großen Nummern erwischt«, sagte ich, als ich die Pistole nahm und auf ihn richtete.

Dr. Soberin wollte den Mund öffnen, um etwas zu sagen, aber ich schüttelte den Kopf.

»Sie sind tot, Mister«, sagte ich. »Im Grunde genommen sind Sie von jetzt an tot, was auch im Zuchthaus mit Ihnen geschehen mag. Ich habe lange gebraucht.« Das trockene Lachen galt mir selbst. »Anscheinend werde ich zu alt für das Spiel, sonst hätte ich es schon längst herausfinden müssen. Es ist immer ein kleiner Trick, der alles verrät. Diesmal war es am unteren Rand der Karte, die Ihre Sprechstundenhilfe für Berga Torn ausgestellt hat. Ihre Sprechstundenhilfe fragte Berga Torn, wer sie hergeschickt habe, und sie sagte, William Mist. Das schrieb Ihre Sprechstundenhilfe gewissenhaft auf. Sie weiß ja nichts von Ihren Nebengeschäften. Aber Sie wußten, daß bei Ihnen nachgeforscht werden könnte, und um keine verdächtigen Radierungen auf der Karteikarte vorzunehmen, suchten Sie einfach einen Namen, dessen Buchstaben sich einigermaßen gut über Billys Namen tippen ließen. Wierton ist dazu recht gut geeignet. Wenn man nicht genau hinschaute, konnte man es gar nicht bemerken.«

Dr. Soberin war totenblaß geworden. Er saß nur da und starrte mich an.

»Sie haben sich viel Mühe gegeben, Berga Torn ihr Geheimnis zu entreißen«, fuhr ich fort. »Die Sache mit dem Sanatorium war raffiniert ausgedacht. Tut mir leid, daß ich Ihre Pläne durchkreuzt habe. Sie hätten meinen Wagen nicht vernichten lassen sollen.«

Ein kindischer Ausdruck von Flehen kam in sein Gesicht.

»Sie... haben... einen anderen bekommen.«

»Den werde ich auch behalten. Aber diese Sprengstoffsache war nicht so raffiniert, wie Sie dachten, Doc. Das war primitiv.«

Sein Gesicht war eine Studie der Angst und hilflosen Wut.

»Ich war der einzige, vor dem Sie Furcht hatten«, sagte ich. »Weil ich wie die Männer bin, denen Sie Befehle erteilen.« Ich nickte ihm zu. »Sie hatten recht. Mich mußten Sie fürchten – mich vor allen Dingen.«

Etwas ging in seinem Innern vor sich. Sein Gesicht zerfiel irgendwie, als er mich anschaute. Und dann hob er wie in einer alptraumhaft langsamen Bewegung der Abwehr die Linke zum Mund. Es schien eine Geste des Entsetzens zu sein, als er den Handrücken an den Mund legte. Erst als ich seine Lippenbewegungen sah und das Knirschen hörte, ahnte ich die Wahrheit.

Mit einem Fluch griff ich zu und riß ihm die Hand vom Gesicht. Der ovale Mondstein war nicht mehr in der Fassung des Ringes am Mittelfinger: nur noch die winzigen Splitter der Glashülle, die als Tarnung der Giftkapsel gedient hatte.

Noch während ich das alles blitzschnell registrierte, überzog sich Dr. Soberins Gesicht mit dunkler Röte. Er röchelte und entriß mir die Hand, die ich immer noch hielt. Seine Augen schienen aus den Höhlen zu quellen, während seine Hände ziellose Bewegungen machten. Ein wilder Krampf zuckte durch seinen Körper und warf ihn seitwärts vom Stuhl.

Dr. Soberin war tot, noch bevor er in verkrampfter Haltung am Boden hinter seinem Schreibtisch liegenblieb.

Ich stieg über den Toten und griff nach dem Telefon. Pat war im Hauptquartier nicht zu erreichen, und ich ließ mich mit einer anderen Abteilung verbinden. Ich bat den Mann, der sich meldete, um Angaben über eine als tot geltende Blondine, und er sagte, ich solle warten.

Eine Minute später meldete er sich.

»Ich glaube, ich habe es«, sagte er. »Tod durch Ertrinken. Alter etwa...«

»Die Einzelheiten können Sie sich ersparen. Nur den Namen.«

»Gewiß. Lily Carver. Die Fingerabdrücke sind gerade aus Washington gekommen. Sie sind dort registriert worden, weil Lily Carver kurze Zeit in einem Rüstungsbetrieb gearbeitet hat.«

Ich bedankte mich, drückte den Knopf auf dem Apparat nach unten, ließ los und begann meine eigene Nummer zu wählen, sobald ich das Freizeichen hörte.

Von der Tür her sagte die Frauenstimme:

»Mach dir keine Mühe, Mike. Ich bin hier.«

Und das stimmte.

Die wunderschöne Lily – mit Haaren bleich wie Platin. Ihr Mund war zu einem verführerischen Lächeln geöffnet. Die reizende Lily mit meinem 45er in der Hand.

»Du hast mich vergessen«, sagte sie.

»Beinahe, nicht wahr.«

Dort, wo sie stand, konnte sie den Toten neben dem Schreibtisch liegen sehen, aber nicht die Pistole, die ich beim Telefonieren auf den Rand der Schreibtischschublade gelegt hatte.

»Du hättest das nicht tun sollen.« In ihren Augen war jetzt ein Ausdruck von Haß.

»Er hat sich selbst gerichtet«, sagte ich. »Dazu brauchte ich keinen Finger zu rühren.«

»Aber du bist schuld daran.« Der Haß loderte wie eine dunkle Glut aus ihren Augen. »Ich habe ihn geliebt.«

Ich sah sie so an, wie neulich, als sie zum erstenmal eine Waffe auf mich gerichtet hielt.

»Sicher. Du hast ihn so sehr geliebt, daß du Lily Carver umgebracht und ihre Identität übernommen hast. Du hast ihn so sehr geliebt, daß du dafür gesorgt hast, keine Fehler in seine Pläne zu bringen. So sehr geliebt hast du diesen Mann, daß du Berga Torn in die Todesfalle gelockt und Velda

336

beinahe umgebracht hättest. In deiner Verblendung hast du nicht gesehen, daß dieser Mann nur Macht und Geld liebte und du selbst nur ein brauchbares Werkzeug für ihn warst.«

Ich sprach, um Zeit zu gewinnen. Wenn ich mich bewegte, durfte das nur in Zentimeterbruchteilen geschehen. Ich war noch zwanzig Zentimeter zu weit von der Pistole entfernt: zwanzig tödliche Zentimeter, die ich überbrücken mußte, ehe mich eine Kugel aus meinem Revolver treffen konnte.

»Du hast gut in dieses Gangstersyndikat gepaßt«, fuhr ich fort. »Zuerst hast du Glück gehabt, und später bist du schlau gewesen. Du bist zu Al gekommen, kurz nachdem Velda von dort weggegangen war. Hast du übrigens je herausgefunden, warum Al sterben mußte? Er hat Billy damit gehänselt, daß er sich von Velda auch hatte hinters Licht führen lassen. Das war zuviel für Billy, und er hat sich mit dem Messer über seinen Spielgefährten hergemacht. Nette Leute, mit denen du da Umgang hast.«

»Halte den Mund.«

»Das werde ich nicht tun.«

Sechs Zentimeter weiter war ich schon, ohne daß Lily etwas gemerkt hatte – sechs Zentimeter der Rettung näher. Oder nicht?

»Du bist bei mir geblieben, damit du die Nachrichten aus erster Hand an deine Freunde weitergeben konntest«, fuhr ich fort. »Als du dachtest, die beiden Burschen, die ich draußen beim Flugplatz vor dem Sackgasseschild sitzenließ, hätten mich erledigt, bist du abgehauen. Du hast auch Billy vor mir gewarnt. Was für ein Idiot ich gewesen bin! Ich habe dir sogar gezeigt, wie du mein Haus verlassen kannst, ohne verfolgt zu werden. Deshalb bist du ja jetzt auch hier. Was soll nun geschehen? Willst du deine richtige Identität wieder annehmen?«

Lily sah mich mit leblosem Gesichtsausdruck an, und ihre Stimme klang ebenso tot.

»Du hättest ihn nicht umbringen sollen«, wiederholte sie.

»Ich habe ihn nicht getötet«, sagte ich mit müder Geduld. »Seine Zeit war um. Dr. Soberin wußte das, und er hat die Konsequenzen gezogen.«

Acht Zentimeter noch ... Und die Schweißperlen auf meiner Stirn: würden die mich verraten? Oder meine rechte Hand, die ich kaum noch stillhalten konnte, die förmlich danach schrie, die rettende Waffe zu ergreifen.

»Einmal habe ich fast gedacht, ich hätte mich in dich verliebt, Mike.« Lily lachte freudlos, aber die Mündung des Revolvers in ihrer Hand war bewegungslos auf meinen Leib gerichtet. »Ich dachte, ich könnte dich mehr lieben als ihn. Er war auch tödlich gefährlich, Mike... aber nicht wie du. Du bist noch schlimmer. Aber schau mich an. Sehe ich wie dein Todesengel aus?«

»Bestimmt nicht, Lily«, hörte ich mich sagen, und ich fürchtete, daß meine Stimme mich verriet, daß sie die entsetzliche Spannung aus mir herausschreien müßte.

»Du hast es nicht geahnt, nicht wahr?« fuhr Lily fort, und es war jetzt wieder dieser Ausdruck von mitleidlosem Haß in ihrem Blick. »Vielleicht hätte ich es auch nicht fertiggebracht, wenn du ihn nicht getötet hättest. Das war dein Todesurteil, Mike. Und hier stehe ich vor dir, als dein Todesengel, der...«

Es geschah alles gleichzeitig. Ihre Augen weiteten sich, als sie meine Bewegung sah. Dann spürte ich die Pistole in meiner Hand, und ich warf mich zur Seite, als der Schuß krachte. Ein heißer Atem streifte mein Gesicht, und etwas klatschte hinter mir in die Wand.

Noch während ich abdrückte, sah ich, wie der Ausdruck von Erstaunen in Lilys Augen sich in Entsetzen verwandelte. Der Revolver polterte zu Boden, während sie gegen die Tür zurücksank. Sie war sicherlich nicht schwer verletzt, aber der Schock war zu groß. Oder sie hatte einfach nicht die Kraft, sich zu bücken und mit der unverletzten Hand nach der Waffe zu greifen.

Vielleicht wollte sie es auch nicht versuchen. Sie sah mir nur mit einem seltsamen Ausdruck zwischen Verstörtheit und Neugier entgegen, als ich auf sie zukam und meinen Revolver mit dem Fuß außer Reichweite stieß.

»Was bist du für ein...«

Sie brachte die Frage nicht zu Ende. Langsam rutschte sie an der Tür herunter und fiel in Ohnmacht.

Die wunderschöne Lily. Schön und gefährlich – beinahe

wäre sie mein Todesengel geworden. Jetzt lag sie da – mit einer angebrochenen Schwinge, sozusagen.

An ihrer Schulter bildete sich ein dunkler Fleck. Ich bückte mich, prüfte die Wunde kurz und stellte fest, daß es ein harmloser Schulterdurchschuß war.

Die Wunde würde heilen. Lily würde lange Zeit haben, sie zu pflegen: im Gefängnis.

Ich bückte mich nach meinem Revolver und ging zum Telefon, um das Polizeihauptquartier anzurufen.

Zum wievielten Male in dieser Nacht...?

Menschenjagd in Manhattan

1

Keiner ging je zu Fuß über diese Brücke – besonders nicht in einer solchen Nacht. Der Sprühregen war fast so dicht wie Nebel: ein kalter, grauer Vorhang zwischen mir und den bleichen Ovalen von Gesichtern hinter den beschlagenen Scheiben der vorbeizischenden Wagen. Sogar das Lichtgeflimmer des nächtlichen Manhattan war jetzt nur ein mattes, gelbliches Glimmen in der Ferne.

Irgendwo dort drüben hatte ich meinen Wagen stehengelassen und war mit hochgeschlagenem Mantelkragen in die Nacht hineingegangen. Zwischen den hochragenden Canyonwänden der Hauswände hatte ich meinen einsamen Weg genommen, ohne zu bemerken, wann die Steinwände aufhörten und ich über die Rampe auf das dünne Stahlskelett jener Brücke zuging, die zwei Staaten verband.

Ich stieg zur Mittelwölbung empor, lehnte mich mit der brennenden Zigarette zwischen den Fingern ans Geländer und beobachtete die roten und grünen Lichter der Schiffe unten auf dem Fluß. Sie blinkten mir zu und riefen in dunklen, kehligen Tönen, bevor sie in der Nacht verschwanden.

Wie Augen und Gesichter. Und Stimmen.

Ich vergrub mein Gesicht in den Händen, bis der Aufruhr in meinem Innern sich etwas gelegt hatte. Was würde wohl der Richter sagen, wenn er mich hier so stehen sehen könnte? Vielleicht würde er lachen, weil ich als so verdammt hartgesotten galt und jetzt hier doch mit bebenden Händen und einem Gefühl von Leere in der Brust stand.

Er war nur ein kleiner Richter. Er war klein und alt und mit Augen wie zwei Beeren an einem Busch. Sein Haar war schneeweiß und wellig und seine Haut locker und faltig. Aber er hatte eine Stimme wie ein Racheengel. Und er hatte mich mit Abscheu und Haß angesehen, weil ich als lizenzierter Privatdetektiv jemanden erschossen hatte, der das schon längst verdient hatte, und weil er mir deshalb nichts anhaben konnte.

343

Nach seiner Ansicht war ich ein Mörder. Er dachte wohl, ich hätte einfach stehenbleiben und nach der Polizei rufen sollen, während der Bursche ein Schießeisen auf meinen Bauch richtete.

Ich war ein Killer. Ich war ein lizenzierter Mörder. Ich hatte keinen Platz in der menschlichen Gesellschaft zu beanspruchen. Ja – das hatte er gesagt!

Ich weiß nicht, wie lange ich dort auf der Brücke stand. Zeit war für mich nichts als das Ticken einer Uhr und das Gemisch von Lauten von der Rampe hinter mir. Irgendwann nach der sechsten Zigarette hatte sich der kalte Sprühregen in dünne Schneeflocken verwandelt, die an mein Gesicht tupften und auf meinem Mantel hängenblieben. Der Schnee zerschmolz zuerst in feuchte Flecke auf dem Stahl und Beton. Dann blieb er liegen und breitete sich als weißer Überzug über alles.

Ich steckte mir eine weitere Lucky zwischen die Lippen und suchte in meinen Taschen nach Streichhölzern. Ein Laut ließ mich innehalten und lauschend den Kopf heben.

Der Wind fauchte. Ein Nebelhorn schallte aus der dunklen Tiefe herauf. Das war alles.

Ich zuckte mit den Schultern und riß ein Streichholz aus dem Umschlag, als ich es wieder hörte. Jetzt war es deutlicher: vom Schnee gedämpfte Schritte. Die Laute kamen näher und näher. Ein Schatten tauchte fünfzehn Meter entfernt aus der Nacht und nahm die Umrisse eines in eine Wolljacke gehüllten Mädchens an. Sie schwankte, suchte mit beiden Händen Halt an einem Brückenpfeiler und griff daneben.

Als sie vornüber aufs Gesicht fiel, versuchte sie sich sofort wieder aufzurichten und weiterzulaufen, aber sie schaffte es nicht. Ihr Atem war ein keuchendes Schluchzen, das ihren ganzen Körper durchschüttelte.

Ich hatte schon oft Furcht gesehen – aber nie wie hier.

Sie war nur noch ein paar Schritte von mir entfernt, und ich rannte auf sie zu, packte sie unter den Achselhöhlen und richtete sie auf.

Ihre Augen waren rot umrändert und voller Tränen. Sie sah mich an, stieß einen leisen Entsetzenslaut aus und flüsterte erstickt:

»Bitte ... nein, nicht!«

»Nur ruhig«, sagte ich. »Nur ruhig...«

Ich lehnte sie mit dem Rücken gegen den Pfeiler, und ihr tränenblinder Blick versuchte vergeblich in meinem Gesicht zu forschen. Sie setzte zum Sprechen an, aber ich schnitt ihr das Wort ab.

»Jetzt nichts sagen, Mädchen. Dafür ist später genug Zeit. Entspann dich jetzt. Keiner wird dir etwas zuleide tun.«

Als ob diese Worte sie an etwas erinnert hätten, wurden ihre Augen wieder weit vor Entsetzen, und sie wandte den Kopf, um nach hinten über die Rampe hinunterzuspähen.

Ich hörte es auch. Schritte – aber nicht die eines Flüchtenden. Sie kamen gleichmäßig und leise näher, als wüßten sie, daß sie in wenigen Sekunden am Ziel wären.

Die Frau zitterte so sehr, daß ich die Arme um ihre Schultern legen mußte, um sie zu stützen. Ich zog sie von dem Pfeiler fort.

»Komm. Wir werden das gleich in Ordnung bringen.«

Sie war zu schwach, um Widerstand zu leisten. Ich stützte sie mit einem Arm und ging auf die Stufen zu.

Er trat aus dem weißen Gewirbel von Schnee: ein kleiner, untersetzter Bursche in einem Ulster mit breitem Gürtel. Sein Homburg saß schief auf dem Kopf, und sogar auf diese Entfernung konnte ich das Lächeln auf seinen Lippen sehen. Seine beiden Hände steckten in den Manteltaschen, und er kam in wiegendem Gang auf uns zu. Er war durchaus nicht überrascht, als er sah, daß wir jetzt zu zweit waren. Nur seine eine Braue hob sich ein wenig. Das war alles. Ach, ja – und er hatte eine Waffe in einer Manteltasche.

Sie war auf mich gerichtet.

Keiner brauchte mir zu erklären, daß er es war, der dieser Frau soviel Furcht und Entsetzen eingeflößt hatte. Ich hätte nicht einmal zu wissen brauchen, daß er ein Schießeisen bei sich trug. Die Art, wie der Körper der Frau neben mir bei seinem Anblick steif vor Angst wurde, verriet mir genug. Mein Gesicht mußte in diesem Moment kein erfreulicher Anblick gewesen sein, aber das störte den Burschen nicht.

Die Waffe bewegte sich in seiner Manteltasche.

Seine Stimme paßte zu seinem Körper. Sie klang kurz angebunden und dicklich.

»Es ist nicht klug, den Helden zu spielen. Überhaupt nicht klug.« Er grinste überlegen und verächtlich. »Jetzt werden sie euch beide morgen hier finden.«

Aber er war zu selbstbewußt. Er sah nur seine eigene Überlegenheit in dieser Situation. Wenn er mir vielleicht etwas genauer in die Augen gesehen hätte, wäre er gewarnt gewesen. Möglicherweise wäre ihm dann klargeworden, daß ich auf meine Art ebenfalls ein Killer war und daß ich ihn als den Typ von Banditen erkannt hatte, der sich lieber die Mühe machte, die Waffe aus der Tasche zu ziehen, statt einen guten Mantel zu ruinieren.

Ich gab ihm keine Chance. Lediglich mein Arm bewegte sich, und bevor er seine Waffe aus der Tasche gezerrt hatte, war mein 45er entsichert und gespannt auf ihn gerichtet. Eine letzte Sekunde blieb ihm, um festzustellen, wie es ist, wenn man stirbt. Dann schoß ich ihm den Ausdruck glatt aus dem Gesicht.

Bevor ich die Waffe in den Halfter zurückschieben konnte, riß sich das Mädchen von mir los und wich ans Brückengeländer zurück. Ihr Blick war jetzt klar. Er glitt zu dem Mann am Boden und dann zu der Waffe in meiner Hand.

Sie schrie. Mein Gott, wie sie schrie! Als wäre ich ein Ungeheuer, das eben erst aus einem Höllenschlund emporgestiegen ist. Sie schrie und stieß Worte hervor, die so klangen wie: »Sie... auch einer von denen... aber nie wieder!«

Ich erkannte, was sie vorhatte, und versuchte sie zurückzureißen. Aber sie war schon herumgewirbelt und warf sich über das Geländer. Ich fühlte ein Stück ihrer Jacke in meiner Hand zurückbleiben, als sie kopfüber in die weiße Leere unter der Brücke stürzte.

Um Gottes willen! Was war geschehen? Meine Finger krampften sich um das Geländer, während ich der Frau nachstarrte. Neunzig Meter bis zum Fluß hinunter. Die kleine Närrin hätte das nicht zu tun brauchen! Sie war doch in Sicherheit! Hatte sie das nicht erkannt? Ich schrie, so laut ich konnte, aber nur ein Toter hörte mich. Als ich mich vom Geländer abwandte, zitterte ich am ganzen Körper.

Ich hatte es schon wieder getan! Ich hatte wieder jemanden getötet. Vielleicht mußte ich jetzt wieder im Gerichtssaal dem

Mann mit dem weißen Haar und der Stimme eines Racheengels gegenübertreten.

Ach, zum Teufel mit dem Richter. Ich würde alles versuchen, um nicht wieder vor ihm stehen zu müssen. Zuerst kehrte ich alle Taschen des Toten um und nahm seine Schlüssel und Brieftasche zu mir. Anschließend riß ich alle Erkennungszeichen aus seinen Kleidungsstücken – auch die Wäschemarken. Dann hobelte ich mit seinen Fingerspitzen so lange über den kalten Beton, bis bestimmt keine Fingerabdrücke mehr zu erkennen waren. Als ich damit fertig war, packte ich ihn an einem Arm und einem Bein und hievte ihn über das Geländer. Erst einige Sekunden später hörte ich das leise Aufklatschen. Mit dem Fuß stieß ich die Stoffstücke und seine Waffe unter dem Geländer hindurch und ließ beides in der Dunkelheit der Nacht und des Flusses verschwinden. Ich brauchte mir nicht einmal wegen der Kugel Sorgen zu machen. Sie lag direkt vor mir im Schnee: flachgeschlagen und feucht glitzernd.

Ich stieß sie auch von der Brücke herunter.

Nun sollten sie ihn finden. Sollten sie nur herauszufinden versuchen, wer er war und wie es geschehen war. Der Schnee sank immer noch herab und überdeckte die Spuren und den dunklen Fleck. Die Schneeflocken hätten beinahe auch das Stück Wollstoff bedeckt, das ich aus der Überjacke des Mädchens gerissen hatte. Aber ich hob es auf und steckte es auch ein.

Meine Schritte waren jetzt der einzige Laut längs der Rampe. Ein Patrouillenwagen kam mir mit Blinklicht entgegen, und ich blieb im Schatten eines Pfeilers stehen, bis er vorüber war. Ungesehen erreichte ich die Straßen und blickte noch einmal zu dem Wald aus Stahl zurück, der in den Nachthimmel emporragte.

Nein, keiner ging je zu Fuß über diese Brücke – nicht in einer solchen Nacht.

Kaum einer...

2

Ich ging in dieser Nacht nicht heim. Ich ging in mein Büro, setzte mich in den großen, mit Leder bezogenen Schreibtischsessel und trank, ohne betrunken zu werden.

Irgendwann mußte ich eingeschlafen sein, denn das Aufschließen der Tür weckte mich. Ich hob den Kopf und sah Velda. Erst als sie die Tagespost auf den Schreibtisch warf, bemerkte sie mich. Einen Moment erstarrte sie vor Schreck. Dann entspannte sie sich und lächelte.

»Du hast mich aber erschreckt, Mike.« Sie hielt inne und musterte mich kritisch. »Bist du nicht ziemlich bald da?«

»Ich bin gar nicht heimgegangen, Kindchen.«

»Oh, ich dachte, du würdest vielleicht anrufen. Ich bin ziemlich lange aufgeblieben.«

»Ich bin auch nicht richtig betrunken geworden«, sagte ich zusammenhanglos.

»Nein?«

»Nein.«

Velda runzelte wieder die Stirn. Sie wollte etwas sagen, aber während der Bürostunden respektierte sie meine Stellung. Ich war der Chef, und sie war meine Sekretärin. Eine sehr hübsche, natürlich. Ich hatte sie furchtbar gern, aber sie wußte nicht, wie sehr, und sie war immer noch meine Angestellte.

Sie ordnete die Sachen auf meinem Schreibtisch und wollte dann ins Empfangszimmer zurückgehen.

»Velda...«

Sie blieb mit der Hand am Türknauf stehen und schaute über die Schulter.

»Ja, Mike?«

»Komm her.« Ich stand auf, setzte mich auf den Schreibtischrand und klopfte das Mundstück einer Zigarette gegen meinen Daumennagel. »Was für eine Art von Mann bin ich, Kindchen?«

Sie blickte mir forschend in die Augen und spürte meine innere Unzufriedenheit.

»Mike... dieser Richter war ein gemeiner Kerl«, sagte sie schließlich leise. »Du bist ein ganz prächtiger Mann.«

»Woher willst du das wissen?« Ich schob die Zigarette zwischen die Lippen und zündete sie an.

Sie stemmte die Hände in die Hüften, und ihr Busen hob und senkte sich schneller als zuvor.

»Ich könnte dich ein wenig lieben, oder ich könnte dich sehr lieben, Mike. Manchmal ist es beides – meist ist es viel. Wenn du nicht in Ordnung wärst, könnte ich dich nicht lieben. Wolltest du, daß ich dies sage?«

»Nein.« Ich blies eine Rauchwolke zur Decke empor und schaute ihr nach. »Erzähl mir etwas über mich selbst. Erzähl mir, was andere Leute sagen.«

»Warum? Du weißt das ebensogut wie ich. Du liest es ja in den Zeitungen. Wenn du recht hast, bist du ein Held. Wenn du nicht recht hast, dann bist du mordlüstern. Warum fragst du nicht die Leute, die wirklich zählen – diejenigen, die dich tatsächlich kennen? Frag Pat. Er meint, du bist ein guter Polizist. Frage die Ratten in ihren Löchern – diejenigen, die Grund haben, dir aus dem Wege zu gehen. Sie würden es dir sagen... wenn du sie fangen könntest.«

Ich warf die Zigarette in den Metallpapierkorb.

»Natürlich würden die Ratten es mir erzählen«, sagte ich heftig. »Weißt du, warum ich sie nicht fangen kann, Velda? Weißt du, weshalb sie sich so davor fürchten, mit mir aneinanderzugeraten? Ich werde dir sagen, warum. Sie wissen verdammt gut, daß ich so schlecht bin wie sie... noch schlimmer, und ich arbeite auf der Seite des Gesetzes.«

Sie streckte die Hand aus und fuhr mir übers Haar.

»Mike, du bist zu groß und hart, als daß du dich um das Gerede der Leute kümmern solltest. Also vergiß das.«

»Das ist nicht leicht.«

»Vergiß es trotzdem.«

»Bring mich dazu«, sagte ich.

Sie kam in meine Arme, und die feuchte Weichheit ihrer Lippen gab mir Vergessen. Ich mußte Kraft anwenden, um sie von mir fortzudrücken. Dann hielt ich ihre Arme und nahm das Bild in mich auf – das Bild einer Frau, wie sie wirklich sein sollte. Ohne ein Wort hatte sie es fertiggebracht, daß ich mich wieder wie ein Mann fühlte und nicht mehr an das dachte, was andere über mich sagten.

»Hast du Zeitungen mitgebracht?«

»Sie liegen auf meinem Schreibtisch.«

Sie folgte mir, als ich hinausging. Ein Boulevardblatt und eine Tageszeitung lagen da. In dem Boulevardblatt waren ein Kurzbericht von dem Gerichtsverfahren und ein Foto von mir. In der anderen Zeitung wurde ich in einem spaltenlangen Bericht fertiggemacht, und es war kein Bild von mir dabei. Ich konnte anfangen, mir meine Freunde aus dem Rudel auszusuchen.

Statt die Neuigkeiten über mich zu lesen, hielt ich nach etwas anderem in den Zeitungen Ausschau. Velda blickte mir interessiert über die Schulter. Was ich suchte, stand nicht in den Zeitungen. Kein einziges Wort über die beiden Leichen im Fluß. Es war wohl auch noch zu früh dazu.

»Suchst du etwas Bestimmtes, Mike?«

»Nein. Ich suche nur nach möglichen Klienten.«

Sie glaubte mir nicht.

»Es sind einige ausgezeichnete Möglichkeiten in der Briefablage, falls du interessiert bist. Sie warten auf deine Antwort.«

»Wie stehen wir finanziell, Velda?« fragte ich, ohne sie anzuschauen.

Ich legte die Zeitung zur Seite und griff nach einer Zigarette.

»Wir sind flüssig. Zwei Rechnungen wurden gestern bezahlt. Das Geld ist uns auf der Bank gutgeschrieben, und wir haben keine Schulden. Warum fragst du?«

»Vielleicht mache ich Urlaub.«

»Wovon?«

»Von Auftragsarbeiten. Ich habe es satt, für andere zu arbeiten.«

»Denk an mich.«

»Das tue ich«, sagte ich. »Du kannst auch Urlaub machen, wenn du willst.«

Sie packte meinen Ellbogen und drehte mich herum, bis ich ihr in die Augen schauen mußte.

»Du denkst bestimmt nicht an Ferienvergnügen an irgendeinem Strand, Mike.«

»Nein?« Ich versuchte, erstaunt auszusehen.

»Nein.« Sie nahm mir die Zigarette aus dem Mund, sog daran und steckte sie mir wieder zwischen die Lippen, ohne mich aus den Augen zu lassen. »Mike, spiel bitte nicht mit mir herum. Sag mir Bescheid oder laß es sein, aber hör mit den Ausreden auf. Was hast du im Sinn?«

Ich senkte den Blick.

»Du würdest es nicht glauben, wenn ich es dir erzähle.«

»Doch, ich würde.« Ihre schnelle Antwort zeigte, daß sie wirklich an mich glaubte.

»Ich will endlich herausfinden, was mit mir selbst los ist, Velda.«

Sie schien zu ahnen, was kommen würde.

»In Ordnung, Mike«, sagte sie. »Falls du mich für irgend etwas brauchst, weißt du ja, wo du mich finden kannst.«

Ich gab ihr die Zigarette und ging in mein Büro zurück. Das Gespräch mit Velda hatte mich irgendwie erleichtert. Ich wußte jetzt, daß ich mich wirklich auf sie verlassen konnte. Aber hatte ich das nicht die ganze Zeit über gewußt?

Ich setzte mich wieder in den ledergepolsterten Drehsessel und holte das Zeug aus den Taschen, das ich dem Mann im Ulster abgenommen hatte: die Schlüssel, die Brieftasche und das Wechselgeld. Zwei von den Schlüsseln waren offensichtlich Wagenschlüssel. Einer war ein gewöhnlicher Hausschlüssel, ein weiterer paßte sicherlich in einen Kabinen- oder Handkoffer, und ein anderer war wieder ein Wohnungs- oder Hausschlüssel.

In der Brieftasche fand ich nichts, was mir über die Person des Mannes im Ulster Aufschluß gegeben hätte. Zweiunddreißig Dollar in Banknoten waren im Geldfach. Zwei weitere Fächer enthielten ein Päckchen mit 3-Cent-Marken und einen Jahreskalender. Eine einfache grüne Karte, deren Ecken in unregelmäßigen Winkeln abgeschnitten waren, lag in einem anderen Fach. Das war alles.

Aber es war immerhin etwas.

Der kleine, dicke Bursche hatte seinen Namen nicht gedruckt mit sich herumgetragen. Es war auch keine neue Brieftasche. Der Dicke wollte nicht identifiziert werden. Das konnte ich verstehen. Welcher Killer will gern erkannt werden?

Während ich noch dasaß und die auf meinem Schreibtisch ausgebreiteten Gegenstände musterte, erinnerte ich mich an meine andere Regenmanteltasche und zog den großen, dreieckigen Fetzen Tweedstoff hervor, den ich aus der Überjacke des Mädchens gerissen hatte.

Ich mußte sie an der Hüfte gepackt haben, denn der Stoffetzen war mit einem Stück Taschenfutter und Saum verbunden. Neugierig schob ich die Finger in die Tasche und brachte ein zerknülltes Päckchen Zigaretten zum Vorschein. Die Zigarettenhülle fühlte sich merkwürdig steif an, und als ich sie näher untersuchte, fand ich eine weitere von diesen grünen Karten mit den schief abgeschnittenen Ecken.

Zwei Morde. Zwei grüne Karten.

Ich zog die Karte ganz aus dem Zigarettenpäckchen und verglich sie mit der aus der Brieftasche. Sie paßten genau zusammen. Ich schob die Karten in meine Hemdtasche und warf das Zigarettenpäckchen in den Papierkorb. Dann griff ich nach Jacke und Hut und warf die Tür hinter mir zu, als ich das Büro verließ.

Kurz nach zehn Uhr parkte ich vor dem Ziegelgebäude, in dem Recht und Gesetz verteidigt wurden. Der Wagen vor mir war ein Dienstauto mit dem Schild des Bezirksstaatsanwalts, und ich rauchte eine Zigarette bis zum letzten Stummelrest, bevor ich mich entschloß, Pat aufzusuchen; auch auf die Gefahr hin, daß der blondhaarige Held der Gerichtshöfe in der Nähe war.

Ich hätte eine Minute länger warten sollen. Ich hatte die Hand am Griff der Eingangstür, als er sie aufstieß und im nächsten Moment so aussah, als hätte ihn ein eiskalter Windstoß getroffen. Er wollte seinen Mund zu einem bösen Knurren verziehen, überlegte es sich anders und preßte sich ein Lächeln ab.

Ein ganz und gar dienstliches Lächeln.

»Guten Morgen«, sagte er.

»Hübscher Tag«, sagte ich.

Er stieg in seinen Wagen und schlug die Tür so hart zu, daß sie fast aus dem Rahmen fiel. Ich winkte, als er davonfuhr. Er winkte nicht zurück. Der alte Knabe im Lift brachte mich hinauf, und als ich in Pats Büro trat, grinste ich.

»Hast du ...«, begann Pat.

Ich antwortete mit einem Nicken.

»Wir haben uns am Eingang getroffen. Was ist mit dem Burschen los? Ist er sauer auf mich?«

»Setz dich, Mike.« Pat deutete mit dem Daumen auf den steiflehnigen Stuhl, auf den sich die Missetäter setzen müssen, wenn ihnen eine offizielle Rüge erteilt wird. »Schau, Freund, der Bezirksstaatsanwalt ist nur ein gewählter Beamter, aber das ist ein ziemlich gewichtiges ›nur‹. Du hast ihn vor nicht allzu langer Zeit aufs Kreuz gelegt, und das wird er nicht vergessen. Er vergißt auch nicht, wer deine Freunde sind.«

»Meinst du dich?«

»Ganz richtig. Ich bin ein Beamter im öffentlichen Dienst, ein Captain des Morddezernats. Ich habe gewisse Machtbefugnisse und Einflüsse. Er ist einflußreicher. Wenn der Bezirksstaatsanwalt dich nur einmal richtig erwischt, wird man dir einen Ring durch die Nase ziehen und mir die Aufgabe zuteilen, dich durch die Arena zu peitschen – nur damit der Staatsanwalt ein bißchen Spaß hat. Hör bitte auf, dich mit ihm auf Streitigkeiten einzulassen – wenigstens mir zuliebe, wenn nicht um deiner selbst willen. Was hast du jetzt im Sinn?«

Pat lehnte sich zurück und grinste mich an. Wir waren immer noch Freunde.

»Was gibt es Neues, mein Lieber?«

»Nichts.« Er zuckte mit den Schultern. »Das Leben ist nett und langweilig gewesen. Ich komme um acht und gehe um sechs Uhr heim. Mir gefällt das.«

»Nicht einmal ein Selbstmord?«

»Nicht einmal das. Sag nicht etwa, daß du Arbeit suchst.«

»Kaum. Ich mache Urlaub.«

Jener besondere Ausdruck bildete sich in Pats Augen. Ein Ausdruck, der mich zum Lügner erklärte und darauf wartete, den Rest der Lüge zu hören. Also mußte ich noch besser lügen.

»Wenn jetzt so wenig zu tun ist, könntest du doch auch Urlaub machen«, schlug ich vor. »Wir könnten uns zusammen gut amüsieren.«

Der wachsame Ausdruck wich aus seinem Blick.

353

»Mann, Mike – das würde ich nur zu gern tun. Aber wir sind immer noch dabei, Einzelheiten über einen Fall hier zusammenzusuchen. Ich glaube, es ist nicht möglich.« Er runzelte die Stirn. »Fühlst du dich nicht wohl?«

»Doch, ich fühle mich prächtig. Deshalb will ich ja jetzt Ferien machen, wo ich Freude daran habe.« Ich stülpte den Hut auf den Kopf zurück und stand auf. »Also, wenn du nicht mitkommen willst, mache ich mich jetzt auf den Weg. Zu schade. Wir hätten viel miteinander anstellen können.«

Er kippte seinen Stuhl vorwärts und ergriff meine Hand.

»Viel Spaß, Mike.«

»Den werde ich haben.« Ich hielt inne und fügte hinzu: »Ach, übrigens, ich wollte dir noch etwas zeigen.« Ich griff in meine Hemdtasche, fischte die beiden grünen Karten heraus und warf sie auf den Tisch. »Komische Dinger, nicht wahr?«

Pat ließ meine Hand fallen, als wäre sie zu heiß. Manchmal nimmt sein Gesicht einen Ausdruck an, der geradezu unheimlich ist. Jetzt war es wieder so. Mit den beiden Karten in der Hand ging er um den Schreibtisch herum zur Tür und verriegelte sie. Was er sagte, als er sich wieder hinsetzte, läßt sich nicht im Druck wiedergeben.

»Woher hast du sie?« fragte er scharf.

»Ich habe sie gefunden.«

»Unsinn. Verdammt, setz dich wieder.«

Ich setzte mich also und zündete mir eine Zigarette an. Es fiel mir schwer, ein Grinsen zu unterdrücken.

»Noch einmal, Mike: Woher kommen diese Dinger?«

»Ich habe dir doch gesagt, daß ich sie gefunden habe.«

»Also gut, ich werde meine Frage vereinfachen. *Wo* hast du sie gefunden?«

Ich schüttelte den Kopf.

»Schau, Pat, ich bin doch dein Freund. Ich bin ein Bürger und ein starrsinniger Kerl, der nicht gern Fragen beantwortet, wenn er nicht weiß, weshalb sie gestellt werden. Hör also auf, den Beamten zu spielen, und frag richtig.«

»Schon gut, Mike«, sagte er etwas sanfter. »Ich will nur wissen, woher du die Karten hast.«

»Ich habe einen Mann umgebracht und sie ihm abgenommen.«

»Hör mit diesem blöden Sarkasmus auf.«

Mein Grinsen schien Pat zu denken zu geben. Er sah mich seltsam an, schüttelte dann ungeduldig den Kopf und warf die Karten auf den Tisch zurück.

»Sind sie so wichtig, daß du mir nichts darüber sagen willst, Pat?« fragte ich.

Er fuhr sich mit der Zunge über die Lippen.

»Nein, in einer Hinsicht sind sie nicht so wichtig. Sie könnten leicht genug verlorengehen. Es sind viele davon in Umlauf.«

»So?«

Er nickte kurz und befingerte den Rand der einen Karte.

»Es sind kommunistische Ausweiskarten. Es hat sich da eine neue Liga gebildet. Der Nazibund, der hier existiert hat, benutzte die gleiche Art von Karten. Aber die waren rot. Von Zeit zu Zeit ändern sie Eckabschnitte, um auf diese Weise Spione zu Fall zu bringen. Wenn du zu einer Versammlung gehst, muß deine Karte mit einer Musterkarte übereinstimmen.«

»Ach, wie in einer Loge.« Ich nahm eine von den Karten und steckte sie in die Jackentasche.

»Ja«, sagte er mürrisch.

»Warum hast du dann die Tür verriegelt? Wir sind doch hier bei keiner kommunistischen Versammlung.«

Pat schlug mit der flachen Hand auf den Tisch.

»Verdammt, Mike, ich weiß einfach nicht, was ich davon halten soll. Wenn ein anderer mit zwei solchen Karten hier hereinkäme, würde ich gesagt haben, was sie bedeuten und damit basta. Aber wenn du das bist, wird mir heiß und kalt, und ich erwarte, daß irgend etwas passiert. Los, pack schon aus. Was steckt dahinter?«

»Nichts. Das habe ich dir doch gesagt. Die Dinger sehen komisch aus, und ich habe zwei davon gefunden. Ich habe so etwas noch nie zuvor gesehen und dachte, du wüßtest vielleicht, was es bedeutet.«

»Und ich wußte es.«

»Das stimmt. Vielen Dank.«

Ich setzte wieder den Hut auf und stand auf. Er ließ mich bis zur Tür gehen.

»Mike...« Er schaute auf seine Hand.

»Ich bin jetzt in Urlaub, Freund.«

Er nahm die grüne Karte und musterte deren leere Flächen.

»Vor drei Tagen ist ein Mann ermordet worden. Er hatte eine von diesen Karten in der zusammengekrampften Hand.«

Ich drehte den Türknauf.

»Ich bin trotzdem in Urlaub.«

»Ich wollte es dir nur sagen. Es soll dir Stoff zum Nachdenken geben.«

»Großartig. Ich werde es mir durch den Sinn gehen lassen, wenn ich an einem Strand in Florida ausgestreckt liege.«

»Wir wissen, wer ihn umgebracht hat.«

Ich ließ den Türknauf los und fragte so beiläufig wie möglich:

»Jemand, den ich kenne?«

»Ja, du und acht Millionen andere Leute. Sein Name ist Lee Deamer. Er kandidiert bei den nächsten Wahlen als Senator für unseren Staat.«

Ich pfiff leise durch die Zähne. Lee Deamer, der vom Volk Auserwählte. Der Mann, dessen Aufgabe es sein sollte, den Staat zu säubern. Der Mann, der allen Politikern Angst und Schrecken einjagte.

»Er ist eine ziemlich große Nummer«, sagte ich.

»Sehr.«

»Zu groß, als daß man an ihn herankommen könnte?«

Sein Blick wurde hart.

»Keiner ist so groß, Mike. Nicht einmal Deamer.«

»Warum verhaftest du ihn dann nicht?«

»Weil er es nicht getan hat.«

»Was soll das für ein komisches Ringelspiel sein, Pat? Er hat einen Mann umgebracht, und er hat es doch nicht getan. Das ist großartige Logik – besonders aus deinem Munde.«

Ein schwaches Lächeln bildete sich um seine Augenwinkel.

»Wenn du in Urlaub bist, Mike, kannst du darüber nachdenken. Ich fasse noch einmal für dich zusammen. Ein Toter wurde gefunden. Er hatte eine von diesen Karten in der Hand. Drei Leute haben den Mörder mit Bestimmtheit identifiziert. Sie kamen zur Polizei, und wir konnten die Sache glücklicherweise vertuschen. Lee Deamer wurde als der Mörder identifiziert. Bis zu der Narbe auf seiner Nase wurde er genau beschrieben und auch persönlich wiedererkannt. Es ist der klarste Fall, den es je gab, aber wir können Deamer doch nicht verhaften, weil er zur Tatzeit eine Meile vom Tatort entfernt zu einer Gruppe von prominenten Bürgern sprach. Ich war zufällig dabei.«

Ich sah Pat nachdenklich an.

»Ein heißes Eisen.«

»Zu heiß, um es anzufassen. Jetzt weißt du auch, weshalb der Bezirksstaatsanwalt in so schlechter Stimmung war.«

»Ja«, stimmte ich zu. »Aber für dich sollte es nicht zu schlimm sein, Pat. Es gibt nur vier Möglichkeiten.«

»Sag es mir. Ich möchte feststellen, ob ich das gleiche denke.«

»Erstens: Doppelgänger«, erklärte ich. »Zweitens: Ein Mörder, der sich als Deamer verkleidet hat. Drittens: Eine absichtlich gestellte Falle mit bezahlten Zeugen, die falsch aussagen. Viertens: Es war schließlich doch Deamer.«

»Welche Möglichkeit gefällt dir am besten, Mike?«

Ich lachte über den ernsthaften Tonfall seiner Frage.

»Ich kann dir nicht helfen, ich bin in Urlaub.« Ich öffnete die Tür. »Wir sehen uns nach meiner Rückkehr.«

»Ist gut, Mike.« Er sah mich eigentümlich an. »Falls du noch auf weitere von diesen Karten stoßen solltest, laß es mich wissen.«

»Gern. Sonst noch etwas?«

»Nur diese eine Frage. Woher hast du sie?«

»Ich habe einen Mann getötet und sie ihm abgenommen.«

Pat fluchte leise vor sich hin, als ich ging. Gerade als sich die Lifttür schloß, muß er wohl angefangen haben, mir zu glauben, denn ich hörte, wie seine Tür aufgerissen wurde und er rief: »Mike . . . verdammt, Mike!«

Aus einem Speiselokal weiter vorn an der Straße rief ich die Redaktion des *Globe* an. Als ich in der Vermittlung nach Marty Kooperman fragte, versuchte das Mädchen mehrere Verbindungen, zog Erkundigungen ein und sagte mir, er wolle gerade zum Essen gehen. Ich ließ ihm mitteilen, er solle in der Halle warten, wenn er ein freies Mittagessen haben wolle.

Es war nicht nötig, daß ich mich beeilte. Ich habe noch keinen Reporter kennengelernt, der sich eine kostenlose Mahlzeit entgehen läßt.

Marty saß mit ausgestreckten Beinen in einem Sessel und beäugte zwei Blondinen und eine üppige Rothaarige, die offensichtlich auf jemand anderen wartete. Als ich ihm auf die Schulter tippte, runzelte er die Stirn und flüsterte:

»Zum Teufel, mit dieser Rothaarigen hätte ich bestimmt heute was anfangen können. Geh weg.«

»Komm, ich kauf' dir eine andere«, sagte ich.

»Aber mir gefällt die da.«

Der Chefredakteur der Stadtausgabe kam aus dem Lift, begrüßte die Rothaarige und ging mit ihr hinaus. Marty zuckte mit den Schultern:

»Okay, gehen wir essen. Dagegen hat ein lausiger Politik-reporter keine Chancen.«

Eine von den Blondinen sah mich an und lächelte. Ich blinzelte ihr zu, und sie blinzelte zurück. Marty war so angewidert, daß er auf den polierten Boden spuckte. Eines Tages wird er lernen, daß man eben einfach fragen muß. Die Mädchen geben einem schon zu verstehen, ob sie wollen oder nicht.

Er wollte mich in eine Kneipe um die Ecke verschleppen, aber ich winkte ab und ging die Straße weiter zu einer kleinen Bar, wo gutes Essen serviert wird und man Ruhe hat. Als wir einen Tisch zwischen uns und die Bestellung auf dem Herd hatten, schnippte mir Marty eine Zigarette zu, und seine hochgewinkelten Brauen sagten mir, daß er wartete.

»Wieviel weißt du von Politikern, Marty?«

Er schüttelte das Streichholz aus.

»Mehr als ich schreiben kann.«

»Weißt du etwas über Lee Deamer?«

Seine Brauen senkten sich, und er lehnte sich auf die Ellbogen.

»Du bist Privatdetektiv, Mike. Du bist der Bursche mit der Kanone unter der Jacke. Wer will etwas über Deamer wissen?«

»Ich.«

»Wozu?«

»Um etwas zu erfahren, was sich nicht für einen Zeitungs-bericht eignet«, antwortete ich. »Was weißt du von ihm?«

»Nun, es ist nichts verkehrt an ihm. Der Bursche wird der nächste Senator dieses Staates sein. Er hat viel Einfluß, und alle haben ihn gern – auch die Männer von der Opposition. Er ist tatsächlich ein fast hundertprozentiger Staatsmann und keiner von den üblichen Tagespolitikern. Deamer hat die reinste Weste von allen. Wahrscheinlich weil er sich nicht zu sehr in politische Manipulationen eingelassen hat. Er ist so unabhängig reich, daß er nicht bestechlich ist. Da er keine Verwendung für die üblichen kleinen politischen Gangster hat, sind die natürlich auch nicht gut auf ihn zu sprechen.«

»Bist du gegen ihn, Marty?«

»Ich nicht, mein Lieber. Ich stehe ganz und gar auf Deamers Seite. Er ist genau der, den wir heutzutage brauchen. Wo stehst du?«

»Seit man die Liberale Partei aufgelöst hat, habe ich nicht mehr gewählt.«

»Ein feiner Bürger bist du.«

»Ja.«

»Woher dann die plötzliche Neugier?«

»Nimm einmal an, ich hätte angedeutet . . . natürlich nur im Vertrauen . . . daß jemand es auf Deamer abgesehen hat. Würdest du mir dann helfen? Es könnte sein, daß es einer von diesen Fällen ist, über den du nicht berichten darfst.«

Marty ballte die Hände zu Fäusten und rieb die Knöchel gegeneinander. Sein Gesicht war kein hübscher Anblick.

»Du hast verdammt recht: ich werde dir helfen. Ich habe es satt, weiterhin einer von den kleinen Dummköpfen zu sein, die von habgierigen und machtlüsternen Politikern nur für deren Zwecke mißbraucht werden. Wenn sich etwas Gutes anbahnt, machen sich diese Schweine sofort daran, es zu verderben. Aber nicht mehr, wenn ich dazu beitragen kann, es zu verhindern. Was brauchst du, Junge?«

»Nicht viel. Nur eine Biographie von Deamer. Auch Fotos, falls du welche hast.«

»Ich habe ganze Mappen voll davon.«

»Gut«, sagte ich.

Unser Essen kam, und wir machten uns darüber her. Die

ganze Zeit über blickte Marty abwechselnd auf seinen Teller und stirnrunzelnd auf mich. Ich aß und schwieg. Er sollte sich selbst entscheiden. Bei der Apfeltorte, die er als Dessert genommen hatte, war es soweit. Ich sah, wie sich sein Gesicht entspannte und er ein zufriedenes Brummen ausstieß.

»Willst du das Material jetzt?« fragte er.

»Wann es dir recht ist. Du kannst es auch in einen Umschlag stecken und mir zuschicken. Ich habe es nicht so eilig.«

»In Ordnung.« Er musterte mich forschend. »Kannst du mich in das Geheimnis einweihen?«

Ich schüttelte den Kopf.

»Wenn ich es könnte, würde ich es tun, mein Junge. Aber ich weiß selbst noch nicht, worum es geht.«

»Wenn ich nun die Ohren spitze: könnte es sein, daß sich demnächst etwas tut, was dir nützlich wäre?«

»Das bezweifle ich. Sagen wir einmal, Deamer ist erst in zweiter Linie wichtig für das, was ich tatsächlich will. Aber wenn ich genug über ihn erfahre, könnte das für uns beide nützlich sein.«

»Ich verstehe.« Er riß unter der Tischplatte ein Streichholz an und hielt die Flamme an seine Zigarette.

»Mike, falls sich etwas ergibt, was als Neuigkeit wichtig ist, läßt du es mich dann wissen?«

»Das würde ich bestimmt tun.«

»Ich spreche nicht über druckfähige Neuigkeiten.«

»Nein?«

Marty sah mich durch den Rauchschleier hindurch mit glänzenden Augen an.

»Es gibt in der Vergangenheit fast jeden Mannes ein paar dunkle Punkte. Du hast nichts mit Politik zu tun und weißt daher nicht, wie schmutzig es dabei zugeht. Deamer ist ein anständiger Kerl. Aber weil er anständig ist, wird auch von verschiedenen Seiten auf ihn geschossen Wenn du also etwas erfährst, was für ihn ungünstig ist, laß es mich wissen. Ich mache bestimmt keinen schlechten Gebrauch davon. Mir liegt ja selbst viel zuviel daran, daß Deamer gewählt wird und frischen Wind in unsere schmutzigen politischen Geschäfte bringt.«

»Hat sich neuerdings etwas über Deamer herausgestellt?«

»Nein. Jedenfalls im letzten Monat nicht.«

Pat hatte also recht. Die Polizei hatte die Sache nicht aus Parteilichkeit für Deamer vertuscht, sondern weil vermutlich etwas faul an dem Fall war. Deamer konnte auf keinen Fall zu gleicher Zeit an zwei verschiedenen Orten gewesen sein.

»Ist gut, Marty. Ich setze mich mit dir in Verbindung, falls ich etwas Ungünstiges über Deamer erfahre. Aber laß bitte bei allen Gesprächen meinen Namen aus dem Spiel, ja?«

»Natürlich. Übrigens, dieser Richter hat dich gestern sehr unfair behandelt.«

»Aber er hätte ja im Recht sein können, nicht wahr?«

»Sicher. Es ist eine Frage des Standpunkts und der Meinung. Er ist eben ein typischer Paragraphenreiter. Verschwende keinen weiteren Gedanken an ihn.«

Ich reichte dem Kellner einen Geldschein und winkte ab, als er herausgeben wollte. Marty warf einen Blick auf seine Uhr und sagte, er müsse ins Büro zurück. Wir verabschiedeten uns also voneinander und gingen.

Die Nachmittagszeitungen waren heraus, und der gestrige Boxkampf im Madison Square Garden bildete die Schlagzeilen. Einer von den Kämpfern war noch bewußtlos. Sein Manager sollte unter Anklage gestellt werden, weil er ihn mit einer Gehirnverletzung in den Ring gelassen hatte.

Keine Zeile von irgendwelchen Toten, die aus dem Fluß gefischt worden waren. Ich warf die Zeitung in einen Papierkorb und stieg in meinen Wagen.

Nachdem ich den Wagen auf einen Parkplatz gefahren hatte, ließ ich mich von einem Taxi zum Times Square bringen und ging in ein Kino. Es wurde ein Gruselfilm gespielt. Der Held war ein Mann mit gespaltener Persönlichkeit. Die eine Hälfte war ein Mensch – die andere ein Affe. Als Affe tötete er Leute, und wenn er wieder Mensch war, tat es ihm leid. Ich konnte mir vorstellen, wie ihm zumute war. Nachdem ich mir das so lange, wie ich es gerade noch ertragen konnte, angeschaut hatte, stand ich auf und ging in eine Bar.

Um fünf Uhr waren die Abendausgaben herausgekommen. Diesmal lauteten die Schlagzeilen etwas anders. Man hatte eine der Leichen gefunden.

Der Dicke war von den Passagieren eines Fährdampfers gesehen worden, und ein Boot der Wasserpolizei hatte ihn

361

herausgefischt. Er hatte keine Ausweise und keine Fingerabdrücke. Es war eine Skizze abgebildet, wie er ausgesehen
haben mochte, bevor ihn die Kugel mitten ins Gesicht traf.

Die Polizei hielt es für einen Bandenmord.

Jetzt war ich also eine Ein-Mann-Bande. Großartig. Ganz
prächtig.

3

Der Regen. Dieser verdammte, endlose Regen. Er verwandelte
Manhattan in eine Stadt der Widerspiegelungen – eine Stadt,
die man zweimal sah, ganz gleich, wohin man blickte.

Ich knöpfte meinen Mantel am Hals zu und schlug den
Kragen um die Ohren hoch. Während ich den Broadway
entlang südwärts ging, wußte ich noch nicht, wohin mich
meine Füße fast unbewußt trugen.

Dann wurde es mir klar. Union Square. Grüne Karten und
Burschen mit verkniffenen Gesichtern, die inmitten von
kleinen Gruppen verzweifelt argumentierten. Grüne Karten
und Leute, die diesen Burschen zuhörten. Was konnten sie so
Wichtiges zu sagen haben, daß jemand deswegen im Regen
stehenblieb? Bei mir war es etwas anderes. Ich wollte die Art
von Leuten kennenlernen, die grüne Karten trugen.

Ich stellte mich also an den Rand einer Gruppe und lauschte. Ein Redner erklärte gerade, daß jeder, der nicht seine Seele
und sein Geld der Aufklärung der Massen opferte, ein Fa-
schist und ein Verräter des Volkes sei.

Die verdammten Narren, die ihm lauschten, stimmten auch
noch zu. Ich wollte gerade etwas sagen, als ein Soldat hinter
mir rief:

»Warum zum Teufel verschwindest du nicht aus diesem
Land, wenn es dir nicht gefällt?«

Die Menge murrte. Der Redner begann auf den Soldaten zu
schimpfen, und der Soldat schimpfte zurück. Er wollte sich zu
dem Redner durchdrängen, aber zwei Burschen in Trench-
coats versperrten ihm den Weg. Ich wollte mich gerade
einmischen, als der Polizist in Aktion trat. Er war übrigens ein
guter Polizist. Er hob seinen Knüppel nicht über die Hüfte,

sondern benutzte ihn wie eine Lanze. Der eine Mann im Trenchcoat stöhnte auf, als ihn der Knüppel traf, und der andere trat zurück und fluchte.

»Gehen Sie lieber weiter, Soldat«, sagte der Polizist.

»Ah, ich möchte diesen Burschen auseinandernehmen«, sagte der Soldat wütend. »Haben Sie gehört, was er erzählt hat?«

»Ich höre das jeden Abend, mein Freund«, erklärte ihm der Polizist. »Gehen Sie weiter und lassen Sie diese Leute debattieren. Das ist ja nicht verboten.«

Der Soldat schlenderte mißmutig weiter, und ich wandte mich wieder der Gruppe zu. Der eine Mann im Trenchcoat fluchte leise, und der andere stützte sich auf ihn. Ich rückte etwas zur Seite, um festzustellen, ob meine erste Beobachtung richtig gewesen war. Als der eine sich etwas herumdrehte, wußte ich, daß ich mich nicht geirrt hatte.

Beide trugen Waffen unter den Achselhöhlen.

Warum das? Hier ging es doch nicht um Revolverkämpfe. Wer sollte in dieser schäbigen Menge einen Mord wert sein? Warum trugen sie Waffen, wo das Risiko, damit erwischt zu werden, hier so groß war?

Ich zog mich etwas zurück und wartete auf einer Bank, bis sich die eine Gruppe auflöste. Der hagere Redner trottete davon, und die beiden Burschen im Trenchcoat folgten ihm. Jetzt wußte ich auch, was die Waffen zu bedeuten hatten. Die beiden waren Leibwächter.

Ich wartete, bis die drei im Regen nur noch als undeutliche Schatten sichtbar waren, und folgte ihnen dann. Sie fuhren mit der Untergrundbahn nach Brooklyn, und ich blieb auf ihrer Fährte, als sie dann die Coney Island Avenue entlanggingen. Sie verschwanden in einem Ladeneingang, und im Vorbeigehen sah ich, daß der eine als Wachtposten davor stehenblieb.

Vorn an der Ecke ging ich über die Straße und kam auf der anderen Seite zurück. Sobald ich in Sicht des Mannes vor der Ladentür war, marschierte ich einfach auf ihn zu. Er runzelte die Stirn, aber ehe er noch etwas sagen konnte, zeigte ich ihm die grüne Karte.

Er versuchte nicht, sie zu prüfen. Nach einem flüchtigen

Blick machte er eine Kopfbewegung in Richtung der Tür. Ich drehte den Knauf und trat ein.

Dunkelheit schlug mir entgegen. Aber sobald ich die Tür geschlosssen hatte, ging das Licht an. Fenster und Türen waren mit Verdunkelungsvorhängen versehen. Der Türschalter verhinderte außerdem, daß Licht ins Freie fiel, solange die Tür offen war.

Das Mädchen am Pult schaute ungeduldig hoch und streckte die Hand nach der Karte aus. Sie verglich sie mit einer Musterkarte – sehr sorgfältig sogar. Und als sie sie zurückreichte, sah sie mich scharf an und fragte:

»Sie sind von...?«

»Philadelphia«, schlug ich vor.

Ich hoffte, es war eine gute Antwort. So war es auch. Sie nickte und wandte den Kopf in Richtung einer Tür im Hintergrund dieses Vorraums. Ich mußte warten, bis das Mädchen auf einen Knopf drückte, ehe sich die Tür unter dem Druck meiner Hand öffnete.

In dem anderen Raum waren siebenundzwanzig Personen versammelt. Ich zählte sie. Sie waren alle sehr geschäftig. Einige saßen an Schreibtischen und schnitten Artikel aus Zeitungen und Zeitschriften aus. Ein Mann in einer Ecke machte Aufnahmen von den Ausschnitten, und es wurde Mikrofilm daraus. Eine kleine Gruppe stand vor einer großen Wandkarte der Stadt. Sie sprachen so leise miteinander, daß ich nicht verstand, worum es ging.

Dann bemerkte ich auch den Mann im Trenchcoat und den Redner. Offensichtlich war der Redner irgendeine leitende Persönlichkeit hier, denn er ging herum, erteilte knappe Anweisungen oder empfing kurze Berichte, die er mit einem Kopfnicken quittierte.

Schließlich mußte der Redner auch an mir vorbeigehen. Einen Sekundenbruchteil zögerte er, dann grinste er zögernd.

Ich grinste zurück.

Irgendwie war der Bann gebrochen. Der Bursche im Trenchcoat mit dem Schießeisen im Schulterhalfter kam auf mich zu und fragte:

»Möchten Sie jetzt Kaffee?« Er hatte einen Akzent, den ich nicht identifizieren konnte.

Ich grinste wieder und folgte ihm. Die Tür, durch die wir gingen, lag im Hintergrund und war von der Fotoausstattung halb verborgen. Sie führte in ein winziges Konferenzzimmer, das einen Tisch, sechs Stühle und eine Kaffeemaschine enthielt. Als sich die Tür hinter uns schloß, waren wir zu siebt: fünf Männer und zwei Frauen. Der Mann im Trenchcoat holte aus einem Wandschrank ein Tablett mit Kaffeetassen.

Um abzuwarten, was weiter geschah, steckte ich mir eine Lucky zwischen die Lippen und beobachtete. Inzwischen hatten sich alle anderen eine Tasse genommen und vor der Kaffeemaschine aufgereiht. Es war gut, daß ich gewartet hatte. Jetzt erst erkannte ich, worum es ging.

Alle hatten mich heimlich beobachtet, als sie jetzt mit ihren gefüllten Tassen zum Tisch zurückkehrten, verzogen die beiden Frauen ihre Gesichter, als sie den ersten Schluck tranken. Alle hatten ihren Kaffee schwarz genommen, aber die beiden Frauen waren offenbar den bitteren Geschmack nicht gewöhnt. Trotzdem tranken sie schwarzen Kaffee und warfen mir diese verstohlenen Seitenblicke zu.

Es kam jetzt darauf an, daß ich das Richtige tat, und ich konnte nur hoffen, daß mein Instinkt mich gut leitete. Als ich meine Tasse von der Kaffeemaschine wegzog, stand der Bursche im Trenchcoat direkt hinter mir und wartete. Er war der einzige, der jetzt nicht den Atem anhielt, und er atmete mir direkt den Nacken hinunter.

Ich nahm mir Zucker und Milch. Ich nahm viel davon. Dann drehte ich mich um, hob die Tasse zu einem spöttischen Zutrunk, und all die Leute atmeten wieder. Die zwei Frauen kamen zurück und holten sich Zucker und Milch.

Das ganze Spiel war offensichtlich eine Art Erkennungssignal gewesen. Ich hatte es richtig gedeutet. Mein Glück!

Der Mann im Trenchcoat lächelte erleichtert.

»Es ist gut, Sie hier zu haben, Kamerad. Wir können natürlich nicht vorsichtig genug sein.«

»Natürlich.«

Es war das erstemal, daß ich etwas sagte, aber man hätte denken können, es wäre die wichtigste Botschaft der Welt. Der Redner in der Überjacke kam sofort auf mich zu und streckte die Hand aus.

»Ich bin Henry Gladow, aber das wissen Sie ja sicher.« Er kicherte hoch und nervös. »Wir hatten Sie erwartet – aber nicht so schnell. Natürlich wissen wir, daß die Partei schnell arbeitet, aber Sie sind mit unglaublicher Schnelligkeit gekommen. Ich habe erst heute abend von unserem Boten das Telegramm bekommen, das Ihre Ankunft ankündigt. Unglaublich.«

Das war also der Grund für die Leibwächter und die Waffen. Henry Gladow empfing Parteianweisungen von jemand und mußte dabei gegen unvorhergesehene Zwischenfälle geschützt werden. Deshalb hatten sich die beiden Männer im Trenchcoat bei dem Zwischenruf des Soldaten sofort eingeschaltet.

»... freue mich, daß Sie unsere kleine Operationsbasis besichtigen, Kamerad...« Ich wandte ihm wieder meine Aufmerksamkeit zu und lauschte höflich. »Wir genießen selten diese Ehre. Es ist tatsächlich das erstemal.« Er wandte sich dem Burschen im Trenchcoat zu. »Dies ist mein – äh, Reisegefährte Martin Romberry. Ein sehr fähiger Mann. Und das ist meine Sekretärin Martha Camisole.« Er deutete auf ein junges Mädchen, das eine Brille mit dicken Gläsern trug.

Er ging mit mir herum und stellte mir jeden vor. Man nickte und lächelte mir zu, aber ich spürte hinter jedem Lächeln die lauernde Angst.

Wir tranken noch eine Tasse Kaffee und rauchten, bis Gladow schließlich auf die Uhr schaute.

»Wollen Sie jetzt unsere Registratur und die Dokumente sehen?«

Mein Stirnrunzeln war ein Resultat der Überraschung, aber das wußte er nicht. Er hob die Brauen und lächelte.

»Nein, Kamerad, keine schriftlichen Dokumente. Hier im Keller haben wir Fachleute, die die Dokumente übernehmen...« Er tippte sich an die Schläfe. »Hier hinein.«

»Das ist mir alles bekannt«, sagte ich und warf selbst einen Blick auf die Uhr. »Ich glaube, was ich bis jetzt gesehen habe, genügt mir. Hier ist alles glänzend organisiert. Ich werde das in meinem Bericht erwähnen.«

Ich nickte allen zu, und Gladow begleitete mich hinaus. Nebenan waren die meisten Schreibtische jetzt leer. Nur in der Fotoabteilung und an einem Schreibtisch wurde noch gearbeitet.

Während ich mich noch umschaute, fiel draußen die Tür zu, und ich hörte schnelles Stimmengewirr und dann das Mädchen am Pult sagen:

»Gehen Sie nur hinein.«

Ich stand an der Innentür, als diese sich auftat und ich die Überraschung des Tages erlebte. Offenbar war dies doch eine kommunistische Parteizelle und kein Klub für Mädchen in Nerzmänteln und dazupassenden Hüten. Sie war eine von jenen großen, schlanken Blondinen, die bis fünfunddreißig von Jahr zu Jahr schöner werden. Sobald sie Gladow erblickte, lächelte sie ihm zu und reichte ihm die Hand. Seine Stimme klang geradezu wie ein zärtliches Schnurren, als er sagte:

»Es ist immer ein Vergnügen, Sie zu sehen, Miß Brighton. Aber ich hätte Sie nicht zu dieser Stunde erwartet.«

»Ich dachte auch nicht, daß Sie hier seien, Henry. Aber ich wollte es wenigstens versuchen. Ich habe die Spende bei mir.« Sie zog einen Umschlag aus ihrer Handtasche und reichte ihn Gladow.

Dann bemerkte sie mich zum erstenmal. Es war zu sehen, daß sie mich unterzubringen versuchte.

Ich grinste ihr zu. Ich grinse gern einer Million Dollar zu.

Ethel Brighton grinste zurück.

Henry Gladow hüstelte höflich und wandte sich mir zu.

»Miß Brighton ist eine unserer eifrigsten Kameradinnen«, erklärte er. »Ihr haben wir unsere wichtigsten Unterstützungen mit zu verdanken.«

Er versuchte nicht, mich vorzustellen. Offensichtlich spielte mein Name hier überhaupt keine Rolle. Ethel warf Gladow einen unschlüssigen Blick zu, und ich benutzte die kurze Verlegenheitspause, um zu sagen:

»Ich fahre jetzt in die Stadt zurück. Wenn Sie wollen, können Sie mitkommen.«

Ethel warf Gladow wieder einen unschlüssigen Blick zu und erhielt offensichtlich eine Zustimmung, denn sie nickte und sagte:

»Mein Wagen ... steht gleich draußen.«

Ich machte mir nicht die Mühe, mich zu verabschieden,

sondern marschierte durch den kleineren Vorraum und riß die Eingangstür auf. Als Ethel Brighton draußen war, zog ich die Tür wieder zu. In der Zwischenzeit war alles so dunkel und still gewesen, wie man es in einem leerstehenden Laden erwarten konnte.

Ohne um Erlaubnis zu bitten, schwang ich mich hinter das Lenkrad und hielt die Hand auf. Sie ließ die Wagenschlüssel hineinfallen und lehnte sich ins Polster zurück. Der Wagen war ein Traumauto: ein dunkelbraunes Kabriolett, in dessen schimmernden Lackflächen sich die Lichter widerspiegelten.

»Sind Sie von ... New York?« fragte Ethel zögernd.

»Nein, aus Philadelphia«, log ich.

Aus irgendeinem Grunde machte ich sie sehr nervös. Meine Fahrweise konnte es nicht sein, denn ich fuhr stetig fünfzig Stundenkilometer, um in der grünen Welle zu bleiben.

Ich versuchte es mit einem weiteren Lächeln. Diesmal lächelte sie zurück.

Ich konnte es einfach nicht fassen: Ethel Brighton sollte Kommunistin sein!? Ihr Vater würde ihr das Fell gerben, wenn er es je erfahren würde.

»Muß nicht ganz leicht für Sie sein, die Spenden einzusammeln«, sagte ich versuchsweise.

Sie runzelte die Stirn.

»Sehr schwierig ist es auch nicht. Das wird ja alles in meinen Berichten erwähnt.«

»Natürlich«, stimmte ich sofort zu. »Mißverstehen Sie mich nicht. Wir müssen die Situation ständig überwachen. Die Dinge können sich von Tag zu Tag ändern.«

Das war ziemlich allgemein gehaltener Unsinn, aber für sie schien es Sinn zu ergeben.

»Im allgemeinen achten die Leute gar nicht darauf, wofür ich die Spende haben will«, erklärte sie. »Außerdem können sie das Geld von der Einkommensteuer absetzen.«

»Es ist also nicht allzu schwer, an die richtigen Leute heranzukommen?« fragte ich.

Diesmal lächelte sie ein wenig.

»Nein. Sie meinen, das Geld ist für Wohltätigkeitszwecke.«

»Aha. Und wenn nun Ihr Vater herausfindet, was Sie tun?«

Sie fuhr zurück, als hätte ich sie geschlagen.

»Oh... bitte! Das würden Sie doch nicht tun!«

»Nur mit der Ruhe, Mädchen. Ich habe die Möglichkeit nur zur Debatte gestellt.«

Sogar im matten Licht des Armaturenlichts konnte ich sehen, wie blaß sie geworden war.

»Daddy... würde es mir nie verzeihen. Ich glaube, er würde... mich wegschicken und enterben.« Sie erschauerte, und ihre Hände spielten wieder nervös mit dem einen Handschuh auf ihrem Schoß. »Er darf es nie erfahren. Es wäre schrecklich.«

»Sie haben Ihre Gefühle ziemlich schlecht unter Kontrolle, Mädchen.«

»Das würde Ihnen ebenso ergehen, wenn Sie... oh... ich wollte nicht...«

Der Ausdruck von Ärger in ihrem Gesicht verwandelte sich in Furcht. Es war eine Furcht, die tief aus dem Innern kam – wie bei dem Mädchen auf der Brücke.

Während ich sie aus den Augenwinkeln beobachtete, kam mir etwas in den Sinn.

»Ich beiße nicht«, sagte ich beruhigend. »Sicherlich gibt es Dinge, die Sie vor den anderen nicht sagen können. Aber ich bin anders als die. Ich verstehe bestimmte Probleme. Ich habe selbst welche.«

»Aber Sie... Sie sind doch...«

»Was bin ich?«

»Sie wissen es ja.« Sie biß sich auf die Unterlippe und warf mir einen schrägen Seitenblick zu.

Ich nickte, als wüßte ich genau, was sie meinte.

»Werden Sie lange hier bleiben?«

»Vielleicht«, sagte ich mit einem Schulterzucken. »Warum?«

Die Furcht machte sich wieder bemerkbar.

»Ich wollte keine indiskrete Frage stellen«, verteidigte sie sich hastig. »Wirklich nicht. Ich dachte nur... weil... weil doch die andere getötet worden ist... und all das...«

Verdammt, wenn sie doch nur nicht immer ihre Sätze abbrechen würde, als ob ich alles wissen müßte, was hier vor sich ging. Wofür hielt man mich eigentlich?

»Ich bleibe jedenfalls eine Weile«, sagte ich.

Wir fuhren über die Brücke und ordneten uns in den Nachtverkehr ein. Nördlich vom Times Square fuhr ich an den Randstein.

»Weiter fahre ich nicht. Vielen Dank fürs Mitnehmen. Wir sehen uns wahrscheinlich noch.«

Ihre Augen wurden wieder groß vor Furcht.

»Sie wollen mich wiedersehen?«

»Sicher. Warum nicht?«

»Aber... Sie sind gar nicht... ich habe nie gedacht...«

»Daß ich mich persönlich für eine Frau interessieren könnte?« ergänzte ich.

»Ja...«

»Ich habe Frauen gern, meine Kleine. Das ist schon immer so gewesen und soll auch noch lange so bleiben.«

Zum erstenmal wirkte ihr Lächeln ungezwungen.

»Sie sind gar nicht so, wie ich Sie mir vorgestellt habe«, sagte sie. »Sie gefallen mir. Der andere... Agent... der war so kalt, daß er mir Furcht eingejagt hat.«

»Ich jage Ihnen keine Furcht ein?«

»Sie könnten es... aber Sie tun es nicht.«

Ich öffnete die Wagentür. »Gute Nacht, Ethel.«

»Gute Nacht.«

Sie glitt hinters Lenkrad und ließ den Motor an. Ich empfing ein letztes schnelles Lächeln, bevor sie davonfuhr.

Was ging hier eigentlich vor?

Diese Frage drängte sich mir immer wieder in den Sinn, während ich langsam weiterging. Ich war mitten in ein Kommunistennest geraten, indem ich einfach eine grüne Karte vorgezeigt hatte. Keiner hatte auch nur daran gedacht, nach meinem Namen zu fragen.

Ehe ich heimkam, war es fast zwei Uhr. Der Regen hatte längst aufgehört, aber die Wolken hingen immer noch dicht über den Dächern.

Oben in meiner Wohnung mußte ich im Sitzen mit einer brennenden Zigarette eingeschlafen sein. Die Zigarette hatte schon eine schwarze Narbe in den Teppich gebrannt, als ich vom Schrillen des Telefons erwachte und in einer halb unbewußten Bewegung vom Sessel aus nach dem Hörer griff.

»Hallo...?«

Es war Pat, und er mußte mich erst ein paarmal laut anschreien, ehe ich richtig aufwachte. Schließlich brummte ich eine Antwort, und er sagte:

»Zu spät für dich, Mike?«

»Es ist vier Uhr morgens. Stehst du gerade auf oder gehst du zu Bett?«

»Weder noch. Ich arbeite.«

»Zu dieser Stunde?«

»Seit sechs Uhr abends. Was macht der Urlaub?«

»Ich habe ihn abgeblasen.«

»Also hör mal! Du konntest es wohl einfach nicht ertragen, die geliebte Stadt zu verlassen, wie? Übrigens, hast du weitere grüne Karten mit abgeschnittenen Ecken gefunden?«

Meine Hände wurden plötzlich feucht.

»Nein.«

»Bist du überhaupt noch an ihnen interessiert?«

»Hör mit der Komödie auf, Pat. Worauf willst du hinaus? Mir ist es zu spät zum Rätselraten.«

»Komm so schnell wie möglich her, Mike«, seine Stimme klang spröde. »In meine Wohnung – und beeil dich.«

Ich war jetzt ganz wach und schüttelte die letzte Müdigkeit aus meinem Gehirn.

»In Ordnung, Pat«, sagte ich. »Laß mir fünfzehn Minuten Zeit.« Ich hängte ab und schlüpfte in meinen Mantel.

Es war einfacher, ein Taxi zu nehmen, als den Wagen erst wieder aus der Garage zu holen. Ich rüttelte den Taxichauffeur wach und nannte ihm die Adresse, während ich mich ins Polster sinken ließ. Wir machten die Fahrt quer durch die Stadt in Rekordzeit, und ich gab dem Taxichauffeur einen Dollar Extratrinkgeld.

Bevor ich ins Haus trat, schaute ich zum Himmel empor. Die Wolkendecke war aufgebrochen, und Sterne schimmerten durch die Lücken. Vielleicht wird morgen ein schöner Tag, dachte ich. Vielleicht wird es ein schöner, normaler Tag und aller Unrat dieser Welt ist sauber weggeputzt. Vielleicht...

Ich drückte auf den Klingelknopf von Pats Wohnung, und

das Türschloß schnarrte fast sofort. Er wartete vor der Wohnungstür auf mich, als ich aus dem Lift stieg.

»Du bist aber schnell da, Mike.«

»Das sollte ich doch, nicht wahr?«

»Komm herein.«

Pat hatte einen Drink im Mixbecher und drei Gläser auf dem Cocktailtisch stehen. Nur ein Glas war benutzt worden.

»Erwartest du noch Gesellschaft?« fragte ich.

»Große Gesellschaft, Mike. Setz dich und schenk dir ein Glas ein.«

Ich legte Hut und Mantel ab und schob mir eine Zigarette zwischen die Lippen. Pats Benehmen machte mich nervös. Man empfing um diese Zeit keine Gäste – auch nicht, wenn es die besten Freunde waren. Er sah übernächtig aus und hatte einen Zug von nervöser Spannung um den Mund. Während ich noch an meinem Glas nippte und Pat nachdenklich beobachtete, begann er zu sprechen.

»Du hattest mit deiner ersten Vermutung recht«, sagte er.

Ich setzte das Glas ab und starrte ihn an.

»Weiter. Bisher begreife ich gar nichts.«

»Doppelgänger.«

»Was?«

»Doppelgänger«, wiederholte er. »Lee Deamer hat einen Zwillingsbruder.« Er stand da und wirbelte die Flüssigkeit im Glas herum.

»Warum erzählst du mir das? Ich bin ganz und gar nicht im Bilde.«

Pat starrte über mich hinweg ins Nichts. Er sprach so leise, daß ich ihn kaum verstehen konnte.

»Frag mich nicht, warum ich mit dir darüber spreche, Mike. Ich weiß es nicht. Eigentlich ist es doch ein Dienstgeheimnis. Aber irgendwie sind wir beide von der gleichen Art. Wir sind Polizisten. Und manchmal ertappe ich mich dabei, daß ich wissen möchte, wie du dich in einer bestimmten Situation verhalten würdest, die mir bevorsteht. Verrückt, nicht wahr?«

»Ziemlich verrückt.«

»Ich habe dir einmal gesagt, du hättest ein Gefühl für Dinge, das mir fehlt. Du mußt nicht hundert Vorgesetzte und alle möglichen Nebensachen mit einkalkulieren, wenn du dich an einen Fall heranmachst. Du bist ein rücksichtsloser Bursche, und manchmal ist das von Nutzen.«

»Also?«

»Also jetzt befinde ich mich wieder in einer solchen Lage. Ich bin ein erfahrener Polizeibeamter, aber ich sehe mich jetzt einer Situation gegenüber, die meine persönlichen Gefühle mit berührt, und ich mag mich nicht allein damit herumschlagen.«

»Du willst doch nicht etwa Rat von mir, Pat. Ich bin der letzte Dreck, und was ich berühre, wird schmutzig. Es macht mir nichts aus, mich selber dreckig zu machen, aber du sollst davon nicht auch noch in Mitleidenschaft gezogen werden.«

»In dieser Hinsicht besteht keine Gefahr«, sagte er. »Mach dir keine Sorgen. Deswegen bist du ja jetzt hier. Du meinst, ich bin auf deinen Bluff mit dem Urlaub hereingefallen? Nichts da. Du hast schon wieder irgendeinen Floh im Ohr. Es hat mit diesen grünen Karten zu tun, und versuche nicht, mir das auszureden.« Sein Gesicht wurde hager vor Spannung. »Wo hast du sie her, Mike?«

Ich ignorierte die Frage.

»Erzähl es mir, Pat«, sagte ich. »Erzähl mir die Geschichte.«

»Lee Deamer... wieviel weißt du über ihn?«

»Nur daß er ein aufstrebender Politiker ist. Ich kenne ihn nicht persönlich.«

»Aber ich, Mike. Ich kenne den Mann, und ich habe ihn gern. Verdammt, Mike, wenn man ihn politisch zu Fall bringt, verliert unser Staat einen seiner fähigsten Politiker. Wir können es uns nicht leisten, Deamer zu verlieren.«

»Das habe ich bereits gehört«, sagte ich. »Ein Politikreporter hat es mir in allen Einzelheiten auseinandergesetzt.«

Pat griff nach einer Zigarette und schob sie zwischen die Lippen. Die Feuerzeugflamme zitterte, als er sie ans Zigarettenende hielt.

»Ich hoffe, es hat Eindruck auf dich gemacht. Deamer ist wirklich ein Mann, der unserem Lande helfen kann.« Pat ließ das Feuerzeug zuklicken und sah mich an. »Ich weiß, daß du dich nie sehr für Politik interessiert hast, Mike. Aber es geschieht da vieles, was sehr schmutzig ist und unser Land für alle Zeiten verderben kann, wenn wir nicht energisch dagegen vorgehen.«

»Und was willst du dagegen tun, Pat?« fragte ich.

»Ich fürchte, man will Deamer abschießen, und ich will es um jeden Preis verhindern.«

»Das habe ich schon begriffen, Pat.«

»Du hattest recht, Mike. Lee Deamer war bei der Zusammenkunft in jener Nacht, als man ihn angeblich gesehen hat, wie er diesen Charlie Moffit umbrachte.«

Ich drückte den Zigarettenstummel im Aschenbecher aus und zündete mir eine neue an.

»Du meinst, die Lösung ist einfach: Lee Deamer hat einen Zwillingsbruder?«

Pat nickte. »So einfach ist es.«

»Warum dann die Geheimnistuerei? Lee ist doch nicht dafür verantwortlich, was sein Bruder tut. Sogar ein Zeitungsskandal könnte ihm in dieser Hinsicht nicht viel schaden, nicht wahr?«

»Nein ... nicht, wenn das alles wäre.«

»Also ...?«

Pat setzte ungeduldig sein Glas ab.

»Der Name des Bruders ist Oscar Deamer. Er ist aus einer Nervenheilanstalt entwichen. Wenn das herauskommt, ist Lee erledigt.«

Ich pfiff leise durch die Zähne.

»Wer weiß noch darüber Bescheid, Pat?«

»Nur du. Es war zu schwer. Ich konnte es nicht für mich behalten. Lee hat mich heute abend angerufen und mir gesagt, er möchte mich sprechen. Wir trafen uns in einer Bar, und er erzählte mir die Geschichte. Oscar ist in die Stadt gekommen, hat sich mit Lee in Verbindung gesetzt und ihm erklärt, er wolle Geld haben. Also Erpressung. Lee meint, daß Oscar diesen Charlie Moffit nur getötet hat, weil er hoffte, als sein Bruder identifiziert zu werden. Er wußte auch, daß Lee nicht wagen würde, das Geheimnis seines geisteskranken Bruders preiszugeben.«

»Also Lee hat sich auf die Erpressungsversuche seines Bruders nicht eingelassen und wurde entsprechend behandelt.«

»So sieht es aus.«

»Aber dieser Oscar mußte sich doch sagen, daß Lee ein Alibi haben würde. Es sollte sicherlich nur eine Art Warnung sein. Und wenn einer soweit denken kann, kommt er mir nicht sehr verrückt vor.«

»Jeder, der mit diesem Vorsatz töten kann, ist verrückt, Mike.«

»Doch – da wirst du wohl recht haben.«

Bevor er noch etwas sagen konnte, klingelte es.

»Lee?« fragte ich.

Pat nickte.

»Er wollte noch über den Fall nachdenken. Ich sagte ihm, ich sei daheim. Er ist ganz außer sich wegen der Sache.«

Er ging zur Tür und wartete dort wie vorhin auf mich. Es war so still, daß ich das Summen des Liftes hörte, das Geräusch der sich öffnenden Tür und die langsamen, schwerfälligen Schritte eines Menschen, der zuviel Last mit sich herumschleppt.

Ich stand auf und schüttelte Lee Deamer die Hand. Er war nicht so groß, wie ich erwartet hatte. An seiner Erscheinung war nichts Außergewöhnliches – abgesehen davon, daß er wie ein Lehrer aussah: ein sehr müder Mann im mittleren Alter.

»Das ist Mike Hammer«, sagte Pat. »Ein sehr guter Freund von mir und ein fähiger Mann.«

Sein Händedruck war fest, aber seine Augen waren zu müde, um mich gleich im ganzen erfassen zu können.

»Weiß er Bescheid?« fragte er Pat sehr leise.

»Er weiß Bescheid, Lee. Und er ist vertrauenswürdig.«

Der Blick der grauen Augen wurde wärmer und freundlicher, und sein Händedruck verstärkte sich noch etwas.

»Es ist ein Glück, daß es immer noch Männer gibt, denen man vertrauen kann.«

Ich grinste etwas verlegen, und Pat zog einen Sessel heran. Lee Deamer nahm den Drink, den Pat ihm anbot, lehnte sich ins Sesselpolster zurück und fuhr sich mit einer müden Geste übers Gesicht. Er nippte an dem Whisky-Soda, zog dann eine Zigarre aus der Tasche und schnippte die Spitze mit einem winzigen Messer an seiner Uhrkette ab.

»Oscar hat noch nicht zurückgerufen«, sagte er dumpf. »Ich weiß nicht, was ich tun soll.« Er sah zuerst Pat und dann mich an. »Sind Sie Polizeibeamter, Mr. Hammer?«

»Nennen Sie mich einfach Mike. Nein, ich bin kein Beamter der Stadtpolizei. Ich habe lediglich die Lizenz eines Privatdetektivs.«

»Mike hat schon viele große Fälle bearbeitet, Lee«, warf Pat ein. »Er weiß Bescheid.«

»Ich verstehe.« Deamer wandte sich wieder an mich. »Ich nehme an, Pat hat Ihnen berichtet, daß bisher die ganze Affäre geheimgehalten werden konnte?« Als ich nickte, fuhr er fort: »Ich hoffe, es bleibt so. Aber wenn nicht, dann läßt es sich auch nicht ändern. Ich überlasse das alles Pats Diskretion. Ich – also, ich bin wirklich ganz durcheinander. Es ist in so kurzer Zeit so viel passiert, daß ich wirklich nicht mehr weiß, woran ich bin.«

»Könnte ich alles von Anfang an erfahren?« fragte ich.

Lee Deamer nickte langsam.

»Oscar und ich sind in Townley, Nebraska, geboren. Obwohl wir Zwillinge sind, trennen uns Welten. In meiner Jugend dachte ich, wir hätten nur ganz verschiedene Charaktere, aber die Wahrheit ist, daß Oscar geisteskrank ist. Er hat einen perversen Zug von Sadismus in sich und ist dabei sehr schlau und verschlagen. Er haßt mich. Ja, er haßt seinen eigenen Bruder. Tatsächlich scheint er die ganze Welt zu hassen. Seit er von zu Hause wegging, war er in Schwierigkeiten, und als er dann heimkehrte, wurde es noch schlimmer. Schließlich mußte man ihn in eine Anstalt einweisen. Kurz danach habe ich Nebraska verlassen und mich in New York niedergelassen. Ich war geschäftlich ziemlich erfolgreich und schaltete mich aktiv in die Politik ein. Oscar geriet mehr oder minder in Vergessenheit. Dann erfuhr ich, daß er aus der Anstalt entwichen war. Ich hörte nichts von ihm, bis er mich vergangene Woche anrief.«

»Ist das alles?«

»Was sollte sonst noch sein, Mike?« fragte Deamer zurück. »Oscar hat vermutlich in den Zeitungen von mir gelesen und mich hier aufgestöbert. Er wußte, was es für Folgen haben würde, wenn in der Öffentlichkeit bekannt wurde, daß ich einen nicht... ganz normalen Bruder habe. Er forderte Geld und gab zu verstehen, daß er es so oder so bekommen würde.«

Pat griff nach dem Mixbecher und füllte die Gläser nach. Ich hielt ihm meines hin, und unsere Blicke trafen sich. Er beantwortete meine Frage, bevor ich sie stellen konnte.

»Lee schreckte davor zurück, auf seinen Bruder hinzuweisen – auch als er selbst als der Mörder von Moffit identifiziert wurde. Du kannst dir vorstellen, warum, nicht wahr?«

»Jetzt kann ich es«, sagte ich.

»Sogar die Tatsache, daß Lee Deamer – wenn auch fälschlich – identifiziert worden war, hätte Schlagzeilen in den Zeitungen gemacht. Aber der diensttuende Polizist brachte die Zeugen ins Hauptquartier, bevor sie mit einem Reporter sprechen konnten. Und die ganze Sache war so offensichtlich falsch, daß keiner wagte, sie publik zu machen.«

»Wo sind die Zeugen jetzt?« fragte ich Pat.

»Wir haben sie unter Bewachung. Man hat sie angewiesen, Stillschweigen über den Fall zu bewahren. Wir haben ihre Personalien überprüft und festgestellt, daß sie alle anständige, harmlose Bürger sind, die ebenso verwirrt über die Affäre sind wie wir. Glücklicherweise haben wir ihnen beweisen können, wo Lee in jener Nacht war, und sie haben sich daraufhin zur Schweigsamkeit verpflichtet. Sie begreifen die Zusammenhänge zwar nicht, aber sie sind bereit, mit uns für die Sache der Gerechtigkeit zusammenzuarbeiten.«

Ich brummte unzufrieden und sog an der Zigarette.

»Mir gefällt das Ganze nicht.«

Beide sahen mich schweigend an.

»Zum Teufel, Pat, du solltest ebenso wie ich riechen, daß da etwas faul ist.«

»Erklär es mir, Mike.«

»Oscar wird weitere Verrücktheiten anstellen«, sagte ich. »Sicherlich könnte man ihn leicht genug aufstöbern.«

»Das stimmt. Aber dadurch wird das Problem nicht gelöst.«

»Natürlich. Es wird einen weiteren Mordfall geben, und diesmal wird Lee Deamers Name in der Presse genannt werden. Der Skandal wäre dann unvermeidlich.«

»Deswegen wollte ich dich hierhaben«, erklärte mir Pat.

»Fein. Und wozu?«

Das Eis klirrte in seinem Glas. Pat versuchte, so ruhig wie möglich zu sprechen.

»Du bist kein Beamter, Mike. Ich bin an Vorschriften gebunden. Ich wüßte aber, was ich tun könnte. Es gibt keine andere Möglichkeit.«

»Du willst mir damit wohl zu verstehen geben, daß man Oscar aufstöbern und in aller Stille aus dem Weg räumen sollte?«

»So ist es.«

»Und ich bin der Junge, der das erledigen könnte?«

»Stimmt auch.« Er trank einen langen Schluck und stellte das Glas auf den Tisch.

»Was passiert, wenn es nicht richtig funktioniert?« fragte ich. »Was es für dich bedeutet, meine ich.«

»Ich werde mir einen neuen Beruf suchen müssen, weil ich nicht vorschriftsmäßig gehandelt habe.«

»Aber, meine Herren, meine Herren!« Deamer fuhr sich nervös mit der Hand durchs Haar. »Ich kann Sie das nicht tun lassen. Ich kann Sie Ihre Positionen nicht gefährden lassen. Das wäre nicht fair. Am besten läßt man alles ans Tageslicht kommen und die Öffentlichkeit entscheiden.«

»So geht das nicht«, sagte ich scharf. »Sie haben keine Ahnung, wie dumm und gewissenlos die Öffentlichkeit und die Presse reagieren können. Ich kümmere mich um die Sache. Aber ich brauche dazu natürlich alle Hilfe, die ich bekommen kann.« Ich sah Pat an, und er nickte. »Nur eines möchte ich klarstellen, Pat. Ich tue das nicht aus patriotischen Gefühlen, verstehst du? Der Fall an sich interessiert mich, und es interessiert mich auch noch etwas anderes, was offenbar ursächlich damit zusammenhängt.«

Pat sah mich gerade an.

»Was ist das, Mike?«

»Drei grüne Karten mit abgeschnittenen Ecken, mein Junge«, antwortete ich. »Ich bin sehr neugierig wegen dieser drei Karten. Es steckt mehr dahinter, als du denkst.«

Ich sagte gute Nacht und ließ sie dort sitzen.

4

Zwei Stunden hatte ich geschlafen, als Velda mich anrief. Ich sagte ihr, daß ich mich eine ganze Weile lang nicht im Büro blicken lassen würde, und sie solle mich nur anrufen, wenn es für sie oder mich um Tod oder Leben gehe.

Es geschah nichts, und ich schlief einmal um die Uhr. Als ich frisch und ausgeschlafen von selbst aufwachte, war es fünf Minuten vor sechs. Während ich mich duschte und rasierte, schob ich ein gefrorenes Steak in den Infra-Grill.

Es war ein gutes Steak, und ich war hungrig. Aber man ließ mir nicht die Zeit, es aufzuessen. Das Telefon läutete und läutete, bis ich die Tür zustieß, damit ich es nicht mehr hören konnte. Aber das Läuten ging weiter. Nach drei Minuten warf ich Messer und Gabel mit einem Fluch auf den Tisch und ging ins Zimmer.

»Was ist los?« schrie ich in den Hörer.

»Es hat aber lange gedauert, bis du aufgewacht bist!«

»Ach, Pat, ich habe nicht geschlafen. Was ist jetzt los?«

»Es ist so gekommen, wie wir vermutet haben. Oscar hat Lee angerufen und will heute abend mit ihm zusammenkommen. Lee hat sich mit Oscar um acht Uhr in dessen Wohnung verabredet.«

»Und?«

»Lee hat mich sofort angerufen. Schau, Mike, wir müssen das allein erledigen – nur wir drei. Ich möchte keinen weiter ins Vertrauen ziehen.«

Die Feuchtigkeit, die noch vom Duschen auf meiner Haut war, schien sich in Eis zu verwandeln. Mir wurde mit einemmal so kalt, daß ich erschauerte.

»Wo treffe ich dich, Pat?«

»Am besten bei mir in der Wohnung. Oscar wohnt drüben an der East Side.« Er nannte mir die Adresse, und ich schrieb sie auf. »Ich habe Lee gesagt, er solle die Verabredung einhalten. Lee fährt mit der U-Bahn, und wir erwarten ihn am Kiosk. Verstanden?«

»Ja. Ich komme also nachher zu dir.«

Wir standen beide da und warteten, daß der andere einhängte.

»Mike...«, hörte ich Pat zögernd sagen.

»Was?«

»Weißt du, wie du die Sache anpacken willst?«

»Ich weiß es.«

Ich legte den Hörer auf die Gabel zurück und starrte auf den Apparat hinunter. Eines wußte ich sicher: daß man mir den Schwarzen Peter zuschob. Die Schleuse würde sich öffnen und das saubere Wasser hindurchlassen, aber mich würde man aus dem Abflußrechen herausfischen.

Ich zog mich zögernd an. Dabei fiel mir das halb verzehrte Steak in der Küche ein, aber ich hatte mit einemmal keinen Appetit mehr darauf. Eine Weile stand ich vor dem Spiegel, musterte mich und überlegte mir, ob ich meine Artillerie mitnehmen sollte oder nicht. Die Gewohnheit siegte, und ich legte den Schulterhalfter an, nachdem ich die Ladung im Magazin geprüft hatte. Dann knöpfte ich meine Jacke zu, holte den Kasten mit den zwei Ersatzläufen und der Munition aus dem Schrankfach und schob mir eine Handvoll 45er-Patronen in die Tasche. Wenn ich es schon machte, wollte ich es auch gleich richtig machen.

Velda war gerade zu Hause angekommen, als ich sie anrief.

»Hast du schon gegessen, Mädchen?« fragte ich sie.

»Ich habe in der City eine Kleinigkeit gegessen. Warum? Willst du mich ausführen?«

»Ja, aber nicht zum Abendessen. Es ist geschäftlich. Ich komme gleich zu dir und erzähle es dir.«

Sie sagte: »In Ordnung!«, gab mir per Telefon einen Kuß und hängte ab. Ich setzte den Hut auf, schob mir eine Packung Luckys in die Tasche und ging hinunter, um ein Taxi heranzupfeifen.

Ich weiß nicht, wie ich aussah, als Velda die Tür öffnet. Sie hatte zum Lächeln angesetzt, aber bei meinem Anblick hörte sie sofort damit auf und biß sich auf die Unterlippe. Velda ist so groß, daß ich mich nicht bücken muß, um sie auf die Wange zu küssen. Es war schön, so dicht bei ihr zu stehen. Sie verkörperte für mich Duft und Schönheit und alle guten Dinge des Lebens.

Während sie vor dem Toilettentisch in ihrem Schlafzimmer saß und sich frisierte, berichtete ich ihr alles, was Pat mir erzählt hatte, und beobachtete ihr Gesicht im Spiegel.

Sie hörte auf, ihr Haar zu bürsten, und ihre Hand zitterte, als sie die Bürste hinlegte.

»Sie verlangen viel von dir, nicht wahr?«

»Vielleicht zuviel.« Ich zog eine Zigarette hervor und zündete sie an. »Velda, was bedeutet dir dieser Lee Deamer?«

Sie mied diesmal meinen Blick und wählte ihre Worte sehr sorgfältig.

»Er bedeutet mir viel, Mike. Bist du böse, wenn ich jetzt sage, daß man vielleicht doch nicht zuviel von dir verlangt hat?«

»Nein... nicht, wenn du das denkst. In Ordnung, Mädchen. Ich werde das Spiel mitmachen und feststellen, was ich mit einem mordlüsternen Irren anfangen kann. Zieh deine Jacke an.«

»Mike... du hast mir noch nicht alles erzählt.«

Da war es wieder. Sie konnte in mich hineinschauen und meine Gedanken lesen, ohne daß ich etwas dagegen unternehmen konnte.

»Ich weiß«, sagte ich.

»Wirst du es mir sagen?« fragte sie.

»Jetzt nicht. Vielleicht später.«

Sie stand auf und sah mich zornig und zugleich zärtlich an.

»Mike, du steckst bis über die Ohren in Schwierigkeiten, aber du willst dir nicht helfen lassen. Warum mußt du immer alles allein tun?«

»Weil ich nun einmal so bin.«

»Und ich bin auch so, Mike: Ich *will* helfen. Kannst du das verstehen?«

»Ja, ich verstehe, aber das ist nicht nur irgendein neuer Fall. Es ist viel mehr als das, und ich möchte nicht darüber sprechen.«

Sie trat zu mir und legte ihre Hände auf meine Schultern.

»Mike, falls du mich je *wirklich* brauchen solltest... würdest du mich dann um Hilfe bitten?«

»Das würde ich tun.«

Sie sah mich noch einen Moment zögernd an, bevor sie an den Schrank trat und eine zu dem Rock passende schwarze

Kostümjacke über die weiße Bluse zog. Als sie den Schulter-riemen der Tasche überstreifte, schlug der Lederbeutel gegen die Kommode, und es gab einen dumpfen Laut. In der Tasche war Veldas kleiner Revolver.

»Ich bin bereit, Mike.«

Ich schob ihr den Zettel mit Oscars Adresse in die Hand.

»Das ist sein Schlupfwinkel«, erklärte ich. »Die U-Bahn-Station ist einen halben Häuserblock davon entfernt. Du fährst direkt hin und schaust dir das Haus an. Ich weiß nicht, warum ich das denke, aber da ist etwas an der Sache, was mir nicht gefällt. Wir bleiben Lee auf den Fersen, wenn er hinein-geht. Aber ich möchte, daß jemand das Haus beobachtet, während wir drinnen sind. Denk daran, daß es eine üble Gegend ist. Wir wollen keine weiteren Unannehmlichkeiten. Falls du irgend etwas entdecken solltest, was dir verdächtig erscheint, dann komm zu uns an den Kiosk und sag uns Bescheid. Du hast ungefähr eine halbe Stunde Zeit, um dich umzuschauen. Sei vorsichtig.«

»Mach dir keine Sorgen um mich.«

Ein Lächeln spielte um ihre Lippen, als sie die Handschuhe anzog. Nein, ich brauchte mir wirklich keine Sorgen um sie zu machen. Sie trug die Waffe nicht nur als Ballast in der Tasche.

An der U-Bahn-Station verließ ich sie und wartete am Randstein, bis ein Taxi vorüberkam.

Pat stand unter dem Vordach seines Apartmenthauses, als ich ankam. Er sog nervös an einer Zigarette und kam sofort heran, als ich ihm aus dem Taxi zurief.

Es war neunzehn Uhr fünfzehn.

Zehn Minuten vor acht bezahlten wir den Taxifahrer und gingen den halben Häuserblock bis zu dem Kiosk. Wir waren noch fünfzehn Meter davon entfernt, als Lee Deamer heran-kam. Er schaute weder links noch rechts. Pat stieß mich mit den Ellbogen an, und ich brummte bestätigend.

Von Velda war nichts zu sehen.

Lee Deamer blieb zweimal stehen und musterte die Haus-nummern. Beim drittenmal blieb er vor einem alten Ziegel-haus stehen, und sein Blick richtete sich auf den matten Lichtschein, der durch die zugezogenen Vorhänge eines

Fensters im Erdgeschoß fiel. Er warf einen schnellen Blick hinter sich, ging dann die drei Stufen hinauf und verschwand im Eingang.

Wir warteten dreißig Sekunden – aber das war zu lange. Irgendwo im Haus schlug eine Tür zu, und wir hörten flüchtende Schritte, die schnell leiser wurden. Eine Stimme schluchzte etwas Unverständliches, und wir rannten auf den Eingang zu und stürmten hinauf.

Lee lehnte mit hängenden Schultern an einem Türrahmen. Sein Mund stand offen, und er deutete den Gang entlang.

»Er ist davongerannt... hat zum Fenster hinausgespäht und ist davongerannt!«

»Verdammt... wir dürfen ihn nicht entkommen lassen«, stieß Pat hervor.

Ich war schon wieder auf der Straße, und dann sah ich auch schon Leute in Richtung des U-Bahn-Eingangs rennen. Dort mußte etwas passiert sein. Ich bahnte mir einen Weg durch die Menge, die sich die Treppe hinunter und auf den Bahnsteig drängte.

Als erstes stellte ich mit Erleichterung fest, daß Velda nichts passiert war. Sie stand ziemlich vorn an der Bahnsteigkante, und ich trat neben sie.

Der Zug war fast ganz in die Station eingefahren. Der Zugführer und zwei andere Männer in Uniform standen vor dem ersten Wagen auf den Gleisen und starrten auf eine blutige Masse, die unter den Rädern hervorragte.

»Der ist tot«, sagte der Zugführer. »Er braucht bestimmt keinen Krankenwagen.«

Velda sah mich jetzt erst. Ich nickte ihr zu und fragte leise: »Deamer?«

Sie nickte.

Ich hörte Pats Stimme, als er sich durch die Menge drängte, und sah Lee Deamer dicht hinter ihm.

»Verschwinde, Mädchen«, sagte ich schnell. »Ich ruf' dich später an.«

Sie war fort, bevor Pat neben mich trat. Es dauerte zwei Minuten, bis Pat mit Hilfe eines herbeieilenden Polizisten die Menge vom Bahnsteig vertrieben hatte. Dann fuhr er sich mit der Hand über das verschwitzte Gesicht.

»Was ist eigentlich passiert?« fragte er.

»Ich weiß es auch nicht genau«, antwortete ich. »Aber ich glaube, das da unten ist unser Mann. Hol Lee her.«

Die Männer hatten den Toten inzwischen unter den Rädern hervorgezogen.

»Von seinem Gesicht ist nicht viel übriggeblieben«, sagte der eine und mußte sich im nächsten Moment übergeben.

Lee Deamer spähte über die Bahnsteigkante hinab und wurde kreidebleich.

»Mein Gott...«, flüsterte er.

»Ist er das?« fragte ihn Pat.

Lee Deamer nickte verstört.

Zwei weitere Polizisten des örtlichen Reviers kamen heran. Pat zeigte seine Dienstmarke und sagte ihnen, sie sollten alles Weitere veranlassen. Ich hatte Lee inzwischen zu einer von den Bänken geführt. Er sank dort schlaff in sich zusammen und verbarg das Gesicht in den Händen. Was sollte ich tun oder sagen? Dieser Mann war ein Verrückter gewesen, aber er war trotzdem Lees Bruder.

Pat kam heran, und wir führten Lee Deamer hinauf und verfrachteten ihn in ein Taxi. Als der Wagen davonfuhr, griff ich nach einer Zigarette. Ich hatte jetzt eine nötig.

»Es war der einfachste Ausweg«, sagte ich. »Was hat der Zugführer gesagt?«

Pat zog eine Zigarette aus meinem Päckchen.

»Er hat ihn nicht gesehen. Er meint, der Mann müsse sich hinter einem Pfeiler verborgen haben und dann direkt vor den ersten Wagen gesprungen sein.«

»Ich weiß nicht, ob ich nun erleichtert sein soll oder nicht«, sagte ich.

»Für mich ist es eine Erleichterung, Mike. Er ist tot, und sein Name wird genannt werden, aber wer wird ihn schon mit Lee in Verbindung bringen? Die Schwierigkeiten sind vorbei.«

»Hatte er etwas bei sich?«

Pat schob eine Hand in die Tasche und zog etwas heraus. Im Laternenlicht sah es wie ein tintenbeflecktes Stück Papier aus.

»Hier ist eine Eisenbahnfahrkarte von Chicago. Sie steckt in einem Busumschlag, also scheint er bis Chicago mit dem Bus gefahren und dann in den Zug umgestiegen zu sein.«

Die Fahrkarte war auf den 15. datiert, einem Freitag. Ich drehte den Umschlag um. Auf der Rückseite stand der Name Deamer in Druckbuchstaben, und darunter waren mit Bleistift einige Fahrplannotizen gekritzelt. Es war noch ein weiterer Umschlag dabei. Er war aufgerissen und als Notizzettel benutzt worden. Aber der Name Deamer, ein Bruchteil einer Adresse in Nebraska und der Poststempel aus Nebraska waren noch zu erkennen. Im übrigen waren nur noch einige Münzen, zwei zerknüllte Banknoten und ein Dietrich zum Öffnen von Türschlössern da.

»Was ist jetzt?« fragte Pat.

»Ich weiß nicht. Da stimmt irgend etwas nicht.«

»Und was sollte das sein?«

»Woher soll ich das wissen? Es gefällt mir eben nicht, aber ich kann keine Erklärung dazu abgeben. Laß zuerst einmal die Leiche richtig identifizieren. Vielleicht kann ich dir dann erklären, warum mir etwas nicht zu stimmen scheint.«

»Keine Sorge, das werde ich tun«, sagte Pat. »Ich möchte nicht riskieren, daß der wirkliche Oscar uns von irgendwoher auslacht. Es sähe dem verrückten Bastard gleich, jemand anderen unter den Zug zu stoßen, um uns von seiner Fährte abzulenken.«

»Hätte er dann auch noch Zeit gefunden, dem anderen all das Zeug in die Taschen zu schieben?« Ich deutete auf die Papiere, die Pat in der Hand hielt.

»Es wäre durchaus möglich. Wir werden uns jedenfalls vergewissern. Lee hat die beiden Geburtsurkunden und ein ärztliches Gutachten über Oscar, das dessen vollständige Personenbeschreibung enthält. Es wird nicht lange dauern, festzustellen, ob er es ist oder nicht.«

»Laß mich wissen, was du festgestellt hast.«

»Ich rufe dich morgen an. Ich möchte wissen, wie der Kerl uns entdeckt hat. Als ich ihm durch den Hinterausgang in die Gasse nachlief, hätte ich mir beinahe das Genick gebrochen.«

Er sah mich unschlüssig an, als hätte er noch etwas auf dem Herzen. Vielleicht hatte er Velda gesehen, wollte aber keine Frage stellen.

»Sehen wir uns morgen?« fragte er.

»Ich denke...«

Ich nahm einen letzten Zug von der Zigarette, bevor ich den Stummel in den Rinnstein warf. Pat ging in die Station zurück, und ich hörte seine Absätze auf den Stufen klicken.

Die Straße wirkte jetzt noch verlassener als zuvor. Langsam ging ich zu dem Ziegelhaus zurück und stieg die drei Stufen empor. Die Tür stand noch offen, und es fiel genug Licht in den dunklen Gang, daß ich meinen Weg finden konnte.

Es war keine richtige Wohnung, nur ein Zimmer. Ein Stuhl, ein Schrank, ein Einzelbett und ein Waschständer waren die ganze Möblierung. Der Koffer auf dem Bett war halb gefüllt mit abgetragenen Kleidungsstücken, aber ich konnte nicht feststellen, ob jemand gerade beim Ein- oder Auspacken gewesen war. Ich suchte in den Sachen herum und fand eine weitere Dollarnote in einem Saum. Unter allem lagen zwanzig Seiten eines Versandkatalogs. Ein Teil davon zeigte Sportartikel und alle möglichen Arten von Waffen. Auf den anderen Seiten waren Abbildungen von Autozubehör. Welcher Teil war benutzt worden? Hatte der Mann eine Waffe oder einen Reifen gekauft?

Warum? Und wo?

Ich zog die Hemden hervor und suchte nach irgendwelchen Erkennungszeichen. In einem Hemdkragen stand DEA als Wäschezeichen neben der Firmenmarke. Die anderen Hemden enthielten nichts. Also hatte er wohl seine Wäsche selbst gewaschen.

Das war alles.

Nichts.

Ich konnte etwas leichter atmen und Marty Kooperman mitteilen, daß sein Günstling jetzt wieder unantastbar war. Pat war zufrieden, die Polizei war zufrieden, und alles war in bester Ordnung. Ich war der einzige, den immer noch etwas störte ... Ich war weit davon entfernt, zufrieden zu sein.

Mißmutig stieß ich mit dem Fuß gegen die Bettkante und warf einen letzten Blick in die Runde. Pat würde als nächster hier sein. Er würde Fingerabdrücke finden und sie mit denen des Toten vergleichen. Falls sonst noch etwas zu finden sein sollte, würde er es in seiner methodischen Art aufstöbern, und ich konnte dann die Einzelheiten von ihm erfahren.

Obwohl ich erst vor wenigen Stunden aus dem Bett geklettert war, fühlte ich mich aus irgendwelchen Gründen jetzt müder als je zuvor.

Ich ging in einen schäbigen Druckstore und rief Veldas Wohnung an. Sie war nicht da. Im Büro hatte ich mehr Glück. Ich verabredete mich mit ihr in einer Bar und fuhr mit dem Taxi hin.

Velda erwartete mich schon in einer Nische. Ich nickte im Vorbeigehen dem Barkeeper Tony zu und setzte mich Velda gegenüber. Sie begann sofort zu berichten.

»Ich bin gegen halb acht dort gewesen. Das eine Fenster im Erdgeschoß nach vorn heraus war erleuchtet, und zweimal sah ich jemand den Vorhang einen Spaltbreit beiseite ziehen und herausblicken. Ein Wagen fuhr zweimal um den Häuserblock und verlangsamte jedesmal vor dem Haus etwas die Fahrt. Als der Wagen außer Sicht war, begann ich meine Erkundung. Ich fand einen Kellereingang unter der Treppe und ging hinunter. Gerade als ich hinunterging, sah ich jemand die Straße entlangkommen, und ich dachte, es könnte Deamer sein. Ich ließ es darauf ankommen, daß er es tatsächlich war. Ihr wart ja hinter ihm. Die Kellertür stand offen und führte in den Hinterhof. Ich bahnte mir gerade meinen Weg zwischen Kisten und Gerümpel hindurch, als ich jemand im Hinterhof hörte. Es dürfte ungefähr zwei Minuten gedauert haben, bis ich dort draußen war. Jedenfalls hörte ich in diesem Moment jemand schreien, und dann kam einer aus der Hintertür des nächsten Hauses gestürzt. Ich eilte ihm in die Hintergasse nach, aber er war schneller als ich, und ich verlor ihn aus den Augen.«

»Das war sicherlich Oscar Deamer«, warf ich ein. »Er hat uns kommen sehen und ist geflüchtet.«

»Vielleicht.«

»Was meinst du mit vielleicht?«

»Ich glaube, vor mir in der Gasse waren zwei Leute.«

»Zwei?« fragte ich scharf. »Hast du sie gesehen?«

»Nein.«

»Woher willst du es dann wissen?«

»Ich weiß es nicht. Ich denke es nur.«

Ich leerte mein Bierglas und winkte Tony zu. Er brachte mir ein neues. Velda hatte ihr Glas noch nicht berührt.

»Irgend etwas bringt dich auf diese Vermutung«, forschte ich weiter. »Was ist es?«

Sie zuckte mit den Schultern, schaute stirnrunzelnd in ihr Glas und versuchte sich wieder auf jene kurze Zeitspanne der Verfolgung in der Gasse zu konzentrieren.

»Als ich noch im Keller war, glaubte ich jemand in dem Hinterhof zu hören. Es trieben sich da Katzen herum, und in jenem Augenblick dachte ich, die seien es.«

»Weiter...«

»Als ich dem Mann dann nachrannte, stolperte und fiel ich, und während ich dalag, hörte es sich so an, als liefe nicht nur eine Person die Gasse entlang. Vielleicht irre ich mich, aber ich wollte es jedenfalls erwähnen.«

Ich nickte.

»Hast du den Mann auch in die U-Bahn-Station hinunterrennen sehen?« fragte ich.

»Nein. Er war außer Sicht, als ich an die Treppe kam. Aber zwei Jungens starrten zum Bahnsteig hinunter und winkten einem dritten Jungen zu, er solle auch kommen und hinunterschauen. Ich setzte auf die Chance, daß Deamer in die Station geflüchtet war, und folgte ihm. Der Zug bremste gerade scharf, als ich den Bahnsteig erreichte. In dem Moment wußte ich auch schon, was passiert war. Als du mich weggeschickt hast, hielt ich nach den Jungens Ausschau, aber ich konnte sie nicht mehr sehen.«

Ich trank mein Bier, und Velda leerte ihr Manhattan-Glas.

»Was nun, Mike?« fragte sie, in ihre Jacke schlüpfend.

»Du gehst heim, Mädchen«, sagte ich. »Und ich werde einen schönen langen Spaziergang machen.«

Wir sagten Tony gute Nacht und gingen. Vor Veldas Haus verabschiedete ich mich mit einem Kuß von ihr und ging weiter. In einem Drugstore ging ich in die Telefonzelle und suchte aus dem Fernsprechverzeichnis die Nummer der Brightons an der Park Avenue heraus.

Ich wählte die Nummer, und nach dem dritten Freizeichen meldete sich eine tiefe Stimme:

»Hier bei Brighton...«

Ich kam gleich zur Sache.

»Ist Ethel da?«

»Wen darf ich melden, Sir?«

»Niemand. Holen Sie sie nur an den Apparat.«

»Es tut mir leid, aber...«

»Ach, Unsinn, holen Sie sie.«

Es folgte ein schockiertes Schweigen, und dann war das Klappern zu hören, als der Hörer auf die Tischplatte gelegt wurde. Im Hintergrund murmelten Stimmen, und schnelle Schritte kamen heran.

»Ja?« fragte eine Mädchenstimme.

»Hallo, Ethel«, sagte ich. »Gestern nacht habe ich Ihren Wagen zum Times Square zurückgefahren. Erinnern Sie sich?«

»Oh! Ja, aber...« Ihre Stimme sank zu einem Flüstern herab. »Bitte, ich kann hier nicht mit Ihnen sprechen. Was ist...«

»Sie können draußen mit mir sprechen, Ethel. Ich werde in einer Viertelstunde an Ihrer Straßenecke stehen – an der Nordostecke. Erwarten Sie mich dort.«

»Ich – ich kann nicht! Wirklich... oh, bitte...« In ihrer Stimme klang Panik mit.

»Es wird besser sein, wenn Sie hinkommen«, sagte ich.

Ich hängte ab und begann in Richtung der Park Avenue zu laufen. Wenn ich den Klang in Ethels Stimme richtig gedeutet hatte, würde sie dort sein.

Sie war da. Ich sah sie nervös auf und ab gehen, während ich noch einen halben Häuserblock entfernt war. Als ich hinter ihr herantrat und hallo sagte, wurde sie einen Moment starr vor Schreck.

»Angst?« fragte ich.

»Nein – natürlich nicht!«

Dabei bebte ihr Kinn, und sie konnte die Hände nicht stillhalten. Ich nahm ihren Arm und steuerte sie westwärts, wo Lichter und Menschen waren. Wir bogen später vom Broadway ab und gingen in eine Bar, die einen leeren und einen überfüllten Raumteil hatte, weil der Fernsehapparat so ungünstig stand. Das Licht war gedämpft, und außer dem Barkeeper achtete keiner am leeren Ende der Bar auf uns.

Ethel bestellte einen Old Fashioned, und ich nahm ein Bier. Die eine Hand hielt sie fest um das Glas gespannt, während sie mit der anderen Hand eine Zigarette aus meinem Päckchen fischte. Nachdem ich die Zigaretten für sie und mich angezündet hatte, fragte ich leise:

»Ethel, habe ich etwas an mir, was Sie so ängstlich macht?«

Sie befeuchtete mit der Zunge ihre Lippen.

»Wirklich, es ist... ist nichts.«

»Sie haben sich nicht einmal nach meinem Namen erkundigt.«

»Ich... ich bin nicht an Namen interessiert.«

»Aber ich bin es.«

»Sie haben doch... bitte, was habe ich getan? Bin ich nicht gewissenhaft und verschwiegen gewesen? Müssen Sie mich immer weiter...«

Die angestaute innere Erregung löste sich plötzlich in einer Flut von Tränen. Sie senkte den Kopf, und die Tränen tropften von ihren Wangen auf die Bartheke hinab.

»Ethel... Sie brauchen sich vor mir nicht zu fürchten. Schauen Sie in den Spiegel, dann werden Sie erkennen, warum ich Sie heute abend angerufen habe. Sie sind ein Mädchen, das ein Mann nicht so ohne weiteres vergessen kann, wenn er es einmal gesehen hat. Sie nehmen alles zu ernst.«

Die Tränen versiegten so plötzlich, wie sie geflossen waren. Ein mißbilligender Zug bildete sich um ihren Mund, als sie mich ansah.

»Wir müssen alles ernst nehmen. Sie sollten das am besten wissen.«

»Nicht die ganze Zeit über«, antwortete ich und lächelte sie an.

»Ich kann Sie nicht verstehen.« Sie zögerte, aber dann begann auch in ihrem Gesicht ein Lächeln aufzublühen, und sie sah dabei sehr hübsch aus.

»Sie prüfen mich?« fragte sie.

»So etwas Ähnliches.«

»Aber... warum...?«

»Ich brauche Hilfe. Aber ich kann dazu nicht jeden x-beliebigen nehmen, verstehen Sie.« Es stimmte sogar: Ich brauchte Hilfe – sehr viel Hilfe.

»Sie meinen... ich soll Ihnen helfen herauszufinden, wer... es getan hat?«

»So ist es.«

Die Antwort schien ihr zu gefallen, denn die um das Glas gekrampften Finger entspannten sich, und sie nippte zum erstenmal an dem Drink.

»Dürfte ich eine Frage stellen?«

»Nur zu«, ermunterte ich sie.

»Warum haben Sie mich ausgewählt?«

»Schönheit fesselt mich.«

»Aber mein Personalbericht...«

»Der hat mich auch gefesselt. Ich lasse mir gern von einer schönen Frau helfen.«

»Ich bin nicht schön.«

Sie fischte nach Komplimenten, und ich war ihr behilflich.

»Ich kann nur Ihr Gesicht und Ihre Hände sehen. Die sind wunderschön. Aber ich wette, das übrige ist ebenso schön.«

Es war zu dunkel, als daß ich hätte sehen können, ob sie errötete oder nicht. Sie fuhr sich wieder mit der Zunge über die Lippen und lächelte.

»Würden Sie...?«

»Was...?«

»Gern das übrige sehen?« Nein, sie war sicherlich nicht errötet.

Ich lachte leise, und ich sah das Glitzern in ihren Augen, als sie mir den Kopf zuwandte.

»Ja, Ethel, das würde ich gern – wenn die Zeit dazu gekommen ist.«

Sie atmete so heftig, daß ihre Jacke auseinanderglitt und ich das Pulsieren der Ader an ihrer Kehle sah.

»Es ist sehr warm hier«, sagte sie leise. »Wollen wir nicht gehen?«

Keiner von uns leerte sein Glas.

Sie lachte jetzt – mit dem Mund und mit den Augen. Ich hielt ihre Hand und fühlte den warmen Druck ihrer Finger. Ethel führte jetzt – nicht mehr ich. Wir gingen auf ihre Wohnung zu.

»Wenn uns jetzt Ihr Vater begegnet... oder jemand, den Sie kennen?«

Sie zuckte verächtlich mit den Schultern.

»Sollen Sie doch. Sie wissen ja, was ich empfinde.« Sie sah mit hoch erhobenem Kopf geradeaus. »Alle Gefühle für meine Familie sind seit Jahren erstorben.«

»Dann haben Sie überhaupt keine Gefühle mehr?«

»Oh, doch, die habe ich.« Wieder war das Glitzern in Ihren Augen, als sie mich ansah.

Ein paar Türen vor ihrem Haus blieb sie stehen. Ihr Kabriolett parkte dort.

»Diesmal lenke ich«, sagte sie.

Wir stiegen ein und fuhren los. Es regnete ein wenig, und es schneite ein wenig, und dann war plötzlich der Himmel klar, und einige Sterne funkelten herab.

Wir fuhren aus der Stadt heraus und am Hudson entlang bis zu einer Abzweigung von der Schnellstraße. Auf einem Schotterweg glitten wir unter den herabhängenden Zweigen von Immergrün auf ein Landhaus zu, das an einen Hügelhang gebettet lag.

Ethel nahm meine Hand und führte mich in das gemütliche kleine Playgirl-Haus, das ihr spezieller Schlupfwinkel vor der Welt war.

Sie zündete die dicken Wachskerzen an, die in Messinghaltern von der Decke herabhingen. Ich mußte die raffinierte Schlichtheit der Einrichtung bewundern. Der Innenarchitekt hatte gute und geschmackvolle Arbeit geleistet. Ethel deutete auf die Bar, die in eine Ecke der Blockhaus-Hütte eingelassen war.

»Dort sind Drinks. Würden Sie uns einen machen und dann das Feuer in Gang bringen? Im Kamin liegt alles bereit.«

Ich inspizierte die Bar und stellte fest, daß sie nur das Beste vom Besten enthielt. Als Ethel zwei Minuten später in einem leichten Hausanzug erschien, hatte ich schon zwei Drinks bereit und zündete eben das Feuer im Kamin an.

Wir tranken miteinander, und wir lachten und küßten uns. Irgendwann verlor ich ganz und gar die Übersicht und versank in jenen Zustand rosaroter Trunkenheit, der alle Dinge und Geschehnisse verzaubert.

5

In der Morgendämmerung erwachte ich mit trockener Kehle. Ethel lag zusammengerollt neben mir. Während der Nacht war das Feuer ausgegangen, und sie war aufgestanden und hatte eine Decke über uns geworfen.

Es gelang mir aufzustehen, ohne sie zu wecken. Ich zog meine umherliegenden Kleidungsstücke an. Ethel lächelte im Schlaf, als ich ging. Es war eine reizende Nacht gewesen, aber ich hatte nicht das gefunden, wonach ich eigentlich suchte.

Ich schlüpfte in meinen Regenmantel, trat hinaus und schaute zum Himmel empor. Die Wolkendecke hatte sich wieder geschlossen, aber sie war jetzt dünner, und es war etwas wärmer geworden.

In zwanzig Minuten erreichte ich die Schnellstraße, und ich mußte weitere zwanzig Minuten warten, bis ein Lastwagen anhielt und mich in die Stadt mitnahm. Ich lud den Fahrer zum Frühstück ein, und wir sprachen über den Krieg. Er stimmte zu, daß es ein häßlicher Krieg sei, und wir trennten uns als gute Freunde.

Gegen zehn Uhr rief ich Pat an. Er sagte sofort:

»Kannst du herkommen, Mike? Ich habe etwas Interessantes.«

»Wegen gestern abend?«

»Ja.«

»Ich bin in fünf Minuten da.«

Das Hauptquartier war in der Nähe, und ich ging zu Fuß hin. Der Bezirksstaatsanwalt kam gerade wieder aus dem Haus. Diesmal sah er mich nicht. Als ich an Pats Tür klopfte, rief er: »Herein«, und ich drückte gegen den Türknauf.

»Wo zum Teufel bist du gewesen?« fragte Pat. Er grinste.

»Nirgends«, sagte ich und grinste zurück.

»Falls es so zwischen Velda und dir steht, wie ich es vermute, dann solltest du dir lieber den Lippenstift vom Gesicht wischen und dich rasieren.«

»Ist es so schlimm?«

»Ich kann sogar von hier aus den Whisky riechen.«

»Das wird Velda nicht gefallen«, sagte ich.

»Kein Mädchen, das einen Mann liebt, hat so etwas gern.«

Pat lachte. »Setz dich, Mike. Ich habe Neuigkeiten für dich.«
Er öffnete ein Schreibtischschubfach und holte einen großen
Umschlag mit dem Aufdruck *Vertraulich* hervor. Auf der
Lehne seines Sessels sitzend, reichte er mir eine Fotokopie
mit Fingerabdrücken.

»Die habe ich gestern nacht von dem Toten genommen.«

»Du verschwendest keine Zeit, Junge.«

»Konnte ich mir auch nicht leisten.« Er brachte drei mit
einer Büroklammer zusammengeheftete Papiere aus dem
Umschlag zum Vorschein.

Der Briefkopf auf der Vorderseite war von einem Krankenhaus, aber ich konnte das nicht genau lesen, weil Pat mir die
Fingerabdrücke auf der Rückseite zeigte.

»Das sind auch Oscar Deamers Fingerabdrücke«, erklärte
er. »Dies hier ist der medizinische Bericht über seinen Krank-
heitsfall, den Lee aufbewahrt hat.«

Ich brauchte kein Fachmann zu sein, um zu erkennen, daß
die Abdrücke übereinstimmten.

»Das ist bestimmt derselbe Mann«, sagte ich.

»Daran besteht kein Zweifel. Möchtest du einen Blick in
den Bericht werfen?«

»Ach, ich würde all das medizinische Kauderwelsch doch
nicht verstehen. Was ist die Essenz davon?«

»Kurz zusammengefaßt: Oscar Deamer war ein gefährlicher
Neurotiker, außerdem geistesgestört und noch einiges anderes.«

»Angeboren?«

Pat erkannte, was ich dachte.

»Nein, tatsächlich nicht. Es besteht also keine Gefahr, daß
Lee irgendwelche gefährlichen Erbanlagen übernommen hat.
Es scheint, daß Oscar als Kind einen Unfall hatte. Eine
schwere Schädelverletzung, die irgendwie seinen Zustand
herbeiführte.«

»Hat es irgendeinen Widerhall gegeben? Haben die Zeitungen etwas herausgefunden?«

Ich reichte Pat die Papiere, und er schob sie in den Umschlag zurück.

»Nein, glücklicherweise nicht«, sagte er. »Eine Weile haben
wir wie auf Kohlen gesessen, aber keiner von den Reportern

hat die Namen irgendwie in Verbindung gebracht. Bei dem Tode von Oscar gab es einen glücklichen Umstand: sein Gesicht war unkenntlich. Wenn die Reporter sein Gesicht gesehen hätten, wäre nichts mehr zu vertuschen gewesen, und manche Politiker hätten eine Riesenfreude gehabt.«

Ich zog eine Zigarette aus dem Päckchen und klopfte das Mundstück auf der Sessellehne fest.

»Was ist die Meinung des Leichenbeschauers?«

»Natürlich zweifellos Selbstmord. Oscar hat Angst bekommen, das war alles. Er versuchte zu fliehen, als er sich gestellt sah. Sicherlich wußte er, daß er in die Nervenheilanstalt zurück mußte, wenn man ihn fing – und zwar diesmal in eine streng verschlossene Abteilung.«

Pat ließ sein Feuerzeug aufschnappen und zündete meine Zigarette an.

»Ich schätze, damit ist der Fall erledigt«, sagte ich.

»Für uns – ja. Für dich nicht.«

Ich hob die Brauen und sah ihn fragend an.

»Bevor ich heute zum Dienst kam, habe ich Lee getroffen. Er hat angerufen«, erklärte Pat. »Als er mit Oscar telefonierte, machte dieser irgendeine Andeutung. Lee vermutet offenbar, daß Oscar etwas anderes vorhatte, als ihn fälschlicherweise als Mörder identifizieren zu lassen. Jedenfalls sagte ich ihm, daß du außergewöhnliches Interesse an dem Fall hättest, aber nicht einmal mit mir darüber sprechen möchtest. Er hat mich über dich ausgefragt, und nun will er unbedingt mit dir sprechen.«

»Ich soll ermitteln, was sonst noch hinter diesem Fall steckt?«

»Das nehme ich an«, sagte Pat. »Jedenfalls bekommst du ein fettes Honorar, statt daß du dich umsonst abzappeln mußt.«

»Es macht mir nichts aus. Ich bin ohnehin auf Urlaub.«

»Unsinn. Versuch mir nicht immer wieder denselben Kohl zu verkaufen. Denk dir mal etwas anderes aus. Wenn ich nur dahinterkommen könnte, was du im Schilde führst.«

»Das möchtest du gern wissen, nicht wahr, Pat?«

Mein Tonfall schien ihn zu ärgern. Sein Blick wurde schärfer, und seine Stimme klang spröder, als er sagte:

»Mike, du Bastard, du hast doch wieder irgendeinen Totschlag oder so etwas auf dem Gewissen.«

»Natürlich, zwei sogar. Rate weiter.«

Sein Blick wurde milder, und er mußte grinsen.

»Wenn es neuerdings Mordfälle gegeben hätte, würde ich sie einen nach dem anderen durchgearbeitet und dich so lange ins Kreuzverhör genommen haben, bis du mir gestanden hättest, welcher es war.«

»Willst du damit sagen, daß die Polizei neuerdings keinen ungeklärten Mordfall in ihrer Kartei hat?«

Pat wurde rot und bewegte sich unbehaglich.

»In allerletzter Zeit nicht.«

»Was ist mit jenem Burschen, den ihr aus dem Fluß gefischt habt?«

Er erinnerte sich daran und runzelte die Stirn.

»Ach, dieser Gangstermord. Die Leiche ist noch immer nicht identifiziert, und wir versuchen jetzt, anhand seiner Zahnersatzarbeiten die Fährte weiter zu verfolgen.«

»Meinst du, daß ihr Erfolg haben werdet?«

»Es müßte leicht sein. Seine Zahnprothese ist eine ungewöhnliche Arbeit. Ein falscher Zahn war aus rostfreiem Stahl. Davon habe ich noch nie gehört.«

In meinem Kopf begann wieder eine Alarmglocke zu schrillen. Vor Aufregung fiel mir die Zigarette zu Boden, und ich bückte mich schnell, damit Pat meinen Gesichtsausdruck nicht sah.

Pat hatte vielleicht noch nie etwas von Zähnen aus rostfreiem Stahl gehört, aber ich schon.

»Erwartet Lee mich?« fragte ich ablenkend.

Pat nickte.

»Ich habe ihm gesagt, du würdest heute vormittag zu ihm kommen.«

»In Ordnung.« Ich stand auf. »Noch etwas: Was ist mit dem Mann, den Oscar umgelegt hat?«

»Charlie Moffit?«

»Ja.«

»Vierunddreißig Jahre alt, helle Haut, dunkles Haar. Er hatte eine Narbe über einem Auge. Kein Strafregister und nicht viel über ihn bekannt. Er wohnte in einem möblierten

Zimmer an der 91. Straße – schon seit einem Jahr. Er arbeitete in einer Pastetenfabrik.«

»Wo?«

»In einer Pastetenfabrik«, wiederholte Pat. »Mutti Switcher's Pasteten-Bude. Du findest es im Fernsprechverzeichnis.«

»War diese Karte alles, was er an Erkennungszeichen bei sich hatte?«

»Nein, er hatte auch einen Führerschein und ein paar andere Sachen. Während des Handgemenges ist seine eine Jackentasche herausgerissen worden. Aber ich glaube kaum, daß er überhaupt etwas in der Tasche hatte. Warum fragst du, Mike?«

»Ich denke an die grünen Karten.«

»Ach, mach dir doch keine Gedanken über die Kommies. Wir haben Behörden, die sich damit beschäftigen können.«

Ich schaute an Pat vorbei in den Morgen hinaus.

»Wie viele Kommies gibt es ungefähr in unserem Land, Pat?«

»Zweihunderttausend etwa«, antwortete er.

»Wie viele Männer haben wir in den Behörden, die du erwähnt hast?«

»Oh... vielleicht ein paar Hundert. Was hat das damit zu tun?«

»Nichts... aber das ist der Grund, weshalb ich mir Sorgen mache.«

»Vergiß das. Laß mich wissen, wie du mit Lee zurechtgekommen bist.«

»Natürlich.«

»Und Mike... behalte das alles für dich, ja? Jeder Reporter kennt deinen Ruf, und wenn man dich mit Lee zusammen sieht, könnten Fragen gestellt werden, die schwer zu beantworten sind.«

»Ich werde mich verkleiden«, sagte ich.

Lee Deamers Büro lag im 2. Stock eines netten Hauses nahe bei der Fifth Avenue. Abgesehen von dem Mädchen am Telefonschalter war nichts Aufsehenerregendes an dem Büro. Sie hatte ein bemerkenswert hübsches Gesicht und einen

Körper, den sie lieber zur Schau zu stellen als zu verhüllen schien. Ihre Stimme war wundervoll. Aber sie kaute Gummi wie eine Kuh, und das raubte ihr jeden Reiz des Außergewöhnlichen.

Ein schmales Vorzimmer führte in ein weiteres Büro, in dem zwei Stenotypistinnen hinter ihren Schreibmaschinen saßen. Eine Wand bestand ganz aus Glas. Eine Frau dahinter lächelte mich freundlich an und kam durch eine Tür auf mich zu. Sie war Anfang der Dreißig, gut angezogen und hübsch anzuschauen. Der Smaragdring, den sie trug, war mindestens eine Generation älter als sie.

»Guten Morgen«, sagte sie. »Kann ich etwas für Sie tun?«

Ich erinnerte mich daran, daß ich höflich sein sollte.

»Ich möchte bitte Mr. Deamer sprechen.«

»Erwartet er Sie?«

»Er hat mich hergebeten.«

»Ich verstehe.« Sie sah mich an. »Haben Sie es eilig?«

»Nicht besonders. Aber ich glaube, Mr. Deamer hat Eile.«

»Oh... also... der Arzt ist bei ihm. Es könnte noch eine Weile dauern.«

»Arzt?« unterbrach ich sie.

Das Mädchen nickte, und ein Ausdruck von Besorgnis kam in ihren Blick.

»Er war heute morgen sehr aufgeregt, und ich habe den Arzt angerufen. Mr. Deamer fühlte sich nicht allzu wohl, seit er vor einiger Zeit den Anfall hatte.«

»Was für einen Anfall?«

»Herzanfall. Er bekam eines Tages einen Anruf, der ihn sehr aufregte. Gerade als ich vorschlagen wollte, er solle lieber heimgehen, brach er zusammen. Ich... ich habe mich furchtbar geängstigt. Verstehen Sie, es ist nie zuvor passiert, und...«

»Was hat der Arzt gesagt?«

»Offensichtlich war es kein schwerer Anfall. Mr. Deamer bekam Anweisung, sich zu schonen, aber bei einem Mann von seiner Energie ist das schwer durchzuhalten.«

»Sie sagten, er habe einen Anruf bekommen, der den Anfall verursachte?«

»Davon bin ich überzeugt. Zuerst dachte ich, es sei die Aufregung beim Anblick der unten auf der Avenue vorbeiparadierenden Legion, aber Ann sagte mir, es sei sofort nach dem Anruf passiert.«

Oscars Anruf mußte ihn also schwerer getroffen haben, als Pat oder ich gedacht hatten. Ich wollte gerade etwas sagen, als der Arzt aus dem Privatbüro kam. Es war ein kleiner Mann mit einem altmodischen Spitzbart. Er nickte uns beiden zu.

»Ich bin sicher, daß er sich bald erholen wird«, sagte er tröstend zu dem Mädchen. »Ich habe ein Rezept dagelassen. Sorgen Sie dafür, daß die Medizin sobald wie möglich besorgt wird.«

»Das werde ich tun. Kann er Besucher empfangen?«

»Gewiß. Es besteht kein Grund zur Besorgnis, wenn er sich nur etwas schont. Guten Tag.«

Wir erwiderten seinen Gruß, und das Mädchen wandte sich mir zu. »Sie können also hineingehen. Aber... bitte, regen Sie ihn nicht auf.«

Ich grinste tröstend und sagte, ich würde es nicht tun. An der einen Stenotypistin vorbei ging ich auf die Tür mit Deamers Namensschild zu und klopfte an.

Er stand auf, um mich zu begrüßen, aber ich deutete mit einer abwinkenden Geste an, er solle sitzenbleiben. Sein Gesicht war etwas gerötet, und er atmete schnell.

»Fühlen Sie sich wieder besser?« fragte ich. »Ich bin gerade dem Arzt begegnet.«

»Viel besser, Mike. Ich mußte ihm eine Lügengeschichte auftischen... denn die Wahrheit konnte ich ihm ja nicht sagen.«

Ich setzte mich in den Sessel an der Seite des Schreibtischs, und er schob mir eine Zigarrenkiste zu. Ich lehnte dankend ab und zog eine Zigarette hervor.

»Pat sagte, Sie wollten mich sprechen?«

Lee lehnte sich zurück und wischte sich mit einem feuchten Taschentuch übers Gesicht.

»Ja, Mike. Er sagte mir, Sie seien irgendwie an dem Fall interessiert.«

»Das bin ich.«

»Sind Sie einer meiner politischen Anhänger?«

»Ganz ehrlich gesagt: Ich verstehe gar nichts von Politik – abgesehen davon, daß sie von mir aus gesehen ein schmutziges Geschäft ist.«

»Dagegen hoffe ich etwas unternehmen zu können. Ich hoffe es ganz ehrlich, Mike. Aber ich habe jetzt Bedenken.«

»Wegen des Herzens?«

Er nickte.

»Es passierte nach Oscars Anruf. Ich habe nie gewußt, daß mein Herz nicht intakt ist. Man wird es den Wählern jetzt sagen müssen, fürchte ich. Es wäre nicht fair, sich für ein Amt wählen zu lassen, dem man physisch nicht gewachsen ist.« Er lächelte dünn, und er tat mir mit einemmal sehr leid.

»Also die politische Seite der Affäre interessiert mich nicht.«

»Wirklich?« fragte er erstaunt. »Aber was...«

»Nur die ungelösten Rätsel daran interessieren mich, Lee.«

»Aha...«, sagte er unschlüssig.

Ich fächelte den Rauch von ihm fort.

»Weshalb haben Sie mich nun sprechen wollen? Pat hat mir zwar kurze Hinweise gegeben, aber alles weiß ich längst noch nicht.«

»Ja, also es war doch so: Oscar hat angedeutet, daß er mich in jedem Falle ruinieren wolle. Er erwähnte einige Dokumente, die er vorbereitet habe.«

Ich drückte das glühende Zigarettenende aus und sah ihn an. »Was für Dokumente?«

Lee schüttelte langsam den Kopf.

»Das einzige, was er publik machen könnte, wäre unsere brüderliche Verwandtschaft.«

»Nichts anderes, was Ihnen schaden könnte?« fragte ich.

Er schüttelte energisch den Kopf.

»Wenn es da etwas gäbe, hätte man das schon längst ans Licht gezerrt. Nein, ich bin nie im Gefängnis gewesen oder habe in anderen Schwierigkeiten gesteckt.«

»Woher stammt eigentlich dieser furchtbare Haß Ihres Bruders?«

»Das weiß ich wirklich nicht. Wie ich Pat und Ihnen schon erzählt habe, könnte es an den großen Wesensunterschieden zwischen uns liegen. Obwohl wir ja Zwillinge waren, hatten wir kaum irgendwelche Ähnlichkeiten. In unserer Jugend geriet Oscar immer wieder in Schwierigkeiten. Ich versuchte ihm zu helfen, aber er wollte nichts davon wissen. Er haßte mich furchtbar. Aber trotz allem hätte ich nicht gewollt, daß er so endet.«

»Es ist besser für ihn.«

»Vielleicht.«

Ich griff nach einer neuen Zigarette.

»Ich soll also nun für Sie herausfinden, was er hinterlassen hat?«

»Falls da etwas zu finden ist, ja.«

Ich ließ die erste Rauchwolke langsam zwischen meinen Lippen entgleiten und schaute ihr zur Decke nach.

»Lee, Sie kennen mich nicht, also muß ich Ihnen etwas sagen. Ich hasse Heuchler. Angenommen, ich finde etwas, das ein sehr schlechtes Bild auf Sie wirft. Was sollte ich dann nach Ihrer Meinung damit tun?«

Er reagierte nicht so, wie ich erwartet hatte. Mit verschränkten Händen beugte er sich über den Schreibtisch vor und sah mich ernst an.

»Mike«, sagte er mit metallischer Entschlossenheit in der Stimme. »Wenn Sie so etwas finden, würde ich sofort von Ihnen verlangen, daß Sie es veröffentlichen. Ist das klar?«

»In Ordnung, Lee. Ich bin froh, daß Sie das gesagt haben.«

Wir sahen uns an, und er öffnete eine Schreibtischschublade und zog ein Bündel grüner Scheine mit hübschen großen Zahlen an den Ecken heraus.

»Hier sind tausend Dollar, Mike. Wollen wir es einen Vorschuß nennen?«

Ich nahm die Geldscheine und verstaute sie behutsam in einer Tasche.

»Nennen wir es volle Bezahlung, und Sie werden den Gegenwert für Ihr Geld bekommen.«

»Dessen bin ich sicher. Falls Sie zusätzliche Auskünfte brauchen, wenden Sie sich an mich.«

»Gut. Wollen Sie eine Quittung haben?«

»Nein, das brauche ich nicht. Ich bin sicher, daß Ihr Wort gut genug ist.«

»Vielen Dank. Ich schicke Ihnen einen Bericht, sobald ich etwas ausfindig mache.« Ich zog eine Karte aus der Tasche und legte sie auf den Tisch. »Wenn Sie mich anrufen wollen: die untere ist meine Privatnummer. Sie steht nicht im Telefonbuch.«

Wir schüttelten einander die Hände, und er begleitete mich zur Tür.

Bevor ich ins Büro ging, ließ ich mich rasieren und nahm eine Dusche, die mir die Haut zusammen mit den Spuren von Ethels Parfüm vom Körper riß. Ich wechselte Hemd und Anzug, ließ aber die gute alte Betsy in ihrem Schlupfwinkel unter der Achselhöhle.

Velda arbeitete an der Kartei, als ich mit einem fröhlichen Gruß und einem Grinsen, das Geld in der Tasche bedeutete, hereinstürmte. Ich wurde kurz auf Lippenstiftflecke, Whiskyduft und was sonst nicht noch gemustert und gebilligt und warf das Bündel Banknoten auf den Tisch.

»Auf die Bank damit, Mädchen.«

»Mike, was hast du angestellt?«

»Lee Deamer. Wir haben einen Auftrag.« Ich unterrichtete sie im Telegrammstil, und sie lauschte mit ausdruckslosem Gesicht.

»Du wirst nie etwas herausfinden, Mike«, sagte sie, als ich geendet hatte. »Das ist mir klar. Du hättest den Fall nicht übernehmen sollen.«

»Du irrst dich, Kleine. Falls Oscar wirklich irgend etwas hinterlassen hat, was Lee in Bedrängnis bringen könnte, würdest du dann nicht auch wollen, daß ich es finde?«

»Oh, Mike, du mußt! Wie lange müssen wir uns noch mit diesem Unrat beschäftigen, der sich Politik nennt? Lee Deamer ist der einzige ... der einzige, auf den wir hoffen können. Bitte, Mike, du darfst nicht zulassen, daß ihm irgend etwas passiert.«

Ich konnte die Furcht in ihrer Stimme nicht ertragen und nahm sie in die Arme.

»Keiner wird ihm etwas zuleide tun, Velda«, tröstete ich sie. »Wenn da irgend etwas zu finden ist, werde ich es aufstöbern.«

»Versprich mir, daß du Lee helfen wirst. Versprich mir das.«

Sie sah beschwörend zu mir auf.

»Ich verspreche es«, sagte ich sanft.

Ein Lächeln begann schüchtern in ihren Augenwinkeln aufzublühen – und das war der zweite große Vorschuß, den ich heute für eine noch nicht geleistete Arbeit bekam.

»Ich habe Arbeit für dich«, sagte ich und ließ sie los. »Versuche, alles über Charlie Moffit zu ermitteln, was nur zu erfahren ist. Er ist der Mann, den Oscar Deamer erschossen hat.«

»Ja, ich weiß.«

»Nimm dir Geld für deine Auslagen und forsche in seiner Wohnung und an seinem Arbeitsplatz nach.«

»Wann?«

»Noch heute abend, wenn möglich. Falls es nicht geht, reicht es morgen auch noch.«

Nachdem Velda zur Bank gegangen war, tippte ich einen kurzen Bericht über den Fall für meine Kartei und rief dann Ethel an. Der hochnäsige Bediente erkannte diesmal meine Stimme und rief Ethel sofort.

»Du Biest«, sagte sie, ohne sich darum zu kümmern, ob jemand mithörte. »Bist einfach aus der Höhle verschwunden und hast mich den Wölfen überlassen.«

»Das Bärenfell hätte sie bestimmt verjagt. Du hast hübsch ausgesehen, wie du darin eingewickelt lagst.«

»Wir sollten wieder dorthin fahren.«

»Vielleicht«, sagte ich.

»Bitte«, flüsterte sie sanft.

Ich wechselte das Thema.

»Hast du heute viel zu tun?«

»Sehr viel. Ich muß einige Leute aufsuchen. Sie haben mir ansehnliche... Spenden versprochen. Heute abend muß ich sie Henry Gladow abliefern.«

»Wie wäre es, wenn ich mitginge?«

»Wenn du es für richtig hältst. Ich bin sicher, daß keiner etwas dagegen hat.«

»Na, gut, und wo treffen wir uns?«

»Wie wäre es um sieben Uhr im Oboe Club? Geht das?«

»Fein, Ethel. Ich werde einen Tisch bestellen, damit wir essen können.«

Kaum daß ich die Verbindung unterbrochen hatte, rief ich

meinen Freund Marty in der Redaktion des *Globe* an und bat ihn um Auskünfte über Ethel Brighton. Überraschenderweise erfuhr ich, daß sie einmal mit einem jungen, etwas heruntergekommenen Künstler verlobt gewesen war, der zwar kommunistische Reden hielt, aber offenbar nichts dagegen gehabt hätte, eine junge Kapitalistin zu heiraten. Ethels alter Herr war natürlich gegen diese Heirat und erreichte durch seinen Einfluß, daß der junge Mann zum Militär einberufen und alsbald nach Übersee geschickt wurde. Er desertierte während irgendwelcher Kampfhandlungen und blieb seither verschwunden. Später fand Ethel heraus, daß ihr Vater für die Einberufung ihres Bräutigams verantwortlich war. Es gab großen Streit, und jetzt redete sie kaum noch mit ihm.

Ich bedankte mich bei Marty und hängte ab.

Das war also Ethel Brightons Geheimnis. Ein nettes Mädchen, das übergeschnappt war, weil ihr Vater ihre Heirat hintertrieben hatte. Sie hatte Glück gehabt, aber sie wußte es nicht.

Der Oboe-Club war nichts als ein zweitklassiger Saloon gewesen, bis zufällig ein Reporter hineingestolpert war und in seiner Spalte erwähnt hatte, daß es ein nettes Lokal sei, wenn man sich entspannen wolle und Ruhe und Stille suche. Sofort wurde ein erstklassiger Nachtklub daraus, wo man alles mögliche fand, nur nicht Ruhe und Stille.

Ich kannte den Oberkellner, dem man freundlich zunicken mußte, und es war noch früh genug, einen Tisch ohne knisternden Händedruck zu bekommen. Nach dem vierten Highball trat Ethel Brighton in Erscheinung. Der Oberkellner und ein anderer Kellner eskortierten sie, rückten ihr den Stuhl zurecht und drapierten den Mantel über ihrer Stuhllehne.

»Essen?« fragte ich.

»Ich möchte auch zuerst einen Highball.«

Ich rief den Kellner herbei und bestellte zwei weitere Drinks.

»Was machen die Spenden?«

»Es geht besser, als ich erwartet habe«, antwortete sie. »Und das beste ist, daß von dort, wo sie herkommen, noch mehr zu erwarten ist.«

»Die Partei wird stolz auf dich sein«, sagte ich leise.

Sie blickte mit einem nervösen kleinen Lächeln von ihrem Drink auf.

»Ich ... hoffe es.«

»Es müßte so sein. Du hast eine Menge Moneten hereingebracht.«

»Man muß tun, was man kann.«

Ihre Stimme klang flach, fast mechanisch. Sie nahm ihr Glas und trank einen langen Zug. Der Kellner kam und nahm die Bestellung auf. Als er gegangen war, lenkte ich Ethels Aufmerksamkeit wieder auf das mich im Augenblick am meisten interessierende Thema.

»Hast du dich je gefragt, wohin all das Geld geht?«

Sie sah mich überrascht an.

»Nein ... Es ist ja auch nicht meine Sache, darüber nachzudenken. Ich tue lediglich, was man von mir verlangt.«

Um keinen Verdacht zu erregen, schaltete ich eine harmlose Plauderei ein, bis das Essen kam. Erst beim Dessert stellte ich wieder eine Frage.

»Womit verdient Gladow eigentlich seinen Lebensunterhalt?«

»Ist er nicht Angestellter in einem Warenhaus?«

Ich nickte, als hätte ich das immer gewußt.

»Hast du je seinen Wagen gesehen?«

Ethel runzelte die Stirn.

»Ja. Er hat einen neuen Packard. Warum?«

»Kennst du sein Haus?«

»Ich war zweimal dort«, sagte sie. »Es ist eine große Villa in Yonkers draußen.«

»Und all das vom Gehalt eines Warenhausangestellten?«

Sie wurde kreidebleich. Ich grinste ihr beruhigend zu, aber das verfehlte seinen Zweck. Ethel fürchtete sich – und diese Furcht saß tief in ihr.

Sie nahm die Zigarette, die ich ihr anbot. Ihre Hand zitterte dabei.

»Um welche Zeit mußt du dort sein?« fragte ich.

»Um neun Uhr ist eine Versammlung.«

»Dann müssen wir allmählich gehen. Bis Brooklyn ist es ja ziemlich weit.«

»In Ordnung.«

Der Mann im Trenchcoat bewachte wieder den Eingang des Ladens in jener einsamen Straße in Brooklyn. Das Mädchen, das die grünen Karten prüfte, war auch dieselbe.

Henry Gladow wirkte heute sehr nervös. Als er uns sah, kam er sofort auf uns zu.

»Guten Abend, guten Abend, Genossen.« Er wandte sich direkt an mich. »Ich freue mich, Sie wiederzusehen, Genosse. Es ist eine Ehre für uns.«

Ethel reichte ihm einen Umschlag mit Geld und entschuldigte sich. Ich sah sie zu einem Tisch gehen. Sie setzte sich und begann einige hektographierte Manuskripte zu korrigieren.

»Eine großartige Arbeitskraft, Miß Brighton«, sagte Gladow lächelnd. »Man sollte gar nicht denken, daß sie all das repräsentiert, was wir hassen.«

Ich murmelte eine unverständliche Bestätigung.

»Bleiben Sie bei der Versammlung?« fragte er mich.

»Ja, ich will mich ein wenig umschauen.«

Er trat noch näher an mich heran.

»Meinen Sie, daß... die betreffende Person hier sein könnte?«

Da war es wieder! Mich fragte er das, was ich gern wissen wollte.

»Es ist möglich«, sagte ich vorsichtig.

»Genosse! Das ist ja unglaublich!« zischte er. »Wo wir doch alle Sicherheitsmaßnahmen getroffen haben, daß sich kein Spion aus dem kapitalistischen Lager einschleichen kann!«

Es war also bekannt, daß ein Spion in ihren Reihen war. Soviel wußte ich jetzt.

»Man wird ihn schon erwischen«, sagte ich, und er überraschte mich mit einem geradezu schwärmerischen Grinsen.

»Ich mache mir auch keine Sorgen«, vertraute er mir an. »Die Partei wird die kaltblütige Ermordung eines hochstehenden Genossen nicht ungestraft lassen. Ich freue mich, daß man einen Mann von Ihren Fähigkeiten dazu hergeschickt hat, Genosse.«

Ich dankte ihm nicht einmal für das Kompliment. Diesmal ergaben seine Worte noch mehr Sinn für mich... sie bedeuteten Mord! Drei Menschen waren tot. Einer war nicht gefunden worden. Einen hatte man gefunden, aber nicht identifiziert. Der dritte war kaltblütig ermordet worden, und das mußte Charlie Moffit gewesen sein! Er war also der hochstehende Genosse, und ich sollte seinen Mörder suchen.

Du meine Güte! Dieser Idiot hielt mich für einen MVD-Mann. Und mein Vorgänger war Charlie Moffit gewesen: ein Killer im Auftrag der Partei. Lee hätte also allen Grund, auf seinen Bruder stolz zu sein.

Jetzt wußte ich endlich Bescheid und konnte das Spiel richtig mitspielen. Es war nur ein Haken an der Sache. Irgendwo war ein weiterer MVD-Mann – nämlich der richtige.

Ich war so in meine Gedanken versunken, daß ich die Ankunft von drei Männern völlig übersehen hatte. Erst als Gladow sie begrüßte, wurde ich auf sie aufmerksam. Ich sah einen großen fetten Mann, einen kleinen fetten Mann und einen dritten, dessen Bild man oft in der Zeitung fand. Sein Name war General Osilov, und er gehörte zum Stab der russischen Botschaft in Washington. Der große und der kleine Dicke waren seine Adjutanten.

Henry Gladow sagte irgend etwas, und die drei Gesichter wandten sich mir zu. Der kahlköpfige General starrte mich lange an, aber ich hielt seinem Blick so lange stand, bis er schließlich hüstelte und wegschaute. Keiner von den dreien schien Wert darauf zu legen, meine Bekanntschaft zu machen.

Es kamen weitere Leute, und dann wurden Klappstühle aufgestellt, und die Versammlung begann. Gladow, der General und verschiedene andere Männer hielten Reden, deren Langweiligkeit sich in nichts von dem politischen Propagandageschwätz überall in der Welt unterschied.

Als schließlich die Leute wieder gingen und die Klappstühle zusammengestellt wurden, schlängelte sich ein dünnes Bürschchen an mich heran und fragte, ob ich Zeit hätte, ein paar Worte mit dem General zu sprechen.

Ich ging auf das Rednerpult zu, neben dem der General allein stand. Er nickte mir zu und sagte etwas auf russisch.

Ich ließ meinen Blick schnell zu den wenigen Leuten

gleiten, die noch in der Nähe standen, und sagte dann respektlos:

»Englisch sprechen. Das müßten Sie doch wissen.«

Der General wurde ein wenig blaß, und seine Lippen zuckten.

»Ja... ja, natürlich. Ich hatte nicht gewußt, daß einer von uns hier ist. Haben Sie einen Bericht für mich?«

Ich schüttelte eine Zigarette aus meinem Päckchen und steckte sie zwischen die Lippen.

»Wenn ich den Bericht habe, lasse ich es Sie wissen.«

Er nickte eifrig, und ich wußte, daß ich ihn richtig behandelt hatte. Sogar ein General mußte vor dem MVD auf der Hut sein. Das erleichterte mir meine riskante Rolle.

»Selbstverständlich«, sagte er beflissen. »Aber ich sollte dem Komitee doch irgendeine Meldung überbringen.«

»Dann sagen Sie denen, daß es nicht mehr lange dauern wird.«

Der General lächelte zum erstenmal.

»Dann wissen Sie also schon Bescheid?« fragte er eifrig. »Hat der Kurier... die Dokumente? Sie wissen, wo sie sind?«

Ich sagte kein Wort, sondern sah ihn nur an. In seinem Gesicht zeigte sich der gleiche Ausdruck, den ich schon bei den anderen beobachtet hatte: Furcht. Er lächelte gequält.

»Dann ist ja jetzt alles in Ordnung. Genosse Gladow hat es mir schon erzählt.«

Ich sog an der Zigarette und blies ihm ungeniert den Rauch ins Gesicht.

»Sie werden es bald genug erfahren«, sagte ich und ließ ihn stehen.

Ethel schlüpfte gerade in ihren Nerzmantel, und keiner schien sich darum zu kümmern, was sie anhatte.

»Gehst du heim?« fragte ich.

»Ja... und du?«

»Ich habe nichts weiter vor...«

Einer von den Männern trat heran, um ein paar Worte mit Ethel zu sprechen, und ich benutzte die Gelegenheit, mich noch einmal umzuschauen. Offenbar hatte ich dabei das Mädchen am Empfangspult zu lange angeschaut und bei ihr den Eindruck erweckt, ich interessierte mich für sie. Sie senkte verwirrt die Wimpern, ihr Blick irrte ab, kehrte aber unweigerlich zu mir zurück, und jedesmal, wenn sie sich beobachtet fühlte, errötete sie ein wenig mehr.

Es war mitleiderregend und komisch zugleich. Das Mädchen war zu unansehnlich, als daß ein Mann sich mit ihr beschäftigt hätte – jedenfalls nicht solange noch eine Hübschere in der Nähe war.

Da aber alle Frauen mit einer gehörigen Portion Eitelkeit geboren werden, schlenderte ich mit einem Lächeln langsam auf sie zu.

»Zigarette?« fragte ich und hielt ihr das Päckchen hin.

Es schien ihre erste Zigarette zu sein. Sie mußte husten, lächelte mich aber gleich wieder an.

»Vielen Dank.«

»Sind Sie... schon lange... äh, Miß...«

»Linda Holbright.« Sie fühlte sich jetzt wirklich geschmeichelt. »O ja, ich bin schon seit Jahren dabei. Und ich versuche alles für die Partei zu tun, was ich nur kann.«

»Gut, gut«, sagte ich. »Sie scheinen ziemlich befähigt zu sein. Auch hübsch.«

Sie errötete noch mehr als zuvor. Ihre blauen Augen wurden groß und rund, und sie hörte fast zu atmen auf.

Hinter mir hörte ich, wie Ethel ihre kleine Unterhaltung beendete, und ich sagte:

»Gute Nacht, Linda. Wir werden uns bald wiedersehen.« Ich schenkte ihr einen vielsagenden Blick. »Wirklich bald.«

Ihre Stimme war heiser vor unterdrückter Erregung, als sie zögernd sagte:

»Ich... ich wollte Sie schon fragen: Wenn da irgend etwas Wichtiges geschieht, was Sie wissen sollten... wo kann ich Sie dann erreichen?«

Ich riß den Deckel von einem Streichholzbrief ab und schrieb meine Adresse darauf.

»Hier ist es. Apartment 5 B.«

Ethel wartete auf mich. Ich sagte also noch einmal gute Nacht und ging hinter dem Nerzmantel auf die Tür zu.

Die Rückfahrt gestaltete sich abwechslungsreicher als die Herfahrt. Diesmal plauderte Ethel angeregt über alles, was ihr bei der Versammlung aufgefallen war. Ungefähr einen Häuserblock von meiner Wohnung entfernt deutete ich auf eine Ecke und sagte:

»Dort unter der Laterne steige ich aus.«

Sie lenkte an den Randstein und hielt an.

»Also, gute Nacht.« Sie lächelte mich an. »Ich hoffe, die Versammlung hat dir gefallen.«

»Ich habe sie stinklangweilig gefunden.« Ethels Mund klappte auf, und ich küßte sie schnell. »Weißt du, was ich an deiner Stelle tun würde, Ethel?«

Sie schüttelte den Kopf und sah mich seltsam an.

»Ich würde mich mehr mit meiner Rolle als Frau beschäftigen und weniger mit der Politik.«

Diesmal sperrte sie Augen und Mund zugleich auf. Ich küßte sie wieder. Sie betrachtete mich wie ein Rätsel, für das es keine Lösung gab, und ließ ein kurzes, scharfes Lachen hören, das aber ziemlich vergnügt klang.

»Bist du gar nicht neugierig, wie ich heiße, Ethel?«

Ihr Gesicht wurde weich.

»Nur aus privaten Gründen.«

»Mike ist der Name. Mike Hammer. Du solltest ihn dir einprägen.«

»Mike...«, sehr sanft gesprochen. »Wie könnte ich den Namen vergessen... nach gestern nacht.«

Ich grinste ihr zu und öffnete die Tür.

»Sehen wir uns wieder?«

»Möchtest du das?«

»Sehr gern.«

»Dann wirst du mich wiedersehen. Du weißt ja, wo ich wohne.«

Ich nickte ihr zu, schob die Hände in die Taschen und ging pfeifend weiter. Als ich schon dicht vor meiner Haustür war, setzte sich eine Limousine jenseits der Straße in Bewegung. Wenn der Mann am Steuer die Kupplung nicht so schnell losgelassen hätte, würde ich nicht aufgeschaut und die aus dem Hinterfenster ragende Gewehrmündung gesehen haben.

Was dann geschah, vollzog sich in einem wilden Wirrwarr von Bewegungen und Geräuschen. Die Mündungsflamme zuckte auf. Eine Kugel kreischte als Querschläger weg, und ein Motor heulte auf.

Ich warf mich flach zu Boden, rollte mich in derselben Bewegung zur Seite und riß gleichzeitig den 45er aus dem Halfter. Die Pistole zuckte in meiner Hand, und ich feuerte Kugeln ab, so schnell meine Hand den Drücker bewegen konnte. Im Licht der Straßenlampe sah ich die Löcher im Heck des Wagens erscheinen und das Heckfenster in Tausende von Glaskörnern zerspringen. Einer im Wagen schrie wie verrückt, und es fielen keine Schüsse mehr. Bevor der Wagen noch um die Ecke verschwunden war, wurden ringsumher Fenster aufgerissen.

Eine Frau schrie aus einem Fenster, daß jemand tot sei, und als ich hochschaute, sah ich, daß sie auf mich deutete. Sobald ich mich aufrichtete, schrie sie noch lauter.

Seit die Limousine sich in Bewegung gesetzt hatte, waren keine zwanzig Sekunden vergangen, und doch kam schon ein Polizeiwagen mit jaulenden Reifen um die Ecke. Der Fahrer trat auf die Bremse, und die beiden sprangen mit ihren Polizei-Spezial-Pistolen in den Händen aus dem Wagen. Ich versuchte gerade eine frische Ladung ins Magazin zu schieben, als der eine Polizist rief:

»Verdammt, lassen Sie die Waffe fallen!«

Wenn zwei Pistolen auf mich gerichtet sind, fange ich nicht zu streiten an. Ich warf also die Pistole so, daß sie auf meinem Fuß landete, und schob sie dann sanft von mir fort. Der andere Polizist hob sie auf. Gleichzeitig befahl mir der eine, die Hände auf den Kopf zu legen.

»Ein Waffenschein für das Schießeisen liegt zusammen mit meiner Lizenz als Privatdetektiv in meiner Brieftasche«, erklärte ich.

Der Polizist machte sich nicht erst die Mühe, mich nach einer weiteren Waffe durchzufilzen, sondern zog meine Brieftasche heraus. Er sah skeptisch aus, bis er den Waffenschein entdeckte.

»In Ordnung, nehmen Sie die Hände herunter.«

Der Polizist, der den Dienstwagen gelenkt hatte, musterte die Ausweise und dann mich. Er sagte etwas zu seinem Kollegen und gestattete mir dann mit einer Handbewegung, meine Pistole wieder aufzuheben.

»Alles klar?«

Ich blies den Staub von der alten Betsy ab und verstaute sie, wo sie hingehörte. Ein Menschenauflauf begann sich zu bilden, und einer von den Polizisten scheuchte sie auseinander.

»Was ist passiert?« Er war kein Mann von vielen Worten.

»Da bin ich überfragt, mein Freund. Ich war auf dem Heimweg, als die Schießerei begann. Entweder ist es die alte Geschichte mit der Personenverwechslung, was nicht sehr wahrscheinlich ist, oder jemand, den ich für einen Freund hielt, erweist sich als das Gegenteil davon.«

»Sie sollten mit uns kommen.«

»Sicher, aber inzwischen hinterläßt eine schwarze Buick-Limousine ohne Heckfenster und mit einigen Kugellöchern hinten eine Fährte in die nächste Garage. Ich glaube, ich habe einen von den Burschen erwischt, und Sie können die in Frage kommenden Ärzte überprüfen lassen.«

Der Polizist warf mir unter dem Mützenschirm hervor einen scharfen Blick zu und entschloß sich, mir Glauben zu schenken. Ohne weitere Zwischenfragen gab er die Nachricht über Polizeifunk weiter. Aber dann wollten sie mich trotzdem mitschleppen, bis ich sie dazu überreden konnte, eine telefonische Anfrage an Pat zu richten und sich die Antwort per Polizeifunk zurück übermitteln zu lassen. Pat erklärte ihnen, daß ich jederzeit erreichbar sei, und sie verschafften mir freie Bahn durch die Menschenmenge.

In dieser Nacht fing ich viele unfreundliche Blicke auf.

Als ich mit dem Schlüssel in der Hand vor meiner Wohnungstür stand, kam mir blitzartig die Erkenntnis. Mein kleines Liebeserlebnis mit Ethel hatte offensichtlich Rückwirkungen gehabt. Ich erinnerte mich daran, daß mir die Brieftasche aus der Jacke geglitten war, und daß sie am nächsten Morgen nicht an derselben Stelle gelegen hatte. Als Ethel aufgestanden war, um die Decke zu holen, hatte sie die Brieftasche mit dem Privatdetektiv-Ausweis in der Sichthülle gesehen. Heute abend hatte sie die Meldung weitergegeben.

Ich hatte Glück gehabt, mit heiler Haut dort herausgekommen zu sein.

Demnächst würde ich mich eingehender mit Ethel beschäftigen müssen – viel eingehender als bisher.

6

Bevor ich Velda anrief, leerte ich eine Flasche Bier. Ich erreichte Velda daheim und fragte sie, was sie herausgefunden habe.

»Da war nicht viel zu finden, Mike«, sagte sie. »Seine Zimmerwirtin beschrieb ihn als einen stillen, etwas einfältig wirkenden Mann. Er beklagte sich nie über etwas und hatte während der ganzen Zeit, als er dort wohnte, nicht ein einziges Mal Besuch.«

Natürlich war er nicht sehr gesprächig gewesen, wenn er MVD-Agent war, und er hatte sich dann selbstverständlich auch nicht sehr gesellig gezeigt. Seine Geselligkeit hatte er nachts gepflegt und in sorgfältig getarnten Schlupfwinkeln.

»Hast du es in der Pastetenfabrik versucht, wo er gearbeitet hat?«

»Dort war ich, aber ich habe nichts erreicht. Die letzten paar Monate hatte er in der Auslieferung gearbeitet, und die meisten Männer, die ihn kannten, waren gerade mit den Verkaufswagen unterwegs. Der Manager erzählte, Moffit sei ein dummes Huhn gewesen, und er habe sich alles aufschreiben müssen, um es nicht zu vergessen. Aber er habe seine Arbeit ziemlich gewissenhaft verrichtet. Der einzige Fahrer, mit dem ich sprechen konnte, machte eine häßliche Bemerkung, als ich Moffit erwähnte, und versuchte, sich mit mir zu verabreden.«

»Wann verlassen die Fahrer die Fabrik?« fragte ich.

»Um acht Uhr morgens, Mike. Willst du hingehen?«

»Ich halte es für besser. Wie wäre es, wenn du mitkämst? Wir könnten uns gegen sieben Uhr auf der Straße vor dem Büro treffen. Dann haben wir genug Zeit, hinüberzugehen und mit einigen von den Männern zu sprechen.«

»Mike... was ist so wichtig an Charlie Moffit?«

»Das erzähle ich dir morgen.«

Velda brummte unzufrieden und sagte gute Nacht. Ich hatte kaum abgehängt, als ich die Schritte draußen hörte und die Türklingel zu schrillen begann. Für alle Fälle holte ich den 45er aus dem Halfter und schob ihn mit der Hand zusammen in die Tasche.

Ich brauchte die Waffe nicht. Es waren die Jungens von den Zeitungen – vier an der Zahl. Drei waren Polizeireporter und der vierte Marty Kooperman. Er stellte ein leicht spöttisches Lächeln zur Schau, das von vornherein jede Lüge zurückwies, die ich aussprechen könnte.

»Aha, die Vierte Macht«, sagte ich. »Kommt herein und bleibt nicht zu lange.« Ich riß die Tür auf.

Bill Cowan von den *News* grinste und deutete auf meine Tasche.

»Nette Art, alte Freunde zu begrüßen, Mike.«

»Nicht wahr? Kommt nur herein.«

Sie steuerten schnurstracks auf den Kühlschrank zu, fanden ihn leer, entdeckten aber eine neue Flasche Whisky und bedienten sich ungeniert.

Alle außer Marty. Er schloß die Tür und blieb hinter mir stehen.

»Wie wir hörten, ist auf dich geschossen worden, Mike.«

»Du hast richtig gehört, mein Junge. Aber sie haben mich nicht getroffen.«

»Gott sei Dank.«

»Was hast du damit zu tun, Marty? Man hat schon zuvor auf mich geschossen. Seit wann machst du Polizeireporter?«

»Das tue ich nicht. Ich bin nur mit den anderen mitgefahren, als ich hörte, was passiert ist.« Er hielt inne. »Mike... rück einmal mit der vollen Wahrheit heraus. Hat dieser Überfall etwas mit Lee Deamer zu tun?«

Die Jungens in der Küche leerten ihre ersten Gläser. Soviel Zeit hatte ich also mindestens.

»Marty, mach dir keine Sorgen wegen deines Idols. Sagen wir: Dieser Überfall ist das Ergebnis meines Versuchs, in eine Affäre hineinzustochern, von der ich *dachte*, sie hänge mit Lee Deamer zusammen. Er hat aber offenbar nichts damit zu tun.«

Marty atmete langsam ein und aus. Er drehte seinen Hut zwischen den Händen und warf ihn dann auf einen Garderobenhaken.

»Na gut, Mike, dann will ich dir mal glauben.«

»Angenommen, es hätte etwas mit Lee zu tun gehabt, was dann?«

Er preßte einen Moment die Lippen zusammen.

»Wir hätten es wissen müssen. Man will Lee auf jede nur erdenkliche Art erledigen, und es sind nur wenige von uns da, die es verhindern können.«

Ich runzelte die Stirn.

»Wer ist ›uns‹?«

»Das, was du die Vierte Macht nennst, Mike. Deine Nachbarn. Vielleicht du selbst, wenn du wüßtest, was wir wissen.«

Mehr Zeit blieb uns nicht. Die Reporter kamen mit frisch gefüllten Gläsern und gezückten Kugelschreibern zurück. Ich führte sie ins Wohnzimmer und setzte mich.

»Los, Jungens. Was habt ihr auf dem Herzen?«

»Die Schießerei, Mike. Wir brauchen Schlagzeilen, weißt du?«

»Ja, es ist eine großartige Neuigkeit. Morgen werden die Leute mein Foto in der Zeitung sehen und einen aufregenden Bericht darüber lesen, wie jener gewisse Mike Hammer seine Privatkriege auf öffentlichen Straßen austrägt. Daraufhin werde ich von meinem Hauswirt eine Kündigung bekommen und plötzlich meine Klienten verlieren.«

Bill lachte und leerte sein Glas.

»Trotzdem, es ist eine Neuigkeit. Wir haben einiges davon im Polizeihauptquartier erfahren, aber wir wollen die Geschichte direkt von dir hören. Mann, schau doch, was für ein Glück du hast. Du kannst den Zwischenfall von deinem Blickpunkt aus schildern, während die anderen kein Wort darüber sagen können. Los, pack aus.«

»Na, schön...« Ich zündete mir eine Lucky an und nahm einen tiefen Zug. »Ich ging gerade heim und...«

»Wo bist du gewesen?«

»Im Kino. Und als ich gerade...«

»Welches Kino?«

Ich grinste Marty schief an.

»Im Laurence Theatre.«

»Was haben sie gespielt, Mike?«

Ich erzählte den Inhalt eines Films, den ich zufällig wirklich vor kurzem in dem Kino gesehen hatte, und von dem ich wußte, daß er noch dort lief. Schließlich winkte Marty ab.

»Schon gut, berichte weiter.«

»Das war alles«, sagte ich. »Ich kam heim, und die Halun-

415

ken begannen aus dem Wagen auf mich zu schießen. Sehen konnte ich keinen von ihnen.«

»Bearbeitest du gerade einen Fall?« fragte Mike.

»Wenn es so wäre, würde ich doch nicht darüber sprechen. Sonst noch etwas?«

Einer von den Reportern rümpfte die Nase.

»Komm doch, Mike, leg die Karten auf den Tisch. Kein Mensch würde ohne Grund auf dich schießen.«

»Ich habe immerhin mehr Feinde als Freunde«, gab ich zu bedenken. »Die Feinde, die ich habe, laufen auch meist bewaffnet herum.«

»In anderen Worten, wir bekommen nicht die wahren Zusammenhänge zu hören«, sagte Bill.

»In anderen Worten: ja«, gab ich zu. »Noch einen Drink?«

In dieser Hinsicht wurden sie jedenfalls zufriedengestellt. Als die Flasche geleert war, verschaffte ich mir noch einmal Gehör.

»Keiner von euch sollte versuchen, mich zu beschatten, um mehr zu erfahren«, sagte ich warnend. »Ich lasse mir nichts geben, ohne dafür zurückzuzahlen. Falls sich etwas Greifbares entwickelt, lasse ich es euch wissen. Inzwischen solltet ihr weiter Jagd auf Krankenwagen machen.«

»Ach, Mike.«

»Nein, ich meine es ganz ernst. Bleibt mir aus dem Wege.«

Da die Flasche leer war und sie von mir nichts weiter erfahren konnten, trollen sie sich. Ich spähte zwischen zwei Jalousiestäben hindurch auf die Straße hinunter und sah sie in ein abgewracktes Coupé steigen. Als ich sicher war, daß ich für heute nacht Ruhe vor ihnen hatte, zog ich mich aus und stellte mich unter die Dusche.

Gerade als ich fertig war, läutete es wieder.

Das Mädchen stand im matten Licht des Ganges und wußte nicht, ob es verwirrt, überrascht oder schockiert sein sollte.

»Verdammt...«, sagte ich nur.

Sie lächelte zögernd, bis ich sie hereinbat und schnell ins Bad lief, um mir den Morgenrock zu holen. Irgend etwas war mit Linda Holbright geschehen, seit ich sie das letztemal gesehen hatte, und ich wollte nicht mit einem Handtuch als

Lendenschurz dastehen, bis ich herausgefunden hatte, was die Veränderung bewirkt hatte.

Als ich ins Wohnzimmer zurückkehrte, saß sie in dem großen Sessel und hatte ihren Mantel über die Lehne gelegt. Sie trug jetzt nicht mehr das Sackkleid, und sie machte auch kein Hehl daraus, daß sie weibliche Formen hatte. Auch ihr Haar sah weicher und lockerer aus und floß als wogende Masse bis auf die Schultern herab. Sie war immer noch nicht sehr hübsch, aber bei einem solchen Körper wäre das den meisten Männern völlig gleichgültig gewesen.

Ich dachte, wie nett es hätte sein können, wenn sie gekommen wäre, bevor Ethel berichten konnte, was sie in meiner Brieftasche gefunden hatte. Linda lächelte mich zögernd an, während ich mich ihr gegenübersetzte und eine Zigarette ansteckte. Ich lächelte zurück und überlegte weiter.

Vielleicht hatte Lindas Kommen auch einen anderen Grund. Ich stand auf, machte uns beiden einen Drink und setzte mich neben sie auf die Couch. Es schien ihr erster Drink zu sein, denn sie mußte wieder husten.

Dann küßte ich sie, und es war sicherlich auch ihr erster, aber sie erstickte nicht daran. Statt dessen klammerte sie sich mit einer Wildheit an mich, die überraschend war.

Ich kam mir wie ein Idiot vor, als ich merkte, daß ich ein unschuldiges Mädchen vor mir hatte. Und dann wurde mir klar, daß sie nichts von Ethels kleinen Tricks wissen konnte. Sie war tatsächlich nur hergekommen, um sich zeigen zu lassen, was Liebe ist. Keine Frau kann in dieser Situation eine solche Komödie spielen.

Jedenfalls bildete ich mir das ein...

Nachher wollte sie nicht, daß ich sie zur Tür begleitete. Sie wollte allein mit sich und der Dunkelheit sein. Ihre Schritte machten kaum einen Laut auf dem Teppich, und das Schließen der Tür war ein fast unhörbares Klicken.

Ich machte mir einen Drink und goß die Hälfte davon weg. Wieder kam ich mir wie ein Idiot vor, wenn ich an das Abenteuer mit dieser kleinen Linda dachte. Aber dann kam mir in den Sinn, daß sie sich jetzt vielleicht zur Abwechslung einmal andere Gesellschaft suchen würde, nachdem sie etwas vom wirklichen Leben geschmeckt hatte.

Ich kam mir jetzt nicht mehr wie ein Idiot vor, machte mir einen neuen Drink und ging damit zu Bett.

Der Wecker schrillte um sechs Uhr. Nachdem ich Toilette gemacht hatte, nahm ich in einer Imbißstube an der nächsten Ecke ein schnelles Frühstück zu mir, holte dann den Wagen und fuhr in die Stadt, um Velda abzuholen. Sie stand schon vor der Haustür, und als sie einstieg, sagte sie:

»Früh am Tage, nicht wahr?«

»Viel zu früh.«

»Du wolltest mir heute etwas erzählen, Mike.«

»Ich habe nicht gesagt, wann.«

»Wieder eine von deinen krummen Touren. Du bist mir schon der Richtige.« Sie wandte den Kopf ab und schaute zum Fenster hinaus.

Ich zupfte sie am Arm und brachte sie dazu, mich wieder anzuschauen.

»Tut mir leid, Velda. Es ist kein netter Gesprächsstoff. Sobald wir zurück sind, werde ich dir alles auf einmal erklären. Es ist wichtig für mich, nicht gerade jetzt mit dir darüber zu sprechen. Ist das sehr schlimm?«

Vielleicht erkannte sie den Ernst in meinem Blick. Sie lächelte und sagte, es sei in Ordnung. Dann schaltete sie das Radio an, damit wir auf dem Wege über die Brücke nach Brooklyn, wo Mutter Switcher ihre Pastetenfabrik hatte, etwas Musik hören konnten.

Mutter Switcher war in Wirklichkeit ein kleiner, dicker Bursche mit schwungvoll gezwirbeltem Schnurrbart und Augenbrauen, die wie Jalousien auf und nieder gingen. Ich fragte ihn, ob ich mit einigen von seinen Fahrern sprechen dürfte, und er sagte:

»Wenn Sie ein Organisator der Gewerkschaft sind, dann hat es keinen Zweck. Alle meine Leute sind schon in der Gewerkschaft und werden außerdem über Tarif bezahlt.«

Ich sagte, ich sei kein Organisator.

»Worum handelt es sich dann?«

»Ich möchte Erkundigungen über einen Mann namens Moffit einziehen. Er hat für Sie gearbeitet.«

»Dieser Trottel. Schuldet er Ihnen Geld?«

»Nicht direkt.«

»Na gut, sprechen Sie mit den Jungens, aber halten Sie sie nicht von der Arbeit ab.«

Die Beschreibungen, die wir von den verschiedenen Fahrern über Charlie Moffit bekamen, verwirrten nur noch mehr das Bild, das ich von ihm hatte.

Danach hatte Charlie eine Vorliebe für Frauen und Alkohol. Er sollte auch Kinder auf der Straße belästigt haben und außerdem ein Tierquäler sein, der einmal versucht hatte, eine Katze in Brand zu stecken. Er erwies sich auch als Quartalssäufer, der nach seinen Saufzügen tagelang nicht ganz richtig im Kopf war.

Ich bedankte mich bei den Männern, führte Velda wieder hinaus und fuhr mit ihr nach Manhattan zurück. Tollkühne Gedanken stürmten während der Fahrt auf mich ein. Gedanken, die ich als verrückt von mir wies, die aber doch irgendwie Sinn ergaben. Ich war noch immer mit meinen Grübeleien beschäftigt, als Velda sagte:

»Wir sind da.«

Der Wärter winkte mich in eine Parklücke. Ich nahm den Zettel und reichte ihm die Wagenschlüssel, während Velda ein Taxi heranwinkte. Auf dem Wege zum Büro saß ich die ganze Zeit mit geschlossenen Augen da. Ich schien der Lösung eines Rätsels ganz nahe zu sein, aber ich konnte sie trotzdem noch nicht finden.

Oben im Büro ließ ich mir dann von Velda einen Drink mischen und erzählte ihr von Anfang an, wie alles geschehen war. Ich berichtete ihr, wie ich auf der Brücke wieder hatte töten müssen. Ich erzählte ihr von Marty und fast alles von Ethel. Dann wartete ich auf ihre Reaktion.

Eine Minute verging. Ich hatte mit geschlossenen Augen erzählt, und als ich sie jetzt öffnete, sah ich keine Beschämung und kein Entsetzen in Veldas Blick. Sie glaubte an mich.

»Aber das ergibt alles keinen Sinn«, sagte sie nur.

»Das stimmt«, bestätigte ich resigniert. »Da ist ein Haken an der Sache. Ich sehe es deutlich. Du auch?«

»Ja. Charlie Moffit.«

»So ist es. Der Mann mit einer Gegenwart und keiner Vergangenheit. Keiner kennt ihn richtig und keiner weiß, woher er kommt.«

»Eine fast ideale Voraussetzung für einen MVD-Mann.«

»Das stimmt auch. Aber nur fast. Wo ist der Haken?«

Velda tippte mit einem Finger nervös auf die Sessellehne.

»Es war einfach zu gut, um wahr zu sein.«

»Ganz recht. Charlie Moffit war alles andere als ein MVD-Mann. Ich dachte zuerst, die Roten hielten mich für den Mann, der seinen Platz einnehmen sollte. Das war ein Irrtum. Ich personifizierte den falschen Toten. Der Bursche auf der Brücke war der richtige MVD-Mann. Pat hat mich auf die richtige Fährte gebracht, aber ich habe die Fäden fallen lassen. Seine einzige Identifizierung war die Zahnersatzarbeit, denn er hatte einen falschen Zahn aus rostfreiem Stahl. Es gibt nur ein Land, wo sie Zahnprothesen aus rostfreiem Stahl herstellen: die UdSSR. Der Dicke war ein importierter Killer, ein Kontrolleur für andere Agenten in diesem Land. Kannst du dir denken, woher sie wußten, daß er tot war?«

»Aus den kurzen Zeitungsnotizen können sie es nicht erraten haben«, antwortete Velda. »Aber sie wußten trotzdem am nächsten Abend, daß er tot war... jedenfalls hast du das angenommen.«

»Ja. Der Dicke meldete sich nicht mehr. Sie müssen ein Warnsystem für diese Dinge haben. Es gab nur eine Möglichkeit, wenn er sich nicht meldete: daß er tot war. Irgendwie haben sie dann die Bestätigung bekommen.«

Velda schüttelte den Kopf.

»Was werden sie vermuten? Warum...?«

»Sie werden meinen, es sei eine gemeine plutokratische Verschwörung. Es war alles zu geheim, als daß es hätte normal sein können. Sie denken, unsere Regierung hätte ihnen einen schmutzigen Streich gespielt. Offenbar glauben sie die einzigen zu sein, die mit unfairen Mitteln arbeiten dürfen.«

»Die gemeinen Schweine. Wann wird man ihnen endlich das Handwerk legen.«

»Ich will es gerade versuchen – soweit ich das überhaupt kann«, sagte ich.

»Wann fangen wir an, Mike?«

Ich wußte, was sie dachte, und ich nickte zufrieden.

»Heute abend. Sei um neun Uhr pünktlich hier. Wir werden herauszufinden versuchen, was Oscar mit jenen Dokumenten gemacht hat.«

Sie lehnte sich im Sessel zurück und starrte an die Wand. Ich nahm den Telefonhörer ab und wählte Pats Nummer. Er meldete sich selbst.

»Hier spricht Mike«, sagte ich. »Irgendwelche neue Leichen heute, Pat?«

»Noch nicht. Du hast nicht genau genug geschossen. Wann kommst du her, um die Geschehnisse von gestern nacht zu erklären? Ich habe dich gedeckt, und ich möchte jetzt einen Bericht, nicht einen Schwarm von Ausflüchten.«

»Ich bin schon so gut wie unterwegs«, besänftigte ich ihn. »Ich komme bei dir vorbei und hole dich zum Essen ab.«

»In Ordnung. Aber beeil dich.«

Ich sagte, das würde ich tun, und hängte ab. Velda wartete auf Anweisungen.

»Bleib hier«, befahl ich ihr. »Ich muß mit Pat sprechen, und ich rufe dich dann gleich an. Falls ich nicht anrufe oder komme, sei um neun Uhr hier.«

»Ist das alles?«

»Das ist alles«, wiederholte ich.

Ich versuchte, so ernst und seriös auszusehen, wie man das von einem Chef verlangt, aber sie verdarb mir das, indem sie herausfordernd lächelte. Bevor sie mich gehen ließ, mußte ich sie küssen.

»Man weiß nie, ob man dich lebend wiedersieht«, sagte sie, aber dann legte sie erschrocken die Hand an den Mund, und ihre Augen wurden groß vor Schreck. »Was sage ich da?«

»Ich habe noch ein paar Leben übrig, Mädchen. Eines hebe ich für dich auf. Also mach dir keine Sorgen.« Ich grinste ihr noch einmal zu und ging.

Da ich kein Taxi finden konnte, lief ich die achthundert Meter zum Parkplatz. Ich bezahlte die Parkgebühr, nahm die Wagenschlüssel in Empfang und fand meinen Schlitten. Ich war schon im zweiten Gang und fuhr auf das Tor zu, als ich bemerkte, daß der Junge meine Windschutzscheibe geputzt hatte. Also trat ich auf die Bremse, um ihm einen Vierteldollar zuzuwerfen. Dieses Trinkgeld rettete mir vermutlich das Leben.

Der Lastwagen, der im Schrittempo die Straße herangerollt war, hatte plötzlich sein Tempo wild beschleunigt, um meinen Wagen von der Breitseite zu rammen. Als der Fahrer sah, daß ich bremste, versuchte er über den Gehsteig ein- und auszuschwenken, um mich auf diese Weise doch noch zu erwischen.

Reißendes Metall machte einen kreischenden Laut, und mein Wagen wurde mitgezerrt, bis er sich mit einem häßlichen krachenden Knirschen von dem Lastwagen losriß. Ich fluchte wütend, denn der Anprall hatte mich gegen das Lenkrad geworfen, und ich konnte meine Waffe nicht ziehen. Bis ich wieder richtig dasaß, war der Lastwagen schon im Verkehrsgewühl verschwunden.

Der Parkwächter riß mit aschfahlem Gesicht die Wagentür auf.

»Du meine Güte, Mister, sind Sie verletzt?«

»Nein, diesmal nicht.«

»Diese verrückten Hunde! Um Gottes willen, die hätten Sie ja umbringen können!«

»Das hätten sie tatsächlich tun können.«

Ich stieg aus dem Wagen und ging nach vorn. Der eine Flügel der Stoßstange war völlig aus dem Rahmen gerissen worden und ragte im rechten Winkel nach vorn.

»Junge, Junge, das war knapp«, sagte der Parkwächter. »Ich habe den Laster die Straße entlangkommen sehen, mir aber nichts dabei gedacht. Die verrückten Kerle müssen in der Fahrerkabine herumgetobt und aus Versehen das Gaspedal durchgetreten haben. Sie haben nicht einmal gebremst. Soll ich die Polizei rufen?«

Ich stieß gegen die Stoßstange, die nur noch ganz lose hing.

»Lassen Sie nur«, sagte ich. »Inzwischen sind die über alle Berge. Meinen Sie, daß Sie die Stoßstange ganz abmontieren können?«

»Sicher. Ich habe ja Werkzeuge. Die Stoßstange wird ja ohnehin nur noch von zwei Schrauben gehalten.«

»Gut, montieren Sie die Stoßstange ab und besorgen Sie mir Ersatz irgendwo in einer Werkstatt. Ich werde Ihnen die Arbeit bezahlen.«

»Jawohl, Sir, natürlich«, sagte er und lief davon, um sein Werkzeug zu holen.

Auf dem Kotflügel sitzend, rauchte ich eine Zigarette, bis der Junge seine Arbeit beendet hatte. Dann gab ich ihm zwei Dollar und sagte, er solle die neue Stoßstange nicht vergessen.

Als ich diesmal losfuhr, schaute ich sorgfältig nach links und rechts in die Einbahnstraße, um ganz sicher zu sein. Sie hatten es nun zum zweitenmal versucht. Ich sagte mir, das gäbe es nicht, aber es war trotzdem wieder passiert. Offenbar hatte man mich beschattet, als ich aus meinem Büro gekommen war. Dieser Lastwagen hätte mich zu Brei zerquetscht, wenn er meinen Wagen richtig getroffen hätte.

Man gab sich wirklich Mühe mit mir, nicht wahr? Das machte mich zu einer wichtigen Persönlichkeit. Man muß wichtig sein, wenn man so beharrliche Feinde hat. Jenem Richter, der mich neulich als einen Schandfleck der Gesellschaft verflucht hatte, würde das sicherlich gefallen haben.

Pat saß mit dem Rücken zur Tür und schaute zum Fenster hinaus, als ich eintrat. Er schwang sich in seinem Drehsessel herum und begrüßte mich. Ich zog einen Stuhl heran und setzte mich vor den Schreibtisch.

»Ich tappe völlig im dunkeln, Captain«, sagte ich. »Klären Sie mich auf.«

»Ach, hör auf, Mike. Erzähl mir, was los ist.«

»Pat, wirklich, du weißt im Augenblick fast alles selbst.«

»Fast. Gib mir den Rest.«

»Vor einer Weile hat man es schon wieder versucht. Diesmal mit einem Lastwagen, nicht mit Kugeln.«

Pat sah mich scharf an.

»Mike, ich bin kein Vollidiot. Ich helfe dir, weil wir Freunde sind. Aber ich bin außerdem Polizeibeamter, und ich kenne meine Arbeit. Du wirst mir nicht einreden, daß Leute auf der Straße völlig grundlos auf dich schießen.«

»Zum Teufel, natürlich müssen sie einen Grund haben.«

»Kennst du den Grund?« Pats Geduld ging zu Ende – ich spürte es deutlich.

Ich beugte mich zu ihm hin.

»Wir haben das alles schon durchexerziert, Pat. Ich bin auch kein Vollidiot. Nach deiner Meinung ist jedes Verbrechen eine Sache der Polizei. Aber es gibt Zeiten, wo ein offensichtliches Verbrechen eine persönliche Beleidigung darstellt, die man selbst aus der Welt schaffen möchte. So empfinde ich es.«

»Du weißt also Bescheid?«

»Ich glaube etwas zu wissen. Daran kannst du nichts ändern. Hör also auf, den Polizisten herauszukehren, und sei lieber wieder mein Freund.«

Pat versuchte zu grinsen, aber es gelang ihm nicht allzugut.

»Bist du mit Lee zurechtgekommen?« fragte er.

Ich nickte.

»Er gab mir eine ansehnliche Summe, um die Nachforschungen weiterzuführen. Ich bin an der Arbeit.«

»Gut, Mike. Schau zu, daß du alles ins reine bringst.« Er senkte den Kopf und fuhr sich mit der Hand übers Haar. »Hast du neuerdings die Zeitungen gelesen?«

»Nicht zu oft. Eines habe ich aber bemerkt: In fast jedem politischen Leitartikel wird für Deamer Stimmung gemacht. Seine Reden werden im vollen Wortlaut abgedruckt.«

»Er hält heute wieder eine Rede. Du solltest hingehen und sie dir anhören.«

»Das überlasse ich dir, Pat«, sagte ich grinsend. »Mir ist das zu langweilig.«

»Hast du noch immer diese grünen Karten im Sinn?« fragte er.

»Ja, das habe ich. Mir gefällt deren Bedeutung nicht, und dir sollte das auch nicht gefallen.«

»Du kannst sicher sein, daß wir scharf hinter der Affäre her sind.«

»Gut«, sagte ich. »Und was hast du hinsichtlich Oscar unternommen?«

»Was konnten wir da tun? Es ist vorbei. Zu Ende.«

»Und seine persönlichen Habseligkeiten?«

»Wir haben alles durchsucht und nichts gefunden. Ich habe einen Mann zum Beschatten seiner Wohnung eingesetzt, falls noch Post kommen sollte. Ich hatte die Idee, daß Oscar vielleicht etwas an sich selbst geschickt haben könnte. Als heute nichts ankam, habe ich den Mann zurückbeordert.«

Ich mußte mich anstrengen, mein Gesicht ruhig zu halten. Pat hatte die Wohnung bewachen lassen! Das war gut!

Jedenfalls hatte inzwischen kein anderer die Wohnung durchsuchen können.

Ich griff nach einer Zigarette und zündete sie an.

»Gehen wir essen, Pat.«

Er nahm seine Jacke vom Haken und verschloß die Bürotür. Dabei fiel mir etwas ein, woran ich schon vorhin gedacht haben sollte. Ich ließ ihn noch einmal die Tür öffnen und rief mein Büro an. Velda meldete sich mit einem seidenweichen »Hallo?«

»Liebling, hier spricht Mike«, sagte ich. »Hast du schon den Papierkorb neben meinem Schreibtisch geleert?«

»Da war ja nichts drin.«

»Schau nach, ob da ein Zigarettenpäckchen ist. Berühre es aber nicht.«

Sie legte den Hörer ab, und ich hörte ihre Schritte weggehen. Gleich darauf kamen sie zurück.

»Es ist da, Mike.«

»Großartig. Hol das Päckchen heraus, ohne es direkt zu berühren. Leg es in eine Schachtel und laß es von einem Botenjungen sofort zu Pat bringen.«

Pat hatte mich neugierig beobachtet. Als ich abhängte, fragte er:

»Was ist das?«

»Ein fast leeres Zigarettenpäckchen. Tu mir den Gefallen und nimm die Fingerabdrücke davon ab. Du wirst viele von mir darauf finden, und wenn ich Glück habe, findest du auch andere.«

»Wessen?«

»Woher soll ich das wissen? Deshalb sollst du ja die Abdrücke sicherstellen. Ich brauche eine Identifizierung. Das heißt: wenn wir noch Freunde sind.«

»Wir sind noch Freunde.« Pat grinste.

Ich versetzte ihm einen freundschaftlichen Stoß an den Arm und ging wieder auf die Tür zu.

7

An jenem Abend um achtzehn Uhr fünfzehn erfuhr die Nation, daß uns ein wichtiges Geheimnis zur Vernichtung der Menschheit gestohlen worden war. Offensichtlich war ein Spion ins Innenministerium eingedrungen und hatte wichtige Geheimakten entwenden können. Der FBI unternahm alle Anstrengungen, um die Schuldigen aufzustöbern.

Ich fluchte erregt, als ich die Nachricht hörte. Für mich bestand kein Zweifel daran, daß jene Dokumente, auf die der General so scharf war, dieselben waren, nach denen auch unsere Leute so eifrig suchten. In meinem Gehirn herrschte wilder Aufruhr. Da hatte ich also diese ganze vertrackte Situation direkt in meinen Händen, und ich mußte sie dort behalten!

Als ich an diesem Abend die Wohnung verließ, war ich sehr vorsichtig. Ich wollte es zu keinem dritten Attentatsversuch kommen lassen, besonders jetzt nicht.

Ohne Zwischenfälle erreichte ich mein Büro, und um Punkt neun Uhr drehte sich der Schlüssel im Schloß, und Velda kam herein. Ich stand vom Schreibtischsessel auf, ging ins Vorzimmer und begrüßte sie. Sie lächelte, aber ihr Herz war nicht dabei.

»Hast du heute abend die Radionachrichten gehört?« fragte ich.

Sie nickte verdrossen.

»Ich habe es gehört. Es hat mir nicht gefallen.«

»Mir auch nicht.«

Sie knöpfte ihren Mantel auf und hockte sich auf die Schreibtischkante.

»Wir müssen etwas dagegen unternehmen. Wir sind vielleicht die einzigen, die es können.«

»Du bist also auch meiner Meinung?« fragte ich.

»Wie meinst du das?« Sie sah mich scharf an.

»Daß wir das große Spiel allein weiterspielen müssen?«

Sie nickte nur.

»Na gut, dann gehen wir«, sagte ich.

Sie löschte die Lichter aus, und ich wartete an der Tür auf sie.

Wir fuhren zusammen hinunter, und der Portier gab mir das In-Ordnung-Zeichen. Ich wußte also, daß sich inzwischen keiner an meinem Wagen zu schaffen gemacht hatte.

Als wir dann durch die neblige Nacht fuhren, berichtete ich Velda, daß Pat die Wohnung von Oscar Deamer unter Bewachung gehalten hatte, und sie war sofort im Bilde.

»Vielleicht... vielleicht sind wir die ersten?«

»Das hoffe ich«, sagte ich.

»Wie sollen diese Dokumente aussehen?«

»Das weiß ich nicht. Moffit hatte sie in seiner Tasche. Also mußten sie in einem Päckchen oder Umschlag gewesen sein, der in eine normale Jacken- oder Manteltasche paßt. Vielleicht sind wir auf der falschen Fährte. Möglicherweise sind die Dokumente auf Mikrofilm.«

»Hoffen wir, daß wir uns nicht irren.«

Etwa zwei Häuserblocks von unserem Ziel entfernt parkte ich zwischen zwei Lastwagen.

»Wir nehmen diesmal den Umweg«, erklärte ich.

»Durch die Hintergasse?«

»Ja. Ich möchte nicht gern durch die Vordertür ins Haus gehen. Wenn wir die Lücke zwischen den beiden Häusern erreichen, bück dich und lauf schnell weiter.«

Velda griff nach meiner Hand, und wir schlenderten weiter wie ein harmloses Liebespaar, das einen nächtlichen Spaziergang macht. Der Nebel wehte weich und grau um uns her, aber er konnte außer uns auch noch einiges andere verbergen. Wir überquerten die Straßen, passierten den U-Bahn-Kiosk und gingen im Schatten der Hausmauern weiter.

Beinahe hätten wir die Einmündung der Gasse übersehen. Ich bog im letzten Moment hinein, und die Dunkelheit verschlang uns. Eine ganze Minute standen wir da und warteten, bis unsere Augen sich an die Dunkelheit gewöhnt hatten. Dann tasteten wir uns vorsichtig zwischen den Abfallhaufen weiter, die sich im Laufe der Jahre hier angesammelt hatten. Tiere und Menschen hatten sich einen kaum merklichen Pfad mitten durch den Abfall gebahnt, und wir folgten ihm, bis wir hinter dem Haus standen und uns längs der die Hinterhöfe begrenzenden Bretterwand die Gasse entlangtasten konnten.

Velda suchte etwas in ihrer Handtasche, und ich sagte schnell:

»Kein Licht. Halte nach einem Haufen leerer Flaschen Ausschau. Dahinter ist eine Tür in der Bretterwand, und das ist das richtige Haus.«

Wir tasteten uns weiter, und bald darauf zupfte mich Velda am Ärmel und flüsterte:

»Hier sind die Flaschen, Mike. Die Tür ist noch offen.«

Wir huschten durch die Tür in den Hof und dann durch die Hintertür in das Haus. Sekundenlang standen wir still. Muffiger Geruch nach Verfall, Armut und Unrat umgab uns. Irgendwo oben hustete ein Mann krächzend. Ich drückte Veldas Hand, und wir stiegen die wenigen Stufen ins Erdgeschoß hinauf – zu Oscars Zimmer...

Ein Dietrich öffnete uns Oscars Zimmer. Seine Habseligkeiten verstaubten jetzt im Effektenraum der Polizei, aber es war unwahrscheinlich, daß das, was wir suchten, in seiner Reisetasche oder in seiner Kleidung war. Sonst hätte ich es schon beim erstenmal gefunden.

Wir zogen die Betten ab und suchten an allen möglichen und unmöglichen Plätzen. Aber schließlich mußten wir erkennen, daß unsere Mühe vergeblich gewesen war.

Wir waren beide ziemlich schweigsam, als ich Velda heimbrachte. Auch der Abschiedskuß fiel flüchtiger aus als sonst. Die Enttäuschung machte uns beiden zu schaffen.

Das Weckwerk war fast abgelaufen, ehe ich schließlich aufwachte. Ich wäre am liebsten liegengeblieben, zwang mich aber zum Aufstehen. Eine kalte Dusche spülte mir den Schlaf aus den Augen, und ein Teller mit gebratenem Schinken und Eiern brachte neues Leben in meinen Körper.

Ich zog mich an und rief Velda an. Sie war nicht daheim, also versuchte ich es im Büro. Dort war sie.

»Wie bringst du das nur fertig?« fragte ich.

Sie lachte vergnügt.

»Ich bin immer noch deine Angestellte, Mike. Bürostunden sind von acht bis fünf, nicht wahr?«

»Irgendwelche Klienten?«

»Nein.«

»Rechnungen?«

»Nein.«

»Liebst du mich?«

»Ja. Und du mich?«

»Ja. Was für eine Unterhaltung! Irgendwelche Anrufe?«

»Ja. Pat hat angerufen. Er will mit dir sprechen. Lee Deamer hat auch angerufen. Er will dich ebenfalls sprechen.«

»In Ordnung. Wir sehen uns später.«

Ich hängte ab und begann mich anzuziehen. Als ich zum Fenster hinausschaute, fluchte ich. Der Nebel war gewichen, aber ein Nieselregen war ihm gefolgt, und die Leute auf der Straße kuschelten sich in ihre Mäntel, um sich warm zu halten. Der Winter starb einen schweren Tod.

Pat begrüßte mich in seinem Büro mit einem scharf forschenden Blick.

»Setz dich, Mike.« Er sah mich mit einem matten, fast traurigen Lächeln an und fragte: »Ich glaube, es hat noch keinen Zweck, dir weitere Fragen zu stellen?«

Ich schüttelte den Kopf.

»Vielleicht weißt du nicht, daß in dem Haus, in dem Oscar wohnte, heute nacht zwei Männer erschossen aufgefunden worden sind.«

Mein Erstaunen war so echt, daß es auch ihn zu überzeugen schien, aber nicht ganz.

»Einer von ihnen hatte die berüchtigte grüne Karte bei sich.«

Ich pfiff leise durch die Zähne.

»Hast du irgend etwas dazu zu sagen?« fragte Pat.

Nun, ich hätte ihm erzählen können, daß ich mit Velda gestern nacht in jenem Haus gewesen war und daß zu dem Zeitpunkt dort noch keine Toten herumgelegen hatten. Aber das hätte den Fall nur noch mehr kompliziert und uns in Verdacht gebracht, etwas mit dieser Schießerei zu tun zu haben. Dabei war es mir selbst am meisten ein Rätsel, was diese beiden Toten in Oscars Haus zu bedeuten hatten.

»Die Presse hält es wieder für eine Bandenfehde«, erklärte Pat. »Ich bin anderer Meinung. Kannst du dir das vorstellen?«

»Ja.« Ich zündete eine Zigarette an.

»Ich möchte wissen, was du vorhast, Mike«, sagte Pat.

»Bisher hast du dich immer ganz geschickt aus der Affäre ziehen können, und keiner kann dir etwas anhaben. Ich muß meine Routinenachforschungen durchführen und untätig darauf warten, daß etwas passiert.«

»Das ist der Nachteil bei der Polizei«, bestätigte ich. »Sie müssen immer warten, bis etwas passiert ist. Ein Verbrechen muß verübt worden sein, bevor sie in Tätigkeit treten können.«

Pat betrachtete mich nachdenklich.

»Es ist etwas passiert.«

Ich drückte die Zigarette im Aschbecher aus und nickte.

»Pat... es wird noch mehr passieren.« Ich zögerte einen Moment. »Wie weit kann ich dir vertrauen?«

»Das hängt von verschiedenen Umständen ab. Vergiß nicht, daß ich immer noch Polizist bin.«

»Du bist aber auch ein anständiger Bürger, der sein Land liebt und dessen demokratische Regierungsform so erhalten wissen möchte, wie sie jetzt besteht. Stimmt das nicht?«

»Natürlich.«

»Also gut. Du steckst in der Zwangsjacke der geschriebenen Gesetze und Verordnungen. Du mußt den gedruckten Regeln folgen und hast daher Hemmschuhe an. Ich habe in dieser Hinsicht eine bessere Ausgangsposition. Ich stehe zwar allein, Pat, aber ich bin an keine bestimmten Spielregeln gebunden, die auch die Gegenseite nicht einhalten will. Du brauchst dir also keine Sorgen um deine Gesetze und Verordnungen zu machen, und auch nicht um Lee Deamer. Wenn ich fertig bin, kann Lee seine Wahl gewinnen und die Korruption bekämpfen, ohne je zu ahnen, daß er einen viel größeren Feind hatte als das normale Verbrechen.«

Ich stand auf und nickte Pat zu. Er antwortete mit einem matten Lächeln.

Ich sah noch dieses verständnisvoll milde Lächeln von Pat vor mir, als ich Lee Deamers Büro anrief. Seine Sekretärin berichtete mir, daß er in einem Hotel vor UNO-Delegierten sprechen wolle und bereits unterwegs sei. Ich ließ mir den Namen des Hotels nennen, bedankte mich und hängte ab.

Es war kurz vor Mittag. Ich stieg also in meinen Karren, schlängelte mich den Broadway hinauf, bog zu dem genannten Hotel ab und fand mit Mühe und Not eine Stelle, wo ich für einen Dollar parken konnte.

Von der Rezeption aus wies man mich in den Saal, in dem die Zusammenkunft stattfand. Im gleichen Moment sah ich Lee Deamer das Hotel betreten. Er hatte eine Aktenmappe in der Hand, und eine von seinen Stenotypistinnen folgte ihm mit einer zweiten Mappe. Bevor ich ihn erreichen konnte, war er von einer Gruppe von Reportern umschwärmt, die seine Bemerkungen notierten und Schnappschüsse von ihm machten.

Lee hatte mich bemerkt, da wir aber offiziell keine Verbindung hatten, beachtete er mich nicht, sondern ging auf das Büro des Hotelmanagers zu. Kurze Zeit später kam der Manager aus dem Büro und hielt nach mir Ausschau. Er nickte mir unmerklich zu, und ich schlenderte so unauffällig wie möglich hinüber. Der Manager lächelte mir zu und blieb an der Tür stehen, um uns die Möglichkeit für eine kurze, ungestörte Unterhaltung zu geben. Lee Deamer saß mit nervösem Gesichtsausdruck in einem Sessel neben dem Schreibtisch.

»Hallo, Lee«, begrüßte ich ihn.

»Mike, wie geht es Ihnen? Ich habe mich zu Tode geängstigt, seit ich heute morgen die Zeitungen sah.«

Also wußte Lee Deamer auch schon von den rätselhaften Toten in der Wohnung seines Bruders. Ich bot ihm eine Zigarette an, und er schüttelte den Kopf.

»Sie brauchen sich keine Sorgen zu machen, Lee. Alles wird in Ordnung kommen.«

»Aber gestern nacht. Ich... Sie haben nichts mit den Vorkommnissen in Oscars Wohnung zu tun?«

Ich schüttelte grinsend den Kopf, und Deamer seufzte.

»Ich weiß nicht, was ich denken soll. Ich rief Captain Chambers an, und er schien das gleiche zu vermuten wie ich.«

»Das hat er getan«, bestätigte ich. »Aber ich habe es ihm ausgeredet.« Ich zog mir einen Stuhl heran und setzte mich. »Gleich nach dem Unfall habe ich mich in Oscars Zimmer umgeschaut. Pat hat die Wohnung auch durchsucht. Später habe ich noch einmal nachgeforscht, und ich bin sicher, daß

Oscar in seiner Wohnung kein belastendes Dokumentarmaterial zurückgelassen hat.«

»Das höre ich gern, Mike. Aber es ist mir noch lieber, daß Sie nichts mit diesen... Toten zu tun haben. Es ist so gräßlich.«

»Mord ist immer gräßlich.«

»Dann wäre nichts weiter darüber zu sagen, nehme ich an. Ihre Erklärung nimmt mir eine große Last vom Herzen. Wirklich, Mike, ich habe mir schwere Sorgen gemacht.«

»Das kann ich mir denken. Aber Sie können ganz beruhigt sein. Ich werde die Fährten weiter verfolgen. Meine Meinung ist noch, daß Oscar Sie geblufft hat. Falls sich etwas ergibt, lasse ich es Sie wissen. Inzwischen müssen Sie sich sagen: Keine Neuigkeiten sind gute Neuigkeiten.«

»Gut, Mike. Ich überlasse alles Ihnen. Captain Chambers wird Ihnen behilflich sein, soweit das möglich ist. Ich will nicht, daß irgendein Skandal mich bedroht. Wenn nötig, soll die Öffentlichkeit lieber vor der Wahl von meinem Verhältnis zu Oscar und den übrigen Tatsachen des Falles erfahren.«

»Vergessen Sie das«, sagte ich schroff. »Es gibt vieles, was die Öffentlichkeit nicht wissen darf. Wenn jemand in George Washingtons Vergangenheit nachforschen würde, käme vielleicht auch einiges Unerfreuliches zutage. Auf Sie kommt es an – nicht auf Oscar. Denken Sie daran.«

Ich stellte den Stuhl wieder an seinen Platz zurück und warf die Zigarette in einen Blumentopf. Dann sagte ich Lee, er solle nach meinem Verschwinden noch ein paar Minuten warten, bevor er hinausgehe.

In der Diele war eine Telefonzelle, und ich rief Velda an, um zu erfahren, ob sich etwas Neues ergeben habe. Sie sagte mir, daß Pat vor kurzem angerufen habe.

»Aber ich bin doch vorhin erst bei ihm gewesen.«

»Ich weiß«, sagte sie. »Aber er bat mich, dir so bald wie möglich mitzuteilen, du solltest Verbindung mit ihm aufnehmen.«

»Gut, ich werde zurückrufen. Ich werde wahrscheinlich den ganzen Tag über unterwegs sein. Ich hole dich also irgendwann am Abend in deiner Wohnung ab.«

»Was ist mit Charlie Moffit?«

»Wir werden uns seine Bude auch noch anschauen.«

»Ich bin bereit.«

Ich hängte ab, warf eine weitere Münze in den Schlitz und wählte Pats Nummer. Vorhin beim Abschied hatte er müde gewirkt. Jetzt klang seine Stimme sehr lebendig.

»Pat, was gibt es so Eiliges?« fragte ich.

»Das erzähl' ich dir später. Komm so schnell wie möglich her. Ich muß Dinge mit dir besprechen. Privat.«

»Bin ich in Schwierigkeiten?«

»Es ist durchaus möglich, daß du im Gefängnis landest, wenn du dich nicht sehr beeilst.«

»Setz mir nicht so zu, Pat. Halte bei Louies einen Tisch frei, und ich komme zum Essen hin. Diesmal zahlst du die Rechnung.«

»Ich gebe dir fünfzehn Minuten.«

Ich schaffte es gerade noch. Louie stand hinter der Bar und deutete mit dem Daumen auf eine Koje im Hintergrund. Pat saß in der letzten Koje am Gang und sog heftig an einer Zigarette.

Er wartete, bis ich saß und mir einen Drink bestellt hatte. Dann zog er einen Umschlag aus der Tasche und schob ihn mir über die Tischplatte hinweg zu. Ich ließ den Inhalt herausgleiten und sah Pat an.

Es waren Fotokopien von Fingerabdrücken. Die meisten stammten von mir.

Vier Abdrücke waren nicht von mir.

An diese vier Abdrücke war ein mit Schreibmaschine betipptes Blatt Papier geklammert.

»Das sind die Abdrücke von dem Zigarettenpäckchen«, erklärte Pat.

Ich nickte und las den Bericht.

Ihr Name war Paula Riis. Sie war vierunddreißig Jahre alt, hatte ein College-Diplom, war ausgebildete Krankenschwester und ehemalige Angestellte eines großen Nervensanatoriums im Westen. Da es eine staatliche Anstalt war, befanden sich ihre Fingerabdrücke dort und in Washington in der Kartei.

Pat ließ mich die Papiere in den Umschlag zurückschieben, ehe er zu sprechen begann.

»Sie arbeitete in derselben Anstalt, in die Oscar eingewiesen wurde«, sagte er.

Eine Idee rumorte in meinem Unterbewußtsein und drängte zur Oberfläche. Was war es nur?

Ich sah in Pats Augen und erkannte darin das brennende Verlangen, mich zum Sprechen zu bringen – und zwar schnell.

»Was ist, Pat?«

»Wo ist sie?« Seine Stimme klang merkwürdig.

»Sie ist tot«, sagte ich. »Sie beging Selbstmord, indem sie von einer Brücke in den Fluß sprang.«

»Ich glaube dir nicht, Mike.«

»Das ist schlimm. Das ist um so schlimmer, weil du mir nämlich nicht glauben mußt. Du kannst das ganze Land nach ihr durchsuchen lassen und wirst sie nicht finden, es sei denn, du läßt den Fluß mit Schleppnetzen durchkämmen, und vielleicht ist es auch dazu schon zu spät. Ihr Körper ist irgendwo in die See hinausgeschwemmt worden. Also was?«

»Ich frage das gleiche. Also was, Mike? Das ist kein Unfall – kein bloßer Zufall, den du aus der Welt diskutieren kannst. Ich will wissen, warum und wie das passiert ist. Früher einmal warst du vernünftig genug einzusehen, daß die Polizei da ist, solche Fälle zu lösen. Wenn du jetzt immer noch schweigst, muß ich annehmen, daß du nicht mehr an die Fähigkeiten der Polizei glaubst, und in diesem Falle ist meine Freundschaft zu dir auch zu Ende.«

Das war es. Er hatte mich erwischt, und er hatte recht. Ich nippte an dem Glas und drückte mit dessen feuchtem Boden Kreise auf die Tischplatte.

»Ihr Name war Paula«, sagte ich langsam. »Wie ich dir schon berichtete, ist sie tot. Erinnerst du dich noch daran, als ich mit den grünen Karten zu dir kam, Pat? Ich habe sie ihr abgenommen. Eines Nachts wanderte ich über die Brücke und sah, wie das Mädchen sich übers Geländer stürzen wollte. Ich versuchte, sie zurückzuhalten. Alles, was ich erwischte, war ihre Jackentasche, in der sie das Zigarettenpäckchen und die Karten hatte. Ich war sehr enttäuscht, daß ich das Mädchen nicht retten konnte. Gerade erst hatte mich dieser Richter in Grund und Boden verdammt, und ich fühlte mich so ungerecht behandelt, daß ich den Zwischenfall nicht berichtete. Trotzdem wollte ich herausfinden, was diese Karten zu bedeuten hatten. Als ich wußte, daß sie Kommunistin gewesen war, und daß Charlie Moffit auch Kommunist war, begann mich der Fall zu interessieren. Und jetzt beginnt das Bild Gestalt anzunehmen. Ich glaube, du hast es auch schon erkannt. Oscar war verrückt. Er und diese Krankenpflegerin planten seine Flucht, und wahrscheinlich haben sie sich vor langer Zeit schon in ihrem kleinen Liebesnest verborgen. Als ihnen das Geld ausging, wollten sie Oscars körperliche Ähnlichkeit mit Lee als neue Geldquelle benutzen. Als erstes tötete Oscar einen Mann, einen Kommunisten. Entweder hat er nun aus irgendeinem Grunde Moffit diese grünen Karten abgenommen, oder er und Paula Riis waren tatsächlich auch Kommunisten. Als jedenfalls Oscar diesen Moffit umbrachte, erkannte Paula, daß er verrückter war, als sie angenommen hatte, und sie bekam Angst. In ihrer Panik nahm sie sich das Leben.«

Es war eine wunderbare Geschichte, und sie hatte viel Logik in sich. Die beiden Menschen, die sie hätten widerlegen können, waren tot, und das war mein Glück.

Pat war bei seiner letzten Zigarette. Viele ausgedrückte Stummel lagen im Aschbecher, und seine Jacke war mit Asche besprenkelt. Sein Blick war nicht mehr ganz so forschend scharf.

»Sehr hübsch, Mike. Es paßt wie ein Handschuh. Ich möchte nur wissen, ob das alles auch so gut passen würde, wenn da noch mehr wäre, was du mir nicht erzählt hast.«

»Jetzt wirst du aber unangenehm«, sagte ich.

»Nein, nur vorsichtig. Wenn es so war, wie du sagst, ist die Angelegenheit erledigt. Wenn nicht, wird die Lage höllisch unangenehm für dich werden.«

»Sie ist schon unangenehm genug gewesen«, brummte ich.

»Es wird noch viel schlimmer werden. Ich werde einige Leute dazu bringen, in dieser Affäre weiter nachzuforschen. Wenn die Nachforschungen auch nicht offiziell sind, werden sie doch sorgfältig genug sein. Diese Leute tragen übrigens kleine goldene Plaketten mit drei Wörtern eingeprägt, die man FBI abkürzen kann. Ich hoffe, du hast recht, Mike. Ich hoffe, du hast mich nicht hintergangen.«

Ich grinste ihn an.

»Der einzige, dem es an den Kragen gehen kann, bin ich. Du ... du machst dir doch Sorgen über Lee. Ich habe dir ja gesagt, ich werde nicht zulassen, daß er in den Schmutz gezogen wird. Er ist mein Klient, und ich bin sehr um das Wohl meiner Klienten besorgt. Aber vergessen wir das jetzt und bestellen wir uns etwas zu essen.«

Pat griff nach der Speisekarte. Das Feuer loderte immer noch in seinen Augen.

8

Gegen zwei Uhr verließ ich Pat und kaufte an der nächsten Straßenecke eine Zeitung. Die Schlagzeilen beschäftigten sich jetzt wieder mit dem kalten Krieg und den Spionageprozessen in New York und Washington. Ich warf die Zeitung in den nächsten Papierkorb und stieg in meinen Wagen.

An der Ecke wendete ich, um auf eine Schnellstraße in Richtung meiner Wohnung zu kommen, und da bemerkte ich das blaue Coupé hinter mir. Ich hatte es zuletzt gesehen, als es gegenüber von meinem Wagen vor Pats Büro geparkt hatte. Ich bog von der Avenue ab und fuhr einen Häuserblock weiter auf die Parallel-Avenue. Das blaue Coupé blieb hinter mir.

Als ich das gleiche wieder versuchte, änderte sich nichts an der Situation. Diesmal wählte ich eine Einbahnstraße und kroch hinter einem Lastwagen her, bis ich eine Parklücke sah, mit dem Kühler zuerst hineinfuhr und wartend am Steuer sitzenblieb. Dem Coupé blieb keine Wahl, als an mir vorbeizufahren.

Der Fahrer war ein junger Bursche mit einem hellbraunen Hut, und er würdigte mich keines Blicks. Es bestand die Möglichkeit, daß ich mich geirrt hatte, aber für alle Fälle notierte ich mir seine Nummer und fuhr ihm nach. Nur einmal sah ich ihn in seinen Rückspiegel schauen, und das war, als er in den Broadway einbog. Ich blieb eine Weile hinter ihm, um festzustellen, was er machte.

Fünf Minuten später gab ich es auf. Er fuhr ziellos umher. Ich bog nach links ab, und er fuhr geradeaus weiter. Stirnrunzelnd betrachtete ich mein Spiegelbild in der Windschutzscheibe.

Ich fing wohl an nervös zu werden? Das war mir noch nie passiert.

Als ich bei einer Ampel anhalten mußte, sah ich die Schlagzeilen an einem Zeitungsständer. Noch mehr über die Spionageprozesse und den kalten Krieg. Politik! Ich fühlte mich wie ein Tölpel vom Lande, weil ich nicht darüber Bescheid wußte. Es wurde Zeit, daß ich das änderte. Ich wendete und fuhr zurück. Kurze Zeit später ging ich auf das große graue Gebäude zu, vor dem Plakatträger gegen die Verfolgung der ›Bürger‹ dort drinnen protestierten.

Einer von den Gammlern, der ein Plakat trug, war vorgestern abend bei der Versammlung in Brooklyn gewesen. Ein Aufseher trug meinen Notizzettel zu Marty Kooperman hinein, und er kam heraus und führte mich zu den Pressesitzen.

Was da vor sich ging, konnte einen wirklich wütend machen. Diese verdammten Roten wandten jeden Trick an, um sich aus der Affäre zu ziehen. Aber der Richter und die Jury bewahrten ruhige Geduld und die meisten Zuschauer ebenfalls.

Dann bemerkte ich die beiden Burschen in der zweiten Reihe. Sie trugen unauffällige Straßenanzüge. Die beiden waren vorgestern die Begleiter von General Osilov gewesen.

Ich sah mir den Prozeß zwei Stunden lang an, bis der Richter die Sitzung für diesen Tag schloß. Die Presseleute eilten auf die Telefone zu, und die Zuschauer drängten durch die Türen.

Ich wartete, bis die beiden Leibwächter des Generals das Gerichtsgebäude verließen, und folgte ihnen. Jedenfalls waren sie vorsichtig genug gewesen, nicht in einem Dienstwagen zu kommen. Sie gingen einen Häuserblock zu Fuß, winkten ein Taxi heran und stiegen ein. Inzwischen war ich auch schon in einem Taxi und folgte ihnen. Das Gute an den Taxis in New York ist, daß es so viele davon gibt. Man kann daher nie feststellen, ob man verfolgt wird oder nicht.

Das Taxi vor uns hielt vor dem Hotel an, das ich vor nicht allzu langer Zeit verlassen hatte. Ich bezahlte meinen Fahrer und folgte den beiden in die Halle. Es wimmelte noch von Reportern und der üblichen Kollektion von Neugierigen. General Osilov stand in einer Ecke und gab vier Reportern mittels eines Dolmetschers ein Interview. Die beiden gingen direkt auf ihn zu, unterbrachen ihn und schüttelten ihm die Hände, als hätten sie ihn seit Jahren nicht gesehen. Es war alles sehr durchsichtig.

Das Mädchen am Zeitungsstand langweilte sich. Ich kaufte ein Päckchen Luckys und wartete auf das Wechselgeld.

»Was macht der Russe hier?« fragte ich.

»Der dort? Er war einer von den Rednern bei dem Essen oben. Sie hätten ihn hören sollen. Alle Reden wurden per Lautsprecher in die Halle übertragen, und jeder zweite Satz von ihm mußte übersetzt werden.«

Als ob der kein Englisch konnte!

»Ist etwas Wichtiges herausgekommen?«

Sie gab mir mein Wechselgeld.

»Nein, immer der gleiche alte Käse. Außer bei Lee Deamer. Der hat diesen Russen ganz schön fertiggemacht. Sie hätten hören sollen, wie ihm die Leute in der Halle Beifall zugejubelt haben. Der Manager war ganz außer sich. Er wollte die Menge beruhigen, aber sie ließ sich nicht mundtot machen.«

Ich öffnete das Zigarettenpäckchen und schüttelte eine heraus. Als ich sie mir zwischen die Lippen schob und nach einem Streichholz suchte, hielt mir eine mit Nerz drapierte Hand eine Feuerzeugflamme entgegen, und eine Stimme sagte:

»Feuer, Mister?«

Es war ein verrückter Einfall, aber ich fragte mich, ob ich von dem Feuer verseucht werden könnte.

»Hallo, Ethel«, sagte ich und nahm das Feuer.

Ihr Gesicht wirkte irgendwie verändert. Ich wußte nicht, was es war. Dünne, kaum sichtbare Linien ließen es hagerer erscheinen und gaben ihrem Blick eine orientalische

Schrägheit. Der Mund, der so nett zu mir gesprochen und mich zugleich verraten hatte, schien zu hart gestrafft zu sein.

Entweder spielte sie ein ganz tollkühnes Spiel, oder sie schien zu glauben, ich hätte noch nichts geahnt. Was auch der Grund sein mochte: Ich konnte es weder aus ihrer Stimme noch aus ihrem Gesicht ablesen.

Der ehrenwerte Mr. Brighton von der Park Avenue und einige Finanzgrößen hielten neben einer verschnörkelten Säule Hof. Ein Reporter machte sich Notizen. Zwei Wirtschaftsbosse, deren Gesichter ich aus den Zeitungen kannte, lauschten aufmerksam. Alle lächelten – außer zweien.

Die Sauertöpfe waren General Osilov und sein Dolmetscher. Zweihundert Worte später sagte Ethels Vater etwas, und alle lachten – sogar der General. Sie schüttelten einander die Hände und formierten sich in neue Gruppen.

Ich nahm Ethels Arm und ging auf die Tür zu.

»Es ist lange her, daß wir uns gesehen haben. Ich habe mich nach dir gesehnt.«

Sie versuchte zu lächeln, aber es mißlang.

»Ich habe mich auch nach dir gesehnt, Mike. Ich dachte immer, du würdest mich anrufen.«

»Na ja, du weißt ja, wie es so ist.«

»Ja, ich weiß.« Ich forschte in ihrem Gesicht, aber es blieb ausdruckslos.

»Warst du bei dem Essen?« fragte ich.

»Oh...« Das klang fast erschrocken. »Nein, ich bin in der Halle geblieben. Vater war einer der Redner, weißt du.«

»Wirklich? Aber du brauchst nicht hierzubleiben, nicht wahr?«

»O nein, durchaus nicht. Ich kann... ach, einen Augenblick, Mike. Ich habe etwas vergessen. Macht es dir etwas aus?«

Wir blieben am Eingang stehen, und sie schaute über die Schulter zurück.

»Soll ich mitkommen?« fragte ich.

»Nein, ich komme gleich zurück. Warte auf mich, ja?«

Ich schaute ihr nach, und das Mädchen am Zeitungsstand lächelte.

»Sie können sich zehn Dollar verdienen, wenn Sie sehen, was sie macht, Mädchen«, sagte ich.

Sie war wie der Blitz hinter Ethel her.

Ethel blieb nicht länger als eine Minute fort. Ihr Gesicht sah jetzt noch strenger aus.

Ich ging ihr entgegen, und das Zeitungsmädchen trat hinter ihren Stand zurück. Ich nahm eine Münze aus der Tasche und trat damit an den Stand, um mir ein Päckchen Kaugummi zu kaufen. Während mir das Mädchen das Wechselgeld herausgab, legte ich den Zehndollarschein auf die Zahltafel.

»Sie hat mit zwei Männern hinten in der Halle gesprochen. Weiter nichts. Die beiden waren jung.«

Ich nahm das Kaugummipäckchen und bot Ethel eines an. Sie wollte keines. Kein Wunder, daß sie so grimmig aussah. Sie hatte mich schon wieder verraten. Das würde ihr leid tun.

Als wir in das Taxi stiegen, öffneten zwei Burschen in fast gleichen blauen Anzügen die Türen einer schwarzen Chevrolet-Limousine und fuhren hinter uns vom Gehsteig weg. Ich schaute mich nicht um, bis wir den Parkplatz erreichten, auf dem ich meinen Wagen stehengelassen hatte. Der schwarze Chevrolet wartete hinter uns auf der Straße.

Ethel plauderte die ganze Zeit über munter und machte Andeutungen, daß wir doch in meine Wohnung gehen könnten. Ich ging nicht darauf ein, sondern kreuzte in meinem Wagen durch Manhattan – immer gefolgt von der schwarzen Limousine.

Die Dämmerung brach an diesem Tag früh herein, und mit ihr kam jener Nebel, der unsere Stadt zu lieben schien und sie mit seinen grauen Schleiern einhüllte.

»Können wir wieder zu deinem Bungalow fahren, Mädchen?« fragte ich unvermittelt. »Es war nett dort.«

Es konnte ein Irrtum sein, aber ich glaubte Tränen in ihren Augen glitzern zu sehen.

»Ja, es *war* schön dort, nicht wahr?«

»Deinetwegen, nicht wegen des Bungalows, Ethel.«

Es war kein Irrtum: Die Tränen waren da. Sie senkte den Blick und schaute auf ihre Hände.

»Ich hatte vergessen ... was es ist, wenn man richtig lebt.« Sie hielt inne und flüsterte zaghaft: »Mike ...«

»Was?«

»Nichts. Wir können zu dem Bungalow fahren, wenn du willst.«

Der Chevrolet hinter uns überholte einen Wagen und rückte ein wenig näher. Mit einer fast unmerklichen Schulterbewegung und dem Druck des Unterarms lockerte ich meinen 45er im Halfter. Die Dämmerung ging in die Dunkelheit über, und es war leicht, die Wagenlichter im Rückspiegel zu beobachten. Sie blieben mit lauerndem Glotzen hinter mir und warteten auf den richtigen Moment des heimtückisch tödlichen Angriffs.

Wie würde es passieren? Ethel hatte mich in meine Wohnung steuern wollen. Warum? Damit sie sich aus der Schußlinie halten konnte? Aber jetzt? Sie würden auf gleiche Höhe kommen und das Feuer eröffnen, ohne sich darum zu kümmern, ob sie nur mich oder uns alle beide erwischten. Es war nur die Frage, ob meine Ermordung wichtig genug war, um dabei auch eine gute Parteiarbeiterin zu opfern. Zum Teufel, es gab immer irgendwelche Idioten, die das Geld für sie einsammeln würden.

Wir waren jetzt außerhalb der Stadt. Die Häuser wurden spärlicher, und es gab weniger Abzweigungen von der Schnellstraße.

In jedem Augenblick jetzt, dachte ich. Es kann in jedem Augenblick passieren. Ich hatte den 45er griffbereit, und ich war entschlossen, ihren Wagen zu rammen, sobald sie mich zu überholen versuchten. Hinter mir gaben sie jetzt Blinksignal, daß sie überholen wollten.

Ich blinkte mein Einverständnis zurück und packte das Lenkrad fester. Die Lichter kamen näher.

Ich schaute nicht in den Spiegel, sondern auf die Straße und die auf der Überholspur näherrückende Lichtbahn, als die Lichtbahn plötzlich zur Seite schwenkte und verschwand. Als ich in den Rückspiegel schaute, beschrieben die Scheinwerfer eine verrückte Kreisbahn umeinander und verschwanden in dem Feld neben der Straße.

Ich stieß einen leisen Fluch aus und trat auf die Bremse. Einige Wagen schossen an der Unfallstelle vorbei und hielten vor mir an.

Ethel saß aufrecht da und stieß sich von der Windschutzscheibe ab, gegen die sie beim schnellen Bremsen geschleudert worden war.

»Mike, was...«

»Bleib hier«, rief ich, als ich die Tür aufriß und gleichzeitig die Warnleuchte anschaltete. »Hinter uns hat sich ein Wagen überschlagen.«

Dann war ich schon draußen und rannte auf den Wagen zu. Er lag mit den Rädern oben im Feld, und beide Türen waren offen. Die Hupe gellte, ein Mann schrie, und die Scheinwerfer schnitten immer noch Lichtkegel in die Nacht. Ich war als erster an der Unglücksstelle – zweihundert Meter vor jedem anderen.

Als erstes sah ich die im Gras liegende Maschinenpistole und dann die Brieftasche im Wagen. Jemand stöhnte in der Dunkelheit, aber ich schaute nicht nach, wer es war. Was ihm jetzt passierte, hatte er bestimmt zehnmal verdient. Ich ergriff die Maschinenpistole und die Brieftasche, huschte hinter den Wagen in die Dunkelheit und rannte im Halbkreis zur Straße zurück. Die anderen hatten inzwischen den verunglückten Wagen erreicht, und jemand rief nach einem Arzt.

Ethel schrie erschrocken auf, als ich den Kofferraum öffnete. Ich rief ihr zu, sie soll still sein. Nachdem ich die Maschinenpistole auf den Ersatzreifen geworfen hatte, klappte ich den Deckel des Kofferraums wieder zu. Weitere Wagen hatten sich gestaut und versuchten, sich langsam durch die Verkehrsstockung zu schlängeln. Eine Sirene bahnte sich heulend ihren Weg, und zwei Staatspolizisten lösten die Stauung wieder auf. Ich reihte mich ein und fuhr weiter.

»Wer war es, Mike? Was ist dort hinten passiert?«

»Nur ein Unfall«, sagte ich. »Zwei Burschen sind zu schnell gefahren, und ihr Wagen hat sich überschlagen.«

»Sind sie... verletzt?«

»Ich habe nicht genau hingeschaut. Sie waren jedenfalls nicht tot.«

Ich sah sie vielsagend an, und sie begann plötzlich zu weinen.

»Mach dir keine Sorgen, Baby«, sagte ich plötzlich hart. »Du kennst doch die Politik der Partei. Man muß kalt und hart sein. Das vergißt du doch nicht etwa, nicht wahr?«

Sie preßte das »Nein« nur zwischen den Zähnen hervor.

»Der Boden ist dort weich, und der Wagen ist nicht einmal sehr eingedrückt«, sagte ich. »Wahrscheinlich sind sie nur ohnmächtig geworden. Du darfst wegen solcher Dinge nicht zu empfindlich sein.«

Ethel bewegte sich auf ihrem Sitz und schaute mich nicht mehr an. Wir kamen in die Auffahrt mit den darüberhängenden Zweigen. Vor dem Bungalow auf der Anhöhe über dem Fluß hielten wir an und beobachteten die Lichter der Boote und Schiffe unten.

Rote und grüne Augen. Nein, es waren nur Boote. Aus weiter Ferne tönte ein dumpfes Dröhnen wie von einer riesigen Kesselpauke herüber. Ich hatte es schon einmal zuvor gehört. Es war nur eine Kanalmarkierung, nur eine Stahlglokke auf einem Floß, die zu klingen begann, wenn die Gezeiten und die Wellen sie bewegten. Ich spürte einen kalten Schauer zwischen meinen Schultern, und ich fragte:

»Wollen wir hineingehen?«

Sie antwortete, indem sie die Tür öffnete. Ich trat hinter ihr in den Bungalow.

Als ich die Tür schloß, griff ich hinter mich und drehte den Schlüssel im Schloß um. Ethel hörte das Klicken und blieb stehen. Sie warf mir über die Schulter hinweg einen Blick zu, lächelte und ging weiter. Ich beobachtete, wie sie ihren Nerzmantel aufs Sofa warf und dann die Kerzen in den Haltern anzündete.

Wußte sie immer noch nicht, daß ich sie durchschaut hatte? Ich steckte den Schlüssel in die Tasche, ging auf sie zu und legte ihr die Hände auf die Schultern. Sie drehte sich schnell um und hielt mir ihren Mund entgegen. Ich küßte sie mit einer brutalen Kraft, an die sie sich immer erinnern würde.

Plötzlich riß sie ihre Lippen von meinen los und preßte sie gegen meine Wangen. Sie begann zu weinen und stammelte:

»Ich liebe dich, Mike. Ich wollte nie wieder einen Mann lieben und habe diesen Schwur gebrochen. Ich liebe dich.«

Ich stieß sie plötzlich von mir fort, und der Ausdruck in

meinen Augen schien ihr mit einem jähen Erkenntnisblitz zu verraten, wie die Situation wirklich war. Sie sah mich verstört und entsetzt an.

»Vielleicht weißt du jetzt endlich Bescheid, Ethel«, sagte ich. »Du verdienst eine Tracht Prügel, und du hättest sie schon längst bekommen sollen. Du hast mich jetzt zweimal verraten. Man wollte mich daraufhin umbringen, aber es ging nicht so gut für die Partei. Was hast du dir davon versprochen? Eine Beförderung – oder was?«

Ethel wich gegen die Wand zurück, als ich auf sie zukam. Ihr Gesicht war kreidebleich.

»Mike ... es ist nicht so ...«

»Sei still ...«

Ich griff zu und wollte sie packen. Im gleichen Moment wich sie zurück, und ich hörte zugleich ihren Schrei und eine schreckliche Explosion. Ihr Körper bäumte sich auf und brach zusammen, während ich schon mit dem 45er in der Hand auf das Fenster zurannte und Kugeln in die Nacht hinausjagte.

Ich hörte das Knacken und Knistern, als jemand durch die Büsche brach und in Richtung der Straße flüchtete. Als ich auf die Tür zustürzte und hastig nach dem Schlüssel suchte, fluchte ich über meine eigene Dummheit. Die Tür schwang auf, aber draußen herrschte jetzt Stille – tote, leere Stille. Ich schob ein frisches Magazin in die Pistole und hielt sie bereit.

Jetzt hörte ich wieder die davonlaufenden Schritte – sie waren schon viel zu weit. Als sie anhielten, heulte ein Motor auf, und der Meuchelmörder war fort. Meine Hände zitterten, als ich die Waffe in den Halfter zurückschob. Im Gras waren die Fußabdrücke zu sehen, die um das Haus herumführten. Ich folgte ihnen bis zu dem Fenster und hob den dort liegenden Hut auf.

Es war der hellbraune Hut, den der Bursche in dem blauen Chevrolet-Coupé getragen hatte. Mr. MVD persönlich: ein Kerl, der wie ein Schuljunge aussah und dem man alles andere zugetraut hätte, nur das nicht, was er wirklich war. Ich grinste, weil er unter anderem auch etwas war, was er nicht hätte sein dürfen: ein schlechter Schütze. Ich hatte dort im Zimmer mit dem Rücken zu ihm hin wie eine große Zielscheibe dagestanden, und er hatte mich doch verfehlt. Vielleicht sollte ich sein erstes Opfer sein, und er war nervös gewesen. Ja. Ich schaute durch das Fenster.

Ethel lag noch am Boden. Ich rannte ins Haus zurück, kniete mich neben ihr nieder und drehte den Körper herum. Als ich das Kleid aufriß, sah ich das kleine blaue Loch unter ihrer Schulter.

»Ethel...«, stammelte ich. »Ethel... Liebling...!«

Ihre Augen gingen auf, und sie sah müde aus – so sehr müde.

»Es... tut nicht weh, Mike.«

»Ich weiß. Es wird auch noch eine Weile lang nicht weh tun. Ethel... es tut mir leid. Mein Gott, es ist so schrecklich...«

»Nein... Mike, du hast keine Schuld.«

Sie schloß die Augen, als ich ihr mit der Hand über die Wange strich.

»Du... du bist nicht einer von ihnen, nicht wahr?«

»Nein, ich gehöre auf die andere Seite.«

»Ich... ich bin froh. Nachdem ich dich kennengelernt habe... wurde mir klar, wie dumm ich gewesen bin. Ich sehe jetzt die Wahrheit... ich...«

»Nicht mehr sprechen, Ethel. Ich hole einen Arzt.«

Sie tastete nach meiner Hand und ergriff sie.

»Laß mich bitte sprechen, Mike... Muß ich sterben?«

»Ich weiß es nicht, Ethel. Laß mich einen Arzt holen.«

»Nein... ich will es dir sagen... Ich habe dich wirklich geliebt. Ich bin froh, daß es geschehen ist. Ich mußte jemand lieben lernen, um es zu erfahren...«

Ich löste ihre Finger mit sanfter Gewalt von meiner Hand und schob ihren Arm beiseite. Auf der Bar stand ein Telefon, und ich wählte die Auskunft und bat um Verbindung mit einem Unfallarzt. Die Frauenstimme bat mich zu warten, und gleich darauf ertönte eine Männerstimme, die wachsam und ruhig klang. Ich erklärte ihm, wo wir waren, und bat ihn, so schnell wie möglich herzukommen. Er versprach, sich zu beeilen und hängte ab.

Ich kniete mich neben Ethel und streichelte über ihr Haar, bis sich ihre Augen wieder öffneten. Der beginnende Schmerz verdunkelte jetzt den Blick. Ihre Schulter zuckte

445

einmal, und die Wunde begann wieder zu bluten. So behutsam wie möglich schleppte ich sie auf die Couch.

Dort saß ich dann neben ihr und hielt ihre Hand. Ich verfluchte im stillen alles und jeden. Dann betete ich ein wenig und fluchte wieder.

Es dauerte lange, ehe mir klar wurde, daß Ethel mich wieder anschaute. Sie suchte nach Worten, während der Schmerz in ihr zu wühlen begann.

»Ich ... gehöre nicht mehr zu denen«, sagte sie. »Ich habe alles ... alles ...«

Ihr Blick wurde gläsern vor Schmerz.

»Bitte, sprich nicht«, sagte ich schnell.

Sie hörte mich nicht. Ihre Lippen öffneten sich.

»Ich habe ... ihnen nie etwas von dir verraten ... Mike. Ich wußte gar nicht ... Heute abend ... diese Männer ...«

Es war zuviel für sie. Sie schloß die Augen und schwieg. Nur die Bewegung der Decke, die ich über sie geworfen hatte, verriet noch, daß sie am Leben war.

Ich hörte den Arzt nicht hereinkommen. Er war ein hochgewachsener Mann mit einem Gesicht, das schon sehr viel im Leben gesehen hatte. Er ging an mir vorbei, beugte sich über Ethel und öffnete seine Arzttasche. Ich saß da und wartete – eine Zigarette nach der anderen rauchend. Ein scharfer Geruch nach Chemikalien verbreitete sich im Raum, und der Arzt war ein großer Schatten, der in meinem Blickfeld hin und her glitt und dabei Hantierungen machte, deren Sinn ich nicht begriff.

Seine Stimme drang mehrmals an mein Ohr, bevor ich ihm antwortete.

»Sie braucht einen Krankenwagen«, sagte er.

Ich stand auf und trat ans Telefon. Das Mädchen in der Vermittlung sagte, sie werde einen Krankenwagen rufen. Ich hängte ab und drehte mich um.

»Wie steht es um sie, Doc?«

»Das läßt sich im Augenblick noch nicht sagen. Es besteht eine kleine Chance, daß sie durchkommt.« Sein ganzer Körper drückte aus, was er empfand: Widerwillen und Ärger. »Was ist passiert?« fragte er scharf.

Vielleicht war es der Tonfall der Frage, der mich zum

logischen Denken zwang. Nachdem Ethel mir gesagt hatte, sie gehöre nicht mehr der Partei an, war mir klargeworden, daß das Attentat nicht mir gegolten hatte, sondern tatsächlich ihr. Der Bursche mit dem hellbraunen Hut war doch ein guter Schütze. Nur Ethels plötzliches Zurückweichen, als ich nach ihr greifen wollte, hatte verhindert, daß ihr die Kugel direkt ins Herz gedrungen war.

Ich ging auf den Arzt zu und sah ihn an.

»Wissen Sie, wer ich bin, Doc?«

Er musterte mich lange Zeit forschend.

»Ihr Gesicht kommt mir bekannt vor.«

»Das sollte es auch, Doc. Sie haben es in den Zeitungen gesehen, und Sie haben bestimmt schon von mir gelesen. Mein Name ist Mike Hammer. Ich bin Privatdetektiv und schon in viele Gewalttaten verwickelt.«

Jetzt erkannte er mich.

»War das hier Ihre Tat?« fragte er.

»Nein, Doc. Das war ein anderer, und der wird seine gerechte Strafe bekommen. Ich werde Ihnen nicht erklären, wie es zu diesem Mordversuch kam. Aber eines sage ich Ihnen: Diese Affäre ist so wichtig, daß sie auch Ihr Leben berührt – meines und aller Menschen in diesem Land. Und wenn Sie nicht wollen, daß solche Mordversuche wieder und wieder geschehen, müssen Sie Ihren Bericht zurückhalten. Sie wissen, wer ich bin, und ich kann Ihnen meine Ausweise zeigen, so daß ich im Notfall für Sie immer erreichbar bin. Aber glauben Sie mir: Wenn ich mit dieser Affäre in Verbindung gebracht werde, gerate ich in dieses fatale Netz der polizeilichen Ermittlungen, und noch viele andere Menschen werden sterben. Verstehen Sie mich?«

»Nein.«

Ich mußte mich zurückhalten, um ihn nicht an den Schultern zu packen und zu rütteln und zu schütteln, bis er die schreckliche Wahrheit begriff. Aber er hatte keine Furcht. Er stand nur da und beobachtete meinen inneren Kampf um Selbstbeherrschung.

»Vielleicht verstehe ich es doch«, sagte er mit einemmal ernst.

Ich atmete schwer vor Erleichterung.

»Aber ich begreife diese Dinge nicht«, fuhr er fort. »Ich weiß, daß es Mächte gibt, die willkürlich über Leben und Tod anderer Menschen entscheiden wollen. Das sind immer Dinge, die nicht leicht zu begreifen sind. Ich verstehe auch nicht, warum Kriege geführt werden. Ich werde jedoch tun, was ich kann. Ich bilde mir ein, gute Menschenkenntnis zu haben, und ich glaube, daß Sie mir eine Wahrheit zu erklären versuchen, die einige sehr unerfreuliche Aspekte hat.«

Ich drückte seine Hand kräftig und ging. Es war noch so viel zu tun. Auf meiner Uhr war es nach zehn, und Velda wartete auf mich.

Ich stieg ein, ließ den Motor an und erinnerte mich erst in diesem Augenblick an die Brieftasche, die ich aus dem umgestürzten Wagen mitgenommen hatte.

In einem der Innenfächer fand ich die Karte hinter mehreren anderen. Die Worte schienen wie in Flammenschrift in den Ausweis eingeprägt zu sein:

Federal Bureau of Investigation

Du meine Güte: Ethel hatte mich dem FBI gemeldet. Sie hatte sich gegen die Partei gewandt und – für sie folgerichtig – auch gegen mich. Jetzt war alles klar! Zwei FBI-Beamte hatten uns verfolgt. Wohl in der Hoffnung, zu dem Versteck jener Dokumente geführt zu werden, die so dringend gesucht wurden. Sie verfolgten mich und wurden ihrerseits von jemand verfolgt, der wußte, was geschehen war. Der Bursche mit dem hellbraunen Hut hatte den Unfall der FBI-Männer verursacht und uns dann weiter verfolgt, um Ethel umzubringen, bevor sie mehr verraten konnte.

Ich schob den Ausweis in die Brieftasche zurück, warf sie auf den Nebensitz und fuhr los.

Als Velda mich begrüßte, merkte sie sofort, daß irgend etwas mit mir nicht stimmte.

»Was ist passiert, Mike?«

Da ich ihr nicht die ganze Geschichte erzählen wollte, sagte ich nur: »Man hat es wieder versucht.«

Ihr Blick wurde schmal und glitzernd, und in diesem Blick lag eine drängende Frage.

»Sie sind mir auch wieder entwischt«, sagte ich.

»Es geht immer tiefer hinein, nicht wahr?«

»Und wir werden noch tiefer hinein müssen, bevor wir durch sind«, sagte ich. »Zieh deinen Mantel an.«

Velda ging ins Schlafzimmer, und als sie wiederkam, hatte sie den Mantel an und die Handtasche am langen Trageriemen über die Schulter geschlungen. Die Tasche schwang unter dem Gewicht der Waffe langsam hin und her.

»Gehen wir, Mike.«

Wir gingen hinunter zum Wagen und fuhren davon. Der Broadway war ein Tollhaus von Verkehr, Lichtern und Lärm. Ich ließ mich im Strom der Wagen an den glitzernden Baldachinen und Lichtreklamen der großen Kinos und Restaurants vorbei in die Dämmerung der oberen Stadthälfte weitertragen. Wir erreichten die Straße, die Velda mir genannt hatte, und ich parkte unter einer Laterne.

Hier waren wir am Rande von Harlem: in jenem seltsamen Niemandsland, wo Weiß sich mit Schwarz mischt und ein fast babylonisches Sprachgewirr herrscht. Es gab hier fremdartige Küchendüfte und zu viele Menschen in zu wenigen Räumen. Und da waren auch die feindseligen Augen von Kindern, die plötzlich still wurden, wenn man vorüberging.

Vor einem alten Sandsteingebäude blieb Velda stehen.

»Hier ist es.«

Ich nahm ihren Arm und trat die Stufen hinauf. In der Eingangsdiele riß ich ein Streichholz an und hielt es an die Namensschilder auf den Hausbriefkästen. Die meisten waren in ungelenken Schriftzügen bekritzelt. Ein Schild war in Aluminium gestanzt, und die Aufschrift lautete: C. C. *Lopex*, *Hausmeister*.

Ich drückte auf den Knopf. Ein Gesicht tauchte hinter dem schmutzigen Türfenster auf, und die Tür wurde von einem Mann geöffnet, der mir nur bis zur Brust reichte. Er rauchte eine stinkende Zigarre und roch nach billigem Whisky. Es war ein Buckliger.

»Was wollen Sie?« fragte er.

Er sah den Zehndollarschein, den ich zwischen den Fingern zusammengefaltet hatte, und ein gieriger Ausdruck kam in seinen Blick.

»Es ist nur ein leeres Zimmer frei, und das wird Ihnen nicht

449

gefallen. Sie können aber meine Wohnung benutzen. Für einen Zehner können Sie die ganze Nacht bleiben.«

Velda hob ihre Brauen, als sie das hörte. Ich schüttelte den Kopf.

»Wir nehmen das leere Zimmer.«

»Wie Sie wollen. Sie hätten in meiner Wohnung machen können, was Sie wollen, aber wenn Sie das leere Zimmer wollen, nur zu. Es wird Ihnen nicht gefallen.«

Ich gab ihm den Geldschein, und er gab mir den Schlüssel und erklärte mir, wo das Zimmer lag. Velda schaltete ihre Taschenlampe an, und wir stiegen hinauf.

Das Zimmer lag an einem dunklen Korridor, in dem der Geruch von Alter und Verfall hing. Ich steckte den Schlüssel ins Schloß und stieß die Tür auf. Velda fand die Kordel des Zugschalters, und die von der Decke herabbaumelnde Glühbirne verbreitete ein trübes, gelbliches Licht im Raum. Ich zog die Tür zu und verschloß sie.

Keiner brauchte uns zu erzählen, was geschehen war. Jemand war schon vor uns hier gewesen. Die Polizei hatte zwar Charlie Moffits Habseligkeiten beschlagnahmt, aber sie hatten dabei nicht das Zimmer ganz auseinandergenommen. Die dünne Matratze lag zerfetzt mitten im Zimmer. Die hohlen Bettpfosten waren völlig auseinandergenommen und lagen auf den Sprungfeden. Was einst ein Teppich gewesen war, lag als Haufen in einer Ecke unter den leeren Kommodenschubfächern.

»Wir kommen wieder zu spät, Mike.«

»Nein, das stimmt nicht.«

Ich grinste, und Velda grinste auch. »Die Suche hat noch nicht aufgehört. Wenn unsere Vorgänger etwas gefunden hätten, würden wir jetzt sehen, wann sie aufgehört haben. Das war nicht der Fall, also haben sie nicht gefunden, was sie suchten.«

Wir stöberten aus reiner Neugier in dem Abfall herum, der noch dalag: alte Zeitungen, ein Notizbuch und Magazine. Es gab kein Stelle, die nicht schon durchstöbert worden war. Aber dann fand ich doch etwas: Fotos unter dem Zeitungspapier, mit dem eine Schublade ausgelegt war. Eines von den Gesichtern war nicht erkennbar. Das andere war ein Mädchengesicht, und unten auf dem Foto stand die Widmung: »Für Charlie in Liebe von P.« Ich hielt das Foto in der Hand und betrachtete das Gesicht von Paula Riis. Sie lächelte. Sie war glücklich. Aber sie war das Mädchen, das vor meinen Augen von der Brücke gesprungen war.

Velda spähte mir über die Schulter, nahm das Bild aus meiner Hand und hielt es ans Licht.

»Wer ist sie, Mike?«

»Paula Riis«, sagte ich schließlich. »Die Krankenschwester. Charlie Moffits Freundin. Oscar Deamers Pflegerin und das Mädchen, das lieber sterben als mir ins Gesicht sehen wollte. Das Mädchen, das alles in Gang gebracht hat.« Ich nahm mir eine Zigarette und gab Velda auch eine. »Ich habe falsch kombiniert, als ich Pat eine Lüge auftischte. Wenn ich jetzt darüber nachdenke, habe ich wahrscheinlich doch die Wahrheit gesagt. Ich dachte, daß Paula und Oscar dessen Flucht geplant und Oscar irgendeinen Mann getötet hat, um Lee Deamer damit zu erpressen. Jetzt sieht es aber so aus, als ob das nicht irgendein x-beliebiger Mann war. Es war kein Zufall. Oscar hat ihn aus gutem Grund getötet.«

»Mike ... könnte es ein Fall von Eifersucht gewesen sein? Könnte Oscar eifersüchtig gewesen sein, weil Paula sich mit Charlie eingelassen hat?«

Ich seufzte.

»Ich wünschte, der Fall läge so einfach. Ich habe mit zwei grünen Karten angefangen und die Affäre von dorther aufgerollt. Ich dachte, ich hätte eine zufällige Verbindung gefunden, aber jetzt sieht es gar nicht mehr wie Zufall aus. Es gibt inzwischen zu viele Tote, die grüne Karten bei sich hatten.«

»Die Antwort, Mike ... wie könnte sie lauten?«

Ich starrte nachdenklich an die Wand.

»Das frage ich mich auch. Ich glaube, die Lösung liegt im Westen, in einem Nervensanatorium. Morgen startest du mit dem ersten Flugzeug dorthin und stellst deine Nachforschungen an.«

»Wonach?«

»Nach allem, was du feststellen kannst. Überlege dir die Fragen und suche die Antworten. Was wir suchen, könnte dort sein – oder auch hier. Aber wir haben keine Zeit, gemeinsam nachzuforschen. Du mußt dich allein auf den Weg machen, während ich hier weitersuche.«

»Mike ... du bist vorsichtig, nicht wahr?«

»Sehr vorsichtig, Velda.«

»Und wenn ein weiteres Attentat auf dich verübt wird?«

»Das werden sie bestimmt versuchen«, sagte ich. »Von jetzt an muß ich mit offenen Augen und der Waffe in der Hand schlafen. Sie werden mich auszuschalten versuchen, weil ich genug weiß und zuviel denke. Ich könnte zu einer Schlußfolgerung gelangen, die den ganzen Fall klärt. Man wird auf uns beide Jagd machen, Velda. Das mußt du dir immer sagen. Denn unsere Feinde halten auch dich für gefährlich.«

Velda legte ihre Hände auf meine Schultern.

»Du schickst mich nicht nach Westen fort, nur um mich außer Gefahr zu schaffen, nicht wahr?«

»Nein. Ich brauche deine Hilfe dort. Das ist die reine Wahrheit.«

Sie wußte, daß ich diesmal wirklich die Wahrheit sagte, und ließ die Hände sinken.

»Ich werde versuchen, gute Arbeit zu leisten, Mike. Und wenn ich zurückkomme, werde ich es so einrichten, daß unseren Feinden keine Information in die Hände fallen kann. Ich stecke die Nachricht in das getarnte Versteck in der Wandlampe im Büro, so daß du sie dir holen kannst, ohne mich aus dem Schlaf zu wecken, den ich sicherlich brauche.«

Ich zog an der Kordel, und das Licht ging aus. Velda hielt den Lichtstrahl der Taschenlampe auf den Boden gerichtet und ging vor mir her den Korridor entlang. Ein kleines braunes Gesicht spähte aus einer Tür und zog sich schnell zurück, als es vom Lampenlicht getroffen wurde. Wir hielten uns am Geländer fest und stiegen die knarrende Treppe hinunter.

Der Bucklige öffnete seine Tür am Fuß der Treppe und nahm den Schlüssel zurück.

»Das ging schnell«, sagte er. »Ziemlich schnell für Ihr Alter. Ich dachte, Sie würden länger brauchen.«

Ich wollte eine scharfe Antwort geben, dachte aber dann daran, daß ich ihm noch eine Frage stellen wollte und ihn nicht ärgerlich machen durfte.

»Wir wären geblieben, aber das Zimmer war ja ein Saustall. Wer war vor uns drin?«

»Der darin gewohnt hat, ist gestorben.«

»Ach so. Aber wer war der nächste?«

»Ein junger Bursche. Er brauchte Unterkunft oder so etwas. Er hat mir auch einen Zehner gegeben, plus fünf für das Zimmer. Ja, ich erinnere mich noch an ihn, weil er einen schicken Mantel anhatte und einen von den modernen flachen hellbraunen Hüten trug. Ich möchte auch gern einen solchen Mantel haben.«

Ich schob Velda hinaus und zum Wagen hin. Der MVD war hiergewesen. Kein Wunder, daß die Durchsuchung so sorgfältig ausgefallen war. Er hatte gesucht, aber doch nicht genau genug. In seinem Eifer, die Dokumente zu finden, hatte er das übersehen, was ihn zu den Dokumenten hätte führen können.

Ich fuhr Velda heim und ging zum Kaffeetrinken mit hinauf. Wir plauderten und rauchten. Neulich hatte ich Velda in einer Anwandlung von sentimentalem Leichtsinn einen Ring geschenkt, und ich mußte lachen, als ich sah, mit welch heimlicher Zärtlichkeit sie den Ring betrachtete.

»Da gehört noch ein Brillant hinein, nicht wahr?« sagte ich unvorsichtig.

Ihre Augen leuchteten auf, als ich das sagte.

»Wann ist es soweit, Mike?« fragte sie sanft.

Ich drehte und wand mich ein wenig und brachte ein gequältes Grinsen zustande.

»Ach ... bald. Übereilen wir nichts, Mädchen.«

Ein teuflisches Funkeln kam in ihren Blick, aber sie sagte nichts. Ich mußte auf der Hut sein bei diesem Mädchen – das wußte ich. Verteufelt auf der Hut sein mußte ich ...!

9

Ich hatte in dieser Nacht einen Traum. Es war ein Traum von hübschen Dingen – und von anderen Dingen, die nicht so hübsch waren. Es kamen viele Leute in dem Traum vor, und nicht alle waren am Leben. Gesichter der Vergangenheit vermischten sich mit denen der Gegenwart. Hagere, bleiche

Gesichter starrten mich an und wollten wissen, wann ich einer von ihnen werden würde – in jenem Fegefeuer der Körperlosigkeit schwebend.

Ich sah die Brücke wieder und zwei Menschen sterben, während der Richter mit düsterem Gesicht mißbilligend zuschaute und mir harte Worte der Verdammnis ins Gesicht schleuderte. Ich sah Flammen aufzucken und Männer niederstürzen. Ich sah Ethel über jenen Abgrund schweben, der das Leben vom Tod trennt.

Irgendwann wachte ich auf. Mein Kopf dröhnte, und meine Kehle war trocken. Ich stand auf, torkelte ins Bad und stellte mich unter die kalte Dusche.

Als ich nachher auf die Uhr schaute, stellte ich fest, daß ich tief in den Tag hinein geschlafen hatte. Ich griff nach dem Telefonhörer und wählte die Nummer des außerhalb liegenden Krankenhauses, in das Ethel eingeliefert worden war. Zehn Minuten mußte ich warten, bis ich den Arzt ans Telefon bekam und ihn fragen konnte, wie es Ethel gehe.

Der Arzt hielt offenbar seine Hand über die Sprechmuschel, denn seine Stimme klang sehr gedämpft.

»Ja, Mr. Hammer, ich kann jetzt sprechen. Die Patientin hat die Krise überstanden und wird nach meiner Meinung am Leben bleiben.«

»Hat sie gesprochen, Doc?«

»Sie war ein paar Minuten bei Bewußtsein, aber sie hat nichts gesagt, absolut nichts. Dabei sind verschiedene Leute da, die etwas von ihr wissen wollen.« Der Tonfall seiner Stimme änderte sich. »Sie sind von der Polizei, Mr. Hammer... und vom FBI.«

»Ich habe mir gedacht, daß die dasein würden. Haben Sie irgend etwas gesagt?«

»Nein. Ich möchte lieber glauben, daß Sie mir die Wahrheit gesagt haben – besonders seit ich die Männer vom FBI gesehen habe. Ich erklärte denen, ich hätte einen anonymen Anruf bekommen, der mich in den Bungalow holte.«

»Gut. Ich kann Ihnen danken, aber das bedeutet ja nicht viel. Geben Sie mir drei Tage Zeit. Dann können Sie denken, was Sie wollen, wenn sich inzwischen nicht alles aufgeklärt hat.«

»Ich verstehe.«

»Ist Mr. Brighton da?«

»Er ist hier, seit das Mädchen identifiziert worden ist. Er scheint sehr aufgeregt zu sein. Wir mußten ihm ein Beruhigungsmittel geben.«

»Wie aufgeregt ist er?«

»Genug, um ärztliche Betreuung zu rechtfertigen... die er nicht haben will.«

»Ich verstehe. In Ordnung, Doc. Ich rufe Sie wieder an. Lassen Sie mir, wie gesagt, diese drei Tage Zeit.«

»Drei Tage, Mr. Hammer. Vielleicht bleiben Ihnen weniger. Die Männer vom FBI haben mich ziemlich mißtrauisch angeschaut.«

Wir verabschiedeten uns und hängten ab. Dann ging ich in die Küche und frühstückte. Hinterher zog ich mich an und fuhr sofort ins Büro. Velda hatte in ihre Schreibmaschine eingespannt eine Nachricht hinterlassen. Sie hatte die Morgenmaschine nach Westen genommen und bat mich, vorsichtig zu sein. Ich zog das Blatt von der Walze und zerriß es. Post war keine da, also rief ich Pat an und erwischte ihn, als er gerade vom Mittagessen kam.

»Hallo, Mike, was gibt es Neues?« fragte er.

Wenn ich es ihm erzählt hätte, würde er mir die Kehle durchgeschnitten haben.

»Nicht viel«, sagte ich lakonisch. »Ich wollte mit jemandem sprechen, daher habe ich dich angerufen. Was tust du?«

»Ich muß gleich nachher losfahren und den Leichenbeschauer aufsuchen, der gerade einen neuen Fall bearbeitet. Ein Selbstmord, glaube ich. Ich will ihn an Ort und Stelle treffen, und wenn dir danach zumute ist, kannst du mitkommen.«

»Nun, mir ist nicht danach zumute, aber ich komme trotzdem mit. In ein paar Minuten bin ich bei dir. Wir können meinen Wagen nehmen.«

»Okay, aber beeil dich.«

Ich nahm mir ein Päckchen Luckys aus dem Karton in meinem Schreibtisch, schob es in die Tasche und ging hinunter, um zu Pats Büro zu fahren. Er wartete am Randstein auf mich und redete ernst auf zwei uniformierte Polizisten ein.

Als er mich sah, winkte er mir kurz zu, gab den Polizisten noch eine abschließende Anweisung und kam über die Straße.

»Hat dir jemand deine Murmeln gestohlen, Mike? Du siehst gar nicht glücklich aus.«

»Das bin ich auch nicht. Ich habe bloß elf Stunden geschlafen.«

»Ach, du armer Junge. Das muß schrecklich sein. Falls du dich überhaupt noch wach halten kannst, fahr doch bitte zum Anfang der Third Avenue. Wie kommst du mit Lee voran?«

»In zwei Tagen werde ich ihm einen Bericht liefern können.«

»Negativ?«

Ich zuckte mit den Schultern.

Pat sah mich unzufrieden an.

»Das ist auch eine Auskunft. Was könnte es sonst sein?«

»Positiv.«

Pat wurde wütend.

»Meinst du wirklich, daß Oscar irgend etwas hinterlassen hat, Mike? Verdammt, wenn es so ist, will ich darüber Bescheid wissen!«

»Beruhige dich. Ich überprüfe im Augenblick jede Möglichkeit, und wenn mein Bericht vorliegt, kannst du dich auf dessen Ergebnis verlassen. Falls Oscar irgend etwas hinterlassen hat, was Lee in Schwierigkeiten bringen könnte, werde ich dafür sorgen, daß es kein Unberufener zu sehen bekommt. Ein Schmutzfleck auf Lees politischer weißer Weste würde fatale Folgen haben ... und Pat, verschiedene üble Burschen sind darauf aus, seine weiße Weste zu beschmieren. Wenn du es nur wüßtest.«

»Ich werde es bald genug wissen, mein Junge. Ich habe selbst Nachforschungen anstellen lassen, und dein Name ist dabei immer wieder aufgetaucht.«

»Ich komme herum«, sagte ich.

»Ja.« Er entspannte sich und schwieg, bis ich vor mir den Leichenwagen und einen Menschenauflauf sah. »Hier ist es. Halt hinter dem Wagen an.«

Wir stiegen aus, und einer von den Polizisten salutierte vor Pat und sagte ihm, der Leichenbeschauer sei noch oben. Pat nahm seine Aktenmappe mit und traf den Leichenbeschauer auf der Treppe. Ich hielt mich im Hintergrund, während sie über irgend etwas sprachen und Pat ihm einen Aktendeckel gab. Der Leichenbeschauer schob den Aktendeckel unter den Arm und sagte, er werde sich darum kümmern.

Pat deutete mit dem Daumen nach oben

»Was ist es diesmal?«

»Wieder ein Selbstmord. Leutnant Barner bearbeitet den Fall. Irgendein alter Knabe hat den Gashahn aufgedreht. Das tun sie oft in dieser Gegend. Gehen Sie hinauf und schauen Sie es sich an.«

»Ich sehe so etwas oft genug. Soll Barner den Fall behandeln.«

Er wäre dem Leichenbeschauer die Treppe hinunter gefolgt, wenn ich nicht neugierig genug gewesen wäre, bis zum nächsten Treppenabsatz hinaufzusteigen und durch die offene Wohnungstür zu blicken. Pat folgte mir.

»Neugierig?« fragte er.

»Ich kann es nicht ändern.«

»Na gut, gehen wir also hinein und schauen wir uns jemand an, der freiwillig und ohne deine Nachhilfe aus dem Leben geschieden ist.«

»Das finde ich keinen passenden Scherz, Pat«, sagte ich, aber er stieß nur ein trockenes Lachen aus und folgte mir.

Es war ein durchschnittlich aussehender Mann im mittleren Alter. Er hatte volles weißes Haar und jenen eigentümlichen Gesichtsausdruck und die Hautfarbe, die vom Einatmen von zuviel Gas herrühren. Er stank nach Whisky und lag am Boden – den Kopf teilweise gegen ein gepolstertes Sesselbein gestützt.

Barner schlüpfte in seine Jacke.

»Ein Glück, daß kein Zündlicht in dem Herd brannte. Das hätte das ganze Haus in die Luft sprengen können.«

Pat kniete nieder und musterte den Toten genauer.

»Wie lange ist er tot?«

»Mindestens schon einige Stunden. In diesem Haus ist den ganzen Morgen über keiner daheim gewesen. Die Wirtin kam gegen Mittag nach Hause und hat das Gas gerochen. Die Tür war zu, aber nicht verschlossen, und sie hat schnell ein paar

Fensterscheiben eingeschlagen und einen Arzt gerufen. Der konnte nichts mehr tun, also hat er uns benachrichtigt.«

»Hat der Tote etwas Schriftliches hinterlassen?«

»Nein. Er war betrunken. Wahrscheinlich hat er sich plötzlich vor sich selbst geekelt und den Gashahn aufgedreht. Er war früher Schauspieler. Sein Name ist Jenkins. Harvey Robinson Jenkins. Die Wirtin sagt, vor dreißig Jahren sei er ein ziemlich beliebter Schauspieler gewesen. Dann ging es mit ihm bergab, und neuerdings hat er nur noch auf kleinen Wanderbühnen hin und wieder Nebenrollen bekommen.«

Ich schaute mich im Zimmer um und registrierte alles. Am Fenster standen ein guter Ledersessel und eine neue Stehlampe, aber die übrigen Möbel waren schäbig und unansehnlich vor Alter. Das Apartment bestand aus einem Wohn-Schlaf-Zimmer und einer kleinen Küche. Hinter dem Bett lagen alte Theaterplakate sauber aufgeschichtet, und eine neue Militärausrüstung krönte die Kommode. In der Küche konnte sich nur immer eine Person auf einmal aufhalten. Ein schwacher Gasgeruch hing immer noch in der Luft und in den Vorhängen. Der Kühlschrank war nicht in Betrieb, aber das war auch unnötig, weil er nichts enthielt. Auf dem Tisch stand ein Marmeladenglas neben einer leeren Whiskyflasche. In einem Karton unter dem Tisch lagen zwölf weitere leere Flaschen.

Das war also der Tod. Auf diese Weise sterben Menschen, wenn ihnen keiner hilft. Er war auf der langen, langen Straße und sicherlich froh darüber. Zu schade, daß er seine wertvollsten Besitztümer zurücklassen mußte. Der Schminkkasten war alt und zerschrammt, aber im Gegensatz zu den meisten anderen Gegenständen im Zimmer war er sauber, und die Tuben und Näpfchen darin waren hübsch geordnet und etikettiert. Der im Deckel befestigte Spiegel war sorgfältig poliert. Ich konnte mir vorstellen, wie der kleine Bursche Nacht für Nacht hier gesessen, sich geschminkt und all die Rollen vorgespielt hatte, mit denen er in seiner Jugend berühmt gewesen war.

Die Leichenträger legten den Toten in den großen Gitterkorb, und die Wirtin kam und achtete darauf, daß nichts weiter mitgenommen wurde. Barner verabschiedete sich und ging den Leichenträgern nach.

Die Wirtin war eine untersetzte Frau mit zottelig über die Ohren hinabhängenden Haarsträhnen. Ihre Hände waren schwielig und rot vom Arbeiten, und sie rieb sie aneinander, als wäre ihr kalt.

»Da sehen Sie die Folgen des Trinkens, junger Mann«, sagte sie zu mir. »Ich habe auf diese Art zwei Männer verloren, und jetzt verliere ich noch einen Mieter.«

»Schlimm. Schuldet er Ihnen Geld?«

»Nein, keinen roten Cent. Oh, er war ein ehrenwerter Mann, dieser Mr. Jenkins. Hat über drei Jahre hier gewohnt, aber es immer irgendwie fertiggebracht, seine Miete zu bezahlen. Zu schlimm, daß er diese Erbschaft gemacht hat. Das war zuviel für ihn, weil er nicht mehr mit Geld umzugehen verstand. Er hat alles vertrunken, und das war sein Ende.«

»Ja.«

»Ich habe ihn gewarnt. Keiner kann mir den Vorwurf machen, daß ich es nicht versucht hätte. Er redete immer so gespreizt, wie es Schauspieler tun, und er erklärte mir, Trinken sei die Nahrung der Seele! Nahrung der Seele! Demnach kann er in dieser Hinsicht nie Hunger gelitten haben.«

Pat brummte ungeduldig, weil er gehen wollte.

»Das sollte dir eine Lehre sein, Mike.« Er sah die Wirtin scharf an. »Wie lange war er auf diesem Saufzug?«

»Oh, eine ganze Weile. Lassen Sie mich überlegen: Der Brief mit dem Geld kam eine Woche nach der Legion-Parade. Das war an einem Mittwoch, dem Dreizehnten. Ja, so war es: eine Woche später bekam er das Geld. Er bezahlte mir die drei Monatsmieten, die er mir schuldig war, und noch zwei Monate im voraus. Dann fing er zu trinken an. Ich habe noch nie einen Mann soviel trinken sehen. Jede Nacht ist er heimgetragen worden, und dabei lallte er immer noch Teile seiner Rollen vor sich hin.«

Pat nickte nachdenklich.

»Siehst du, Mike, einem so unerfreulichen Niedergang strebst du auch entgegen.«

»Unsinn, ich trinke doch nicht soviel. Jedenfalls würde ich mich eher erschießen, als mit Gas vollpumpen lassen. Komm, gehen wir.«

Die Wirtin brachte uns zur Tür und beobachtete von der Vortreppe aus, wie wir davonfuhren. Auf dem Weg zu Pats Büro mußte ich immer wieder an den Alten denken, der da freiwillig aus dem Leben geschieden war.

Beim Hauptquartier setzte ich Pat ab und suchte mir einen halbleeren Saloon, wo ich auf einem Barhocker noch länger über den Fall nachdenken konnte. Die Reihen von Whiskyflaschen hinter der Bar reflektierten schimmernd das Licht. Sie waren wie Frauen. Köder. Sie lockten einen in einen seligen Zustand des Vergessens, und sobald die Falle zugeschnappt war, stießen sie einen in die rauhe Wirklichkeit zurück.

Der Barkeeper füllte mein Glas neu und strich den Rest meines Wechselgelds ein. Ich musterte mich im Spiegel hinter der Theke und fragte mich, ob ich anderen auch so häßlich erschien wie mir selbst. Ich runzelte die Stirn, und der Barkeeper grinste, weil mein Stirnrunzeln alles andere als hübsch aussah.

Viele Dinge gingen mir durch den Kopf, während ich dasaß und das Eis in meinem Whiskyglas schmelzen sah. Einige Unklarheiten hatten sich inzwischen in Nichts aufgelöst wie der Eiswürfel. Dinge, die ich vorher nicht erkannt hatte, waren mir jetzt klar. Das Ganze war ein gigantisches Rätsel, das hier in Manhattan nur seinen Anfang genommen hatte. Die Lösung mußte man woanders suchen: in Washington... San Francisco... oder sogar jenseits des Meeres.

Es war eine Saga von Haß, Terror und Tod, die auf Erden nicht ihresgleichen hatte. Ich war im Augenblick der einzige, der die weltweite Wirkung der Geschehnisse ahnen konnte. Einzelheiten der Lösung fehlten mir noch, aber die Umrisse des Ganzen waren jetzt schon ziemlich deutlich zu erkennen. Aber das reichte mir nicht. *Ich mußte alles wissen! Ich mußte meiner Sache sicher sein!*

Diesmal hatte ich nichts mit Mord zu tun: Ich mußte einen Krieg verhindern!

Es war ein merkwürdiges Rätsel, das zwei Lösungen zuließ. Jeder Teil paßte in verschiedene Konstellationen und gaukelte einem den Trugschluß einer echten Lösung vor.

Meine Feinde waren schlau, dachte ich. Sie waren schlau und tüchtig.

Sie gebrauchten gern den Kernsatz, daß der Zweck die Mittel heilige.

Sie mordeten, um ihre Zwecke zu erreichen.

Sie würden alles vernichten, um ihr Ziel zu erreichen, selbst wenn das bedeutete, daß sie aus den Trümmern heraus mit dem Neuaufbau anfangen mußten.

Sie waren hier, und sie waren von höllischer Schlauheit. Sogar die Nazis waren Waisenknaben gewesen im Vergleich zu denen.

Aber eines hatte ich ihnen voraus: Ich konnte unabhängig und selbständig denken, weil ich von keiner Ideologie gebunden war.

Ich stieg in meinen Wagen und fuhr zu dem Haus mit der Sendeantenne auf dem Dach. Zwei Polizeiwagen parkten davor, und ich nickte den Fahrern zu. Jetzt erwies es sich als nützlich für mich, daß ich so oft in Pats Begleitung gesehen wurde. Ich ging hinein und lehnte mich an die Barriere, die den Raum teilte. Ein Polizist im verblichenen Alpakaanzug und mit einem Augenschirm kam auf mich zu.

Er nickte auch.

»Hallo, George«, sagte ich. »Können Sie mir einen Gefallen tun?«

»Sicher, Mike. Wenn es nicht gegen die Vorschriften ist.«

»Ihr führt doch Buch über alle ankommenden Rufe, nicht wahr?«

»Ja. Warum?«

»Könnten Sie mir einen Anruf heraussuchen? Vor einigen Tagen hat ein Patrouillenwagen die George-Washington-Brücke überquert.« Ich nannte ihm das Datum und die ungefähre Zeit. »Schauen Sie doch nach, ob der Wagen alarmiert worden war.«

Er ging in eine abgeteilte Koje, wo er in einer Kartei herumsuchte. Als er zurückkehrte, hatte er ein Karteiblatt bei sich, von dem er ablas.

»Hier ist es. Ein nicht identifiziertes Mädchen rief an und bat um Schutz durch einen Polizeiwagen. Sie hatte es eilig, und statt ihre Adresse zu nennen, wollte sie den Wagen am Gehweg der Brücke erwarten. Ein Wagen wurde hinbeordert und meldete zurück, daß es falscher Alarm war.«

»Das ist alles?«

»Ja. Steckt etwas dahinter?«

»Ich weiß es noch nicht. Vielen Dank, George.«

»Gern geschehen, Mike. Auf Wiedersehen.«

Ich setzte mich in den Wagen und überlegte. Ein nicht identifiziertes Mädchen. Also war der Patrouillenwagen, der mir in jener Nacht entgegengekommen war, nicht zufällig auf die Brücke gefahren. In einer Hinsicht war es schade, daß die Polizisten zu spät gekommen waren. Zweifellos war das Schneetreiben daran schuld. Andererseits war es mein Glück, daß sie es nicht rechtzeitig geschafft hatten.

Ich ließ den Motor an und fuhr los. Während ich im stockenden Verkehr eingeklemmt war, holte ich mein Notizbuch hervor und suchte Paula Riis' Adresse aus dem Wirrwarr von Notizen heraus. Ich hoffte sie richtig aufgeschrieben zu haben, denn ich hatte mir die Notiz gemacht, nachdem Pat mir mit ziemlich mißtrauischen Hintergedanken ihre Personalien an den Kopf geschleudert hatte.

Es war eine Nummer in den Oberen Vierzigern, nahe bei der Eighth Avenue: ein dreistöckiges Haus mit drei Wohnungen über einem schäbigen Schönheitssalon im Erdgeschoß. Eine Limousine mit den US-Post-Insignien auf der Tür stand in Doppelparkung vor der Tür. Ich fand einen Platz für meine Kiste und kam gerade wieder auf das Haus zu, als zwei Männer heraustraten und in den Wagen stiegen. Den größeren von beiden hatte ich schon gesehen: er war Postinspektor.

Eine dunkelhäutige Frau stand mit den Händen an ihre vollen Hüften gestützt da und murmelte vor sich hin. Ich stieg die Vortreppe hinauf und begrüßte sie.

Sie musterte mich zuerst von oben bis unten.

»Na, was wollen Sie nun? Sind Sie nicht von der Post?«

Ich schaute über ihre Schultern hinweg in die Diele und wußte, warum die Männer von der Post hier gewesen waren. Ein großes Rechteck war aus der Wand gebrochen worden. Man hatte den Hausbriefkasten, der dort eingelassen war, ganz und gar herausgerissen, und die Spuren des dabei verwendeten Brecheisens zeigten sich noch in den zertrümmerten Wandbrettern und dem Mauerwerk.

Das unbehagliche Gefühl machte mir zu schaffen, daß ich

wieder einmal etwas zu spät gekommen war. Ich zeigte der Frau meinen Ausweis.

»Ach – Sie sind von der Polizei. Sie kommen wohl wegen des Zimmers. Was war denn mit dem anderen Polizisten? Der hat doch alles schon gesehen. Diese Halunken! Wenn das Mädchen zurückkommt, wird sie bestimmt sehr wütend sein.«

»Es stimmt: ich komme wegen des Zimmers. Wo ist es?«

»Oben. Was noch davon übrig ist. Ist ja nur noch Gerümpel da – nichts als Gerümpel. Schauen Sie selbst.«

Ich ging und schaute nach. Hier hatte sich das gleiche abgespielt wie in Charlie Moffits Zimmer. Aber es wirkte noch etwas schlimmer, weil die Möblierung besser gewesen war. Ich fluchte leise, während ich rückwärts aus dem Zimmer ging. Ich fluchte aber aus Erleichterung, weil auch dieses Zimmer bis in den letzten Winkel und offensichtlich ohne Erfolg durchsucht worden war. Die Suche war also noch nicht zu Ende.

Dann hörte ich zu fluchen auf, weil ich wußte, daß meine Feinde doch ihr Ziel erreicht hatten. Charlie hatte das Zeug per Post geschickt, und es hatte die ganze Zeit über in dem Hausbriefkasten gelegen, weil das Mädchen ja tot war. Sie konnten das Zeug nicht herausholen, also hatten sie den ganzen Briefkasten aus der Wand gerissen. Jetzt begann ich zu fluchen, weil ich wirklich wütend war – höllisch wütend.

Während ich mich noch einmal im Zimmer umschaute, fiel mein Blick auf den am Boden liegenden Telefonapparat. Man hatte sogar den Boden aus dem Apparat genommen und die zum Telefonmast führende Schnur von der Wand gerissen. Die Schnur führte zu einem Isolator am Dachrand, und als ich näher hinschaute, erkannte ich, daß diese Leitung angezapft gewesen war. Jemand mußte großes Interesse gehabt haben, die Telefongespräche des Mädchens abzuhören.

Immer noch fluchend verließ ich das Zimmer und ging hinunter. Die Frau stand noch an der Haustür.

»Na, haben Sie gesehen?« rief sie empört. »Diese verdammten Gauner! Keiner ist heutzutage sicher. Wozu ist eigentlich die Polizei da? Was wird das Mädchen sagen? Sie wird mir die Hölle heiß machen. Die Miete ist lange im voraus bezahlt. Was soll ich nur machen?«

»Regen Sie sich nicht auf. Derjenige, der das Zimmer des Mädchens durchsucht hat, der hat auch den Briefkasten herausgerissen. Man hat nach einem Brief gesucht.«

Sie verzog den Mund zu einer säuerlichen Grimasse.

»Dann haben die nicht bekommen, wonach sie suchten. Das ist mal sicher. Vor einem Monat hat sie ihren Schlüssel für den Hausbriefkasten verloren, und ich habe immer ihre Post persönlich bekommen. Der Postbote hat sie mir jeden Tag gegeben, und ich habe sie aufgehoben.«

Mein Herz hämmerte gegen die Rippen, und ich hörte das Blut in meinen Ohren rauschen.

»Es wird besser sein, wenn ich die Post jetzt mitnehme«, sagte ich so ruhig wie möglich. »Sie kann sie sich abholen, wenn sie zurückkommt.«

Sie runzelte die Stirn und nickte dann.

»Das ist gut. Dann brauche ich mich nicht mehr darum zu kümmern. Kommen Sie herein; ich werde Ihnen die Post geben.«

Wir gingen in den Schönheitssalon im Erdgeschoß, und ich wartete mit dem Hut in der Hand. Sie kam mit einer Handvoll Umschlägen zurück, und einer davon war größer als die anderen und so vollgestopft, daß die Klappe ein wenig aufgerissen war. Ich dankte der Frau und ging.

Einfach so.

Wie unkompliziert mitunter das Leben war.

Ich steckte die Post in das Handschuhfach und fuhr zu meinem Büro zurück. Aus Gewohnheit verschloß ich die Tür, bevor ich mich hinsetzte, um mir meine Beute anzuschauen. Es waren neun Briefe – und der große Umschlag. Von den neun waren drei Rechnungen, vier weitere belanglose Briefe von Freundinnen, einer war die Antwort eines Stellenvermittlungsbüros, an das sie sich gewandt hatte, und der letzte Umschlag enthielt eine kommunistische Propagandabroschüre. Ich warf das in den Papierkorb und öffnete den wichtigsten Umschlag.

Er enthielt Fotokopien – zehn im ganzen – Negative und Positive auf besonders dünnem Papier. Es waren Fotos von

464

einem Gewirr von Wort- und Zahlensymbolen, von Diagrammen und unverständlichen Wörtern. Aber es war etwas daran, was die eminente Bedeutsamkeit dieser Dokumente geradezu plakatierte. Diese Dokumente waren nicht für meinen unwissenschaftlichen Verstand bestimmt, und ich wußte das.

Ich faltete die Fotokopien zusammen und trat mit dem kompakten Quadrat an die Wandlampe. Diese Lampe konnte mittels eines verzwickten Mechanismus in der Mitte auseinandergeklappt werden. Ich hatte sie von einem Freund geschenkt bekommen, der mit Zaubertricks experimentierte. Ich steckte die Fotokopien in den verborgenen Hohlraum und schloß die Lampe wieder.

Es war noch ein Zoll Sherry in der Flasche in meinem Schreibtisch, und ich leerte diesen Rest.

Nun war es fast vorbei. Ich hatte die Atempause vor dem Ende erreicht. Es blieb mir nicht mehr viel anderes zu tun, als die Einzelheiten zu ordnen und mich zu vergewissern, daß ich mich nicht geirrt hatte. Ich zog das Telefon heran, wählte die Nummer des Polizeihauptquartiers und fragte nach Pat.

Er war zum Wochenende weggefahren.

Als nächstes wählte ich Lee Deamers Nummer. Die Blondine am Telefonschalter kaute noch immer Gummi und verband mich mit seiner Sekretärin.

»Tut mir leid, aber Mr. Deamer ist nach Washington gefahren«, erklärte die Sekretärin.

»Hier spricht Mike Hammer. Ich war schon einmal bei Ihnen. Wie kann ich ihn in Washington erreichen?«

»Er ist im ›Lafayette‹ abgestiegen, Mr. Hammer. Dort können Sie ihn anrufen. Aber möglichst vor achtzehn Uhr, weil er heute abend bei einer Dinner-Party spricht.«

»Vielen Dank. Ich rufe ihn gleich an.«

Ich ließ mir von der Auskunft die Nummer des ›Lafayette‹ geben, wählte durch, bekam aber mehrere Male keine Verbindung, weil die Leitung immer besetzt war. Also hängte ich erst einmal ab und ging zum Karteischrank, wo ich eine andere angebrochene Sherryflasche versteckt hatte. Eine Schachtel mit Pappbechern war auch da, und ich setzte mich mit Becher und Flasche am Schreibtisch zurecht, um mir die

465

Wartezeit zu verschönern. Zwischendurch versuchte ich noch einmal anzurufen und erfuhr, daß Mr. Deamer vermutlich in einer Viertelstunde in sein Zimmer zurückkehren würde.

Ich schaltete das Radio an und erwischte gerade einen Bericht über die gestohlenen Geheimdokumente. Der Radiosprecher schnatterte mit aufgeregter Revolverstimme, aber das Ende vom Lied war, daß es viele Verdächtige gab und keine Ergebnisse. Der FBI hatte jeden verfügbaren Mann für die Lösung dieses Falles eingesetzt, und alle Polizeidienststellen arbeiteten ebenfalls auf Hochtouren.

Der Sprecher wurde von einem Kommentator mit seriöser Stimme abgelöst. Er erklärte der Nation das Unglück, das sie betroffen hatte. Das Geheimnis unserer neuesten, mächtigsten Waffe war jetzt höchstwahrscheinlich in den Händen von Agenten einer gegnerischen Macht. Er berichtete von den Zerstörungen, die damit angerichtet werden könnten, und deutete auf die Möglichkeit des Übergangs vom kalten zu einem heißen Krieg hin.

Einige Minuten später berichtete ein weiterer Kommentator, daß alle Häfen bewacht würden und eine Großrazzia gegen verdächtige Ausländer eingeleitet worden sei. Die Dokumente waren nach wie vor verschwunden, aber die Razzia hatte kleinere Dinge ans Tageslicht gebracht, die sonst unbemerkt geblieben wären. Ein Regierungsangestellter saß daraufhin in Haft. Ein hoher Gewerkschaftsboß hatte sich aufgehängt. Zwanzig kommunistische Demonstranten waren in Brooklyn eingesperrt worden.

Ich lehnte mich zurück, während die Dokumente keine zwei Meter von mir entfernt absolut sicher lagen.

Keine zwei Meter entfernt – und absolut sicher: so dachte ich.

Mein nächster Versuch, Lee Deamer an die Strippe zu bekommen, war von Erfolg gekrönt.

»Ich verbinde Sie jetzt«, sagte das Mädchen in der Telefonzentrale des ›Lafayette‹-Hotels.

Ich dankte ihr, wartete auf die Verbindung und hörte dann Deamers Stimme.

»Hallo...? Hallo...?«

»Hier spricht Mike Hammer, Lee.«

»Ja, Mike, wie geht es Ihnen?«

»Fein. Ich höre, ganz Washington ist in Aufruhr.«

»Das kann man wohl sagen. Sie können sich nicht vorstellen, was hier los ist. Man sagt mir, die Halle ist bereits bis zum Überquellen mit Leuten gefüllt, die die Reden hören wollen. Ich habe in meinem Leben noch nie so viele Reporter gesehen.«

»Heute werden Sie es denen zeigen, nicht wahr, Lee?«

»Ich werde mein möglichstes versuchen. Es gibt da ein höchst wichtiges Thema, das ich zur Diskussion stellen will. Wollten Sie etwas Besonderes, Mike?«

»Ja. Ich wollte Ihnen nur sagen, daß ich es gefunden habe.«

»Was?«

»Was Oscar hinterlassen hat.«

In seiner Stimme klang plötzlich Bitterkeit mit.

»Ich wußte es – ich wußte es! Ich wußte, daß er so etwas vorhatte. Mike... ist es schlimm?«

»O nein. Es ist im Gegenteil ziemlich gut. Ja, recht gut.«

Er sprach wieder, und seine Stimme klang müde.

»Erinnern Sie sich daran, was ich Ihnen sagte, Mike. Es liegt an Ihnen. Wenn Sie es für richtig halten, veröffentlichen Sie die Tatsachen.«

Ich lachte leichthin.

»Nicht diese Dokumente, Lee. Das ist nichts, was man in einer Zeitung abdrucken kann. Es ist etwas, was weder Pat noch Sie noch ich zu finden erwartet hätten. Sie sind dadurch nicht im mindesten belastet, also können Sie heute abend richtig loslegen. Was ich in Händen habe, kann Sie in die Machtposition bringen, wo Sie endlich reinen Tisch machen können.«

Überraschung und Freude machten sich in seiner Stimme bemerkbar.

»Das sind aber gute Neuigkeiten, Mike. Wann kann ich die Sachen sehen?«

»Wann sind Sie wieder in New York?«

»Nicht vor Montag abend.«

»Dann warte ich so lange. Wir sehen uns dann.«

Ich schob das Telefon über den Schreibtisch zurück und beschäftigte mich wieder mit dem Sherry. Eine halbe Stunde später war die Flasche leer, und ich verließ das Büro. Es war Samstagabend – Vergnügungszeit. Ehe ich meine Entscheidung treffen konnte, mußte ich auf Veldas Rückkehr warten. Ich schlenderte den Broadway hoch und ging in eine Bar. Die Kneipe war gedrängt voll und von Lärm erfüllt – außer wenn die Radionachrichten durchkamen. Um sieben Uhr wurde der Fernseher angeschaltet, und alle Blicke richteten sich auf die kleine flimmernde Scheibe. Es gab eine Direktübertragung von der Dinner-Party in Washington. Das Bild war unscharf, aber der Ton war deutlich und klar.

Ich konnte beobachten, wie Durchschnittsbürger und Durchschnittsbürgerinnen auf die politische Lage reagierten, und ich war recht zufrieden mit mir. Es war noch nicht der richtige Augenblick, mit den Dokumenten zum Vorschein zu kommen. Noch nicht. Das Feuer sollte ruhig noch eine Weile brennen. Es sollte versengen und reinigen, solange es noch ging.

Der Barkeeper füllte mein Glas, und ich stützte mich auf die Ellbogen und lauschte, als Lee Deamer zu sprechen begann.

Er gab den Leuten einen Vorgeschmack der Hölle. Er hielt mit Namen nicht hinter dem Berg und bezeichnete die Machthaber im Osten als Brüder des Teufels. Er forderte seine Zuhörer in offener Form heraus, und sie antworteten mit Jubel und Beifall, der das Haus erdröhnen ließ.

Ich schrie lauter als alle anderen und ließ mir einen weiteren Drink geben.

Gegen Mitternacht schlenderte ich zu meinem Wagen zurück und fuhr langsam heim. Zweimal tastete ich nach dem 45er unter meiner Achselhöhle, und gewohnheitsmäßig beobachtete ich die Wagen hinter mir.

Ich stellte den Wagen in die Garage, bat den Wärter, ihn vollzutanken und trat durch die Seitentür auf die Straße. Nachdem ich mich vergewissert hatte, daß ich in keinen Hinterhalt laufen konnte, trat ich auf den Gehsteig und ging auf mein Haus zu.

Bevor ich hinaufging, musterte ich die kleine Tafel mit Glühbirnen hinter dem Pult in der Halle. Das war ein Einbruchsalarm. Eine von den kleinen Glühbirnen war mit den Fenstern und Türen in meiner Wohnung verbunden. Alle

Birnen waren dunkel. Ich ging also hinauf und schob den Schlüssel ins Schloß.

Aus Vorsicht machte ich einen Rundgang durch die Wohnung und fand sie so leer wie bei meinem Weggang. Vielleicht hatte der Mann mit dem hellbraunen Hut Angst vor einer Falle. Vielleicht wollte er mich lieber auf der Straße erwischen. Er und die anderen hatten jetzt die besten Gründe, mich auszuschalten. Es würde nicht mehr lange dauern, bis sie wußten, wohin die Dokumente gelangt waren, und das war der Augenblick, auf den ich hoffte.

Ich wollte sie alle erwischen – alle miteinander.

Es gab gerade wieder Nachrichten, und ich lauschte auf die weitere Entwicklung der Dinge. Es hatte sich nichts Neues ergeben. Ich schob den 45er unter mein Kopfkissen und legte mich schlafen.

10

Ich verschlief den ganzen Sonntag. Gegen achtzehn Uhr dreißig stand ich auf, weil die Türklingel beharrlich schellte. Es war ein Bote der Western Union mit einem Telegramm. Er bekam einen Dollar für seine Beharrlichkeit, und ich ging ins Wohnzimmer, um das Telegramm zu öffnen.

Es war von Velda. Sie hatte ihre Aufgabe vollbracht und würde die Papiere im nächsten Flugzeug mitbringen. Ich faltete das gelbe Blatt Papier zusammen und schob es in die Tasche meiner über eine Stuhllehne hängenden Jacke.

Nachdem ich mir ein kombiniertes Frühstück-Mittag-Abend-Essen zusammengebrutzelt hatte, ließ ich mir von unten die neuesten Zeitungen bringen und las sie im Bett. Als ich damit fertig war, schlief ich wieder ein und wachte erst zwölf Stunden später auf. Der Regen hämmerte mit Hunderten von winzigen Fingern gegen die Fensterscheiben, und die Randsteine waren überflutet, weil die Gullys die Wassermassen nicht mehr aufnehmen konnten.

Einige Minuten stand ich am Fenster und stierte in die trübe Morgendämmerung hinaus, ohne die Menschen zu bemerken, die unten auf dem Gehsteig vorbeihuschten, oder die Wagen, deren Reifen zischende Laute auf dem Asphalt erzeugten.

Ich duschte mich, zog mich an und schob die Automatikpistole in den geölten Lederhalfter unter meinem Arm. Als ich fertig war, rief ich wieder das Krankenhaus vor der Stadt an. Ich hatte auch wieder Glück und erwischte den Arzt. Mein Name genügte als Legitimation.

»Miß Brighton ist außer Gefahr«, sagte er. »Aus irgendeinem Grunde steht sie unter Polizeibewachung.«

»Gebildet aussehende junge Männer?«

»Ja.«

»Was ist mit ihrem Vater?«

»Er besucht sie täglich. Sein eigener Hausarzt behandelt ihn.«

»Ich verstehe. Meine Zeit ist um, wie Sie ja wissen. Sie können jetzt die Wahrheit sagen, wenn Sie wollen.«

»Aus einem mir selbst nicht ganz erklärlichen Grunde will ich das lieber nicht tun, Mr. Hammer. Ich verstehe die Zusammenhänge immer noch nicht, aber ich glaube auch noch, daß mehr dahintersteckt, als ich erkennen kann. Miß Brighton hat mich gefragt, ob Sie angerufen hätten, und ich habe ihr von unserem Gespräch berichtet. Sie zieht es auch vor zu schweigen.«

»Vielen Dank, Doc. Es wird rauh werden, wenn es erst einmal anfängt. Aber vielen Dank. Sagen Sie Miß Brighton, daß ich mich nach ihrem Befinden erkundigt habe.«

»Das werde ich tun. Guten Tag.«

Ich hängte ab und schlüpfte in meinen Regenmantel. Unten holte ich meinen Wagen aus der Garage und fuhr in den Regen hinaus. Die Scheibenwischer arbeiteten wie kleine Dämonen, um mir freie Sicht zu erhalten. Ich fuhr in die Stadt, in der Hoffnung Pat zu treffen, aber er hatte inzwischen angerufen und gemeldet, daß er mit seinem Wagen irgendwo auf der Autobahn festsitze und nicht wisse, ob er es überhaupt noch schaffen werde.

Der Morgen ging vorbei, ohne daß ich wußte, wie. Als sich mein Magen bemerkbar machte, aß ich irgendwo zu Mittag. Ich kaufte mir eine Zeitung und parkte den Wagen, um in Ruhe zu lesen. Die Schlagzeilen hatten sich nicht sehr verändert. Einige Leitartikel widmeten sich den neuesten Aussichten des kalten Krieges. Andere Berichte beschäftigten sich mit den bevorstehenden Wahlen und den Überraschungen, die es dabei geben könnte.

Lee Deamer hatte den Politikern Feuer unterm Hintern angezündet – soviel stand fest. Große Passagen seiner Rede waren abgedruckt oder wurden von den Kommentatoren zitiert und besprochen. Eine weitere kommunistische Demonstration hatte stattgefunden, nur war sie diesmal von der empörten Bevölkerung auseinandergetrieben worden, und zehn Kommunisten waren im Krankenhaus gelandet. Die übrigen fegten die Gänge im Stadtgefängnis.

Der Regen hörte auf, aber es war nur ein kurzes Atemholen vor dem nächsten, noch härteren Guß. Während der kurzen Unterbrechung huschte ich schnell in einen Drugstore und rief Lee Deamers Büro an. Seine Sekretärin sagte mir, sie erwarte ihn nicht vor heute abend, und ich dankte ihr. Ich kaufte ein frisches Päckchen Luckys und setzte mich damit in den Wagen. Während ich den Regen beobachtete, wanderten meine Gedanken ihre eigenen Wege.

Ich musterte im Geist alle Einzelheiten und ordnete sie, um festzustellen, wie sie zusammenpaßten. Ich konnte jederzeit vor die Öffentlichkeit treten und die Zusammenhänge erklären. Jeder würde dann wissen, was die Kommunisten in unserem Lande vorhatten und mit welchen Mitteln sie arbeiteten. Ich konnte es allen zeigen, aber ich wollte mir zuerst noch das letzte Beweisstück besorgen, das ich brauchte. Bei Veldas Rückkehr würde ich das haben. Dann griff ich nach einer Zigarette.

Es war nur noch eine übrig. Eben erst hatte ich ein Päckchen gekauft, und jetzt war nur noch eine Zigarette da. Meine Uhr war ein kleines rundes Gesicht, das mich auslachte, weil ich den ganzen Nachmittag vergrübelt hatte. Ich starrte verblüfft auf das Zifferblatt – erstaunt darüber, daß mit dem Regen der Abend gekommen war, ohne daß ich es bemerkt hatte. Ich stieg aus dem Wagen, ging in denselben Drugstore und suchte die Nummer des Flughafens heraus.

Eine honigsüße Stimme verkündete, daß alle Maschinen trotz des Regens planmäßig gelandet seien, und daß das letzte

Flugzeug aus dem Mittelwesten um zwei Uhr angekommen sei. Ich schlug mir gegen die Stirn, weil ich die Zeit verpaßt hatte. Velda meldete sich nicht, als ich im Büro anrief. Ich wollte gerade ihre Wohnung anrufen, als mir einfiel, daß sie wahrscheinlich ziemlich müde sein würde. Aber wir hatten ja vereinbart, daß sie Nachrichten für mich in der Lampe hinterlassen würde, falls ich bei ihrer Rückkehr nicht da sei.

Ich ließ den Motor an, und die Scheibenwischer traten wieder in Aktion.

Im Büro brannte Licht, und ich stürmte hinein.

»Hallo, Velda!« rief ich, und dann erstarb das Lächeln in meinem Gesicht, weil sie nicht da war.

Aber sie *war* dagewesen. Ich roch einen schwachen Hauch jenes Parfüms, das sie benutzte. Sofort ging ich auf die Lampe zu und öffnete das kleine Geheimfach. Sie hatte die Papiere auf die anderen Dokumente gelegt.

Ich zog sie heraus, breitete sie auf dem Schreibtisch aus und spürte, wie sich das Grinsen wieder auf meinem Gesicht ausbreitete, als ich die ersten Zeilen las.

Es war geschafft. Erledigt! Ich hatte jetzt alles zusammen, und der Fall konnte mit allen gesetzlichen Mitteln aufgerollt werden. Ich konnte Pat anrufen und die gebildet aussehenden jungen Männer mit den FBI-Ausweisen, und ich konnte ihnen alles in den Schoß werfen. Dann konnte ich mir den besten Logenplatz aussuchen, das ganze gerichtliche Schauspiel beobachten und den Richter auslachen. Denn diesmal war ich unangreifbar und sauber. Die Ereignisse würden veröffentlicht werden, und ich würde ein Held sein. Das nächstemal, wenn ich jenem kleinen Richter in einem Gerichtssaal gegenübertreten würde, müßte seine Stimme ruhig klingen, und er würde die Worte sorgfältig wählen, weil ich inzwischen der Welt bewiesen hatte, daß ich nicht ein blutdürstiger, mordlüsterner Killer war. Ich war ein normaler Bursche mit normalen Instinkten und mit einem Temperament, das ich vielleicht mitunter nicht ganz zügeln konnte, aber immer noch unter Kontrolle bekam, wenn ich das wollte.

Zum Teufel, Pat mußte inzwischen daheim sein. Ich wollte ihm die Anerkennung für den Erfolg zuschanzen. Er würde das nicht haben wollen, aber er würde es hinnehmen müssen. Ich griff nach dem Telefonhörer.

In diesem Augenblick sah ich die kleine, quadratische weiße Karte, die die ganze Zeit über vor mir gelegen hatte. Ich nahm sie in die Hand und las stirnrunzelnd die kurze Notiz in Schreibmaschinenschrift.

Rufen Sie LO 3-8099 um Punkt 21 Uhr an.

Das war alles. Die andere Seite war leer.

Ich begriff das nicht. Velda hätte als einzige hier im Büro gewesen sein sollen, und sie würde mehr als diese dürftige Mitteilung hinterlassen haben. Außerdem hatten wir dafür ein Merkbuch. Ich runzelte wieder die Stirn und warf die Karte auf den Schreibtisch zurück. Es war jetzt zehn nach acht. Zum Teufel, ich wollte keine Dreiviertelstunde warten. Also wählte ich die Nummer und hörte ein dutzendmal das Freizeichen, bevor ich wieder abhängte.

Ein häßlicher Geschmack breitete sich mit einemmal in meinem Mund aus. Ich zog die Schultern unter dem Regenmantel ein, als wäre mir kalt. Im Vorzimmer schaute ich in Veldas Schreibmaschine nach, ob sie mir eine Nachricht hinterlassen hatte. Es war nichts da.

Da stimmte etwas nicht. Und gerade jetzt mußte das passieren. Gerade jetzt, wo ich nahe daran war, ein Held der Nation zu werden. Die Tür zum Waschraum stand ein wenig offen, und ich ging hin, um sie zu schließen. Etwas glitzerte mir aus dem Halbdunkel entgegen. Ich stieß die Tür ganz auf und stand wie erstarrt da, während mein Herz wie rasend hämmerte.

Neben dem Waschbecken lag Veldas Ring – der Saphirring, den ich ihr geschenkt hatte, und ihre Armbanduhr!

Velda war nicht da, aber ihr Ring war da. Nun gut, den konnte sie nach dem Händewaschen vergessen haben. Aber sie hatte sich auch nicht die Hände gewaschen, weil kein zerknülltes Papiertuch im Korb lag.

Irgendwie erreichte ich wieder meinen Schreibtisch und ließ mich dahinter in den Sessel sinken. Die ganze schreckliche Tragweite meiner Entdeckung kam mir mit grausiger Deutlichkeit zu Bewußtsein. Ich vergrub mein Gesicht in den Händen und stöhnte:

»O Gott... o Gott!«

Ich wußte jetzt, was passiert war. *Die anderen* hatten sie erwischt. Sie hatten Velda hier überrascht und verschleppt.

Ich hatte mich für so schlau gehalten. Ich hatte gedacht, sie würden nur gegen mich losschlagen. Aber die anderen waren auch schlau, wenn es hart auf hart ging, und jetzt hatten sie etwas zum Austausch. Das würden sie sagen... Austausch.

Ha, das war zum Lachen. Sie würden die Dokumente nehmen, und wenn ich Velda zurückforderte, würde ich den Bauch voll Kugeln bekommen. Ein netter Austausch. So ein stupider Idiot wie ich verdiente es aber auch nicht anders.

Und trotzdem: diese verdammten Saukerle! Warum konnten sie nicht wie Männer handeln und gegen mich kämpfen!? Warum mußten sie auf Frauen losgehen!? Diese dreckigen, feigen Bastarde hatten Angst vor mir und hatten daher diesen leichten Ausweg gewählt. Sie wußten, was auf dem Spiele stand und daß ich gefügig sein mußte.

Also gut, ihr heimtückischen kleinen Banditen, ich werde mitspielen, aber ich werde eine ganze Menge neue Regeln einführen, von denen ihr in eurem Leben noch nichts gehört habt. Ihr meint, ich sei in die Enge getrieben und das übrige sei ein Kinderspiel für euch. Aber in dieser Hinsicht werdet ihr euch gehörig täuschen. Dafür werde ich sorgen.

Ich griff nach dem Telefon und wählte Pats Privatnummer. Als er sich meldete, redete ich sofort los, ohne ihm eine Chance zu geben, mich zu unterbrechen.

»Du mußt mir so schnell wie möglich einen Gefallen tun, Pat. Laß feststellen, wo das Telefon mit der Nummer Longacre 3-8099 registriert ist, und ruf gleich zurück. Beeil dich, denn ich brauch' das sofort.«

Pat rief etwas, aber ich hängte einfach ab. Fünf Minuten später läutete das Telefon, und ich nahm den Hörer ab.

»Was ist los mit dir, Mike?« fragte Pat. »Diese Nummer ist eine Telefonzelle in der U-Bahn-Station Times Square.«

»Fein«, sagte ich. »Mehr will ich nicht wissen. Wir sehen uns später.«

»Mike... he...!«

Ich schnitt ihm wieder das Wort ab und griff nach meinem Mantel.

Die anderen hielten sich für schlau, aber sie vergaßen dabei, daß ich auch ein Gehirn hatte – und eine Menge Beziehungen. Vielleicht dachten sie auch, ich würde das Risiko nicht eingehen.

Wie der Blitz war ich die Treppe hinunter und im Wagen. Auf dem Broadway kümmerte ich mich kaum um die Ampeln. Als ich in den Times Square einbog, sah ich einen Polizisten mit mäßig pendelndem Gummiknüppel vor dem U-Bahn-Eingang stehen.

Heute war meine Nacht, und ich würde mit allen Tricks und Raffinessen arbeiten. Ich zog die Brieftasche hervor, die ich aus dem umgestürzten Wagen genommen hatte. Der FBI-Ausweis paßte auch in meine Ausweishülle, und ich schob ihn hinein. Der Polizist trat unter dem Vordach in den Regen hinaus und kam auf mich zu, um mir zu sagen, daß ich dort nicht parken dürfe. Im gleichen Moment stieg ich aus und hielt ihm die Brieftasche vor die Nase. Ich ließ ihn nur einen knappen Blick auf den Ausweis werfen, aber das genügte.

»Bleiben Sie hier und bewachen Sie den Wagen«, sagte ich. »Ich möchte nicht, daß er weg ist, wenn ich wiederkomme.«

Er nahm stramme Haltung an und sah mich mit jenem Gesichtsausdruck an, den nur langgediente Beamte annehmen können. Bei den auf allen Zeitungen prangenden Schlagzeilen brauchte er nicht erst zu fragen, worum es ging.

»Ich passe auf«, sagte er forsch.

Ich rannte die Treppen hinunter und steckte eine Münze in den Schlitz des Drehkreuzes. Fünfzehn Minuten blieben mir noch, um die richtige Telefonzelle zu finden – fünfzehn kurze Minuten. Ich lief die Bahnsteige ab und steckte meinen Kopf in jede leere Telefonzelle – dabei immer hoffend, daß die richtige nicht gerade besetzt war.

Sie war es nicht. Ich fand sie nahe bei der Treppe, die zum Bahnsteig der BMT-Linie führte. Es war die letzte in einer Reihe von Telefonzellen. Ich trat in eine andere freie Zelle und zog die Tür zu. Das Licht über meinem Kopf erschien mir zu hell, aber ein Hieb mit dem Pistolenknauf änderte das. Ich nahm den Hörer vom Haken, ohne eine Münze in den Apparat zu werfen und begann eine Unterhaltung mit einem imaginären Partner an einem imaginären Telefon.

475

Um fünf Minuten vor neun kam der Kerl auf die Telefonzelle zu und ging schnurstracks in die letzte, ohne die anderen zu beachten. Ich ließ die Sekunden wegticken, bis meine Uhrzeiger im rechten Winkel zueinander standen. Dann schob ich eine Münze in den Schlitz und wählte LO 3-8099.

Das Freizeichen ertönte nur einmal. Dann meldete sich die Männerstimme.

»Ja?«

»Hier spricht Mike Hammer. Wer zum Teufel sind Sie, und was soll die Sache mit der Karte bedeuten?«

»O ja, Mr. Hammer. Sie haben Ihre Karte bekommen. Das ist natürlich sehr erfreulich. Brauch ich Ihnen noch zu sagen, mit wem Sie sprechen?«

»Das sollten Sie lieber tun, mein Freund.«

»Nein, ein Freund bin ich ganz sicher nicht. Ganz im Gegenteil, würde ich meinen. Ich rufe wegen Dokumenten an, die in Ihrem Besitz sind, Mr. Hammer. Es sind sehr wichtige Dokumente, wie Sie wissen. Wir haben uns eine Geisel beschafft, um die sichere Ablieferung der Dokumente an uns zu gewährleisten.«

»Was...«

»Bitte, Mr. Hammer. Ich spreche von Ihrer ganz reizenden Sekretärin. Eine sehr widerspenstige Person. Aber ich glaube, wir können sie trotzdem zum Sprechen bringen, wenn Sie sich weigern.«

»Sie Schwein!«

»Und?«

Ich änderte den Tonfall meiner Stimme und begann so zu stottern, als wäre ich am Ende meiner Kräfte.

»Was... was soll ich noch sagen? Ich weiß, wann ich geschlagen bin. Sie... können die Papiere haben.«

»Ich war sicher, daß Sie einsichtig sein würden, Mr. Hammer. Sie werden diese Dokumente in die Pennsylvania-Station an der 34. Straße bringen und sie in einem der Schließfächer am Ende des Warteraums deponieren. Dann werden Sie den Schlüssel nehmen und auf der Straße auf und ab gehen, bis jemand zu Ihnen sagt: ›Wunderbare Nacht, lieber Mann.‹ Der betreffenden Person geben Sie den Schlüssel. Halten Sie Ihre Hände immer gut in Sicht und seien Sie absolut allein. Ich brauche Ihnen wohl nicht erst zu sagen, daß Sie unter dauernder Bewachung von bewaffneten Personen stehen.«

»Und das Mädchen... Velda?« fragte ich.

»Wenn Sie das tun, was Ihnen befohlen wurde, und wir die Dokumente bekommen, wird das Mädchen natürlich freigelassen werden.«

»In Ordnung. Um welche Zeit soll ich das alles tun?«

»Um Mitternacht, Mr. Hammer. Eine passende Zeit, finden Sie nicht?«

Er hängte ab, ohne eine Antwort abzuwarten. Ich beobachtete, wie er sich aus der Kabine zwängte: ein Bursche, dessen Stimme zu seiner Erscheinung paßte. Er war klein, weichlich wirkend und fett und trug Kleidung, die ihn groß, hart und schlank erscheinen lassen sollte.

Ich ließ ihm genügend Vorsprung, trat dann aus der Kabine und verfolgte ihn. An den einzelnen Ausgängen zögerte er, schlug dann die Richtung Nordwestecke des Häuserblocks ein und ging die Treppe hinauf. Ich grinste vor Freude. Mein sprichwörtliches Glück ließ mich wieder einmal nicht im Stich. Ich konnte seine Absichten ahnen, ehe er sie in die Tat umsetzte.

Als er die Straße erreichte, wartete ich, bis er ein Taxi herangewinkt hatte. Dann stieg ich schnell in meinen Wagen. Der Polizist salutierte mit seinem Gummiknüppel, und ich fuhr los.

Drei Stunden bis zur Entscheidung.

Wieviel Zeit war das? Nicht viel – aber doch genug, wenn man die Minuten ausnützte. Der Taxifahrer vor mir schlängelte sich durch den Verkehr, und ich blieb dicht hinter ihm. Ich konnte den Hinterkopf des Dicken durch die Heckscheibe sehen, und es war mir gleichgültig, ob er sich umschaute oder nicht.

Er tat es nicht. Er war so sicher, mich fest an der Angel zu haben, daß es ihm nicht einmal in den Sinn kam, er könne verfolgt werden.

Ich versuchte mich zu orientieren, wohin die Fahrt ging. Wir hatten einen Viadukt überquert, aber ich wußte nicht, wo wir jetzt waren. Wenn ich nicht zufällig die Reklame eines

Kinos gesehen hätte, wäre ich völlig ohne Orientierung gewesen. Aber ich sah das, roch den Fluß und wußte, daß wir irgendwo in Astoria waren und in Richtung des Wassers fuhren.

Der Häuserblock ging zu Ende. Ich schaltete meine Scheinwerfer aus, fuhr an den Randstein und zog den Zündschlüssel ab, während ich die Wagentür öffnete. Vor mir die Schlußlichter des Taxis wurden kleiner, und einen Moment lang fürchtete ich, zu voreilig gewesen zu sein.

Dann hörten die roten Lichter auf, sich zu bewegen.

Gerade rechtzeitig erinnerte ich mich an die Maschinenpistole, die ich ebenfalls aus dem umgestürzten Wagen der FBI-Männer mitgenommen hatte. Ich holte die Waffe aus dem Kofferraum. Es war ein beruhigendes Gefühl, das Gewicht von Stahl und Holz zu spüren – ebenso beruhigend wie das Gewicht der beiden Ersatzmagazine, die ich in die Taschen schob.

Im Schatten der Hausmauern trottete ich schnell vorwärts. Ein Betrunkener sah mich vorübereilen und huschte schnell ins Haus zurück. Die Schlußlichter vorn verschwanden und wurden zu zwei auf Stadtlicht geschalteten Scheinwerfern, die auf mich zukamen und an mir vorüberglitten.

Ich lief schneller und erreichte die Ecke noch rechtzeitig, um den Burschen die parallel zum Fluß dahinführende Straße entlanggehen zu sehen.

Wie gut ist die Dunkelheit mitunter. Sie umhüllt einen wie eine schwarze Haut, die alles verbirgt. Man kann jemand in Rufweite verfolgen, ohne bemerkt zu werden. Mein kleiner Mann marschierte stetig voran, als wüßte er, wohin er ging.

Es gab jetzt keine Häuser mehr. Ein Geruch von Unrat und Verfall hing in der Luft, und es waren Geräusche zu hören, die nichts mit der Stadt zu tun hatten. In weiter Ferne glitten Wagenlichter über eine Brücke – in glücklicher Unwissenheit dieses Teils von New York.

Dann begann der Regen wieder, und auch das war mir recht.

Mein kleiner Mann war plötzlich fort. Das gleichmäßige Knirschen seiner Schritte auf dem Schotter hatte aufgehört, und die Stille schien auch alle anderen Laute auszulöschen – sogar den Regen.

Ich war allein in der Dunkelheit, und meine Zeit war gekommen. Ungefähr zehn Sekunden stand ich da und beobachtete die Wagen in der Ferne. Sie schlängelten sich dahin, verschwanden wie in einem Tunnel und tauchten einige Sekunden später wieder auf. Ich wußte jetzt, wo mein kleiner Mann war.

Nicht weit entfernt stand ein Gebäude. Das war es, was die Wagenlichter zeitweilig verdeckte. Ein Haus stand dort, und ich sah es, als ich ein Dutzend Schritte weitergegangen war. Zumindest waren es die Überreste eines zweistöckigen Hauses. Nur in den Fenstern der oberen Etage waren noch einige unzerbrochene Scheiben. Wahrscheinlich weil sie außer Steinwurfweite lagen. Die übrigen Fenster waren mit Brettern vernagelt.

Ich war wieder im Dschungel. Jedenfalls hatte ich dieses Gefühl. An meiner Schulter stand einer, der war noch dunkler als die Nacht. Er trug eine Sense und eine Karte, um mir die lange Straße zu weisen. Ich ging nicht, ich schlich, und der Dunkle schlich mit mir – geduldig auf einen fatalen Fehltritt wartend.

Es war der Tod, und ich kannte ihn gut. Ich hatte ihn schon oft gesehen, und ich lachte ihm ins Gesicht, weil mir gerade danach zumute war. Ich war Mike Hammer, und ich konnte lachen, denn was kümmerte mich der Tod? Er konnte mit seiner grausigen Knochenmaske zurücklachen, und selbst wenn wir keinen Laut erzeugten, war mein Lachen lauter als seines. Bleib bei mir, Mann in Schwarz. Bleib bei mir, denn es melden sich vielleicht ein paar Kunden für dich, die schon längst hätten zu dir kommen sollen.

Alle meine ursprünglichen Instinkte arbeiteten. Die Maschinenpistole hing am Tragriemen so über meiner Schulter, daß ich sie leicht tragen konnte und schnell schußbereit hatte. Ganz unbewußt hatte ich zu Boden gegriffen und mir Gesicht und Hände mit Dreckklumpen vollgeschmiert. Sogar das Leuchtzifferblatt meiner Armbanduhr hatte ich auf diese Weise verdunkelt.

Ich spürte das erregende Bewußtsein der Jagd – das wunderbare Wissen, auf einer heißen Fährte zu sein. Es war eine Wachheit in mir – eine Kampfbereitschaft, die mir gefiel.

Im Schatten des Hauses – verschmolzen mit der Mauer und dem Regen – stand ich da und beobachtete die beiden Männer. Einer stand im Torweg. Ich fühlte seine Anwesenheit mehr, als ich sie sah. Der andere kam auf mich zu, wie ich es geplant hatte. Viel Zeit war inzwischen vergangen. Ohne hinzuschauen, wußte ich, daß die Zeiger meiner Uhr sich jetzt überdeckten. Irgendwo in Manhattan hielt ein Mann nach mir Ausschau, um mich ›Freund‹ zu nennen. Und irgendwo dort drinnen saß Velda: eine Geisel, die nie sprechen würde.

Der Bursche kam näher, und ich wußte, daß er eine Waffe in der Hand hatte. Ich ließ ihn herankommen.

Jetzt konnte ich ihn deutlich sehen. Einen Meter von mir entfernt blieb er unsicher stehen und schaute zurück. Ich hatte die Maschinenpistole in der einen und den Lauf meines 45er in der anderen Hand.

Ehe der Bursche sich wieder umdrehen konnte, traf ihn der Pistolenkolben am Hinterkopf. Ich fing ihn auf und ließ ihn lautlos zu Boden gleiten. Dann schlich ich um das Haus.

So geht das. Einer macht einen Fehler, und die anderen gehen in die Falle. Der Mann an der Tür dachte, ich sei sein Kollege, als ich aus der Dunkelheit trat. Zu spät erkannte er seinen Irrtum. Der Schrei erstickte in seiner Kehle, als ihn der Pistolenkolben traf.

Zwei waren außer Gefecht gesetzt. Zwei Bastarde, die in dem großen Spiel mitspielen wollten. Schleichende, kriecherische Würmer, die Visionen von Macht mit Terror und Peitsche gehabt hatten.

Ich trat ins Haus mit dem Tod an meiner Schulter. Er war zornig, weil ich jetzt das Kommando übernommen hatte. Aber er wartete geduldig auf den Fehler, den ich früher oder später machen würde.

In der Tür blieb ich lauschend und wartend stehen, bis meine Augen sich an diese neue Dämmerung gewöhnt hatten. Meine Uhr tickte leise und erinnerte mich daran, daß ich mich jetzt beeilen mußte. Die Zeit war abgelaufen.

Ich sah die zertrümmerten Packkisten, die hier verrotteten. Ich sah das Durcheinander von Maschinenteilen, die, mit Rost überzogen, in großen Haufen unter dem sich hoch aufwölbenden Dach lagen. Vor langer Zeit war dies irgendeine Art von Fabrik gewesen. Ich verschwendete einen Gedanken mit der müßigen Überlegung, was hier fabriziert worden war. Der Geruch von Terpentin verriet es mir dann: Farbe. Das Gebäude war achtzig Meter lang und fast so breit. Ich konnte die Zwischenwände aus Holz und Ziegel erkennen, die einzelne Räume von der großen Halle abteilten.

Aber ich hatte keine Zeit, all die abgeteilten Kammern zu durchsuchen – nicht in diesen drei Etagen.

Die Hundesöhne hatten sich den besten Platz auf der Welt ausgesucht. Kein Laut würde diese Wände durchdringen. Aus dem Gewirr von Kammern, Kojen und Räumen würde selbst der hellste Lichtstrahl nicht ins Freie dringen. Am liebsten hätte ich die Maschinenpistole rattern lassen und alles in Trümmer geschossen. Losschreien hätte ich mögen, aber ich konnte es nicht.

Eine weitere Minute, um mich zu beruhigen. Eine Minute, um Instinkt und Training das Kommando übernehmen zu lassen.

Eine weitere Minute, um meine Augen umzugewöhnen und den Pfad zu erkennen, der durch das Gerümpel führte. Ich hätte ihn schon eher sehen sollen, denn er war offensichtlich oft benutzt. Alte Farbkanister waren beiseite gestoßen worden und hatten ihren dicken, klebrigen Inhalt über den Boden verschüttet. Die größeren Tonnen waren als Abfallkübel benutzt worden und markierten die Windungen im Pfad.

Meine Füße folgten dem Pfad. Sie führten mich um eine Biegung und einen Gang entlang zu einer Treppe.

Und der Pfad, der durch das Gerümpel im Erdgeschoß gelichtet worden war, führte ins Mittelgeschoß und zum obersten Stockwerk hinauf. Er führte in Räume, die so stark nach Terpentin stanken, daß es mir fast den Atem nahm. Der Pfad führte in einen Gang und auf einen anderen Mann zu, den ich ebenso lautlos wie die beiden anderen niederschlug. Er führte zu einer Tür, die sich leicht aufstoßen ließ, und in einen Raum, an den sich andere Räume anschlossen.

Mit den Waffen in den Händen stand ich da und wagte

kaum zu atmen. Ich hörte und sah Dinge, die mir die Kehle zuschnürten.

Velda! An einen Stuhl gefesselt, saß sie im Lichtschein einer elektrischen Laterne da, und vor ihr stand der Bursche mit dem hellbraunen Hut und holte mit der flachen Hand gerade wieder zum Schlag aus. Der kleine Dicke von der U-Bahn-Station stand etwas abseits und schaute in begieriger Faszination zu.

Der Schlag klatschte. Veldas Kopf fuhr hoch, und einen Moment sah ich ihre Augen – der Blick dunkel und halb betäubt vor Schmerz und Zorn.

»Wo ist es?« fragte er. »Du wirst sterben, wenn du es mir nicht sagst!«

Sie öffnete den Mund nicht. Aber ihre Augen waren offen – und der Ausdruck von Schmerz darin trieb mich fast zur Raserei.

Die beiden Bastarde hörten noch meinen Schrei und das schreckliche Donnern der Maschinenpistole. Aber das war das letzte, was sie hörten. Sie stürzten nieder, während sie noch zu fliehen versuchten.

Dann war ich schon bei Velda und schnitt mit meinem Taschenmesser vorsichtig ihre Fesseln durch. Sie lachte und weinte in einem Atemzug. Ich nahm sie wie ein Kind auf die Arme und trug sie in die Dunkelheit hinunter, während sie an meinem Ohr verrückte und hilflose Bruchstücke von Worten der Zärtlichkeit, der Freude und des Grauens stammelte.

In einer sauberen Ecke unten im Hauptraum legte ich sie nieder und schob ihr meinen Regenmantel als Kissen unter den Kopf. Dann ging ich noch einmal hinauf und tat, was ich tun mußte. Der Mann, der den hellbraunen Hut getragen hatte, lag noch an derselben Stelle, wo er zusammengebrochen war. Ich zog die Brieftasche aus seiner Gesäßtasche, schlug seine Jacke auf und riß die leinerne Futterstofftasche zusammen mit einigen Fasern des Jackenstoffes heraus.

Als ich wieder die Treppe hinunterging, fand ich einen umgestürzten Farbkanister, dessen klebriger Inhalt sich in einige daliegende Dosen ergossen hatte. Ich häufte Papier auf das Ganze, hielt ein angezündetes Streichholz daran und wartete, bis die Flamme aufzublühen begann.

Dann ging ich zu Velda zurück. Sie streckte mir die Hände entgegen, aber ihr Lächeln war schmerzverzerrt, und sie atmete schwer. Ich hüllte sie in meinen Mantel und trug sie so bis zu meinem Wagen. In ihrem Apartment brachte ich sie zu Bett und wartete, in banger Unruhe, während der schnell herbeigerufene Arzt sich um sie kümmerte. Als er lächelnd aus dem Schlafzimmer trat, wurde mir ganz schwach vor Erleichterung. Ich veranlaßte das Nötige, und als die Nachtschwester kam, nahm ich meinen Hut und ging.

Es regnete stetig. Aber der Regen hatte eine klärende, reinigende Wirkung. Er spülte die Straßen sauber und fegte den Abfall in die Gullys.

Es blieben nur noch wenige Stunden von dieser Nacht. Ich fuhr in mein Büro und öffnete die Lampe. Als ich die beiden Umschläge aus dem Geheimfach genommen hatte, breitete ich deren Inhalt auf dem Schreibtisch aus.

Der Anfang und das Ende. Die verwirrende Vielfältigkeit und die klärende Einfachheit. Es war alles so schlau ausgedacht – und so verbrecherisch gemein.

Und sich vorzustellen, daß die Bastarde es beinahe geschafft hätten!

Aber das war jetzt vorbei und erledigt. Meilen entfernt würde eine verlassene Farbfabrik zu einem Fegefeuer von Flammen und Explosionen werden, und keiner würde je feststellen können, was sich in diesen Mauern abgespielt hatte. Nur ein großes Verwundern würde bleiben und die beiden Fragen: *Warum?* und *Wie?*

Es waren keine Wagen in der Nähe, und die Flammen würden alles übrige zu Kohle und Asche verbrennen. Es würden Monate vergehen, ehe man alles durchsucht hatte und schließlich auf geschmolzene Patronen und eine von Flammen und Hitze unbrauchbar gemachte Waffe stieß, die Eigentum des FBI-Büros in Washington war. Man würde nachforschen, sich wundern und Vermutungen anstellen, und schließlich würde jemand auf einen Teil der Wahrheit stoßen. Aber sogar dann würde es eine nur zur Hälfte bekannte Wahrheit sein – und zu gefährlich, um darüber zu sprechen.

Nur ich wußte alles – und es war auch zu groß und

gefährlich für mich. Ich würde es dem einzigen Menschen erzählen, der verstehen müßte, was ich meinte.

Ich griff nach dem Telefon.

11

Als das Freizeichen das sechstemal ertönte, wurde der Hörer drüben abgenommen. Das scharfe Klicken einer Nachttischlampe war zu hören und dann Lee Deamers Stimme, die schläfrig fragte, wer da sei.

»Mike Hammer spricht hier, Lee«, sagte ich mit einem schleppenden Beiklang von Müdigkeit in der Stimme. »Tut mir leid, daß ich Sie zu dieser Nachtstunde stören muß, aber ich muß mit Ihnen sprechen.«

»Das ist durchaus in Ordnung, Mike. Ich habe Ihren Anruf erwartet. Meine Sekretärin hat mir berichtet, daß Sie zuvor angerufen hatten.«

»Können Sie sich anziehen?«

»Ja. Kommen Sie her?«

»Das würde ich lieber nicht tun, Lee. Ich möchte nicht gerade jetzt in ein Zimmer eingesperrt werden. Ich brauche frische Luft. Es ist inzwischen höllisch viel passiert. Darüber kann ich nicht am Telefon sprechen, aber ich will es auch nicht für mich behalten. Sie sind der einzige, zu dem ich sprechen kann. Ich will Ihnen zeigen, wo es begonnen hat und wie es geschah. Es ist etwas ganz Besonderes, was ich Ihnen da zeigen will.«

»Was Oscar hinterlassen hat?«

»Nein, was ein anderer getan hat. Lee, kennen Sie diese Geheimdokumente der Regierung, die fotokopiert worden sind?«

»Mike! Das kann doch nicht sein!«

»Es ist aber so.«

»Das ist ja... aber...«

»Ich weiß, was Sie meinen. In ein paar Minuten hole ich Sie ab. Beeilen Sie sich.«

»Bis Sie hier sind, bin ich fertig. Wirklich, Mike, ich weiß gar nicht, was ich sagen soll.«

»Ich auch nicht, deswegen sollen Sie mir ja erklären, was ich tun muß. Ich komme.«

Ich legte den Hörer langsam auf die Gabel und schob die beiden Umschläge in meine Tasche.

Es regnete immer noch.

Es war eine Nacht wie jene erste.

In dem Regen war eine Andeutung von Schneegeruch.

Bevor ich zu Lee Deamers Haus fuhr, machte ich einen Abstecher. Es war ein Pensionshaus, das eine Reihe von Räumen mit Privateingängen hatte. Ich ging hinein und klopfte an die zweite Tür. Ich klopfte wieder, und ein Bett knarrte. Beim dritten Klopfen hörte ich das gedämpfte Fluchen einer Männerstimme und schlurfende Schritte.

Die Tür öffnete sich einen Spalt, und ich sah ein Auge und einen Teil einer gekrümmten Nase.

»Hallo, Archie«, sagte ich.

Archie riß die Tür auf, und ich trat ein. Archie war mir einiges schuldig, und ich wollte jetzt etwas davon kassieren. Ich bat ihn, sich anzuziehen, und er hatte es in zwei Minuten geschafft.

Erst als wir im Wagen saßen, fragte er:

»Unannehmlichkeiten?«

»Nein. Du sollst nur einen Wagen für mich lenken. Keine Unannehmlichkeiten.«

Wir fuhren zu Lee Deamers Haus, und ich läutete. An der Tür ist eine Sprechanlage, und Lee sagte, er werde gleich unten sein. Ich sah ihn durch die Diele eilen und die Tür öffnen.

Er grinste, als wir einander die Hände schüttelten. Ich war zu müde, um zurückzugrinsen.

»Ist es schlimm, Mike? Sie sehen schrecklich müde aus.«

»Das bin ich. Aber ich kann nicht zu Bett gehen, solange ich das noch auf dem Herzen habe. Mein Wagen steht draußen.«

Wir gingen den Gehsteig zur Straße hin, und ich öffnete Lee die Wagentür. Als wir im Fond saßen, sagte ich Archie, er solle in Richtung der Brücke fahren. Lee lehnte sich zurück und fragte mich mit den Augen, ob wir in Anwesenheit von Archie miteinander sprechen könnten. Ich schüttelte verneinend den Kopf, und so saßen wir nur da und starrten in den Regen hinaus.

Am Eingang der Brücke gab ich Archie einen halben Dollar, und er reichte die Münze dem Polizisten, der in der Zollkabine Dienst tat. Wir fuhren gerade die leichte Steigung hinan, als ich Archie auf die Schulter tippte.

»Halte hier an, Archie. Wir gehen den restlichen Weg zu Fuß. Fahr nach Jersey hinüber und trink ein Glas Bier. Komm in einer halben Stunde zurück. Wir erwarten dich jenseits des Scheitelpunkts der Brücke.«

Ich legte noch ein Dollarstück für das Bier neben ihn auf den Sitz und stieg aus. Lee Deamer folgte mir.

Es war jetzt kälter, und in den Regen mischten sich die ersten Schneeflocken. Die Stahlträger der Brücke ragten in den Nachthimmel, und an ihren Enden bildeten sich die ersten glitzernden Eiszapfen.

Unsere Füße machten leise klickende Laute auf dem Beton des Gehsteigs. Die Nebelhörner der Boote und Schiffe unten auf dem Fluß tönten wie fragende Rufe zu uns herauf. Ich konnte die roten und grünen Augen sehen, die mich anstarrten. Diesmal waren es keine Gesichter.

»Hier hat es angefangen, Lee«, sagte ich.

Er sah mich mit verwirrtem Gesichtsausdruck an.

»Nein, das verstehen Sie natürlich nicht, weil Sie darüber nicht Bescheid wissen.«

Wir hatten die Hände zum Schutz gegen die Kälte in die Taschen geschoben und die Mantelkrägen hochgeschlagen. Der Scheitelpunkt der Brücke lag vor uns und ragte hoch in die Nacht hinauf.

»Dort oben ist es passiert«, fuhr ich fort. »Ich wollte in jener Nacht allein sein, aber dann tauchten noch zwei andere Leute auf. Ein Mädchen war dabei. Der andere war ein kleiner dicker Bursche mit einem falschen Zahn aus rostfreiem Stahl. Sie sind beide gestorben.«

Ich nahm den dicken Umschlag aus der Tasche und schüttelte die Blätter heraus.

»Es ist aufregend, nicht wahr? Die besten Gehirne des Landes sind auf der Suche danach, und ich bin durch Zufall darauf gestoßen. Es sind die detaillierten Pläne der gefährlichsten Waffe, die je ersonnen wurde, und ich habe diese Pläne hier in meiner Hand.«

Lee Deamers Mund klappte auf. Er faßte sich und griff nach den Plänen.

»Wie ist das geschehen, Mike? Wie sind Sie an die Pläne gekommen?«

Es gab keinen Zweifel an der Echtheit der Dokumente. Er schüttelte verblüfft den Kopf und reichte mir die Fotokopien zurück.

»Das ist die Geschichte, Lee. Das wollte ich Ihnen erzählen, aber zuerst will ich dafür sorgen, daß das Geheimnis unseres Landes nach wie vor sicher ist.«

Ich zog mein Feuerzeug heraus und zündete es an. Die kleine blaue Flamme flackerte im Wind. Ich führte sie an die Papiere und sah, wie sie in Flammen aufgingen. Der flackernde gelbe Lichtschein erhellte unsere Gesichter für kurze Zeit und erlosch dann. Nur noch eine Ecke des Papiers mit den Bruchstücken von Zeichen und Zahlen war übriggeblieben. Die verkohlten Papierreste wurden vom Wind über die Brückengeländer und ins Nichts geweht. Die eine unverbrannte Ecke steckte ich in die Tasche.

Ich stützte mich auf das Geländer und schaute auf den Fluß hinaus.

»Es war eine Nacht wie heute: kalt und feucht und einsam. Ein Mädchen kam die Rampe heraufgerannt, und ihr folgte ein Bursche mit einer Waffe in der Tasche...«

Ich begann die ganze Geschichte zu erzählen, und Deamer lauschte mit einem seltsamen Ausdruck von Begierde und Grauen. Als ich dann von den Erlebnissen der letzten Nacht in jener verlassenen Farbfabrik berichtete, wurde es ihm zuviel. Er mußte sich am Brückengeländer festhalten und sah aus, als würde ihm schlecht werden.

»Was ist los, Oscar?« fragte ich.

Sein Blick wurde glasig, und er keuchte.

»Sie meinen... Lee...«

»Nein, das tue ich nicht. Ich meine Oscar; Lee ist tot.«

Alles war da: die Nacht, die Kälte und die große Angst. Diese entsetzliche, würgende Angst. Er sah mir ins Gesicht,

487

und sein Gesicht hatte den gleichen Ausdruck von Entsetzen wie das des Mädchens in jener anderen Nacht.

Ich sprach ganz langsam, damit die Worte in ihn eindringen konnten.

»Das Mädchen, das hier in jener Nacht starb, war Paula Riis. Sie war Pflegerin in einem Nervensanatorium. Aber sie hat Oscar nicht bei der Flucht geholfen... darin habe ich mich geirrt. Sie kündigte einfach nur ihren Posten, und Oscar entfloh später. Paula kam nach New York und geriet in den Sog der kommunistischen Propaganda. Sie arbeitete für die Partei und bekam einen verantwortungsvollen Posten. Da geschah es. Sie wurde einem der großen Parteibonzen in diesem Lande vorgestellt – und das waren Sie. Vielleicht dachte sie zuerst noch, es sei Ihr Bruder, aber dann wußte sie, daß Sie Oscar waren, und ihre Illusionen waren dahin. Die Partei wurde von einem Verrückten geleitet: Das war selbst für eine gläubige Kommunistin zuviel. Irgendwie ist es Ihnen gelungen, sich Lees Papiere anzueignen. Lee saß irgendwo mitten auf dem Lande, wo er kaum je eine Zeitung in die Hand bekam und deshalb nicht wußte, was Sie inzwischen taten. Es war schlimm, als Paula Sie erkannte. Das Mädchen veranlaßte nämlich den richtigen Lee dazu, herzukommen und Sie zu entlarven. Allerdings beging sie den Fehler, ihren Freund und Parteigenossen Charlie Moffit in die Sache einzuweihen. Sie hoffte, ihn auf diese Weise aus dem Lügennetz des Kommunismus zu befreien. Aber Charlie sah in der Affäre nur eine Möglichkeit, leicht zu Geld zu kommen, und weihte Sie telefonisch ein. Es war gleich nach der Legion-Parade am 13., als Sie nach Aussage Ihrer Sekretärin einen Herzanfall hatten. Aber nicht, weil Ihr Bruder sich mit Ihnen in Verbindung gesetzt hat – seine Fahrkarte war nämlich vom 15. datiert, und er kam erst am nächsten Tag an. *Sie bekamen einen Herzanfall, weil Charlie Moffit Sie anrief.* Natürlich übergaben Sie den Fall sofort dem MVD. Aber dann sahen Sie die Möglichkeit, Moffit umzubringen und die Schuld auf Ihren Bruder zu schieben. Moffit war aber gleichzeitig eine Art Parteikurier, der Dokumente weiterleiten mußte. In einem lichten Moment erkannte er den Wert jener Dokumente, die er zu dem Zeitpunkt gerade weitergeben mußte. Er behielt sie als eine Art Lebensversicherung und schickte sie per Post an seine Freundin Paula.«

Oscar Deamer war kreidebleich. Er mußte sich am Geländer festhalten, und seine Zähne klapperten.

»Sie warteten also, bis Charlie wieder anrief. Inzwischen hatten Sie schon jenen alten Schauspieler angeheuert, der als Ihr Doppelgänger fungieren sollte, während Sie unterwegs waren und Moffit umbrachten. Damit hatten Sie Ihr Alibi. Der Schauspieler war ein guter Redner. Aber er war auch ein alter Trunkenbold und hatte eine lose Zunge. Deshalb mußte er auch sterben. Natürlich war auch der Tod Ihres Bruders Lee kein Unfall oder gar Zufall. Ein Killer vom MVD hat da kräftig nachgeholfen. – Es war meine Sekretärin, die in Ihrer Heimat Nachforschungen angestellt und mich dadurch auf die richtige Fährte gebracht hat. Es stimmt, daß Sie und Lee Zwillinge waren – aber keine eineiigen. *Sie beide waren sich gar nicht so sehr ähnlich.* Wie dem auch sei: Irgendwie hatten Sie herausgefunden, daß die Dokumente bei Paula gelandet waren, und so begann die große Jagd, bei der verschiedene Schuldige und Unschuldige sterben mußten. Es war schlau von Ihnen, mich in die Nachforschungen mit einzuspannen – schlau, aber nicht schlau genug. Ich sollte auch beseitigt werden, aber gerade das ist Ihnen nicht gelungen, Oscar.«

Er starrte mir ins Gesicht.

»Die grausige Komik an der Geschichte ist, Oscar, daß Sie sich als Wolf im Schafspelz in unsere demokratischen Einrichtungen schleichen und als scheinbarer Kommunistenhasser die Wählerschaft auf Ihre Seite bringen wollten. In Wirklichkeit empfangen Sie Ihre Befehle von Moskau. Aber Sie – der große Kommunist – sind nun verantwortlich für die Zerstörung der kommunistischen Parteizellen hier. Sie werden sterben, und man wird den Männern im Kreml die Schuld daran zuschanzen. Ich werde Ihnen eine Brieftasche und einige Stoffetzen in die Faust schieben, wenn Sie tot sind. In der anderen Hand werden die Reste jener Dokumente sein – jedenfalls genug, um zu erkennen, was es war. Die Polizei wird denken, Sie allein hätten in einem Ausbruch von patriotischer Kraftanstrengung diese wichtigen Kopien an sich gebracht und zerstört. Ich werde es so einrichten, daß man denkt, Sie hätten gerade die Dokumente vernichtet, als der Mörder auftauchte und sich ein Kampf entwickelte. Sie waren der Unterlegene, aber bei dem Kampf haben Sie Ihrem Gegner diese Stoffetzen aus der Jacke gerissen. Man wird dieser Fährte nachgehen und feststellen, daß die Jacke einem MVD-Mann gehört. Er wird inzwischen tot sein, aber das spielt keine Rolle. Sie werden als der große Held in unsere Geschichte eingehen. Wenn die Öffentlichkeit erst erfährt, daß ihr Liebling umgebracht worden ist und daß die Roten daran schuld sind, wird es eine Treibjagd geben, die die letzten Reste dieses Gelichters aus unserer Nation ausmerzt.«

Er schrie plötzlich auf und versuchte davonzurennen. Aber er rutschte im Schnee aus und fiel aufs Gesicht. Der Sturz mußte ihn schon betäubt haben. Das übrige war nur noch gewissermaßen der Schlußstrich unter eine grausige, häßliche Affäre.

Nachher preßte ich die Brieftasche und die Stoffetzen zwischen seine Finger und schob den letzten verbliebenen Fetzen der Fotokopie in seine andere Hand.

Vielleicht würde Archie etwas ahnen, dachte ich. Er mochte ahnen, was er wollte, aber er konnte nicht sprechen. Ich hatte ihn auch wegen eines Mordfalles in der Hand, wegen einer Tötung in Notwehr, von der nur er und ich etwas wußten.

Ich sah die Scheinwerfer meines Wagens vom anderen Ende der Brücke herangleiten, und ich schritt über die stählerne Gehplanke darauf zu.

Es schneite jetzt stärker. Die dunkle Masse dort drüben würde bald nur ein flacher, weißer Hügel sein. Und wenn die Sonne wieder schien, würde das Tauwetter jene Sintflut schaffen, die alles in die Abwasserkanäle spülte, wo es hingehörte.

Es war einsam, wo ich stand. Aber ich würde nicht mehr lange hier sein. Der Wagen hatte fast den Scheitelpunkt der Brücke erreicht. Ich sah Archie hinter dem Lenkrad und schaute mich noch einmal um.

Nein, keiner ging je zu Fuß über diese Brücke – besonders nicht in einer solchen Nacht.

Jedenfalls kaum einer...

Mickey Spillane
ein Meister des hard-boiled-Krimis

Verzeichnis lieferbarer Titel

(Stand Dezember 1986)

Blut in der Sonne

Der Delta-Faktor

Flucht ist sinnlos

Gangster

Geliebte Leiche

Ich, der Richter
(02/2136)

Eine Kugel kommt
selten allein

Ein Loch zuviel im Kopf

Die Mädchenjäger

Die Rache ist mein /
Comeback eines
Mörders / Das
Wespennest (02/2129)

Die Schlange

Die schwarzen Nächte
von Manhattan
(02/2185)

Sex-Bomber

Der Tiger ist los

Tod eines
Unsterblichen

Das Unding

Unter drei Augen

Wo Aas ist

*Die Bandnummern der
Heyne Taschenbücher
sind in Klammern
angegeben.*

BLAUE KRIMIS

Krimis die echtes Lesevergnügen bieten. Große Autoren, viel Spannung und Action, mörderische Geschichten

02/2092 - DM 7,80

02/2034 - DM 6,80

02/2118 - DM 6,80

02/2129 - DM 7,80

02/2113 - DM 7,80

02/2122 - DM 7,80

02/2099 - DM 7,80

02/2121 - DM 7,80

TIP DES MONATS

Tip des Monats bringt große Romane großer Autoren als einmalige Sonderausgabe zum Sonderpreis.

Alistair MacLean
Angst ist der Schlüssel
Geheimkommando Zenica
Die Überlebenden der Kerry Dancer

23/1 - DM 8,–

Johannes Mario Simmel
Gott schützt die Liebenden
Ich gestehe alles

23/2 - DM 8,–

Sandra Paretti
Rose und Schwert
Lerche und Löwe
Purpur und Diamant

23/3 - DM 8,–

Willi Heinrich
Geometrie einer Ehe
In einem Schloß zu wohnen
Gottes zweite Garnitur

23/4 - DM 10,–

Desmond Bagley
Die Erbschaft
Der goldene Kiel

23/5 - DM 8,–

Victoria Holt
Die Braut von Pendorric
Die siebente Jungfrau
Die Rache der Pharaonen

23/6 - DM 8,–

Michael Burk
Nimm wenigstens die Liebe
Das goldene Karussell

23/7 - DM 10,–

Marie Louise Fischer
Wichtiger als Liebe
Frauenstation
Ein Herz verzeiht

23/8 - DM 10,–

John le Carré
im Heyne-Taschenbuch

Perfekt konstruierte Thriller, spannend und mit äußerster Präzision erzählt.

**Die Libelle
638 Seiten
01/6619 -
DM 9,80**

**Der wachsame
Träumer
474 Seiten
01/6679 -
DM 9,80**

**Eine Art Held
608 Seiten
01/6565 - DM 9,80**

Wilhelm Heyne Verlag München

ROBERT LUDLUM

*Die Superthriller
von Amerikas
Erfolgsautor
Nummer 1*

01/5803 - DM 7,80

01/6044 - DM 7,80

01/6136 - DM 7,80

01/6180 - DM 7,80

01/6265 - DM 10,80

01/6417 - DM 9,80

01/6577 - DM 9,80

01/6744 - DM 9,80

BLAUE KRIMIS

Spannung von internationalen Spitzenautoren im Heyne-Taschenbuch

02/2124 - DM 6,80

02/2148 - DM 6,80

02/2157 - DM 6,80

02/2151 - DM 7,80

02/2160 - DM 6,80

02/2166 - DM 6,80

02/2163 - DM 7,80

02/2169 - DM 7,80